품 안에 든 독

멜랑꼴리 장편소설

2

동아

품안에 든 독 2

초판 1쇄 인쇄일 | 2020년 11월 30일
초판 1쇄 발행일 | 2020년 12월 8일

지은이 | 멜랑꼴리
펴낸이 | 박성면
펴낸곳 | (주)동아

출판등록 | 제406 - 3960100251002007000071호
주소 | 경기도 파주시 문발로 115, 세종대학교출판부 206호
전화 | (031)8071 - 5201
팩스 | (031)8071 - 5204
E - mail | bear6370@hanmail.net

정가 | 12,000원

ISBN 979-11-6302-423-1 (04810)
ISBN 979-11-6302-421-7 (set)

품 안에 든 봄

멜랑꼴리 장편소설

2

동아

차 례

12장(下)

"멈추십시오!"

황제의 친위대는 어떻게 해서든 흑운왕을 막으려 들었다. 친위대는 경계를 늦추지 않고 운의 주위를 에워싸며 뒷걸음질했다. 그러면서 계속해서 경고했다.

"검을 내려놓지 않으면 반역으로 간주하여 즉결 처형하겠습니다!"

그가 감히 황제의 앞에서 검을 들었기 때문이었다. 운은 멈추지 않고 거대한 황룡이 꿈틀거리는 천장 아래까지 걸어 들어왔다. 그를 따라 친위대가 뒤로 걸음 하며 검을 날카롭게 세워 들었다.

"이 이상 들어오시면!"

쿵!

그때, 운이 묵직한 소리와 함께 무릎을 꿇었다. 순간 친위대가 움찔했다. 운은 손에 들린 검을 앞에 반듯하게 내려놓았다. 계단 바로 위에 앉은 황제 운덕은 말없이 운을 내려다보았다.

"폐하께서 처음 그 자리에 오르던 날 하신 말씀을 기억합니다."

'나는 더는 피바람이 일지 않길 바란다.'

황제 운덕은 검은 구름으로 가득한 세상을 내려다보며 그렇게 말했다. 황제는 그 말 그대로 자신에게 항복하는 이들 모두를 품었다.

"그러곤 제게 이 검을 주시면서 말씀하셨지요."

"날 도와 함께 하겠느냐."

운덕이 대신 말하며 자리에서 일어났다. 계단을 내려서는 그를 따라 황금색의 기다란 옷이 질질 끌렸다. 그의 걸음이 곧 운의 앞에 당도하자, 친위대가 검을 내리고 옆으로 비켜섰다. 그들을 스쳐 운의 코앞까지 온 운덕이 무릎을 굽혀 운과 눈높이를 맞췄다.

"내 분명 네게 그리 말하였다. 한데 이제 와 못하겠다는 게냐."

"……전부 죽일 겁니다. 허가를 지도상에서 흔적도 남김없이 죽일 것입니다. 제 앞을 가로막는 자 또한 죽일 겁니다."

"내 앞에서 감히 전쟁이라도 하겠다는 소리로 들리는구나, 운아."

여유롭게 웃는 얼굴을 하고 있던 운덕의 얼굴이 싸늘하게 식었다.

'어깻죽지에서부터 길게 이어진 상흔은 꽤 깊어 피를 멈추기에 힘이 들었나이다. 워낙에 몸이 약해 살아남기 힘들지도 모르옵니다. 또한…….'

첫날 갑작스러운 소란으로 운의 집에 태의까지 보낸 지 한나절이 걸렸을까. 잠시 궁을 들른 태의는 참혹한 심경을 토해 내듯 그 여인의 상태에 대해 보고했다.

'전하의 아이를 배고 있었는지, 사산아가 나왔습니다.'

들으면 들을수록 참혹하고도 끔찍한 소리였다. 눈빛은 완고하고 단단하나, 그날 처음 만날 적 보았던 여인은 금방이라도 바스라 질 것처럼 가녀렸다. 그런 여인을 죽이려 한 자가 누구인가.

그 의문은 얼마 뒤 풀렸다.

'독살이라니!'

혼인식도 치르지 않았는데 부인이라도 된 것처럼 떡하니 집에 들어찬 허여소의 시중 노비가 저지른 일이었다. 노비 하나가 무슨 억하심정이 있어 그 여인을 독살할 생각을 했을까. 머리가 조금이라도 있으면 단번에 알아챌 것이다. 가현을 저리 만든 배후가 누구인지도 말이다.

생각해 보면 허여소 그 계집은 지독할 정도로 성질이 독했다. 세상이 제 것이라도 된 듯 구는 게 운덕의 눈엔 보였다. 그리고 그 계집이 운을 갖기 위해 감히 제 아비를 이용했고, 그 아비가 자신을 찾아오게끔 했다.

참으로 괘씸한 계집이라고 생각했는데.

감히 대장군의 집에서 독살을 일으키다니!

운덕은 가현이 실려 온 날부터 지금까지 단 하나도 빠트리지 않고 일어나는 일을 계속 보고 받았다. 허태선이 난동을 부린 것과 그 틈을 타 허여소를 빼돌렸다는 것까지 말이다.

오래전 운을 처음 보았을 때처럼 그의 눈이 사납게 일렁이고 있었다. 그는 진심이었다.

쯧.

조금만 참으면 어련히 알아서 건네줄 것을.

어찌 보면 이놈도 참 성질이 급한 놈이었다. 혀를 끌끌 차며 자리에서 일어난 운덕이 환관 하나를 불렀다. 종종걸음으로 다가선 환관이 머리를 조아렸다.

"너는 지금 내 집무실로 가 그것을 가져오라. 당장!"

"속히 가져오겠나이다."

재촉하는 그의 목소리에 환관이 서둘러 자리를 떠났다.

침묵 속에서 시간은 느리게 흘렀다. 운도 운덕도 황제를 호위하고 있는 친위대도 숨소리조차 내지 않았다.

잠시 사라졌던 환관이 피가 묻은 누런 서책 같은 것을 품에 안고 뛰듯 다가왔다. 황제의 명대로 서두르느라 숨이 찼는지, 연신 헉헉거렸다.

"대령했나이다."

숨이 가빠 죽을 지경이면서도 환관은 황제에 대한 예우는 잊어버리지 않고 공손히 머리를 조아렸다. 참을성 없이 환관이 내밀기도 전에 서책을 빼앗듯 낚아챈 운덕이 홱! 운의 앞에 던졌다.

툭!

묵직하게 떨어지는 소리에 운이 고개를 들었다.

"나는 분명 네게 이야기했다. 더는 피를 보고 싶지 않다고. 하나, 이거면 말이 다르지 않겠느냐."

다시 무릎을 굽힌 운덕이 서책을 향해 손을 뻗었다. 그러곤 운의 앞에 조금 더 내밀었다. 운은 당혹스러운 눈을 감추지 못하고 서책을 내려다보았다.

"이것이 무엇인 줄 아느냐. 선황제 폐하의 시해 증거가 담긴 장부이다. 배후가 누구인지 아주 세세히 적혀 있지."

선황제 시해의 증거라면……!

선황제를 시해하고 황태자를 죽인 뒤, 2황자를 옹립하려 했던 자로, 운덕이 황제로 즉위할 때까지 드러나지 않았다.

"운아 내 꿈을 기억하느냐. 누구는 초라하다고 할지라도 난 한평생을 평범한 지아비로 살고 싶었다. 결코 이 피비린내 나는 자리에 오르고 싶지 않았어."

"……"

"그런데 그만 빌어먹게도 황자의 난에 휩쓸리듯 끌려들어 살기 위해 내 손에 피를 묻혔지."

"……"

"나는 여전히 이 자리가 내 자리라 생각되지 않아. 이 자린 원래……"

유일한 형님이었던 황태자가 자리했어야 했다.

망극한 말에 친위대가 일제히 무릎을 꿇었다. 쿵! 정적을 뚫고 묵직한 소리가 울려 퍼졌다.

"그래서 날이면 날마다 형님 꿈을 꾸었다."

운은 황태자를 떠올리며 슬피 웃는 운덕을 흔들리는 눈으로 바라보았다. 운덕은 운의 뒤를 향해 고개를 돌렸다. 활짝 열린 문밖으로 펼쳐진 끝도 없는 광활한 길과 기둥 너머에 형님이 서 있을 것만 같았다.

"해서 너무 그리워 형님께서 자주 쓰던 서고로 가곤 했지. 그러다가 아주 우연히 이것을 발견했다."

운의 눈빛이 크게 일렁였다.

그럼 이것이…….

운덕이 운과 다시 시선을 마주했다.

"그래, 이것은 형님께서 죽기 직전 숨겨 둔 것이었다."

"……."

"나는 너에게 이걸 넘겨줄 것이다. 대신 묻겠다."

"하문하십시오."

"진정 저 파렴치한 자의 목을 내 앞에 대령할 수 있겠느냐. 알고 있는 사병만 수백에 세력 또한 만만치 않다. 또다시 전쟁이 일어날지도 모른다."

"……."

"그런데도 가능하냐 묻는 거다."

운덕이 손을 뻗어 운의 양어깨를 부서질 듯 틀어쥐었다.

"네가 실패한다면 나 또한 위험해질 것이다."

"……성공할 것입니다. 반드시."

운이 운덕의 얼굴을 똑바로 마주했다. 운덕은 만족스럽게 웃었다.

＊ ＊ ＊

까아아악!

갑자기 쳐들어온 운의 군대가 대문을 거대한 나무로 내리찍자, 노비들이 혼비백산하며 도망쳤다. 수레와 돌까지 모두 끌고 온 허가의 사병들은 악착같이 대문에 몸을 밀치며 문을 막았다.

쾅! 쾅!

그러나 얼마 못 가고 대문 가운데가 쩌저적! 갈라지더니 뻥 뚫렸다.

그 틈을 뚫고 들어온 나무에 부딪혀 사병들의 몸이 튕겨 나갔다.

그들을 밟고 위풍당당하게 들어선 병사들이 순식간에 허가를 에워쌌다. 빠르게 들어선 병사들이 일제히 옆으로 비켜섰다. 그 사이를 뚫고 운이 검은 망토를 펄럭이며 안으로 들어섰다. 철갑옷으로 무장한 운은 금방이라도 전장에서 튀어나온 것처럼 위압감이 느껴졌다.

"힉!"

차마 도망가지 못한 노비 하나가 운의 옆에서 엉덩방아를 찧었다. 새하얗게 질린 노비는 제 앞을 스쳐 지나가는 운의 살벌한 기세에 마른침만 꼴깍 뒤로 넘겼다.

"자, 자네 지금 이 무슨 짓인가!"

순간의 위압감에 얼어붙어 있던 허태웅이 허리춤에서 검을 빼 들었다.

"지금 감히 내 집에 쳐들어와 검을 드는 건가! 죽고 싶어 환장한 게야!"

저벅저벅.

느린 걸음으로 태웅의 지척까지 올라온 운이 건조하기 짝이 없는 얼굴로 고개를 까딱였다. 그의 고갯짓에 운의 거대한 몸에 숨겨져 있던 환관이 모습을 드러냈다. 황제를 대신해 온 게 분명해 보이는 환관의 등장에 허태웅의 눈이 혼란으로 일그러졌다. 허가의 사병들도 당황하며 주춤거렸다.

운의 가슴팍 아래에나 올까 싶은 환관이 앞으로 나와 품 안에 든 두루마리를 펼쳐 들었다.

"허태선은 들어라!"

"뭐, 뭐라!"

아버지의 존함을 함부로 부르는 환관의 작태에 허태웅의 얼굴이 시뻘겋게 달아올랐다. 허태웅을 힐끔 곁눈질한 환관은 코웃음을 치며 더 큰소리로 외쳤다.

"감히 선황제 폐하를 시해하고, 황태자 전하까지 시해했으며!"

마, 말도 안……돼!

어떻게 이런 일이!

그날의 전말을 아는 자들은 모두 죽었다. 황제의 손에 죽지 않으면 자신들의 손으로 죽여 버렸다. 게다가 이미 오래전 일이 아닌가.

"지금 무슨 개소리야!"

당황하던 허태웅은 뻔뻔하게 나가기로 했다. 여기서 조금만 움찔했다간 환관의 뒤에 떡하니 버티고 있는 운의 검에 개죽음당할 것이다.

"모함하려거든 증거를 들이밀……!"

"2황자를 황제로 세우기 위해 수많은 피를 본 황자의 난까지 일으켰음에도 죄를 빌지 않고 사리사욕을 탐했으니 그 얼마나 참혹한 일인가!"

환관은 아랑곳하지 않고 고래고래 소리 지르듯 황제의 말을 전했다.

"하여 안타깝게 세상을 떠난 아바마마와 형님을 대신해 허태선과 그의 가족을 역모죄로 다스릴 것이다!"

"어디서 소란인 게야!"

벌컥!

때마침 문이 열리고 안에서 허태선이 뒷짐을 지며 나타났다. 허태선은 이글거리는 횃불 가운데 서 있는 사람들을 한차례 훑었다. 그러다가 운에게 시선이 닿았다.

"나는 한 치의 부끄러움도 없이 살았느니! 그런 참혹한 모함을 도대체 어느 누가 한 것이냐!"

허태선을 말없이 올려다보던 운이 품 안에 든 장부를 꺼내 앞에 툭! 던졌다. 그때까지 의연함을 보이던 허태선의 얼굴이 보기 좋게 일그러졌다.

저것은 황태자와 함께 불 속에서 사라진……!

그 장부가 아니었던가!

온 데를 다 뒤져도 나오지 않았던 저것이 어찌하여 흑운왕의 손에 있단 말인가!

'아버님……!'

허태웅의 시선이 허태선에게로 향했다. 허태선이 고개를 들어 아들을 응시했다.

이리되면 어쩔 수 없는 일이 아닌가…….

천천히 주먹을 그러쥔 허태선이 천천히 눈을 감았다 떴다. 짧은 깜빡임과 동시에 검을 빼든 허태웅이 바로 지척에 서 있던 운의 병사의 목을 쳤다.

컥!

찰나의 순간에 베인 병사의 목에서 분수처럼 피가 터져 나왔다. 튕겨 나온 피가 허태웅의 얼굴에 묻었다.

"다 죽여라!"

와아아아아아아!

허태웅의 명에 함성이 울려 퍼지고, 건물 뒤편에서 수백 명의 병사가 튀어나왔다.

"한 놈도 빠짐없이 다 죽여야 한다!"

"예!"

순식간에 아수라장이 된 현장 속에서 운은 병사들의 비호 아래 도망치는 허태선을 지켜보다가 검을 빼 들었다.

* * *

동이 트기 시작했다.

간밤에 시작된 전쟁은 거의 끝이 나고 있었다.

끝도 없이 쏟아지는 적들을 베고 또 베었다. 얼굴과 손이 피로 젖어 들고, 바닥에까지 그 피가 스며들어 마치 지옥과도 같았다. 무수히 많은 병사가 발아래 엎어졌다. 운은 수백 명의 병사를 벤 끝에 허태웅과 마주했다. 그는 전장을 함께 누비던 대장군답게 악바리처럼 끝도 없이 일어났다. 운은 그에 대한 마지막 예우로 진심을 담아 검에 힘을 실었다.

끝내 태웅의 무릎이 꺾였다.

푹!

"헉!"

허태웅의 허벅지에 운의 검날이 내리꽂혔다. 목덜미의 푸른 핏줄이 불룩 솟을 정도로 허태웅이 고통스럽게 신음을 흘렸다.

꾹 누른 뒤 검을 빼 들자 울컥! 피가 터져 나왔다. 순간 튀어 오른 피가 운의 턱 밑에 튀었다. 이미 그의 철갑옷과 검은 망토는 피비린내가 날 정도로 엉망이었다.

"지옥에서 살아남아 기필코 널 죽이러 올 테……!"

악에 받친 그의 눈에 실핏줄이 터졌다. 운은 다시 한번 검을 들어 허태웅의 심장을 꿰뚫었다.

"헉!"

묵직하게 꿰뚫고 들어오는 검에 차마 신음조차 흘리지 못하고 부릅뜬 눈으로 운을 올려다보던 허태웅이 축 늘어졌다.

* * *

허태웅이 시간을 버는 사이에 허태선과 그 가족들은 꽤 멀리도 도망쳤다.

그러나 운의 수하들은 그들보다 빨랐으며, 그들을 태운 마차는 수도를 좀 벗어났을 때 진명에게 붙들렸다. 수척해진 얼굴로 끌려 온 허태선은 눈빛만은 형형한 채 운을 죽일 듯이 노려보았다. 밧줄에 꽁꽁 묶여 있는데도 참으로 오만했다.

같이 붙잡혀 온 허태선의 부인은 오래전 미색으로 유명했던 게 사실인지, 여전히 아름다웠으나 눈물로 엉망이었다. 그녀는 눈물 바람을 하며 제발 살려 달라고 빌기만 했다. 그 옆엔 허태웅의 부인이 있었다. 그녀는 허태웅을 원망하며 악을 써 댔다.

그 조금 떨어진 뒤엔 천으로 얼굴을 가린 여인이 앉아 있었다.

다른 길로 몰래 도망쳤다가 조금 전 잡혀 들어온 여자였다. 뒤늦게 들으니 허태웅의 첩이라 했다. 운은 무심히 시선을 돌렸다.

가장 중요한 허여소가 보이지 않았다. 운이 싸늘한 시선으로 허가의 식솔들을 샅샅이 훑었는데도. 허여소의 머리카락 하나 보이지 않았다.

"허여소는 이미 그때 도주한 듯합니다. 속히 수색대를 꾸리겠습니다."

운에게 다가온 진명이 귓속말을 전했다. 운은 알았다는 듯 고개를 끄덕였다. 진명은 병사들에게 모두 궁으로 끌고 가라고 지시를 내렸다.

"잠깐."

병사들이 허가의 식솔들을 모두 끌고 가기 위해 움직이려 하는데, 운이 갑자기 그들을 막아 세웠다. 영문도 모른 채 멈춘 병사들과 진명이 의아하게 운을 보았다. 운은 시선을 한곳으로 하고 걸음을 움직였다.

운이 다가서자 천으로 얼굴을 가린 여인이 움찔거렸다. 코앞에 선 운이 고개를 푹 숙인 채 저를 외면하고 있는 그녀를 말없이 내려다보았다.

"벗겨."

"예? 예, 전하."

당황한 병사가 다가와 얼굴을 가리고 있는 천을 벗겨 내었다. 엉망으로 된 머리카락 사이에 얼굴이 반쯤 드러났다. 얼굴에 흉터라도 있는 건가. 아니면 무엇을 감추려 하는 건가. 어떻게 해서든 운에게 얼굴을 보이지 않기 위해 여자는 고집스레 고개를 숙였다.

"헉!"

손을 뻗어 그녀의 머리카락을 우악스럽게 움켜쥔 운이 여자의 얼굴을 들어 올렸다.

"……!"

드러난 여자의 미색에 놀란 것이 아니었다. 이상하게 낯이 익었다. 알 수 없는 불안감과 익숙함에 심장이 쿵쾅댔다. 고집스럽게 천으로 얼굴을 가릴 땐 언제고. 막상 얼굴이 드러나니 홍요가 체념 어린 얼굴로 운을 올려다보았다.

"오랜만이구나, 운."

태웅의 첩으로 들어와 앉은 그녀를 누구 하나 사람 취급 하지 않았던 이들은 흑운왕에게 인사를 건네는 홍요를 황당하게 쳐다보았다. 오랜만이라니. 운이라니. 두 사람이 아는 사이였던가……?

다정한 그녀의 인사에 허가의 식솔은 물론 주위를 에워싸고 있던 병사들이 일제히 당황했다. 홍요와 눈을 맞추는 운의 눈빛에 거친 풍랑이 일었다. 홍요는 무언가를 가늠하듯 운을 살피다가 조심스럽게 물었다.

"날 기억하니?"

기억……하냐고?

무엇을……?

갑자기 속이 뒤틀리고 머리가 윙윙 울렸다.

'널 버렸어. 가현 아가씨가.'

똑같은 목소리였다.

매일 밤 그를 괴롭히던 목소리와 똑같았다. 운의 얼굴이 서서히 일그러졌다.

헉!

갑자기 머리가 깨질 듯하더니, 순식간에 기억들이 휘몰아쳤다.

"……꽃분!"

뒤죽박죽 엉켜있던 기억들이 제자리를 찾아 들어갔다.

* * *

순간의 격통과 함께 암흑 속에서 길을 잃고 헤매던 운은 제 몸이 덜덜 떨리는 게 느껴졌다.

딜컹거리는 것이 짐수레 소리였다. 억지로 눈을 뜬 운은 이곳이 어디인가 살피려 했지만, 앞을 가리고 있는 멍석 때문에 보이지 않았다. 그때, 수레를 끄는 사람들의 말소리와 어느 여자의 말소리가 들렸다.

"이 길로 전쟁터로 데려가면 된다고?"

"아뇨, 전쟁터로 데려가는 도중에 몰래 대호국의 노역장에 팔라고 하셨어요."

전쟁터라니…….

대호국의 노역장이라니……!

이게 다 무슨 소리인가!

"뭐? 세상에! 아무리 그래도 그렇지! 대호국의 노역장이 얼마나 험악한 곳인데……."

"죽지 않은 게 다행 아니어요? 아가씨께서 그리하라 시켰으니 틀림없이 일 처리 해야 합니다."

중년 사내의 말을 여자가 싸늘한 목소리로 끊어 버렸다.

"하긴, 후궁으로 들어가야 하는데 운이 놈과 정을 통했다는 게 알려지기라도 하면 큰일이지."

"으……."

운이 간신히 낸 소리에 수레가 멈추었다. 당황한 아저씨들이 속히 운을 덮고 있던 멍석을 들쳤다. 조금 당황한 듯 운을 내려다보던 꽃분이 한숨을 내쉬며 아저씨들에게 잠시 자리를 비켜 달라고 요청했다. 어색하게 운에게 웃어 보인 아저씨들이 자리를 비켜 주었다.

"운아, 차라리 깨어나지 말지 그랬어."

"으으으……."

입이 터져서 아무리 말을 하고 싶어도 말이 나오지 않았다. 꽃분은 운을 안타깝게 바라보았다.

"아가씨는 이제 만날 수 없어. 그분은 후궁으로 가시게 될 거야. 새로운 미래를 위해 널 버린 거야, 운아."

버리다니……?

잠시 잊고 있던 일이 폭풍처럼 몰려왔다. 가현을 살리기 위해 거짓을 고했고, 매질을 당했다. 그 사이에도 아가씨는 어떻게 해서든 자신을 살리기 위해 애썼다. 그런데 어찌하여 그녀가 날 대호국의 노역장으로 팔아 버린단 말인가. 그녀는 차라리 죽였으면 죽였지 이런 비열한 짓을 할 사람이 아니었다.

필시 무슨 연유가 있을 거였다.

무슨 말이라도 하고 싶은데 괴이한 짐승의 울음소리만 새어 나왔다. 끝도 없는 울분과 답답함이 가슴을 짓눌렀다. 꽃분은 상처로 가득한 운의 얼굴을 안타깝게 쓰다듬었다.

"넌 여전히 아가씨를 믿는구나?"

믿을 수 없다는 눈으로 쳐다보는 운을 안타깝게 바라보던 꽃분이 주섬주섬 품 안에서 가락지를 꺼내 운에게 보여 주었다.

"이것이 무엇인 줄 알지? 네가 아가씨께 준 것이지 않니."

그래, 분명 자신이 가현에게 준 것이었다. 그걸 받고 가현은 세상을 다 얻은 사람처럼 곱게 웃었다. 그런데 어찌하여 이 쌍가락지가 꽃분의 손에 들려 있는 것인가……. 피멍으로 부어오른 눈꺼풀 아래 그의 눈빛이 혼란스럽게 흔들렸다. 그의 미간을 조심스럽게 쓸어내린 꽃분이 귓속말로 속삭였다.

"아가씨가 널 버린 증거야, 운아."

"크윽!"

운은 믿지 않는다는 듯 고개를 내저었다. 내가 아는 사람은 그런 사람이 아니었다. 꽃분이 분명 무언가를 잘못 알고 있는 것이다. 절 믿지 않는 눈으로 처절하게 고개를 내젓는 운의 모습에 짜증이 치솟았는지 꽃분의 눈에 일순간 분노가 스쳤다.

"그래, 넌 이리도 우직하게 한 번 준 믿음은 저버리지 않지."

하지만 그 우직함에 운을 마음에 품은 것이다.

"어쩔 수 없구나."

쓰게 웃은 꽃분이 손을 뻗어 운의 입을 벌렸다. 그러곤 허리춤에 차고 있던 작은 약병 하나를 꺼내 운의 입 안에 모두 털어 넣었다.

"컥, 컥!"

안간힘을 쓰며 버티던 운의 사지가 서서히 늘어졌다. 그대로 혼절한 운의 미간에 입을 맞춘 꽃분이 차갑게 얼어붙은 눈으로 미소 지었다.

"마지막이니 선물은 주어야겠지."

운의 품 안에 반지를 넣어 준 꽃분이 생긋 웃었다.

"부디 이생에선 더는 보지 말자꾸나, 운아."

* * *

엉켰던 기억들이 모두 되돌아오자 끝도 없는 격통이 몰려왔다.

갑작스러운 통증에 머리를 짚고 주저앉은 운의 눈에 핏발이 섰다. 천천히 고개를 든 운이 홍요를 멍하니 바라보다가 몸을 일으켰다. 갑자기 주저앉더니 이번엔 또 일어나 홍요를 뚫어지게 보는 운이 영 이상했다. 하지만 그 누구도 움직이지 못했다. 숨조차 쉬지 못할 정도로 운에게서 흐르는 기운이 살벌했기 때문이었다.

순간 운의 얼굴이 험악하게 일그러졌다. 잔뜩 일그러진 얼굴로 홍요를 노려보던 운이 손을 뻗어 그녀의 목을 틀어쥐었다.

"헉!"

목을 죄어오는 손아귀 힘에 홍요의 안색이 파리해졌다.

"너로구나."

눈에 핏발이 설 정도로 이성을 잃은 운은 홍요를 죽일 작정인지 손아귀에 힘을 더 주었다. 떨리는 손으로 그의 손을 붙든 홍요가 벗어나려고 발버둥을 쳤다. 운의 메마른 입술 사이로 처절한 외침이 터져 나왔다.

"네년이었더냐!"

운은 가현의 참혹한 모습을 보았을 때도 이성을 잃지 않았다. 반시체처럼 다니긴 하였으나, 이렇게 고함을 지르지 않았다. 그래서 진명은 크게 당황했다.

도대체 저 여자가 누구이길래 주군이 저토록 격노한단 말인가.

"나, 나는……. 컥!"

서서히 가해지는 손아귀 힘에 턱이 아렸다. 애써 끌어올린 목소리로 홍요가, 아니 꽃분이 입을 열었다.

"어, 어쩔 수……, 없는 일이었어!"

그래, 분명 어쩔 수 없는 일이었다.

꽃분은 살기 위해 도련님을 택했다.

그리고……. 가현과 운은 그저 날 기만한 벌을 받은 것뿐이었다.

자신의 삶도 그다지 좋지만은 않았다. 몇 년 새에 가진은 시들시들해졌고, 한 번의 유산 후 아이를 갖기 힘들었다. 아이를 갖기 힘든 몸이 되자, 옥씨 부인도 가진도 더는 거들떠보지 않았다. 꽃분은 그냥 살고 싶었을 뿐이었다. 남들처럼만이라도.

살기 위해 가진을 버리고 도망친 것도 매한가지였다.

'도망쳐, 얼른!'

뒤에서 저를 향해 손짓하던 아버지도 두고 도망쳤는데 도련님 하나 버리는 것이 무어라고.

대호국에서 몰려오는 병사들에게 겁간을 당하고 싶지도, 그렇다고

개죽음을 당하고 싶지도 않았다. 그렇게 간신히 도망쳤고, 우연히 태웅의 손에 들어간 것이었다.

그런데 우습게도 대호국의 흑운왕이 그 '운'이었다니!

게다가 냉궁에 갇혀 죽을 줄 알았던 가현까지 다시 만나게 될 운명에 처했다. 이렇게는 안 되었다. 내가 살아야 했다. 살기 위해서 그들을 먼저 죽여야 했다.

그러니까 이건 모두 내 탓이 아니다.

"내 탓이 아니라고! 도련님이 모두 시켜서 네 기억을 지울 수밖에 없었어. 네가 혹시나 돌아오면 가현 아가씨도 위험하다고. 너와 정을 통했던 사실을 왕이 알게 되면 정말 큰일 나니까. 그래서 그만……"

기억을 지웠다니.

곁에 서 있던 진명의 눈이 그대로 커졌다. 그럼, 주군을 노역장으로 팔아 버린 게……. 가현이 아니라 저 여자였단 말인가.

"정말이야! 난 그땐 그냥 따라야 하는 노비에 지나지 않았다고!"

애원하는 꽃분을 죽일 듯이 노려보던 운이 그녀를 내던졌다. 내던져진 홍요가 제 목을 손으로 감싸고 연신 컥컥거렸다.

"큭!"

운이 갑자기 미친 듯이 웃기 시작했다.

아하하하하하!

진명과 병사들은 물론 허가의 사람들까지 모두 당황하며 운과 꽃분을 번갈아 보았다.

미친 듯이 웃어 대던 운의 눈가가 분노로 시뻘겋게 달아올랐다.

이성을 잃어버린 그의 눈은 소름이 끼칠 정도로 붉었다.

불안하게 운을 지켜보던 진명의 눈이 순간 커졌다. 운이 갑자기 검을 빼 들었기 때문이었다. 그리고 그 검으로 꽃분의 어깨를 푹! 꿰뚫었다.

"헉!"

"꺅!"

옆에 앉아 있다가 봉변을 당한 허태웅의 부인이 자지러지며 옆으로 물러났다. 불에 덴 듯 화끈거리는 고통에 꽃분의 얼굴이 구겨졌다. 어깨를 움켜쥐고 쓰러진 꽃분을 내려다보던 운이 다시 검을 들어 올렸다.

이성을 놓아 버린 그의 눈동자엔 오직 끝도 없는 분노만 가득했다. 운이 다시 검을 들어 꽃분을 찌르려고 하자 진명이 다가와 그의 허리를 붙들었다.

"전하!"

"놓아라!"

진명이 그를 붙들었지만, 운의 팔꿈치에 턱을 맞고 나가떨어졌다. 진명을 떨쳐 낸 운이 하늘 높이 들어 올린 검으로 꽃분의 심장을 꿰뚫었다.

푹!

반동하듯 튀어 오르던 꽃분의 몸이 다시 바닥으로 떨어졌다. 그녀의 몸에서 튕겨 나온 피가 흩뿌려지듯 운의 얼굴을 더럽혔다. 사색이 된 채로 모두 지켜보던 허태웅의 부인과 허태선의 아내가 혼절하며 뒤로 넘어갔다. 허가의 노비들은 제가 무엇을 본 것인지 믿기지 않아 그저 넋을 놓고 지켜보았다.

"으아아아아아악!"

피로 뒤덮인 운이 포효하듯 고개를 하늘로 젖히며 악을 질러 댔다. 온몸을 잠식해 들어 가는 끔찍한 고통 속에서 마침내 기억해 낸 건……

'반드시 살아남아야 한다, 운아.'

아가씨의 목소리였다.

* * *

노비들이 주춤거리며 뒤로 물러섰다.

밤사이에 피 냄새가 그득한 몸을 하고 나타난 주인 때문이었다. 운은 노비들이 보이지 않는지 그저 걸었다. 그가 걸을 때마다 피가 흙바닥에 뚝뚝 떨어졌다.

느린 걸음으로 그들을 지나친 운이 건물 안으로 들어섰다. 기다란 복도를 따라 이동하는 그를 뒤로 핏방울이 늘어졌다. 마침내 그가 멈추었다. 가현이 누워 있는 침실 앞이었다. 탁해진 눈으로 언뜻 멍하게 굳게 닫힌 문을 바라보던 운이 손을 들어 문고리를 붙잡았다.

드르륵.

그의 손을 따라 문이 열렸다. 한시도 눈을 떼지 않고 가현을 지켜보고 있던 린린은 들어서는 운의 끔찍한 모습에 경악하다가 입을 틀어막았다. 도망치듯 옆으로 비켜서던 린린은 고통으로 얼룩진 그의 눈빛에 자리를 비켜 주었다.

저벅저벅.

느린 걸음으로 가현의 앞에 선 운의 얼굴은 핏기가 하나도 없이 창백했다. 생명이 꺼져 버린 듯 탁한 그의 눈이 느리게 움직여 가현의 고운 얼굴에 닿았다.

천천히 들어 올려 가현을 매만지려던 그의 손이 멈추었다. 피로 뒤엉킨 제 손이 구역질이 날 정도로 더러웠다. 고운 가현의 얼굴에 닿기엔 너무나 끔찍한 손이었다. 차마 닿지 못하고 허공에 멈춰 있던 손이 서서히 떨렸다.

숨을 쉬지 못하겠다. 끝도 없이 올라오는 자책과 후회에 숨이 쉬어지지 않는다. 온몸이 덜덜 떨린다. 이를 악물고 참아 내던 운이 기어코 엎어졌다.

퍽!

퍽!

숨이 막힐 듯이 솟아오르는 수많은 감정을 토해 내듯 그가 주먹으로 바닥을 내리쳤다. 손등이 찢겨 나가고 피멍이 들어도 운은 멈추지 않고 계속해서 바닥을 내리쳤다.

대호국에 막 왔을 적엔 시꺼먼 구름이 앞을 가린 것처럼 머릿속이 몽롱했다. 아무것도 기억나지 않았다. 대호국의 노역장으로 끌려온 이유가 무엇일까……. 어째서 난 여기 있는 것이지. 난 누구이지. 기억들이 뒤죽박죽이었다.

뒤늦게 아주 조금씩 기억들이 돌아왔지만, 고작 알아낼 수 있는 건 제가 노비였다는 사실과 그 집의 아가씨를 연모했다는 것이었다.

그토록 연모하던 여인에게 처참하게 버려졌다고. 그렇게 생각했다. 아가씨가 날 버렸다는 그 말이 유일하게 선명했기에, 그 말만 들으면 가슴이 답답할 정도로 울분이 생겨났기에, 자신의 마음에 찬 것은 오직 복수뿐이라고 그렇게 생각했었다.

반드시 살아야겠다고 생각했다. 이곳에서 살아남아야 한다고 생각했다. 그 모든 마음이 '가현'을 죽도록 미워했기 때문이라고 생각했었다.

하지만 그것이 아니었다.

자신이 진정 살아남고 싶었던 건…….

아가씨가 끝도 없이 내게 말을 걸었기 때문이었다.

'반드시 살아남아야 한다, 운아.'

알 수 없는 약을 먹고 기억이 뒤틀렸음에도, 무의식에서 그녀의 목소리가 들렸던 것이다. 어디서 들었는지는 기억하지 못한다. 하지만 분명 들렸다.

살아남아. 그래야 나도 산다, 운아.

무의식 저편에서 끝도 없이 울렸던 그 말이 자신을 살린 거였다.

그런데 자신은 무얼 했던가…….

내가 그녀를 미워하는 동안, 그녀는 왕의 후궁으로 들어갔고, 내가 죽었다는 소식에 자결을 시도하다 냉궁에 틀어박혔다. 그런데도 멈추지 않고 매일같이 자결을 시도했다.

그런 와중에 가현을 이곳으로 끌고 와 무엇을 했던가. 끝도 없이 악을 퍼붓고, 경멸했으며 거칠게 다루었다.

'넌 내게 끔찍하고 역겨운 독밖에 되지 않는다.'

어처구니없게도 증오까지 퍼부었다.

'그러니 차라리 이대로 떠나 내 눈앞에서 영영 사라져 버려. 혹여, 다음번에 다시 만나게 된다면, 그땐 네년의 숨통을 끊어 놓을 것이니.'

"아……가씨……."

차마 용서받을 수 없는 참혹한 짓을 다른 사람도 아닌 아가씨께 저지르고 말았다. 가현이 이렇게 되어 버린 것은 허여소의 탓이 아니었다. 다른 누구의 탓도 아니었다. 다른 사람이 아닌 나 자신이었다. 운의 몸이 꺾였다. 꺾인 몸이 미친 듯이 떨렸다. 뜨거운 눈물이 솟구쳐 얼굴을 적셨다.

"아아……."

아가씨.

아가씨…….

제가 감히 아가씨께 무슨 짓을 저지른 겁니까……?

* * *

"세상에! 이게 다 뭔 일이래!"

성문 앞엔 수많은 인파로 가득했다. 그들은 성문 앞에서 펼쳐지고 있는 참수 현장에 수군거렸다. 도대체 무슨 죄를 지었길래, 황제 다음으로 권세가 있는 허가가 모조리 참수당할 지경이 되었단 말인가.

"도대체 이 무슨 일인가!"

평민들 사이에 선 귀족들이 당혹스러운 기색을 멈추지 못하고 단상 위를 바라보았다. 피떡이 된 허태선과 그의 가족들이 줄줄이 밧줄에 묶여 있었다. 그 뒤에선 망나니가 덩실덩실 춤을 추며 칼에 침을 퉤! 뱉었다.

"믿을 수가 없구먼! 허가가 이리 스러지다니!"

"듣기론 선황제 폐하와 황태자 전하를 시해했다고 하더라고."

곁에선 누군가가 은밀히 제가 들은 정보를 이야기했다. 그의 말에 사람들의 눈이 휘둥그레졌다.

"뭐라! 시해라니!"

그 일은 곧 황자의 난의 시작이었다. 그 일로 수많은 사람이 죽어났다. 만약 이게 진짜라면 참수로도 갚지 못할 죄였다. 그런데 그때의 일이 지금 와서 나오다니! 당최 일이 어찌 돌아가는 것인지 혼란스러웠다.

"전 황태자 전하께서 직접 남기신 증거 하나가 얼마 전에 나왔다지! 그러니 꼼짝 못 하고 참수를 당하는 게지."

헉!

그때 누군가 신음을 흘렸다. 끝까지 모함이라며 떠들던 허 재상의 목이 떨어져 내린 것이다. 뒤이어 허태선의 부인과 가족들, 그리고 그 밑에서 일하던 가솔들 모두 죽어 나가기 시작했다. 참혹한 광경에 더는 보지 못하고 사람들이 눈을 돌렸다.

그사이에 눈 하나 꿈쩍하지 않고 지켜보고 있는 사람이 있었다. 소리 소문 없이 사라졌던 허여소였다. 얼굴과 몸을 망토로 가린 허여소는 핏발 선 눈을 부릅뜬 채 가족들이 죽는 걸 모두 지켜보았다.

'아버지, 걱정 마셔요. 기필코 아버지를 대신해 갚아 줄 겁니다!'

피가 솟구칠 정도로 입술을 꽉 깨물고 서 있던 여소는 주위 사람들을 뚫고 사라졌다.

* * *

대호국의 정세가 빠르게 뒤바뀌었다.

그렇게 끌려간 허가 사람들 모두 참수당했다. 잠시 당황하던 귀족들은 허가를 모른 척했다. 허태선이 저지른 일은 가까이 지내도 멸문당할 수 있을 정도로 큰 죄였기 때문이었다. 그들이 모른 척한다고 한들 황제는 이미 시작했다. 그날 허태선과 함께했던 이들이 줄줄이 잡혀 들어왔다.

갑작스러운 일로 안팎이 시끄러운데도 흑운왕의 저택은 굳게 닫힌 채 고요하기만 했다. 점점 피폐해져 가는 얼굴로 운은 가현의 곁을 지켰다. 아무리 일으켜 세우려고 해도, 조금만 가까이 가려 하면 성난 짐승처럼 경계했다. 진명과 소소는 애가 타 침실 문밖을 서성였다.

운은 린린에게조차 가현을 맡기지 않았다. 푸석푸석해진 머릿결을 정리해 주는 것도, 몸을 닦아 주는 것도. 새 옷을 갈아입히는 것도 모두 제 손으로 했다. 그러곤 이따금 넋을 놓은 사람처럼 굴었다.

"이러다간 전하께서도 쓰러질 겁니다."

며칠 새에 확연하게 마른 운의 얼굴을 문틈 너머로 살핀 진명은 답답함을 토해 내듯 말했다.

소소 역시 답답했다. 하지만 할 수 있는 게 없었다. 그저 가현이 깨어나는 수밖엔.

노비들도 마찬가지로 시름이 가득한 얼굴로 삼삼오오 모여 대화했다.

"이대로 깨어나지 못할지도 모른대."

"깨어나도 불구가 된다던데?"

"이것들이!"

갑작스러운 린린의 등장에 화들짝 놀란 노비들이 자리에서 일어났다.

"리, 린린 우리는 그냥 걱정돼서……."

"마, 맞아! 우린 진짜 걱정이 되어서!"

"죽으라고 고사를 지내는 건 아니고!"

린린이 살벌하게 이를 갈며 그들을 죽일 듯이 노려보았다.

"한 번만 더 그러면 내 손에 죽는다고 했어, 안 했어! 내가 우스운 거지? 그런 거지?"

린린이 소매를 걷으며 한 걸음 다가서자 화들짝 놀란 노비들이 줄행랑을 쳤다. 주먹을 흔들며 그들을 미친 듯이 쫓아가던 린린은 얼마 가지 못하고 섰다.

"빌어먹을 것들! 천하의 나쁜 계집들!"

어깨까지 흔들며 씩씩거리던 린린의 눈가가 붉게 달아올랐다.

"뭐? 깨어나지 못한다고? 그 계집이 그렇게 약해 보여도 얼마나 단단한데! 깨어나서 불구 되면 뭐! 살아만 나면 되는 거지! 깨어만……. 흐윽!"

엉엉엉!

풀썩 주저앉은 린린이 아이처럼 울음을 터뜨렸다. 사실 노비들의 말은 거의 사실이나 다름없었다. 태의가 예상한 시일을 훌쩍 지났고, 가현의 몸은 하루가 다르게 말라 갔다.

* * *

목이 바싹바싹 말랐다.

침을 삼키려 해 보면 따끔거려 절로 인상이 찡그려졌다. 손가락 까딱할 수 없을 정도로 몸에 힘이 들어가지 않았다.

이곳은 어디지…….

마치 깊은 해수면 아래 둥둥 떠다니는 기분이었다. 이대로 깨어나지 않아도 괜찮을 거 같은데. 자꾸만 이상한 소리가 들려왔다. 마치 울음소리와 같은……. 그런 소리였다.

억지로 눈을 뜬 가현은 잠시 이곳이 어디인가 가늠하다가 묵직한 다리에 눈동자를 움직였다. 희미한 시야 너머에 어두컴컴한 물체 하나가 흔들거리고 있었다. 무엇이 저리 흔들거리는 게지…….

눈에 힘을 줘 보니 간신히 사람이라는 걸 알아챘다. 흔들거리는 것도 지금 보니 울고 있는 거였다. 뭐가 저리 슬퍼 우는 걸까.

멍하니 바라보던 가현은 뒤늦게 제 무릎 아래에 엎드려 숨죽여 울고 있는 사내가 운이라는 걸 알아챘다.

'운아……?'

어찌 우는 게야.

운아⋯⋯.

울지 말라고 토닥여 주고 싶은데. 손가락도 까딱거릴 힘이 없었다. 목소리도 나오지 않았다. 이상하게 잠이 쏟아졌다. 입만 벙긋하던 가현은 다시 잠에 빠져들었다.

* * *

정말 오랜만에 가현을 만날 수 있었다.

"이걸 다행이라고 해야 할지는 모르겠지만, 친위대까지 쳐들어와서 전하를 끌고 갔지, 뭐야."

린린이 키득거렸다. 사실 정말 무슨 큰일이 나는 줄 알았다. 뒤늦게 허가의 가문이 멸문당하고 참수까지 당한 일로 전하께 무슨 일이 생긴 게 아닌가 걱정이 들었는데. 그게 아니라, 지금껏 궁에 들라는 황제 폐하의 명을 어긴 벌이라고 하였다.

그 무슨 황당한 벌인지. 아무튼 그로 인해 운이 끌려가 버렸고, 가현의 곁을 린린이 잠시 맡을 수 있었다.

"영 서투르신 줄 알았더니."

주인님의 솜씨가 더 낫다는 생각이 들 정도로 가현의 몸이 깨끗했다. 각질 하나 일어난 곳이 없었다. 머릿결도 상태가 좋았다. 린린은 다친 발목 부근을 조심스럽게 닦는데, 무언가 이상했다. 바스락거리는 소리가 들렸다.

고개를 갸웃거린 린린이 고개를 들었다. 아무것도 없었다.

'잘못 들었나…….'

하던 일을 마저 하려는데, 다시금 바스락거리는 소리가 들렸다.

"……!"

마치 인형 손처럼 움직이지 않던 손이 까딱이며 이불보를 건드리고 있었다. 뒤늦게 가현의 손이 움직이는 걸 두 눈으로 확인한 린린의 눈이 그대로 커졌다.

* * *

"도대체가!"

태의에게 듣기는 들었지만.

직접 마주한 운의 얼굴은 보기 흉할 정도로 피폐했다. 안색은 파리한 것이 한 대 툭, 치면 쓰러질 것만 같았다.

진명은 운의 조금 뒤에 서서 마른 침만 뒤로 넘겼다. 오늘 아침, 갑자기 대문을 뚫고 황제의 친위대가 쳐들어왔다.

그러곤 침실에 틀어박혀 있는 운을 질질 끌고 갔다. 놀란 진명이 운을 뒤따랐다. 설마 황제가 운을 진짜 옥에 가두려 하는 게 아닌가 걱정이 들었기 때문이었다.

사실 그동안 황제는 꽤 여러 번 운에게 궁으로 들라는 명을 내렸다. 그런데 그것을 모두 거부했으니, 옥에 갇혀도 마땅했다.

"그 여인이 깨어나지 않아 힘든 것은 내 잘 알겠다! 하나, 아직 정리되지 않은 것이 태산이 아닌가! 지금까지 널 두고 본 것도 충분히 봐준 것이니."

황제는 허가만으로 끝을 낼 작정이 아니었고, 지금 이 시기를 놓치면 언제 다시 기회를 잡을지 몰랐다. 그날의 사건과 연관된 모든 이들을 끌어내야 했다. 운이 안타까우나 황제에겐 나라가 우선이었다.

"너는 앞으로 궁에서 기거하며 모든 일이 끝이 날 때까지 한 걸음도 멀어지지 말라!"

집으로 돌아갈 수 없다니. 미동 하나 없이 서 있던 운이 그제야 움직임을 보였다. 황제는 실소를 금치 못했다. 조금 전 온갖 협박을 일삼으며 죽이겠다고 말할 때에도 아무 표정 없더니. 고작 집에 돌아가지 못한다는 소리에 움직임을 보이는 게 아닌가.

며칠 새에 바보가 된 것 같았다.

"저 얼굴부터 멀쩡하게 만들어 놔라! 꼴 보기가 싫구나!"

소매를 거칠게 펄럭이며 황제가 명을 내리자, 환관들이 운에게 다가섰다. 그때 누군가 문을 박차고 들어섰다.

"흑운 전하!"

"아무도 들지 말라 했건만! 웬 소란인 게냐!"

황제 운덕은 갑자기 쳐들어온 환관에게 호통을 쳤다. 그러나 어딘가 영 이상했다. 귀신에라도 홀린 사람처럼 얼굴도 허옇고 식은 땀까지 흘렀다. 게다가 다른 때라면 납죽 엎드려 죄를 청해야 하는 것이 운을 부르짖고 있었다.

"깨어나셨……!"

어찌나 급한지 숨까지 헐떡이며 뛰어 들어온 환관이 온 힘을 다해 외쳤다.

"그분께서 깨어나셨다고 댁에서 소식이……. 허, 헉!"

천천히 돌아선 운이 숨을 고르는 환관을 멍하니 바라보았다. 미간을 찡그리고 있던 운덕의 눈이 커졌다.

"방금 뭐라 했느냐. 설마, 그 여인⋯⋯?"

우두커니 서 있던 운이 환관을 밀치고 밖을 뛰어나갔다.

"허, 참!"

무례하게도 황제의 명을 어기고 가 버리는 운의 뒤에서 호통을 칠 듯 험상궂은 얼굴로 일어서던 운덕이 이윽고 힘없이 주저앉았다. 환관들과 친위대가 운덕의 눈치를 살피는 그때, 운덕이 호탕하게 웃음을 터뜨렸다.

"앞으로 저 못난 얼굴은 안 봐도 되겠어!"

허벅지까지 치며 웃는 그의 목소리가 거대한 천장을 뚫고 밖에 서 있는 궁녀들에게까지 울렸다.

"태의에게 일러 곧장 운을 좇으라 하라!"

"예, 폐하."

한참 웃던 운덕이 명을 내리자, 환관 하나가 속히 자리를 벗어났다.

* * *

린린은 말도 못 하고 서서 입만 벙긋했다. 조금 전까지 웃던 얼굴은 어디로 가고 난처해했다. 소소 또한 굳은 얼굴로 가현을 바라보았다. 두 사람을 번갈아 바라보던 가현이 느릿느릿 입을 열었다.

"아이⋯⋯."

가현은 아까부터 아무 말도 못 하고 간신히 단어 하나만 내뱉었다.

맑고 곱던 목소리는 잔뜩 상해 사포질을 한 듯 거칠었다. 온몸에 힘을 주고 간신히 내뱉는 말은 사람들을 당혹스럽게 하기 딱 좋았다.

'아이라니……'

이미 세상 어디에도 없는 아이였다. 핏덩이로 쏟아져 나와 형체도 알아보기 힘들었다. 배 속에서 이미 숨이 끊어졌다. 그 모든 말들을 전하기엔 가현의 몸 상태가 말이 아니었다.

"가현아, 차근차근해도 늦지 않아."

린린이 가현의 어깨를 조심스럽게 쥐었다. 가현은 고개를 저으며 절박하게 린린을 올려다보았다.

"내…… 아이가……."

목소리가 나오지 않아 답답해 미칠 것 같았다.

막 깨어났을 때 모든 게 이상했다. 분명 자신은 약방에서 떠날 준비를 하고 있었는데, 어째서 다시 이곳으로 돌아온 건지 의문이 들었다.

그러다가 쓰러지기 직전 당했던 일을 기억해 냈다. 갑자기 쳐들어온 알 수 없는 사내에게 발목이 붙들려 꺾였고 그만 엎어졌다. 뜨거운 불에 덴 듯 갑자기 등에 통증이 오더니, 정신을 잃었다. 그 직전까지 어떻게 해서든 아이만은 살리려고 발악했었다.

아이는 어찌 되었을까. 아직 배가 부르지 않아 아이가 괜찮은지 묻고 싶었다. 그런데 어찌 된 영문인지 린린도 소소도 입을 다물었다. 조금 전까진 그렇게 울고 웃으며 깨어난 것을 축하하던 사람들이.

이상하게 불안했다. 가현은 힘없이 축 늘어진 손을 간신히 올려 린린의 치마를 붙들었다.

"아이는 없습니다."

이러지도 저러지도 못한 얼굴로 가현을 쳐다만 보는데, 소소가 대신 입을 열었다.

"소소 님!"

당황한 린린이 소소를 막아 세우려고 했으나, 이미 나온 말이 다시 들어갈 리는 없었다.

"지금 뭐라……."

지금 이게 무슨 소리인가. 고개를 돌린 가현이 멍한 눈으로 소소를 바라보았다.

"이곳에 왔을 때 이미 피를 많이 흘린 상태였습니다."

"소소 님! 미치신 게요! 아직 가현의 몸 상태가!"

"태의의 말론 이곳에 도착하기 전에 아이의 숨이 끊겼다고 하더군요."

"소소 님!"

찢어질 듯한 린린의 고함이 방 안에 울려 퍼졌다. 그런데도 이상하게 린린의 목소리가 들리지 않았다.

"아, 아니야……."

어눌한 목소리를 내뱉으며 가현이 고개를 저었다.

아니야. 아니다. 그럴 리 없었다. 아무짝에 쓸모없는 나약한 어미에게 올 정도로 아주 강한 아이였다. 그 어떤 풍파도 이겨 낼 거라 자부했다.

"나도 린린도 그때 이곳에 모인 사람들 모두 보았습니다."

"아……니야."

그럴 리 없어.

"아니⋯⋯에요."

무언가 잘못된 것이다. 소소 님이 뭔가 잘못 알고⋯⋯.

소소에게서 고개를 돌린 가현이 린린을 쳐다보았다. 린린은 차마 보지 못하고 외면했다. 그 순간 쿵, 심장이 밑바닥으로 곤두박질쳤다. 린린의 외면이 모든 게 사실이라고 말하고 있었다. 가현은 믿고 싶지 않았다.

그럴 리 없어. 나 같이 모자란 사람에게 와 줄 정도로 강한 아이가⋯⋯.

"아아⋯⋯."

떨리는 손으로 납작한 배를 붙든 가현의 허리가 꺾였다.

"아니야!"

피비린내가 올라올 정도로 목을 찢고 고함이 터져 나왔다.

쾅!

때마침 문을 박차고 들어서던 운은 미친 듯이 울어 재끼며 고개를 내젓는 가현을 발견하곤 멈칫했다.

아가⋯⋯씨.

거칠게 요동치는 그의 눈이 험악하게 일그러졌다.

"아가씨!"

이성을 잃고 고래고래 소리 지르며 울던 가현의 목이 뒤로 꺾였다. 놀란 린린이 다가서기 전에 그녀를 거칠게 밀친 운이 가현을 품에 안아 들었다.

"정신 차려요! 아가씨!"

운의 품 안에서 고개를 미친 듯이 내젓는 가현의 눈에서 눈물이 쏟아져 내렸다.

아아, 아가…….

* * *

차라리 가현이 깨어나기 전이 나았을 정도로 집은 살얼음판이었다. 그날 혼절하고 다시 깨어난 가현은 입을 꾹 다물고 누구도 보려 하지 않았다.

쨍그랑!

사기그릇 안에 고이 담겨 있던 흰죽이 이불과 바닥을 엉망으로 만들었다. 조각조각 깨어진 틈으로 떨어진 숟가락이 요동치다가 제자리에 멈추었다. 가현은 입을 꾹 다물고 고개를 틀며 운을 보지 않았다.

"다시 내오라."

가현은 특히나 운을 거들떠보지도 않았다. 그가 닿을라치면 소스라치게 놀라거나, 경기를 일으켰다. 그런데도 운은 고집스레 곁을 떠나지 않았다. 소소는 두 사람의 힘겨운 싸움을 곁에서 지켜보다가 조용한 한숨과 함께 머리를 조아렸다.

"속히 다시 들겠습니다."

잠시 후 소소가 죽을 가져왔다. 운이 알맞게 떠 식힌 후 가현의 입에 가져다 대자, 가현이 손등으로 거칠게 쳐 냈다. 숟가락뿐만 아니라 들고 있던 그릇까지 덩달아 엎어져 운의 손을 더럽혔다.

"전하!"

벌써 여러 번 죽을 엎어 새로 끓인 죽이었다. 막 끓인 탓에 뜨거운 죽이 손등을 덮은 것이다. 화들짝 놀란 소소의 목소리에 가현의 굳은 어깨가 미세하게 움찔했다.

"어서 찬물에 손을 씻으셔야겠습니다."

소소가 다가오려 하자, 운이 개의치 말라는 듯 고개를 저었다. 고개를 돌리고 쳐다보지 않는 가현의 등을 잠시 바라보던 운이 소소를 스쳐 밖을 나가 버렸다. 홀로 남은 소소는 복잡한 표정으로 가현과 그 주위에 어질러진 죽을 내려다보았다.

"차라리 시원하게 때리시는 게 어떻겠습니까. 안 그래도 성한 몸에 죽 한 입도 드시지 않으시니, 약까지 들지 못하고 있지 않습니까."

소소가 무어라 말하든 가현은 귓등으로도 듣지 않았다. 기어코 소소의 입에서 긴 한숨이 새어 나왔다. 벌써 여러 날이었다. 다 지쳐 나가떨어지라고 시위를 벌이는 겐지. 어젠 린린이 참다못해 화를 내었다.

답답한 것도 있었지만, 태의의 말 때문이었다.

주위를 모두 정리하고 자리에서 일어난 소소는 답답한 표정으로 가현을 보다가 물러났다. 홀로 남은 가현은 주먹으로 가슴을 퍽, 퍽 내리쳤다. 미칠 것만 같다. 계속해서 울분이 끓어오른다. 이러다가 정말 미칠 것 같았다. 어찌해야 이 울분이 가라앉을까.

어찌해야…… 괜찮아질까.

모든 걸 놓아 버리면 괜찮아질까.

차라리 깨어나지 말았으면 좋았으련만. 모자란 바보가 되어 아무것도 기억하지 않았으면 좋았으련만…….

너무 고통스러웠다. 인제 그만 놓아 버리고 싶었다. 모든 걸 내려놓고 이대로 영영 사라져 버리고 싶었다.

* * *

"허, 참."

태의는 기어코 시름을 토해 내었다.

"이러다간 정말 큰일 납니다. 억지로라도 드셔야 하옵니다."

결국 가현이 또 혼절했다. 그사이에 달려온 태의는 점점 약해져 가는 맥에 타박 아닌 타박을 놓았다. 그런데도 가현은 그의 말을 한 귀로 흘려들으며 고개까지 돌려 버렸다. 결국 보다 못한 린린이 죽을 들고 쳐들어왔다.

"먹어!"

린린의 외침에도 가현은 홱! 고개를 돌렸다. 입을 꾹 깨물고 가현을 노려보던 린린이 손에 든 그릇을 내려놓았다. 그러곤 다시 숟가락으로 죽을 폈다.

"얼른 안 먹어! 네가 애야!"

"……."

"안 먹겠다 이거지?"

억지로 하고 싶지는 않았지만. 이렇게 하지 않으면 가현은 진짜 저세상 가고 만다. 린린이 가현의 턱을 억지로 틀어 입을 벌리려고 했다. 가현은 있지도 않은 힘을 모두 쏟아 버렸다. 그 알량한 힘으로 린린을 버틸 수는 없었다. 억지로 벌린 입에 기어코 죽이 들어갔다.

"읍, 읍!"

"먹어야 살아! 꿀꺽 삼켜!"

"읍!"

린린을 죽일 듯이 쏘아보던 가현은 그만 치밀어 오르는 토기에 삼키지도 못하고 모두 뱉어 냈다.

우웩!

"야!"

숟가락을 내팽개친 린린이 시뻘겋게 오른 눈으로 가현에게 고래고래 악을 질렀다.

"죽을 거야! 이렇게 죽을 거냐고! 차라리 화를 내! 화를 내고 때려! 이대로 진짜 아무것도 안 먹으면 큰일 난다고 태의께서 여러 번 말씀했단 말이야!"

"······그럼 죽는 게지."

그게 무어라고.

그게 무슨 큰일이라고.

가현이 대수롭지 않은 얼굴로 입을 쓱 닦았다. 얼빠진 얼굴로 입만 벙긋거리던 린린은 험악한 말이 입 밖으로 나올까 소리도 내지 못했다. 가현의 시선은 린린에게서 돌아서서 멍하니 허공 어딘가를 배회했다.

＊ ＊ ＊

"……그럼 죽는 게지."

문밖에서 모두 엿들은 운이 간신히 벽을 붙들었다. 날이 지날수록 나아가지 못하고, 점점 더 악화되어 가는 것만 같다.

어디서부터 해결해 나가야 할지 앞이 보이지 않는다. 눈앞에 컴컴한 구름이 가득 낀 것 같다. 앞이 보이지 않으니 더 초조하다. 그렇다고 모든 걸 놓아 버릴 수는 없었다. 그녀를 이렇게 두고 볼 수는 없었다. 하지만 운은 자신이 없었다.

운은 자신이 할 수 있는 건 모두 다 했다.

가현의 몸을 위해 온갖 진귀한 음식을 갖다 바쳤다. 그러나 가현은 거들떠보지도 않았다.

가현과 운의 사이를 깊이 알지 못하는 노비들은 몹시 당황했다. 안타까운 일로 몸과 마음이 상했다지만, 다른 이도 아닌 냉랭하기 짝이 없는 주인이 한낱 여인에게 저렇게 쩔쩔매다니.

가현이 조금 기침이라고 할라치면 사색이 되어 태의를 불러 대는 건 예사였고, 날이 조금 쌀쌀하면 직접 나서서 불까지 때웠다. 그건 또 어디서 배운 것인지. 노비들보다 척척 잘해 냈다.

그런데 막상 가현의 가까이엔 가지 못했다. 가현이 그를 밀어 내고 있었기 때문이었다. 버림받은 강아지처럼 처량해 보이기까지 해, 이따금 가현이 밉기까지 했다. 노비들은 이러지도 저러지도 못한 얼굴로 지켜만 보았다.

＊ ＊ ＊

꽃분의 얼굴이 갑자기 가현의 얼굴로 뒤바뀌었다.

그런데도 제 손은 멋대로 그녀의 심장을 꿰뚫었다. 피가 낭자 되어 그녀의 주위에 둥근 웅덩이를 만들었다.

안 돼!

아무리 악을 써 봐도 손은 멋대로 가현을 찌르고 또 찔렀다.

안 돼……!

숨이 막혀 올쯤, 눈이 떠졌다.

헉!

급히 몸을 일으킨 운이 거칠게 숨을 몰아쉬었다. 얼굴과 벗은 상체는 온통 땀에 젖어 있었다. 언제부턴가 갑자기 이런 악몽을 꾸기 시작했다. 그날 제 손에 죽어 가던 꽃분의 얼굴이 가현의 얼굴로 뒤바뀌었고 그런데도 저는 멈추지 못하고 가현을 죽였다. 그녀의 숨이 끊어질 때까지. 아무리 멈추려고 해도 몸이 말을 듣지 않았다.

순간 초조해졌다. 온몸이 덜덜 떨릴 정도로 두려웠다. 급히 침상을 빠져나온 운이 침의도 제대로 걸치지 않고 방문을 열었다. 맨발로 뛰어나간 운은 바로 옆방으로 들어갔다.

가현을 봐야 살 것 같다.

미친 듯이 쿵쾅대는 이 심장이 가현을 봐야 진정이 될 것 같다. 급히 안으로 들어선 운은 휘장에 가려진 침상으로 다가섰다. 가까이 다가갈수록 그의 걸음이 느려졌다. 겹겹이 쳐진 휘장 아래 가현의 모습이 보였다. 그 모습을 그리듯 손을 움직이던 운이 천천히 휘장을 걷었다. 그 사이로 곤히 잠든 가현의 얼굴이 보였다. 꿈에서처럼 역겨운 피비린내도 맡아지지 않았다.

하아……

긴 숨이 그의 잇새로 토해져 나왔다. 힘없이 무릎을 꿇고 앉은 운이 침상 끝에 이마를 기대며 눈을 감았다. 신경이 쿵쿵거릴 정도로 초조하던 마음이 조금씩 가라앉는 게 느껴졌다.

어슴푸레해질 때까지 그러고 앉아 있던 운이 몸을 일으켜 방을 나가 버렸다. 깊은 잠에 들은 줄 알았던 가현은 문이 닫히는 소리가 들리자마자 눈을 떴다. 약간의 온기가 미미하게 남아 있는 침상 근처를 손끝으로 더듬거리던 가현이 고개를 틀며 다시 눈을 내리감았다.

* * *

잠시 운이 자리를 비운 사이에 호준이 찾아왔다.

그는 가현을 마주하자마자 그녀를 끌어안았다. 가현은 말없이 그의 등을 토닥여 주었다. 호준은 무엇이 그렇게 슬픈지 한참을 가현의 얼굴을 만지작거렸다.

"모든 게 준비가 되었다. 나와 가자."

그는 가현에게서 떨어지자마자 손을 내밀었다. 가현은 그의 손을 물끄러미 바라보았다.

그래, 원래 이 손을 잡으려고 하지 않았던가.

이곳은 더는 자신이 있을 곳이 아니었다. 매일같이 숨 막히고 답답하며 괴로워 죽을 것 같은 것도 어쩌면 이 집을 나서는 순간 사그라들지도 모른다.

가현은 더는 망설이지 않고 그의 손을 잡았다. 깨어난 이후 침상에서 내려온 적이 없어 가현의 걸음이 많이 비틀거렸다. 호준은 그녀를 재촉하지 않고 부축했다.

"가현아!"

먹지도 않는데 꾸준히 죽을 들고 들어오던 린린은 가현이 비틀거리는 걸음으로 밖을 나서려 하자 당황해 큰소리쳤다. 린린의 외침에 안쪽에 있던 노비들이 밖으로 뛰어나왔다. 가현이라는 이름만 들리면 반사적으로 뛰어나온 지 오래인지라. 습관처럼 뛰어나오던 그들은 화려한 복색의 사내에게 부축을 받으며 나오는 가현을 보곤 눈을 휘둥그레 떴다.

"이리 나오면 안 됩니다! 아직 걸음을 하면 안 된다고요!"

비틀린 다리를 억지로 끼워 맞췄지만 절뚝거리는 모양새가 영 불안했다. 이러다간 정말 다리를 절어야 할지 모른다. 린린이 성난 걸음으로 다가와 두 사람을 막았다.

"비켜라! 가현은 이곳을 떠나 나와 함께 갈 거니."

"그, 그게 무슨 소리입니까? 떠나다니!"

엄한 그의 얼굴을 빤히 보던 린린이 가현을 돌아보았다. 가현은 입술을 꾹 물곤 린린을 외면해 버렸다. 모든 게 사실이었다. 가현은 이곳을 떠나려는 모양이었다.

이곳을 벗어나고 싶어 하는 가현의 충분한 심정을 이해하지만 가현이 떠나고 난 뒤에 홀로 남을 주인님의 얼굴이 떠올라 비키지도 못하고 린린은 입만 벙긋거렸다.

"주인님도 안 계신 이 때에, 그 무슨 해괴한 짓입니까!"

다행히도 린린 대신 나타난 소소가 큰 호통을 치며 다가왔다. 호준은 콧방귀를 꼈다.

"주인은 무슨!"

콧방귀를 끼는 호준을 무섭게 노려보던 소소가 가현을 향해 말했다.

"나가려거든 인사는 하고 가시지요. 그리 비겁하게 도망칠 생각은 하지 말고요."

"이봐!"

"이곳이 아무나 들락날락하는 저잣거리인 줄 아시는 겁니까!"

그보다 더 큰 목소리로 엄히 꾸짖은 소소가 주위를 돌아보았다.

"도대체 누가 멋대로 이런 자를 들였는가!"

집안에 좀도둑이라도 들였다는 듯 소소가 소리치자, 화들짝 놀란 문지기가 앞으로 쭈뼛쭈뼛 나섰다.

"그, 그것이……. 가현…… 님의 친우분이신 걸 기억하여서 그만."

아직 어린 문지기의 얼굴이 금세 벌겋게 달아올랐다.

"아무리 친우라 하여도 경계가 삼엄한 때인데, 멋대로 들였단 말인가!"

보란 듯이 어린 문지기를 호통치는 소소를 기가 찬 얼굴로 보던 최가 도령이 미간을 일그러뜨렸다.

"지금 뭣 하는 건가! 얼른 길을 비키지 못할까!"

"말했듯 주인님께서 아직 돌아오지 않으셨습니다. 전 주인님 말만 들으니, 그리 원하시거든 안으로 들어가 고이 기다리시지요."

꼬장꼬장하고 고집스러운 소소의 얼굴은 바늘 하나 들어가지 않을 것 같았다.

"비켜 주세요. 전 이미 이곳을 떠난 몸입니다."

여태껏 묵묵히 입을 다물고 있던 가현이 나섰다. 가현의 냉한 얼굴에 소소가 마른침을 삼켰다. 린린은 제발 소소 님이 힘을 내 주길 빌며 눈만 찔끔거렸다. 가현을 복잡한 눈으로 보던 소소가 물었다.

"진정 이리 가셔야 하겠습니까."

"……가야 합니다."

그래야 살 것 같다. 그래야 숨이 쉬어질 것 같다.

가현이 언급하지 않은 뒷말이 어쩐지 귀에 들리는 것 같다. 이곳에 와 고생만 지지리 한 데다가, 그런 험한 일까지 당했으니. 꼴도 보기 싫겠지. 허나, 눈앞에 주인님의 얼굴이 드리워져 가현을 보내기가 망설여졌다. 가현도 불쌍하고 안타까웠지만 매일 밤잠에 잘 들지 못하고 점점 말라 가는 주인도 불쌍했다.

어찌해야 할까 고민하는데, 문밖에서 말 울음소리가 들리더니 대문이 끼이이익, 열렸다.

"마침 오시는군요."

활짝 열린 대문을 지나 들어서는 운의 등장에 가현의 눈동자가 흔들렸다. 호준의 팔뚝을 부여잡고 있던 손에 절로 힘이 가해졌다. 긴장한 가현의 손길에 호준이 괜찮다는 듯 손등을 다독였다.

"……가현 님께서 어찌?"

먼저 가현을 발견한 진명이 멈칫했다. 뒤늦게 가현을 발견한 운의 걸음도 멈추었다. 멍하니 가현을 바라보던 운이 천천히 눈을 돌려 호준을 보았다. 안 그래도 파리하던 그의 얼굴색이 새하얗게 질렸다.

"내 네게 약속한 것을 지키러 왔다."

운을 천하의 나쁜 놈 보듯 바라보던 호준이 대뜸 말했다. 운의 눈동자가 걷잡을 수 없이 흔들렸다. 가현은 그를 외면하며 호준에게 작게 가자고 속삭였다. 가현의 말에 호준이 다시 길을 틀었다. 소소도 린린도 모두 지나쳤다.

절뚝거리는 걸음은 느리기만 했다. 이상하게 심장은 빠르게 뛰었다. 운이 가까워질수록 숨이 가빠지는 듯도 했다. 그러나 가현은 걸음을 멈추지 않았다. 마침내 가현이 그 옆을 지나갈 때, 돌처럼 굳은 채 서 있던 운이 덥석 그녀의 팔을 붙들었다.

"어딜 가시려는 겁니까."

"……"

"안 가면……. 아니 됩니까?"

'아가씨, 어딜 가십니까.'

오래전 그때의 목소리가 뒤섞여 들려왔다. 과거의 기억이 여태 남아 제 발목을 붙든 탓인지. 가현의 걸음이 멈추었다.

"제발……."

운이 무릎을 꿇었다. 놀란 노비 몇이 새된 소리를 내다가 입을 틀어막았다.

헉!

"제가 감히 아가씨께 죽을죄를 지었다는 거 잘 압니다."

진명은 물론 문을 지키는 병사들도, 소소도 린린도 모두 기합하며 가현의 앞에 무릎 꿇은 운을 바라보았다.

"모든 게 부질없다는 거 잘 알지만. 이렇게 아가씨를 보내면……, 그렇게는 할 수가 없습니다. 한 번만."

"……."

"차라리 원망하십시오. 다만, 떠나는 것만은……!"

"운아."

말없이 운을 내려다보던 가현이 느리게 입을 열었다.

"나는 널 원망하지 않는다."

"……."

"난 더는 네게 듣고 싶은 말도, 할 말도 없단다."

운이 절박하게 가현의 치맛자락을 붙들었다. 그런 그의 어깨 위에 손을 내려놓았다.

"이미 끝난 인연인 게야. 그러니 그만 놓아주렴."

"아가씨, 제발……."

고집스레 가현의 치마를 붙들던 그의 손이 떨렸다.

"난 그만 쉬고 싶다."

아슬아슬한 그녀의 목소리에 결국 운은 그녀를 붙잡지 못하고 놓아주었다. 치맛자락이 그의 손을 부드럽게 스쳐 지나갔다. 스치는 치마의 감촉이 숨 막히도록 고통스러웠다. 그대로 천천히 고개를 숙인 운의 눈에서 눈물이 떨어졌다.

맘 같아선 그녀를 붙잡아 방 안에 가둬 놓고 싶었다. 저를 다시 봐 줄 때까지 끊임없이 몰아치고 싶다. 이대로 그녀를 붙들고 아무도 없는 곳으로 가고 싶다.

하지만……. 쉬고 싶다는 그녀의 지친 목소리가 그의 온몸에 족쇄를 채워 움직이지 못했다. 누군가 제 심장을 붙들고 쥐어 짜는듯했다. 숨이 쉬어지지 않는다. 대호국으로 건너와 지금껏 제 곁에서 가현은 하루 편히 웃어 본 적이 없었다. 어여쁘게 웃던 그 얼굴이 이제는 기억나지 않을 만큼 그녀는 달라졌다. 그녀를 그렇게까지 달라지게 만든 건, 그녀에게 웃음을 빼앗아 버린 건 다름 아닌 자신이었다.

평생을 그녀만을 위하고, 행복하게 해 주겠다고 다짐하던 때가 있었다. 다른 건 몰라도 그녀가 웃을 수만 있게 하겠다고 했는데…….

모든 걸 망쳐 버렸다. 바보같이 제가 이 손으로 망가트렸다. 끝내 망가져 버린 가현은 어떠한 색조차 보이지 않는 무채색 같았다. 이대로 바람에 흩날려 사라질 것 같은 모래알 같았다. 제 욕심대로 그녀를 붙들어 가둬 놓으면, 가현은 정말 죽을지도 모른다. 제발 가지만 말아 달라고, 평생을 당신의 발 앞에 엎드려 죄를 청해도 좋으니, 날 더는 봐 주지 않아도 좋으니…….

제발 내 곁을 떠나지만 말아 달라고. 애원하고 싶지만, 운은 차마 하지 못했다. 결국 그녀가 제 안에서 숨이 멎어 영영 사라져 버릴까 봐…… 너무 두려웠다.

가현의 옷자락을 절박하게 붙들고 있던 운의 손에서 힘이 풀렸다. 운의 손에서 힘이 풀리자 치맛자락이 스치듯 그를 지나 멀어졌다.

가현은 그렇게 운을 떠났다.

* * *

절뚝이는 발목이 문제는 아니었다. 자꾸만 가다가 걸음을 멈추고 가다가 또 멈추었다. 결국 가현은 그 자리에 완전히 멈춰 서고 말았다.

"끝난 인연에 아직도 미련이 남은 건 저놈이 아니라 가현이 너로구나."

돌아서 보니 가현의 얼굴이 눈물로 엉망이었다. 분명 숨이 막혀 죽을 지경이었다. 운의 손이 닿을라치면 소스라치게 놀라지 않았던가. 매일 밤이 고통스러웠다. 이 울분을 쏟아 내고 싶어도 쏟아 내지지가 않았다. 그런데 막상 가려고 하니 발길이 떨어지지 않았다.

'아가씨……'

깨어나니까 그가 갑자기 절 보고 아가씨라고 하였다. 심경의 변화가 생긴 것일까. 아니면 갑자기 머리가 어떻게 된 것일까. 대호국에 처음 왔을 때부터 지금까지 보였던 눈빛은 어디로 가고. 마치 10년 전 그 눈을 하고 절 바라보고 있었다.

하나, 그게 지금 와서 무슨 상관일까…….

더는 그 곁에 있을 수 없었다. 말했듯 그를 원망하는 게 아니었다. 그를 보면 저 멀리 떠나가 버린 아이가 떠올라 미칠 것만 같았다. 아이가 떠나간 게 그의 탓이라고 말하는 게 아니었다. 아이를 죽인 건…… 어쩌면 자신이었다. 내가 아이를 원망했기 때문에, 그래서 가 버린 것이다. 그때 그렇게 원망하지 말걸. 아이에게 밉다 하지 않고, 예쁘다. 그렇게 이야기할걸. 그랬다면 떠나지 않았을 텐데…….

안 그래도 끝도 없는 자책감에 미칠 것 같은데, 외면하고 싶어도 운이 다가오면 그때가 떠올라 숨이 턱, 막혔다. 운과 이미 가 버린 그 아이로부터 도망치고 싶은 마음밖에 남지 않았다.

그와 난 인연이 아닌 것이다. 인연이었다면 그도 나도 이렇게 괴로울 리가 없지. 이렇게 고통스러운 인연이 세상에 어디 있을까……. 서로를 위해서라도 떠나는 게 맞았다. 그런데 머리로는 그렇게 생각하면서도 몸이 움직여지지 않았다.

이상하게 그의 부름이 자신을 붙드는 것 같았다. 발이 움직여지지 않았다. 가현은 머저리 같은 제 몸뚱이를 때리듯 가슴팍을 내리치며 눈물을 흘렸다. 그렇게 하염없이 울고 있는데, 호준이 성큼 다가와 팔목을 잡았다.

"가자."

가현은 꾸역꾸역 그를 따라 걸었다. 그런데 걸어가다 보니 선착장이 아니라 이상한 골목길로 들어섰다. 배가 준비되어 있다더니 아직 준비되질 않았나? 막상 도착한 곳은 어느 한적한 길목에 자리한 집이었다. 운의 집만큼 크진 않았지만, 여느 귀족의 댁처럼 컸다.

"대호국에 올 때마다 기거할 곳이 필요해 마련한 곳이다."

"……그런데 이곳은 왜?"

"기거할 곳이 마땅치 않으니 앞으로 이곳에서 지내거라."

"……뭐?"

우뚝 멈춘 가현이 당혹스럽게 그를 보았다.

"내 이럴 줄 알고 정리해 두었으니, 나 따라나서지 말고 이곳에서 지내라고. 그놈이 있는 곳으론 돌아가고 싶지 않을 거 아니냐. 설마……."

호준이 눈을 게슴츠레 떴다.

"그곳으로 돌아가고 싶은 거야?"

멍하니 서 있던 가현이 서둘러 고개를 저었다.

돌아가긴.

그곳으로는 돌아가지 않을 것이다.

"그건 아니야."

"그래, 그래야지. 이곳에서 앞으로 어찌 살지 생각해 봐라. 그 이후에 이곳을 완전히 떠날지 아니면 또 다른 곳으로 갈지. 그때 가서 정하면 되겠지."

가현은 어찌할 바 모르고 그를 바라보다가 눈시울을 붉혔다.

"……고마워."

호준은 조금 섭섭한 듯 후련한 얼굴로 웃음을 흘렸다.

"고마우면 몸조리나 잘 해. 밥도 잘 챙겨 먹고. 약도 잘 먹고."

그렇게 말한 그가 하늘을 올려다보았다. 어느새 노을로 붉게 타오르고 있었다.

"난 이만 가야겠다."

"아, 그럼."

"맘 같아선 이곳에 남아 있고 싶건만. 말했듯이 난 가장 바쁜 상단을 운영하지 않니."

사실 지금도 늦은 거였다. 가현만 아니었으면 진즉 떠났을 거였다.

가현은 저 때문에 괜히 발목이 잡힌 호준에게 미안했다.

"난 항상 네게 신세만 지는 것 같구나."

"네가 내 팔뚝을 깨물 때부터 난 너의 머슴 노릇을 할 운명이었어."

"뭐?"

가현이 그만 웃음을 터뜨렸다. 정말 오랜만에 웃는다는 걸 인지

하지 못하고 소리 내어 웃는 가현을 호준은 한시름 놓은 얼굴로 바라보았다.

"내가 없는 동안 이곳에 기거하는 식모가 잘 돌봐 줄 게야."

"응."

"네가 이곳에 남기로 했으니 없는 일을 만들어서라도 곧 대호국으로 와야겠구나."

짧은 작별 인사와 함께 돌아선 호준은 노을을 벗 삼아 사라졌다. 가현은 작은 점이 되어 멀어지는 호준을 말없이 바라보다가 작게 속삭였다.

"고맙다, 호준아."

가현은 처음으로 그를 진짜 이름으로 부르며 고맙다는 말을 전했다.

* * *

가현이 떠난 후, 운은 울지도 그렇다고 그때처럼 이성을 잃지도 않았다.

그냥 천천히 자리에서 일어나 가현이 사용하던 침실로 들어가 버렸다. 해가 떨어지고 밤이 다 늦도록 운은 문을 걸어 잠근 채 그곳에서 틀어박혀 나오지 않았다. 진명은 숨소리조차 들리지 않는 방문 앞에 섰다.

문득 황제의 말이 떠올랐다. 이따금 황제는 혼잣말로 운이 저놈이 품은 건 복수가 아니라고 했다. 진명은 황제의 말을 믿지 않았다.

매일 밤 발작까지 일어날 정도로 고통스러운 것이 증오 때문이 아니고 뭔가.

그 여인을 데려온 뒤에도 주군은 그녀 때문에 끊임없이 괴로워했다. 그런데…… 황제의 말은 사실이었다.

그의 고통은 사랑하던 여인이 억지로 기억에서 지워져 생긴 상실감이었다.

허태웅의 첩의 심장을 꿰뚫던 그때 알았다. 그 여자가 주군의 기억을 지우고, 노역장으로 팔아 버린 거였다. 그 여자 때문에 사랑인지 증오인지조차 알 수 없을 정도로 망가졌던 것이었다.

결국엔 기억해 냈어도 이미 너무 많이 늦어 버렸다.

가현 그 여인은 씻을 수 없는 흉을 지니게 되었고. 주군은……. 그 여인에게 닿을 수 없게 되어 버렸다. 그래도 진명은 가현을 뒤쫓았다. 가현 그 여인이 배를 타는 모습까지, 주군을 대신해 지켜보고 싶었다.

그런데 그 여인이 떠나지 않았다. 이곳에 남았다. '어쩌면'이라는 말이 가슴을 일렁였다.

그래, 어쩌면…….

두 사람의 엉킨 실을 풀 기회가 아직 남은 것일까.

"남으셨습니다."

그 기대를 하며 돌아왔다. 그러나 진명의 말에도 운은 인기척 하나 내지 않았다. 진명은 멈추지 않았다.

"그분께서 이곳에 남기로 하셨습니다. 같이 떠나려 했던 상단주의 저택에서 기거할 모양입니다."

제발 자신의 말이 주군에게 닿길 바랐다.

"……."

모든 것을 놓아 버린 것일까. 운은 답하지도 어떠한 소리도 내지 않았다. 들어갈까 망설이던 진명은 복잡한 숨을 토해 내며 돌아섰다.

* * *

'남으셨습니다.'

끝없는 해일 속에서 정처 없이 방황하던 운이 천천히 눈꺼풀을 들어 올렸다. 문틈으로 어슴푸레 들어오는 달빛 너머 진명의 그림자가 보였다.

남았……다고?

제 손이 닿을 수 없는 곳으로 영원히 떠났다고 생각했다. 그런데 떠나지 않았다니. 아직 이곳에 남았다니! 순간 멈춰 있던 심장이 다시 뛰기 시작했다.

볼 수 있다.

그녀를 다시 볼 수 있다. 그 마음으로 몸을 일으키던 운은 다시 주저앉고 말았다.

이 끔찍한 곳에서 도망친 사람이었다. 손가락 하나 닿지 못하게 냉랭한 얼굴로 자신을 외면했다. 두렵다. 자신이 다가서면 분명 도망가 버릴 거였다. 그게 너무 무서워서 운은 가지 못했다. 단 한 걸음도 움직이지 못했다.

* * *

봄꽃이 만개하듯 피었다.

대호국의 진정한 봄이 찾아온 것이다.

시간은 속절없이 흘렀다. 그 시간 동안 가현은 말 잘 듣는 아이처럼 밥도 꼬박꼬박 챙겨 먹으려고 했다. 처음엔 죽밖에 먹지 못했지만, 아예 먹지 못했던 날보단 나았다. 그렇게 하루 이틀 지나 가현은 차츰 평범한 생활을 이어나갈 수 있었다.

그런데도 마음이 허했다.

바위에 쪼그려 앉은 가현은 턱을 괸 채 손을 들어 올렸다. 손가락 사이로 차가운 듯 따사로운 바람이 느껴졌다.

"아가씨, 아직 바람이 찹니다! 이곳은 춘국과 달라 감모 걸릴지도 모른단 말이어요!"

양 갈래로 머리를 둥글게 틀어 올린 영의가 분홍 머리끈을 나풀거리며 뛰어왔다. 코앞에서 아이의 말간 볼을 씰룩거렸다.

영의는 이 저택에서 식모살이를 하는 장씨 아주머니의 하나뿐인 딸이었다. 호준이 뭐라 말해 놓았는지, 가현이 들어서자마자 장씨 아주머니와 영의는 그녀를 환자 취급했다.

"왜 그렇게 말을 안 들어요, 어른이?"

영의는 심통 맞은 얼굴로 툴툴댔다.

"어째 어린 나보다 아가씨가 더 어린 애 같다니까요."

그것이 너무 사랑스러워 입가에 미소가 지어졌다. 아이를 빤히 보던 가현이 손을 내밀었다.

"이리 오련, 영의야."

퉁퉁거리던 영의가 금세 걱정이 가득한 얼굴로 가현의 앞에 쪼르르 다가왔다.

"또 가슴이 막 시려요? 예?"

작고 통통한 팔을 쫙 펼친 영의가 가현을 안았다.

"자요, 시린 거 다 나을 때까지 꼭 안고 있어요."

종종 시린 마음을 달래기 위해 영의를 안곤 했다. 작고 여린 아이의 몸을 꼭 끌어안고 있으면 한결 나았다. 쓸데없는 생각도, 이제 더는 없는 생명을 떠올리며 괴로워하지 않았다.

영의는 이따금 절 끌어안고 있는 가현을 올려다보았다. 분명 절 안으면 시린 가슴이 나아진다고 하였는데. 막상 올려다보면 이상하게 가슴이 따끔거릴 정도로 가현의 얼굴이 슬퍼 보였다.

"아가씨, 괜찮죠?"

그럴 때면 영의는 물었다. 그러면 가현은 옅게 웃었다.

"물론이지."

가현이 괜찮다고 말하면 영의는 안도의 한숨을 휴, 내뱉곤 그녀의 손을 답삭 붙들었다.

"얼른 들어가요. 아가씨 아프면 제 다리가 아작 납니다."

"그거 큰일이구나. 때릴 곳이 어디 있다고."

영의를 따라 바위에서 내려온 가현이 절뚝거리는 걸음으로 걸었다. 영의는 가현의 발걸음에 맞춰 걸으며 연신 좋알거렸다.

"아가씨도 잘 아시는 걸 어머니는 어찌 모를까요? 제가 보기에도 전 때릴 구석이 한 군데도 없는걸요."

아이의 목소리를 듣고 있으면 맑은 물방울이 통통 튀는 것 같았다. 그게 좋아 가현은 부러 아이에게 말을 걸었고. 아이는 가현의 물음에 열 마디나 더 입에 담았다.

* * *

쾅쾅!

"이보시오!"

쾅쾅쾅!

고요하기만 하던 공간이 갑자기 소란스러워졌다. 갑자기 대문을 두드리는 사람 때문이었다. 앞치마에 젖은 손을 닦으며 부엌 밖으로 나선 장씨 아주머니는 서둘러 뛰어가 대문을 열어 주었다.

"누군데 아침부터 이리 소란이오!"

13장

막 불 위에 지짐을 올리고 나온 터라. 장씨 아주머니가 초조한 기색이 역력한 얼굴로 성을 냈다.

"가현을 찾아왔는데요."

당장 쫓아낼 듯 굴던 장씨 아주머니가 눈을 크게 떴다. 매일 아가씨, 아가씨 하니 이름이 바로 떠오르지는 않았지만, 지금 모시고 있는 아가씨의 이름 같았다.

"가현 아가씨 말이오?"

그런데도 장씨 아주머니는 경계를 놓지 않고 물었다.

"어떤…… 사이인지?"

"아주 소중한 친구입니다. 린린이라고 하면 알아들을 겁니다."

능청스럽게 웃은 린린이 대뜸 장씨 아주머니를 밀치고 안으로 쏙 들어가 버렸다. 게슴츠레 뜬 눈으로 린린을 훑으며 장씨 아주머니가 뒤따라 들어갔다.

"가현아! 가현아!"

집안사람 모두 깨우려는 모양인지. 알 수 없는 보따리 하나를 흙바닥에 내려놓은 린린이 고래고래 소리를 질렀다. 귀가 쩌렁쩌렁 울리는 소리에 일어나지 않는 사람이 이상할 정도인지라. 바깥의 소란에 조금 일찍 일어난 가현이 급히 문을 열고 나왔다.

"누구……?"

그러다가 마당 한가운데 서 있는 린린을 발견하곤 눈을 크게 떴다. 장씨 아주머니가 옆에서 노려보든 말든 아랑곳하지 않고 가현을 부르짖던 린린은 반색하며 뛰어갔다.

"가현아!"

가현의 허리를 덥석 끌어안은 린린이 실실 웃었다. 얼떨결에 린린을 끌어안은 가현은 당혹스러운 표정으로 눈만 깜빡였다.

"린린이 네가 이곳은 어쩐 일이야?"

"어쩐 일이긴!"

꼭 끌어안고 있던 가현을 놓아준 린린이 어깨를 으쓱였다.

"쫓겨났지."

"뭐?"

이상한 여자면 쫓아낼 기세로 서 있던 장씨 부인은 가까워 보이는 두 사람의 모습에 안도하다가 뒤늦게 불 위에 올린 지짐을 떠올리곤 에구머니나! 하고 소리치며 부엌으로 뛰어 들어갔다.

"그게 무슨……?"

"아가씨, 누가 자꾸만 아가씨를 불러제낍니다. 목소리가 꼭 북소리보다 큰걸요."

가현이 린린의 갑작스러운 말에 당황해하는데, 뒤늦게 눈을 비비적거리며 나온 영의가 하품을 쩍 하다가 린린을 보곤 고개를 갸웃거렸다.

"그쪽은 누구세요?"

동그랗게 뜬 눈으로 린린을 보던 영의가 낭랑한 목소리로 묻자, 린린이 당당하게 답했다.

"앞으로 이 집에서 같이 살 사람이지."

"참말이에요? 진짜예요?"

새사람이 마냥 좋은지 영의가 반짝이는 눈으로 가현을 돌아보았다. 가현은 당혹스러운 기색이 역력한 얼굴로 어색하게 웃음을 흘렸다.

"난 모르겠구나."

이게 어찌 된 일인지 혼란스럽기만 한대. 린린은 능청스럽게 제 짐을 들고 빈방을 찾아 댔다.

* * *

한편, 같은 시각 노을로 물든 선착장에 큰 배 한 척이 도착했다. 도착하자마자 수많은 사람이 쏟아지듯 내려섰다. 그 틈에 한쪽 눈에 큰 흉터가 있는 사내가 섞여 내려왔다.

그는 누런 이를 드러내며 거대한 대호국의 정경을 한눈에 담다가 휙! 휘파람을 불었다.

갑자기 나타난 그놈들만 아니었다면, 대호국을 떠나지 않았을 것이다. 대호국의 정경을 눈에 담자마자 떠오른 옛일에 사내의 눈이 험악하게 일그러졌다.

모든 게 다 그 빌어먹을 놈 때문이었다. 돈 한 푼 없이 먼 섬으로 쫓겨난 것도. 그리고 이 손도.

빌어먹을 노예 하나 괴롭힌 죄로 그동안 뒤로 모았던 재산도, 놀이처럼 행했던 짓도 하지 못하고 빈털터리로 쫓겨나야만 했다. 그 것도 자신이 머물던 곳보다 더 참혹한 섬으로. 한번 들어가면 결코 나올 수 없는 그곳에서 간신히 도망쳐 나온 남자는 철로 만든 갈고리가 끼워져있는 오른팔을 잠시 내려다보았다.

'네 놈을 찾기 전까진 결코 죽을 수 없지!'

그렇게 악착같이 살아남아 다시 돌아온 것이다.

"열이 나리!"

수많은 인파 사이를 뚫고 누군가 손을 흔들며 뛰어오는 게 보였다. 팔을 내린 열은 누런 이를 드러내며 크하하 웃음을 터뜨렸다.

"홍두, 네 놈이로구나!"

성큼 앞으로 나간 열이 홍두를 와락 끌어안았다. 거무튀튀한 사내 둘이 꼭 끌어안고 웃어 대자 막 배에서 내려 선착장을 떠나는 사람들의 시선이 모여졌다.

하하하!

"생각보다 신수가 훤해졌구먼!"

"암요! 이제 유곽의 주인이 아닙니까!"

홍두는 둥그런 배를 드러내며 이를 드러내고 웃었다. 열은 비단옷을 차려입은 홍두의 겉모습을 탐욕스럽게 보며 혀로 입술을 훑었다.

'노예 놈이 뭔 돈이 있어 수도에 유곽을 차렸을꼬.'

문득 궁금했다. 열은 속내를 감추며 그의 어깨에 팔을 올렸다.

"갑자기 하늘에서 돈이 뚝 떨어진 것도 아니고. 네 놈이 뭔 돈이 있어 유곽을 다 차린 게냐? 혹, 돈 많은 부인이라도 잡은 게야? 응?"

열이 짓궂게 홍두의 아랫도리를 훑자, 그가 목울대를 크게 움직였다.

"하하! 더 좋은 것을 잡았지요! 가서 한잔하면서 천천히 이야기하시지요!"

"그래, 그래. 시간은 많을 테니."

열은 홍두와 어깨동무하며 선착장을 벗어나 수도에서 가장 중심에 있는 거리로 들어섰다. 중심 거리를 벗어나 좁은 골목길로 들어서자, 붉은 홍등이 즐비하게 늘어져 바람에 흔들리는 게 보였다.

"아름다운 꽃은 이곳에 다 있지 않겠습니까."

홍두는 배를 내밀며 자랑스럽게 말했다. 자랑스럽게 말할 정도로 대단해 보이긴 했다.

양쪽으로 길게 뻗은 건물들은 웅장한 기와지붕으로 뒤덮여 있었다. 3층 높이의 건물 앞엔 거의 헐벗은 여인들이 호객을 하고 있었다. 여인들의 아름다운 자태에 정신을 잃은 사내들은 그녀들에게 붙들려 건물 안으로 들어가 버렸다.

"이곳을 꽉 채운 유곽 중 제 유곽이 가장 잘나갑죠. 이쪽입니다!"

여인들과 건물들을 쭉 지나자, 조금 전보다 더 큰 건물이 눈앞에 드러났다. 거대한 대문이 활짝 열린 3층 높이의 건물엔 셀 수 없이 많은 사람이 분주히 오갔다. 홍두의 이야기를 듣지 않아도 그가 하루에 얼마를 버는지 알 수 있을 것만 같았다.

'제 아래를 지나며 아부나 떨던 노예였던 주제에. 도적질이라도 한 건가.'

"거, 입 좀 그만 다물고 안으로 들어갑시다!"

질투와 탐욕이 섞인 눈으로 올려다보는 열의 등을 가볍게 밀친 홍두가 먼저 안으로 들어갔다. 홍두가 안으로 들어서자, 유곽에서 일하는 이들이 일제히 허리를 숙였다. 열은 홍두의 뒤를 따라붙으며 연신 주위를 힐끔거렸다. 보면 볼수록 탐나는 곳이었다.

"웬만한 일로는 이런 유곽 하나 차리기 턱없이 부족하지 않겠습니까!"

독한 술로 얼굴이 벌겋게 달아오른 홍두는 정신이 혼미한지 눈을 희끄무레하게 뜨곤 열변을 토했다. 열은 안 듣는 척하면서 귀를 쫑긋 세웠다.

"사실은 말입니다, 나리."

"예끼, 이놈! 언제 적 나리냐! 형님이라고 부르라니까!"

"하하, 맞습니다! 형님!"

그가 웃을 때마다 덥수룩한 수염이 파르르 떨렸다. 한참 웃던 홍두가 슬쩍 주위를 둘러보다가 허리를 낮추었다.

"제가 배운 거라곤 광산을 오르는 일과, 형님께 배운 것들뿐이 아닙니까. 개중 제가 가장 잘하는 일을 찾았지요."

"그것이 무엇인데 이리 서론이 긴 것이야."

"대호국의 수도는 돈 많은 놈들이 수두룩합니다. 돈이 많으면 어찌합니까?"

검지를 치켜든 홍두가 몽롱한 정신을 깨듯 눈을 부릅떴다.

"어떻게 해서든 지키려 들겠지요!"

"해서 네가 대신 지키고 돈을 받는단 말이야?"

"엇비슷합니다! 그 돈 많은 작자들이 시키는 더러운 짓 모두 모아 대신해 드리거든요. 돈세탁은 물론 납치에, 남 죽이는 일까지 모두 다 합니다."

크흐흐

핏발 선 홍두의 눈이 탐욕으로 일렁였다. 그것이 참으로 마음에 들었다. 술잔을 들어 단번에 들이켠 열이 탁! 소리 나게 빈 잔을 상 위에 내려놓았다.

"해서 제가 형님이 오신다는 소식에 달려간 게 아닙니까. 이 일을 가장 잘 맡아 해 줄 분이 형님이시니까요!"

"네 말이 옳구나. 내가 가장 잘할 수 있는 일이 그것밖에 없지."

열은 홍두를 따라 웃었다. 술에 취해 핏발 선 눈에 희미하게 피 냄새가 나는 것 같았다. 잠시나마 잊고 있던 냄새에 정신이 혼미해지는 듯했다. 돈까지 벌면서 놀이까지 할 수 있다니. 이곳이 바로 무릉도원이 아니겠는가!

* * *

"진짜 쫓겨난 거야?"

"그렇다니까."

"진짜?"

"아, 그렇다니까!"

있지도 않은 먼지를 털겠다고 마른걸레로 바닥을 벅벅 닦던 린린이 짜증스레 고개를 들었다.

가현은 심각한 얼굴로 린린을 보았다. 린린은 거짓말을 하는 게 분명했다. 이렇게 갑자기 쫓겨난 것도 이상했고. 제가 이곳에 있는 줄은 어찌 알고 당연하다는 듯 찾아온 것도 이상했다.

"그만 돌아가, 린린."

"싫다. 갈 곳도 없는데 어딜 간다고! 쫓겨난 주제에 작은아버지 댁에 갈까? 안 그래도 동생 놈 못 맡겠다며 매번 내게 돈을 요구하는 분들인데!"

린린이 성을 내곤 다시 엎드려서 바닥을 벅벅 닦았다. 가현은 린린을 어찌할지 고민했다.

린린은 정말 이곳에 남아 있을 작정인지 대뜸 일하겠다고 선언했다. 호준이 해상국으로 돌아갈 때면 장씨 아주머니와 영의만으로 충분했기에, 린린을 거절했다. 게다가 장씨 아주머니에겐 사람을 뽑을 권리가 없었다.

안 된다는 장씨 아주머니의 거절에도 린린은 고집을 꺾지 않았다. 동정심을 유발하듯 자신의 이야기를 구구절절 털어놓기까지 했다. 마음 약한 모녀는 린린의 유려한 말솜씨에 홀라당 넘어가 버렸다. 결국 호준이 돌아올 때까지 린린은 이곳에 남아 있기로 했다.

"잘 먹는다더니. 그게 뭐야?"

수저로 몇 번 국을 휘젓다가 내려놓는 가현을 보며 린린이 미간을 찡그렸다. 앞에서 입 안 가득 밥을 떠먹던 영의가 황급히 꿀꺽 삼키며 대신 말했다.

"원래 그 정도밖에 못 드셔요. 통 입맛이 없으시데요. 전 이렇게 많이 먹어도 오후만 되면 배가 고파 죽을 지경인데. 아가씬 배가 안 고프신가 봐요."

어찌나 좋알좋알 말이 많은지. 저 나이대 어린 남동생도 저렇게 말이 많지는 않았다. 영의를 살짝 흘긴 린린이 가현을 걱정스럽게 돌아보았다.

"그래도 먹고는 있으니 그렇게 보지 말렴. 난 이만 다 먹었으니 나가 볼게."

린린이 한소리 더 하기 전에 일어난 가현이 빼먹지 않고 영의의 동그란 정수리를 쓰다듬어주었다.

"영의 많이 먹으렴."

"예, 아가씨!"

낭랑하게 소리친 영의가 밥을 푹푹 퍼서 가현이 다 남긴 고기반찬과 함께 먹었다. 린린은 문을 넘어 나가 버리는 가현을 걱정스레 바라보다가 영의에게 슬쩍 물었다.

"약은 잘 먹고 있는 거야?"

"음."

입 안 가득 채운 밥 때문에 불룩 튀어나온 볼을 검지로 긁적이던 영의가 고개를 설레설레 저었다.

"약을 안 먹으면 어떻게 해! 다리는! 다리는 괜찮고?"

자꾸만 캐묻는 린린을 조금 성가시게 흘린 영의가 우물거리며
답했다.

"약은 드시긴 하는데, 속이 허해 잘 들어가지 않는다고 어머니가
그러셨고요. 다리는 곧잘 퉁퉁 부어 어머니가 뜨거운 물로 적신 천
으로 주물러 줘요."

하아.

영의의 말이 길어질수록 린린의 수심이 깊어졌다. 영의는 린린
을 힐끔 보다가 고사리 같은 손으로 어깨를 토닥여 주었다.

"에이. 아직 살날이 얼마나 많이 남았는데 벌써 죽을상이에요?
그러면 없던 복도 날아간다고 했어요."

"뭐?"

영의의 맹랑한 말에 린린이 기가 찬다는 듯 웃었다. 영의는 실실
웃으며 남은 밥을 마저 먹었다.

* * *

가현이 눈을 동그랗게 떴다. 린린이 건넨 사기그릇 안엔 달달하
게 꿀을 탄 오미자 물에 손톱만 한 크기의 떡이 둥둥 떠다녔다. 어
릴 적에 탈이 나거나 입맛이 없을 때면 먹던 음식이었다.

그것뿐만이 아니었다. 약간의 간만 한 나물 무침과 갓 찚은 떡이
놓여 있었다. 모두 춘국에서만 먹는 음식이었다. 간이 짜고 향신료
를 잘 쓰며 기름진 음식이 주인 대호국과 확연히 달랐다.

"원래 입맛 없을 땐 고향 음식이 딱이야."

"린린 네가 이 음식을 어찌 알고."

"어, 어찌 알긴! 저잣거리만 나가면 춘국인이 넘쳐난다고."

린린의 말대로 춘국인이 넘쳐나는 건 아니었다. 전쟁 이후 춘국인 일부가 대호국에서 터를 잡고 살기는 했지만, 수도에는 거의 보이지 않았다.

"솜씨 좋은 아주머니 한 분께 배웠지."

그렇다고 해도 이것은 분명 옛집에서 먹던 것과 비슷했다. 어쩐지 목이 콱 메는 기분이었다. 전혀 그립다고 생각하지 않았다. 원망과 증오로 물들어 버린 관계일 뿐인데, 막상 어머니가 떠오르자 사무치도록 그리움이 몰려왔다.

"그리 보지 말고 어서 먹어 봐."

린린의 재촉에 가현이 조심스럽게 숟가락을 집어 들었다. 고운 냉 오미자차와 떡을 한 수저 뜬 가현이 메마른 입 안에 집어넣었다. 새콤하면서도 적당히 달큰한 것이 입 안을 가득 메웠다. 속이 메스꺼워 밥 한 수저 넘기기 힘들었는데, 이건 술술 넘어갔다. 가현이 저도 모르게 수저를 빠르게 놀렸다.

"역시 고향 음식이 그리웠던 거구나. 그래도 그렇지! 그렇게 먹다간 체한다고."

유심히 보던 린린은 급하게 먹는 가현의 등을 두들겨 주었다. 그러면서 내심 뿌듯했는지 린린이 실실 웃었다. 가현은 그날 처음으로 상을 싹 비웠고, 린린은 매일 가현을 위해 춘국의 음식을 해다 날랐다. 린린 덕분에 가현은 약도 잘 먹을 수 있게 되었다.

그런데 먹으면 먹을수록 뭔가 이상했다. 어찌 이리도 어릴 적에 먹던 음식을 기가 막히게 알아채 가져다주는 것일까.

"아가씨!"

마당 한쪽에 있는 작은 정자 위에 멍하니 있던 가현은 저 멀리서 뛰어오는 영의를 보곤 정신을 차렸다. 어찌나 헐레벌떡 뛰어왔는지, 툭 뛰어나온 아이의 이마에 땀이 맺혀 있었다. 게다가 꽃밭이라도 기어들어 갔는지.

"세상에, 옷이며 머리며 이게 다 뭐니?"

영의의 머리와 옷에 노란 꽃이 들러붙어 있었다.

"헤헤, 마을 애들이랑 꽃놀이하고 왔지 뭐예요."

대호국은 봄과 여름이 짧았다. 좋은 날이 짧아 이렇게 햇살이 따사로울 땐 모두 나들이를 떠난다고 들었다. 영의의 엄마는 새벽부터 밤늦도록 일을 해야 해서 나들이 같은 건 생각도 못 했고. 그에 대해 내내 불만을 보이던 영의는 못 참고 뛰어나갔다 온 거였다.

"영의가 꽃이 되었구나."

가현은 웃으며 영의의 몸을 털어 주었다. 헤헤 웃던 영의는 뭔가 할 말이 있는지 가현을 연신 힐끔거렸다. 손은 뒤에 감추고 발까지 비비 꼬는 모양새를 보니 문득 호기심이 생겼다.

"내게 무슨 부탁이 있는 게야?"

"아니, 그게 아니라."

조그마한 입술을 달싹이며 곁눈질로 가현을 보던 영의가 눈을 질끈 감으며 뒤에 감추고 있던 걸 내밀었다.

"자요!"

하얀색, 노란색, 꽃분홍색 등. 색색의 아름다운 들꽃으로 만든

다발이었다. 눈앞에서 펼쳐지는 꽃의 향연에 가현이 잠시 눈을 느리게 감았다 떴다.

"선물이에요! 아가씨 꼭 닮았지요!"

옥수수 알만 한 이를 드러내며 아이가 활짝 웃어 보였다. 햇살에 반짝이는 아이의 얼굴에 가현은 이상하게 가슴이 먹먹해졌다. 머뭇거리며 아이가 내민 꽃다발을 받아 든 가현이 눈꼬리를 휘었다.

"고맙다, 영의야. 내 생에 가장 값진 선물이로구나."

가현의 칭찬에 신이 났는지, 영의가 발을 동동 굴렀다. 그러곤 헤죽거리며 가현의 옆에 대뜸 앉았다.

"아, 맞다!"

내내 웃던 영의가 갑자기 손뼉을 쳤다.

"오다가 보니 아주 예쁜 할머니를 보았어요. 린린 언니랑 함께 있던걸요?"

"예쁜 할머니?"

"예, 린린 언니가 무슨 보따리를 받아 들었어요. 그게 뭘까요?"

아이는 궁금증이 가득한 얼굴로 고개를 갸웃거렸다. 아이의 머리를 쓰다듬어 주는 가현의 표정이 미세하게 굳었다. 그 미세한 표정 변화를 아이는 느끼지 못했다. 영의는 뭐가 그렇게 할 말이 많은지 연신 종알거렸다.

* * *

"왜…… 그렇게 봐?"

젓가락을 들다 말고 말없이 빤히 쳐다보는 가현이 이상했다. 이상하게 찔리는 마음에 린린이 어색한 웃음을 흘렸다.

"오늘은 뭘 만들어 온 거야?"

느리게 고개를 저은 가현이 린린이 가져온 걸 물었다. 얼른 상위에 올린 린린이 음식을 감추고 있던 뚜껑을 올렸다. 메밀 반죽을 넓게 부쳐 그 안에 무채와 대추, 잣 등을 넣어 만든 음식으로 이 또한 즐겨 먹던 음식이었다.

"이건 별로야?"

린린은 말없이 뚫어지게 전병을 보는 가현을 긴장하며 바라보았다.

"아니."

젓가락으로 전병 하나를 집어 든 가현이 조심스럽게 한입 깨물었다. 똑같지는 않으나 모든 재료가 같았다.

"어, 어때?"

"맛이 참 좋구나."

"그, 그렇지!"

"무얼 넣었길래 이리 맛나니?"

"어? 뭘 넣었냐고?"

린린이 황급히 눈을 굴려 전병 바깥으로 살짝 보이는 재료를 보았다.

"무랑…… 대추랑 잣이랑 그리고……."

손가락까지 까딱이며 재료를 세는 모습이 어색하기만 했다. 날카롭게 린린을 지켜보던 가현이 젓가락을 내려놓았다.

"이건 내가 즐겨 먹던 음식이다. 어머니께서 외가에서부터 전수해

와 곧잘 해 주었거든. 이 음식은 지방마다 맛이 달라 지역 특색이 드러나는 것인데."

멈칫한 린린이 눈만 뻐끔거렸다.

"가, 가현아."

"춘국인이 어느 지방 사람이더냐. 그것이 참으로 궁금하구나."

"어, 그, 그게 있잖아."

"소소 님이 보내왔니?"

"그, 그걸 어떻……, 헙!"

저도 모르게 실토하고 만 린린이 사색이 되어 입을 틀어막았다.

"다 널 걱정해서 그런 거지!"

모든 걸 다 포기한 사람처럼 린린은 아예 대놓고 솔직하게 굴었다.

"하, 하지만 내가 이곳에 온건 진짜 자의로 온 거야. 네가 걱정 되니까. 게다가……."

아직 허여소가 살아 있다. 주인님께서 사병들을 모두 풀어 대호 국 전체를 들쑤시고 있는데도 나오지 않고 있었다. 허여소는 분명 가현을 죽이려고 했다. 그 때문에 금모까지 죽게 된 상황이 아닌가.

가현을 죽이려 했다는 이유로 주인님은 허가를 박살 내 버렸다. 아마 허여소는 그 때문에라도 다시 나타날 게 분명했다. 린린은 그 여자가 얼마나 악독한지 잘 알았다.

"아무튼! 너 괜찮아질 때까지 남아 있을 작정이니까, 뭐라 하지 마. 난 네게 아직 갚아야 할 빚이 산더미인데 네가 없어지면 어찌 해? 난 평생 빚 끌어안고 살 생각 없다."

훌훌 털고 자리에서 일어난 린린이 도망치듯 방을 나가 버렸다.

홀로 남은 가현은 울컥 치밀어 오르는 뜨거움에 괜스레 헛기침하며 먹다 만 전병을 내려다보았다.

아무리 소소라고 해도 알 수 없는 것이다. 분명⋯⋯. 그 바보 같은 놈이 알려 준 게지. 이걸 보니 확실했다. 운의 기억이 돌아온 것이.

시큰거리는 눈가를 손으로 꾹꾹 누른 가현이 다시 젓가락을 들어 올렸다. 그러곤 꾸역꾸역 다 먹어 치웠다.

* * *

매일같이 올라오는 린린의 보고를 떠올리던 운이 진명의 목소리에 상념에서 깨어났다.

"숨어 있을 만한 곳은 다 찾아보았으나⋯⋯."

운은 뒷짐을 진 채로 진명의 보고를 들었다.

"머리카락 하나 보이지 않았습니다."

이 사달을 내고 사라진 허여소는 모친의 고향에조차 없었다. 그들이 혹여 허여소를 감추고 있는 게 아닌가 하여, 몇 날 며칠을 뒤졌지만 그들의 말대로 허여소는 그곳에 없었다. 친척부터 작은 연이 닿은 집안을 모두 찾아갔다. 그러나 어디에도 없었다.

도대체 어디로 사라진 것일까.

진명의 보고에 운의 손에 힘이 들어갔다. 반드시 찾아야 했다. 반드시 찾아 똑같이 만들어 주어야 했다. 그래서 그분이 받은 고통의 수십 배를 돌려줘야 했다. 그래야 매일 밤 그를 괴롭히는 살의가 사라질 것 같다.

그 계집만 떠오르면 살의가 떠올랐다. 그 계집 때문에 가현이 다쳤다. 그 아이도…… 세상 한번 보지 못하고 가 버렸다. 내 목숨을 내놓는 순간이 있더라도 그년만은 찢어 죽이고 내줄 것이다. 그러기 위해 허가까지 망가뜨렸건만 어찌하여 그년은 보이지 않는 것인가. 하늘로 솟구친 것일까 아니면 땅으로 꺼진 것일까.

그러면 어떠하리. 하늘이든 땅이든 숨어 보아라. 반드시 네년을 찾아 차마 입에 담지도 못할 고통을 심어 주리라!

"반드시 찾아서 내 앞으로 끌고 와야 한다, 진명."

운의 말에 진명이 깊숙이 허리를 숙였다.

"계속해서 찾아보겠습니다."

홀로 남은 운은 창가 너머 마당을 물끄러미 바라보았다. 가현이 지나던 길목을 다른 노비들이 지나고 있었다.

이렇게 버티고 서 있을 수 있는 이유는 조금씩 들려오는 가현에 대한 이야기 때문이었다. 가현이 이곳에 남아 있다는 소식을 들은 소소는 곧장 가현과 친하게 지내던 노비 아이를 보냈다. 그 아이로부터 가현의 이야기가 전해져 왔다.

조금만 걷기만 해도 다리가 퉁퉁 붓는다는 이야기부터, 얼마 전부터 식사를 잘하게 되었다는 이야기와 이따금 악몽을 꾼다는 것까지…….

사무치도록 몰려오는 그리움과 공허를 다 채울 수는 없었지만. 그래도 숨통은 트였다. 그러니 괜찮았다. 아니, 괜찮지 않았다. 지금 당장 이곳을 뛰쳐나가 가현에게 가고 싶었다. 엎드려서 빌고 또 빌고 싶었다.

한 번만 용서를 해 달라고. 단 한 번만 날 좀 봐 달라고 애원하고 싶다. 그러나……. 그것마저 죄를 짓는 거라는 걸 운은 알았다. 운의 입가에 시린 겨울 냄새가 나는 듯한 텅 빈 웃음이 번졌다가 사라졌다.

* * *

꺅!

아침 댓바람부터 여자들이 밖으로 뛰쳐나왔다.

"세상에! 또 죽였어! 또!"

유곽에서 잡일을 하는 일꾼들이 수군거리며 멍석에 둘둘 말려 나오는 사내를 안타깝게 바라보았다. 어찌나 참혹한지 광대는 함몰되어 있었고, 얼굴이 온통 피멍으로 가득했다. 손가락과 발가락 하나 성한 곳이 없었다.

"쯧쯧!"

홍두는 더는 참지 못하고 열이 기거하는 건물로 뛰어 들어갔다.

제 버릇 개 못 준다고!

며칠 새에 열이 죽인 사내놈만 벌써 여럿이었다. 열의 잔혹한 행동에 유곽의 그 누구도 그를 가까이하는 사람이 없었다.

'저런 놈을 집안에 들인 내가 잘못이지!'

돈을 더 벌기 위해 열의 능력이 필요했다. 온갖 더러운 일 거리 낌 없이 맡아 할 놈은 열뿐이었다. 열은 재물보다 잔혹한 행동을 즐기는 사람이라 좀 걱정이 들었지만, 그래도 그가 필요해 불러들인 것인데 하루가 멀다 하고 일을 쳤다.

그가 손을 대는 사람들은 모두 건강한 청년들로, 유곽에서 잡일을 하는 놈들이었다.

홍두가 벌컥! 문을 열어젖혔다.

문을 열자마자 코끝에 비릿한 피 냄새와 지독한 술 냄새가 풍겼다. 안은 난장판이었다.

먹다 남은 음식들은 깨진 그릇 중간마다 널브러져 있었다. 새벽녘에 난투극이 벌어졌다는 걸 알려 주듯 침상 위도 엉망이었다. 의자 하나는 저 구석에 박혀 다리 하나가 부러진 상태였다.

"하!"

그 난장판에도 잠은 오는 건지 열은 코까지 골며 바닥에 대자로 뻗어 있었다. 드르렁 코를 골 때마다 그의 배가 오르락내리락했다. 그동안의 고생을 알려 주기라도 하듯 가슴이며 배며 칼자국 같은 흉터가 가득했다.

"정신 좀 차려 봐요!"

더는 참지 못한 홍두가 버럭 소리를 질렀다.

"으음."

짜증스레 미간을 찡그린 열이 억지로 눈꺼풀을 들어 올리다가 홍두를 발견했다.

"어, 홍두냐."

하암. 하품까지 쩍 하며 몸을 일으킨 열이 기지개를 죽 켰다. 정말이지 열이 확 솟구칠 정도로 여유로워 보였다.

"벌써 몇입니까! 이제 고작 일주일 넘었는데, 죽어 나가는 이가 몇이냐고요!"

"매일 밤 그놈이 떠올라 죽겠는 걸 어찌해."

사람이 죽어 나갔다고 하는데도 열은 자책감이 전혀 없어 보였다. 그저 이건 다 그놈 때문이라고 탓하였다.

"이렇게라도 내 속에 찬 울분을 풀어야지."

매번 입에 달고 사는 '그놈'이 떠올랐는지 열의 얼굴에 살기가 일렁였다. 저런 미친놈을 어쩌자고 불러들인 건지 점점 후회스러워졌다. 홍두의 마음을 아는지 모르는지 다시금 입을 쩍 벌리며 하품하던 열이 대뜸 물었다.

"그래, 그놈은 찾아보았더냐?"

미간을 확 일그러뜨리고 열을 노려보던 홍두가 화를 누르며 말했다.

"어디로 갔는지, 그때 이후로 흔적 하나 없습니다요. 세상도 바뀌었고 이미 수년이 흘렀는데."

하긴, 세월이 그만큼 흐르긴 했지. 이렇게 쉽게 찾을 거라곤 생각지 않았다.

"지금 와서 찾을 리가요. 어찌 되었든 찾으면 바로 이야기 전할 테니 제발 사고 좀 치지 마시고 얌전히 계세요! 이러다가 저까지 어찌 되겠습니다! 시체 처리하는 것도 한두 번이지!"

"알았다, 알았어."

열은 실실 웃으며 홍두의 말을 듣는 둥 마는 둥 했다.

"아, 형님!"

결국 홍두가 버럭 소리를 지르자, 열이 고개를 끄덕였다.

"알았다니까 이놈아! 여여 나가기나 해! 새벽녘에 몸을 쓰느라 잠을 통 못 자 죽겠다."

어기적어기적 일어난 열은 아무렇지 않게 피가 묻은 침상으로 기어들어 가 다시 코를 골았다. 기가 막히게 그를 쳐다보던 홍두가 이를 갈았다.

맘 같아선 확 돌려보내고 싶었지만 열을 다시 내쫓을 용기가 홍두에겐 없었다. 열이 얼마나 잔혹한 사람인지 곁에서 충분히 지켜보았기 때문이었다.

* * *

모든 것이 평온하게 흘러가서 그럴까.

며칠 전부터 갑자기 악몽을 꾸기 시작했다. 하지만 그건 악몽은 아니었다. 실제로 일어난 일이었다. 매일 똑같은 장면이었다.

갑작스러운 소란에 문을 열고 나가보니 노인이 피로 물든 채 죽어 있다. 그리고 노인을 죽인 놈이 제게 다가와 검을 날린다.

그가 누구인지 처음엔 보이지 않았다. 그랬는데, 점점 놈의 얼굴이 보였다. 허여소 그 여자의 곁에 우직하게 서 있던 호위무사였다.

헉!

가현이 식은땀을 흘리며 벌떡 몸을 일으켰다.

"분명 그 남자였어……."

그놈이 노인을 죽이고 내 아이를 죽인 거였다. 그래, 그놈이었다.

아이를 잃어버렸다는 상실감에 정신이 피폐해져 주위를 돌아보지 못했다. 누가 날 죽이려 했는지조차 생각지 못했다. 그런데 그 일들이 이제 와 선명하게 기억나 가현을 괴롭혔다.

"기억이…… 난 거야?"

그렇게 깨어난 뒤 잠을 자지 못하고 앉아 있던 가현은 아침이 오자마자 린린을 불러 물었다. 허여소는 어디 있냐고.

"분명 그 남자였어, 린린. 그 남자가 날 찔렀어. 내 아이를……. 난 물어봐야 해. 왜 날 죽이려고 했는지. 왜 그렇게 참혹한 짓을 해야만 했는지."

"그 남자 죽었어."

"……뭐?"

"네가 그리되고 난 지 얼마 안 돼서 사체로 발견되었어. 주인님이 널 그렇게 만든 범인을 찾으라고 명을 내린 지 얼마 지나지 않아서 말이야."

"……그, 그럼."

절박하게 린린의 팔을 붙들고 있던 가현의 눈이 빠르게 흔들렸다.

"그, 그럼 그 여잔? 허여소. 그 아가씨 말이다."

"그 여자도 없어."

"……."

"사라졌어. 말도 없이. 그리고 허가 사람들은 모두 참수당했어. 선황제 폐하와 황태자 전하를 시해했다는 증거가 나왔거든."

이게 다 무슨 일인가.

다 죽었다니……?

제가 깊은 잠에 빠진 사이에 너무나도 많은 일이 일어났다. 린린은 혼란에 빠진 가현을 보며 잠시 침묵했다.

사실 이 모든 건 우연히 일어난 것이 아니었다. 금모의 독살 시도로 가현을 죽이려고 한 사람이 허여소라는 게 명백하게 드러났다. 그런데도 뻔뻔하게 허가는 허여소를 뒤로 숨겼다.

어째서 갑자기 그날 일의 증거가 세상에 드러난 것인지는 모른다. 하지만 이 일에 주인님이 관여했다는 건 분명했다.

린린은 독살시도를 한 금모를 마당으로 끌고 나오던 주인님의 눈을 똑똑히 기억한다. 살의로 가득한 눈은 허가를 멸문하고도 남을 눈이었다.

하지만 이렇게 세세한 것까지 가현이 알 필요는 없었다. 가현에게 말은 못 했지만 그녀의 상태는 심각했다.

'결코 충격을 주어서는 아니 되네.'

소소 님께 충고를 하던 태의의 말을 떠올린 린린이 가현의 손을 잡았다.

"가현아 넌 그저 잘 먹고 잘 자는 것만 생각해."

"……."

"다른 건 생각지 말아. 네게 못된 짓을 한 놈들은 빠짐없이 모두 천벌 받을 거야."

천벌을 받지 않아도 주인님께서 가만두지 않을 것이다. 현재 주인님은 허여소 하나를 잡기 위해 열심이었다. 허여소는 분명 잡힐 것이다.

그리되면…… 끔찍하게 죽어 버린 금모가 받은 고통보다 더한 고통을 받게 되겠지.

* * *

시일이 지날수록 점점 초조해졌다. 이상하게 마음이 불안했다. 결국, 그 불안감이 몹쓸 꿈을 꾸게 했다. 가현이 처참하게 찢어발겨지는 꿈이었다. 그 앞에서 허여소가 미친 듯이 웃어 재끼고 있었다. 그런데도 몸이 움직여지지 않았다.

온갖 악을 쓰며 깨어난 운의 뒤로 콰과광! 번개가 내리치며 폭우가 쏟아지는 소리가 들렸다.

헉!

눈을 부릅뜬 채 선잠에서 깨어난 운이 거칠게 숨을 몰아쉬다가 몸을 일으켰다. 거친 숨소리처럼 흔들리는 눈빛이 문 너머 어딘가를 바라보았다. 말없이 문을 바라보던 그가 침상에서 빠져나와 맨발로 성큼성큼 걸어 문을 활짝 열어 재꼈다. 어깨며 정수리며 굵은 빗줄기가 따갑게 내리쳐도 운은 상관하지 않고 건물을 나왔다. 온통 흙탕물이 된 땅을 맨발로 걸어 저택을 벗어났다. 걸으면 걸을수록 거센 비가 순식간에 그의 몸을 적셨다. 아랑곳하지 않고 빗속으로 뛰어 들어간 운의 걸음은 점점 빨라졌다. 이윽고 운이 미친 듯이 달리기 시작했다.

한 번만…….

얼굴만이라도 볼 수 있다면…….

그러면 이 불안감이 사라지지 않을까.

운은 일전에 진명이 알려 준 그 길을 따라 달렸다. 굵은 빗줄기가 얼굴을 때리는데도 운은 멈추지 않았다.

"하하, 그리 좋으니?"

드디어 가현이 머무는 집 대문 앞에 도착했는데, 담 너머로 웃음소리가 들렸다. 잊고 살았던 그녀의 웃음소리가 거세게 쏟아지는 빗소리를 뚫고 희미하게 들려왔다. 쏟아지는 비를 그대로 맞으며 넋을 놓고 서 있던 운이 천천히 담 앞으로 걸어갔다. 담 너머에 가현이 어떤 어린 계집아이와 처마 밑에 앉아 도란도란 이야기를 나누고 있었다.

"예, 참이요! 참말로 잘생겼는걸요? 이 마을에서 그 애만큼 잘난 애는 못 봤어요! 그런데 너무 속이 상해요."

그들의 등 뒤에서 노란 호롱 불빛이 은은하게 새어 나오고 있었다.

"어째서?"

"그 아이가 다른 아이를 좋아해요."

아이는 그것이 속상한지 눈물을 그렁그렁 흘렸다.

"그것이 속이 상해 자다 말고 나온 게구나."

"화딱지가 나서 잠이 안 오는걸요."

"네 어미가 좇아 나오면 어찌하려고."

"어머닌 절대 깨어나지 않을 거여요. 코 고는 게 딱 그래요!"

아이가 새하얀 이를 드러내며 씩 웃자 가현이 다시금 웃음을 터뜨렸다.

아아…….

저 웃음소리.

다시는 들을 수 없다고 생각했던 웃음소리가, 환한 얼굴이 운의 심장을 거세게 때렸다.

깨어난 뒤 가현은 죽은 사람처럼 웃지도, 울지도 그렇다고 화를 내지도 않았다. 모든 감정을 잃어버린 사람처럼 굴었다. 그런데 절 떠나고 나서야 아가씨가 웃는다.

운은 문득 깨달았다.

어쩌면 독은 나일지 모르겠다고. 그녀에게서 도망쳐야 할 건 다름 아닌 나일지 모르겠다고……

창백하게 질린 얼굴로 가현을 바라보던 운이 천천히 돌아섰다.

"음?"

가현과 한참 이야기를 나누던 영의는 이상한 느낌에 저 앞을 바라보았다. 고개를 갸웃거리며 마당 너머 담 쪽을 빤히 보는 영의가 이상했다.

"왜 그러니, 영의야."

"뭐가 있었던 것 같은데."

"그래?"

영의를 따라 눈을 돌린 가현은 아무것도 보이지 않는 담을 보곤 희미하게 웃었다.

"아무래도 우리 영의 얼른 자라고 귀신이 온 모양이다."

"꺄악!"

가현의 장난에 소스라치게 놀란 영의가 울먹이며 가현을 노려보았다.

"아가씨 미워요!"

그러곤 귀신이 무서워 헐레벌떡 안으로 뛰어 들어갔다. 신이 젖든 말든 내던지고 달아난 영의가 귀여워 웃던 가현이 천천히 자리에서 일어났다. 질척질척한 흙바닥에 나뒹구는 영의의 신을 주워 든 가현은 다시 고개를 돌려 담 쪽을 바라보다가 한참 뒤에 방으로 들어갔다.

* * *

넋을 놓고 걷다 보니 앞에서 걸어오는 남자를 보지 못했다. 남자역시 비를 피해 달려오느라 마주 오는 운을 보지 못하고 그만 부딪치고 말았다.

퍽!

큰 소리가 날 정도로 어깨를 부딪치자, 운과 남자의 몸이 휘청거렸다.

"제기랄!"

엄연히 먼저 달려와 부딪친 건 운이 아니라 그쪽인데, 남자는 운을 죽일 듯이 노려보았다.

"미안하오."

뒤늦게 정신이 든 운이 가라앉은 목소리로 사과하곤 다시 길을걸었다. 그대로 가 버리는 운을 황당하게 쳐다보던 남자의 얼굴이확 일그러졌다.

"내가 지금 바빠 그냥 가는데 다음번에 만나면 가만 안 둘 줄알아!"

운의 뒤를 향해 고래고래 소리치던 남자는 진짜 급한 일이 있는 모양인지 다시 뛰어갔다. 그를 뒤로하고 계속 걷던 운이 멈추었다. 급히 돌아선 운이 어두컴컴한 빗속을 뚫고 사라지는 남자를 바라보았다.

방금…….

비로 젖은 그의 눈이 미세하게 요동쳤다. 이곳에 결코 있어서는 안 될 놈이 떠오른 탓이었다. 이미 밤이 훌쩍 지나 어두운 데다가 비까지 와 얼굴을 제대로 보지 못했지만 어쩐지 소름 끼치도록 귀에 익은 목소리였다.

"그럴 리가 없지."

하지만 결코 그 목소리를 들을 리는 없었다.

미쳐서 헛걸 본 게 분명했다. 운은 허탈하게 웃으며 다시 돌아섰다.

* * *

"아닌가."

"……."

"분명 맞는 것도 같은데."

"……."

"그런데 그 옷은 분명 놈이 입을 것이 못 되고."

홍두는 아까부터 홀로 중얼거리는 열을 의아하게 보았다.

"비라도 맞고 왔더니 머리가 어떻게 된 겁니까, 형님?"

홍두의 말에 열이 퍼뜩 고개를 들었다. 우락부락한 홍두의 얼굴에 궁금증이 가득했다. 홍두를 빤히 보던 열이 씩 웃었다.

홍두는 열의 입에서 뭐가 나올지 궁금해하며 뚫어지게 쳐다보았다.

"아니다, 아무것도."

잔뜩 긴장하고 있는데, 열의 입에서 싱거운 소리가 튀어나왔다. 팍 식은 얼굴로 멀어진 홍두가 앞에 놓인 술잔을 들어 벌컥 들이켰다. 열은 그 앞에서 낄낄거리며 식은 안주를 집어 먹었다.

* * *

"도대체 어딜 다녀오시는 겁니까!"

갑자기 없어진 운 때문에 집에 난리가 났다.

새벽이 지나고 동이 터 오를 때까지도 운이 보이지 않았다. 가현이 떠난 뒤로 무서울 정도로 고요해 긴장하고 있었던 탓인지라 사색이 된 진명이 안 되겠다 싶어 뛰쳐나오는데, 저 멀리 운이 걸어오는 게 보였다.

운에게 뛰어간 진명은 그의 몸부터 살폈다. 밤사이에 퍼부은 비를 몽땅 맞았는지 머리부터 발끝까지 젖어 있었다. 안색은 파리한 것이 곧 죽을 병자 같았다. 그래도 어디 상한 곳은 없어 보여 진명이 걱정을 조금 누그러뜨렸다.

"밤새 들어오지 않아 걱정했습니다."

"그저 답답하여."

진명의 어깨를 가볍게 두들긴 운이 그를 스쳐 대문 안으로 들어섰다.

"오셨습니까."

소소 역시 그 때문에 잠에 들지 못한 것인지 얼굴색이 까칠했다.

그러나 진명처럼 호들갑을 떨지는 않았다.

"따뜻한 물을 받아 놓을 테니 어서 씻으시지요."

소소의 말에 운이 짧게 고개를 까딱이곤 안으로 들어갔다. 뒤따라 들어온 진명은 날이 갈수록 위태로워 보이는 주군의 등을 지켜보며 복잡한 숨을 토해 내었다.

"계십니까."

소소도 진명도 복잡한 얼굴로 운이 안으로 들어가는 걸 지켜보고 있는데, 누군가 활짝 열린 대문에 당황하며 들어섰다. 복색을 보아 궁에서 나온 모양이었다.

"누구십니까?"

먼저 돌아선 소소가 그에게 다가섰다. 소소에게 허리를 숙여 보인 사내가 손에 들고 있던 걸 그녀에게 들려 주었다.

"태의께서 전해 주라는 약입니다."

"약 말입니까?"

"예, 전해 주면 아실 거라 했습니다."

꾸벅 고개를 숙인 그가 돌아서 가 버렸다.

"린린에게 연락을 해야겠습니다."

"아뇨."

성큼 다가선 진명이 소소에게 빼앗듯 약주머니를 낚아챘다.

"제가 가져다주겠습니다."

말없이 진명을 살피던 소소가 한참 만에 고개를 끄덕였다.

"정 가실 거면 잠시 기다리세요. 줄 것이 더 있으니."

잠시 제 방으로 들어간 소소가 작은 향주머니 하나를 진명에게 건넸다.

"잠자리 편하게 하는 것이라 전해 주시면 됩니다."

"……예, 알겠습니다."

소소가 전해 준 향주머니를 품에 집어넣은 진명은 아침도 먹지 않고 서둘러 대문을 나가 버렸다. 말없이 그를 지켜보던 소소는 뒤늦은 아침을 준비하기 위해 안으로 들어갔다.

* * *

린린은 당황한 기색이 역력한 얼굴로 아침 댓바람부터 찾아온 진명을 올려다보았다.

"무……슨 일이신지."

얼굴이 딱딱하게 굳은 걸로 보아 좋은 일로 온 건 아닌 모양이었다. 그 때문에 린린은 앞을 비켜 줄 수가 없었다. 진명은 눈치를 살살 보면서도 제 앞을 가로막고 비키지 않는 린린을 짜증스레 내려다보았다.

"비키지 못할까."

"그러니 먼저 대답해 주셔야지요. 그래야 제가 비키지 않습니까."

"……가현 님을 뵈러 왔다."

"그건 묻지 않아도 압니다. 온 이유를 여쭙는 겁니다."

"네가 알 바가 아니다."

진명의 날 선 목소리에도 린린이 고집스럽게 비키지 않았다. 무력이라도 써야 하나 싶어 고민하는데, 때마침 가현이 나왔다.

"오랜만입니다."

소란스러운 바깥 소리에 나온 가현은 대문 앞에서 린린과 실랑이를 벌이는 진명을 발견하곤 뒤늦게 고개를 숙였다. 미간을 찡그리고 있던 진명도 서둘러 표정을 갈무리하며 허리를 숙였다.

"오랜만에 뵙습니다."

"절 찾아온 겁니까?"

"예. 태의께서 가현 님께 약을 전해 달라 하셨습니다."

기껏 약 가지고 그렇게 고집스레 입을 다물다니. 하여간 융통성이라고는 쥐똥만큼도 없는 사내였다. 그를 흘기던 린린이 곁에서 흥! 콧방귀를 뀌었다.

"주시죠! 제가 들고 들어갈 테니까."

그러곤 진명의 손에 달랑거리는 약주머니를 홱 빼앗아 들었다. 린린의 거친 행동에 진명의 미간이 잠시 찌푸려졌으나. 아랑곳하지 않고 쌩하니 들어가 버렸다.

태의가 전해 주라는 약까지 전해 주었는데도. 볼일이 있는지 진명이 가지 않고 서 있었다.

"약이 아니라 할 말이 있어서 오신 듯한데. 자리를 옮기지요."

"예."

가현의 말에 진명이 어색하게 고개를 숙였다.

* * *

진명과는 별로 말할 기회가 없었다. 첫날 대호국으로 왔을 때부터 얼마 전까지만 해도 진명은 웬만하면 가현과 마주치지 않았다. 대부분의 생활을 훈련소에서 하는 것도 이유였다.

그랬기에 그와 이렇게 둘이 마주하는 게 가현으로선 어색한 일이었다.

무슨 말을 하려 저렇게 뜸을 들이는 걸까.

아마도 그에 관한 이야기겠지…….

가현은 영의가 가져다준 찻잔을 손으로 빙빙 굴리며 진명이 입을 열기를 기다렸다.

"잠을 못 주무십니다."

차가 거의 식어 갈 즘 진명이 입을 열었다.

"침실에 들지 않는 날이 벌써 며칠인지 세어지지도 않습니다."

그의 말은 두서없었고 정신없었다. 그래도 그의 말은 온통 운에 대한 이야기뿐이었다. 잠을 못 잔다, 밥을 먹지 않는다, 이러다가 죽을 것 같다.

이런 이야기를 듣고 난 무엇을 해야 할까…….

할 수 있는 건 없다. 그에게 돌아갈 생각이 없으니까. 이대로 그저 모든 시간을 흘려보내고 그를 잊는 것만이 서로에게 유일한 길이었다. 손에서 잔을 내려놓은 가현이 천천히 자리에서 일어났다. 일어서다가 뒤틀린 발목이 삐끗해 잠시 휘청거렸지만, 가현은 넘어지지 않고 섰다.

"차는 다 마신 것 같으니 이만 돌아가시지요."

정중하면서도 냉정하게 그의 말을 끊어 낸 가현이 천천히 돌아섰다.

"꽃분."

그러나 단 한 발자국도 갈 수 없었다.

"꽃분이라는 여인의 이름을 아십니까."

진명의 입에서 듣지 말아야 할 이름이 들렸기 때문이었다. 진명을 향해 몸을 튼 가현이 거칠게 일렁이는 눈으로 그를 내려다보았다.

"지금……, 뭐라 하셨습니까?"

꽃분이라니. 어찌하여 그 이름이 지금 나온단 말인가.

들었던 말에 따르면 단 한 명의 하인조차 살아남지 못했다고 했다. 어머니와 오라버니, 그리고 새언니와 꽃분까지. 모두 죽었다. 그런데 그 이름이 진명의 입에서 나왔다. 알 수 없는 불안감에 등골이 오싹해졌다.

"허태웅의 첩이 자신을 꽃분이라고 이야기하더군요."

허태웅이라면…….

허여소의 오라비가 아닌가. 도대체 지금 진명이 무슨 말을 하는 건지 혼란스러웠다.

"주군께선 그 이름을 듣고 갑자기 이성을 잃으셨습니다."

"……."

"……그리고 그 여잘 직접 제 손으로 죽였죠."

도통 이해 못 할 소리를 하는 그를 가현이 멍하니 바라보았다.

"난 도통 무슨 말인지 모르겠습니다. 죽은 꽃분이 어찌하여 그자의 첩이 되었답니까."

"그건 알지 못합니다. 다만……. 주군을 그리 만든 게 그 여자였더군요. 죽기 직전 그 여자의 입에서 나온 말입니다."

"운을 그리 만들다니……?"

"주군께선 꽤 오래전부터 기억장애를 앓고 계셨습니다. 황제 폐하를 만나기 전부터 말입니다. 지금껏 그 일이……."

마른침을 삼키며 진명이 잠시 가현을 바라보았다. 가현의 파리하게 질린 얼굴은 금방이라도 쓰러질 것 같았다. 하나, 여기서 그만둘 수는 없었다. 다른 건 몰라도 주인님께서 왜 오해를 할 수밖에 없었는지 알려 줘야 했다.

"말씀드렸듯 주인님께선 과거의 기억이 엉킨 상태였고, 어찌 된 영문인지는 모르겠으나 아가씨께서 자신을 버리셨다고 여기셨습니다. 그래서……. 그토록 원망하신 겁니다."

"……."

"그런데 주인님께 이상한 약을 먹여 기억을 잃게 만들고, 노역장에 팔아 버린 사람이 그 여자라고 하더군요. 그 여자가 직접 제 입으로 한 말이니 사실입니다. 아마 그 배후엔 도련님이라 불리는 자가 있고요."

오라버니가 그를 이곳으로 팔아 버렸을 거라곤 생각하고 있었다. 그런데 약이라니. 이상한 약을 억지로 먹였다니.

그로 인해 운의 기억이 뒤엉켰단 말인가!

'너 이상해.'

그래, 분명 운의 기억이 어딘가 문제가 있다고 생각한 적이 있었다. 하나, 10년의 세월은 길었고 그사이에 그에게 무슨 일이 있었다고 짐작했을 뿐 이런 일이 있으리라고는 상상도 하지 못했다. 상상조차 할 수 없을 정도로 끔찍한 일이 아닌가.

아무리 오라버니의 뜻이었다고 하더라도, 아무리 운과 내가 미웠다고…….

운은 꽃분의 가족이나 마찬가지인 사람이었다. 그런데 그런 운을 그리 만든 사람이 꽃분이었다니. 믿어지지 않았다.

"아가씨께서 고통 받으시는 동안 주인님께서도 같은 고통을 겪고 계셨다는 것만 알아주셨으면 해서……. 실례를 무릅쓰고 찾아온 것입니다."

들으면 들을수록 참혹하여 숨이 다 막혔다.

진명이 조용히 자리를 떠난 뒤에도, 가현은 우두커니 서 있었다.

어쩌면……. 도령의 말이 맞았다.

결코 욕심내서는 안 되었다. 모든 원인은 자신에게 있었다. 감히 탐해야 할 것을 탐했고, 운에게 도망치자고 한 사람이 자신이었다.

그런데도 운은 날 대신해 모든 걸 짊어지려고 했었다.

운을 살리기 위해 스스로 후궁의 길을 택했다고 하나 그 역시 욕심이었다. 어떻게 해서든 운이 살길 바란 건 그의 뜻이 아니라 내 뜻이었다. 그러니 그 또한 욕심이었다. 오라버니를 탓할 필요가 없다. 꽃분을 탓할 필요도 없다.

모든 것은…… 내 끔찍한 욕심 때문이다.

힘없이 내려앉은 가현은 미친 듯이 주먹으로 가슴을 내리쳤다. 모든 게 내 탓 같다. 운도, 그리고 눈 한번 제대로 뜨지 못하고 가 버린 그 아이도.

가현은 미친 듯이 터져 나오는 울분을 참지 못하고 제 가슴에 멍이 들 때까지 주먹으로 내리쳤다.

"너는 내가 열 번 오라고 할 때야 이렇게 모습을 드러내는구나."

어쩨 날이 갈수록 운의 얼굴이 곧 죽을 얼굴이었다. 가현이 그를 떠났다는 말은 미리 보고 받아 알고 있었다. 그래서 이해는 간다만. 이러다가 운이 진짜 죽을 것 같아 가만히 놔둘 수가 없었다. 쯧쯧.

황제가 참지 못하고 혀를 끌끌 차다가 문득 오늘 아침에 들은 말을 떠올렸다.

"참수 전에 허태웅의 첩은 왜 죽인 게냐."

어차피 날아갈 목들이었다. 게다가 주요 인물이 아닌지라 다들 쉬쉬한 모양이었다. 그러다가 우연히 병사들이 하는 이야기를 들었다.

흑운왕이 갑자기 미쳐 날뛰다가 허태웅의 첩을 찔렀다고. 건조하게 메마른 얼굴로 서 있던 운의 눈빛에 미세하게 흔들리는 걸로 보아 예삿일은 아닌 것 같았다.

"폐하의 말씀이 맞았습니다."

그때 운이 뜬금없는 말을 내뱉었다.

알 수 없는 말을 하는 운을 말없이 살피던 황제가 손을 들어 올렸다.

"술을 가져오라!"

그러곤 환관들에게 소리쳤다.

"예, 폐하."

그의 명에 환관들이 머리를 조아렸다.

"운이 넌 오늘 돌아갈 생각 말고!"

끝끝내 입을 열지 않고 묵묵히 앉아 있던 운이 한참 만에 입을 뗐다.

"그분은 절 버린 적이 없습니다."

가현은 자신을 살리기 위해 스스로 후궁이 되는 길을 택했다. 바보같이 그녀를 잊은 건 저였다.

"오직 아가씨의 이름만을 기억했던 건 원망 때문이 아니었습니다."

머릿속에 남은 단 하나뿐인 이름, 가현……

그 이름을 떠올릴 때면 심장이 찢길 듯이 아파졌고, 구역질이 날 정도로 속이 뒤틀렸다. 이것이 무엇일까. 끝도 없이 고민했다.

끝내 생각했다. 어쩌면 이 고통은 '가현'이라는 여자로부터 시작된 것일지 모른다고. 알 수 없는 곳으로 끌려온 것도, 제 머리가 망가진 것도 다 그 여자 때문이라고. 그래서 이렇게 아픈 거로 생각했다.

한데 그것이 아니었다.

"결코 잊어서는 안 될 사람이었기 때문이었습니다."

가현에게서 시작된 고통은 맞으나, 그것은 원망도 분노도 아니었다는 걸. 그저 그녀를 잃어버린 상실감에서 오는 고통이었다는 걸 운은 뒤늦게 깨달아 버렸다. 그것을 깨달았을 땐 가현의 몸과 마음은 이미 만신창이가 되어 버린 상태였다.

이 손으로.

다른 사람도 아닌 내가……

그것만 생각하면 참을 수가 없다. 가현을 그리 만든 게 나라는 사실이 죽도록 고통스러웠다. 미련했다. 참으로 미련했다. 그깟 약이 무어라고. 그녀를 통째로 기억에서 들어냈단 말인가. 왜 하필 꽃분의 목소리만 기억했던 것일까…….

운덕은 믿을 수 없는 이야기에 침음을 삼켰다.

허태웅의 첩이 오래전 자신과 함께 가현의 집에서 일했던 노비라고 했다.

꽃분. 그녀의 원래 이름은 꽃분이었다. 그리고 그 여자가 운에게 알 수 없는 약을 먹였고, 그 때문에 모든 기억이 통째로 뒤엉킨 것이었다. 기억을 망가트린 것은 물론 노역장으로 팔아 버린 것까지 모두 그 꽃분이라는 여인이었다.

그러고 보면 가현은 운에게 벌어진 일을 전혀 알지 못하는 사람처럼 굴었다. 하긴, 알았으면 그렇게 뻔뻔하게 곁에 붙어 있으려고 하지 않았겠지. 아니면 저를 대호국까지 끌고 온 운에게 사색이 되었던가.

오히려 가현은 제게 묻기까지 하지 않았나. 운이 왜 저렇게 된 것이냐고.

이 자리에 앉기까지 무수히 많은 사람을 보았다. 그들은 모두 각각의 사정을 안고 사는 사람들이었다. 한데 운의 생은 그들의 삶보다 참혹했다.

고작 연모 때문에 인생이 망가진 거나 다름없다.

그저 사랑했을 뿐이고, 사랑하길 원했을 뿐이었다. 그런데 세상은 가혹하여 둘을 갈라놓았다. 거기에서 그치지 않았다. 가현 그 여인은 운을 살리기 위해 후궁으로 들어가 오랜 세월을 고통받으며 살았고, 이곳에 와서조차…… 끔찍한 일을 당했다.

운은 강제로 기억이 지워져 노역장으로 팔려 갔다. 그리고 그곳에서 몹쓸 학대와 고된 노역을 견뎌 내야 했다.

차라리 그것은 나았다. 사랑하는 여인에 대한 기억조차 조각조각 깨어져 결국엔 왜곡되어 버렸다.

운은 그 왜곡된 기억을 진심이라고 믿었다. 매일 밤이 고통스러운 건 증오 때문이라고 생각했으니까. 그런데 그것이 아니었다. 가현을 기억한 것도, 운덕을 구한 것도, 그리고 질기게 살아남아 그녀를 이곳 대호국으로 데려온 것도 모두 연모였다.

운덕은 생각했다.

이따금 운에게 찾아오는 그 발작이 어쩌면 무의식 속에서 가현을 잊지 말라고 소리쳤던 거라고.

운덕은 참지 못하고 안타까운 숨을 토해 내었다.

"차라리 보쌈하거라! 넌 내 아우가 아니더냐!"

운 때문에 속이 상했는지 평소보다 좀 많이 들이켠 운덕은 술기운이 올라오는 얼굴을 일그러트리며 소리쳤다.

"이 대호국 황제의 아우가 바로 운이 네가 아니냔 말이다! 마음껏 네가 하고 싶은 대로 하라!"

그의 몸이 소리칠 때마다 휘청거렸다. 맞은편에 앉아 술잔을 기울이던 운이 말없이 쓰게 웃었다.

제가 붙드는 순간 가현은 죽는다.

어린 계집아이와 웃고 있던 가현을 보는 순간 깨달았다. 마음 같아선 보쌈은커녕 더한 것도 하고 싶었다. 하나 더는 그녀를 괴롭히고 싶지 않았다. 그녀를 놓아주는 것이 지금 제가 할 수 있는 유일한 것이었다.

"인제 보니 허깨비구나! 에이!"

혀를 끌끌 차던 운덕이 술병째로 벌컥 들이켜려고 하자, 운이 강제로 빼앗아 들었다.

"여기서 더 취하시면 황후마마께서 걱정하실 겁니다."

"쳇! 걱정은 무슨! 황제인 내가 마시겠다는데 황후가 뭐라고!"

그렇게 말하면서도 운덕은 순순히 손을 내렸다. 말은 못 해도 그가 황후를 어지간히 아낀다는 건 궁 안에 모든 이들이 알고 있었다. 운덕은 괜스레 짜증을 내며 식어 빠진 안주를 집어 입에 털어 넣었다.

"혹, 그자를 기억하십니까."

그러다가 뜬금없는 운의 질문에 황제가 고개를 들었다.

"누구?"

"오래전 제가 노역장에 있을 적, 관리인으로 있던 자 말입니다."

"허! 네가 그놈을 다 떠올리고. 그놈이 네게 한 짓거리가 평범한 것은 아닐진대. 그건 쓸데없이 왜 기억하느냐?"

"……그건 아니옵고. 그자가 혹시 수도에 있지 않을까 해서 물었습니다."

운의 말에 운덕의 눈빛이 살벌해졌다.

"그럴 일은 결코 없다. 죽을 자리로 보냈는데 어찌하여 그놈이 살아 있단 말인가."

그래, 분명 그때도 그리 말했다. 끔찍한 기억이긴 했으나 그것이 안중에 없을 정도로 피폐해져 있던 자신이었다. 그 때문에 그자가 한 짓에 대해 분노가 솟구치거나 그러지 않았다.

그런데 노역장에서 자신이 그자에게 당하는 걸 우연히 보게 된 운덕은 불같이 화를 냈고, 운을 데리고 떠난 직후에 놈은 사라졌다. 뒤늦게 진명에게 들으니 운덕이 수하들에게 시켜 놈을 어디론가 팔아 버린 것이다.

진명은 분명 말했다. 그곳에서 결코 살아남지 못할 거라고. 그런데 얼마 전 길거리에서 우연히 그와 닮은 사람을 본 것이다.

"그는 왜 묻는 게냐?"

하지만 비도 억수같이 퍼붓고 있었고, 정신이 온전치 않은 상태였다.

"……아닙니다."

"싱겁긴."

피식, 웃은 운덕이 운에게 술잔을 내밀었다.

"자, 받아라."

운덕에게 술잔을 건네받으며 운은 그자에 대한 생각을 떨쳐 냈다.

* * *

운은 운덕의 강제로 궁에서 아침까지 보내게 되었다.

잠은 오지 않아 해가 뜨기만을 기다렸다. 궁 안의 모든 불이 꺼진 뒤 돌아갈 수도 있었지만, 환관들에게 일러 운이 아침에 나가는 것을 확인하라는 황제의 명이 있었기 때문이었다.

운은 지나가다가 멈춰서 저를 향해 머리를 조아리는 환관들과 궁녀들을 무심히 지나쳤다. 그러다가 맞은편에서 걸어오는 남자를 발견하곤 걸음을 멈추었다.

'왕여라는 자가 새로운 재상으로 올랐다. 형님의 오랜 스승이었고, 형님께서 승하하시자 속세로 떠났었지.'

'나와는 맞지 않지만, 그래도 어수선한 귀족들을 안정시키기에 그만한 인재는 없어서 말이야.'

어젯밤 술잔을 기울이다가 새로운 재상의 이야기도 나왔는데, 황제가 이야기하던 생김새와 똑 닮았다. 희끗한 콧수염 끝이 말려 올라간 생김새가 평범한 것은 아니었으니까. 수염의 모양만으로도 알 수 있을 것 같았다.

마주 걸어오던 왕여 역시 한 번에 운을 알아보았는지 미간을 굳혔다. 허가의 일로 귀족들이 보이는 시선과 비슷했다. 운은 무심히 흘리며 허리를 숙였다.

"처음 뵙겠습니다."

천천히 다가선 왕여는 운의 정수리를 바라보다가 입을 뗐다.

"저는 오늘이 처음이 아닙니다. 황제 폐하 즉위식 때 잠시 얼굴을 보았지요."

"……그러십니까."

가까이서 본 왕여는 잘 정돈된 흰 수염처럼 대쪽 같은 눈을 하고 있었다. 세월의 흔적을 알려 주듯 주름이 가득한 그의 눈은 운을 꿰뚫기라도 할 것처럼 날카롭게 살폈다.

"가까이서 보니 황제 폐하께서 아끼는 이유를 알 것 같습니다."

운은 적대감이 가득해 보이는 그의 시선을 특유의 무미건조한 얼굴로 마주했다.

"황제 폐하의 충실한 개라더니. 곧은 눈을 보아 딱 맞는 별명입니다, 그려."

그가 껄껄 웃었다.

그러나 칭찬하는 것이 아니었다. 비아냥거리는 것이었다.

"그래, 앞잡이 노릇은 어떻습니까. 잘 맞으십니까."

운은 별로 그에 대해 반응하지 않았다. 황제의 개라 불리는 건 익히 들어 알고 있었다. 딱히 뭐라 할 것이 없는 게, 운조차 그렇게 생각하고 있었기 때문이었다.

"그저 감읍할 따름입니다."

하!

왕여는 생각지도 못한 운의 대답에 그만 웃음을 터뜨릴 뻔했다.

"그럼 물러가 보겠습니다."

깊숙이 허리를 숙인 운이 왕여를 스쳐 지나갔다. 돌아선 왕여는 운이 멀어지는 모습을 유심히 지켜보았다.

"그리도 마음에 드시오."

그러다가 귀 가까이에서 들리는 목소리에 흠칫 놀랐다.

"하나 난 못 주오. 그대 말대로 운은 내 것이니."

"폐하."

당황한 왕여가 손을 모으며 황제에 대한 예를 지키려고 하자, 운덕이 손을 내저으며 치우라 명했다.

"그대가 날 황제 취급하지 않는 것은 잘 알지만. 귀족들의 헛소리에 놀아나 운을 괴롭혔다간 가만 안 둘 줄 아시오."

"그 무슨 황망한……!"

왕여의 얼굴이 찌푸려지는 걸 재미있다는 듯 쳐다보던 운덕이 뒷짐을 지며 유유히 사라졌다. 왕여는 어째 어린 시절보다 더 능글 맞아진 운덕을 마땅찮게 바라보았다.

* * *

"윽!"

정강이에 찌릿하고 몰려오는 고통에 진명이 주저앉았다. 그 앞에서 린린이 씩씩거리고 있었다. 정말 순식간에 벌어진 일이었다. 게다가 훈련소 입구 앞에서 이런 일이 벌어지리라고 누가 감히 상상이나 할까.

진명이 험악하게 구겨진 얼굴을 하고 빠르게 몸을 일으켰다.

"뭐 하는 짓이냐!"

"뭐 하긴!"

진명의 고함에 잠시 움찔하던 린린이 주먹을 말아 쥐며 힘껏 소리 질렀다.

"다시 한번 가현을 괴롭혔다간 정강이로 안 끝납니다!"

협박과 함께 린린이 슬쩍 진명의 아랫도리에 시선을 주었다. 놀란 진명이 저도 모르게 밑을 손으로 가렸다.

"별것도 아니면서 어지간히 아끼나 보오! 흥!"

진명을 대놓고 비웃은 린린이 그의 손에 잡히기 전에 쌩하니 도망쳐 버렸다. 순간적으로 당한 일에 어안이 벙벙한 얼굴로 서 있던 진명의 얼굴이 뒤늦게 달아올랐다.

"저게 진짜!"

진명이 쫓아올까 무서워 미친 듯이 언덕을 뛰어 내려온 린린은 수많은 인파 사이로 들어섰다.

"한 대 더 때려 줄걸."

진명은 맞아도 싼 놈이었다. 진명이 온 이후로 그나마 조금씩 나아지던 가현이 다시 시름시름 앓고 있으니 말이다. 가현을 떠올린 린린의 얼굴에 짙은 구름이 끼었다.

"도대체 뭔 말을 들었길래……."

터벅터벅 걷던 린린은 저 앞에서 파는 색색의 고운 과자를 발견하곤 주머니를 털어 한 움큼 샀다. 부디 이걸로 가현의 기분이 나아지길 바라며.

* * *

홍등이 요란하게 빛을 발하는 유곽 안에서 왁자지껄 떠드는 소리와 악기 소리가 뒤섞여 들려왔다. 유곽 안에서도 가장 깊숙한 곳에 모인 귀족들은 하나같이 한 사람에 대해 떠들었다.

"우리라고 그렇게 되지 말란 법 있습니까!"

14장

"작정하고 친 거예요! 흑운왕과의 혼사를 주선하는 척 주위를 흐리게 한 뒤에 뒤통수를 친 격이지 않습니까!"

"흠, 그는 아닌 듯합니다. 갑자기 흑운왕이 뛰쳐나가 혼인이 물 건너가긴 했지만 진짜로 하려고 한 게 아니겠습니까."

"지금 흑운왕을 두둔하는 게요!"

"아, 아니 그 말이 어찌 그리로 튑니까!"

목덜미에 핏줄이 솟을 정도로 화를 내던 귀족 하나가 슬쩍 상석에 앉은 왕여에게 시선을 던졌다.

"재상께선 어찌 보십니까?"

그의 물음에 떠들어 대던 귀족들이 왕여에게로 시선을 돌렸다. 조용히 술잔만 기울이던 왕여가 손에서 술잔을 내려놓으며 그들을 바라보았다.

"속세를 떠나 수도로 온 지 이제 얼마나 되었다고. 초대해 준 그대들의 성의를 봐서 조용히 술이나 마시다 가렵니다 그려. 허허."

너털웃음을 흘린 왕여가 술잔을 다시 들어 입 안으로 털어 넣었다.

왕여는 황태자를 밀었던 사람이었다. 그러나 선황제와 황태자 전하가 갑자기 세상을 떠나자, 그는 황자의 난을 뒤로하고 소리 소문 없이 속세로 들어갔다.

운덕이 황제에 즉위한 뒤에도 그는 돌아오지 않았다. 소문으론 후학을 양성한다는 말이 있었다.

지금 눈앞에 앉아 있는 귀족들은 하나같이 허 재상을 따르던 이들이었다. 그런데도 지금 왕여를 모셔 온 이유는 두려움 때문이었다. 갑자기 세상 밖으로 나온 장부 하나로 결코 무너지지 않을 것 같던 허가가 무너졌고, 줄줄이 뒤따라 허 재상과 연관된 귀족들까지 참수당했다.

매번 자신들과 척을 지는 황태자를 못마땅해하긴 했으나, 감히 허 재상이 그런 일을 꾸밀 거라곤 상상치 못했고. 경악을 감출 길이 없었다.

하나 그것은 중요한 것이 아니었다. 황제가 흑운왕을 앞세워 그들을 처단한 것이다. 이로 인해 안 그래도 드높은 흑운왕의 위세가 위협적일 만큼 커졌다. 그 점이 두려웠다.

귀족들은 여기서 더 그의 존재가 커지길 바라지 않았다.

"그래도 이곳에 오신 건 저희와 뜻을 같이하겠다는 것이 아닙니까."

왕여는 여전히 변하지 않는 그들의 눈빛을 속으로 비웃었다. 단순한 환영식이 아니라, 자신을 앞세워 흑운왕을 어떻게 해볼 심사였다. 어쩐지 술이 쓰고 맛이 없더라니.

안 그래도 없던 입맛이 싹 달아났다. 만지작거리던 술잔을 내려놓은 왕여는 그대로 자리에서 일어났다.

"난 이만 가 봐야겠소."

"아, 아니 재상!"

뒷짐까지 떡 하니 지고 방을 나가 버리는 왕여를 황당하게 쳐다보던 귀족들이 하나같이 탁상을 내리치며 분개했다.

* * *

"그냥 아래를 콱 박아 버렸어야 했는데."

그날 이후 시름시름 앓던 가현이 다행히 오늘은 바깥을 나올 만큼 괜찮아졌다.

"뭐?"

장씨 아주머니가 부탁한 채소들을 씻느라 마당에 잔뜩 늘어놓고 쭈그려 앉아 일하던 린린이 갑자기 이상한 말을 툭, 내뱉었다. 그 곁에서 린린이 하는 일을 조금이나마 돕고 있던 가현이 미간을 찡그렸다.

"누굴 콱 박아 버린다는 게야?"

"누구긴 누구야!"

성질이 확 올랐는지 린린이 벅벅 씻어 내던 무를 물이 가득한 대야에 내팽개쳤다. 그로 인해 낑낑거리며 바구니 하나를 들고 오던 영의가 튕겨 나온 물에 얻어맞았다.

"깍!"

손에서 바가지를 떨어트린 영의가 팔등으로 물에 젖은 얼굴을 벅벅 닦으며 린린을 쏘아보았다.

"언니! 일하라고 했더니 물장난을 하면 어찌해요!"

"물장난이 아니라 성질이 나서 그랬지."

어정쩡하게 자리에서 일어난 린린이 영의에게 다가갔다. 놀란 가현이 다가와 영의의 젖은 머리를 소매 끝으로 닦아 주었다.

"전 언니를 성질나게 할 만한 일은 한 적이 없는걸요!"

물이 들어가 벌게진 눈을 데굴데굴 굴리던 영의가 억울해 죽겠다는 얼굴로 린린을 올려다봤다.

"아무리 생각해 봐도 없어요!"

"네가 아니고."

어설프게 웃던 린린이 슬쩍 가현을 보았다. 영의에게로 가 있던 가현의 시선이 린린에게로 향했다.

"아니면?"

"아니면요?"

가현을 따라 영의가 물었다.

"음."

린린은 잠시 고민했다. 사실 가현에게 말도 안 하고 한 일이었다. 그것 때문에 망설이는 것도 있었지만. 괜히 그때 일을 이야기해 가현의 심기를 어지럽히고 싶지 않았다.

"맞다!"

짝! 손뼉을 친 린린이 은근슬쩍 화제를 돌렸다.

"너 새벽에 어딜 나갔다 온 거야?"

"내가?"

린린을 바라보던 가현의 눈이 살짝 커졌다. 린린의 말에 떠오른 기억이 있는지 영의가 눈을 동그랗게 뜨며 맞장구쳤다.

"맞아요! 저도 들었어요! 갑자기 소변을 누고 싶어서 일어나는데 가현 언니 방에서 삐그덕 소리가 났는걸요?"

전혀 모르는 일이었다. 새벽에 일어난 적이 없는데, 언제 문을 열고 나가겠는가.

"잘못 들었겠지. 난 어제는 푹 잤는걸."

"그런가?"

분명 문이 여닫히는 소리가 들린 것 같았는데. 사실 잠결에 들어 확실하지 않았다. 그냥 화제를 돌리려다가 꺼낸 말이라 린린은 그냥 어깨를 으쓱하고 말았다.

"바람 때문에 난 소리일 수도 있겠네."

그 곁에서 영의는 내내 고개를 갸웃거리며 중얼거렸다.

"아닌데. 분명 들었는데……."

가현은 웃으며 영의의 정수리를 쓰다듬어 주었다.

"꿈속에서 덜 깨어났나 보구나, 영의가. 어서 가서 아침이나 들자꾸나."

"……예!"

가현을 빤히 올려다보던 영의는 갑자기 몰려오는 시장기에 고개를 연신 끄덕거렸다. 몸은 조그마한 게 어지간히 먹을 걸 좋아했다. 뛰듯 들어가 버리는 영의와 가현을 뒤따르며 린린이 쯧쯧 혀를 찼다.

'그러고 보면 동생 놈도 먹을 걸 어지간히 좋아하는데.'

가현의 일로 통 가지 못해 동생이 걱정되었다. 가현도 괜찮아졌으니 조만간 가 봐야겠다고 생각했다.

* * *

홍두의 말은 사실이었다.

온갖 의뢰가 끊임없이 몰려왔고, 대부분의 의뢰는 매우 은밀하고 위험한 일이라 큰돈만 들어왔다. 유곽에 막 눌러살자마자 어지간히 사고를 치던 열은 숨 쉴 틈 없이 쏟아져 들어오는 의뢰일로 사고를 치는 일이 줄어들었다. 돈도 벌고 열도 사고를 덜 치고 홍두는 요즘 같으면 딱 살맛 나겠다 싶었다.

"의뢰라굽쇼?"

그러던 어느 날이었다. 허름한 행색의 여자가 찾아와 대뜸 의뢰를 하고 싶다고 말했다. 무슨 일로 얼굴을 가리고 있는 건지는 모르겠으나. 천으로 얼굴의 반을 가리고 있었고, 망토까지 써서 온몸을 가린 채였다.

게슴츠레 뜬 눈으로 홍두가 샅샅이 살피려 들자, 움찔한 여자가 옷깃을 잡으며 뒤로 물러섰다. 경계심이 만만치 않았다.

"무슨 소문을 듣고 왔는지는 모르겠으나, 이곳은 개나 소나 의뢰를 하는 곳이 아니오."

홍두는 무시하는 투로 말하며 손을 휘휘 저었다. 그러곤 부러 코를 후비적거리며 여자를 노골적으로 비웃었다.

그의 무시에도 여자는 돌아갈 생각이 없는지 꼼짝 않고 서 있었다. 하찮은 계집애 하나 끌고 가자고 하인들까지 불러야 하나 고민하고 있는데, 여자가 섬뜩하게 가라앉은 목소리로 말했다.

"원하는 돈만 내주면 사람 죽이는 일까지 다 한다고 들었다."

천 위로 보이는 살기 넘치는 눈빛에 홍두가 움찔했다. 홍두를 싸늘하게 노려보던 여자가 품 안에 든 주머니 하나를 그 앞에 툭! 던졌다. 얼떨결에 받아 든 홍두는 주머니 틈으로 보이는 금화에 눈이 휘둥그레졌다.

돈만 만지고 산 세월이 오래였다. 손에서 느껴지는 것만으로도 이 돈이 얼마나 되는지 알 수 있었다.

"아이고!"

벌떡 일어난 홍두가 여자를 향해 굽신거렸다.

"제가 그만 실수를 했습니다요, 허허!"

능청스레 고개를 슬쩍 든 홍두가 실실 웃으며 여자를 안쪽으로 안내했다.

"안으로 들어가서 기다리시지요! 제가 금방 차를 내오라 전하겠습니다!"

연신 꾸벅거리던 홍두가 신이 난 얼굴로 쌩하니 멀어졌다. 뒤돌아서 그를 경멸하듯 응시하던 여자가 한참 만에 홍두가 안내한 방으로 들어섰다.

* * *

오늘은 또 무슨 의뢰를 받을까 흥미로워하며 드르륵 문을 열고 들어서던 열은 그만 멈칫했다. 예상과 다른 초라한 행색의 여자가 원탁(圓卓; 둥근 탁자) 앞에 앉아 있었다.

'그놈이 돈도 없는 하찮은 계집을 들일 리는 결코 없고.'

초라한 행색과 다르게 찻잔을 들어 올릴 때마다 손짓에 묻어나는 기품이 그의 흥미를 더 돋우었다.

"앉으시오."

평범한 여자들이라면 길게 그어진 눈가 흉터를 보곤 기겁하거나, 경멸을 보일 텐데. 이 여잔 그런 기색 하나 없이 마치 이곳 주인처럼 굴었다.

큭.

그의 잇새로 짧은 웃음소리가 흘러나왔다. 노골적으로 여자를 훑으며 다가가 털썩 주저앉은 열은 누런 이를 드러내며 씩 웃었다.

"그래, 과년한 처자가 이런 위험한 곳까지 어쩐 일로?"

"……의뢰하러 온 것이 아니면 이곳을 찾으러 올 리가 없지."

오만하게 고개를 들어 올린 여자의 눈빛이 참으로 마음에 들었다. 온갖 독이란 독은 다 품고 있었다. 어쩐지 그녀가 꺼낼 의뢰가 무엇인지 궁금해졌다.

"사람 하나 납치해 주시오."

"사람이라……. 어떤 사람?"

"열 살 남짓한 어린 아이오."

"호오."

아무리 무뢰배라 하나 어린아이를 건드리지는 않았다. 고작 열 살 남짓한 아이가 저 여자에게 무슨 짓을 저지른 건 아닐 테고. 무슨 억하심정이 있어 아이를 납치해 달라는 말이 여자의 입에서 나온 건지는 모르지만. 열은 심드렁한 표정으로 고개를 틀었다.

"미안하오만."

"성공하면 지금 건넨 돈보다 열 배를 더 쳐 주겠소. 물론 그 돈은 바깥에 있는 자가 아니라 당신이 가질 것이오."

조금 전에 뭐라 했더라. 아무리 무뢰배라도 아이는 건드리지 않는다고 했던가. 그것은 그때 이야기였다.

"자세히 들어볼까?"

열의 눈이 탐욕스럽게 반짝였다. 순식간에 뒤바뀌는 짐승 같은 눈빛에 천에 가려진 여자의 입술이 비뚜름하게 올라갔다.

* * *

"어디로 연락하면 되겠소?"

"정확히 열흘. 열흘 되는 날 이곳으로 찾아오는 걸로 하겠소. 열흘이 되어 이곳을 왔을 때 아이가 없으면."

보면 볼수록 발칙한 여자였다.

"당신이 받을 돈은 없는 거요."

킬킬거리며 웃던 열이 어깨를 으쓱했다.

"뭐, 그러지."

"앞으로 흑운왕의 세가 하늘을 찌를 게 분명한 거 아니겠소?"

여자를 입구까지 안내하려는데 저 멀리서 들어오는 사내들이 하나같이 흑운왕을 입에 올렸다. 요즘 들어 유곽에서 자주 들리는 이름이었다.

'흐음.'

그들을 흘기듯 바라본 열이 여자를 향해 고개를 돌렸다.

'……호오.'

돌처럼 굳어 서 있는 여자는 대놓고 살의를 드러내며 저를 지나
치는 사내들을 노려보았다.

* * *

발작은 더는 없었다. 그러나 그 뒤에 몰려오는 고통은 더했다.
매일 밤 끝도 없이 몰려오는 옛 기억에 잠을 잘 수가 없었다. 끔찍
한 기억은 아니었다. 오히려 사무치도록 그리울 정도로 그리운 기
억들뿐이었다.

'나는 네가 참으로 좋다, 운아.'

'너도 내가 좋은 게지?'

환한 햇살처럼 아름답던 가현은 되살아난 기억 속에서 선명하게
나타났다가, 잡을 새도 없이 사라졌다. 한없이 행복하기만 했던 기
억들이 고통으로 다가왔다.

이제는 잡을 수 없어 그런 것이겠지.

감히 닿을 수 없어 그렇겠지.

꿈에서조차 제 손에 잡히지 않고 매정하게 가 버리기 때문이겠
지…….

잠에 들지 못한 날이 벌써 오래였다. 오늘도 운은 뜬눈으로 밤을
지새웠다.

* * *

"전하!"

눈을 감고도 막을 수 있는 검이었다. 그런데 운은 막지 못하고 베이고 말았다.

한 달에 두어 번 직접 운과 함께 대련을 할 수 있는 기회가 주어졌다. 운과 대련을 하기 위해 모인 병사들은 대부분이 신참내기였다. 아직 검잡는 것조차 어설픈 병사의 검에 베인 터라 주위에 있던 이들이 경악을 금치 못했다.

툭, 투둑.

진명이 울타리를 뛰어넘어 달려올 때까지 운은 멍하니 팔뚝에서 떨어지는 핏방울을 바라보았다. 둥글게 원을 그리며 떨어진 피가 흙먼지가 가득한 바닥으로 떨어져 스며들었다.

"괜찮으십니까!"

속히 다가온 진명이 운의 팔을 잡았다. 그제야 피에서 눈을 뗀 운이 괘념치 말라는 듯 진명을 밀었다.

"주, 죽을죄를!"

그러곤 피를 보게 한 원흉인 어린 병사에게 다가섰다. 그는 사색이 된 얼굴로 납죽 엎드려 운에게 죄를 빌었다.

"네 죄가 아니다."

죄라면 생각이 다른 곳으로 향해 있는 자신에게 있었다. 어설픈 검 앞이라도 긴장감을 유지해야 하는데…….

정신이 흐트러진 게 분명했다.

"그, 그럼……."

당황한 얼굴로 올려다보는 병사의 어깨를 가볍게 두들겨 준 운이 진명에게 뒤를 맡기고 멀어졌다. 처음 보는 낯선 주군의 모습에 모여 있던 병사들은 걱정스러운 기색을 보였다. 진명은 답답한 마음에 한숨을 내뱉었다.

* * *

"장씨 아주머니께 부탁드려 만든 음식이야. 좋아할 만한 걸로 넣었어."

"안 그래도 된다니까!"

린린이 성을 내며 받지 않으려고 하자, 가현이 아예 품 안에 던져 버렸다. 얼떨결에 받아 든 린린은 그만 울컥할 뻔했다. 보자기 안에 가득한 고기와 갖가지 반찬들 그리고 값비싸 보이는 과자까지 정성이 안 들어간 것이 없었다.

"해지기 전에 돌아오려면 서둘러 가야겠구나."

린린의 어깨를 살짝 민 가현이 대문 앞에서 손을 흔들었다.

"잘 지내는지 얼굴만 확인하고 금방 돌아올게. 그리고……."

다리를 비비 꼬며 망설이던 린린이 어설프게 입을 뗐다.

"고마워."

하여간 고맙다거나 미안하다는 말을 어지간히 못 한다 싶었다. 작게 웃음을 터뜨린 가현이 얼른 가라는 듯 손을 저었다.

"얼른 가."

가현의 배웅을 받으며 돌아선 린린이 인파 사이로 들어섰다. 가현이 머무는 곳과 조금 멀리 떨어진 민가에 작은아버지의 집이 있었기 때문에, 서둘러서 걸어야 했다. 린린은 한눈팔지 않고 걸음을 재촉했다.

이마에 땀이 송골송골 맺힐 때까지 쉴 틈 없이 걷던 린린의 눈앞에 익숙한 길목이 보이기 시작했다.

잠시 쉬며 저릿한 다리를 꾹꾹 주무르는데, 저 앞에서 익숙한 사람 하나가 나타났다. 유일하게 남은 가족인 아버지의 막냇동생 부인이었다. 잠시 내려놓은 보따리를 짊어진 린린이 한 손을 크게 흔들었다.

"작은어머니!"

개울가에 빨래를 하러 나오는 길인지, 머리에 수북이 쌓인 빨래 바구니를 짊어지고 걸어오던 작은어머니가 멈칫했다.

"오랜만이지요."

"리, 린린이구나."

반가워하는 린린과 다르게 작은어머니의 안색은 영 좋지 못했다. 하지만 린린은 별생각 하지 않았다. 작은어머니가 자신은 물론 동생까지 별로 탐탁지 않아 한다는 걸 알고 있었기 때문이었다. 그래도 동생을 거둬 준 게 어디인가.

능청스레 그녀에게 다가선 린린이 손에 들린 보따리를 다시 바닥에 내려놓았다. 그러곤 작은어머니가 들고 있는 바구니로 손을 뻗었다.

"제가 들……."

"아니!"

린린을 거칠게 내치며 물러선 작은어머니는 뒤늦게 제가 한 짓을 깨닫곤 당황해했다.

"무, 무거운 데다가 네가 할 일이 아니지 않니. 그나저나 여긴 어쩐 일이니?"

어색하게 웃던 린린이 보따리를 들어 올리며 말했다.

"음식이랑 돈을 좀 들고 왔어요. 동생도 볼 겸 해서요."

안 그래도 창백하던 그녀의 낯빛이 더 하얘졌다.

"그런데 어디 아프세요?"

린린이 의아하게 묻자, 작은어머니가 서둘러 고개를 저었다.

"아, 아프긴! 별일 없어. 그런데 어쩌지?"

린린의 눈치를 살살 살피는 게 어색하기 짝이 없었다.

"걸이는 지금 없는데."

걸이가 없다니. 동생을 보러 한달음에 달려온 린린은 서운한 기색을 내비쳤다.

"어디 갔는데요?"

"잠시 친구네 놀러 갔다. 여기서 좀 멀어."

"······그래요?"

"이건 내가 가져가마."

보따리를 홱! 빼앗아 든 작은어머니가 머리에 짊어진 바구니에 던지듯 올렸다. 그러곤 린린에게 차 한 잔 하고 가라는 말 없이 보내려 했다.

"집도 누추한데 그냥 가는 게 좋겠구나."

"······예."

잠시 말없이 린린을 보던 작은어머니가 대뜸 냉랭한 목소리로 말했다.

"그리고 이렇게 불쑥 찾아오지 말렴."

그녀의 말에 린린이 머쓱해했다.

"송구합니다, 전 그저······."

"얼른 가 보는 게 좋겠구나. 지금 내가 바빠서."

"······예."

린린이 고개를 숙이기도 전에 돌아선 그녀가 도망치듯 멀어졌다. 전에 왔을 때보다 더 쌀쌀맞았다.

"아, 참!"

예상보다 냉랭한 그녀의 행동에 잠시 잊고 있었다. 작은아버지의 심병에 좋은 약을 준다는 걸 까먹고 말았다. 서둘러 가져다만 놓고 와야겠다는 생각에 린린이 얼른 언덕을 뛰어 올라갔다.

눈에 익은 길을 쭉 따라 올라가다 보니 저 언덕 위에 작은 집 한 채가 보였다. 얼기설기 얽힌 울타리 너머 마당에 작은어머니와 작은아버지가 서서 무언가 이야기를 나누고 있었다. 언뜻 들리는 소리로 보아 싸우는 것도 같았다. 당황한 린린이 저도 모르게 숨으려다가 뒤이어 들리는 말에 우뚝 멈췄다.

"어떻게 해요! 이러다가 들통이라도 나면!"

"그냥 돌려보내면 어떻게 해!"

"걸이 그놈 사라진 걸 린린 그 애가 알게 되면 난리 칠 게 뻔한데! 그리고 알아 봤자 그 아이한테 뭐 뾰족한 수라도 있겠어요!"

이게 다…… 무슨 소리야?

걸이가 사라지다니.

제가 잘못 들은 것인가. 조금 전 분명 작은어머니께서 걸이가 친구 집에 놀러 갔다고 했는데……?

"린린이 그 애가 주는 돈 끊길까 봐 두려워 그러는 건 아니고!"

"아, 아니 이 양……!"

울타리 너머 차갑게 굳은 얼굴로 서 있는 린린을 뒤늦게 발견한 작은어머니의 얼굴이 백지장이 되었다.

"걸이가 사라지다뇨."

"리, 린린."

린린의 등장에 당황한 건 작은어머니뿐만이 아니었다. 작은아버지도 똑같이 사색이 된 얼굴로 린린을 바라보았다. 험악하게 일그러진 얼굴로 둘을 번갈아 보던 린린이 핏대가 설 정도로 악을 질렀다.

"지금 그게 무슨 소리냐고요!"

* * *

'지금 마을 사람들이 찾고 있어.'

작은어머니는 끝까지 자기는 모른다며 뻔뻔하게 굴었다. 작은아버지는 차마 말을 못 하겠다는 얼굴로 비겁하게 굴었다. 린린에게 털어놓은 사람은 작은아버지의 딸이었다. 린린과 두 살 차이 나는 사촌 여동생은 미안한 얼굴로 린린에게 자세히 이야기했다.

'우리가 잠시 나간 사이에……. 걸이는 혼자 있었거든. 그런데

정말 잠깐이었어.'

알고 보니 걸이를 혼자 두고 가족들끼리 나들이를 나갔다 온 거였다. 작은어머니께 무언가 바라는 것은 없었다. 이렇게 저 대신 데리고 있어 주는 것만으로도 감지덕지했으니까. 그래도 작은아버지는 걸이를 가족처럼 여길 거라 생각했는데…….

걸이를 혼자 두는 일이 잦은 게 분명한데도 단 한 번을 몰랐다는 게 정말 끔찍했다.

누구를 원망해야 하는 건지 모르겠다.

걸이를 홀로 내버려 둔 그 사람들? 아니면 일 핑계로 자주 찾지 못했던 나?

걸이는 어디로 사라진 것일까…….

어디서부터 어떻게 찾아야 하는가…….

분을 풀 듯 제가 들고 온 보따리를 발로 짓밟고 도망치듯 그곳에서 뛰어나온 린린은 넋을 놓고 터벅터벅 길을 걸었다. 가다가 마주 오는 수레에 부딪힐 뻔도 하였고, 애먼 사람과 부딪쳐 넘어지기도 했다. 그런데도 정신이 돌아오지 않았다.

그러다가 그만 머리 두 개는 더 커 보이는 사내와 어깨를 퍽! 부딪쳤다.

"미안……."

반사적으로 미안하다고 말하던 린린의 손에 무언가가 쥐어졌다. 린린에게 작은 쪽지 하나를 건넨 사내는 순식간에 인파 사이로 사라졌다. 저도 모르게 멈춘 린린이 멍하니 뒤를 돌아보았다. 샅샅이 살펴도 그는 보이지 않았다.

"뭐야, 이게."

안 그래도 미치고 팔짝 뛰겠는데 별것이 다!

확! 버릴까 하던 린린은 알 수 없는 기시감에 하늘 높이 쳐든 팔을 내렸다. 그러곤 둘둘 말린 쪽지를 펼쳤다.

[사흘 후, 알려 준 장소로 서가현을 데려와. 데려오지 않는다면 네 동생은 끔찍한 고통을 맛보며 죽을 거다. 누군가에게 입을 열어도 네 동생은 죽어.]

"이, 이게 무슨……!"

이름 하나 쓰여 있지 않은 쪽지 안엔 입에 담기 힘들 정도로 끔찍한 말이 쓰여 있었다. 차라리 까막눈 시절이 그리울 정도였다. 흑운왕의 저택에서 일하며 글씨 하나 모르는 건 말이 안 되었는데, 그때 배운 글씨로 더듬더듬 읽은 린린은 그만 다리에 힘이 풀려 주저앉았다.

"말도 안 되는……!"

이를 악문 채 금방 털고 자리에서 일어난 린린이 악을 질러 댔다.

"누구야! 어느 빌어먹을 놈이야! 당장 나와! 나오라고! 어떤 빌어먹을 놈이 이런 더러운 장난을 쳐!"

주위의 시선이 모여도 린린은 상관하지 않고 악을 써 댔다. 이윽고 린린의 눈가에 눈물이 번졌다.

"이 개자식! 만나면 죽여 버릴 거야! 모가지를 확 따 버릴 거라고!"

걸어…….

걸아……!

* * *

"린린, 왜 이리 늦은 거야!"

대문 앞을 서성이던 가현이 어슴푸레한 하늘을 등지고 걸어오는 린린을 발견하곤 절뚝거리는 다리를 이끌고 다가섰다. 가현의 목소리에 걸음을 멈춘 린린이 천천히 고개를 들어 올렸다.

"……린린?"

내 동생이 납치되었어. 널 데려오지 않으면 죽인대.

가현에게 모든 걸 쏟아 내고 싶었지만…….

차마 그럴 수 없었다. 주인님의 품에서 피를 흘린 채 쓰러진 가현의 모습과 아이를 잃은 걸 깨닫고 정신을 놓아 버리는 모습까지. 전부 지켜보았다.

가현은 여전히 틈만 나면 기침을 했고, 이따금 다리가 아파 밤새 신음을 흘릴 때도 있었다. 태의 말처럼 가현은 어쩌면 영원히 다리를 절어야 할지도 모른다. 겉으론 아무렇지 않아 보이지만, 가현의 마음은 온통 황량했다. 지금 당장 죽어도 이상하지 않을 정도로.

그런 가현에게 다 털어놓으라고?

그럴 수는 없었다. 고작 돈 때문에 가현을 허여소에게 팔려 했던 그때가 여전히 목을 죄어오고 있는데. 그런데도 친구라고 돈까지 갚아 주고, 동생 갖다 주라고 이것저것 먹을 것도 챙겨 준 가현에게 또다시 못 할 짓을 하라고?

못 해!

절대 못 해!

그런데…… 걸이는……?

그 불쌍한 아이는 그냥 죽게 놔두라고?

어미 젖 한번 먹지 못하고, 그 빌어먹을 집구석에서 눈칫밥만 먹던 그 애는 어찌하고.

수도 없이 많은 생각이 왔다 갔다 하다가 뒤엉켰다. 속이 뒤틀렸다. 미친 듯이 분노가 치밀어 올렸다.

"린린, 무슨…… 일 있는 거야?"

"무슨 일은."

미친 듯이 쏟아져 나오려고 하는 말을 꾸역꾸역 삼킨 린린이 가현을 외면하고 걸어갔다. 쌩하니 먼저 가 버리는 린린을 당혹스럽게 바라보던 가현이 서둘러 뒤따랐다.

"동생에게 무슨 일이라도 생긴……."

무슨 일이 있는 게 분명한 것 같아 묻는데, 린린이 갑자기 우뚝 멈추었다. 덩달아 멈춘 가현이 그녀를 조심스럽게 살폈다.

"린린……."

"있으면."

홱 돌아선 린린이 딱딱하게 굳은 얼굴로 가현을 노려보았다.

"너나 챙겨. 그 몸을 하고 남을 도울 수나 있어?"

당장 멈춰! 지금 누구에게 분풀이하는 거야!

속으로 끊임없이 멈추라 외쳤지만, 입은 제멋대로 움직였다.

"빌어먹을 그 몸뚱이 하나 제대로 못 챙기면서! 남 일에 신경

끄라고!"

삑! 소리를 지른 린린은 그대로 도망치듯 들어가 버렸다. 갑작스러운 린린의 말에 굳어 있던 가현은 뒤늦게 씁쓸하게 웃었다. 대문 뒤에서 듣고 있었는지, 고개를 빼꼼 내민 영의가 다가와 가현의 손을 잡았다.

"내가 혼내 줄까요?"

"린린에게 무슨 일이 있는 듯하구나."

"그래도 못됐어요! 내가 혼내 줄까요?"

말만 하라는 듯 영의가 눈을 부릅떴다.

가현은 작게 웃으며 영의의 정수리를 가볍게 쓰다듬어 주었다.

"되었다. 이만 들어가자. 날이 차다."

"에이, 말만 하라니까요. 린린 언니가 그렇게 좋아하는 밥에다가 벌레 한 마리 쏙 숨겨 놓는 방법도 있고, 아니면 린린 언니만 고기 반찬 주지 말라고 엄마한테 말할게요!"

영의는 작은 머리를 굴리며 린린에게 벌을 줄 생각에 빠졌다. 가현은 영의의 말을 한 귀로 흘리며 아이를 데려다주고 린린의 방 앞에 섰다.

"뭣 때문에 골이 난 것인지는 모르겠지만. 그래도 내일은 말해 줄 거지?"

숨소리 하나 들리지 않을 정도로 고요했다.

"잘 자."

걱정스럽게 굳게 닫힌 린린의 방을 바라보던 가현이 한참 만에 멀어졌다.

'바보같이! 화를 내야지. 화도 못 내는 머저리!'

벽에 기대앉은 린린의 얼굴이 온통 눈물로 범벅이었다. 어찌해야 하지 이젠……. 난 도대체 어찌해야 하냐고. 걸이 그 어린아이가 다칠까 두렵고, 가현이 다칠까 무서웠다. 이럴 땐 어찌해야 하는지 돌 같은 머리로는 도통 생각이 나질 않았다. 그저 우는 것밖에 할 수 있는 것이 없었다. 밤새 눈물 바람으로 지새운 린린의 눈은 벌이라도 쏘인 것처럼 탱탱 부었다.

* * *

"연이 닿을 만한 곳은 물론 숨을 만한 곳 전부를 찾았으나, 머리카락 하나 보이지 않습니다."

하늘로 꺼지지 않는 이상 이 정도로 찾았는데도 나오지 않는 게 이상했다. 도대체 어디로 사라진 것일까, 허여소는.

"혹 저희가 모르는 사이에 모진 일을 당한 건 아닐까요?"

여태 찾지 못하자 병사들 사이에서 말이 돌았다. 가족들이 전부 멸문당한 뒤 자결했거나, 아니면 사고가 나 죽었다는 말이 대부분이었다. 시끄러운 소리 그만하고 찾을 생각이나 하라고 소리쳤지만, 진명조차 그들의 말에 기울 수밖에 없었다. 지금까지 안 나오는 걸 보면 말이다.

"시체라도 찾아서 내 앞으로 데려와."

운은 허여소를 찾아올 때까지 멈추지 않을 생각이었다. 진명의 말대로 죽은 거면 시체로라도 봐야 했다.

"예, 알겠습니다."

깊숙이 허리를 숙인 진명이 집무실을 나섰다. 집보다는 훈련소가 나아 이곳에서 생활한 지 며칠 되었다. 운은 창밖 너머로 들려오는 병사들의 기합 소리를 한 귀로 흘려들으며 창가로 다가섰다.

'허여소⋯⋯.'

시체로라도 내 앞에 서야 할 것이다. 그렇지 않으면 지옥까지 쫓아갈 터이니. 운의 눈이 섬뜩하게 번뜩였다.

* * *

'히! 몰래 집어넣으면 되겠지?'

삐걱 문이 열렸다. 그 틈으로 슬그머니 머리를 들이민 영의가 방 안을 확인했다. 린린이 새벽부터 어딜 나갔다는 엄마의 말을 듣고 안심하긴 했지만. 역시나 린린은 보이지 않았다.

'흥! 가현 언니 대신 내가 복수해 줄 거야!'

깨금발로 방 안에 들어온 영의가 주먹 쥔 손을 내려다보며 실실거렸다. 꽉 쥔 손이 움찔거렸다. 그 안에서 개굴개굴하는 소리가 들렸다.

덩치도 꽤 있고 무서워하는 거 없어 보이는 린린이 가장 무서워하는 게 벌레나 개구리였다. 그걸 안 지는 얼마 되지 않았다. 영의는 신이 난 얼굴로 손을 쫙 펼쳤다.

개굴!

목울대를 크게 움직이며 눈알을 굴리던 개구리가 그대로 튀어

올랐다. 방바닥에 내려온 개구리가 펄쩍펄쩍 뛰는 걸 뿌듯하게 바라보던 영의의 발에 무언가가 차였다. 발밑에 꼬깃꼬깃하게 말린 종이가 굴러다니고 있었다.

"음?"

호기심이 상당한 영의는 망설이지 않고 그것을 집어 들었다. 그러나 영의는 글을 전혀 배우지 못한 까막눈이었고, 펼쳐 든 종이에 적힌 것이 무엇인지 몰랐다.

아무래도 가현 언니에게 물어봐야겠다고 생각하며 매번 허리춤에 차고 다니는 주머니에 쏙 집어넣은 영의가 개구리처럼 폴짝 뛰며 방을 나가 버렸다. 그 뒤로 개굴개굴 소리를 내던 개구리가 폴짝 뛰어올라 침상 위 이불 속으로 들어갔다.

* * *

"아이고, 다리가 퉁퉁 부었네. 그러니까 안 도와줘도 된다니까."

"심심해서요. 괜찮으니 걱정하지 마세요."

"괜찮긴!"

장씨 아주머니가 퉁퉁 부은 가현의 다리 한쪽을 보며 혀를 끌끌 찼다.

"내 오늘 밤 찜질을 해 줄 터이니 그리 아세요."

"예."

거절해도 들은 척도 안 할 것이라는 걸 이미 깨우친 가현은 거절하지 않고 웃었다.

"전 이만 나가 볼게요."

자리에서 일어나는 데 다리가 시큰거렸다. 오랜 시간 쪼그려 앉아 장씨 아주머니의 일을 도운 게 좀 힘에 부치긴 한 모양이었다.

그래도 아무렇지 않은 척 일어선 가현이 부엌을 나섰다. 그러다가 저 앞에 바위 위에 앉아 다리를 달랑거리고 있는 영의가 눈에 들어왔다. 무얼 그리 열심히 보는 건지, 인기척에도 돌아보지 않았다. 지척까지 다가가도 마찬가지였다.

"흐음?"

미간을 잔뜩 찡그린 영의가 하늘 높이 종이를 치켜들었다. 글자 하나 못 읽으면서 햇살에 비춰 보면 알아볼 거라고 생각하기라도 하듯, 제법 열심이었다.

"영의야."

팔뚝이 아릴 때까지 팔을 쭉 올린 채 글씨를 유심히 올려다보던 영의는 뒤에서 부르는 소리에 화들짝 놀라 그만 종이를 떨어트렸다. 빙글빙글 돌며 떨어져 내린 종이는 바람에 이끌려 가현의 발밑에 닿았다.

"이게 뭐니?"

영의가 손을 뻗기 전에 먼저 집어 든 가현이 미간을 좁혔다.

"언니 방에서 나온 거예요."

바위 위에서 폴짝 뛰어 내려온 영의가 해맑게 답했다.

"내 방에서? 난 이런 걸 본 기억이 없는데."

"아뇨. 린린 언니 방이요."

"요 녀석. 기어코 일을 친 게야?"

린린이 가현에게 화를 낸 후 영의는 온갖 엉뚱한 생각을 하며 가현을 대신해 혼내 주겠다고 소리쳤다. 그냥 한 소리인 줄 알았는데, 기어이 들어가 린린의 물건에까지 손을 댄 모양이었다.

"벼, 별거는 아니었어요."

부러 엄한 얼굴을 해 보이자 영의가 양 검지를 맞대며 눈치를 살살 살폈다.

"별것이면 린린에게 영의 네가 벌을 서야 할 거야."

"어, 언니! 거기에 뭐라고 쓰여 있어요?"

가현의 말에 놀란 영의가 얼른 화제를 돌려 버렸다. 영의가 귀여워 넘어가 주는 척했다. 하지만 린린의 물건이었고, 마음대로 읽을 수는…….

"언니 그거 언니 이름이죠? 언니가 저번에 제게 글자를 알려 주면서 언니 이름 쓰는 거 알려 줬잖아요."

"……뭐?"

내 이름이 적혀 있다니. 당황한 가현이 슬쩍 종이를 들었다.

[사흘 후, 알려 준 장소로 서가현을 데려와. 데려오지 않는다면 네 동생은 끔찍한 고통을 맛보며 죽을 거다. 누군가에게 입을 열어도 네 동생은 죽어.]

종이 안에 쓰인 문장을 빠르게 읽어 내려가던 가현의 낯빛이 창백해졌다.

"언니 왜 그래요?"

"……정녕 린린의 방에서 나온 게 맞니?"

"예, 제가 직접 가지고 나온걸요."

입술을 지그시 문 가현의 눈빛이 살벌하게 가라앉았다. 처음 보는 낯선 표정에 영의가 무서워했다.

"언니……?"

"영의야 이건 다시 린린의 방에 가져다 놓아야 할 것 같구나."

간신히 표정을 누그러뜨린 가현이 영의에게 부드럽게 웃어 보였다. 긴장 어린 기색으로 가현의 눈치를 살피던 영의의 안색이 밝아졌다.

"언니가 갖다 놓아도 되지?"

"그럼요!"

* * *

그들이 말한 사흘이 거의 지나간다.

자정에 가까워질수록 린린은 수도 없이 손톱을 물어뜯어 결국 피를 보았다. 사흘 동안 린린은 차라리 주인님께 달려갈까 고민했었다. 가현을 헤치려는 자가 내 동생을 가지고 협박한다고. 도움을 청하고 싶은 마음이 굴뚝같았다.

그런데 그자가 말했다. 누군가에게 말했다간 동생은 죽는다고.

탁!

끝도 없이 몰려오는 초조함에 구석진 곳에 쪼그려 앉아 있는데, 날아온 무언가가 방문을 탁 치고 떨어졌다.

흠칫 놀란 린린이 방문을 바라보았다.

숨소리가 크게 들릴 정도로 주위는 고요했다. 천천히 몸을 일으 킨 린린은 떨어지지 않는 발을 이끌고 방문 앞에 섰다. 머뭇거리다 가 문고리를 잡은 린린이 눈을 질끈 감고 확! 열었다. 온갖 두려운 일이 머릿속을 스쳐 지나간 것과 다르게 바깥엔 아무것도 없었다.

"분명……."

심지어 조금 전 방문에 부딪히는 소리가 착각이라고 느껴질 정 도로. 아무것도 없었다.

착각이었나.

하지만 분명 들렸다. 방에서 뛰어나온 린린이 주위를 샅샅이 살 폈다. 몇 시간을 뒤져도 아무것도 없었다.

결국 다음 날 아침까지 아무것도 못 찾은 린린은 혼란스러웠다.

'내가 착각한 건가? 하지만 분명 사흘 후라고 말했는데. 아니면 오늘인가?'

탁!

멍하니 상념에 잠겨 있는데, 둔탁한 소리 하나가 귀를 울렸다. 깜짝 놀란 린린이 퍼뜩 고개를 들었다.

"밥 안 먹고 뭐 해."

가현이 린린의 앞에 고기를 저며 만든 구이를 내려놓은 것이었다. 그날 이후 가현과 대화다운 걸 해 본 적이 없던 린린은 어색해했다.

"아, 고마워."

"정신 차리고 어서 밥 먹어."

그날 일로 화가 난 건지. 가현의 목소리가 좀 냉랭했다. 제가 다른 생각에 빠져 있는 사이에 이미 밥을 다 먹은 가현은 그대로 나가 버렸다. 린린은 복잡한 얼굴로 가현의 등을 좇았다.

"언니."

그때, 옆에서 영의가 린린을 불렀다. 앞에 놓인 구이를 이미 한 입에 털어 넣은 건지. 영의의 볼이 빵빵했다. 열심히 씹어 꿀꺽 삼킨 영의가 대뜸 말했다.

"화났어요, 가현 언니."

"뭐?"

"엄청 화났어요. 무서워서 요 며칠 말도 못 건 거 있죠?"

습관처럼 좋알거리던 영의는 갑자기 눈을 동그랗게 뜨곤 손으로 입을 틀어막았다. 하는 모양새가 영 이상했다.

"말하다 말고 갑자기 왜 그래?"

린린이 미간을 찌푸리며 묻자 영의가 고개를 저었다.

"아, 아무것도 아니에요! 아, 잘 먹었다!"

잘 먹긴 무슨. 평소라면 밥 한 공기 더 먹었을 아이가 밥도 다 남긴 채 쌩하니 도망가 버렸다. 혼자 남은 린린은 영의의 이상한 행동에 고개를 갸웃거렸다.

"쟨 또 왜 저래?"

영의에 대한 의구심은 짧았다. 가현이 화가 났다는 것 때문에 다른 걸 생각할 여력이 없었다.

"역시 사과를 해야겠지."

필시 그날 일 때문에 화가 난 것이 분명했다. 하긴, 가슴에 대못을 박아 놓고 염치도 없이 사과 한 번 하지 않았으니. 가현이 화를 내는 게 당연했다. 우선은 가현에게 사과하고……. 그리고 나서 주인님께 도움을 청하든, 아니면 홀로 동생을 찾아 나서야겠다고 생각했다.

서둘러 자리에서 일어난 린린이 밖을 나가 가현을 찾았다. 그러나 가현은 어디로 갔는지 방에도 없었다. 찾는 가현은 보이지 않고, 영의가 마당에 쭈그리고 앉아 흙장난하는 게 보였다.

"얘."

린린의 부름에 영의가 고개를 들었다. 흙장난을 손으로 한 게 아니라 얼굴로 한 것 같았다. 영의의 말간 볼 여기저기에 흙먼지가 묻어 있었다. 혀를 끌끌 찬 린린이 쭈그려 앉아 영의의 볼을 향해 손을 뻗었다. 그러곤 엄지로 벅벅 문질렀다.

"아파요!"

린린의 투박한 손길에 영의의 통통한 볼이 일그러졌다. 영의는 짜증스레 고개를 뒤로 뺐다. 아랑곳하지 않고 영의의 볼을 닦아 준 린린이 입을 열었다.

"가현이 어디 있는 줄 알아? 방에도 안 보이던데."

린린을 흘기며 볼을 부풀리던 영의가 흠칫 놀랐다.

"어, 어 그러니까……."

눈알이 굴러가는 소리가 여기까지 들리는 듯했다.

"어, 엄마랑 같이!"

끼이익, 갑자기 대문이 열리는 소리가 들리더니 장씨 아주머니가 들어섰다.

"영의야! 흙장난하지 말랬지! 내가 못 살아 정말! 너 때문에 빨래하느라 엄마 팔뚝 굵어지는 건 생각지도 않고!"

안으로 들어서던 장씨 아주머니는 꼬질꼬질한 얼굴로 마당 한가운데 앉아있는 영의를 발견하곤 화를 냈다.

"얼른 들어가 옷 갈아입어!"

잠시 장에 나갔다 왔는지 짐이 한 보따리였다. 장씨 아주머니는 영의에게 잔소리를 날리곤 부엌으로 들어갔다. 엄마의 엄한 표정보다 린린이 더 두려웠던 영의가 눈치를 살살 살피다가 슬그머니 자리에서 일어났다.

"힉!"

줄행랑을 치려던 영의는 린린의 손에 붙들려 도망치지 못했다.

"바른대로 말 못 해! 거짓말하면 혼쭐을 내 줄 테야!"

딸꾹!

린린의 협박에 놀란 영의가 딸꾹질하며 눈을 동그랗게 떴다. 이윽고 영의 눈에 눈물이 차올랐다.

"으아아아앙!"

* * *

"아, 글쎄 내가 봤다니깐! 분명 귀신이었어! 그게 귀신이 아니면 뭔데."

우연히 허가의 사람들이 살던 저택을 지나던 때였다. 진명의 곁을 스쳐 지나가는 여인들의 입에서 이상한 소리가 들려왔다.

"하긴, 얼마 전부터 여기서 처녀 귀신을 봤다고 한 사람이 많았지?"

"그렇지! 내 말이 맞지! 친정에서 좀 늦게 돌아왔는데 글쎄, 호리

호리하게 생긴 여자가 이 저택 들어가는 거야!"

주위를 살피던 여인 하나가 슬쩍 입을 열었다.

"사실 나도 봤어. 우리 남편 또 술 처먹고 어디 나자빠져 있는 게 아닌가 싶어서 밤중에 나왔다가 분명 이 집으로 들어간 걸 내 두 눈으로 똑똑히 봤다니깐."

"혹시 허가 사람들 중 하나 아니야? 원혼 같은 게 떠돌아다니는 거지."

"힉! 말 같지 않은 소리 그만해!"

소름 끼치는 소리에 놀란 여인 하나가 서둘러 가 버렸다.

"아, 같이 가!"

낄낄 웃으며 다른 여인들이 뒤따라 달려갔다.

진명은 알 수 없는 불안감에 굳게 닫힌 대문 앞으로 걸어갔다. 붉은 글씨가 써진 종이가 덕지덕지 붙어 있었고, 대못이 박힌 나무가 대문을 지키고 있었다. 고작 며칠이나 되었다고 사람 흔적 하나 없는 저택은 귀신이 나올 것처럼 을씨년스러웠다.

'분명 허여소의 머리카락 하나 찾지 못했다.'

하지만 허가 식솔들을 잡아들일 때 집안 곳곳을 살폈고, 허여소는 나오지 않았다. 그럼 정녕 귀신이 드나들기라도 한단 말인가.

본 사람이 한둘이 아니라고 했다. 결정적으로 그날 이후 이곳을 살핀 적이 단 한 번도 없었다. 그렇다면 가능성이 있다는 이야기였다.

일그러진 눈으로 대문을 노려보던 진명이 급히 돌아섰다.

'만약 이곳에 숨어 있었다면……!'

* * *

"찾았습니다! 여기요!"

병사들을 불러 모아 대문을 강제로 뜯고 들어온 진명은 모든 방을 뒤졌다. 먼지만 굴러다닐 뿐 나오지 않았다. 그때, 건물 뒤편에서 누가 소리쳤다. 병사의 외침에 진명이 방에서 빠져나와 소리가 나는 곳으로 달려갔다.

"이곳에 사람이 머문 흔적이 있습니다!"

병사의 말대로 사람의 흔적이 가득했다.

'분명 샅샅이 뒤졌다고 생각했는데, 이런 곳이 있었단 말인가……!'

수풀로 뒤덮인 나무판자 밑에 비밀스러운 공간이 숨겨져 있으리라고는 감히 상상하지 못했다. 병사에게서 횃불을 빼앗아 든 진명이 나무 계단 아래로 내려갔다. 삐그덕 거리는 소리가 요란하게 울렸다. 생각보다 깊고 넓은 지하실로 내려선 진명은 사람이 사용한 듯 보이는 구겨진 이불과 먹다 만 음식 같은 걸 확인했다.

찍!

불이 닿지 않은 곳에 숨어 음식 쪼가리를 먹던 쥐가 불길에 놀라 화들짝 구멍으로 도망쳤다. 험악하게 일그러진 눈으로 주위를 살피던 진명의 눈에 초조함이 서렸다.

'허여소……!'

급히 돌아선 진명이 지하실을 빠져나왔다.

"너희들은 이 주위를 샅샅이 뒤져 허여소를 찾아야 한다! 아니!

우선 성문부터 막아!"

"예, 나리!"

진명의 명령이 떨어지자 병사들이 부리나케 달려갔다.

"나머진 이곳을 지키고 서 있고!"

"예!"

경례하는 병사들 중 하나에게 횃불을 넘긴 진명이 빠르게 저택을 빠져나와 훈련소를 향해 달려갔다. 분명 허여소가 이곳에 머문 게 분명했다. 그러니 아무리 찾아도 안 나온 것이겠지! 당장 전하께 가 알려야 했다.

미친 듯이 내달리는 진명에게 놀란 사람들이 황급히 옆으로 비켜섰다. 그러다가 그만 들고 있던 사과 궤짝을 떨어트리는 장사꾼도 있었다. 평소라면 그들에게 미안하다고 사죄를 했을 테지만. 그럴 여력이 없을 정도로 진명은 다급했다.

숨이 막힐 정도로 내달려 훈련소로 가는 언덕길에 들어섰다. 그러나 운에게 닿지 못했다.

"크, 큰일 났어요!"

절 뒤따라온 것인지 흠뻑 젖은 린린이 헉헉 숨을 몰아쉬며 그의 옷자락을 붙잡았기 때문이었다.

"이거 놓지 못하겠느냐!"

당황한 진명이 린린을 밀쳐 내려고 했지만, 린린을 떨쳐 낼 수 없었다. 갑자기 린린이 울음을 터뜨렸기 때문이었다. 당황한 진명의 눈이 크게 뜨였다. 그때였다. 린린이 소리치듯 말했다.

"가현이가!"

"······지금 무슨."

"가현이가 그놈들한테 갔단 말이에요!"

도대체 그놈들이 누구인지 물으려 하던 그때, 뒤에 그림자가 드리워졌다.

"그게 무슨 소리냐."

운의 등장에 긴장이 풀린 린린이 꼭 붙들고 있던 진명의 옷자락을 놓으며 풀썩, 주저앉았다.

"어떻게 해요! 어떻게 하냐고요!"

엉엉엉!

진명을 밀치며 아이처럼 우는 린린의 앞에 다가선 운이 초조함으로 들끓는 눈을 하고 그녀의 앞섶을 붙들었다.

"자세히 말하지 못할까!"

* * *

"역시 당신이었군요."

가현은 모습을 드러낸 허여소를 차갑게 얼어붙은 눈으로 응시했다.

그들이 말하던 사흘이 지나가기 직전이었다. 가현은 내내 린린을 보지 않는 척 지켜보았고, 운 좋게 돌 하나가 날아와 부딪치는 걸 보게 되었다. 돌과 함께 날아든 종이엔 장소와 시간이 적혀 있었다.

가현은 린린에게 아무것도 말하지 않았다. 자신을 불렀으니 자신이 직접 와야 한다고 생각했기 때문이었다.

누구일까. 도대체 누가 날 만나기 위해 린린의 동생까지 납치하는 파렴치한 짓을 저지른 것일까!

끝도 없이 꼬리를 물고 또 물자, 한 사람이 떠올랐다. 허여소. 허가 사람 모두가 죽었는데도 유일하게 생사가 불분명하고, 일전에 린린에게 첩자 노릇을 시켰으며, 린린에게 어린 남동생 하나가 있다는 것까지 자세히 알면서, 특히나 날 죽이려고 했던 자! 허여소뿐이 없었다.

이 정도로 분노가 치밀어 오른 건 오랜만이었다.

"아이는 어디 있죠?"

"아이? 하!"

오랜만에 마주한 허여소의 얼굴은 말이 아니었다. 화려하게 치장하기를 좋아했던 그녀는 어디로 가고, 비단옷도 아닌 누추한 옷을 입고 있었다. 그런데도 눈빛만은 형형하게 살아나 있었다. 가현을 죽이고 싶어 하는 눈은 광기로 들끓었다.

"지금 네가 아이 걱정할 때가 아닌 것 같은……!"

짝!

허여소의 눈빛에도 눈 하나 꿈쩍 않고 서 있던 가현이 성큼 다가와 허여소의 뺨을 내리쳤다.

"너……!"

갑자기 당한 일에 놀란 허여소가 붉게 달아오른 뺨을 손으로 감싸며 가현을 노려보았다.

15장

미친 듯이 울분이 끓어오른다. 허여소가 내 아이를 죽였다. 그리고 지금 린린의 어린 동생까지 납치했다. 결코 해서는 안 되는 짓을 서슴지 않고 저지르는 허여소 행동에 구역질이 날 정도로 분노했다.

"너, 너······!"

짝!

허여소의 뺨을 다시 한번 내리친 가현이 분노로 일렁이는 눈으로 말했다.

"아이 어디 있냐고 물었어요."

"이 미친년이!"

연속으로 두 번이나 얻어맞은 허여소의 눈에 불이 일었다. 똑같이 갚아 주기 위해 손을 들어 올린 여소는 가현의 손에 가로막혔다.

"아이 어디 있냐고!"

보기엔 금방이라도 쓰러질 것처럼 가녀린 가현에게 어떻게 이런 힘이 나온단 말인가. 아마 그 정도로 분노했기 때문일 테다. 가현은 악, 소리를 내는 허여소의 팔을 더 힘주어 붙들며 당장 아이를 내놓으라고 소리쳤다.

'호오, 제법인데?'

수풀 뒤에서 두 여자를 지켜보던 열의 눈에 흥미가 일었다. 가현에게 붙들려 악을 지르던 여소가 열이 있는 쪽을 향해 미친 듯이 소리쳤다.

"당장 나와! 돈값 하란 말이야!"

잠시 고개를 뒤로 하고 꽁꽁 묶인 채 쓰러져 있는 아이를 바라본 열이 휘파람을 불며 밖으로 나섰다. 낯선 이의 인기척에 가현이 뒤를 돌아보았다.

"내가 받은 돈이 좀 많아서 말입니다, 하하."

눈 한쪽에 기다란 흉터는 무섭지 않았다. 사람 눈이 아닌 것 같은 눈빛에 이상하게 몸이 떨렸다. 그의 섬뜩한 분위기에 가현은 이를 악물고 참으며 여소를 내던지듯 풀어 주었다.

휘청거리며 물러선 여소가 가현을 죽일 듯이 노려보다가 가현에게 다가가는 열을 보곤 참았다. 아직은 아니 되지. 아직은 참아야지. 이제 저년을 끔찍한 지옥으로 보내 버릴 고지가 코앞인데. 성급한 분노로 일을 틀어지게 할 수는 없었다.

"아이는 당신이 데리고 있나요?"

주먹을 그러쥔 가현은 손에 들린 나무토막 하나를 빙빙 돌리며 다가서는 열을 향해 물었다.

"아이는 괜찮을 거요. 당신이 문제지."

씩, 웃은 열이 빠르게 다가와 가현의 머리를 내리쳤다.

퍽!

둔탁한 소리와 함께 몰려오는 통증과 혼미해지는 정신을 간신히 붙들며 가현은 부디 이자들이 그 말만은 지키길 바랐다.

* * *

"아이를 찾았습니다!"

병사의 품에 아이 하나가 들려 있었다. 병사의 외침에 진명과 운이 그에게로 다가섰다. 중간에 깨어난 아이가 어찌나 버둥거렸는지, 병사의 턱 부근에 붉은 멍과 생채기가 나 있었다.

"놔줘! 누나! 누나!"

여전히 아무것도 알지 못하는 걸은 린린을 부르짖으며 어떻게 해서든 병사의 손에서 벗어나려고 애썼다.

"걸아!"

"……누나?"

우뚝 멈춰서 멍하니 눈을 깜빡이던 걸은 린린을 발견하곤 간신히 참고 있던 눈물을 터뜨리며 양손을 뻗었다. 병사는 서둘러 아이를 내려 주었다. 바닥에 발이 닿기도 전에 린린에게 튀어 간 걸이 그녀를 꼭 끌어안았다.

"누나!"

린린을 와락 끌어안은 걸이 온몸을 떨면서 오열했다. 린린은 그런 걸을 바짝 끌어안고 안도의 한숨을 길게 내뱉었다.

"무사했으니 되었어."

십년감수한 얼굴로 아이의 등을 쓸어내리던 린린은 뒤늦게 보이지 않는 가현의 모습에 겁을 놓으며 급히 몸을 일으켰다.

"흔적조차 찾기 힘들었습니다."

그게 무슨 소리인가……!

당황한 린린이 병사에게로 가 소리치듯 물었다.

"걸이는 멀쩡한데! 가현의 흔적이 없다뇨!"

운의 안색이 창백했다.

운의 서슬 퍼런 눈빛에 질려 린린은 모든 걸 고했다. 자신이 동생을 보러 간 것부터 이상한 쪽지를 받은 것까지. 들으면 들을수록 불안감이 들었다. 그리고 그 불안감은 확신이 되었다. 허여소 그 여자가 가현을 납치한 것이었다.

조금만 더 빨랐다면, 아니 그날 그 지하실을 발견했다면!

그분께서 납치당할 일은 없었을 것이다. 하나, 자책은 그분을 구하고 난 뒤에 해도 늦지 않았다. 진명은 분노를 누르고 있는 운에게 말했다.

"날이 어두워지기 전에 속히 찾아야 하지 않겠습니까."

"……."

"전하."

"……그래, 그래야지."

뒤늦은 운의 말에 진명이 속히 병사들에게 명을 내렸다.

"도망칠 구석은 모두 찾아내야 한다! 쥐새끼 하나도 성문 밖을 벗어나는 이가 없어야 할 것이다!"

"예!"

손에 들린 무기를 높이 쳐든 병사들이 빠르게 흩어졌다.

"전하! 진명 나리!"

그때, 저 멀리서 누군가 튀어 왔다. 허가의 저택을 지키고 있던 신참내기 병사였다.

"자리 비우지 말고 지키라고……!"

험악하게 일그러진 얼굴로 그에게 다가서던 진명이 멈추었다.

"제가 이상한 걸 찾았습니다!"

거칠게 숨을 몰아쉬며 다가온 병사가 손에 든 걸 그에게 건넸기 때문이었다. 이상한 거라니. 운의 시선이 느리게 진명과 병사에게로 향했다.

"……이건."

"혹시 몰라 단서가 있을 것 같아 지하실을 조금 뒤져 보았는데, 이불 속에서 이런 게 나왔지 뭡니까."

원래부터 호기심이 많았던 신참내기 병사는 선배들이나 진명에게 곧잘 혼이 났다. 쓸데없는 곳에 시간을 쏟았기 때문이었다. 그러나 오늘만큼은 칭찬해 주어야 할 것 같다.

"전하, 그곳입니다."

진명이 속히 운에게 건넸다. 불그스름한 종이 한가운데 꽃문양이 그려진 걸 물끄러미 바라보던 운이 고개를 들었다.

"가자."

말 위에 오른 운이 진명과 함께 어디론가 향했다. 멍하니 두 사람을 지켜보던 린린이 바닥에 구르는 종이를 집어 들었다. 손톱만

한 것이 어딘가에 흘러 들어가기 딱 좋았다.

"이게 무엇입니까?"

"그거요? 유곽에서 곧잘 뿌리는 것이 아닙니까."

"……유곽이요?"

"아! 그렇다고 제가 유곽을 다니는 건 아니고."

신참내기 병사는 머쓱하게 웃으며 사라졌다. 린린은 거침없이 흔들리는 눈으로 손에 든 종이를 내려다보았다.

'유곽……?'

* * *

흥겨운 음악과 춤 놀이로 정신없는 사이에 들이닥친 병사들로 인해 유곽은 순식간에 아수라장이 되었다. 대문 한 짝은 저 멀리 날아가 처박혔고, 나머지 하나는 덜렁거렸다.

꺄악!

놀란 여자들이 깍깍 소리 지르며 분주하게 도망쳤다. 괜히 찔리는 구석이 있는 귀족들은 혹여나 자신을 잡아 온 게 아닐까 두려워하며 엉금엉금 기어 탁상 밑에 몸을 숨겼다.

망가진 대문 사이로 쏟아지듯 들어선 병사들과 함께 들어온 사내 하나가 홍두의 두꺼운 목을 틀어쥐었다. 9척은 넘어 보이는 사내의 손아귀 힘에 공중으로 올라간 홍두가 연신 컥컥거리며 버둥거렸다.

"왜, 왜 이럽니까!"

"어디 있나."

"무, 무슨……!"

"네 놈이 잡아 온 서가현이라는 여자는 어디 있나. 어디 있는지 바른대로 고해야 할 것이다."

흉흉하게 들끓고 있는 운의 눈빛에 살기가 일었다. 꿀꺽 마른침을 삼킨 홍두는 어딘가 낯이 익은 사내의 얼굴을 떠올리려고 애썼다.

분명 보았는데…….

"네 놈이 기억하지 못해도 죽는다."

헉!

기억났다!

흑운왕이 아닌가! 그런 분이 어찌 이곳에 왔단 말인가!

9척이 넘어 보이는 장신의 사내는 틀림없이 흑운왕이었다.

"기억이 나지 않는 것이냐. 아니면 말을 하고 싶지 않은 것이냐."

살벌하게 가라앉은 그의 목소리에 화들짝 놀란 홍두가 안간힘을 쓰며 손을 저었다.

"지, 진짜 기억이……!"

당황하며 고개를 젓던 홍두의 머릿속에 순간 무언가가 스치고 지나쳤다. 일전에 묘령의 여인에게 받은 의뢰의 주인공이 아닌가. 그러나 홍두는 말할 수 없었다. 자기 일이 걸린 문제였기 때문이었다. 홍두는 어떻게 해서든 모른 척 굴었다.

"지, 진짜 모릅니다!"

운은 시뻘겋게 달아오른 얼굴로 소리치는 홍두를 꿰뚫듯 응시했다. 긴장한 홍두가 연신 마른침을 삼키며 그의 눈을 피하지 않기 위해 애썼다. 그러나 그의 눈은 온 신경이 굳을 정도로 흉흉하여

숨까지 막혀 왔다.

"그렇구나."

그때 운이 손에서 힘을 풀었다. 순식간에 땅으로 떨어진 홍두가 콜록거리며 목덜미를 붙잡고 숨을 토했다.

살았다······.

그렇게 안도하고 있는데, 날카로운 무언가가 목에 닿았다.

"네 놈이 지금 누구 앞에서 거짓을 고하는 것인지는 알고 있겠지."

당황한 홍두의 얼굴이 이번에 새하얗게 질렸다. 홍두를 차갑게 얼어붙은 눈으로 내려다보던 운이 검을 들어 올렸다. 그의 눈빛은 진심이었다. 진심으로 자신을 죽이려고 하는 것이었다.

다른 이라면 어떻게 해서든 구슬렸겠지만, 지금 눈앞에 서 있는 자는 전쟁 영웅 흑운왕이었다. 의뢰인과의 비밀을 깨 버렸다는 문제로 신뢰를 잃을 수 있겠지만, 지금 홍두는 신뢰를 잃는 것보다 흑운왕의 손에 죽는 것이 더 두려웠다. 제가 발설한 일로 열이 죽을 지도 모르지만 제 목숨이 간당간당한 이때 누구를 걱정한단 말인가.

"잠깐!"

질끈 눈을 부여 감은 홍두가 소리쳤다. 운의 손이 멈추었다. 황급히 엎드린 홍두가 벌벌 떨며 실토했다.

"선착장! 선착장으로 갔습니다! 아마 지금 가면 붙잡을······ 수 있을 겁니다."

슬쩍슬쩍 고개를 든 홍두가 어색하게 웃음을 흘렸다.

"그, 그게 실은 배에······ 실려······."

뒷말은 필요 없다는 듯 돌아선 운이 빠르게 사라졌다. 진명은 병사들에게 뒷일을 부탁하곤 운의 뒤를 쫓았다. 우선은 산 것에 안도하며 주저앉아 있는데, 홍두의 앞에 병사들이 다가와 섰다.

"저, 전 진짜 모릅니다, 나리들. 하하……."

주춤거리며 뒤로 물러서려는 홍두를 붙든 병사들이 그를 그대로 끌고 갔다.

한편, 유곽 2층 구석진 곳에 유유히 앉아 술잔을 기울이던 왕여는 알 수 없는 눈으로 모든 광경을 지켜보았다. 홍두는 개처럼 병사들에게 질질 끌려가면서 악을 써 댔다.

* * *

새하얀 이마는 어디로 가고, 핏자국과 뒤엉킨 머리카락이 이마에 덕지덕지 달라붙어 있었다. 광대 부근엔 검푸른 멍이 들었다.

'어디…….'

이상하게 울렁거렸다. 속이 그러한 것이 아니라 몸 전체가 출렁거리는 느낌이었다.

억지로 눈을 뜬 가현은 짐이 가득 쌓인 걸 먼저 보게 되었다. 저 앞에 희미하게 계단 하나가 보였는데, 갑자기 위에서 빛이 쏟아지더니 누군가 계단을 타고 내려왔다.

흐린 시야에 눈에 힘을 주자, 허여소의 얼굴이 보였다. 온몸이 밧줄로 칭칭 감긴 채 구석에 쓰러져 있는 가현의 앞에 다가선 허여소는 우악스러운 손으로 그녀의 머리채를 쥐었다.

헉!

순간적인 통증에 미간이 찌푸려졌다. 가현의 뒷머리를 쥐고 강제로 들어 올린 여소가 악에 받친 눈으로 말했다.

"네년은 곱게 죽지 못하지. 내 아버지, 내 어머니!"

"……."

"내 오라버니 목숨까지 전부 갚을 때까지 네년은 쉽게 죽지 못할 것이야. 죽는 게 차라리 나을 정도로 끔찍한 곳에 팔려 가게 될 거다."

붙들고 있던 가현을 내팽개친 여소가 돌아섰다. 머리를 잘못 부딪친 가현은 다시 혼절하듯 쓰러졌다.

삐그덕거리는 계단에 올라서자 바닷바람이 허여소의 머리카락을 거세게 스쳤다. 밤하늘 아래 어두컴컴한 바다는 금방이라도 자신들을 집어삼킬 듯 출렁거렸다.

"자요, 나머지 돈."

여소는 기다리고 서 있는 열에게 나머지 돈주머니를 건넸다. 받아서 확인까지 한 열은 휙! 휘파람을 불며 씩 웃었다.

"배는 무사히 갈 겁니다."

여소가 무사히 배에서 내리는 것까지 확인한 열은 임무가 다 끝난 사람처럼 유유히 자리를 떴다. 여소는 가지 않았다. 가현을 태운 배가 보이지 않을 때까지 지켜볼 작정이었다.

이윽고 돛이 바람에 펄럭이며 솟아올랐다. 험상궂은 얼굴의 선인들이 선착장에 묶어 둔 밧줄을 풀었다. 곧 배가 움직이기 시작했다.

'철저하게 망가져 버린 상태가 되어서야 돌아오게 될 것이다. 그 시체 같은 몸뚱이는 흑운왕에게 전해지겠지!'

상상만 해도 기대감에 피가 끓는 기분이었다. 끔찍하게 망가져 돌아온 그 계집의 시체를 마주할 흑운왕의 얼굴을 볼 때까지 결코 죽지 않고 지켜볼……!

차가운 무언가가 목덜미에 닿자, 생각이 끊겼다. 흠칫 놀라던 여소가 천천히 뒤를 돌아보았다.

"어디에 있어."

운이 당장에라도 여소를 죽일 듯 섬뜩하게 가라앉은 눈으로 노려보고 있었다. 새까만 그의 눈동자는 여소를 향한 분노로 일렁였다. 섬뜩할 정도로 새까만 그의 눈동자에 여소가 주춤하며 뒤로 살짝 물러섰다.

어, 어떻게……!

그의 등장에 잠시 놀라던 여소는 눈에 바짝 힘을 주었다. 조금이라도 움직였다간 날카로운 검날에 그대로 베여 목이 떨어질 게 분명했지만. 가족들과 완벽했던 자신의 삶을 한순간에 잃어버린 여소는 지금 눈앞에 보이는 것이 없었다.

"누구 말씀하시는 거죠? 아, 그 계집!"

아하하!

여소는 제 가녀린 목이 베어 들어가는 걸 상관치 않고 미친 듯이 웃어 재꼈다. 그렇게 웃어 대다가 기어코 여소의 목덜미 살갗에 검날이 파고들어 붉은 피가 새어 나왔다. 운은 분노로 떨리는 검날을 여소의 목에 더 들이대며 낮게 물었다. 그런 그의 목소리가 미세하게 흔들렸다.

"어디 있냐고 물었어."

"어디 있긴. 이미 떠났지."

깊이 파고드는 검날에 미간을 찌푸리던 허여소가 부릅뜬 눈으로 운을 쳐다보았다. 운은 저를 비웃는 여소를 말없이 응시했다. 뒤늦게 도착한 진명은 허여소와 대치하고 있는 운을 발견하곤 급히 말에서 뛰어 내려왔다.

"전하!"

진명의 목소리는 들리지 않는 것인지. 여소에게서 눈을 뗀 운은 뒤늦게 저 멀리 떠나는 배 한 척을 보았다. 커다란 배 한 척은 거칠게 일렁이는 바다를 등지고 이미 한참을 멀어져 있었다.

"이미 늦었어요."

여소는 운을 가엽게 바라보았다.

"전하께선 너무 늦게 온……!"

여소를 무시한 운이 그대로 그녀를 스쳐 지나갔다. 천천히 걷던 그의 걸음이 서서히 빨라졌다. 당황한 여소가 황급히 뒤를 돌아보았다. 운이 어두컴컴한 바닷속으로 몸을 던졌다.

여소는 파도는 어두컴컴해 앞이 보이지 않는 바닷속에 몸을 던진 운을 믿을 수 없다는 듯 바라보았다.

그 계집을 쫓기 위해 제 목숨까지 버리려 드는 운에게 분노한 여소의 얼굴이 종잇장처럼 구겨졌다.

"전하!"

진명이 뒤늦게 운을 향해 소리쳤으나, 공허한 메아리만 울릴 뿐이었다.

진명은 눈에 힘을 주고 거칠게 일렁이고 있는 바다를 살폈다. 운은 보이지 않았다. 저 시커먼 바다에 집어삼켜진 게 아닐까 두려워 점점 초조해졌다. 결국 진명이 던지듯 검을 내려놓고 뒤따라 바다에 뛰어들려는데, 저 멀리 운이 배를 향해 헤엄쳐 가고 있는 모습이 보였다.

"하아."

순간 멈추며 안도의 한숨을 내뱉은 진명은 운을 대신해 뒷정리하기로 했다.

"당장 체포해!"

뒤따라온 병사들에게 명하자, 병사들이 다가와 여소를 붙들었다. 여소는 발악도 하지 않고 진명을 비웃었다.

"네 주인은 결코 살지 못할 거야. 천한 계집 때문에 목숨 버리는 사내를 품으려 한 내가 얼마나 미련했는지 이제야 깨달았구나."

여소의 헛소리에 진명의 눈에 불이 일었다.

"결코 죽지 않을 거요. 죽는 건 당신이겠지."

"그거야 두고 보면 알겠지."

고개를 까딱인 여소가 유유히 병사들과 함께 자리를 떠났다. 진명은 운이 바닷속에서 나올 때까지 지키기로 작정한 듯 선착장 앞에서 발을 떼지 않았다.

'전하…….'

굳건하게 서 있는 몸과 다르게 그의 눈이 초조하게 일렁였다. 바닷바람이 심상치 않았다. 바람에 미친 듯이 출렁이는 파도도, 먹구름이 잔뜩 낀 하늘도. 무엇하나 도와주는 것이 없었다.

그래도 주군은 결코 그렇게 쉽게 사람이 아니었다. 그 참혹한 삶도 이겨 낸 분이니까. 진명은 그렇게 믿으며 눈 하나 돌리지 않고 바다를 지켜보았다.

* * *

어디로 향하는 것일까…….

어떻게 해서든 이곳을 벗어나야 하는데…….

뒤늦게 알게 된 이곳이 배 안이라는 걸 알게 된 가현은 억지로 정신을 붙들려 애썼다.

"하아, 하아."

그러나 숨이 점점 가빠지고, 정신이 혼미해졌다. 바닥은 속이 뒤집힐 정도로 크게 출렁였고, 가현의 몸까지 기우뚱 기울어졌다. 크게 흔들리는 바닥에 미끄러져 내려온 짐들이 가현의 몸에 부딪히기도 했다.

으악!

퍽!

퍽퍽!

그때 어디선가 난투극 같은 것이 벌어지는 소리가 들려왔다. 이따금 천장 위가 흔들거리고 먼지 같은 것이 쏟아지는 걸로 봐서 위에서 무슨 일이 벌어지고 있는 게 분명했다.

한창 싸우는 소리가 들리더니 갑자기 조용해졌다. 순간 섬뜩함을 느낀 가현이 억지로 눈을 떴다. 그러나 온몸이 꽁꽁 묶인 데다가 배 밑에 있어 상황이 어떻게 돌아가는지 알 수가 없었다.

끼익, 그때 계단 위쪽에서 소리가 들리더니 누군가 판자를 들어 올렸다. 흐릿한 시야로 가늠하기에 주변이 너무 어두웠다. 가현은 이를 악물고 몸을 뒤로 움직이며 숨기려 했다.

삐거덕거리는 소리와 함께 누군가 계단을 타고 내려왔다. 순간 훅, 하고 비릿한 바다 냄새와 피 냄새가 코끝을 스쳤다.

'누구…….'

그 틈을 타고 들어오는 알 수 없는 향기에 뒤로 물러서려던 가현은 저도 모르게 멈추었다. 그러곤 멍하니 앞을 바라보았지만, 시야가 흐릿해 앞이 보이지 않았다. 그때, 흐릿한 시야가 갑자기 어두워지더니 서늘한 무언가가 볼에 닿았다.

"아가씨."

미세하게 떨리면서도 차분함을 유지하는 그리운 목소리가 들려오자 가현의 눈가가 파르르 떨렸다.

운……?

멍하니 앞을 응시하던 가현의 눈에서 참지 못한 눈물이 비집고 볼 위로 떨어져 내렸다. 그제야 흐리기만 하던 시야가 또렷해지고, 코앞에 다가와 있는 운의 얼굴이 보였다.

그런데 운이…… 울고 있었다.

너무 아프게 저를 보며 울고 있었다. 눈물로 얼룩진 가현의 눈동자가 커다래졌다. 털썩, 주저앉듯 무릎 꿇은 운이 파르르 떨리는 손으로 상처로 가득한 가현의 얼굴을 어루만졌다.

"곁에 계시면 안 됩니까."

운은 애원하듯 가현을 향해 말했다.

"그냥, 곁에서 지킬 수만 있게……."

차오른 눈물 한줄기가 그의 볼 한쪽을 타고 흘러내려 바닥에 떨어졌다. 가현은 빠르게 흔들리는 눈으로 그를 바라보았다.

"그럴 수만 있게 해 주시면 안 됩니까?"

"……."

"아가씨가 다치는 게……."

"……."

"너무…… 끔찍합니다, 제겐."

절박함이 느껴지는 눈으로 가현을 바라보며 애원하던 운이 그녀를 품에 안아 들었다. 운의 품에 안긴 순간, 경직되어 있던 몸이 서서히 풀렸다. 그리고 두려움으로 거세게 뛰던 맥박과 심장박동이 잔잔해졌다. 굳은 몸으로 그의 품에 안겨 있던 가현은 그제야 그의 옷이 전부 젖어 있는 걸 깨달았다.

이 바보 같은 것이 바다가 얼마나 무서운데 무모하게 뛰어든 건지……. 거칠게 일렁이는 파도를 헤치면서까지 절 찾아온 운의 마음이 속절없이 그녀의 마음을 무너트렸다.

헤어지는 것이 옳다고 여겼다. 서로를 갉아먹는 것은 사랑이 아니라 집착일 뿐이라고 생각했다. 그래서 헤어지면 나도 그리고…… 운도 더는 아프지 않으리라 생각했다. 그런데……. 코앞에서 보이는 운의 얼굴이 참혹할 정도로 망가져 있었다. 바짝 닿아 있는 그의 몸은 메마른 장작처럼 말라 있었다. 그는 점점 죽어 가고 있었다.

"안전해질 때까지만 모시겠습니다."

그래도 나는 괜찮다고, 그와 떨어져 있는 시간이 괜찮았다고 말하고 싶었지만 우습게도 나 역시 괜찮지 않았나 보다. 습관처럼 죄어 오던 심장 통증도, 경직된 몸도 그의 품 안에서 서서히 풀렸다.

그렇다고 그의 곁에 있는 것이 맞는 것일까……?

저도 제가 무슨 생각을 하는 것인지 마음이 들쑥날쑥해 어지럽기까지 했다.

"제 얼굴이 보기 싫으시면 가까이 가지 않겠습니다."

속이 문드러질 정도로 운이 귓가에 애원했다. 그의 절박한 목소리에 가현은 실낱같이 견디고 있던 무언가가 와르르 쏟아져 내리는 걸 느꼈다. 속에선 계속해서 여러 감정이 서로 싸우고 있었지만, 무언가 답을 내리기 힘들 정도로 가현은 너무 많이 지친 상태였다.

"그래……."

힘없이 그의 가슴에 이마를 기댄 가현은 혼절하기 직전 간신히 말 한마디를 내뱉었다. 단 한마디만 남기고 힘없이 쓰러지는 가현을 꽉 끌어안은 운이 참고 있던 숨을 토해 내며 눈을 지그시 내리 감았다.

하아…….

그의 턱 끝에 아슬아슬하게 매달려 있던 눈물방울이 내리깔고 있는 가현의 눈꺼풀 위에 떨어졌다.

* * *

"저기! 저기 배가 옵니다!"

걸이를 장씨 아주머니에게 맡기고 병사들에게 캐물어 선착장으로 달려온 린린은 당장 돌아가라는 진명의 말에도 고집스럽게 그 앞을 지켰다. 그러곤 마침내 그들이 기다리고 있던 이들이 오는 게 보였다.

물길을 헤치고 다가오고 있는 배는 분명 가현을 태우고 떠났던 배였다.

잠시 후 배가 앞에 멈추었다. 뛰듯 배 위에 올라탄 진명은 가현을 품에 안고 서 있는 운을 보곤 반색하다가 가현의 상태를 보곤 놀랐다.

"전하!"

그러다가 뒤늦게 주위에 널려 있는 사내들과 눈 한쪽에 시꺼먼 피멍을 달고 노를 든 채 벌벌 떨고 있는 사내들을 발견했다.

"부탁한다, 진명."

진명은 상처가 깊어 보이는 가현을 품에 안은 운의 말에 고개를 끄덕였다.

"차질 없이 정리하겠습니다."

진명에게 고맙다는 듯 눈인사를 건넨 운이 배 위에서 내려왔다.

"가현이 꼴이……!"

발을 동동 구르며 서 있던 린린은 가현을 보곤 사색이 되어 달려오다가 운의 시선이 멈칫했다.

"가, 가현…… 님께서 기거하시는 곳에 미리 연락했으니 속히 그곳으로 모시……."

"아니. 내 집으로 간다. 너는 그곳으로 가 아가씨의 짐을 정리해 오너라."

"예?"

당황한 린린이 요동치는 눈으로 보았지만, 운은 할 말을 다 했다는 듯 가현을 안고 서둘러 사라졌다. 멀어지는 운의 등 뒤를 멀거니 바라보던 린린의 얼굴색이 환해졌다.

"돌아가는 거구나!"

얼씨구 신이 나 어깨춤을 추던 린린이 헐레벌떡 최가 도령의 집으로 뛰어갔다.

* * *

어째 가현의 성한 얼굴이 기억이 나질 않았다.

하지만…… 그래도 좋았다. 속이 상하는 것 이전에 가현이 집으로 돌아온 것에 기뻐하며 소소는 가현을 운의 침실 바로 옆에 들였다. 태의는 이제 익숙한지, 아니면 소소처럼 가현이 다시 돌아온 것에 기쁜 건지, 놀란 기색 없이 선뜻 와 가현을 돌봤다.

다행히도 타박상만 있을 뿐 내상이 있지는 않았지만, 그날의 일로 몸이 금이 간 도자기처럼 아슬아슬해서 단순한 타박상조차 조심히 다뤄야 했다. 떠났던 가현이 돌아온 것에 노비들은 당황했지만, 몇몇은 기뻐했다.

하루 만에 깨어난 가현은 뒤따라 돌아온 린린의 보호 아래 약도, 밥도 곧잘 먹으며 조금씩 기력을 되찾았다. 가현이 일어난 뒤에도 운은 내내 거리를 유지하며 가까이 오지 못했고, 지나가다가 동상처럼 서서 가현을 지켜보는 운에게 놀란 노비들도 있었다.

"거기 밖에 서 있지 말고 들어오라고 해 줄래?"

그로부터 이틀 후, 가현은 린린에게 속삭여 창가를 가리켰다. 오늘도 역시나 운이 창가 너머에 서 있는 것이 보였다. 린린은 이상하게 근질거리는 가슴에 괜스레 히죽거렸다.

"인제 그만 벌 세우는 거야?"

"벌이라니?"

"다들 그러는걸? 주인님께서 지금 벌서는 중이라고."

린린의 말에 가현이 당황했다. 어째서 그런 허무맹랑한 소문이 도는 건지. 가현이 서둘러 변명했다.

"……그런 거 아니야."

"에이, 아니긴."

들은 척도 안 하고 자리에서 일어난 린린이 쌩하니 밖으로 나가 버렸다. 그러곤 가현 들으라는 듯 큰 소리로 말했다.

"벌 그만 서시고 들어오랍니다!"

린린의 외침에 지나가던 여노비 몇이 키득거렸다. 린린의 외침에 당황하던 운이 창가 너머로 보이는 가현을 돌아보았다. 이상하게 변해 가는 분위기에 가현이 고개를 돌려 버렸다. 자신을 외면했다고 오해한 운의 눈빛이 흐려졌다.

벌써 작은 것 하나에도 이렇게나 흔들리다니…….

가현을 데려오기로 마음먹은 순간 다짐하지 않았나. 다시 그때로 돌아갈 수는 없으니, 제 곁에서 더는 다치지 않게만 하는 것. 그것만으로 충분하다고 그렇게 다짐했는데, 그녀가 고개를 돌려 버리는 순간 심장이 쥐어뜯기는 듯했다.

이상하지…….

그녀가 이곳을 떠난 뒤 느낀 고통보다, 가까이 있으면서도 다가갈 수 없는 것이 더 고통스러웠다. 하나, 그 또한 제가 감당해야 할 것일 뿐이었다.

운은 속내를 감추며 침실 안으로 들어갔다.

"부르셨습니까."

"다음부터 그렇게 서 있지 말아. 노비들이 이상한 이야기를 지어내는 듯하니."

"그럼 그들 눈에 보이지 않게……."

"아니!"

그의 뜬금없는 말에 가현이 저도 모르게 소리를 높였다. 운의 눈이 살짝 커졌다.

"그럼……?"

"그게 아니라……."

"…….."

"그냥, 용건 있으면 들어오란 말이다."

운은 조금 놀란 듯 가현을 말없이 바라보았다. 그 사이에 그의 새까만 눈동자에 오래전 기억들이 스쳐 지나갔다. 가현의 모습에서 오래전 모습이 투영되었다가 사라졌다. 그러나 운은 입에 담지 않고 시선을 내렸다.

"예, 아가씨."

"그보다."

"…….."

"만나고 싶어."

갑작스러운 소리에 운이 시선을 올렸다.

"누굴…… 말씀이십니까."

"허여소. 그 여자 말이야."

"그건 안 됩니다."

가현을 향해 있던 다정한 눈에 한기가 서렸다. 순식간에 날카로워진 분위기에 가현이 침묵하며 그와 눈을 맞추었다.

"내가 원한다 해도 안 된다고 말할 것이냐."

허여소는 가현을 죽이려고 했다. 하지만 그건 약과였다. 뒤늦게 진명의 보고를 들어 알게 된 사실에 더 분노했다.

허여소는 가현을 단순히 죽이려는 게 아니었다. 섬에 팔아 버리려 했던 것이었다. 오래전 노역장 관리인을 보내 버린 그 섬으로. 그곳에서 벌어지는 일은 작은 것 하나 새어 나오지 못했다. 만약 자신이 조금만 늦었다면 가현은 끔찍한 그 여자의 뜻대로 망가졌을 것이다.

그것만 생각하면 아찔한데, 만나겠다니!

다른 건 몰라도 그것만은 결코 들어줄 수 없었다. 그 여자와 같은 하늘 아래 가현이 숨 쉬고 있다는 사실마저 치가 떨리도록 증오스러운데. 만나게 할 수 없었다. 무섭게 굳은 얼굴로 가현을 바라보던 운이 몸을 일으켰다.

"못 들은 걸로 하겠습니다."

차갑게 얼어붙은 목소리로 가현에게 경고하듯 답한 운이 돌아서 침실을 나가 버렸다. 가현은 고집스럽게 입을 꾹 다물고 운을 보았다.

'네가 무슨 생각으로 날 막아서려는 건지 잘 알지만. 나는 만나야겠다, 운아.'

* * *

"이러다가 들키면 내가 끝장이라고."

가현의 애원 섞인 청에 결국 홀라당 넘어가 버린 린린은 투덜거리면서도 길잡이 노릇을 했다. 허여소는 현재 감옥에 갇혀 있다고 했다. 집안 등불이 모두 꺼진 뒤, 몰래 나온 두 사람은 감옥으로 향하고 있었다.

"그런데 말이야."

가다가 우뚝 멈춘 린린이 돌아서 가현의 가슴팍을 게슴츠레 뜬 눈으로 보았다.

"그걸로 뭘 할…… 생각은 아니지?"

"나도 모르겠구나."

"혹시 모를 일에 대비해 준 것이니, 괜한 짓은 하지 마. 알았지?"

신신당부하듯 가현에게 말한 린린이 다시 몸을 돌렸다. 그러곤 주위를 살피며 골목길을 걸었다.

사람들의 눈에 띄지 않기 위해 좁은 골목길로 이동한 두 사람의 눈앞에 거대한 대문과 성벽이 드러났다. 대문 앞 활활 타오르고 있는 거대한 화로 옆에 병사들이 보초를 서고 있었다. 린린은 미리 그들에게 뇌물을 쥐여 줬는지, 주위를 살피다가 앞에 서 있는 한 병사에게 다가가 몇 마디 주고받았다.

신기하게도 린린은 이런 쪽으로 일을 잘했다. 도와 달라 청할 곳이 없어 린린에게 부탁했지만, 옥에 들어갈 가능성이 거의 없다고 생각했다. 그런 생각이 무색하게 린린은 능청스럽게 병사 하나를 뇌물로 샀다.

하긴, 허여소에게 돈을 받으며 첩자 노릇까지 한 린린이었는데. 불가능할 게 그녀에게 있기나 했던가.

가현은 일이 잘 성사되었는지 자신을 향해 손짓하는 린린에게 걸어갔다.

"아주 잠깐이오. 지체하지 말고 나와야 하오."

곁눈질로 가현을 살핀 병사가 린린에게 경고했다. 서둘러 고개를 끄덕인 린린이 가현을 붙들고 옥 안으로 들어갔다. 병사는 두 사람을 옥중에서도 가장 깊은 곳으로 안내했다.

길고 좁은 복도는 습한 이끼로 가득했다. 그 사이 사이에 등불이 아슬아슬하게 타올랐다. 가장 맨 끝에 있는 옥까지 안내한 병사는 허리춤에서 잘그락거리는 소리와 함께 열쇠 꾸러미를 꺼내 들어 문을 땄다.

철커덩!

요란한 소리와 함께 철로 만들어진 문이 열렸다.

병사는 문 앞에서 기다리고 있겠다고 말하곤 조용히 사라졌다. 린린도 가현에게 귓속말을 전하곤 물러났다.

"여기서 기다리고 있을 테니까 들어가 봐."

린린을 스쳐 문 앞에선 가현이 망설이다가 안으로 들어섰다.

안으로 들어서자 구석진 곳에 쪼그려 앉아 고개를 푹 숙이고 있는 허여소가 보였다. 바닥은 대충 깔린 짚더미뿐, 냉기가 가득했다. 이미 모진 고초를 겪었는지, 허여소가 입고 있는 새하얀 옷은 피로 얼룩덜룩했다.

끼익, 소름 끼치는 문소리에 뒤늦게 깨어난 허여소가 고개를 들었다.

하!

"참으로 끈질긴 명줄이구나."

버젓이 살아서 자신을 찾아온 가현을 향해 허여소가 기가 막힌다는 듯 웃음을 터뜨렸다. 죽이기 위해 선을 보냈을 때도, 죽지 않았다. 지금 역시 가현은 살아 돌아왔다. 끔찍했다.

온몸을 쥐어뜯고 싶을 만큼 짜증이 치솟았다. 곧 죽을 것처럼 나약해 보이는 주제에, 명줄은 질긴 것인지. 정말 어처구니가 없었다.

그렇게 빌었건만. 차라리 죽어 버리라고! 제발 죽어 버리라고 그렇게 빌었건만. 신은 그녀의 말을 들어주지 않을 참인가보다.

가현은 그녀가 비웃듯, 깔깔 웃든 눈 하나 깜짝하지 않고 무표정으로 서서 허여소를 내려다보았다. 죽일 듯이 가현을 쏘아보던 허여소가 비뚤어진 입으로 물었다.

"내 꼴을 보러 온 게냐."

"물을 게 있어서요."

"하! 고작 그런 일로 이곳까지 와? 네년도 제정신이 아니다."

연신 웃던 허여소가 선심 쓰듯 말했다.

"어차피 죽을 목숨인데 무엇이 두려워 답하지 못하겠느냐. 그래,

말해 보아라."

"왜 죽이려 했습니까?"

"그야 네년 때문에 모든 게 망가졌으니까!"

"아니, 왜 죽였습니까?"

"……뭐?"

"내 아이, 왜 죽였습니까?"

가현에 대한 조롱으로 가득하던 여소의 얼굴이 굳었다. 가현의 질문에 당황한 것이 아니었다. 무미건조해 보이는 가현의 눈빛에서 살기를 느꼈기 때문이었다. 순간 온몸에 소름이 돋을 정도로 싸늘한 한기에 몸이 절로 떨렸다.

"너……, 헉!"

그 느낌은 괜한 것이 아니었다.

갑자기 돌변한 가현이 여소를 밀치고 그 위에 올라탔다. 그러곤 품 안에 든 단도를 꺼내 들었다. 옥 바깥에서 이따금 일렁이는 횃불에 단도 끝이 번쩍였다.

"날…… 죽이러 온 거였어?"

제 위에 있는 가현을 멍하니 바라보던 여소의 입술이 길게 늘어졌다.

"그래, 죽여."

하늘 높이 치켜든 가현의 손이 분노로 떨렸다.

"죽여 보라고!"

여소는 가현을 비웃듯 소리 내어 웃으며 도발했다.

그래, 죽일 것이다. 죽이기 위해 온 것이다.

내 아이……. 빛 한 번, 바람 한 번 느껴 보지 못하고 죽어 버린 내 가련한 아이를 위해서 이 년의 목을 찢어야 했다.

그렇게 아이를 대신해 죽일 작정으로 온 것인데…….

이상하게 손이 움직여지지 않았다. 입술 끝이 찢기도록 이를 악문 채 여소를 죽일 듯이 노려보던 가현이 굳은 손을 움직이려고 애썼다.

"그래, 죽일 것이다. 네년을 죽여서 내 아이……, 그렇게 가 버린 내 아이 대신 죄를 물을 것이야!"

악을 지르듯 소리친 가현이 온 힘을 줘 단도로 허여소의 심장을 내리꽂으려는데, 이번에도 손은 움직이지 않았다. 누군가 가현의 팔목을 붙든 탓이었다.

운이었다. 운이 따라온 것이다. 그래, 그는 언제나 제가 어디 있는지 귀신같이 찾아냈다. 하지만, 그래도 오지 말지. 이번만큼은 외면해 주지. 그가 원망스러웠다.

"놔!"

가현이 운에게 소리치며 그에게서 벗어나려고 했다.

"이거 놓으란 말이다! 다 죽일 것이야! 다 죽여 버리고……!"

운은 그런 가현을 끝까지 놓지 않았다.

"제가 합니다."

악에 받쳐 소리치던 가현의 눈이 크게 일렁였다.

"제가 죽이겠습니다, 아가씨."

바보같이 제 손에 피를 대신 묻히겠다는 운의 말이 다정하면서도 슬펐다.

아…….

아아······.

가현은 말을 하지 못하고 그만 힘없이 여소의 몸에서 내려와 주저앉았다. 가현의 손에서 단도를 빼앗아 든 운이 그녀를 부축해 일으켰다.

끝까지 그는 여소를 돌아보지 않았다. 험악하게 일그러지는 여소의 얼굴은 보이지 않는 것인지, 운은 오직 가현만 보인다는 듯 그녀의 어깨를 감싸 안고 옥 밖으로 나가 버렸다. 넋을 놓고 있던 여소가 뒤에서 미친 듯이 악을 질렀다.

"지옥에 가서도 네 두 연놈 목숨은 반드시 내가 끊어 놓을 것이야!"

아아아아악!

* * *

터벅터벅 걷던 가현이 집에 거의 다 올 때에야 우뚝 멈췄다. 린린은 운이 먼저 보낸 것인지 보이지 않았다. 운은 말없이 고요한 거리를 걷는 가현의 뒤를 조용히 따르다가 멈췄다.

"어찌 알았니."

천천히 돌아선 가현이 건조한 눈으로 그를 마주했다. 운의 눈빛이 미세하게 흔들렸다가 차분해졌다.

"아가씨 고집 모를 리가 있겠습니까."

"그런데 왜 안 막았어?"

"막으면 아니 가실 겁니까?"

"······."

오래전 그때처럼 그의 눈이 온전히 저를 향하는 게 익숙하지 않았다. 다정한 시선도, 목소리도 전부 다. 그것이 심장을 저리게 했다. 믿기지 않는다. 그가 원래대로 돌아온 것이. 아니, 지금 이 상황이 모두 화가 났다.

실은…… 끝도 없이 쏟아지는 나에 대한 원망에 괴롭다. 운을 사지로 내몬 것도, 아이를 죽인 것도 어쩌면 내가 아니던가.

허여소를 죽이는 게 아니라, 내가 죽어야 하는 것을……

"너는 참 모든 게 쉽다. 언제는 날 죽일 듯이 쳐다보며 천한 계집이라고 하더니."

미칠 듯이 끓어오르는 마음을 가현은 애먼 운에게 풀었다.

정말 어리석게도.

"지금 와서는 내게 아가씨라 부르면서, 내 모든 걸 아는 척 구는 거니?"

그에게 모진 말 같은 거 하지 말아야 하는데, 분풀이하면 안 되는데. 저 여린 속에 또다시 생채기 내고 싶지 않은데. 입이 제멋대로 움직였다.

"차라리 날 혐오스럽게 바라보던 네 눈이 지금보다 속 편하겠다."

차갑게 돌아선 가현이 운에게서 멀어져 대문 안으로 들어가 버렸다.

우두커니 선 운은 멍하니 가현을 바라보았다. 흐린 달빛 아래 드러난 그의 눈동자가 깊게 베인 상처처럼 아파 보였다. 가현의 예상보다, 어쩌면 그 이상으로 운은 더 상처 입었다.

가현에게 어떠한 눈빛으로 대했는지는 누구보다 자신이 더 잘 알았다. 차라리 잊고 싶었으나, 그 기억들은 매일 밤 그를 괴롭혔다. 그의 날 선 시선과 목소리에 매번 상처 입는 가현의 얼굴이 떠올라 괴로우면서도, 이렇게라도 꿈에서 볼 수 있는 그녀가 좋았다. 돌아온 기억과 기억을 잃었던 삶 속에서 운은 매일같이 고통받고 있었다.

시간을 되돌릴 수만 있다면…….

제 심장을 내주어서라도 시간을 되돌리고 싶다.

기억을 잃기 전으로, 아니 그 이전으로…….

욕심을 내 가현을 원하지 말았어야 했다. 그랬다면 가현은 이렇게 메마르지 않았겠지. 상처 따위, 아픔 따위 모른 채 어여쁘게 지 아비의 사랑을 받으며 아이 낳고 살았겠지. 자신만 그녀를 욕심내지 않았다면…….

하지만 운은 알았다. 또다시 그 시간으로 되돌아간다고 하더라도, 가현을 눈에 담을 것이고 그녀를 욕심낼 것이라는 걸.

* * *

운은 미련스럽게 아무 말도 하지 않고, 가현이 집안에 무사히 들어갈 때까지 따랐다. 가현은 그의 다정함이 미워 일부러 뒤를 돌아보지 않고 침실로 들어왔다. 문까지 닫은 뒤에야 가현은 무너지듯 주저앉았다.

그가 절 보는 시선에 끊임없는 자책감이 들어있는 걸 뻔히 알면서…….

어쩌자고 그런 말로 그에게 상처를 주었단 말인가. 가현은 괴로운 표정을 지으며 마른 손으로 얼굴을 묻었다.

"그런 얼굴일 거면서 왜 후회할 짓을 해?"

저 멀리서 들리는 소리에 흠칫 놀란 가현이 고개를 들었다. 인기척 하나 느끼지 못했는데, 린린이 버젓이 침상 끄트머리에 앉아 있었다.

"왜 여기……."

"너한테 할 말 있어서 기다리다가."

그러다가 못 참고 밖으로 나갔다가 주인님께 냉랭하게 구는 가현을 보고 말았다. 집으로 들어올 기세가 보여 헐레벌떡 뛰어 들어온 게 가현의 침실이었다. 침상에서 내려온 린린이 혀를 차며 가현에게 다가와 쭈그려 앉았다.

"화를 낼 거면 그런 얼굴 하지 말던가."

"내 얼굴이 어떤데."

가현의 멍청한 질문에 린린이 미간을 구겼다.

"몰라서 물어? 완전 미안해 죽겠는 얼굴이잖아."

린린의 시원스러운 대답에도 불구하고 가현의 얼굴은 좀처럼 펴지지 못했다. 그래, 미안해 죽을 것 같다. 그에게 모진 말 퍼부은 자신이 원망스러웠다.

"나는 왜 기다렸는데."

가현은 그 마음을 모른 체하고 싶어서 화제를 돌려 버렸다. 비겁하게 외면해 버리는 가현을 안타깝게 보던 린린은 더는 그에 대해 언급하지 않았다.

"부탁할 게 있어서."

"부탁?"

"응. 실은 걸이 장씨 아주머니한테 가 있거든."

린린이 어설프게 웃었다. 죽어도 그 집에 다시 데려갈 수는 없었다. 그것만은 하고 싶지 않았는데…… 마땅하게 데려다 놓을 곳이 없었다.

"걸이 데려오게 네가 좀 주인님께 부탁해 보면 안 될까?"

염치없는 부탁인 데다가, 가현과 운의 사이가 좋지 않아 정말 하고 싶지 않았지만 린린은 그만큼 절박했다.

"알았어."

린린의 마음을 잘 알고 있는 가현은 다른 말 없이 그저 알겠다고 답했다. 가현에 대한 고마움에 참지 못한 린린이 덥석 끌어안았다.

"고마워! 진짜 내가 이 은혜는 평생 잊지 않을게! 아니 저승 가서도 네 시중들게!"

갑자기 와락 끌어안은 린린에 의해 주저앉게 된 가현은 신이나 소리치는 린린의 등을 토닥이며 가볍게 웃다가 다시금 운을 떠올렸다.

운…….

가현은 복잡한 심경이 담은 얼굴을 하다가 이윽고 여린 숨을 내뱉었다.

* * *

운은 나타나지 않을 작정인지, 그날 이후 보이지 않았다.

그렇다고 그가 집에 아예 오지 않는 건 아니었다. 집안에 모든 불이 꺼진 뒤, 조용히 나타나 가현의 침실 문 앞을 지켰다.

가현은 불 꺼진 방 앞에 흐릿하게 보이는 운의 그림자를 말없이 바라보다가 이불을 빠져나왔다. 시린 바닥이 맨발에 닿았다. 그런데도 신하나 신을 새 없이 맨발로 문 앞으로 다가갔다.

가현의 인기척에 그림자가 미세하게 흔들렸다. 손을 들어 문에 가까이 가져다 댄 가현이 망설이다가 입을 뗐다.

"운아."

"……말씀하십시오."

문 너머에서 운의 묵직한 목소리가 들려왔다. 이상하게 안심이 되면서 떨렸다.

미안해…….

네게 그런 말을 한 건, 그저…… 내가 너무 나약하고 비겁하기 때문이야.

더 늦기 전에 운에게 미안하다고 말해야 하는데, 엉뚱하게 다른 말이 튀어나왔다.

"린린의 동생이 갈 곳이 없어."

바보같이 미안하다는 말을 먼저 해야 하는데…….

린린의 이야기는 여기서 왜 튀어나오는 건지.

"소소에게 이야기 전해 두겠습니다."

그의 대답에 가현이 입술을 지그시 물었다. 커다란 그림자를 원망스럽게 노려보던 가현은 그대로 돌아섰다. 그러다가 다시 확 몸을 돌렸다. 그러곤 드르륵, 문을 열었다. 흠칫 놀란 운이 뒤를 돌아보았다. 잠자리 옷만 걸친 가현이 어쩐지 화가 난 얼굴로 그를 노려보고 있었다.

말없이 가현을 보던 운이 한걸음 물러났다.

"……이곳을 지키는 것도 싫으시면."

"미안해."

시선 끝을 내리고 있던 운의 눈빛이 흔들렸다. 천천히 고개를 든 운이 가현을 멍하니 바라보았다. 어느새 가현이 가까이 다가와 서 있었다. 저보다 한참은 더 큰 운을 올려다보며 가현이 용기를 내 다시 한번 사과했다.

"그날 그렇게 말한 거 다 거짓이야."

"……아가씨."

"그냥 내 마음이 아직은……. 그래, 아직은 너무 들쑥날쑥해서. 그래서 네게 분풀이를 한 거야."

가현의 눈가가 미세하게 붉어졌다. 순간 손을 올려 그녀의 눈가를 쓸어내리고 싶었다. 그것을 참기 위해 힘주어 주먹을 그러쥔 운이 고개를 숙였다.

"아닙니다, 아가씨."

그의 힘없는 모습에 이상하게 속이 상했다.

"바보같이 여기서 매일 밤 지새우지 말고 들어가서 자. 어느 누가 감히 흑운왕의 저택에서 몹쓸 짓을 하겠느냐."

여노비들이 가현을 때린 적도 있었고, 허여소의 시중 노비가 그녀에게 독을 먹이려 한 적도 있었다. 그 모든 일이 전부 자신의 집 안에서 벌어진 일이었다. 운이 말없이 가현을 보자, 뒤늦게 똑같은 생각을 한 가현이 당혹스럽게 입술 끝을 물었다.

"아니, 뭐. 여러 일이 있었지만 지금은 괜찮을 거라고. 아무튼 들어가서 자, 그만. 너 때문에 내가 잠을 못 자."

"아, 송구합니다."

뒷말에 운이 당황하며 사과의 말을 전했다. 정말 속이 터져도 여러 번 터질 것 같았다. 답답하게 운을 보던 가현이 결국 돌아서 들어가 버렸다. 탁! 요란하게 닫히는 문소리가 사라진 뒤에도 운은 닫힌 문에 시선을 두다가 조용히 자리를 떠났다.

그가 떠날 때까지 문 옆에 기대고 서 있던 가현은 스르르 주저앉았다.

"하아……."

고개를 뒤로 젖힌 채 가현이 눈을 감았다.

"바보 같아……."

이번엔 그를 향한 것이 아니라 스스로를 향한 말이었다.

* * *

병사들에게 질질 끌려 나가는 허여소의 몸이 두려움으로 떨렸다. 수많은 사람이 허여소의 마지막을 지켜보기 위해 단상 아래 서 있었다.

황제는 모든 이들 앞에서 허여소를 공개적으로 참수하라고 명했다. 그 말을 듣자 허여소는 차라리 자결하고 싶었지만, 그걸 예상한 건지 황제가 또다시 명을 내렸다. 참수 날이 올 때까지 허여소의 먹는 것 입는 것 자는 것 모두 감시하라고.

간밤에 비가 내린 것인지 바닥이 온통 진흙 범벅이었다. 새하얀 치마 끝이 더러워지고, 발밑이 미끄덩거렸다. 그런 상황에 주위의 따가운 시선 때문에 제대로 걷지 못했다. 결국 단상에 올라서기도 전에 계단에서 삐끗한 허여소가 휘청거렸다. 손은 뒤로 묶인 채여서 이대로 넘어졌다간 크게 다칠 거였다. 다행히도 뒤에서 병사가 붙들고 있었다.

"얼른 올라가!"

병사는 귀찮게 넘어지려는 허여소를 강제로 일으키며 단상까지 끌고 올라갔다. 짐승처럼 질질 끌려 올라간 허여소는 사람들의 시선 속에 적나라하게 드러났다.

무서워……

이가 딱딱, 소리가 날 정도로 두려움에 떨었다. 처음이었다. 언제나 찬양과 존경, 질투심과 부러움이 담긴 시선만 받아왔던 허여소는 단 한 번도 이런 시선을 받아 본 적이 없었다. 혐오, 경멸 등 섬뜩한 시선들과 말이 허여소를 향해 내리꽂혔다.

탁!

그때 누군가 허여소의 머리에 돌을 던졌다.

"꺅!"

놀란 여소가 고개를 숙여 피하려고 했지만, 그대로 날아와 이마를 맞혔다. 돌에 부딪힌 이마가 찢겨 주르륵 붉은 피가 흘러내렸다. 그래도 오랫동안 기세등등하던 허가 사람이라, 좀 두려워하던 사람들은 용기 내 돌을 던지며 온갖 욕을 내뱉었다.

죽여라!

죽여!

와아아아아아!

계속해서 날아오는 돌에도 병사들은 보는 척도 하지 않았다. 허여소는 이를 악물며 눈물을 참았다.

"그만!"

그때, 뒤에서 누군가 소리쳤다.

"형을 집행하라!"

그의 외침에 여소는 그제야 실감이 나기 시작했다. 끔찍한 두려움에 다리가 떨렸다.

아버지…….

오라버니…….

어머니……!

무서워요, 너무 무섭습니다!

내가 도대체 무엇을 잘못한 것인가. 그저 원하는 걸 갖고 싶었을 뿐이었다. 그를 원했던 것뿐인데, 왜 이런 상황까지 와야 했는지 여소는 죽는 순간까지 이해하지 못했다. 뒤에서 검이 하늘 높이 올라갔다. 햇빛에 번뜩이는 칼날이 여소의 목으로 날아왔다. 순간 지그시 내리감은 눈에서 눈물 한줄기가 떨어져 내렸다.

* * *

주인님께서 가현이 허여소가 참수당하는 걸 보러 갈지도 모른다며 소소에게 곁에 붙어 있으라고 신신당부했다. 그런데 그의 예상과 다르게 가현은 허여소를 보러 가지 않았다.

이미 허여소의 참수 시간이 훌쩍 지났고, 소소는 그만 마음을 내려놓았다. 가현이 어딘가 멍해 보였지만, 평소에도 상념에 잠겨 있는 일이 종종 있었기에 소소는 인제 그만 일을 하러 자리에서 일어나려는 데,

"울음소리가……."

퍼뜩 고개를 든 가현이 주위를 둘러보았다. 갑작스러운 가현의 행동에 소소가 의아하게 쳐다보았다.

"왜 그러십니까?"

"울음소리가 들려요."

"예?"

"아이 울음소리요."

주위를 두리번거리던 가현이 소소를 돌아보았다. 소소는 당혹스럽게 가현을 쳐다보았다.

16장

아이 울음소리라니.

그게 도대체 무슨 소리인가.

"잘못 들으신 게 아닙니까. 아이라니. 이 집에 아이가 어디 있습니까."

괜히 아무렇지 않은 척 말하면서 소소가 가현을 살폈다. 어쩐지 가현이 걱정스러웠다. 마치 귀신에 홀린 사람처럼 눈빛이 탁한 것이, 예삿일은 아닌 것 같았다.

분명 아이의 울음소리가 들렸는데…….

그래, 말도 안 되는 일이지. 이곳은 흑운왕의 저택이었고, 이 집에 갓난아이는 없었다. 잘못 들은 게 분명했다. 소소의 시선에 가현은 속내를 감추며 어색하게 웃었다.

"아무래도 잘못 들었나 봅니다."

가현을 찬찬히 살피던 소소가 한참 뒤에 눈을 뗐다.

"기가 허해 그럴 수 있으니, 약을 한 재 지어 올리도록 하겠습니다."

"괜찮아요. 린린 올 시각 되었으니, 일 있으면 가 보세요."

린린은 오늘 아침 일찍 걸을 데리러 자리를 비웠다. 간 지 시간이 꽤 되었으니 올 시각이 되었다. 그래도 좀 머뭇거리던 소소는 결국 여노비의 부름에 자리를 떠나야 했다.

홀로 남은 가현은 선명하게 울리던 아이의 울음소리를 털어 내며 자리에서 일어났다. 아무래도 바깥바람을 쐬어야 할 것 같았다.

밖으로 나가니 때마침 지나던 노비들이 흠칫 놀라며 고개를 숙였다. 무슨 이야기를 한 것인지, 린린과 소소 외에 노비들은 일정 거리 이상 가현에게 닿지 않았다. 가현은 서둘러 자리를 피하는 노비들을 어색하게 보다가 인적 없는 곳으로 자리를 이동했다.

"나 마중 나온 거야?"

인적이 드문 구름다리 위를 내내 걷다가 건물을 빠져나오던 가현은 때마침 도착한 린린을 발견하곤 반색했다.

"왔구나."

그러다가 린린의 치마 뒤에 비죽 튀어나온 작은 머리통 하나를 발견했다. 저 때문에 괜한 일을 당해 큰일을 당할 뻔한 아이였다. 걸이라는 이름만 들었지, 그날 걸을 찾으러 나선 길에도 얼굴을 직접 보지 못했던 가현은 애틋한 눈으로 제 눈치를 살살 살피는 아이에게 웃어 주었다.

"안녕?"

가현의 다정한 목소리에 용기를 낸 걸이가 슬금슬금 기어 나왔다.

"인사해. 누나 친구야."

"친구?"

딱 봐도 비싸 보이는 옷을 입고 있는 가현과 누이가 친구라니. 믿을 수 없는 눈으로 가현과 린린을 번갈아 보는데, 가현이 불쑥 말을 건넸다.

"맞아. 린린 친구야. 앞으로 잘 부탁할게."

가현이 내민 손에 걸이 좀 망설였다. 무섭기보단 새하얀 손과 다르게 제 손은 엉망이었기 때문이었다. 손톱 밑엔 떼도 껴 있었고, 꼬질꼬질했다. 괜히 부끄러웠던 걸은 손을 뒤로 숨기며 린린과 가현의 눈치를 살폈다.

"부끄럽긴 뭐가 부끄러워!"

린린이 답답한 얼굴로 소리쳤다. 걸의 목은 자라목처럼 더 기어 들어 갔다. 그때, 가현이 나서 아이의 손을 덥석 잡았다. 그러곤 과장되게 흔들었다. 가현의 행동에 짐짓 놀라 눈을 크게 뜨던 걸이 한참 뒤에 용기를 내 말했다.

"바, 반가워요. 누나……."

말끝을 흐리며 연신 가현의 얼굴을 힐끔거리는 모양새가 꼭 계집애 좋아하는 사내애 같았다. 하여간 눈은 높아서. 그것마저 절 닮긴 한 모양이었다. 걸의 동그란 정수리를 가볍게 누른 린린이 키득거렸다.

"얼른 들어가자."

"방은?"

"소소 님께서 걸이랑 내가 쓸 방을 따로 마련해 주셨어. 오늘 밤에 우리 셋이 맛있는 거 해 먹자!"

린린은 걸이를 데려온 것에 잔뜩 신이 났는지, 평소보다 높은 목소리로 소리쳤다. 걸을 가운데 두고 린린과 나란히 선 가현이 그들을 따라 새로 지내게 될 방이 있는 건물로 들어섰다.

* * *

노란 호롱불이 방을 밝혔다. 작은 식탁에 둘러앉아 정신없이 밥을 먹은 걸은 통통하게 솟아오른 배를 드러내며 린린의 허벅지 위에 머리를 대고 잠이 들었다. 걸이 잠든 사이에 식사하던 탁상은 술잔을 기울이는 자리로 변했다.

"작은아버지가 미안하다고 했어. 그런데 난 그거 너무 꼴 보기 싫었어."

걸의 짐을 가지러 잠시 작은아버지 댁에 들렀던 린린은 술병이 반쯤 비워질 때에야 이야기를 털어놓았다.

"걸이 짐이 하나도 없지, 뭐야. 옷도 죄다 구멍 난 게……. 그래 놓고서 미안하다니."

린린이 어처구니없다는 듯 헛웃음을 켰다. 그래서 린린의 손이 빈손이었던 거였다. 가현의 시선에 어린아이의 앙상한 팔이 눈에 띄었다. 술잔을 내려놓은 린린이 도롱도롱 코를 고는 걸이의 얼굴을 조심스럽게 쓰다듬었다.

"얘가 원래 되게 막무가내였거든. 고집도 세고. 그런데 그런 게 하나도 없는 거야. 눈치만 살살 보고. 내가 짐 가지러 작은아버지 댁에 가는데도, 자기 다시 버릴까 봐. 눈치를 살피더라."

린린의 눈이 벌겋게 달아올랐다.

"내가 진짜 속이 상해서……. 이 아이가 얼마나 그곳에서 눈치를 보고 살았겠냐고."

눈에 훤했다. 고집 많은 아이가 이 정도로 고집을 꺾었다는 건, 수도 없이 많은 일들을 겪었기 때문이라는 것을.

갖고 싶은 것, 먹고 싶은 것 하나 있을 때마다 떼를 써도 누구도 들어주지 않았을 테고. 그럴 때마다 걸은 울어 대거나 떼를 썼을 거였다. 그런데도 들어주지 않으니 점점 고집을 부리지 않게 되었겠지.

매번 눈치 주는 작은어머니와 작은아버지의 뒤에서 걸은 얼마나 절 불렀을까……. 그것들이 선명하게 눈앞에 그려져서 린린은 그 집에서 돌아서 나오자마자 자리에 주저앉아 울고 말았다.

"내가 막 우는데, 걸이 이 녀석이 내 등을 토닥여 주는 거야."

린린의 목소리가 물기로 떨렸다. 목소리를 따라 그녀의 손도 떨렸다. 린린은 그 떨리는 손으로 걸의 마른 얼굴을 부드럽게 쓰다듬었다.

"고집불통 우리 걸이. 다시 돌아오게 해 줘야지. 내가 전부 다…… 해 줘야지."

구슬픈 린린의 말이 노랫말처럼 들려왔다.

호롱불의 기름이 모두 없어질 때까지 앉아 있던 가현은 그 상태로 꾸벅꾸벅 졸고 있는 린린을 위해 이부자리를 펴 주었다. 그러곤 걸이와 린린을 눕게 했다. 탁상은 대충 정리해 들고 나와 부엌 앞에 갖다 두었다. 그렇게 뒷정리를 마치고 돌아보니, 추적추적 빗소리가 났다. 어느새 비가 오고 있는 모양이었다.

시간은 벌써 자정이 다 가까워져 오는데, 그는 오늘도 새벽이 다 되어 들어올 모양인지 인기척조차 느껴지지 않았다.

처마 밑에서 씁쓸한 얼굴로 고개를 든 채 비가 내리는 하늘을 멍하니 보던 가현이 걸음을 옮겨 침실로 걸어갔다.

그날 밤 이후로 운은 문 앞에 서 있지 않았다. 그래도 그를 느낄 수 있었다. 그러나 오늘은 그가 느껴지지 않았다. 가현은 차가운 바깥 공기가 스며들 듯 서늘한 침실 안으로 들어가 문을 닫았다. 그러곤 옷도 갈아입지 않은 상태로 침상 위에 올라가 누웠다.

이따금 탁, 탁 소리를 내며 부딪치는 빗소리를 들으며 눈을 깜빡이던 가현이 몸을 웅크리며 잠에 빠졌다.

* * *

쏴아아아아-

아까보다 비가 더 거세게 왔다.

"오늘은 돌아가시지 않는 게 좋을 듯합니다."

자정이 훌쩍 넘은 시각에 훈련소를 빠져나오는데, 진명이 그를 막아 세웠다. 길이 미끄럽고 눈앞이 어두웠기 때문에 걱정이 든 탓이었다. 운은 괘념치 말라는 듯 그의 어깨를 한번 두들겨 주곤 지나쳤다. 진명은 걱정스럽게 그를 눈으로 좇았다.

어떻게 데려오기는 했지만, 가현과 운의 사이가 서먹하다는 건 노비들도 다 아는 사실이었다. 자세히 들여다보면 가현이 운을 내치고 있는 거지만. 그런 상황에 가현에게 가까이 가지 못하면서도, 다칠까 봐 두려운 것인지 모두가 잠든 시간에 훈련소를 나와 집으로 향하길 반복했다.

그래, 이곳에 와 자신의 주군 때문에 얼마나 많은 상처를 입었겠는가. 하지만 팔은 안쪽으로 굽는다고 진명은 자신의 주군이 더 안쓰러웠고, 매번 그를 내치는 가현이 미웠다.

답답한 심정으로 말을 타고 멀어지는 운을 지켜보던 진명이 뒤늦게 그를 좇았다. 혹시 모를 사고에 그를 지키기 위함이었다.

질척거리는 땅을 밟고 무사히 집 앞에 도착한 운의 온몸은 다 젖어 있었다. 망토를 뒤집어쓰긴 했지만, 내리치는 비에 속수무책이었다. 말에서 뛰어내린 운이 끼이이익, 대문을 열고 안으로 들어섰다.

그녀가 제 얼굴을 보기 싫어하는 것 같아, 이렇게 밤도둑처럼 새벽에 집에 들어온 게 벌써 여러 날이었다. 가현은 제가 문 앞을 지키고 서 있는 걸 못마땅해했지만, 그렇게라도 하지 않으면 불안감이 가라앉질 않는다. 찰나의 순간에 벌써 여러 번 다친 가현 때문이었다.

운은 익숙하게 가현의 침실이 있는 건물로 걸어갔다. 하지만, 들어가지는 못했다. 그저 가현이 절 보지 못할 거리에 섰다. 조금 지친 얼굴로 팔짱을 낀 운이 벽에 비스듬히 몸을 기대곤 지붕 너머 보이는 하늘을 바라보았다. 앞이 보이지 않을 정도로 세차게 내리치는 빗줄기를 멍하니 바라보던 운이 눈을 감았다.

쾅!

그러다가 갑작스러운 굉음에 눈을 떴다.

"아가!"

빗소리에 섞여 든 절박한 외침에 운이 급히 고개를 틀었다. 흐트러진 차림으로 가현이 침실을 뛰쳐나오는 게 보였다.

"아가씨……?"

가현은 운이 보이지 않는 것인지, 공허하게 뜬 눈으로 어딘가를 향해 손짓하며 비틀비틀 걸어왔다. 그러곤 운을 그대로 지나쳐 밖을 뛰쳐나갔다. 너무나도 갑작스러운 상황에 멍하니 서 있던 운의 얼굴이 일그러졌다.

"아가씨!"

급히 뛰쳐나온 운이 순식간에 빗물로 젖어 드는 가현의 팔을 붙들었다.

"아가! 아가!"

"아가씨, 정신 차려요!"

"이거 놔!"

발버둥 치며 그에게서 벗어나려던 가현이 그만 운의 턱을 주먹으로 내리쳤다. 그런데도 정신을 놓은 가현은 운을 보지 못한 채 누군가를 애타게 찾았다.

"아기 울음소리가……! 내 아기가……!"

빗물에 젖어 든 그의 눈빛이 거친 풍랑을 맞은 배처럼 흔들렸다.

어찌하여 이 사람은 끝도 없이 아픈 것인가. 미친 듯이 속이 뒤틀렸다. 그녀가 겪는 모든 아픔이 저로 인함인 것을 잘 알았기 때문이었다. 끔찍하다. 너무 아파서 숨이 막힌다.

붉게 달아오른 눈으로 제 품에서 벗어나려 애쓰며 악을 지르는 가현을 바라보던 운이 그만 참지 못하고 그녀를 품에 안았다.

"아가씨……."

떨리는 손으로 가현의 뒷머리를 꼭 붙는 운이 입술을 지그시 물며 눈물을 참았다.

"제가…… 어찌할까요. 어찌하면 되겠습니까, 예?"

"아가……."

아무리 참으려고 애를 써도 눈물은 참아지지 않았다. 빗물에 섞여든 그의 뜨거운 눈물이 볼을 타고 흘러내렸다. 운은 미칠 것만 같은 마음을 토해 내듯 가현을 꼭 끌어안으며 고개를 숙였다.

뒤늦게 들어선 진명도, 갑작스러운 소란에 뛰쳐나온 소소도 모두 숨조차 제대로 쉬지 못하고 빗속에서 서로를 끌어안고 있는 두 사람을 바라보다가 그만 눈시울을 붉혔다.

* * *

"크흠."

왜 이렇게 목이 칼칼한 것인지 영 이상했다. 날이 그렇게 차갑지는 않은데, 간밤에 창문이 열리기라도 한 것인가. 게다가…… 소소는 왜 저렇게 보는 것인지. 소소가 건네준 꿀물을 조금 마시던 가현이 그녀를 의아하게 보았다.

"왜 그렇게 보세요?"

간밤에 내린 비와 다르게 활짝 갠 아침처럼 가현은 아무것도 모르는 얼굴을 하고 있었다. 그때, 그렇게 넘겨서는 안 되었는데. 속으로 곪은 것이 분명했다. 하긴, 짐승도 제 자식 죽으면 그 자리를 맴도는데 사람은 얼마나 더할까…….

멀쩡한 줄 알았던 가현의 속이 이렇게 곪아 있었다는 걸 뒤늦게 깨달은 소소는 차마 아무 말도 하지 못하고 돌아섰다.

"그거 다 드시고 나오세요."

"……예."

의아하게 소소를 보던 가현이 그릇 안에 든 꿀물을 싹 비웠다.

그러곤 뒤따라 나서는데, 밤사이에 무슨 독한 훈련이라도 한 것인지 수척해진 운이 들어서는 게 보였다. 저도 모르게 멈춘 가현이 그를 바라보았다. 말없이 들어서던 운이 뒤늦게 가현을 발견하곤 멈칫했다. 조심히 가현을 살피던 운이 다가와 물었다.

"아침은 드셨습니까."

"……응, 뭐."

가현이 어색하게 답하며 그를 힐끔거렸다.

무슨 일이 있는 것인가…….

꼭 다 죽어 가는 사람처럼, 얼굴 꼴이 왜 저 모양인지. 불쑥 든 걱정에 그를 보는데, 운이 갑자기 가현을 빤히 쳐다보았다.

"간밤은…… 평안하셨습니까."

"그래."

"……."

운의 눈빛이 일순간 흔들렸다.

기억을 못 하는 것인가.

아이 울음소리가 들린다며 당장 나가야겠다고 소리를 치던 가현은 그대로 혼절했다. 그리고 깨어난 가현은 아무것도 모르는 듯했다. 뒤늦은 소소의 보고에 따르면, 가현이 일전에도 아기의 울음소리가 들린다고 말했다고 했다.

도대체 왜…….

아무래도 태의를 찾아뵈어야 할 것 같았다. 운은 절 빤히 보는 그를 이상하게 바라보는 가현의 시선에 표정을 갈무리했다.

"이만 들어가 봐야겠습니다."

"……그래. 얼른 들어가 보려무나."

어색한 몸짓으로 자리를 비킨 가현에게 눈인사를 건넨 운이 건물로 사라졌다. 등을 보인 채 안으로 걸어 들어가는 운을 물끄러미 지켜보던 가현은 한참 만에 돌아섰다.

"하암!"

그러다가 하품을 쩍, 하며 나서는 린린을 보게 되었다.

"여기 멀뚱히 서서 뭐 해?"

눈곱이 낀 눈을 비비적거리며 다가온 린린이 가현을 보며 물었다. 가현은 아무것도 아니라는 듯 고개를 저었다.

"어째 술을 많이 마신다 했다. 이제 일어난 것이야?"

"난 오늘까지 쉬어도 된다고."

샐쭉 웃던 린린이 순간 미간을 찡그렸다.

"아, 맞다. 나 어제 이상한 소리 들었어."

"이상한 소리?"

"갑자기 목이 말라서 일어났는데, 밖에서 누가 우는 소리가 들리는 거야."

"우는…… 소리?"

설마 그때처럼 아이 울음소리가 린린에게도 들린 건가 싶어 보는데, 린린의 눈에 장난기가 스며들었다.

"일전에 애들이 하는 이야기를 들었는데, 이곳에 처녀 귀신이 돌아다닌다지 뭐야?"

"뭐?"

"진짜라니까? 어! 네 뒤에도 있다!"

순간 소리를 지르는 린린의 말에 놀란 가현이 흠칫 놀랐다. 경직된 가현의 표정에 잔뜩 무서운 얼굴을 하고 있던 린린이 깔깔깔 뒤로 넘어갈 것처럼 웃었다.

"가현이 너도 귀신은 무서워하는구나! 원체 무심해서 귀신은 안무서워하는 줄 알았더니."

린린이 놀리고 있다는 걸 뒤늦게 깨달은 가현이 인상을 찡그렸다.

"린린, 너."

그러다가 그만 웃고 말았다. 린린은 웃음기가 걷히지 않는 얼굴로 말했다.

"귀신은 거짓말이지만, 울음소리는 진짜였다고. 잠결에 들린 거라 확실하지는 않지만."

린린이 배를 두드리며 가현과 함께 자리를 옮겼다.

"가서 뭐나 좀 먹어야겠다. 걸이 놈도 아침 먹여야지."

린린을 따라 걸으며 가현이 웃었다.

"안 그래도 소소 님께 걸이 먹을 것을 부탁해 놓았으니, 부엌으로 가면 되겠구나."

* * *

"흐음."

갑작스럽게 찾아온 운의 방문에 잠깐 놀라던 태의는 그의 이야기를 듣곤 심각하게 얼굴을 굳혔다. 태의의 생각이 길어질수록 무표정으로 앉아 있는 운의 얼굴도 미세하게 흔들렸다. 숨소리조차 크게 들릴 정도로 숨 막히는 정적이 이어질 무렵, 태의가 입을 뗐다.

"속에 품고 있어 그렇지요."

"……."

"화도 참고만 있으면 화병이 생기지 않습니까. 그런 이치와 같은 것이지요."

"그러면…… 어떻게 해야 합니까."

"속으로 품고 있는 것을 밖으로 꺼내야지 않겠습니까."

속으로 품고 있는 것…….

역시 그랬던가. 고통 따위, 슬픔 따위 그냥 모두 지워 버리고 아무것도 모르게 하는 것이 그녀를 위한 것으로 생각했는데. 그것이 오히려 가현을 병들게 했다. 입술을 지그시 깨문 채 뒤틀리려는 속을 가라앉힌 운이 자리에서 일어섰다.

"잘 새겨듣겠습니다."

뒤따라 일어선 태의가 돌아서는 운을 말없이 지켜보다가 입을 뗐다.

"전하께선 이제 괜찮으신가 봅니다."

뒤에서 들려오는 소리에 운이 멈칫했다.

"괜찮습니다, 전."

한참 만에 대답한 운이 길을 나섰다. 괜찮다는 그의 말에 태의의 표정은 어쩐지 더 시름이 잠겼다.

태의의 걱정을 알지 못한 채 태의원을 나와 길을 걷던 운은 맞은 편에서 오고 있는 황제와 황후를 발견하곤 멈춰 섰다. 뒤늦게 운을 발견한 황제가 운의 앞에 섰다.

"자네가 태의원은 어쩐 일인가?"

운이 들었다는 이야기를 전해 들은 적이 없는 운덕의 미간이 못 마땅한 듯 찌푸려졌다.

"태의께 볼일이 있어 미처 폐하께 연락하지 못했습니다."

황제에 대한 예를 갖추듯 무릎을 굽힌 운의 말에 운덕이 쯧, 혀를 찼다.

"날 보러 오지는 않으면서, 태의에겐 무슨 볼일이더냐."

"……."

운이 머뭇거리기만 하자, 황제 운덕의 눈썹이 하늘 높이 치솟았다.

"호오, 말하기 싫다 이거냐?"

"폐하."

뒤에서 눈치껏 살피던 원영 황후 그에게 다가왔다.

"오, 황후."

운에 대한 서운함 때문에 잠시 황후를 잊고 있던 운덕이 당황하며 그녀의 손을 잡았다.

"미안하오."

"아닙니다. 그나저나 참으로 오랜만입니다."

원영 황후가 부드러운 미소로 운에게 인사를 건넸다. 그녀에게 예를 다하듯 머리를 조아린 운이 천천히 자리에서 일어났다.

"태의원엔 어찌 직접 발걸음하셨습니까."

"아, 그것이……."

평소와 다르게 머뭇거리는 운덕의 행동에 운이 의아해했다. 무슨 일이 있는 것인가, 살피는데 원영 황후의 얼굴이 붉게 달아오른 게 보였다.

"회임하셨습니다. 산보하시다가 약간의 현기증이 있어 들른 것입니다."

환관 하나가 슬쩍 운에게 말을 건넸다. 운덕은 괜한 말을 꺼낸 환관을 못마땅하게 보다가 운을 향해 어색한 웃음을 흘렸다. 운덕의 날 선 시선에 당황한 환관이 어리둥절한 표정을 지었다.

분명 경사임에도 운덕은 어쩐지 입이 떨어지지 않았다. 가현 그 여인과 운의 사이에도 아이가 있었다는 것이, 그 아이가 세상 빛 하나 못 보고 가 버렸다는 것이 여태 마음에 남아 있었기 때문이었다.

"……아."

원체 표정 변화가 거의 없는 운이어도, 이런 일에 있어서는 놀라기 마련이었다. 특히나 원영 황후는 벌써 두 번을 유산한 몸이었다.

그 때문에 석녀라는 소문이 돌 정도였고, 신하들은 틈만 나면 운덕에게 후궁을 들이라 청했다. 그런 이유로 원영 황후의 마음고생이 꽤 컸다는 걸 운 또한 잘 알았다. 그런데 아이가 생긴 것이다.

그래, 아이······.

순간 머릿속을 스치는 끔찍한 기억을 애써 지우며 운이 진심으로 고개를 숙였다.

"축하드립니다, 황후 마마."

"다른 사람보다 그대의 축하를 받으니 더없이 기쁩니다."

작게 웃던 원영 황후가 슬쩍 곁눈질로 운을 살피다가 조심스럽게 말을 꺼냈다.

"그 아가씨가 돌아왔다지요?"

갑작스러운 가현의 이야기에 잠시 멈칫하던 운이 덤덤히 답했다.

"······예."

"괜찮으면 한번 뵙고 싶은데, 전해 주겠어요?"

"······."

운은 차마 말을 못 했다. 곁에 서 있던 운덕이 대신 끼어들었다.

"아직 시기가 이르지 않소, 황후."

운덕이 고개를 저으며 황후에게 눈짓을 주었다. 운덕의 눈짓에 황후가 당황했다. 운은 적당히 말을 하며 허리를 숙였다.

"······말은 해 보겠습니다. 그럼 이만 물러가겠습니다."

돌아서는 운을 물끄러미 바라보던 황후가 운덕을 돌아보았다. 운을 지켜보는 그의 눈빛에 근심이 서려 있었다.

"제가 혹 잘못 이야기를 꺼낸 것입니까?"

가현과 운 사이의 일을 전혀 알지 못하는 황후였다. 그녀의 잘못이라곤 벌어진 일에 대해 알지 못한다는 것뿐이었다.

"잘못은 무슨. 황후는 아무 잘못이 없소. 그저 이리 무탈하게 잘 지내기만 하면 되오."

다정하게 원영 황후의 손을 잡은 운덕이 태의원으로 걸음을 옮겼다.

* * *

"그게 맛있나 보구나."

온종일 쉬던 린린은 결국 소소의 손에 이끌려 부엌으로 들어가야 했다. 이 저택에 온 지 이제 고작 하루밖에 되지 않은 걸을 데리고 있는 가현은 아이가 좋아할 만한 과자를 이것저것 손에 쥐여 주었다.

눈치를 살살 살피던 걸은 용기를 내어 가현과 눈을 맞추기도 했고, 깨작거리던 과자를 한입에 집어넣기도 했다.

"이제 곧 저녁을 먹어야 하니, 이거 하나만 더 먹자."

"전 저녁 안 먹어도 되는데……."

난생처음 먹는 달콤한 과자를 더는 먹지 못한다는 생각에 걸이 시무룩한 표정으로 중얼거렸다. 아이를 보며 작게 웃던 가현이 장난스럽게 말했다.

"그래? 저녁을 먹은 뒤에 먹으라고 네게 주려고 했는데. 그러면 안 되겠구나."

아이의 눈이 동그랗게 변했다. 요동치는 아이의 눈망울에 가현이 장난을 멈추었다.

"걱정 말렴. 이건 다 네 것이니."

"진짜요?"

그렇게 물으면서도 아이는 믿기지 않는지 얼른 가현에게 보자기를 빼앗아 들었다. 그러곤 눈치를 슬쩍슬쩍 보았다. 그런 아이가 안타까우면서 한편으론 사랑스러워 정수리를 부드럽게 쓰다듬고 있는데, 저쪽에서 인기척이 났다.

"아가씨."

고개를 드니 운이 서 있는 게 보였다. 웃음기를 머금고 있던 가현의 입가에 미소가 사라졌다. 걸이를 떼어 놓고 자리에서 일어선 가현은 평소보다 일찍 돌아온 운을 당혹스럽게 보았다. 그의 위압감에 눌린 걸은 재빨리 가현의 뒤로 몸을 숨겼다.

"잠시 저와 어디 좀 가시겠습니까."

말없이 가현을 응시하던 운이 뜻밖의 제안을 건넸다. 그의 갑작스러운 제안에 가현은 머뭇거리기만 했다. 운은 재촉하지 않고 그녀의 말을 기다렸다.

"어디……를 가는 것인데?"

"가 보면 압니다."

그렇게 말하는 운의 눈빛이 흐려졌다. 북제국의 겨울처럼 시린 그의 눈빛에 가현은 차마 거절할 수 없었다.

"……알았다."

* * *

　단단한 그의 상체와 허벅지가 닿을 때마다 척추가 **뻣뻣해지는**
게 느껴졌다. 예민할 정도로 느껴지던 감각도 오묘한 분위기를 내
는 언덕 위에 올라서자 사라졌다. 족히 천 년은 되어 보이는 나무
하나가 우뚝 솟아 있었다.

　스스스- 이따금 부는 바람에 나뭇잎이 서로 마찰하여 소리를 냈
다. 언덕 아래 펼쳐지는 대호국은 그 끝을 알 수 없을 정도로 광대
했다. 그 광대하고 아름다운 모습이 보이지 않을 정도로 이상하게
시선이 가는 돌무덤 하나가 보였다. 언덕 맨 끝에 우뚝 솟은 나무
아래에 있는 작은 돌무덤이었다.

　"잠시 실례하겠습니다, 아가씨."

　멍하니 그것을 바라보는데, 운이 가현의 허리를 잡고 말 위에서
내려왔다. 그의 손에 붙들린 채 어정쩡하게 선 가현은 저도 모르게
걸음을 돌무덤 쪽으로 걸어갔다. 가까이 다가서자, 신기하게도 돌
위에 노란 꽃 한 송이가 피어 있는 게 보였다.

　이제 갓 피어났는지, 샛노란 꽃잎이 바람에 나풀거렸다. 시선을
떼기가 어려울 정도로 사랑스러웠다.

　그런데 도대체 여긴 어디일까……. 또 이 돌무덤은 무엇이고.

　"여긴……?"

　물끄러미 그것을 내려다보던 가현이 뒤를 돌아보았다. 멀찍이
떨어져 선 운이 가현을 바라보고 있었다. 바람결에 흩날리는 그의
기다란 머리카락이 먼저 눈에 들어왔다. 그 사이로 운의 새까만 눈

동자가 보였다.

아……

그와 눈이 마주치는 순간 뜨거운 무언가가 목을 턱, 막았다. 처음 와 보는 낯선 곳이었으나, 알 수 없는 그리움이 가슴을 짓눌렀다. 가현은 가빠지는 호흡을 참듯 눈을 내리감았다. 이상하게도 자연스럽게 알게 됐다. 어여쁜 꽃이 피어난 돌무덤의 주인이 누구인지.

아아……

내 아이였구나.

내 아이가 이곳에 잠들어 있어. 그렇지?

이제야 가현은 알 것 같았다. 이따금 불쑥불쑥 튀어 오르는 화가 무엇 때문인지. 아이를 잃어버렸기 때문이었다. 한 번 품어 보지도 못하고 가 버린 내 아이를…… 아직 놓아주지 못했기 때문이었다.

너무 갑작스럽게 찾아온 아이는 갑작스러운 사고로 떠나 버렸다. 그 짧은 시간에 제대로 된 애정 하나 주지 못하고, 원망 섞인 말만 했었다. 그 죄책감은 여전히 가현을 짓누르고 있었다.

가현의 얼굴이 울지도 웃지도 못한 채 일그러졌다. 빠르게 흔들리는 눈으로 운을 바라보던 가현이 천천히 돌아서 다시 돌무덤을 내려다보았다.

믿어지지 않는 눈으로 돌무덤을 내려다보던 가현의 몸에서 힘이 풀렸다. 갑자기 쓰러질 듯 주저앉은 가현의 모습에 놀란 운이 주춤하며 다가서려는 그때, 가현이 떨리는 손을 들어 돌무덤을 쓸어내렸다.

"내가 너무 늦게 왔구나."

떨리는 손으로 돌무덤을 쓸어내리는 가현의 얼굴이 어느새 눈물로 젖어 들었다.

"미안하다, 아가……."

떼어지지 않는 입을 열며 가현이 끊임없이 아이에게 미안하다고 말했다.

엄마가, 너무 미안해…….

가녀린 몸이 휘청거릴 정도로 흐느끼던 가현이 결국 참지 못하고 소리 내어 울기 시작했다. 그 뒤에서 주먹을 꼭 그러쥐고 눈물을 삼키던 운이 더는 참지 못하고 가현에게로 걸어갔다. 그러곤 금방이라도 쓰러질 것처럼 우는 가현을 품에 안았다.

아가씨…….

* * *

태의의 말은 정확했다.

사실 운은 가현에게 보여 주지 않는 것이 옳다고 여겼다. 고통스러운 기억을 떠올리게 한다고 생각했기 때문이었다. 그래서 아이가 있는 곳을 알려 주려 하지 않았다.

그런데 가현이 소리 내어 울었고, 원망을 토해 내기도 했다. 모든 걸 쏟아 내려는 사람처럼.

그리고 지금, 눈물이 아직 남아 있고, 붉은 기가 가시지 않았지만, 언덕 아래를 내려다보는 가현의 얼굴은 한결 편해 보였다.

"아이가 그렇게 간 건 어쩌면 나 때문인지도 몰라. 내가 아이를 원망했어."

갑작스러운 가현의 말에 운의 눈빛이 빠르게 흔들렸다.

"밉다고. 왜 하필 지금 내게 왔냐고. 원망했어. 그래서 가 버린 거야."

그래, 참으로 원망했다. 이런 때에 나타난 아이가 너무 버겁고 힘들었다. 제 어미가 버겁다, 힘들다 말하니 떠나간 것이었다.

"그래서 널 보는 게 힘이 들었어. 널 보면 그 아이가 떠올라 견딜 수 없었어."

그래서 떠난 것이었다. 숨이 막힐 것처럼 고통스러웠다. 아이가 그렇게 가 버린 것이 나 때문이라는 생각에 죽을 것만 같았다. 이곳에서, 운에게서 벗어나 도망친다면 좀 나아질 것 같았다. 그래서 도망치듯 그곳을 떠나온 것이었다.

한편으론 지친 마음도 있었다. 그냥 모든 걸 놓아 버리고 아무 생각도 안 하고 싶었다. 그 역시 운을 떠난 이유 중 하나였다.

그리고 또 하나······.

고개를 든 가현이 운을 향해 시선을 들었다.

"꽃분이 그 아이······."

결코 그녀의 입에서 나오지 않길 바랐던 이름이 가현의 입에서 흘러나오자 운의 눈이 일그러졌다. 어째서 가현이 그 이름을 입에 올린단 말인가. 가현은 결코 알지 못할 것인데, 어찌하여 꽃분을······?

"그 아이가 네 기억을 망가트려 놓았다지."

가현은 모든 사실을 이미 알고 있는 듯했다.

"허여소의 오라비 허태웅의 첩으로 있었다는 것도 얼마 전에 알았어."

린린과 함께 장 구경을 하던 날이었을까. 분명 꽃분을 닮은 여인을 보았다고 생각했다. 그런데 그녀는 춘국에서 죽었고, 대호국에 있을 리가 없다고 생각했다. 그런데 어떻게 살아난 것인지 버젓이 허태웅의 첩으로 대호국에서 살아가고 있었던 것이다.

하나, 그것들은 모두 중한 것이 아니었다. 꽃분은 그때와 마찬가지로 제 살길을 찾아 이곳까지 흘러들어온 것이겠지. 운에게 그런 참혹한 짓을 저지른 것 또한 오라버니 때문일 터였다. 그녀에 대한 분노라면…… 다른 사람도 아닌 오랜 세월 함께 했던 가족 같은 운에게 그런 짓을 저지른 것이었다.

운을 향한 마음을 짓밟았다 하였는가. 나와 운이 자신을 기만했다 했는가. 그것들로 꽃분을 이해하기엔 이미 너무 많은 선을 넘은 뒤였다. 그것들에 대해 분노했을 뿐이었다.

그 무엇보다 화가 나는 건 운을 망가트린 게 자신이었다는 사실이었다.

어찌 보면 내가 운을 탐하지 않았더라면 꽃분도, 오라버니도 운에게 해를 끼칠 생각조차 하지 못했겠지. 그것이 가현을 끝도 없이 괴롭혔다.

자신은 그의 곁에 있지 말아야 할 독과 같은 존재였다. 그의 눈물에, 그의 여린 눈빛에 꽁꽁 싸매고 있던 사슬이 풀려 그를 따라 다시 오게 되었지만 인제 그만해야 하지 않을까.

그것이 그를 위해 내가 할 수 있는 마지막이었다.

"운아."

문득 그와의 어린 시절이 떠올랐다. 참 아름다운 꿈처럼 느껴졌다. 가현이 손을 들어 그의 볼을 감쌌다. 그러면서 운을 애틋한 시선으로 올려다보았다.

"고맙다. 이렇게나 아름다운 곳에 아이를 데려와 줘서 참으로 고마워."

그녀의 다정한 시선이, 따뜻한 손길이 이 순간 끔찍하게 고통스러웠다. 가현이 무엇을 하려고 하는지 잘 알았기 때문이었다. 이제 진짜 절 놓으려는 것이다. 그걸 깨닫는 순간 격통에 몸이 꺾일 것 같았다.

"내가 널 행복하게 해 줄 수 있다고 장담했었던 때가 있었는데, 내가 널 욕심내어 널 망가뜨려 버리고 말았어. 난 그것이 참 후회가……."

"내가 아가씨를 욕심내지 않았다면."

끝도 없이 몰아치는 격통에 일그러진 눈으로 가현을 바라보던 운이 제 볼 위에 닿아 있는 그녀의 손을 힘주어 붙들었다.

"아가씨는 나 같은 놈 말고 도령 같은 다정한 사내를 만나 행복하게만 살았겠지요."

가현의 눈이 빠르게 흔들렸다.

"하지만, 아가씨 난 그때 아가씨를 잡은 걸 후회하지 않습니다. 다시 그때로 돌아간다고 해도 아가씨를 품에 안을 겁니다."

"……운아."

"후회하는 것이 있다면……."

"……."

"바보처럼 아가씨를 잃어버린 것이 후회됩니다."

태양을 닮은 그의 새까만 눈동자가 고통으로 가득했다. 그래, 이 눈……. 아름답게 반짝이던 이 눈을 갖고 싶던 때가 있었는데. 그토록 반짝이는 눈은 본 적이 없어 참 탐이 났는데……. 빛이 사라져 버린 그의 눈 또한 내가 망친 거겠지.

한데, 그는…….

코앞에서 본 그의 눈빛에 가현은 똑같은 고통을 느끼는 사람처럼 얼굴을 일그러뜨렸다.

"그래서 더는 잃어버리고 싶지 않습니다."

"운아, 난."

"하지 마십시오. 그 말만은…… 하지 마세요, 제발."

붉게 달아오른 그의 눈에 기어코 눈물이 차올랐다. 물기로 젖어 든 새까만 눈동자가 어느덧 타오른 노을빛에 물들어 빛났다. 말없이 그 눈을 올려다보던 가현의 눈가도 다시금 달아올랐다. 눈물이 차오른 그의 새까만 눈동자는 어릴 적 제가 탐했던 그 눈빛처럼 반짝이고 있었다. 아름답게 빛나는 그의 눈동자에 홀리듯 가만히 바라보던 가현의 눈가가 파르르 떨렸다.

오래전 그때처럼 빛나는 운의 눈동자를 마주하자, 어쩌면 아직 서로의 손을 잡을 수 있는 기회가 남아 있지 않을까 하는 마음이 들었다. 하지만…… 가능할까? 너와 난 이미 너무 오랜 세월이 지나 버렸는걸…….

"욕심 많은 놈이라 욕하셔도 됩니다. 그저 원망만 하셔도 좋으니 이렇게 계속 곁에 남아 있어 주시면 안 됩니……."

"널 원망하다니."

가현이 서둘러 그를 막아 세웠다.

"결코 그렇지 않아. 네가 아니라 날 원망했다. 너에게 난…… 아무 짝에 쓸모없는 사람이니까. 원망이라면 내가 아니라 네가 날……."

"당치 않습니다. 원망이라니요. 저 또한 원망한 것이 아니었습니다."

"……."

"아가씨를 잊었던 시간이 너무 고통스러웠던 겁니다."

"……."

"바보같이 원망이라 착각하고 아가씨께 몹쓸 짓을 하지 않습니까."

가현에게 행했던 일들이 떠올랐는지, 그의 얼굴이 더 고통스럽게 일그러졌다. 가현은 차마 말을 잇지 못하고 입술을 지그시 물었다.

이따금 그가 고통스러워하며 발작을 일으킨 것도, 그 시린 눈빛도 모두 자신을 향한 원망이 아니라, 잃어버린 상실감 때문이었다는 것인가…….

꽃분에 의해 기억을 잃어버려도 절 이곳까지 데려와 모진 말을 퍼붓고 했던 것이 모두 원망 때문이라고 생각했다. 당연하지 않은가. 말했듯 운을 먼저 욕심낸 건 자신이었고, 도망을 치자고 한 것도 자신이었다. 그런데 그는 원망이 아니라 절 잃어버려 고통스러웠기 때문이라고 말하고 있었다.

하나, 난 그를 더는 행복하게 해 줄 용기가 없는데. 그러기엔 나 자신도 이미 너무 많이 피폐해져 버렸는데…….

망설이는 그때, 운이 가현을 바라보며 말했다.

"전 세상에 태어나 가장 행복했던 순간이 아가씨와의 삶이었습니다."

아…….

그를 올려다보던 가현의 눈에서 눈물이 떨어졌다.

"나, 난 자신이 없는걸. 나는 더는…….."

"아가씨 기억하십니까?"

갑작스러운 그의 말에 흔들리는 가현의 눈을 바라보며 운이 덤덤히 말을 꺼냈다.

"어릴 적에 아가씨께서 절 위해 최가 도령에게 찾아가 어머니 목걸이까지 가져다주었던 그때를요. 저는 아직도 생생히 기억합니다."

"……."

"어머니가 쓸쓸히 가시고 제게 유일하게 남은 게 목걸이였는데, 이상하게도 그날만큼은 목걸이는 보이지 않고 아가씨만 보였습니다. 어쩌면 그때부터 아가씨는 제게 전부가 되었습니다."

하지만 신분의 굴레에 막혔고, 결국 그녀를 잃어버렸다. 세상이 말하던 신분과 권력을 가진 뒤에도 모든 기억이 송두리째 사라진 상태였기에 가현을 또다시 지켜 내지 못했다. 그런데도 그녀는 언제나 온몸을 내던지면서까지 제게 마음을 내주었다. 이제는 제가 그녀에게 모든 걸 내줄 차례였다.

"이미 너무 많은 것을 내주시지 않으셨습니까. 이제는 제가 해 드리고 싶습니다. 그렇게 평생 아가씨 곁에 함께 하고 싶습니다."

"……."

"저와 함께해 주시지 않겠습니까?"

말이 없는 가현을 인내하듯 바라보던 운이 길게 뜨거운 숨을 토해 내며 고개를 숙였다. 그래, 이미 너무 많은 고통을 겪었지. 너무 늦은 것이다.

절박하게 가현을 붙들고 있던 운의 손에서 힘이 풀리는 그때, 가현이 덥석 운을 붙들었다. 순간 멈칫한 운이 천천히 고개를 들어올렸다.

멍하니 가현을 바라보는 운의 새까만 눈동자가 빠르게 흔들렸다.

"10년 하고도 벌써 여러 날이 흘렀지?"

눈물로 얼룩진 그의 얼굴을 조심스레 닦아 주며 가현이 웃었다.

"우리 할 이야기가 아주 많을 것 같아."

'난 더는 네게 듣고 싶은 말도, 할 말도 없단다.'

믿을 수 없다는 듯, 멍하니 가현을 바라보던 운이 와락 그녀를 끌어안았다. 절박하게 가현을 힘주어 끌어안은 운이 그녀의 어깨에 얼굴을 묻으며 눈물을 흘렸다.

하아······.

고개를 젖힌 채 운을 바짝 끌어안은 가현의 눈에서 눈물 한줄기가 뚝 떨어져 내렸다. 그 사이로 가현이 옅게 웃었다.

* * *

"하! 일찍도 나타나십니다!"

홍두는 못마땅한 얼굴로 능청스럽게 들어오는 열을 바라보았다. 열은 실실 웃으며 다가와 홍두의 두툼한 어깨에 팔을 둘렀다.

"너도 내 사정을 알지 않느냐."

"알지요!"

열은 지금 쫓겨 다니는 신세나 마찬가지였다. 그 섬에서 도망쳐 나온 신세니까. 언제 붙들려 그곳으로 다시 들어갈지 모른다.

"그러니까 더더욱 일 처리를 확실히 해야지 않습니까! 흑운왕까지 쳐들어와서 까딱하다간 유곽이 통째로 날아가 버릴 뻔했다고요!"

17장

　말은 바로 하라고, 그 여자를 들인 게 홍두였다.

　하지만 그런 비루한 옷차림의 여인을 어찌 허여소라고 생각할
수 있었겠는가. 흑운왕 일행이 사라지고 며칠 뒤 잡혀 온 여자가
허여소라는 걸 알게 된 홍두는 그만 식겁했다.

　당장 유곽 문을 걸어 잠근 홍두는 일이 잠잠해질 때까지 의뢰도
받지 않았다. 다행히도 흑운왕의 병사들은 홍두를 잡으러 올 생각
이 없어 보였고, 슬금슬금 문을 열기 시작한 참이다. 그런데 이때
를 맞춰 사라졌던 열이 나타난 것이었다.

　다른 건 몰라도 일 처리 하나는 확실해 데려다 놓았더니만, 이런
사달을 내면서까지 더는 열을 데리고 있고 싶지 않았다.

　"자, 받아요!"

　탁!

　소리 나게 주머니를 내려놓은 홍두가 그것을 열에게 밀었다. 한
눈에 보기에도 묵직해 보이는 주머니를 받아든 열의 눈이 일순간

번뜩였다. 슬쩍 고개를 든 열이 번들거리는 새까만 눈으로 홍두를 응시했다.

실실 웃던 놈이 갑자기 야차가 되자, 순간적인 두려움에 홍두의 어깨가 움찔했다.

"지금 나보고 이거 먹고 떨어져라?"

꿀꺽.

마른침을 뒤로 넘긴 홍두는 잠시 잊고 있던 그의 잔혹한 성정을 기억해 내곤 재빠르게 눈치를 살폈다.

"하하! 그, 그것이 아니라······!"

두툼하고 둔해 보이는 몸뚱어리와 다르게 제법 머리는 빠르게 돌아가는 홍두는 벌떡 일어나 열에게 다가섰다. 그러곤 온갖 아부를 떨며 그의 어깨를 주물러 주었다.

"며칠 바깥에서 지내느라 제대로 쉬지 못했을 것인데. 유흥도 즐기시고! 즐기던 도박도 하시고! 뭐, 그런 용도로 드린 거 아니겠습니까, 하하!"

누런 이를 드러내며 홍두가 하는 걸 가만히 보던 열이 이윽고 크하하, 소리 내어 웃었다.

"아무렴! 홍두 넌 내 하나뿐인 동생이 아니냐."

개뿔. 동생은 무슨.

호구로 보는 거 누가 모를 줄 아는가!

속으로 온갖 욕을 일삼으면서도 홍두는 기가 막히게 열의 비위를 맞췄다.

"하하! 아무렴요! 열이 형님 쉬시라고 방도 뜨끈하게 지져 놓았으니, 간만에 술 한잔 드시고 쉬시지요!"

"그래, 그래! 안 그래도 술이 고팠는데, 잘 되었다!"

덩실거리며 자리에서 일어난 열은 주머니를 허리춤에 꿰차고 뒷짐을 졌다. 그러곤 제가 쓰는 방으로 걸어갔다. 열이 돌아서자마자 얼굴을 험악하게 구긴 홍두는 저놈을 들인 자신을 원망하다가. 갑자기 우뚝 멈춘 열에게 놀라 눈을 동그랗게 떴다.

"그런데 말이다."

"예, 예! 말씀하시지요!"

돌아선 열이 홍두를 빤히 보았다. 괜히 찔린 홍두는 두꺼비 같은 눈을 데구루루 굴리며 열의 눈치를 살폈다.

"흑운······왕이라고 했던가."

"그분은 왜······?"

한시름 놓으면서도 갑작스럽게 흑운왕에게 관심을 보이는 열을 곁눈질로 살폈다.

"그놈이 그렇게 대단한 놈인가?"

허! 당연한 소리를 저렇게 하나!

"아무렴요! 황제 전하께서 직접 형제라고 말씀하시기까지 하는 걸요. 일전에 일어난 춘국과의 전쟁에서도 승리를 이끈 대장군이 아닙니까. 대호국 사람들에겐 영웅이지요!"

"뭐, 그 빌어먹을 섬에 틀어박혀 있었던 터라 몰랐지."

"그, 그렇죠. 하하! 어떻게 더 자세히 말씀드릴까요?"

"아니, 되었다."

거의 성공할 뻔한 의뢰를 망친 건 솔직히 상관없었다. 자신은 이미 돈을 받은 뒤였고, 그 여자가 죽든 말든 뭔 상관이람. 그런데 이상하게 계속 귀에 들어왔다. 어쩌면 그때 선착장에서 스치듯 보았던 흑운왕의 옆모습에서 묘한 느낌을 받았기 때문이겠지. 그래서 문득 호기심이 생긴 거였다.

영웅이라…….

어째 얼굴 한번 제대로 보고 싶지만. 높으신 나리 얼굴을 저 같은 비루한 몸이 어찌 보겠는가. 쓸데없는 호기심을 지워 버린 열이 씩 웃으며 돌아서 제 방으로 걸어갔다.

* * *

운의 침실은 옅은 등불로 은은하게 일렁였다.

"봐도…… 되겠습니까?"

침상 위에 가현과 마주 앉은 운이 조심스럽게 시선을 내렸다. 그의 시선 끝이 가현의 가슴께에 닿았다.

가현은 망설였다. 다른 누구에게는 보여 줄 수 있으나, 운에게만큼은 보여 주고 싶지 않았다. 정확하게 흉터가 있는 곳을 보고 있는 걸 보아, 알고 있는 것 같았지만 이렇게 제대로 보여 주는 건…… 어쩐지 망설여졌다.

"괜찮습니다."

등불의 은은한 온기처럼 다정한 그의 시선이 가현을 바라보았다.

"아가씨께서 원하실 때……."

"아니다."

그를 막아선 가현은 용기를 내며 옷깃을 붙들었다. 이제 와 그에게 보여 주지 못할 것이 무엇인가.

제가 봐도 흉측하기 짝이 없는 흉터를 그에게 보여 주는 것 또한 망설여졌지만, 그보다……그가 아파할까 봐. 더는 그의 아픈 얼굴을 보고 싶지 않아서 망설인 것이었다.

그래도 오늘이 아니면 또다시 용기를 내기는 힘들 것 같았다. 가현이 손끝에 힘을 주며 옷을 벗었다. 살갗에 닿는 옷자락이 바스락, 소리를 내며 어깨 아래로 떨어져 내렸다. 떨어져 내린 옷 아래로 봉긋하게 솟아오른 새하얀 가슴 위에 흉터가 드러났다.

한 번 보았던 것을 다시 본다고 고통이 사라지는 것은 아니었다. 저 아래에서부터 명치를 지나 타고 오르는 통증은 여전히 처음 흉터를 마주했던 때와 똑같았다. 목이 따끔거릴 정도로 뜨거운 무언가가 목구멍을 메었다. 운은 흉터를 빤히 바라보았다. 어쩐지 그의 시선에 얼굴이 화끈거렸다.

"그, 그만 되었으……."

차마 그의 시선을 마주할 수가 없어 서둘러 옷을 다시 입으려는데, 그의 손이 막아 세웠다. 순간 가현의 어깨가 움찔했다. 서늘하고 단단한 그의 손끝이 옷깃을 붙들고 있는 손등을 지나 흉터에 닿았다. 그의 손끝이 울퉁불퉁한 흉터에 닿을 때마다 가현이 움찔거렸다.

"많이…… 아팠습니까."

그의 나지막한 물음에 어쩐지 코끝이 매웠다.

"이젠 하나도 안 아픈걸."

굳은살이 박인 그의 손끝이 낭자 된 흉터를 간질일 때마다 가현의 어깨가 흠칫 떨렸다. 마치 탐구하는 아이처럼 흉터를 빤히 보며 매만지는 운을 가만히 내려다보던 가현이 조심스레 물었다.

"밑지."

"꽃이 핀 것 같이 어여쁩니다."

내내 흉터를 배회하던 운이 마치 신에 대해 의식을 하는 사람처럼 고개를 숙이고 그 위에 입을 맞췄다. 갑작스러운 그의 행동에 놀란 가현의 눈이 크게 일렁였다.

그의 뜨거운 숨결이 흉터와 그 주위에 닿자, 알 수 없는 느낌이 발끝을 오그라들게 했다. 언뜻 그의 눈에 눈물이 비친 것 같아 그는 불쑥 튀어나오려는 눈물을 참고 계속해서 흉터 위에 입을 맞췄다.

하아…….

저도 모르게 가현이 숨을 토해 냈다. 가슴께를 더듬는 그의 행동이 계속될수록 숨이 가빠지고, 가슴이 오르락내리락했다.

의식을 행하듯 오랫동안 흉터 위에 입을 맞추던 운이 미끄러지듯 목덜미를 지나 턱 위로 올라왔다. 자연스럽게 침상에 눕게 된 가현은 제 위로 올라탄 운을 뜨겁게 달아오른 눈으로 올려다보았다.

아가씨……. 괜찮습니까.

그는 마치 첫정을 나누었던 그때처럼 가현을 내려다보았다. 어렸던 그때처럼 성급한 모습은 아니었지만, 그래도 이상하게 그때가 떠올라 가현이 자연스럽게 양팔로 그의 목덜미를 끌어안았다.

가현의 행동을 기다렸다는 듯 그가 허리를 숙였다. 흉터를 뜨겁게 달아오르게 하던 그의 숨결이 입 안으로 파고들자 가현이 저절로 눈을 내리감았다. 그의 혀가 입 안 곳곳을 부드럽게 쓸어내릴 때마다 숨이 가빠 왔다.

하아……

벌려진 입 안으로 파고든 그의 뜨거운 숨결은 달콤한 꿀처럼 다정했고, 부드러웠다. 차갑고 시렸던 그와의 밤을 모두 잊게 해 줄 만큼 다정해서 눈물이 비죽 솟아올랐다.

잠시 멀어지던 그의 입술이 반듯한 이마를 시작으로, 작은 콧방울, 눈꺼풀, 수줍은 처녀처럼 물든 연분홍빛 볼 그리고 촉촉하게 젖은 입술에 닿았다. 입술이 닿았다 떨어질 때 나는 작은 소리마저 크게 들릴 정도로 모든 감각이 예민해졌다.

어느덧 쇄골을 지나 가슴에 닿은 그의 입술을 따라 새하얀 그녀의 몸에 붉은 꽃이 피어났다. 샅샅이 흔적을 남기는 그 때문에 숨이 가빠졌다. 그의 입술은 오르락내리락하는 가슴 위를 오랫동안 배회했다. 아니, 흉터 주위를 돌다가, 흉한 흉터를 혀끝으로 쓸어내렸다. 서늘한 듯 뜨거운 그의 혀끝이 흉터에 닿을 때마다 숨이 막혀 왔다. 그는 흔적 하나 남기지 않고 지울 참인지 흉터 근처를 핥다가, 빨아 당겼다.

하아, 하아.

가현의 여린 입술 사이로 짧은 듯한 한숨이 연신 새어 나왔다. 한참을 그렇게 한 곳만 집중하던 그가 어느새 겨드랑이 살 안까지 흔적을 남겼다. 그러면서 젖꼭지가 바짝 솟은 가슴을 뭉개듯 그러쥐었다. 겨드랑이 안쪽 살을 자잘하게 깨물던 그가 고개를 올려 바짝 솟은 젖꼭지를 깨물었다. 여린 이와 혀끝의 감촉에 손끝이 저릿했다. 스멀스멀 올라오는 아찔한 통증과 쾌감에 발끝이 바짝 오그라들었다.

"하······! 운아······."

아이처럼 가슴을 쥔 채 젖꼭지를 빨고 잘근잘근 씹던 운이 납작한 배에도 자잘한 입맞춤을 했다. 동시에 그의 손이 검은 수풀 아래에 닿았다. 부드럽게 아래를 문지르자, 축축한 애액 같은 것이 조금씩 새어 나와 그의 손끝을 적셨다. 그는 미끈한 듯 촉촉한 그곳을 문지르다가 자연스럽게 벌어진 음부 안으로 손가락 하나를 밀어 넣었다. 그러자 가현이 움찔거렸다. 운은 멈추지 않았다. 좀 더 깊이 안을 파고들었다. 손가락을 바짝 조이며 달라붙는 부드러운 점막의 감촉은 숨이 막힐 정도로 사랑스러웠다.

"하읏!"

그의 손가락이 깊이, 더 깊이 파고들수록 가현이 신음을 토해 내며 허리를 비틀었다. 그녀의 가느다란 몸의 움직임은 마치 아름다운 그림을 보는 듯했다. 정신이 혼미해질 정도로 어여뻤다. 운은 부드러운 물결처럼 출렁이는 그녀를 흐린 시선으로 응시했다. 그의 물건이 조금 전보다 성난 듯 부풀어 올랐다. 아파 올 정도로 부풀어 오른 물건에 한창 음부 안을 탐험하듯 움직이던 손가락을 빼냈다.

"아가씨······."

욕망에 젖은 그가 낮은 목소리로 가현을 불렀다. 한껏 고개를 젖히고 있던 가현의 몽롱한 시선이 그에게 닿았다. 그녀의 다리 사이에 자리를 잡은 운이 허리를 바짝 숙이며 가현에게 입을 맞추었다. 자연스럽게 그녀의 다리가 그의 허리에 감겼다. 운은 제 목과 허리에 달라붙는 그녀의 여린 피부를 느끼며 성난 물건을 안으로 조금씩 밀어 넣었다.

"하."

물건을 감싸는 뜨겁고 여린 점막의 느낌에 눈앞이 새하얘질 정도로 아찔했다. 운은 낮게 탄성을 토해 내며 느리게, 때론 거칠게 안을 파고들었다. 그의 움직임을 따라 가현이 신음을 흘렸다.

"하읏!"

운이 조금씩 허리 짓을 시작했다. 부드럽고 새하얀 허벅지를 힘주어 붙들며 넓게 벌린 운이 더 속도를 내어 움직였다. 흉터로 일그러진 그의 몸은 어느덧 땀으로 젖어 들어갔다. 운은 쾌감에 흐려진 시선으로 제 아래에서 흔들리는 가현을 전부 담았다.

열띤 눈동자, 발갛게 달아오른 볼, 출렁이는 새하얀 가슴. 벌어진 붉은 입술 사이로 토해지는 신음과 열기까지. 단 하나도 놓치지 않고 전부 눈에 담으며 운이 거칠게 그녀의 안에서 움직였다.

"아, 아!"

숨이 막힐 정도로, 눈물이 핑 돌 정도로, 미친 듯이 점점 더 격해지는 그를 바짝 끌어안은 채 가현이 연신 교성을 내질렀다. 탐하면 탐할수록 애가 탄다. 이대로 죽어도 좋을 만큼 미칠 것 같았다.

운은 미간을 일그러트리며 가현의 안을 거칠게 헤집었다. 그의 허리 짓이 점점 더 빨라졌다. 그의 힘에 밀려 가현의 머리가 침상에 부딪치려 할 때면, 그는 잠시 움직임을 멈추고 그녀를 당겨 안았다. 그러곤 다시 움직임을 반복했다. 서로의 땀과 열기가 뒤섞여 침상 주위를 에워쌌다.

"아읏! 아!"
"하아, 하아!"

* * *

운은 오랫동안 잠을 자지 못한 사람처럼 깊은 잠에 빠져 있었다. 엎드린 채로 얼굴만 옆으로 한 운을 물끄러미 바라보던 가현의 시선 끝에 그의 등이 닿았다. 어슴푸레한 새벽빛 아래 드러난 흉터를 이렇게 적나라하게 본 건 처음이었다. 매번 그와 몸을 섞을 때면 어두컴컴한 밤중이었기 때문이었다.

이상하게도 등에 가득한 흉터를 만질라치면 그가 미세하게 피했다.

흉터…….

고된 훈련을 한 병사들에게서 볼 수 있는 흉터가 아니었다. 마치…… 누군가 강제로 헤집어 놓은 것처럼. 어쩌면 가현의 가슴께에 있는 흉터보다 더 깊어 보였다.

아픈 눈으로 그것을 바라보던 가현이 천천히 몸을 일으켰다. 그러곤 운이 했던 것처럼 똑같이 고개를 숙인 채 그의 흉터에 입을 맞추었다. 그녀의 입술 끝이 길을 따라가듯 길게 이어진 흉터를 이어갈 즘, 허리에 불쑥 손이 들어왔다.

흠칫 놀란 가현이 고개를 들었다. 어느새 깨어난 운이 가현을 가만히 올려다보고 있었다. 경직된 몸을 풀며 자연스럽게 그가 이끄는 대로 그의 가슴 위에 올라가게 된 가현은 손끝으로 그의 얼굴을 쓸었다. 가현의 손끝에 따라 운이 눈을 감았다 떴다.

"노역장에서 생긴 상처야?"

"……예."

역시 제가 짐작한 게 맞았다. 운은 노역장의 일에 대해 말하고 싶어 하지 않았다. 갑자기 가현이 입을 꾹 다물고 그를 빤히 내려다보자, 운의 눈빛이 미세하게 흔들렸다.

"그러니까……."

"됐다. 시간은 많지 않느냐, 이젠."

"……."

"잠깐 일어났더니, 어째 졸리는구나. 좀 자야겠어."

가현이 그대로 볼을 내려 운의 가슴에 얼굴을 묻댔다. 눈을 내리 감고 잠에 들려 하는 가현을 바짝 끌어안은 운은 복잡한 눈으로 그녀를 바라보았다.

다른 건 다 말해 줄 수 있었다. 하지만, 그때 이야기만큼은 차마 할 수 없었다. 그날 일에 대해 어떤 감정이 남아 있는 게 아니라, 그 이야기를 듣고 가현이 슬퍼하는 게 눈에 훤했기 때문이었다.

말은 안 하지만, 가현은 아마 또다시 자책하겠지.

인제 그만 행복해졌으면 좋겠다. 그냥 슬픔도, 고통도 몰랐던 그때처럼 다시 돌아갈 수 없겠지만 그래도 더는 울지 않았으면 좋겠다.

어느새 곤한 숨을 내뱉는 가현의 머리를 어루만지며 운이 속삭였다.

"잘 자요, 아가씨."

서로를 꼭 끌어안고 잠이 든 두 사람은 또 깨어나 서로의 이야기를 시작했다. 어떨 땐 가현이, 또 어떨 땐 운이. 자신의 이야기를 해 주었다. 10년의 세월은 꽤 길었고 이틀이 지나도 그들의 이야기는 끝이 나지 않았다. 그 사이에도 운은 노역장에서 있었던 일만큼은 꺼내지 못했다.

가현은 그 이야기만큼은 회피하는 운을 재촉하지 않고, 모른 척했다. 운이 언젠가 이야기해 줄 거라는 걸 이젠 알았기 때문이었다.

* * *

근심을 잠시 내려놓았을 때, 가현은 또다시 아이 울음소리가 들린다며 나가려 한 적이 있었다. 그럴 때마다 운은 가현을 품에 안고, 끊임없이 등을 쓸어내려 주었다. 가현은 그때 일을 기억하지 못했다. 다만, 운의 바람대로 울음소리는 사라졌고, 가현은 더는 이상 행동을 보이지 않았다.

하지만 운은 걱정을 내려놓지 않았다. 마음의 병이라는 것은 언제든 저 깊은 곳에 똬리를 틀고 있다가 불쑥 튀어나오는 것이었으니까. 그저 가현이 편히 지낼 수 있도록 운은 최대한 노력했고, 훈련소에 새벽같이 나가 자정에 돌아오던 걸 차츰 그만두고 가현과 함께 시간을 보내기 위해 노력했다.

사람들에게 딱히 별다른 말은 안 했지만 둘 사이에 흐르는 묘한 변화를 노비들은 알아챌 수 있었다. 주인의 심경 하나하나 파악하며 살던 노비들이 알아채는 건 당연했다.

"그런데 말이야."

"뭐?"

잠시 쉴 틈이 생긴 노비들은 따가운 햇볕을 피해 구석진 곳에 쭈그려 앉아 있었다.

"주인님께서 진짜 가현…… 님을 안주인 자리에 앉힐까?"

소소에 세뇌당할 때까지 가현 님을 외쳤던 노비들은 이제 더는 계집, 노비라고 가현을 부르지 않고 '님'자를 꼬박꼬박 붙였다.

"주인님께서 가현 님께 하는 거 못 봤어? 아주 상전 납셨잖아."

여전히 가현을 별로 안 좋아하는 노비 하나가 투덜거렸다. 그때, 말을 처음 꺼낸 노비가 불쑥 말했다.

"석녀잖아."

그녀의 눈빛이 악의적으로 빛났다.

"석녀가 어떻게 정실부인이 될 수 있겠어?"

여노비들의 눈빛도 금세 똑같이 악의적으로 변했다. 사실 주인님의 잔혹함을 눈앞에서 목격해 불만 하나 토해 내지 못했지만, 그들의 무의식 속엔 여전히 가현을 업신여기고 있었다.

어쩌면 열등감인지도 모르겠다. 저들과 같은 신세로 전락했던 가현이 안주인이 된다는 게 배알이 꼴린 거였다.

참혹했던 가현의 모습에 안타까워하며 더는 못되게 굴지 않거나, 주인의 잔혹성을 눈앞에서 목격한 뒤 감히 예전처럼 굴지 못하는 노비들도 상당했지만, 이들처럼 가현을 질투하는 노비들도 몇 있었다. 그래도 이들 역시 주인이 무서워 앞에선 차마 하지 못하고 뒷말만 했다.

"그래, 맞아. 나도 들었어. 이제 아이도 못 낳는다며?"

"그러면 안주인 자리는커녕 첩 자리에도 앉으면 안 되지, 안 그래?"

"하긴. 우리 주인님이 길가에 흔한 사내도 아니고. 정식으로 왕으로 봉해졌는데, 그렇게 되면 안주인 되는 사람도 왕비가 될 수도 있는 거잖아? 그렇게 중한 자리에 석녀가 가당키나 해? 어림없는 소리지. 아마 황제 폐하께서 직접 나서서 반대하실 게 분명해."

"그래서. 네년들이 그 자리에 대신 앉기라도 하려고?"

한참 키득거리는데, 누군가 불쑥 끼어들었다.

갑작스럽게 진 그림자에 또 린린인가 싶어 고개를 들던 여노비들의 눈이 커다래졌다. 린린이 아니라 자신들과 함께 가현을 싫어하던 노비였다.

"너 뭐 잘못 먹었어?"

"정신을 제대로 차린 거지."

어쩌면 가현을 인정하고 만 것일지도. 그렇게 참혹한 꼴로 되돌아와 메말라 가던 가현의 모습에 화가 더는 나지 않아서였다. 다리 다친 린린 대신 가현의 수발을 들다가, 허여소의 시중 노비가 일으킨 독살 시도에 죽을 뻔한 일로 목숨 아까운 줄 알게 되었기 때문일 수도 있겠다.

뭐가 되었든 가현에 대한 악의적인 말들이 더는 듣기 싫었다.

"너희들 또다시 이상한 말 흘리고 다니면, 이번엔 린린이 아니라 내가 직접 주인님께 고하겠어."

싸늘하게 쏘아보던 노비가 돌아서 멀어졌다. 황당함으로 물든 얼굴로 멀어지는 노비를 바라보던 노비들이 뒤늦게 헛웃음을 내뱉으며 씩씩거리다가 돌아섰다. 그러다가 건물 벽 뒤에 서 있는 가현과 그만 눈이 마주쳤다.

"헉!"

"그, 그러니까……, 우린."

가현은 아무 말 하지 않았다. 그저 고요한 눈으로 그들을 바라볼 뿐이었다. 그 시선이 더 등골을 서늘하게 했다.

"이, 이만 가 보……겠습니다!"

주춤거리며 뒤로 물러선 노비들은 인사를 한 것도 아닌 어정쩡한 모양새로 고개를 숙이곤 도망치듯 멀어졌다.

'석녀라…….'

들으려고 한 것은 아니었지만.

절 마치 어린아이처럼 보살피는 운의 행동에 바깥바람 하나 제대로 쐬지 못해 그가 없는 틈에 잠깐 나온 것이었다. 그런데 이렇게 그들의 말을 듣고 말았다.

아까 그 노비가 대신 화를 내 줘서 그런 것인지, 아니면 다른 이유 때문인지는 모르겠지만. 이상하게 화가 나지는 않았다. 실은 당연하게도 고개를 끄덕이게 되었다. 제 몸이 예전 같지 않다는 건 누구보다 잘 알았다. 게다가 아이까지 그리되지 않았겠는가. 석녀가 된 것도 당연했다.

그들의 말대로 운은 정식으로 왕으로 봉해진 사람이었고, 그의 안주인이 될 사람은 티끌 한 점 없는 사람이어야 됐다. 애써 다잡은 마음이 다시금 흔들리는 게 느껴졌다.

"가현아! 아니, 도대체 얘가 어디로 간 거야! 나 진짜 주인님께 죽는다고!"

절 보필하는 일부터 걸이까지 돌보느라 요즘 꾸벅꾸벅 조는 일이 많아진 린린은 뒤늦게 가현이 사라진 걸 알고 부리나케 뛰쳐나와 가현을 찾고 있었다. 이러다가 린린이 지쳐 고꾸라질 것 같아 가현이 얼른 앞으로 나섰다.

"좀 더 자지 않고."

씩씩거리며 눈에 불을 켜고 주위를 살피던 린린은 뒤늦게 가현의 목소리를 듣곤 눈썹을 밀어 올렸다.

"야!"

버럭 성을 내는 린린의 얼굴이 우스꽝스러워 가현이 작게 웃음을 터뜨렸다.

"너 사라지면 또 난리 난다고 했지! 주인님이 내게 너 꼭 붙들고 있으라고 신신당부했단 말이야!"

부대 일로 잠시 자리를 비우기 전 운은 린린의 말 그대로 그녀에게 가현을 맡겼다. 린린은 그것에 굉장히 자부심을 나타냈다. 주인님이 자신을 신뢰하고 있다는 증거라며 말이다.

"차라리 날 깨우든가."

"걸이 때문에 잠을 통 자지 못했지 않니. 좀 자게 둔 것이다."

조금 누그러진 얼굴로 가현을 빤히 보던 린린이 물었다.

"답답해?"

"뭐."

"그럼 조만간 나가자. 안 그래도 곧 나라에 큰 잔치가 벌어진다고 하더라."

"잔치?"

"응······."

어물쩍거리던 린린이 괜히 시선 끝을 밑으로 내리며 말했다.

"황후마마께서 회임하셨대. 그래서 지금 동네방네 난리도 아니야."

어쩐지 가현에게 이런 말을 꺼내는 게 좀 그랬다. 린린의 마음도 무색하게 가현은 아무렇지 않아 보였다. 오히려 기뻐하는 것 같았다.

"나라에 큰 복이 들었구나."

"······그렇지."

그 모습이 더 속이 상해 괜히 코끝을 찡그린 린린이 능청스럽게 가현의 팔에 팔짱을 꼈다.

"어쨌든 주인님께 잘 이야기해서 나가자. 나간 김에 영의도 장씨 아주머니도 봐야지."

"안 그래도 영의와 장씨 아주머니 소식이 걱정되었는데, 잘 되었다."

"뭐, 그전에 주인님이 허락하실까 모르겠다. 네가 방에서 벗어나기만 해도 안절부절못하시잖아."

덩치와 어쩐지 좀 무서운 얼굴에 맞지 않게 안절부절못하던 운을 떠올리며 린린이 키득거렸다. 운이 그렇게 안절부절못하는 이유가 그동안의 일 때문이라는 생각에 가현은 차마 웃지 못했다.

* * *

"그 유곽은 어찌할까요."

노비들이 말을 이끌고 가는 걸 뒤로 하고 대문을 들어선 진명이 은밀히 물었다. 한 걸음 앞서 들어가던 운이 잠시 멈추었다.

허여소의 의뢰를 받아 가현을 먼 곳으로 팔아 버리려는 놈들이었다. 뒤처리하며 그들의 뒤를 캔 진명은 꽤 재미난 이야기를 들려주었다.

알아보니 단순한 유곽이 아니었다. 유곽을 이끌며 번 돈도 상당했지만, 온갖 잡다한 의뢰를 도맡아 뒤로 몰래 돈을 쓸어 모으고 있었다.

"알 만한 귀족들과 연줄이 닿아 있는 것도 확인했습니다. 어찌…… 할까요?"

진명이 조심스럽게 운을 살폈다.

"일단은 그냥 지켜보는 걸로 하자꾸나."

진명의 말대로 귀족들과 줄이 닿아 있다면, 섣불리 움직일 수는 없었다. 그들이 무슨 일을 하는지 상세히 알아보라고 진명에게 지시를 내린 운이 계단을 올라 가현에게 갔다.

한창 가현의 머리를 빗질해 주고 있던 린린은 문밖에서 보이는 인기척에 멈칫했다. 덩달아 가현의 시선이 문 쪽으로 향했다.

드르륵, 문을 열고 들어서는 운의 모습에 빠르게 빗을 내려놓은 린린이 머리를 조아렸다.

"오셨습니까, 주인님."

"나머진 내가 할 테니, 그만 나가 보아라."

"예?"

빗질하겠다니. 얼빠진 얼굴로 서 있던 린린은 운의 무뚝뚝한 시선을 받곤 화들짝 놀라며 방을 나가 버렸다. 탁! 둔탁하게 닫히는 문소리를 뒤로 가현에게 다가선 운이 린린이 두고 간 빗을 집어 들었다.

"되었다. 이미 충분히 했어."

당황한 가현이 만류하려고 했지만, 운은 들은 척도 안 하고 가현의 뒤에 서서 그녀의 머리를 빗겨 냈다.

"저 아이보다 제가 더 잘 하지 않겠습니까."

그러면서 짐짓 농담 비슷한 말을 꺼냈다. 가현은 그만 웃고 말았다.

"하긴 유모가 바쁠 적엔 네가 종종 내 머리를 빗겨 주었지."

사실대로 말하자면 어린 가현이 떼를 쓰는 탓에 마지못해 두어 번 빗질을 해 준 거였다. 종종 철없이 불쑥 빗을 건네며 머리를 빗겨 달라고 청하던 가현 때문에 자연스럽게 숙달된 것인지도 모르겠다.

어찌 되었든 운은 못 하는 것이 없었다. 사내들이 하는 일 외에 이런 섬세한 일도 꽤 잘했다.

언젠가부터 자연스럽게 옛이야기를 꺼내는 두 사람의 얼굴은 편안해 보였다. 가현은 뒤에서 느껴지는 그의 손길을 받으며 나른하게 눈을 감았다 떴다. 그의 손길은 여전히 부드럽고 졸리기까지 할 정도였다.

"황후마마께서 회임하셨다지."

졸린 듯 눈을 깜빡이던 가현이 갑작스러운 말을 꺼냈다. 잠시 멈칫한 운이 시선을 들었다.

"참으로 감축할 일이 아니냐."

운은 아무렇지 않게 축하까지 건네는 가현을 말없이 바라보았다. 내내 운의 손길을 기분 좋게 받고 있던 가현은 그가 갑자기 멈추자 고개를 올렸다. 운이 좀 가라앉은 눈으로 가현을 내려다보고 있었다. 걱정하는 거였다.

혹여라도 그 이야기로 또다시 아플까 봐…….

"내가 울까 봐 그리 보는 것이냐."

"……아가씨."

"그리 보지 말렴. 난 괜찮으니까."

운은 가현의 속내를 꿰뚫듯 살폈다. 곧 운의 눈빛이 누그러졌다.

"예, 아가씨."

운의 시선에 가현이 곱게 웃었다. 운이 다시 빗질했다. 그러다가 잊고 있던 황제의 말을 떠올렸다.

'황후가 아니라도 나 또한 가현 그 여인이 보고 싶으니, 한번 궁에 데려오너라. 잡아먹을 생각 없으니 그리 무섭게 보지 말고.'

황제의 농담 섞인 말에도 웃을 수 없었다. 가현을 궁에 데려가는 게 싫었다. 그렇다고 황제의 명을 따르지 않을 수는 없었다. 하나, 될 수 있으면 최대한 황제의 명을 미뤄 두고 싶었다.

"아무튼 그래서 말이다."

홀로 생각에 잠겨 있던 운은 빠르게 생각에서 깨어나 가현의 말을 귀담아들었다.

"황후마마 일로 나라에 큰 잔치가 벌어진다니, 이참에 잠깐 나갔다 올까 해서."

운의 빗질이 다시 멈추었다. 이번엔 운의 얼굴은 못마땅하게 굳어졌다. 슬쩍 그를 올려다본 가현이 예상했다는 얼굴로 웃었다.

"이제 괜찮다. 답답해서 그래. 영의와 장씨 아주머니께 제대로 인사도 하지 못했잖니."

"그럼 제가 따라……."

"린린과 오붓하게 둘이서 놀다 오고 싶다."

"하지만."

그것만은 싫다는 듯 운의 미간에 주름이 더 깊어졌다. 가현은 못 본 척 고개를 돌려 버렸다.

"알아들은 걸로 알게."

아직 몸도 성치 않은데. 조금만 걸어도 다리가 퉁퉁 부어오르면서. 혹여나 무슨 사고라도 생긴다면…….

점점 더 어두워지는 그의 얼굴에 고집스럽게 고개를 돌리고 있던 가현이 그의 손을 잡았다. 흠칫 놀란 운이 가현을 바라보았다. 가만히 운을 올려다보며 가현이 말했다.

"이제 정말 괜찮아. 다치지 않을 거야. 네가 날 지켜주고 있잖니."

흔들리는 눈으로 가현을 내려다보던 운이 그녀를 품에 안았다. 고개를 숙인 채 어깨에 입술을 묻으며 운은 끝도 없이 몰려오는 두려움을 이겨 내려 애썼다.

맘 같아선 그녀를 영영 내보내고 싶지 않았다. 안전하게 이 방 안에서만 지냈으면 했다. 하지만 가현을 가둘 수는 없었다. 그건 그녀가 원하는 게 아니었다.

"진명은 데려가십시오."

정말 보내기 싫다는 듯 운의 목소리가 거칠했다. 진명이 그에겐 최후의 통첩이나 마찬가지임을 잘 아는 가현은 웃으며 고개를 끄덕였다.

"그만 괜찮다면."

"그런데 아가씨."

"응."

"혹…… 안 좋은 일이라도 있으셨습니까."

그의 품 안에서 가현이 미세하게 움찔했다. 과할 정도로 가현이 작은 것 하나에도 흔들리면 바로 눈치챌 만큼 운은 예민해져 있었다. 린린조차 눈치채지 못한 가현의 안 좋은 기분을 빠르게 알아챈 운이 고개를 들었다.

"안 좋은 일은 무슨."

낮에 들은 노비들의 이야기를 마음에 담지 않았다고 생각했는데. 저도 모르게 마음에 담고 있었나 보다. 하지만 운에게 이야기하고 싶지 않았다. 아니, 내가 그런 이야기를 들었다는 걸 그가 알게 하고 싶지 않았다. 바보처럼 자책할 게 분명하니까.

"피곤하구나."

속마음까지 꿰뚫을 것처럼 살피는 운의 눈을 피해 웃은 가현이 그를 이끌고 침상으로 갔다.

가현의 손에 이끌려 간 운은 익숙하게 그녀를 안아 눕혔다.

"주무세요. 곁에 있겠습니다."

"같이 눕자."

오늘따라 아이처럼 구는 가현을 보며 운은 역시 그녀에게 무슨 안 좋은 일이 생긴 게 분명하다고 생각했다.

"……그럼 실례하겠습니다."

말없이 가현을 내려다보던 운이 그녀의 옆에 누웠다. 익숙하게 그의 가슴에 이마를 기댄 가현이 눈을 감았다. 조금씩 잠에 빠지는 가현의 가슴을 토닥이며 운은 생각에 잠겼다.

* * *

"노비들이 또 쓸데없는 말로 그분의 심기를 어지른 모양입니다."

아무리 몰래몰래 한다고 한들, 소소의 귀에 안 들어갈 리가 없었다.

요즘 들어 여노비들 사이에 가현이 석녀라는 이야기가 종종 들려왔다. 린린과 몇 노비들이 그들을 대신 상대해 주었고, 크게 일을 치른 지 얼마 되지 않은 이때 괜히 집안을 시끄럽게 하는 게 가현을 더 불편하게 할 거라는 걸 잘 알고 있었다. 그 때문에 소소는 그저 지켜보고 있었는데…….

결국 주인님까지 알아챈 것이었다.

갑작스러운 운의 부름에 집무실로 들어선 소소는 가현의 주위에 무슨 일이 있는지 묻는 운을 조심스럽게 보며 말을 이었다.

"성급한 말이긴 하나."

소소의 이야기에 가라앉은 눈으로 창밖을 바라보던 운이 천천히 뒤를 돌아보았다.

"벌을 준다고 한들 그것이 제대로 된 방법이 아니라는 것을 주인님께서도 잘 아실 겁니다. 해서 드리는 말씀이온데."

"……."

"가현 님의 위치를 공고히 해야 하지 않겠습니까."

"……."

"이제부터라도 가현 님과의 혼인……에 대해 생각을 해 보셔야 할 것 같습니다."

소소의 말대로 저들을 매번 벌해 쫓아낼 수도 없는 노릇이었다. 무지한 그들은 당장 눈앞에 닥친 무서움에 납죽 엎드려도, 시간이 지나면 지금처럼 또 슬금슬금 일어나 떠들어 댈 것이다.

따지고 보면 어디까지나 그들이 가현을 업신여기게 된 이유가 모두 제가 가현을 그렇게 취급했기 때문이 아닌가. 그러니 혼란스러운 것이다. 그들은 그저 가현을 어떤 위치에서 바라봐야 하는지 모르는 것뿐이었다.

하지만…….

가현의 마음이 이제 조금씩 괜찮아지고 있는데, 편안한 지금을 깨트리고 싶지 않았다. 특히나 곁에 있겠다고는 하였지만, 가현이 어떤 마음인지 제대로 알지 못하는 이때 말이다.

"내가 나서기 전에 정리하는 게 좋을 것이다."

협박과도 같은 그의 낮은 목소리에 소소가 공손히 머리를 조아렸다.

"명심하겠습니다, 주인님."

* * *

린린은 연신 못마땅한 눈으로 뒤를 힐끔거렸다. 오랜만에 나와 걸이와 가현과 함께 신나게 놀다 들어가려고 했는데. 엉뚱하게 진명이 끼다니.

"나리는 안 바쁘십니까?"

결국 멈춘 린린이 진명을 돌아보았다.

진명 역시 별로 좋은 것만은 아니었다. 그래도 주군의 명이었다. 주군께서 지금 이 상황을 굉장히 안 좋아하고 있다는 걸 잘 알았고, 혹시나 가현이 조금이라도 다친다면 정말 큰일이 나는 것도 잘 알았다.

"오늘은 가현 님을 지키는 게 내 일이다."

무뚝뚝하게 린린에게 답한 진명은 걸이와 손을 잡고 앞서가고 있는 가현의 뒤를 따라 걸었다. 샐쭉한 눈으로 그를 노려보던 린린이 불퉁한 표정으로 뒤따랐다.

걸이 놈은 뭐가 저렇게 좋은지. 제 곁으로 다가온 진명에게 형이라 부르기까지 했다. 걸이가 흑운왕의 저택에서 살게 된 이후, 진명이 종종 과자 등을 들고 와 놀아 준 탓이었다. 워낙 하는 일이 바빠 자주는 아니었지만, 그래도 다정하게 구는 그가 고마우면서도 영 못마땅했다.

저도 모르는 마음에 괜히 툴툴거리며 린린이 진명의 등을 노려보았다.

"에구머니나, 아가씨!"

최가 도령의 집에 당도할 무렵, 미리 연통을 보낸 탓인지 대문 앞에 나와 있던 장씨 아주머니가 뛰어왔다. 그보다 더 재빠르게 뛰어온 영의가 가현을 와락 끌어안았다.

"아가씨!"

"잘 있었니?"

"잘 있긴요! 어째 소식이 이리도 늦습니까? 제가 매일 밤 아가씨 기다리느라 목이 빠지는 줄 알았다고요."

가현의 치마폭에 묻고 있던 얼굴을 든 영의가 툴툴댔다. 아닌 말로 갑자기 그렇게 가 버렸으니, 영의가 당황하지 않는 게 더 이상했다. 그날 그렇게 가 버리곤, 린린 홀로 돌아와 짐만 홀라당 가져가지 않았나.

"그래도 좋아 보이니 다행입니다."

다가온 장씨 아주머니가 편안해 보이는 가현의 얼굴을 바라보며 말했다. 영의는 가현이 그저 좋은지 내내 실실 웃다가 뒤늦게 린린과 걸이 그리고 진명을 발견했다.

"걸이야!"

잠시 이곳에서 생활했던 걸이와 금세 친구가 되었던 영의는 며칠 만에 다시 만난 걸을 보곤 반색했다.

"영의야!"

린린의 손을 붙들고 있던 걸이 영의에게 달려갔다. 고사리 같은 두 손을 꼭 맞잡고 방방 뛰던 아이들은 신이 난 얼굴로 먼저 안으로 들어가 버렸다.

"안 그래도 아가씨께 서신이 온 게 있었거든요."

"서신이요?"

"예, 주인님께서 보내신 겁니다."

호준이 서신을 보내왔다는 말에 가현이 장씨 아주머니를 따라 안으로 들어갔다. 얼떨결에 진명과 둘이 남게 된 린린은 괜히 크흠, 헛기침하며 제 옆에 동상처럼 서 있는 진명을 올려다보았다.

미간을 좁힌 진명이 린린을 돌아보자 화들짝 놀란 린린이 쌩하니 대문 안으로 들어가 버렸다. 그날 일이 여전히 마음에 담겨 있는 것인지. 그날 이후로 쌀쌀맞은 린린의 무례함에 화가 날 법도 한데, 진명은 차마 그녀에게 화내지 못했다.

* * *

장씨 아주머니는 가현이 곧잘 먹었던 간식과 차를 주느라 분주히 움직였다.

장씨 아주머니의 성의에 차까지 마시고 나온 가현은 울음을 터뜨리는 영의를 꼭 안아 주었다. 그러곤 영의에게 종종 찾아오겠다고 말했다. 가현의 말에 영의가 힘없이 고개를 끄덕이다가, 또 놀러 오겠다는 걸이의 말에 금세 되살아났다.

"뭐라는데?"

돌아가는 길에 린린은 호준에게서 받은 서신 내용이 궁금해 조심스럽게 물었다. 가현과 린린 뒤에 조금 떨어진 채 걷고 있는 진명의 등엔 피곤함에 잠든 걸이 업혀 있었다.

"잘 지내고 있다는…… 뭐 그런 거지?"

린린은 어쩐지 호준의 서신이 달갑지 않았다. 그날 가현과 함께 떠나려고 했던 게 여전히 앙금으로 남아 있는지도 모르겠다. 사실 그가 가현을 데리고 간 건 강제도 아니었고, 가현이 원하는 일이었다. 그런데도 달갑지 않은 건…… 주인님 곁에서 조금씩 편안해지는 가현을 흔들까 봐. 그게 걱정이 된 탓이었다.

"생각보다 빨리 돌아오게 되었다더구나."

"그, 그래?"

목소리에서 느껴지는 어색함에 가현이 린린을 돌아보았다.

"안 떠나니 그런 얼굴 할 것 없어."

"무슨 얼굴? 별로 신경 안 썼거든."

그렇게 툴툴거리면서도 린린의 얼굴이 눈에 띄게 밝아진 게 보였다. 가현은 그만 웃고 말았다. 가현의 웃음소리에 샐쭉하니 눈을 뜨던 린린도 웃고 말았다.

"실은 네가 떠나는 게 싫다."

린린은 좀 서툴지만 솔직하게 말했다.

"나한테 친구라고 할 수 있는 사람이 가현이 너뿐이라. 난 너와 이렇게 있는 게 좋아."

큼큼 낯간지러웠는지, 괜스레 헛기침한 린린이 좀 더 빠르게 걸어갔다. 좀 놀란 눈으로 린린을 바라보던 가현의 입가에 옅은 미소가 지어졌다.

"같이 가."

가현이 린린의 뒤를 따라갔다. 앞서거니 뒤서거니 하며 걸어가는 두 사람의 모습이 어쩐지 좋아 보였다. 진명은 뒤에서 느껴지는 걸이의 뜨끈한 온기를 느끼며 묵묵히 두 사람을 따랐다.

* * *

미룰 수 있을 때까지 최대한 미루려고 했는데, 결국 황제가 사람을

240 품 안에 든 독 2권

보냈다. 정식으로 가현에게까지 초대장이 온 것이다. 이렇게 된 이상 미룰 수 없어 운은 가현과 함께 궁에 들었다.

궁에서 온 초대장에 서둘러 가현이 입을 옷을 준비시킨 소소는 새벽부터 가현을 못살게 굴었다. 깐깐한 소소의 손길과 린린의 도움으로 화려한 붉은 색의 비단옷을 입은 가현은 꽃처럼 활짝 피었다. 반으로 틀어 올린 머리 위엔 매화꽃과 붉은 장신구가 달린 비녀와 장신구 등이 꽂혀 있었다.

"내리십시오, 아가씨."

내밀어진 운의 손을 조심스럽게 잡은 가현이 마차에서 내려섰다. 멀리서 보기만 했던 황궁은 감히 엄두도 내지 못할 정도로 거대했다.

"안으로 드시지요."

운과 가현이 나란히 서자, 문 앞에서 기다리고 있던 환관들과 궁녀 수십이 일제히 허리를 숙였다. 한 치의 오차도 없는 그들의 인사에서 오랜 세월 익혀 온 궁의 법도와 위엄이 느껴졌다. 어쩐지 좀 긴장한 얼굴로 그들을 바라보던 가현이 운과 함께 안으로 들어섰다.

웅장하고 거대한 붉은 건물 여러 채를 지나자, 꽃나무가 길길이 이어져 있는 둥근 다리 하나가 나왔다. 그 너머에 있는 정자엔 일찍이 도착한 황제와 황후가 조곤조곤 이야기를 나누고 있었다. 그들 곁엔 자신들을 앞서가는 궁녀들과 같은 복색을 한 여인들이 곁을 지키고 있었다.

"오, 드디어 왔구나!"

무슨 이야기가 그리 많은지 황후와 한참 이야기를 나누던 황제는 뒤늦게 운과 가현이 온 걸 알아채곤 자리에서 일어났다.

다리를 지나 정자 앞으로 다가선 두 사람은 황제와 황후에 대한 예를 갖추듯 무릎을 굽혔다.

"황제 폐하와 황후 폐하를 뵙습니다."

이야기만 들었던 가현을 실제로 보게 된 원영 황후는 호기심 어린 눈으로 정수리만 보이는 가현을 찬찬히 살폈다.

붉은색의 비단옷을 차려입은 가현은 생각한 것보다, 어쩌면 좀 감탄사가 흐를 정도로 아름다운 여인이었다. 화려한 외모는 아니었으나, 뭔지 모를 분위기가 그녀를 아름답게 했다.

'춘국의 후궁이라고 했던가…….'

"인사는 그쯤 하면 되었으니 얼른 올라오너라."

찬찬히 가현을 살피던 원영 황후는 황제의 외침에 시선을 거두었다. 좀 어색하게 고개를 든 가현이 운을 따라 정자 위에 올라섰다.

정자 위에 놓인 원탁엔 일찍이 궁녀들에 의해 준비된 음식들이 가득했다. 온갖 산해진미가 가득했고, 그 가운데에 오는 길에 보았던 꽃나무에서 딴 꽃이 화병에 꽂혀 있었다.

운은 가현을 먼저 자리로 안내했고, 그녀가 앉은 뒤에야 자리에 앉았다. 참 낯선 모습이었다. 흑운왕이 저렇게 다정한 사내였나…….

새삼 속으로 감탄한 원영 황후가 황제의 옆에 앉았다. 황제는 맞은편에 나란히 앉은 가현과 운을 즐겁게 바라보다가 말했다.

"이렇게 다시 만나 어찌나 반가운지 말이오."

"그때의 무례를 용서하시지요, 폐하."

"무례라 하면 내가 신분을 속이고 만나러 갔던 걸 말하는 것이오? 그건 내가 사과를 해야 하는 게 맞는 것 같은데."

만나러 갔다니. 처음 듣는 이야기에 원영 황후가 의아해하자, 운덕이 설명했다.

"하하, 내 다급한 성질머리 못 참고 궁금해 찾아가 봤소."

"……그러셨군요."

운에 대한 사랑이 지극한 것은 잘 알고 있으나, 신분을 속이면서까지 저 여인을 따로 만나러 간 건 몰랐던 원영 황후는 좀 당황하다가 그만 가현과 눈이 마주쳤다. 순간 원영 황후가 자애로운 미소를 지어 보였다.

"이야기할 시간은 충분한 것 같으니, 우선 식사부터 할까요?"

어쩐지 여린 듯 강단 있는 가현의 눈빛이 마음에 들었다.

* * *

식사 후에 따로 원영 황후와 산보를 하게 된 가현은 좀 어색한 듯 긴장한 얼굴로 원영 황후를 따랐다.

"사실, 그대가 참 궁금했소."

그때 멈춰 선 원영 황후가 가현을 돌아보았다. 덩달아 걸음을 멈춘 가현이 조심스레 원영 황후를 눈에 담았다.

"절…… 말씀이십니까?"

한창 황자의 난으로 시끄러울 때부터 원영 황후는 운과 함께 다녔다. 그때 당시엔 거처도 마땅치 않아 운의 수하들과 함께 지냈기에 운과 함께 하는 것도 당연한 일이었다.

운의 첫인상은 정말이지…… 짐승 같았다. 말 그대로 금방이라도 목덜미를 물어뜯을 것 같은 짐승 말이다. 흉흉하기 짝이 없는 운을 가까이하는 게 처음엔 못마땅하게 여겼다. 신분 하나 제대로 알 수 없었고, 이따금 드러나는 그의 흉측한 흉터는 과거가 그다지 좋지 못하다는 걸 알려 주었기 때문이었다.

"편견으로 그를 대했던 걸 난 참 후회했지 뭐요. 흑운왕 그 사람이 폐하의 등 뒤에 날개를 달아 줄 사람이었다는 걸 진즉 알았다면, 난 백번 더 절을 했을 것이오."

황후는 잠시 오래전 운과 만나 이야기를 꺼내며 웃었다.

"다는 아니었지만, 그래도 꽤 가깝게 지낸 흑운왕의 성격은 무뚝뚝하기 짝이 없어 뭇 여성들의 가슴을 많이 아프게 만들기도 했는데. 그런 그를 변화시킨 사람이 있지 않겠소?"

변화……시킨 사람이라…….

"해서 그대를 더 보고 싶었나 보오."

"……."

"여인에게 무뚝뚝하기만 하던 그를 다른 사람으로 만든 게 그대이니까."

원영 황후는 가현에게 호감을 보였다. 가현은 아무 말 못 하고 그저 고개를 숙였다. 물끄러미 가현을 바라보던 원영 황후가 불쑥 손을 내밀었다.

"제법 좋은 친구가 될 것 같은데."

순간 들어온 그녀의 손에 당황한 가현이 고개를 들었다. 원영 황후가 가현을 보며 웃고 있었다.

"어떻게, 나와 친구가 되어 주겠소?"

* * *

"사냥…… 대회 말씀이십니까."

어쩐지 고집스럽게 부르더니. 이런 이야기를 꺼내려고 부른 거였나. 혼자라면 모르겠지만, 가현까지 콕 집어 데려오라는 황제의 말에 운은 당혹감을 감추지 못했다.

황제가 이야기하는 사냥 대회는 1년에 두어 번 있는 행사로, 귀족들과 화합을 다지기 위해 만들어진 날이었다. 황제를 보필해 나라를 이끌어가는 귀족들뿐만 아니라, 그들의 가족들까지 참석했다. 호랑이 소굴이나 다름없는 곳에 가현을 데려오라니.

"폐하, 외람되오나 그분께선 아직 몸이……."

"태의의 말론 차츰 약을 줄이고 있다고 하던데. 사냥 대회쯤은 문제없다고 했다네. 태의가 감히 내게 거짓을 고한 것인가?"

운이 이렇게 말할 줄 알고 대비를 한 것인지. 가현의 상태를 미리 파악하고 있는 황제의 말에 운은 더는 변명하지 못했다. 그렇다고 한들 가현을 데려가고 싶지 않았다.

"송구하오나, 폐하의 명을 따를 수는 없습니다."

단 한 번도 황제의 말에 거역이라는 걸 해 본 적이 없는 흑운왕의 말에 환관들과 궁녀들이 당황했다. 이러다가 황제의 불호령이 떨어지는 게 아닌가, 긴장하고 있는데 황제가 큭큭, 웃음을 터뜨렸다.

"무례하기 짝이 없는 언사구나. 네 놈이 지금 내 명을 거역하려 드는 건가?"

그의 무례함을 탓한다고 하면서, 막상 황제의 얼굴엔 노기가 보이지 않았다.

"무례를 용서하십시오."

운은 고집스럽게 고개를 내렸다. 황제는 쯧, 혀를 찼다.

"용서할 테니 참석하라."

"폐하."

"어허. 참석하라 하지 않아."

"……."

"그 여인을 곁에 두기로 마음먹었으면, 참석해."

운은 미간을 굳혔다. 운덕은 눈썹 한쪽을 까딱이며 말을 이었다.

"곁에 두기로 한 이상, 그 여인은 너의 아내가 되기 이전에 흑운왕의 왕비가 되는 것이다."

가현을 곁에 두겠다고는 마음먹었지만, 그녀가 원치 않으면 그 무엇도 하지 않을 생각이었다. 해서 단 한 번도 생각해 보지 않은 것을 입에 담은 운덕을 혼란스럽게 바라보았다. 운의 눈빛에 운덕이 미간을 찌푸렸다.

"그 여인을 곁에 두기로 했으면서 그것까지 생각 못 했더냐?"

소소처럼 운덕도 그에게 가현과의 관계 변화에 대해 충고했다.

"네가 지위를 버리지 않는 이상, 그 여인은 공식적으로 너와 혼인을 올려야 한다. 그녀를 위해서도 말이다."

황제는 곧 들려올 소문을 걱정하는 것이었다. 운이 워낙 철저하게 집안 단속을 하고 있기 때문에, 누구도 가현에 대해 알 수 없지만. 그건 한계가 있었다. 허가의 일로 운을 주시하는 사람들은 더 많아졌다.

게다가 대호국도 다른 나라처럼 이런 일에 있어서는 절차를 중요시 생각했다. 아무런 절차도 없이 가현이 그의 곁에 있다는 걸 알게 된다면, 사람들은 가현부터 헐뜯을 것이다. 혼인도 올리지 않고 다른 사내의 집에 눌러사는 건 결코 있을 수 없는 일이기 때문이었다.

특히나 운은 허여소와 한 번 혼인을 할 뻔했었다. 그 일이 어그러진 뒤, 흑운왕의 혼인에 대해 호기심을 갖는 처녀들이 많았다.

이런 이유들 때문이라도 이상한 소문으로 두 사람이 다치기 전에 정식으로 혼인을 올리라는 충고를 하는 거였다. 진정 그녀를 곁에 두고자 한다면.

"그 여인을 평생 방 안에 가둬 둘 생각이 아니라면, 내 말대로 하는 게 좋을 것이다, 운아."

운은 차마 아무 말도 못 하고 고개를 숙였다.

"정식으로 소개까지는 바라지도 않으니, 얼굴이라도 비춰. 그것만으로도 지금은 충분할 테니."

"······예, 폐하."

* * *

"사냥 대회?"

"예. 하나, 무리하지 않으셔도 됩니다."

밤공기가 쐬고 싶다는 가현의 청에 마차와 말을 두고 함께 나란히 걷는데, 운이 사냥 대회 이야기를 꺼냈다. 사실, 안 그래도 황후마마께 사냥 대회에 참석하라는 이야기를 전해 들었던 가현은 망설였다.

운의 곁에 남기로 한 것은 사실이나, 아직 거기까지 생각해 보지 않은 것도 있었고······.

'그렇게 중한 자리에 석녀가 가당키나 해? 어림없는 소리지.'

바보같이 그 아이들의 말이 떠올랐다. 말했듯 자신은 이미 너무 많이 달라졌다. 당당함도 사라졌다. 조각조각 깨어진 병을 억지로 이어붙인 듯 아슬아슬한 상태로 그들의 앞에 나서는 게 맞는 것일까······. 끝도 없이 모진 생각들이 가현을 에워쌌으나, 가현은 고개를 끄덕였다.

"알겠어."

무리하지 않아도 된다니. 아마 황제는 명령을 내렸을 테다. 그런데 운은 무리하지 말라며 자신을 먼저 위하고 있었다. 그를 곤란하게 하고 싶지 않았다.

"너만 괜찮다면 갈게."

"······괜찮으십니까?"

멈춰선 운이 걱정스러운 눈을 가현을 내려다보았다. 달빛 아래 은은하게 비치는 그의 새까만 눈동자가 가현에 대한 걱정으로 일렁였다.

"그럼 괜찮고말고. 뭐, 별거 있겠느냐."

가현은 대수롭지 않은 척 웃으며 먼저 걸었다. 그러다가 그만 휘청거렸다. 그때 다쳤던 다리에 무리가 간 탓이었다. 급히 가현을 붙든 운이 뒤를 돌아보았다. 진명과 다른 이들이 마차와 제 말을 끌고 오는 게 보였다.

"밤길은 이쯤 걷고 마차에 오르시는 게 좋겠습니다."

"답답하다 하지 않아. 바람도 딱 좋고, 그냥 걷고 싶어."

고집스레 제 주장을 하는 가현을 좀 못마땅하게 보던 운이 이윽고 한숨을 내뱉었다.

"그럼 업히십시오."

"뭐?"

불쑥 앞으로 나서 쭈그려 앉은 운의 말에 가현이 당황했다. 운은 가현처럼 고집을 부리며 등만 보여 주었다.

"얼른요. 이도 싫다고 하시면 강제로라도 마차에 태울 겁니다."

운의 으름장에 망설이던 가현은 조심스레 그의 등에 몸을 기댔다. 가현을 붙든 채 몸을 일으킨 운이 느린 걸음으로 걸었다. 들썩이는 그의 커다란 등에 가만히 볼을 기댄 가현은 문득 떠오르는 기억에 작게 웃었다.

"오래전에 말이다. 내가 최가 도령의 팔뚝을 깨물었던 날."

"그날을 어찌 잊겠습니까."

모든 기억을 잊었던 운은 그런 일이 전혀 없었다는 투로 가현의 말에 박자를 맞췄다. 가현도 모른 척 계속해서 말을 이었다.

"그때도 이렇게 업어 주었다."

"예, 그랬습니다."

"운아."

"예, 아가씨."

"운아."

"그리 계속 부르실 겁니까?"

나지막한 그의 물음에 가현이 자잘하게 웃음을 터뜨렸다.

"그냥 좋아서. 내가 운아, 하고 부르면 네가 예, 아가씨. 하고 대답해 주는 게 좋아서."

"……저도 좋습니다. 아가씨께서 운아, 하고 부르실 때마다."

그의 나지막한 목소리에 심장이 뛰었다. 저를 잊고, 모진 말을 하며 다른 사람처럼 굴던 운의 기억이 흐릿해질 정도로 운은 예전의 모습 그대로 돌아왔다.

* * *

어쩐지 생각한 것보다 더 긴장하고 있어야 할 것 같았다. 가현은 천막에 들어서자마자, 얼어붙는 분위기에 저도 모르게 멈칫했다. 궁녀들이 가현을 이끈 곳은 여인들이 차를 마시고 있는 공간이었다.

운과 함께 사냥 대회가 치러지는 곳에 도착한 가현은 기다리고 있던 궁녀들에게 이끌려 이곳으로 들어오게 되었다. 최대한 가현의 곁에 있어 주려고 했던 운은 수하의 갑작스러운 부름에 사라졌다.

"……어느 댁의 아가씨인지 여쭤봐도 될까요?"

가현이 누구인지 전혀 알지 못하는 귀족가의 아가씨들은 운과 함께 나타난 묘령의 여인을 굉장히 당혹스럽게 생각했다. 허가가 그렇게 멸문지화를 당하고, 흑운왕의 곁에 자리가 비자 아직 시집가지 않은 여인들은 어떻게 해서든 그의 눈에 들기 위해 잔뜩 치장을 하고 온 상태였다.

그런데…… 여인이라니!

게다가 처음 보는 얼굴이었다. 수도에 산다면, 특히나 귀족가의 아가씨라면 필시 얼굴을 익히고 있어야 하는 게 맞는데. 아무리 봐도 낯설었다.

"처음 보는 얼굴인데, 실례가 되지 않는다면 흑운 전하와 무슨 사이이신지 여쭤봐도 되겠습니까?"

그때까지 아무 말 안 하고 가현을 살펴보고 있던 한 여자가 불쑥 끼어들었다. 가현은 좀 당혹스럽게 여자들의 노골적인 적대를 느끼며 잠시 머뭇거렸다.

"혹…… 말씀 못 하는 연유라도 있으신가요?"

하나, 가현은 더는 망설이지 않고 침착하게 마음을 가다듬었다.

"서가 가현이라고 합니다."

"서……가?"

서가는 대호국에서 처음 듣는 가문이었다. 여자들의 눈이 동그래졌다.

"그런 가문이 있던가요?"

"대호국 사람이 아니라, 춘국에서 왔습니다."

"……춘국이라니."

춘국의 여인이 어떻게 흑운왕과 이런 자리에 왔단 말인가. 멸망한 춘국에서 간신히 살아남아 왔다고 하더라도, 귀족들 중에서도 중앙 귀족만 참석할 수 있는 행사에 감히 멸망한 나라의 여자가 끼었단 말인가.

너무 어처구니가 없어 가현을 보고 있는데, 뒤에서 인기척이 느껴졌다.

"내가 너무 늦었나 보오."

"화, 황후마마."

황후의 등장에 화들짝 놀란 여자들이 황급히 무릎을 굽혔다. 가현에게 대놓고 못마땅함을 드러내는 여인들을 한차례 응시하던 황후가 가현을 돌아보았다.

"그런데 무슨 이야기를 나누었길래, 그 사람의 얼굴색이 안 좋은 게요?"

다가온 황후는 친근한 어투로 가현의 곁에 앉으며 물었다.

"이 사람이 낯설어할까 저어되었는지 폐하께서 내게 가 보라고 직접 언질을 주었는데, 아무래도 좀 더 서둘러 와야 했을 듯하오."

자애롭게 웃는 황후의 눈빛에서 미세하게 한기가 느껴졌다.

순식간에 달라진 분위기에 여자들은 귀신같이 태세를 전환했다.

"가현 님과 인사를 나누려 했을 뿐입니다. 혹, 저희가 부담스러웠다면 용서하시지요."

"예, 맞습니다."

그들은 서로 눈짓을 주고받으며 어떻게 해서든 황후의 시선을 가라앉히려고 했다.

"저희는 추호도 가현 님께 이상한 이야기를 하지 않았는걸요? 그저 소개하던 것뿐입니다."

다른 여자들이 서로 시선을 주고받으며 어색하게 웃는 동안, 가장 처음 흑운왕과의 사이를 묻던 여자는 입술을 지그시 깨물며 가현을 노려보았다. 그러다가 그만 황후와 눈이 마주쳤다. 순간 당황한 여자가 고개를 내렸다. 게슴츠레 뜬 눈으로 여자를 빤히 바라보던 황후의 입술 끝이 길게 늘어졌다.

"내 오해했구려."

그 여자에게서 천천히 눈을 뗀 황후가 자애로운 얼굴로 한차례 모여 앉은 여자들을 바라보며 웃었다.

"이 사람은 내 소중한 친우이니 그대들이 잘 봐주시오. 특히 나……."

부러 말끝을 흐린 황후가 슬며시 웃으며 덧붙였다.

"앞으로 흑운왕의 곁에 설 사람이 아니오. 조만간 좋은 소식이 있을 것도 같소."

흑운왕의 곁에 설 사람이라 하면?

황후의 말에 여자들의 눈이 일제히 커졌다. 지방 귀족 출신에다가 온순해 보이는 얼굴과 다르게 좀처럼 곁을 두지 않던 황후에게 아부 한번 제대로 못 해 보았는데. 춘국에서 굴러들어온 돌이 버젓이 황후의 곁에 서 있는 게 고까웠다.

그것도 못마땅한데 흑운왕의 곁에 설 사람이라니……!

그게 무슨 소리인가!

당혹감을 감추지 못하고 입만 벙긋거리던 그녀들은 황후의 시선에 억지로 정신을 차리며 호호호, 웃었다.

"세, 세상에! 황후 마마께 좋은 일이 생긴 지 얼마 되지 않았는데. 흑운왕 전하께도 좋은 소식이 생겼군요!"

"그래, 혼인은 언제 하십니까?"

그들은 화기애애한 얼굴로 가현을 칭찬했다. 가현은 입술을 지그시 물며 시선을 내렸다.

황후의 시선이 느껴지지 않을 정도로 그녀의 말에 혼란스러워하고 있었다. 원영 황후는 적나라하게 드러나는 그들의 계산적인 얼굴을 비웃다가 제 옆에 앉아 있는 가현을 가라앉은 눈으로 바라보았다.

한창 차를 나눠마시던 황후는 대충 자리를 파하며 가현을 데리고 밖으로 나왔다. 황후가 나가자마자 여자들이 참고 있던 숨을 토해 내며 소리쳤다.

"친우라니!"

"춘국에서 온 여인이 어찌 흑운왕 전하의 부인이 된 답니까! 그것이 말이나 되는 소리인가요?"

허여소가 사라진 뒤 당연히 자신이 흑운왕의 곁에 설 것이라고 장담했던 여자들은 하찮은 춘국 계집에게 자리를 빼앗긴 것에 몹시 당황했다.

* * *

"앞으로 이런 일이 많을 것인데, 벌써 그렇게 고개를 숙이면 어찌하오."

어쩐지 실망감이 묻어나는 원영 황후의 목소리에 가현이 멈칫했다. 원영 황후는 걱정과 염려가 담긴 눈으로 가현을 바라보았다.

"앞으로 흑운왕의 정실부인이 될 사람이 그렇게나 초라해 보여서야 되겠소?"

원영 황후의 말에 가현의 눈빛이 흔들렸다.

정실부인이라……

어쩐지 그 말이 돌덩이처럼 속을 꽉 막히게 하는 것 같았다. 가현은 아무 말 못 하고 고개를 숙였다. 원영 황후는 좀 답답하다는 듯 가현을 보다가 쯧, 혀를 찼다.

"그대가 저들 앞에 고개를 숙일수록 흑운왕의 고개 또한 내려간다는 걸 잊지 마시오."

"……명심하겠습니다, 마마."

둘 사이에 어색한 기류가 계속될 무렵, 황후를 데리러 온 궁녀들이 다가왔다. 궁녀들과 몇 마디 나눈 황후는 가현에게 짧은 인사를 건네곤 멀어졌다. 홀로 남은 가현은 황후의 말을 내내 떠올리며 복잡한 표정을 지었다.

* * *

뿌우우우우우!

둥둥둥둥!

귀가 얼얼할 정도로 뿔피리 소리와 함께 북소리가 울렸다. 화살통을 등에 멘 황제가 맨 앞에서 말의 고삐를 붙들었다.

챙챙챙챙-!

그 앞에서 병사들이 놋쇠 같은 것을 나무채로 두드리며 몰이를 시작했다. 늦게까지 남은 운은 시선 끝을 내려 저 멀리 사람들 사이에 서서 그를 보고 있는 가현에게 눈길을 주었다. 가현은 운을 향해 잘 갔다 오라며 작게 손을 저었다.

눈을 느리게 감았다 뜨며 가현에게 인사를 건넨 운이 빠르게 말을 몰아 진명과 함께 멀어졌다. 황제와 귀족들, 그리고 운과 진명까지 사라지고 난 자리에 황후와 남은 가현은 돌아서 그녀를 바라보았다. 무거운 몸 탓인지 황후의 안색이 파리했다.

"고집스럽게 따라왔더니 그냥 궁에 남아도 좋을 걸 그랬소."

"안색이 좋지 않습니다."

피곤함이 서린 미소를 지으며 황후가 손으로 허리춤을 짚었다.

"괜찮소. 그저 피곤한 것뿐이니. 그대와 담소나 나눌까 했더니 어찌하지?"

"전 신경 쓰지 마시고 들어가시지요."

"안 그래도 저녁에 있을 연회에 참석하려면 지금 쉬는 게 좋다고 생각했소. 그럼 이따 봅시다, 가현 소저."

가현에게 작게 웃어 보인 원영 황후가 시녀들을 대동하고 자리를 떠났다. 홀로 남은 가현은 무엇을 해야 할지 몰라 주위를 두리번거리다가 마침 천막을 정리하고 나오는 린린을 발견했다.

"안에 들어가서 좀 쉴래? 이불 다 깔아 놨는데."

걸이 때문에라도 쉬라고 그렇게 이야기했건만. 굳이 따라나서겠다는 린린의 고집에 결국 그녀와 함께 온 가현은 부지런히 천막을 정리하고 나온 린린을 보며 웃었다.

"피곤하지 않으니 괜찮다. 나보다 네가 더 피곤해 보이는구나."

"걸이 놈 치다꺼리하랴, 일하랴 바빠 그렇지 뭐."

가현이 보기에 린린은 투덜거리면서도 걸이와 함께 사는 게 좋아 보였다.

"난 주위 좀 둘러볼게. 린린 네가 들어가서 쉬렴."

"됐어. 나도 같이 가."

"그 얼굴로 따라나서셨다가 큰일 치르면 어쩌려고."

가현의 말은 과장이 아니었다. 며칠 잠 못 잔 린린의 눈가 아래가 푸르스름했다. 가현의 말에 손을 올린 린린이 제 얼굴을 만지작거리다가 괜스레 가현을 흘겼다.

"노비가 어찌 감히 잠을 청하니?"

"기어코 따라나서겠다면……."

"하지만!"

가현이 말을 바꾸기 전에 린린이 서둘러 막아섰다.

"아가씨가 명을 내리신 거니 따라야죠. 아무렴."

린린의 말에 가현이 작게 웃음을 터뜨렸다.

"그래, 명이니 가서 멀쩡한 정신으로 나오렴."

"예, 알겠습니다. 아가씨."

과장되게 머리를 조아린 린린이 실실 웃었다.

안 그래도 졸린 상태로 가현을 따라나선 거라 머리가 몽롱하긴 했다. 이참에 좀 눈 좀 붙일까 싶었다. 게다가 병사들도 쫙 깔린 상태고, 주위에 볼 거라곤 나무와 풀 뿐이라 별일 없겠지 싶어 걱정을 내려놓았다.

"멀리 가지 마, 알았지?"

그런데도 가현에게 잔소리를 잊지 않은 린린은 한마디 툭 던져놓곤 하품을 쩍 하며 돌아섰다.

홀로 남은 가현은 무얼 할까 고민하며 걸음을 옮겼다. 사냥하러 모두 떠난 자리에 일부만 남아 있던 병사들과 삼삼오오 모여 지나

다니는 귀족 여인들의 따가운 눈초리에도 얼른 벗어나는 게 좋을 것 같았다. 가현은 그들에게서 벗어나 한적한 곳을 돌았다.

* * *

"하하하! 왕여 그대의 솜씨가 천하제일이라고 하더니. 옛말인가 보오!"

고작 작은 새끼 토끼 몇 마리 잡은 왕여를 놀리듯 말하는 황제의 뒤엔 거대한 사슴 한 마리가 병사들의 손에 들린 채 오고 있었다. 어린아이처럼 절 놀리는 황제를 곁눈질로 보며 속으로 혀를 찬 왕여는 무심히 말을 이끌며 천막을 친 곳에 들어섰다.

귀족들은 뒤에서 말을 이끌고 서로 누가 뭘 잡았네, 시끄럽게 떠들어 댔다. 그때, 왕여가 운을 곁눈질로 살피다가 물었다.

"흑운 전하께선 토끼도 잡지 못했구려."

"운은 사냥에 흥미가 없는 사내이지."

황제가 대신 답하자, 왕여가 못마땅했는지 미간을 찡그렸다. 그러면서 우습다는 듯 입술 끝을 올렸다.

"전장에서 피를 부르는 사자로 유명한 흑운 전하께서 사냥에 흥미가 없다니. 그것참 재미있는 말이군요."

왕여의 계속되는 말에도 운은 황제의 곁에서 무심히 말만 이끌었다.

"흑운왕에게 그만 관심 가지라니까. 이 사람은 내 것이오."

능청스럽게 운에게서 왕여의 시선을 막아 버린 황제가 능글맞게 웃었다.

"그대에게 절대 내주지 않을 참이니 그만 마음을 거두시오."

황제의 어처구니없는 말에 왕여의 주름진 미간이 더 깊어졌다. 황제는 왕여를 향해 씩 웃고는 운과 함께 앞서나갔다. 그 뒤를 따르며 진명은 잠시 운의 등을 바라보았다.

만약 운이 전장에서 피를 부르는 사자로 유명해지지 않았다면, 사람들은 매번 사냥 대회에서 짐승 하나 못 잡는 운을 비웃었을 것이다.

처음 황제와 운과 함께 사냥 대회에 왔을 때 진명은 좀 당황했다. 전장에선 그렇게 날아다니는 사람이 작은 토끼 한 마리 잡지 못했기 때문이었다.

처음엔 낯설어 그런가 했더니, 후에 운이 말하기를 내 손에 수많은 사람의 피가 묻어 있지만 그래도 그분의 말씀을 최대한 지키고 싶다고 했다. 까닭 없이 생명을 죽이는 일은 결코 하지 않겠다는 그의 말에 진명은 아무 말 못 했다.

단 한 번도 그런 것에 대해 깊게 생각해 본 적이 없었기 때문이었다.

선황제 시절 집안이 풍비박산 나 오랜 세월 운처럼 노비로 살았던 적도 있었지만, 어릴 적엔 진명 역시 좋은 집안의 사내로 태어나 다섯 해가 될 때부터 사냥터에 나갔다. 그랬기에 운을 이해하지 못했다.

황제는 운의 말에 배를 부여잡고 웃어 재꼈다. 그러고 보면 가현 그 여자의 일로 제 수하들의 목을 직접 베었지만 사실 운은 적을 베어야만 살 수 있는 전장 외에 이유 없는 살생은 거의 하지 않았다. 모든 일을 절차대로 따랐다.

그것이 더 주군다웠다. 피식, 웃음을 흘린 진명이 고삐를 당기며 그를 뒤따랐다.

* * *

"오셨습니까, 폐하."

막 입구로 들어서자, 천막을 지키고 있던 병사들이 속히 다가와 황제의 말고삐를 붙들었다.

"황후는 어디에 있지?"

말 위에서 가볍게 뛰어내린 황제는 황후의 안위부터 물었다. 병사들은 속히 황제의 말에 머리를 조아리며 답했다.

"황후마마께선 낮잠을 청하고 계십니다."

"한참 잘 때지. 아무렴. 연회가 있기 전까지 쉴 테니 아무도 부르지 마라."

"예, 폐하."

작게 웃던 황제가 흙먼지부터 씻어야겠다며 욕조를 준비하라 일렀다. 그 뒤를 따라 말에서 내린 운은 가현이 머무는 천막으로 들어섰다. 그러나 가현이 보이지 않았다.

텅 빈 안을 둘러보던 운이 천막을 들추고 밖으로 나서다가 저 멀리 걸어오는 가현과 린린을 발견했다. 먼저 운을 발견한 린린이 슬쩍 눈치를 살피다가 조용히 물러섰다.

"그럼 먼저 물러나 보겠습니다, 아가씨."

영 입에 안 붙는 듯 아가씨라 칭하는 린린의 목소리가 묘하게 어색했다. 가현은 웃음기 섞인 얼굴로 린린에게 고개를 끄덕여 주곤 운에게 다가섰다.

"어딜 다녀오시는 겁니까?"

운의 물음에 가현이 대수롭지 않게 답했다.

"안에 있긴 심심해 산책을 다녀왔어. 그래도 너 오는 시간 맞춰서 오려 노력했는데, 어째 네가 먼저 도착했구나."

"저도 방금 도착했습니다."

"그래, 뭐 좀 잡았니?"

"⋯⋯."

"설마."

막힘없이 답하던 운이 어째 말이 없었다. 가현은 어쩐지 단번에 알아챘다.

"사냥 대회에 여러 번 참석한 것 같아 많이 달라진 줄 알았는데. 어쩐지 이상하다 했다."

가현이 자잘하게 웃음을 터뜨렸다.

거대한 상체와 다르게 운은 개미 하나 죽이지 못했다. 어쩌면 아버지 서 대감의 영향인지도 모르겠다. 그래도 아버진 평생 붓만 잡고 사신 분이었고, 운은 오랜 세월 전장을 떠도는 장군으로 살았다. 그래서 당연하게 짐승을 죽이는 데 거리낌 없으리라 생각했는데⋯⋯ 운은 여전히 그 어릴 적의 운이었나 보다.

"대호국의 영웅이 개미 하나 못 잡는다는 걸 믿을까 모르겠다."

"⋯⋯산길이 험했을 텐데 산책은 어찌 다녀오신 겁니까."

스리슬쩍 말을 돌려 버리는 운의 행동에 가현의 웃음소리가 더 커졌다.

"알았다, 알았어. 안 놀리마."

연신 웃던 가현이 피곤한지 옅게 하품을 내쉬었다. 안 그래도 성치 않은 다리 한쪽도 부어있는 게 보였다.

"들어가 계시겠습니까?"

"응?"

"먼저 들어가 계십시오."

가현을 억지로 천막 안으로 밀어 넣은 운이 홀연히 사라졌다가 조금 뒤에 나타났다. 다시 나타난 운의 손엔 김이 피어오르는 물이 넘실거리는 대야와 마른 천이 들려 있었다.

당혹스럽게 그를 바라보기도 전에 얼떨결에 운에게 이끌려 침상 귀퉁이에 앉게 된 가현은 갑자기 무릎을 꿇고 제 앞에 앉는 운을 보곤 화들짝 놀랐다.

"내가 해도 괜찮아!"

"괜찮긴 뭐가 괜찮습니까. 다리가 퉁퉁 부어 두 배가 되지 않았습니까. 이 지경이 되도록 걸으시면 안 된다는 걸 뻔히 아시면서."

화가 난 것인지. 어쩐지 그의 목소리가 딱딱했다.

운은 그 목소리로 잔소리를 늘어놓았다. 그의 잔소리에 할 말 못 하고 입만 벙긋하던 가현은 결국 운에게 다리를 내줘야 했다. 그러면서도 운은 마른 천을 따뜻한 물에 적셔 가현의 발목을 조심스럽게 주물러 주었다.

"태의께서 말씀하신 건 꼭 지키셔야 합니다. 아셨지요?"

마치 깃털 같은 것이 살갗을 간질이는 느낌이 들자 가현이 괜스레 발가락을 꼼지락거렸다.

"……알았다니까 뭐. 나도 모르게."

"경각심을 가지라는 뜻입니다."

운은 속이 상한지 이따금 한숨을 내뱉으며 가현의 다리를 조심스럽게 주물렀다. 가현은 말없이 정수리만 보여 주는 운을 내려다보았다. 그러다가 그만 웃음이 새어 나왔다.

"웃지 마십시오."

작은 웃음소리에도 기가 막히게 들은 운이 미간을 좁혔다.

"웃음이 나는 걸 어찌해."

이상하게도 웃음이 새어 나옴과 동시에 울컥 무언가 솟구치는 게 느껴졌다. 이러다간 참지 못하고 번잡스럽게 눈물까지 흘릴 거 같아 눈에 꾹 힘을 주었다.

어릴 적 그 기억은 언제나 이렇게 불쑥 튀어나와 감정을 널뛰게 만들었다. 아니, 요즘 들어 이상하게 감정이 들썩거려서 쉽게 가라앉았다가, 예민해졌다가 뒤죽박죽이었다. 그 또한 한몫했다.

그런 가현의 마음을 알기라도 한 것일까…….

운은 아무 말 하지 않고 가현의 다리만 주물러 주었다. 가현은 괜히 큼큼 헛기침하며 운에게 시답지 않은 이야기를 꺼냈다.

그러다가 그만 산책하다가 돌부리에 걸려 넘어질 뻔했다는 이야기도 하고 말았다. 묵묵히 듣던 운은 또다시 잔소리를 쏟아 냈고, 가현은 불퉁하게 어린애 취급 좀 그만하라고 쏘아붙였다.

'세상에……!'

한편, 가현을 찾으러 오다가 천막 사이로 두 사람의 모습을 보게 된 린린은 입을 틀어막았다. 아무렇지 않게 가현의 앞에 무릎을 꿇고 앉아 다리까지 주무르고 있는 주인의 모습은 아무리 봐도 익숙해지지 않았다.

"염탐이라도 하는 게야?"

때마침 운을 데리러 오던 진명은 입까지 혜 벌리고 천막 안을 엿보는 린린의 뒷덜미를 붙들었다. 화들짝 놀라던 린린은 뒤늦게 진명인 걸 알아채곤 손을 뻗어 얼른 그의 입을 틀어막았다.

"읍……!"

"쉿!"

눈까지 부릅뜨고 고개를 저어 보인 린린이 턱 끝으로 천막 안을 가리켰다. 그제야 두 사람의 모습을 보게 된 진명은 놀라 눈을 크게 뜨다가 얼른 린린을 데리고 멀어졌다. 두 사람을 방해하고 싶지 않았기 때문이었다.

"아직 연회까지 여유로우니……."

"예, 아무렴요."

매번 티격태격하던 두 사람은 처음으로 다투지 않고 서로의 말에 동의했다. 사실 자리를 비웠다가 다시 오면 되는걸. 두 사람은 괜히 천막 뒤에 나란히 쭈그려 앉아 가현과 운이 나오길 기다렸다.

* * *

연회는 산 중턱에 지어진 황실 별장에서 이루어졌다.

천막은 사냥을 할 동안 임시로 지어졌기 때문에, 황제와 황후, 그리고 귀족들이 모두 빠져나가고 난 자리에 병사들이 분주히 움직여 모두 치웠다. 연회가 치러지는 별장은 궁보다는 못한 크기였지만,

족히 500명 이상 잠을 잘 수 있을 만큼 컸다.

붉은 홍등이 양쪽으로 길게 난 줄에 매달려 바람에 흔들렸다. 이따금 바람에 흔들리는 홍등을 따라 황궁 소속 악공들이 현란한 솜씨로 연주를 해 나갔다. 그 아래 양쪽으로 길게 난 자리 바로 앞엔 개개인을 위한 상이 쭉 놓여 있었다. 수십 명의 궁녀는 분주히 움직이며 상이 비워지지 않게 음식들을 날랐다.

"자, 받게!"

운의 자리를 바로 아래에 배치한 황제는 얼큰하게 달아오른 얼굴로 운에게 술을 건네주었다.

황제의 부름에 운이 빈 잔을 양손으로 집곤 머리를 조아렸다. 초저녁부터 시작된 연회에 조금 술에 취한 황제는 비틀거리는 손으로 빈 잔에 술을 따라주었다. 거의 넘치기 직전에 술을 따르는 걸 멈춘 황제 운덕이 어서 마시라는 듯 손을 저었다. 고개를 옆으로 돌린 운이 군더더기 없는 행동으로 술을 받아마셨다.

"우리 아우가 술도 시원시원하게 마시는구려! 하긴, 오늘같이 좋은 날엔 마셔야지, 아무렴!"

운이 마시는 걸 바라보고 있던 운덕이 만족스럽게 소리 내어 웃었다. 연회를 즐기면서도 귀족들은 이따금 운과 황제를 살폈다.

그때였다. 연신 휘청거리며 웃던 운덕이 뒤로 넘어가려고 했다. 얼른 그를 붙잡은 운이 뒤에 서 있던 환관들을 불렀다. 속히 다가온 환관들이 운덕을 부축했다.

"폐하, 이만 드시는 게 어떻겠습니까."

"예끼, 이 못난 놈들아! 내가 방금 뭐라 했느냐. 오늘 같은 날엔

술을 마셔야 한다 하지 않았어!"

황제의 호통에 환관들이 이러지도 저러지도 못하고 운만 애처롭게 바라보았다. 운은 침착하게 운덕을 달랬다.

"폐하, 이미 충분히 드셨습니다. 황후마마께서도 일찍 침소에 드셨으니 이만 들어가시는 것이 어떻겠습니까."

"응……?"

벌겋게 달아오른 얼굴로 눈만 끔뻑거리던 황제가 흐릿한 기억 속에서 황후를 떠올렸다.

"내 황후! 황후를 봐야지!"

갑자기 운과 환관을 밀쳐 낸 운덕이 자리에서 일어났다. 그러다가도 얼마 못 가고 다시 주저앉으려고 했다. 재빠르게 황제를 붙든 운은 아무래도 직접 모셔야 할 것 같다는 생각에 시선을 상석 아래로 내렸다. 가현이 걱정스럽게 보고 있다가 운의 시선에 얼른 가 보라는 듯 눈짓을 주었다.

사냥 대회에 올 적부터 지금까지 미세하게 느껴지는 가현에 대한 배척에 어떻게 해서든 눈을 떼지 않고 싶었지만, 황제를 외면할 수는 없는 상황이었다. 결국 곁에서 호위하고 있던 진명에게 가현을 부탁한 운은 황제 운덕을 짊어지고 자리를 벗어났다.

운과 황제가 자리를 뜨자, 숨죽이며 조용히 마시던 귀족들의 목소리가 커졌다. 가현은 다 식어 버린 음식을 습관처럼 입에 넣으며 주위를 봐서 자리를 빠져나가야겠다고 생각했다. 가현이 일어서자, 진명이 조용히 뒤를 따라나섰다.

"저는 몰랐지 뭡니까."

연회장에 오기 직전 보았던 연못가에 가서 산책이나 할까 했는데, 어디선가 말소리가 들려왔다.

연회 내내 보이지 않던 소저들이었다.

"어찌 보면 황제 폐하의 은덕이지요."

그들이 하는 말이 어쩐지 좋은 말은 아닌 것 같았다. 저도 모르게 몸을 숨긴 가현은 그들의 말을 엿들었다.

"저희 황제 폐하께서는 누구든 우러러볼 정도로 훌륭하신 분이 아닙니까. 그러니 너른 마음으로 춘국인을 품었겠지요. 안 그렇습니까."

"어찌 되었든 대호국과 같은 신분 패를 지녔으니까요."

보통 나라가 멸망한 뒤 흡수되면 자연스럽게 노예가 되었지만. 황제 운덕은 춘국인을 대호국의 백성으로 받아들였고, 그들의 신분을 드러내는 그 어떤 것도 갖지 못하게 했다. 그런데도 차별이 없는 것은 아니었다. 그들의 말처럼.

"같다고 한들 진정 같을까요, 후훗. 신분 패가 있으면 뭐 합니까? 엄연히 저희와는 다른 것을요."

"게다가…… 말하기 민망하지만, 춘국의 왕은 비겁하게 백성들을 버리고 도망치다가 개죽음을 당했다지요?"

"예? 그게 정말입니까?"

"허! 저는 감히 상상하지 못하겠네요. 왕이 비겁하게 도망을 치다니! 그것이 정말입니까?"

"그런 비겁한 왕을 섬기는 것도 그렇지만. 패자가 되어 버린 춘국인으로서 얼마나 부끄럽겠습니까. 제가 만약 그런 나라에서 태어났다면, 저는 제 나라가 수치스러워 얼굴을 들지 못했을 겁니다."

"아무튼간 정말 당혹스럽군요. 춘국인이 흑운왕 전하의 정실부인이 된다니……."

"설마요. 아무리 그래도 정실부인은 아니겠지요. 첩이라면 모를까……."

"후후, 하긴 좀 말이 안 되죠?"

"그런데 왜 황후마마께서는……."

아무래도 진명이 나서야 하는 게 아닐까 고민하던 때였다. 아무 말도 못 하고 듣고만 있을 줄 알았던 가현이 갑자기 그들에게 다가섰다.

당황한 진명의 눈이 크게 뜨였다. 그만 당황한 게 아니었다. 갑작스러운 가현의 등장에 소저들의 얼굴에 당혹스러운 기색이 역력했다. 어쩐지 얼굴까지 화끈거렸다. 가현은 그들을 덤덤히 바라보며 말했다.

"갑자기 끼어들어 송구하나 저는 수치스럽지 않습니다."

"……예?"

"저를 깎아내리는 것은 상관이 없으나, 절 깎아내리기 위해 제 나라를 욕보이지는 말아 주시지요."

"아, 아니……!"

당황한 그녀들의 얼굴이 붉게 달아올랐다.

"왕이 나라를 버리고 도망친 것에 대해서는 저 또한 용서할 수 없는 일이라 생각하니 할 말이 없으나, 전장에서 패배했다는 이유로 제 나라를 부끄럽게 여기지는 않습니다."

차분한 목소리 아래 깔린 올곧은 가현의 말에 진명이 좀 놀란 눈을 하고 가현을 바라보았다.

"오히려 저는 전장에서 제 목숨 바치며 싸웠던 춘국인들을 떠올리면 자랑스럽습니다."

"……."

"부끄럽다면 그동안 제 몸 하나 간수하기 어려워 나라 사정을 돌아보지 못했던 절 부끄러워해야 하지 않겠습니까."

그저 죽고 싶다는 마음뿐으로 살았던 세월이었다. 그런 사이에 찾아온 전쟁으로 수많은 사람이 죽어 나갔다.

왕으로서 비겁하게 도망친 것은 결코 어떠한 죄로도 씻을 수 없는 것이나, 그 나라를 살리기 위해 제 목숨 바쳐 싸웠던 백성들이 있었다. 끝끝내 패배하였으나, 그들은 끝까지 싸웠다.

그런데…… 그들을 욕보이는 말을 하는 게 아닌가. 말했듯 저를 가지고 욕을 하였다면, 우스갯소리로 넘길 수 있었다. 한데, 목숨 바쳐 싸운 이들의 죽음을 단순히 패배하였다는 이유로 부끄러워한다니! 그게 무슨 말도 안 되는 소리인가!

그것에 분노한 가현의 눈이 차갑게 가라앉았다. 낮에 보았던 모습과 다르게 낯선 분위기를 풍기는 가현의 모습에 그녀들은 저도 모르게 주춤 뒤로 물러섰다.

"이곳 대호국도 마찬가지로 지금 여기 자리한 모든 분들이 제 나라를 위해 노력한 것처럼 춘국인도 그렇게 살았습니다."

이상하게도 갑자기 수치심 같은 것이 몰려왔다.

"그리고 나라를 지키기 위해 치열하게 싸웠지요."

그때 한 여자가 나서서 소리쳤다.

"하, 하지만 결국 패배한……!"

가현의 시선이 그녀에게로 향했다. 가현의 시선에 그녀가 멈칫했다.

"정녕 전쟁의 승패가 한낱 부끄러움으로 치부될 수 있다고 여기십니까."

가현의 물음에 여자들은 답하지 못하고 입만 벙긋거렸다.

그들의 말대로라면, 반대로 대호국의 병사들이 전장에서 승리하지 못하는 순간 부끄러움을 느낄 것이라는 말과 같았다. 피비린내 나는 전장에서 목숨을 걸고 싸웠던 병사들과 장군들을 욕보이는 말이었다.

지금 이 자리에 서 있는 여식 중 몇은 장군의 집안이었고, 그들은 순간의 투기심에 저지른 철없는 행동을 깨닫곤 얼굴을 들지 못했다. 얼굴이 화끈 달아오른 여자들은 이러지도 저러지도 못한 채 애먼 주먹만 꼭 쥐며 가현을 노려보았다.

"전 이만 물러가 보겠습니다."

가현은 그들을 향해 처음부터 끝까지 흔들리지 않은 모습으로 인사를 건네곤 멀어졌다. 진명은 철없는 소저들을 경멸의 시선으로 응시하다가 조용히 가현의 뒤를 따랐다. 뒤늦게 운의 직속 부관인 진명을 발견한 소저들은 당황하며 도망치듯 자리를 떠났다.

길을 따라 걷다가 잠시 멈춰 선 가현이 뒤를 돌아보았다. 덩달아 멈춰 선 진명이 몇 걸음 떨어진 자리에 서서 가현을 바라보았다.

그때, 가현이 말했다.

"아무 일도 아닙니다."

가현은 괜히 운에게 발설하여 그의 심기를 어지럽히지 말라는 말이었다. 말없이 가현을 응시하던 진명이 알아들었다는 듯 천천히 고개를 숙였다.

운의 곁에 서게 되면 이런 일은 수도 없이 일어났다. 그는 진명도 가현도 잘 알았다. 그럴 때마다 운에게 말을 할 수는 없는 일이었다. 그렇기에 두 사람은 암묵적으로 입을 다물기로 했다.

가현은 다시 말없이 가던 길을 갔다. 돌길을 지나자 근처에 있는 연못가가 드러났다. 그 앞에 멈춰 선 가현은 가만히 흐르는 물결을 따라 흔들리는 달그림자를 내려다보았다.

아버지…….

이상하게 아버지가 떠오르는 것은 왜일까. 언제나 나라를 생각하던 아버지의 신념이 떠올랐기 때문일까…….

아버지의 전부는 나라였고, 저의 전부는 어쩌면 운이었다. 어린 시절부터 올곧게 운만 따랐고, 후궁이 되어 들어갈 적에도 나라 걱정 같은 거 하지 못했다. 10년을 냉궁에 갇혀 살며 귀를 모두 닫아 버렸다. 그것이 저 아가씨들의 말에 새삼 부끄러워졌다.

이곳에 와 전쟁 이후의 춘국이 어찌 되었는지, 그곳의 백성들은 어찌 되었는지 생각조차 없었다. 핑계로 들릴지 모르겠으나, 그들을 생각하기에 가현의 마음은 너무 황폐했다.

아마 아버지가 살아 계셨다면 내게 몹시 실망하셨겠지…….

저들이 춘국에 대해 깎아내리며 가현의 가슴에 흠집을 내려 한 것이라면, 정확히 맞아떨어졌다.

진명은 깊은 상념에 잠긴 채 달그림자가 일렁이는 연못을 응시하는 가현의 뒤를 지켜보았다. 그러다가 운이 다가오는 걸 발견하곤 조용히 뒤로 물러났다. 뒤늦게 운의 인기척을 느낀 가현이 돌아서며 그를 바라보았다.

18장

"날이 찹니다."

가까이 다가온 운이 제가 걸치고 있던 망토를 벗어 가현의 어깨에 둘러 주었다.

그의 손길에 가현이 곱게 웃었다.

"안이 답답하여 나온 것입니까."

"그냥 바람이 쐬고 싶어 나왔다. 폐하는 잘 모셨느냐?"

"예."

그의 대답에 가현이 웃으며 잠시 산책하고 들어가자고 말했다. 운은 그녀의 곁을 조용히 따르며 어쩐지 기분이 가라앉아 보이는 가현을 내내 신경 썼다.

가현은 그의 시선을 모른 체하며 다른 이야기를 꺼냈다. 운과 가현은 그로부터 자정이 가까워질 때까지 조곤조곤 담소를 나누며 밤바람을 쐬었다.

* * *

"뭐라!"

그로부터 며칠이 지난 어느 날이었다.

갑작스럽게 나타난 호준은 손에 든 짐을 떨치며 소리쳤다. 대부분의 나날을 배 안에 사는 터라, 가현의 소식을 듣지 못했다. 장씨에게 일러 급한 일이 있으면 급히 전서구를 띄우라는 말을 전했고, 이후로 제가 대호국을 잠시 떠나 있는 사이에 전서구가 도착하지 않았다. 그래서 잘 지내고 있다고 생각했는데…….

거의 한 달 반 만에 대호국에 도착한 호준의 얼굴이 험악하게 일그러졌다. 장씨 아주머니는 갑자기 들이닥친 주인에게 당황하기도 전에 그의 눈치를 살폈다.

"그, 그것이 미처 잡을 새가 없이 그대로 가 버려서……."

"해서 지금 그 빌어먹을 흑운왕의 집으로 들어갔단 말인가!"

장씨 아주머니는 호준의 입에서 거친 말이 튀어나오자 놀란 듯 눈을 휘둥그레 떴다. 아무리 그래도 대호국에서 영웅이라 칭송받는 흑운왕의 욕을 하다니! 가현이 어디에서 온 것인지, 흑운왕과 연관이 있는지 전혀 알지 못하는 그녀는 그저 당혹스럽게 호준을 바라보았다.

이따금 다른 나라에서 파는 진기한 과자를 내줄 만큼 다정하던 주인의 날 선 목소리에 화들짝 놀란 영의는 얼른 어머니의 뒤에 몸을 숨겼다. 뒤늦게 영의를 발견한 호준은 멈칫하다가 이를 악물며 돌아섰다.

"어머니, 주인님께서 화가 많이 나신 거 같죠?"

고개를 빼꼼 내밀고 서둘러 대문을 박차고 뛰어나가는 호준을 바라보던 영의가 장씨에게 물었다. 영의를 바짝 품에 안은 장씨는 여전히 당혹감을 감추지 못했다.

"그러게 말이다……."

* * *

어릴 적부터 운을 따르며 그가 세상의 전부라고 여겼다고 하지만. 가현이 스스로 돌아갈 아이는 아니었다. 무슨 연유로 다시 돌아간 것인지는 모르나, 분명 운이 그 자식이 가현을 강제로 데려간 게 분명했다.

장씨가 이후에 가현이 한 번 들렀다는 말을 전하기도 전에 화부터 내 버리고 나온 호준은 제대로 오해하며 운을 죽이기라도 할 듯 심상치 않은 얼굴로 달렸다. 미친 듯이 내달려 흑운왕의 저택에 당도한 호준은 계단을 성큼성큼 올라 대문을 주먹으로 두들겼다.

"당장 나오지 못할까!"

쾅쾅쾅!

어찌나 험악하게 두들기는지, 길을 지나던 행인들의 시선이 모일 정도로 문을 부술 듯 두드리는데, 때마침 문이 열렸다.

"이게 무슨 소……!"

"비켜!"

"에구머니나!"

끼이익!

소름 끼치는 소리가 공중에 퍼져 사라지기 전에, 노비를 밀친 호준이 살벌한 얼굴로 중문으로 향하는 계단으로 올라섰다. 얼떨결에 미치광이를 들여보낸 노비는 뒤늦게 그를 쫓았다.

"이보오! 누구길래 이렇게 막무가내로 들어오는 것이오! 멋대로 들어오면 큰일 난단 말이오!"

뒤에서 뭐라 떠들던 호준은 가현을 찾기 위해 중문까지 넘어 마당으로 들어섰다. 심상치 않은 분위기를 내뿜으며 들어서던 호준을 때마침 발견한 소소는 미간을 좁히며 멈췄다.

"……아니, 이 시각엔 어인 일로 오셨습니까."

"가현 어디 있느냐!"

씨근덕거리며 들어선 호준은 뒤늦게 소소를 발견하곤 성큼 다가와 대뜸 가현이 어디 있냐고 소리쳤다. 그를 황당하게 쳐다보던 소소가 미간을 더 찌푸렸다.

"가현 님은 지금 주인님과 함께 계십니다. 그나저나, 이 무슨 무례한……!"

소소가 말을 다 하기도 전해 듣고 싶은 말만 들은 호준이 쌩하니 그녀를 스쳐 지나갔다.

"이보시오!"

잠시 얼빠진 얼굴로 눈만 깜빡이던 소소가 뒤늦게 정신을 차리곤 그를 돌아보았다.

"함부로 들어가시면 아니 됩니다!"

소소의 말을 들은 척도 안 하고 노비들이 절 보는 상관치 않고

샅샅이 뒤지던, 호준의 걸음이 어느새 건물 안쪽 구름다리에 멈춰
섰다.

"이런 것 좀 사 오지 말라니까. 네가 사 온 것만 해도 한 짐이다."

"그냥 우연히……."

구름다리 너머 흐드러지게 핀 꽃나무 아래 작은 정자 하나가 호
준의 눈에 들어왔는데, 그 안에서 조곤조곤 말소리가 들려왔다.

"우연히가 아니지 않느냐."

천천히 걸어 구름다리 위에 올라선 호준은 정자에 앉아 있는 운
을 흔들리는 눈으로 바라보았다. 높게 올려 묶은 그의 기다란 검은
머리카락이 꽃잎과 함께 바람에 이따금 흩날렸다. 그 아래 운의 허
벅지 위에 머리를 기대고 누운 가현은 곱게 웃고 있었다.

"그저 눈에 들어 사 온 것입니다."

운은 가현의 부드러운 머리카락을 쓸어 주며, 이따금 옅은 미소
를 흘렸다.

"그래서 계속 사 오겠다는 게야?"

"……."

대호국에 떠나기 전 보았던 메마른 눈은 어디로 가고 생생하게
살아난 가현의 눈빛이 운을 다정하게 올려다보았다. 그때, 꽃망울
이 터지듯 가현의 입에서 웃음이 터져 나왔다.

"내가 누누이 이야기하는데, 나보다 네가 더 한 고집 한다."

"……그건 아닌 것 같습니다."

"뭐야?"

가현의 웃음소리가 더 커졌다. 그를 따라 운이 낮게 웃음을 터뜨

렸다. 서로를 향해 있는 시선은 단 찰나의 시간도 멀어지지 않았다. 그저 이 세상에 그들만 있다는 듯, 서로를 바라보는 두 사람의 모습에…… 금방이라도 치밀어오를 듯 들끓던 화가 푹, 꺼져 버렸다.

혼란스러운 눈으로 말없이 두 사람의 모습을 바라보던 호준은 그들에게 가지 않고 그대로 돌아섰다.

어느덧 해가 저물어 하늘이 온통 노랗게 물들었다. 노랗게 물들인 하늘 아래를 걸으며 호준은 생각에 잠겼다.

어찌 된 영문일까…….

그가 없는 사이에 운이 다시 원래대로 돌아온 것일까. 무슨 일이 있었는지 작은 것 하나 알지 못하는 호준은 혼란스럽기만 했다.

그런데도 가현을 데리고 나올 수 없었던 건, 가현이 웃고 있었기 때문이었다. 웃음조차 잃어버린 사람처럼 굴던 가현의 텅 빈 눈이 떠올라 차마 멋대로 끌고 올 수 없었다.

"오셨으면 들어오시지 어딜 가시는 겁니까, 도련님."

상념에 잠긴 채 느린 걸음으로 길목을 걷고 있는데, 뒤에서 그를 붙잡는 목소리가 들려왔다. 조금 전까지 가현과 함께 있던 운이었다.

"우습구나."

빌어먹을 놈. 제가 온 것을 뻔히 알면서도 가현만 보고 있었던 것이다. 그러니 이리 절 좇아왔지. 게다가 도련님이라니. 돌아선 호준이 운을 어처구니없다는 듯 바라보았다.

"네가 날 다시 도련님이라 부르다니 말이야."

"……그렇게 되었습니다. 이야기가 제법 기니 들으시려거든 들어

오시지요."

"네놈은 여전히 재수 없이 구는구나."

운은 예나 지금이나 버릇없는 눈을 보였다. 그러고 보면 어릴 적에 제 다리 밑을 기어갈 때도 눈빛은 생생하게 살아 있었다.

이야기를 듣든 말든 상관없으면서. 가현을 위해 직접 이렇게 나와 절 붙든 거 누가 모를 줄 아나. 무심하기 짝이 없는 얼굴로 서 있는 운을 노려보던 호준이 비아냥거렸다.

"그때도 넌 지금처럼 그런 눈으로 날 보았지."

비비 꼬면서도 어째 호준의 목소리에 힘이 없었다. 쯧, 혀를 차며 잠시 운을 말없이 바라보던 호준이 이윽고 그대로 그를 스쳐 먼저 안으로 들어가 버렸다. 호준의 행동에 무심하기만 하던 운의 입가에 잠시 미소가 스쳤다. 돌아선 운이 조용히 호준의 뒤를 따랐다.

소소는 여전히 호준이 못마땅한지 술상을 들이면서도 내내 그에게 따가운 눈길을 보냈다. 이 집 사람들은 죄다 운이 놈을 닮은 것인지. 호준은 혀를 차며 소소와 마찬가지로 못마땅하게 그녀를 쳐다보았다.

호준의 시선에도 소소는 아랑곳하지 않고 다부진 손으로 상에 음식과 술잔 등을 차리곤 한걸음 멀어졌다.

"혹 필요하신 게 있거든 부르십시오."

운에게 머리를 조아린 소소가 돌아서 방을 나가 버렸다. 턱 끝을 세운 채 나가 버리는 소소를 곁눈질로 노려보던 호준이 대뜸 운을 돌아보았다.

"네놈이 가르친 게지? 그러지 않고서야 어째 네놈 어릴 적과 똑같냐."

호준의 말을 한 귀로 흘려들으며 빈 잔에 술을 채웠다. 쪼르륵, 맑은 소리를 타고 잔에 술이 채워졌다. 반쯤 채운 술잔을 호준에게 내민 운은 또다시 제 잔에 술을 채웠다. 제 말을 무시하는 운을 못마땅하게 바라보던 호준은 거칠게 술잔을 들어 들이켰다.

탁!

요란하게 소리를 내며 상에 내려 둔 호준이 손을 뻗어 빈 잔을 운에게 내밀었다. 여전히 그를 노비로 보는 것인지, 운에게 대하는 게 거리낌 없었다. 운은 별 상관없다는 듯 무심히 그가 내민 잔에 술을 따랐다. 그렇게 빈속에 술을 집어넣던 어느 틈에 운이 무심한 듯 덤덤한 목소리로 그동안의 이야기를 꺼냈다.

운이 꺼내는 이야기는 숨이 턱, 하고 막힐 정도였다. 거북해서 듣기조차 힘든 이야기를 운은 마치 남의 이야기 하듯 꺼냈다.

꽃분과의 어긋남부터 기억을 잃고 대호국 노역장으로 팔려 간 것, 노역장에서 다시 이 자리에 서기까지.

노을빛으로 물들었던 하늘이 깜깜해져 달빛만 보일 때까지 운은 쉬지 않고 이야기를 전했다. 이따금 생각을 정리하듯 말을 멈추고 술을 마시기도 했지만, 그렇다고 운은 이야기를 끊지 않았다.

호준 역시 운의 이야기에 차마 끼어들지 못한 채, 말없이 들었다. 호준이 끼어든 건 두 사람이 헤어진 뒤 얼마 지나지 않아 터진 일 때문이었다.

"······그 미친 여자가 가현을 납치하려고 했다니!"

호준이 분개하며 탁상을 주먹으로 내리쳤다. 그의 거친 행동에 탁상이 덜커덩 흔들렸다.

"그래서! 그 계집은 어디 있는데!"

당장에라도 허여소 그 여자의 숨통을 끊어 놓을 듯 자리에서 일어나려는 호준을 붙든 운이 무심히 설명했다.

"참수되어 저세상 간 지 오래입니다."

"······뭐?"

대호국에 들어서자마자 가현이 운의 집으로 돌아갔다는 이야기만 전해 들은 탓에, 허여소가 어찌 되었는지조차 몰랐던 호준은 허탈하게 제자리에 털썩, 주저앉았다.

참 부질없는 것이 인생이라고, 평생을 그렇게 떵떵거리며 살 거라고 생각했던 허가는 지도상에서 흔적도 없이 사라졌다. 오만하기 짝이 없던 허가의 공주님은 수많은 군중 앞에서 참수당했다. 그 얼마나 기가 막힌 일인가.

연신 헛웃음을 내뱉던 호준은 입을 꾹 다물고 집 안에 있는 모든 술을 들이켤 것처럼 술만 마셔 댔다. 한 병이 비워지고, 또 한 병이 비워질 때까지 호준은 거침없이 술만 들이켰다.

"그러게 내 말대로 할 것이지."

누구에게 말하는 것인지 모를 만큼 허공에 한마디 툭 뱉어 낸 호준의 말이 어눌했다. 시선을 허공으로 두고 있던 운의 시선이 그에게로 향했다.

"그때 단념해야 한다고 내 누누이 일렀건만. 고집 센 그 녀석은 귓등으로도 듣지 않더라."

"……"

"그깟 마음이 무어라고, 그 오랜 세월을 끔찍한 지옥에서 살았구나."

"……."

"아무리 이해하려고 해도 이해할 수 없다, 난."

푸스스, 바람 빠진 소리가 호준의 잇새로 새어 나왔다.

"너희들처럼 머저리 같은 녀석들은 내 생애 보질 못했단 말이지……."

쿵!

비틀거리던 호준의 고개가 떨어져 탁상에 부딪쳤다. 그 앞에 앉아 운은 말없이 술잔을 기울였다.

아마 제 속에 든 것을 모두 꺼내 보이면 호준은 기함하며 절 미친놈처럼 볼 것이다. 하나, 그가 어떻게 보든 운은 상관없었다.

가현을 만나 지옥에 살았을지언정, 그것을 단 한 번도 후회한 적 없다. 이대로 숨이 끊어져 다시 태어나도 운은 또다시 가현의 곁에 있을 것이다. 그녀가 나무로 태어나든, 새로 태어나든, 길가에 흔하게 굴러다니던 돌이 되든. 그저 그 곁에서 땅이 되었다가, 바람이 되었다가. 그렇게라도 곁에 머물고 싶었다. 곁에 있을 수 없다면, 차라리 그녀와 한 몸이 되는 것도 좋겠지…….

가현은 단순한 마음으로 치부하기엔 그의 전부였다. 그의 세상이었다. 제 시커먼 마음을 알게 되면 가현은 도망칠까. 아니면 두려운 눈으로 쳐다볼까.

술을 들이켠 운이 조용히 술잔을 내리고 자리에서 일어섰다.

"이해 못 해도 상관없습니다."

시선을 내리깔고 호준을 고요히 바라보던 운이 자리를 빠져나갔다. 운이 스쳐 지나가는 사이 호준이 눈꺼풀을 들어 올렸다.

그런가…….

이해 못 해도 상관없는 것인가…….

호준은 문이 닫히는 소리가 날 때에야 다시 눈을 내리감았다.

* * *

"……뭐?"

가현은 이게 다 무슨 소리인가 싶었다.

아침나절 제 머리를 쓰다듬는 다정한 손길에 눈을 뜨니 운이 보였다. 그는 눈을 뜬 가현에게 호준이 왔다는 이야기를 전했다. 황급히 자리를 털고 일어선 가현은 운에게서 멀어져 침실을 나가 버렸다. 그런 가현을 바라보는 운의 눈빛이 어쩐지 한층 가라앉았다.

곁에 있겠다고 분명 그녀가 그리 말했거늘…….

어쩐지 이대로 영영 저 햇살 속으로 사라져 버릴 것 같아 두려웠다.

운이 어떠한 마음으로 바라보는지 알지 못한 채 서둘러 건물을 벗어나던 가현은 하품을 쩍 하며 밖으로 나오는 호준을 발견하곤 반색했다.

"도령!"

지끈거리는 머리를 붙잡고 연신 하품을 하던 호준이 게슴츠레 눈을 치뜨다가 가현을 발견했다.

"도대체 언제 온 거야?"

"운이 저놈에게 물어봐라. 그놈이 더 잘 알 테니."

"뭐?"

"이 오라비가 그리 반가워 버선발로 뛰어나온 거냐."

"반갑긴. 그저 놀라 그렇지. 바다 한가운데 있다는 네가 버젓이 집에 있다는 데 놀라지 않는 게 이상하지 않아?"

전혀 반가운 게 아니라고 딱 잡아뗐지만 누가 보아도 가현은 그가 돌아온 것에 기뻐하고 있었다. 기뻐서 어쩔 줄 모르는 가현의 얼굴이 만족스러워 웃던 호준은 괜히 미간을 찌푸리며 못마땅한 어투로 투덜거렸다.

"그렇게 반가워하면서. 나 몰래 이곳으로 돌아온 것이냐."

"아, 그것은…… 사정이 있어서."

"사정은 무슨. 운이 놈에게 홀라당 넘어간 게지. 어릴 적부터 넌 운이 말이라면 팥으로 메주를 쑨다 해도 믿지 않느냐."

"그런 게 아니라, 진짜 사정이 있었다."

"알았다. 알았어. 그렇다고 믿어 주마."

가현의 말은 들은 척도 안 하고 제 말만 하던 호준이 실실 웃었다. 그러면서 가현의 양어깨를 붙잡았다.

"어디 보자. 그래도 운이 녀석이 네게 더는 모질게 굴지 않는가 보구나."

솜털 하나까지 살필 작정인지 뚫어져라 바라보는 호준의 시선이 부담스러웠던 가현이 가볍게 그를 밀쳤다.

"운이는……."

"안다. 운이 놈과 진득하게 술 한 잔 나누면서 그동안 못다 한 이야기를 들었거든."

"……그랬구나."

술까지 마신 거면 도대체 언제 온 것인지. 그것이 영 서운해 괜히 호준의 어깨를 툭툭 때린 가현이 슬쩍 물었다.

"그런데 왜 이렇게 일찍 온 거야?"

그야 네 녀석 걱정되어 일도 다 팽개치고 온 것이지. 그렇게 딱 한 마디만 하면 좋으련만. 호준은 아무것도 모르는 얼굴로 묻는 가현을 밉상처럼 바라보며 혀를 끌끌 찼다.

"내 맘이다."

"그 심통 맞은 대답은 뭐야."

"그것도 내 맘이다. 너도 네 맘대로 하는데 나라고 못 할 게 뭐야."

"뭐?"

어린아이처럼 툴툴거리는 호준의 말에 가현이 그만 웃고 말았다.

"그래, 네 맘이든 아니든 오래 있다가 가렴."

"오래 있어 뭐 하려고. 아침이나 건하게 먹고 갈 참이다."

"그렇게 빨리?"

아침만 먹고 가겠다는 그의 말에 가현이 서운해했다. 호준은 가현을 얄밉다는 듯 흘기다가 이윽고 희미하게 웃었다.

"잘 지내고 있는 거 보았으면 충분하지 않느냐. 그리고 말이다. 아마 내가 여기 들러붙어 살다간 저놈이 날 보쌈해 바다에 집어 던질 것도 같고."

불쑥 고개를 들이민 호준이 이상한 소리를 하며 턱짓으로 등 뒤를 가리켰다. 그를 따라 고개를 돌리니 운이 멀찍이 서서 기다리고 있었다.

"저렇게 버르장머리 없는 눈으로 날 보는 걸 보니 제정신으로 돌아온 게 확실하구나."

실실 웃던 호준이 운이 보라고 부러 가현을 끌어안았다. 호준의 행동에 운의 미간이 미세하게 좁혀졌다. 그 또한 티가 나지 않을 정도로 변화가 거의 없어 보여서 멀리서 보기엔 그냥 평소대로 무심한 얼굴이었다.

"저것 봐라. 저거."

호준은 저것 보라며 운을 놀리고 있는데, 운이 다가와 호준과 가현을 자연스럽게 떼어 놓았다.

"아침 준비되었으니 얼른 가시지요."

당장에라도 내치고 싶으면서 가현 때문에 꾹 참고 있는 운이 우스워 호준이 미친 듯이 키득거렸다. 호준과 운의 사이에서 벌어지는 묘한 신경전에 가현이 어설프게 웃었다.

* * *

"이제 정말 괜찮은 것이냐?"

제가 몰래 가현을 데리고 도망칠 것 같은지 내내 딱 붙어 있던 운은 진명의 부름에 잠시 자리를 비웠다.

가현과 호준은 아침을 먹고 정자에 자리 잡아 차를 마셨다. 바람결에 흩날리는 연분홍빛 꽃잎이 연못에 떨어져 반원을 그리는 것까지 지켜보던 가현이 피식, 웃음을 흘렸다.

"넌 언제나 내게 괜찮냐고 묻는구나."

고개를 든 가현이 호준을 말간 눈으로 응시했다.

"글쎄……."

혀끝에 맴도는 말들을 정리할 참인지 한참을 뜸 들이던 가현이 덤덤히 웃었다.

"괜찮았다가."

"……."

"괜찮지 않았다가."

"……."

"또 괜찮았다가……. 오락가락하는구나."

"괜찮다는 말이냐. 아니면 괜찮지 않다는 말이냐."

"괜찮을 거라는 말이다."

흠 하나 없이 곱던 도자기에 금이 간 것처럼 생기를 잃어버렸던 눈은 전보다는 조금 단단해져 그를 바라보고 있었다. 그래도 조금 불안해 보이긴 했지만. 어쨌든 그때보다 나은 것은 나은 것이니…….

"그러니 내 걱정 그만하렴."

"그래."

모진 경험을 모두 겪고 난 뒤, 한 꺼풀 허물을 벗어 던진 것처럼 가현은 좀 성장해 있었다. 미세하게 보이는 불안감도 조금씩 사그라들겠지. 그 또한 시간이 해결해 주지 않을까 생각하며 호준이 피식, 웃었다.

"그럼 되었다."

호준은 날이 저물기 전에 가현과 그저 안녕이라는 말을 나누곤 멀어졌다. 어슴푸레 져 가는 하늘 아래 자박자박 소리를 내며 멀어지는 호준의 등 뒤를 대문 앞에서 지켜보고 있는데, 옆에서 인기척이 났다.

"운아."

호준에게서 눈을 뗀 가현이 운을 돌아보았다.

"바람이 찹니다."

손에 들고 있던 망토를 가현의 어깨 위에 걸쳐 주었다.

"막 들어갈 참인데 번잡스럽게 망토는 왜 가져온 것이야."

"……그냥 가져왔습니다."

애써 덤덤한 척하지만, 운이 불안해하고 있다는 걸 가현은 느꼈다. 가현은 불안해하지 말라는 듯 그의 손을 가만히 그러쥐었다.

불안을 잠재우려고 하는 가현의 노력이 무색하게 운은 여전히 두려웠다. 하지만 드러내지 않고 저 밑으로 감추었다.

* * *

호준이 먼바다로 향한 이후에 이렇다 할 일은 없었다. 그저 하루하루 살아가며 이따금 운과 밤 산책을 하기도 했고, 린린 대신 걸이를 놀아 주기도 했다.

시간은 느리게도 빠르게도 흘러 어느덧 초가을이 되었다. 대호국의 초가을은 춘국의 초겨울처럼 쌀쌀해 옷을 두툼하게 입어야 했다. 가끔은 답답해 얇은 옷을 입으려고 치면 운이 나타나 가현에게 잔소리했다.

"걸이는?"

소소의 심부름으로 장터에 갔던 린린은 나가기 전과 다르게 홀로 왔다. 날이 제법 추워졌는지 들어오자마자 얼음장 같은 손을 이불에 집어넣은 린린이 으으으, 소리 내며 어깨를 부르르 떨었다.

"걸이 녀석은 또 영의네 갔지 뭐."

분명 걸이와 함께 간 걸로 기억하는데, 보이지 않아 의아했다. 몸을 좀 녹인 린린이 침상에 벌러덩 드러누우며 말했다.

뻑 하면 소소에게 들켜 혼이 나는 데도 린린은 이렇게 가현의 침상 위에 벌러덩 드러눕곤 했다. 제 숙소에 낡은 이불과 다르게 보들보들한 비단 이불 위에 기분 좋게 데굴데굴 구르던 린린이 몸을 모로 틀곤 손으로 미간을 짚었다. 그러곤 화로 앞에 앉아 차를 마시고 있는 가현을 보며 심드렁하게 말했다.

"있다가 시간 봐서 데리러 가든가 해야지."

온종일 바쁜 누이 때문인지 곧잘 혼자 놀던 걸이는 틈만 나면 영의에게 가곤 했다. 걸이와 제대로 놀아 줄 수 없는 린린은 차라리 잘 되었다고 생각했다. 어린아이가 홀로 가기에 좀 먼 거리긴 해서 걸이가 영의에게 가고 싶다고 말하면 린린이 직접 데려다주었다.

"아, 맞다!"

쌀쌀한 밖에 있다가 따뜻한 곳에 들어와 졸렸는지 연신 하품하던 린린이 갑자기 소리치듯 눈을 번쩍였다. 갑작스러운 린린의 외침에 흠칫 놀란 가현이 눈을 크게 떴다.

"그 말이 사실이야?"

"뭐?"

벌떡 일어난 린린이 뜬금없는 질문을 가현에게 던졌다. 도통 무슨 말을 하는 건지 영문을 모르는 가현은 미간을 찡그렸다.

"그거 말이야, 그거!"

답답하다는 듯 제 가슴을 주먹으로 내리치던 린린은 어쩐지 흥분한 것 같았다.

"주인님하고 혼인 날짜 잡았다는 거!"

"그게…… 무슨 소리야?"

말도 안 되는 헛소리가 린린의 입에서 흘러나오자 미간 사이의 주름이 더 깊어졌다. 혼인 날짜가 잡혔다니. 그 무슨 허무맹랑한 소리인가.

"별소릴 다 하는구나."

"아니야? 근데 장터 아주머니들이 죄다 떠들던데! 곧잘 가던 만둣집 아주머니도 나한테 물어봤단 말이야."

"……소문이 났단 말이야?"

어쩐지 가라앉은 가현의 얼굴에 신이나 떠들던 린린이 멈칫했다.

"……아니야?"

"그래, 아니야."

하긴, 그러고 보면 이상했다. 정말 가현이 주인님과 혼인 날짜를 잡았다면, 린린은 물론 소소가 먼저 알았겠지. 소문이 먼저 날 리가 없지 않은가.

"허, 참나! 그, 그런 소문은 왜 났대?"

"……나도 궁금하구나."

가현에게 동조하듯 과장되게 고개를 끄덕이면서도 린린은 슬그머니 제 속내를 꺼냈다. 사실 린린은 누구보다 가현과 주인님의 혼인을 바라고 있었다.

"그……, 난 소문이 사실이었으면 싶은데."

설마, 사냥터에서 만났던 소저들인가…….

어디서 그런 말도 안 되는 소문이 난 것인지 미간을 잔뜩 찡그리고 있던 가현은 린린의 갑작스러운 말에 고개를 들었다.

"……뭐?"

"아니, 주인님 곁에 있기로 한 거니까, 혼인까지 하면 딱 좋겠다 싶어서. 그리고 어차피 할 거 아니야?"

사냥터에서 원영 황후도 당연하게 가현과 운이 혼인할 거라고 말했었다. 그때도 당혹스러워 제대로 답하지 못했지만…….

린린의 말도 당혹스러웠다. 아니 마음이 불편해졌다. 그는 평민도 노비도 아니었고, 대호국의 영웅이라 칭송받는 대장군이었다. 그러니 언젠가는 혼인해 제대로 된 가정을 일궈야 했다.

그런데……. 이상하게도 토끼 같은 자식을 둔 운을 상상해 보면, 그 곁에 제가 떠오르지 않았다.

아니, 실은 언젠가 꿈꿨던 적이 있었다. 평생을 그의 아내로 살아가고 싶었다. 그 꿈은 이미 갈기갈기 찢겨 흔적조차 남지 않았다. 어쩌면 그 때문에 혼인 이야기를 듣는 것이 힘이 드는 것일까. 아니면 원치 않는 혼인이었다고 하나 혼인을 한 번 했기 때문에 염치가 없어 그런 것일까.

어떠한 생각도 명확하게 드러나지 않았다. 그저 혼란스러워하면서도 가현은 한편으론 그의 곁에 있기 위해 혼인을 꼭 해야 하는 것인지 생각했다.

그저 이렇게 지내면 안 되는 것일까…….

가현이 아무 말 못 하자 린린이 더 찌르듯 들어왔다.

"그럼. 안 할 거야?"

"……생각해 본 적 없어."

린린의 부담스러운 시선에서 벗어나듯 가현이 시선을 회피해 버렸다. 린린은 그런 가현을 정말 답답하다는 듯 쳐다보았다.

그럼 이대로 있다가 주인님 다른 여자랑 혼인하게 둘 거야?

정말 그럴 거야, 너?

속에 들어찬 말을 모조리 쏟아붓고 싶은 마음이 한가득이었지만, 린린은 꾹 참았다. 그러고 보면 가현은 노비들이 이따금 혼인에 대한 이야기를 꺼낼 때마다 피하곤 했었다. 마치 못 들을 걸 들은 사람처럼.

하지만……, 왜?

아직 상처가 덜 아물어 주인님이 미운 것일까. 하지만 이따금 보이는 두 사람의 다정한 모습과 주인님을 바라보는 가현의 시선은 분명 연정이었다.

제가 착각한 것일까…….

묻고 싶은 말이 많은 듯 가현의 옆모습을 빤히 보던 린린은 결국 아무것도 못 물어보고 한숨만 내리 쉬었다.

* * *

"……생각해 본 적 없어."

혼인 같은 거 중요하다고 생각하지 않았다. 운덕의 말이 무슨 뜻인지는 알았으나, 가현을 곁에 두는 것만으로도 벅차서 혼인 같은 거 감히 생각지 못하고 있었다. 저와 가현의 이야기로 시끌벅적한 바깥 사정에 화까지 치밀지 않았던가.

그런데 막상 가현의 말을 들으니 이상하게 마음이 가라앉았다. 마치 간신이 붙들고 있던 실이 툭, 하고 끊어진 느낌이었다.

문 앞에 서서 가현과 린린의 대화를 말없이 듣던 운은 문고리를 붙잡지 못하고 손을 내렸다. 내려진 손에 들린 장신구가 힘없이 흔들렸다.

옅은 분홍색 꽃문양 끝에 매달린 구슬이 달랑이다가 움직임을 멈출 때까지 그 앞에 서 있던 운이 말없이 돌아섰다.

"안 들어가셨습니까?"

때마침 들어서던 진명은 건물을 나서는 운을 발견하곤 의아하게 눈을 치떴다.

운은 틈만 나면 해도 지기 전에 집에 돌아왔다. 어쩌면 여전히 가현이 떠나던 그 날이 운에겐 아물지 않은 상처였나 보다. 사실 이해가 되기도 했다. 그녀를 붙잡을 명분이 운에겐 없었다.

혼인을 한 것도 아니고, 다른 사람들은 모르지만 정식으로 노비 문서를 쓴 것도 아니었다. 지금 당장 떠나겠다고 나서도 붙잡을 수 없는 거였다. 그러한 이유로 불안감이 사그라지지 않았겠지. 그래서 문지방이 닳도록 드나드는 것이겠지.

어디까지나 자신의 짐작이었기 때문에 진명은 딱히 운에게 운을 떼지 않았다. 그저 지켜만 볼 뿐이었다.

오늘도 마찬가지로 급한 일만 처리하고 훈련소를 나섰고, 길을 나서던 도중 운은 잠시 장터에 들렀다. 그러곤 당연하게도 장신구 하나를 샀다.

그 흔한 사치품에도 관심 없이 전장에서 얻은 재물이나, 황제에게 받은 하사품 등은 모두 창고 구석에 처박아 두는 운이었다. 황제가 전장의 승리로 땅을 내린 적이 있었는데, 그곳에서 걷어오는 것들도 상당했다. 그런데도 운은 그런 것은 모두 진명과 소소에게 관리를 맡겼고, 형식적으로 보고만 받았다.

그 정도로 돈 하나 쓰지 않고 살아가던 운이 요즘 들어 장신구나 보석 등을 사다 날랐다. 얼마 전엔 값비싼 원단을 들이라고 소소에게 명을 내렸다고 들었다.

가현은 날이 가면 갈수록 심해지는 그의 사치에 학을 뗐지만 운은 들은 척도 하지 않았다. 어찌 되었든 오늘도 그녀의 말을 못 들은 척하고 장신구를 사 든 운이 가현의 침실로 들어간 줄 알았는데 벌써 나오는 게 아닌가. 손에 든 물건도 그대로고.

"안에 안 계십니까?"

"소문은 어찌 되었지?"

진명의 물음을 한 귀로 흘리듯 들은 운이 다가와 소문에 대한 것부터 물었다. 의아하게 그를 보던 진명은 운의 물음에 미간을 팍, 좁혔다.

"……알아보니 귀족댁 노비들에게서 흘러나왔다고 하더군요."

운과 함께 길을 지나던 중 함께 소문을 들었던 진명은 그의 명령에 뒤에 남아 소문이 어디에서부터 흘러나온 것인지 알아보고 오던 참이었다.

"정확히 누구인지는 모르겠으나 짐작해 보면 사냥 대회에 참석했던 이들 중 하나인 것 같습니다."

진명의 보고에 운의 얼굴이 냉랭해졌다. 장신구 하나를 사러 가던 길에 들은 소문은 그의 걸음을 멈추게 할 정도로 허무맹랑한 것이었다. 저도 모르는 혼인식이 이미 그들의 머릿속엔 치러지고 있는 것 같았다.

진명은 샅샅이 캐물어 들은 말들을 모두 운에게 전했다.

"사실, 한 명이라고 하기 뭐한 게, 장터에 나온 노비들이 죄다 전하와 아가씨의 소문에 대해 떠들었다지 뭡니까. 저, 그런데……. 그들을 벌하기엔 마땅한 명분도 없고."

슬쩍슬쩍 운의 눈치를 살피던 진명이 조심스럽게 말소리를 낮추었다.

"황후마마께서 그날 직접적으로 아가씨께서 전하의 부인이 될 거라 못을 박았다는 말도 함께 돌더군요. 사람들은 황후마마라는 말에 혹해 소문을 진실처럼 떠들어 댄 것 같습니다."

사냥 대회에서 느껴지던 시선들을 짐작해 보면, 아마 황후는 가현을 위해 그렇게 말했을 게 분명했다.

"그래도 더는 말이 돌지 않게 정리했으니, 소문은 금세 가라앉을 것입니다."

"……알았다."

가볍게 진명의 어깨를 두들긴 운이 멀어졌다. 진명은 혹여나 다툰 게 아닐까 해서 운을 걱정스럽게 바라보았다.

"여기서 뭣 하십니까?"

그렇게 홀로 우두커니 서 있는데, 린린이 가현의 방에서 나오는 게 아니겠는가.

"아가씨 안에 계시냐?"

"그럼 있지. 어디 하늘로 솟았겠어요?"

퉁명스러운 물음에도 진명은 어쩐지 대거리하지 않고 심각하게 미간을 좁혔다. 린린은 영 이상해 보이는 진명을 보며 고개를 갸웃거렸다.

"뭔 일 있어요? 아가씨 불러 줄까요?"

"……아니 되었다."

린린의 물음을 무뚝뚝하게 거절한 진명이 쌩하니 멀어졌다. 홀로 남은 린린은 진명을 의아하게 보았다.

* * *

노비들이 짙은 밤을 뚫고 나와 홍등 앞에 일렬로 섰다. 그러곤 손에 든 막대기로 홍등을 껐다. 하나둘 꺼져가자, 저택을 밝히던 불들이 모두 사라졌다.

그 짙은 어둠 속에서 부엉이 우는 소리와 늑대 울음소리 같은 것이 들려왔다. 대문과 중문까지 모두 걸어 잠근 노비들은 종종걸음으로 자기 직전 남은 일을 하러 들어갔다. 안쪽에 위치한 가현의 침실 창문에선 은은한 불빛이 새어 나왔다. 쌀쌀한 날씨 탓에 해가 저물기도 전에 피운 화롯불이 탁, 타닥. 소리를 내며 타들어 갔다.

"노비들이 흉본다지 않아."

주로 늦은 밤에 제 머리를 빗겨 주던 운이 아침에 가현의 머리를 빗겨 준 적이 있었다. 때마침 열어 둔 창문 사이로 여 노비들이 입을 떡 벌리고 쳐다보고 있는 게 아닌가. 얼굴이 어찌나 화끈거리던지. 이후에 가현은 운이 제 머리를 빗으려 할 때면 황급히 빗부터 감추었다.

빗을 뒤로 감춘 가현이 미간을 찡그리며 그를 올려다보았다. 특유의 무심한 그의 눈동자가 노란 불빛에 일렁이더니 순간 손을 뻗어 가현의 손에 들린 빗을 낚아챘다. 재빠른 그의 행동에 손쉽게 당하고 만 가현은 불퉁한 눈을 하고 그를 흘겼다.

"정말이지 고집은."

"노비들의 시선이 중합니까."

"그건 아니지만."

그래도 부끄럽지 않은가. 절 볼 때면 키득거리며 지나가는 여 노비들이 어찌나 많은지 침실 밖에 나가는 것도 힘들었다. 그러다가도 운이 나타나면 입을 꾹 다물고 빠르게 스쳐 지나갔다.

"상관하지 마십시오."

그러니 운이는 별로 대수롭지 않게 생각하는 거였다. 어쩐지 그가 얄미워 가현이 고개를 돌려버렸다. 피식, 무미건조하던 그의 잇새로 웃음소리가 흘러나왔다. 가현의 검은 머리카락을 조심스럽게 잡은 운이 빗으로 쓸어내리며 말했다.

"그냥 해 주고 싶습니다, 제가."

기억이 돌아온 뒤에 어릴 적 꿈을 꾸는 일이 잦아졌다. 어느 날은 유과를 배 터지게 먹은 뒤로 종종 가현이 건네주는 유과를 몰래 버린 것도 꾸었고, 또 다른 날은 어린 가현이 성가시게 쫓아다니며 머리를 빗겨 달라 떼를 쓰는 것도 꾸었다.

'자! 빗어라!'

'아가씨 머리카락 빗겨 줄 이 하나 없답니까? 전 싫으니 유모님이나 다른 아주머니들께 부탁하십시오.'

'아, 어여!'

'일없습니다.'

가현을 무시하고 확, 돌아선 어린 저는 무심하게도 울음을 터트리며 대짜로 주저앉아 신경질 내는 가현을 버리고 가 버렸다.

이상하게도 가현에게 못 해 준 것만 꾸는 것인지. 가현이 성장하고, 서로 마음이 닿은 뒤에 이따금 가현의 머리를 빗겨 준 적이 있는데도 말이다. 그것이 마음에 걸린 탓이기도 했지만. 가현이 죽을 고비를 넘겼던 그때, 탐스럽게 빛나던 그녀의 머리카락이 바스러질 것처럼 메말라 가던 것이 떠오른 탓도 있었다.

하루. 또 하루가 지날 때마다 조금씩 원래의 부드러운 감촉으로 돌아오는 것이 좋아서. 그냥 제 손으로 직접 이렇게 빗겨 주고 싶었다. 그뿐이었다.

그냥 해 주고 싶다는 그의 덤덤한 목소리에 가현은 괜히 크흠, 헛기침했다.

"그, 그래도 아침은 안 돼."

"예, 아가씨."

부드러운 그의 손길처럼 그의 목소리가 나직하게 울렸다.

"아가씨."

그리고 잠시 후에 그가 가현을 불렀다.

"그저 이대로 있어도 괜찮습니다."

그대로 있어도 괜찮다니. 참으로 뜬금없는 그의 소리인데도 이상하게 심장이 덜컹했다.

"곁에 계시는 것으로 충분합니다."

아……

그가 제 혼란스러운 마음을 알아챈 것이구나. 문득 깨달은 가현은 운의 말에 차마 말을 못 하고 입술을 물었다. 그렇게 한참을 아무 말 못 한 채, 가현은 운의 손길을 받았다.

* * *

"폐하께서 흑운왕을 태자의 대부로 세우겠다고 입이 닳도록 말한다고 합니다!"

쾅!

상이 흔들릴 정도로 주먹으로 내리친 귀족 하나가 격노하듯 말했다. 안 그래도 얼큰하게 달아오른 얼굴이 분노로 더 붉게 타올랐다.

19장

　요즘 들어 잦아지는 귀족들의 술자리엔 대부분 흑운왕을 경계하는 목소리가 가득했다. 허가가 멸문지화 당한 뒤, 귀족들은 어떻게 해서든 흑운왕의 흠집을 잡아내려고 발악하는 중이었다.

　그런데 대부라니……!

　태자의 대부라니!

　오늘 처음 듣는 귀족들의 얼굴이 험악하게 일그러졌다.

　"그 무슨 말도 안 되는 소리요!"

　태자의 대부 자리는 단순한 자리가 아니었다. 혹여, 태자가 태어난 뒤 황제가 잘못되기라도 한다면 어찌하는가. 황후까지 잘못되면! 태자가 어엿한 성년이 되기 전까지 흑운왕이 섭정하게 될 수도 있다는 이야기였다. 극단적인 생각 같아 보였지만, 오래전 홀로 남은 태자를 대신해 섭정을 주도한 대부가 몇 있었고 귀족들 역시 잘 알고 있었다.

　아직 꽁꽁 싸여 있어 그의 출신도 모르는 데다가, 저들과 척을 지고 있는 흑운왕이 대부가 되는 것은 결코 아니 될 말이었다.

"환관들의 입에서 나온 말이니 틀림없지 않겠습니까?"

"허, 허! 나라 꼴이 어찌 되려고!"

"헛소리! 분명 헛소리일 게요! 아무리 흑운왕을 아낀다고 하나, 그런 자리에 앉힐 수 있겠습니까!"

분명 그냥 하는 소리일 거라며 마음을 가라앉히려고 해 봐도 멋대로 전장의 승리를 명분 삼아 그자를 왕으로 봉해 버린 황제의 전적이 있었다. 그랬기에 마음이 가라앉기는커녕 더 들썩였다.

귀족들은 너도나도 벌컥벌컥 술을 들이켜며 온갖 욕설을 퍼부었다. 순식간에 살벌해진 분위기에 눈치를 살살 살피던 기녀들이 조용히 자리에서 일어나 방을 나갔다. 속까지 비칠 정도로 얇은 옷자락을 끌며 조용히 자리를 빠져나오던 기녀들은 난간에 걸터앉은 열을 발견하곤 흠칫 놀랐다.

저렇게 한량처럼 보여도 열의 손에 죽어 나간 사람 몇을 목격했던 기녀들은 그의 심기를 건드리지 않기 위해 고개를 푹, 숙이곤 빠르게 도망쳤다. 기녀들 따위 관심 없는 열은 그저 흥미로운 눈으로 시끌시끌한 방을 바라보았다.

때마침 볼일을 보고 들어서던 홍두는 난간 위에 걸터앉아 술을 들이켜며 실실거리고 있는 열의 뒤통수를 발견하곤 눈을 치떴다.

'아니 저기서 뭣 하는 거야!'

열이 빤히 보고 있는 곳은 귀족 중에서도 수도 최고 권력가의 중앙 귀족들이 들어앉은 방이었다.

'저, 저 미친 작자가! 지금 누구 장사 말아먹게 할 일 있나!'

몸을 무겁게 덮고 있는 비단옷을 신경질적으로 펄럭인 홍두가 서둘러 건물 안으로 들어섰다. 안 그래도 두툼한 몸에 헉헉거리며 3층 계단까지 올라선 홍두는 잠시 난간을 짚고 숨을 길게 몰아쉬었다. 그러곤 다시 무릎을 짚고 일어서 열에게 달려갔다.

"아이고, 형님! 귀족들이 어떤 양반인데! 여기서 엿보는 거 들켰다간 목 날아갑니다!"

쏟아지려는 욕지거리를 꾹꾹 누른 홍두가 억지로 웃으며 어떻게 해서든 열을 끌어내리려 했다. 열은 성가신 표정으로 홍두를 밀쳐 내곤 손에 들린 술병을 벌컥 들이켰다.

"캬아!"

여유롭게 입까지 쓱 닦은 열은 안절부절못하는 홍두는 보지도 않고 흥미롭게 눈을 반짝였다.

"저 작자들 매일같이 이곳에 들어 흑운왕에 대해 떠들던데."

"아니, 전부터 흑운왕 전하에 대해 뭘 그렇게 궁금해하십니까?"

"그냥. 이상한 촉이 온단 말이지."

요상한 말을 흘리는 열의 눈동자가 또 미친놈처럼 광기로 일렁이는 걸 발견한 홍두가 얼른 그의 팔뚝을 붙들었다.

"촉이고 나발이고. 얼른 갑시다. 거한 상 준비하라 이를 테니."

"이상하게 호기심이 마구마구 솟는다고."

킬킬킬!

홍두의 말은 들은 척도 안 하고 누런 이를 드러내며 다 들릴 정도로 웃어 댔다. 그런 열을 간신히 붙들어 난간에서 끌어 내린 홍두는 열을 흘기며 두툼한 볼을 씰룩거렸다.

'그분이 어떤 분인데! 호기심 때문에 콱, 뒈지고 싶나.'

　운은 될 수 있으면 가현에게 혼인의 '혼' 자도 들리지 않도록 신경 썼다. 소소는 운의 지시가 달갑지 않으면서도 노비들의 입단속을 꼼꼼히 했다. 가현은 그의 배려에 마음 한쪽이 불편했지만 아무렇지 않은 척 굴었다.

　그렇게 시간이 흘러 어느덧 초겨울이 왔다.

　"아아아……."

　어느 순간부터 거의 가현의 시중 노비가 된 린린은 아침나절부터 침실에 들었다. 그러곤 창문을 열다가 시름시름 앓는 소리를 내었다. 이상한 소리를 내며 한숨을 푹푹 쉬는 린린의 소리에 억지로 눈을 뜬 가현이 몸을 일으켰다.

　"어디 아파?"

　"어, 내 몸이 벌써부터 쑤시고 아픈 것 같아."

　지금 아픈 것도 아니고 아픈 것 같다니. 침상에서 내려와 린린의 옆에 선 가현은 의아하게 눈을 치떴다. 린린은 힘없이 고갯짓으로 창밖을 가리켰다. 린린의 가리킴에 절로 고개가 돌아간 가현은 창가 너머로 보이는 눈송이에 눈이 커졌다.

　"아."

　눈이다. 춘국보다 추운 나라라 그런 것인지 첫눈도 빨리 왔다. 멍하니 잿빛 하늘 사이로 내리는 하얀 눈송이를 올려다보던 가현이 손을 뻗었다. 손을 뻗은 지 얼마 지나지 않아 손바닥에 내려앉은 눈이 금세 녹아 물이 되어 주르륵, 흘러내렸다.

"대호국의 겨울은 아주 지독한걸. 어째 넌 눈이 반가운가 봐."

린린은 괜히 투덜거리며 새침하게 가현을 흘겼다. 가현이 희미하게 웃은 건 그때였다.

"이곳에 오던 날이 떠올라서."

"이곳에 오던 날?"

"응. 그땐 앞에 보이지 않아 눈을 보지 못했거든. 그런데 이번엔 이렇게 눈으로 보는구나. 참, 예뻐."

"허, 별것이 다 예쁘다. 눈 치우느라 허리 빠지는 건 생각 안 하지? 얼음장처럼 차가운 개울물에서 빨래하던 건. 그것도 기억 안 나?"

"당연히 기억나지."

돌아선 가현이 린린을 향해 아무렇지 않게 웃어 보였다. 린린은 기가 막힌다는 듯 연신 헛웃음을 터뜨렸다.

"기억나는데 왜 웃어?"

"난 그때도 좋았다. 제법 재미났어."

"뭐어? 재미있다고? 얘가 진짜 간밤에 정신이라도 나간 거야?"

펄쩍 뛰며 소리를 높이는 린린을 보며 가현이 작게 웃음을 터뜨리는데, 저 멀리 쾅쾅쾅! 소리가 들렸다.

"어느 무례한 작자가 아침나절부터 찾아온 거야?"

창밖으로 고개를 내민 린린이 버럭, 성을 냈다.

"황궁에서 온 소식이오!"

그러다가 대문 너머로 들리는 외침에 우뚝 멈췄다. 황궁이라니……! 순간 새파랗게 질린 린린이 벌벌 떨며 가현을 돌아보았다.

"난 욕까진 안 했어. 아무렴."

황궁이라는 말에 벌벌 떠는 린린을 귀엽게 보던 가현은 궁금증을 담은 눈으로 창밖 너머 분주하게 대문으로 달려가는 노비들을 바라보았다.

* * *

"하, 신이시여……."

소소가 힘없이 주저앉았다. 어떠한 일에도 꼿꼿하게 허리를 세우며 품위를 지키던 소소가 처음으로 몸에 힘을 풀었다. 그만큼 놀라 기절할 일이었다.

어찌 보면 운에게 오기 전에 황후의 곁을 지키던 소소였다. 그때 안타깝게 유산을 했던 황후에 대한 기억 때문인지, 소소는 누구보다 기뻐하며 마치 대문 앞에 황후가 있다는 듯 절까지 올렸다.

"태, 태자 전하……!"

대문 앞에서 황궁에서 온 환관과 이야기를 주고받고 있는 운을 내려다보던 린린이 확, 고개를 돌리곤 가현의 손을 덥석 붙들었다.

"만세! 만세!"

그러곤 아이처럼 신이 난 얼굴로 방방 뛰었다. 대호국에 새로운 태양이 태어난 거였다. 가현은 어쩐지 얼빠진 얼굴로 서서 운을 바라보았다.

그때 돌아선 운이 가현에게로 다가왔다. 내내 가현의 손을 잡고 있던 린린이 얼른 옆으로 비켜섰다. 코앞까지 다가온 운이 찬찬히 가현을 살피다가 입을 뗐다.

"아무래도 궁에 들어야 할 것 같습니다."

"아, 그렇지. 얼른 가 보렴."

"아니요. 아가씨도 함께 들라는 폐하의 명이 계셨습니다."

"……나도?"

가현이 당혹스럽다는 듯 그를 바라보았다.

같이 들라니……?

* * *

"어서 들라!"

황제가 기다렸다는 듯 두 사람을 안으로 들였다. 아직 산실 안에 있어 황후와 태자를 볼 수는 없었다. 그런데도 이렇게 직접 환관까지 보낸 것에 어쩌면 다른 이유가 있지 않을까 했다. 운과 가현은 황제의 집무실로 들어서자마자 예를 갖추듯 무릎을 굽혔다.

"폐하를 뵈옵니다."

"인사는 그쯤하고 얼른 앉아. 가현 소저도 얼른 일어나시오."

태자가 태어난 일 때문인지 황제의 목소리가 설렘으로 높았다. 고개를 든 가현은 운과 함께 황제가 안내한 자리로 가 앉았다. 두 사람이 앉자 기다렸다는 듯 들어온 궁녀들이 차와 다과 등을 상 위에 올렸다. 그러곤 공손히 예를 갖추곤 걸음 소리 하나 없이 멀어졌다.

"감축드리옵니다, 폐하."

운은 차를 들기 전에 그에게 축하 인사를 건넸다. 뒤이어 가현도 황제에게 축하 말을 전했다. 황제는 두 사람의 인사에 거듭 웃으면서도 내심 좋은지 태자의 솜털 구멍 하나까지 전부 자랑했다. 가현은 그런 황제를 바라보다가 잠시 곁에 앉은 운을 시선에 담았다.

그런 가현의 시선을 알아차린 것일까. 불쑥 파고든 그의 손이 가현의 손등을 감쌌다. 그의 위로로 담긴 행동에 어쩐지 눈가가 뜨겁게 달아올랐다. 고개를 숙인 가현은 저보다 한참은 더 큰 운의 손이 제 손을 토닥이는 걸 내려다보며 눈가를 식혔다.

"환관까지 보내신 연유가 있으십니까."

운은 가현을 위해 자연스럽게 화제를 돌렸다. 태자를 떠올리며 내내 웃음을 멈추지 못하던 운덕의 인상이 팍, 일그러졌다.

"허, 참! 네 녀석이 나보다 성질이 급하구나! 차가 식기도 전에 본론부터 들어가자 이거냐? 너와 나의 사이가 그 정도밖에 되지 않아?"

황제의 말이 평소보다 빨랐다. 황제의 말이 빠를 때면 꿍꿍이를 숨기고 있거나 할 때였다. 오랫동안 황제를 곁에서 모시면서 사사로운 습관까지 모두 깨우친 운은 말없이 그 속내를 기다렸다.

어쩐지 가현은 좀 당혹스럽게 두 사람을 번갈아 보았다. 운덕은 능청스럽게 운의 시선을 피하며 가현을 향해 웃어 보였다.

"참 멋없는 놈이오, 안 그렇소?"

황제의 농담 섞인 말에 가현이 어색하게 웃음을 흘렸다.

"내 실은 운이 놈에게 가현 소저를 보쌈하라고 했지만."

그러다가 갑작스럽게 뒤어나온 뒷말에 놀랐다. 보쌈하라니……. 언제 그런 말을 주고받았던가.

"지금 생각해 보면 저 재미없는 놈에게 가현 소저를 보내기에 참 아깝소만. 이참에 운이 녀석보다 훤칠한 사내를 만나 보는 건 어떻소."

"그 무슨……."

"농은 그만두시지요."

가현의 말을 끊고 들어온 운의 날 선 목소리에 운덕이 킥킥 웃었다.

"알았다, 알아. 농은 그만두고."

장난기로 일렁이던 운덕의 눈빛이 진지해졌다. 무슨 중한 말이길래. 운덕은 말을 꺼내기 전에 운을 찬찬히 살폈다. 운은 운덕의 입에서 나올 이야기가 생각한 것보다 무거운 것일지도 모르겠다고 생각했다.

"나는 네가 태자의 대부가 되어 줬으면 좋겠다."

그리고 그 무거운 말은 운의 눈빛을 흔들기에 충분했다.

대호국에서 태자의 대부가 된다는 것은 결코 가벼운 것이 아니었다. 춘국에선 혹시 모를 사태에 대비해 친우를 후견인으로 세우는 게 흔했다. 그렇기에 운의 침묵이 가현은 이해가 가질 않았다. 하지만, 가현은 입을 다물고 두 사람의 대화에 끼어들지 않았다.

"송구하나 그것만은 받들지 않겠습니다."

그때, 운이 말했다.

가현의 어깨가 미세하게 움찔했다. 단호한 운의 거절에 혹여나 황제의 심기가 불편해진 게 아닐까 걱정이 된 가현은 곁눈질로 운덕을 살폈다. 예상과 다르게 운덕은 분노를 보이지 않았다. 그저 무표정으로 운을 응시했다.

운의 거절은 예상하였다. 저놈을 왕으로 봉할 때도 꽤 고생했던 운덕은 들은 척도 하지 않고 명령을 내렸다.

"명이다. 넌 앞으로 태자의 대부가 되어."

“물러 주십시오.”

“너처럼 건방진 놈이 세상에 어디 있더냐!”

운의 단호한 거절에 운덕이 소리 나게 탁상을 내리쳤다. 쾅! 묵직한 소리가 나자, 몸을 숨기고 있던 친위대가 반사적으로 허리춤에 있는 검 손잡이를 잡았다.

“너희들은 물러나 있으라.”

미세한 그들의 움직임을 귀신같이 알아챈 운덕이 성난 얼굴로 뒤를 향해 소리치자, 친위대가 소리 없이 한걸음 멀어졌다. 처음, 이곳으로 들어올 때부터 친위대가 숨어 있음을 알지 못했던 가현은 당황했다.

운은 무뚝뚝하기 짝이 없는 얼굴로 운덕의 화를 받아 냈다. 속에서 화가 치밀 정도로 흔들리지 않는 운을 죽일 듯이 노려보던 운덕이 갑자기 웃었다. 분노했다가 갑자기 아하하, 소리 내어 웃는 운덕의 변덕에 가현은 그저 혼란스럽기만 했다. 연신 웃던 운덕은 가현의 시선에 웃음을 멈추며 입을 뗐다.

“미안하오, 가현 소저. 그렇게 보지는 마시오. 운이 놈이 내 손에 죽지는 않을 테니.”

살벌한 농담까지 하며 가현의 마음을 가라앉힌 운덕이 쯧, 혀를 찼다.

“네 거절은 필요 없으니 태자의 대부가 돼. 누구는 태자의 대부가 되기 위해 태어나기 전부터 내게 아부하던데.”

“……그들이 더 잘할 것입니다.”

“빌어먹을 녀석. 내가 아무나 태자의 곁을 내줄 성싶으냐? 너니까 그런다, 너니까. 운이 너와 나는 형제 아우가 되기로 약조했다. 그 약조를 어길 참이 아니라면 부디 태자를 지켜다오."

"……."

"황궁은 태자 혼자 견디기에 살벌한 곳이다."

"……폐하께서 계시지 않습니까."

"너는 앞일이 어찌 될지 눈앞에 훤히 보이는가 보구나."

운의 말에 황제 운덕이 자조했다.

황후의 회임소식을 들은 순간 황제는 결심했다. 운을 태자의 대부로 정해야겠다고. 원영 황후는 몸이 약해 아마 태자 이후에 아이는 더는 없을 것이고 자신은 후궁을 들이지 않을 것이다.

태자에게 평생 저와 황후가 있으면 되지만, 말했듯 황궁은 변수가 많았다. 태자가 어엿한 사내로 자라 무사히 이 자리를 이어받기 전에 혹시나 제가 저세상 가면 어찌할까. 덜컥 겁이 난 것도 있었다.

"이렇게 멀쩡하게 너와 이야기를 나누어도 내일 아침 저세상 갈 수 있는 자리가 바로 이 자리다. 네가 모르지는 않겠지."

"……."

"네가 태자의 대부가 되어 준다면 난 이 두려움이 사라질 것 같다."

운은 진심 어린 운덕의 말에 차마 더는 거절하지 못했다. 운덕은 그런 운을 바라보다가 가현에게 시선을 돌렸다.

"또한."

순간 운덕과 눈이 마주친 가현이 얼른 고개를 내렸다.

"가현 소저를 이 자리에 함께 부른 연유는 마찬가지로 그대 역시 태자의 대모가 되어 주었으면 하기 때문이오."

대모가 되어 달라니…….

어찌 그런……!

운덕의 말에 가현은 그저 놀라며 고개를 숙였다.

"어찌 감히 제가……."

"이는 황후가 내게 제안한 것이오."

"……황후마마께서 말씀이십니까."

가현의 눈빛이 흔들렸다. 황후께서 그런 제안을 하시다니…….

사냥 대회 이후에 황후의 곁에서 종종 말벗이 되어 준 게 다이건만. 제가 무어라고 이런 제안을 하셨단 말인가. 가현은 그저 황후의 제안이 혼란스러웠다.

"산실에서 나오거든 가현 소저 그대를 따로 부른다고 하니. 그대 또한 거절하려거든 황후에게 가서 말하시오. 뭐, 황후 역시 보기보다 고집이 세서 들을지는 모르겠지만."

운덕은 참 무겁고 무서운 이야기를 운과 가현의 어깨에 짊어 주었다. 돌아서는 길에 가현과 운은 서로의 생각에 잠겨 말을 나눌 새가 없었다.

* * *

며칠 후, 황후는 운덕의 말대로 가현을 궁으로 불러들였다.

"마마, 가현 소저께서 드셨습니다."

"어서 들라 하라."

머리를 깊숙이 조아린 궁녀가 가현을 돌아보았다.

"드시지요."

옆으로 비켜선 궁녀들이 양쪽으로 문을 열었다. 가현은 조심스러운 발걸음으로 앞서 걷는 궁녀를 따라 안으로 들어섰다.

붉게 칠해진 거대한 기둥 사이 사이로, 화려한 꽃들이 꽂힌 화병과 이름 모를 그림 등이 장식되어 있었다. 높다란 천장마저 눈이 부실 정도로 화려한 그림들이 그려져 있었다.

문 하나를 시작으로 여러 개의 문을 지난 뒤에야 가현은 황후의 앞에 설 수 있었다.

"황후 마마를 뵈옵니다."

아이를 낳은 지 며칠 되지 않아 그런지. 좀 부어 있는 얼굴로 머리를 조아리는 가현을 가만히 보던 황후가 곱게 웃었다.

"인사는 그쯤이면 되었으니 어서 앉으시오. 내 그대에게 궁금한 것이 많아."

대모에 관한 이야기를 할 줄 알았던 황후는 가현을 의자에 앉히곤 뜬금없이 사냥 대회 연회 일에 관해 물었다.

"그대가 다른 소저들을 혼내 주었다지?"

"그게 무슨……."

가현은 생글생글 웃으며 저를 빤히 보는 황후를 그저 당혹스럽게 보았다. 혼을 내 주다니. 그런 황망한 소리가 다 있나. 게다가……. 어째서 그때의 이야기가 밖으로 새어 나온 것인가. 당혹스러워하며 가현이 얼른 설명했다.

"그저 이야기를 나눈 것뿐입니다."

"정녕 이야기뿐이었소? 난 다른 이야기를 들었는데."

가현을 바라보던 황후의 눈빛에 일순간 경멸이 스쳤다.

"춘국의 왕의 이야기를 그대의 앞에 들먹여 깎아내리려 했다지. 무지하게도 전장에서 패한 것을 수치스러운 것이라 말했다고 들었소."

한미한 지방 귀족에, 국경을 지켰던 장군 출신의 아비가 있는 원영 황후는 그것에 더 화가 났다. 아무리 철이 없다지만 전쟁의 승패를 가벼이 들먹이다니.

"대호국을 용맹하게 지키는 이들의 사기까지 꺾을 정도로 아주 멍청한 발언이 아니오."

한때 전장에서 치열하게 싸우고, 국경을 지키다가 세상을 떠난 제 아비를 누구보다 존경하는 원영 황후는 부인들을 불러 따끔하게 혼까지 냈다고 말했다.

"어찌 되었든 미안하게 되었소, 가현 소저."

"어찌 그런 말씀을 하십니까, 마마."

가현은 말을 거둬 달라는 듯 머리를 조아렸다. 원영 황후는 그들에 대한 노기를 대놓고 드러내며 몇 마디 더 화를 내었다. 그러고 난 뒤에 다른 이야기를 꺼냈다.

"그래, 폐하께서 미리 말씀해 주셨다지? 나는 그대가 흑운왕과 함께 태자의 후견인이 되었으면 좋겠소."

"……."

"나도 그렇지만 폐하께서도 의지할 사람이 없소. 폐하도 그렇지만 나 역시 오래전에 가족들을 모두 잃었거든."

가현을 첫눈에 마음에 담았다는 단순한 이유로 대모를 청한 것은 아니었다. 대모는 황후인 자신을 대신할 만큼 중한 자리가 아닌가.

그저 황제 운덕이 먼저 운에게 대부의 자리를 제안하려 한다며 그녀에게 고심하듯 이야기를 꺼냈었고, 그에 대해 생각하던 중 가현의 이야기를 들었다.

철없이 전장의 승패를 입에 올리며 수치스러운 발언을 한 소저들을 엄히 꾸짖고 치열하게 몸 바쳐 나라를 지켰던 제 나라의 백성들에 대한 긍지를 보였다고 들었다. 그녀의 강단을 보여 주는 이야기에 어찌 감탄하지 않을 수가 있겠는가! 장군의 아비 밑에서 전장이 어떠한 곳인지 보고 자란 황후에겐 더 없이 감동적인 이야기였다.

그 이야기를 듣는 순간 황후는 황제에게 가 자신 또한 가현을 대모로 들이면 어떨까 여쭈었다. 그런 강단이라면 혹시 모를 상황이 생겨도 자신을 대신하여 태자를 잘 지켜 줄 수 있으리라고 생각했다. 가현을 오래 보지는 않았으나, 가현을 곁에 두고자 한 흑운왕의 올곧은 성품을 믿었고, 그녀의 맑고 올곧은 눈빛을 믿었다.

"나는 그대와 흑운왕이 나와 황제 폐하의 가족이 되어, 태자를 지켜 주었으면 하오."

황후는 그렇게 말하며 가현의 손을 조심스럽게 잡았다. 가현은 흔들리는 눈으로 황후를 바라보았다. 이윽고 흔들리던 가현의 눈빛이 차분해졌다.

* * *

그들의 우려는 사실로 드러났다. 황제가 흑운왕을 태자의 대부로 선언한 것이다.

흑운왕은 고심 끝에 황제의 뜻을 받아들였다. 이로써 흑운왕은 태자를 대신해 섭정할 기회를 얻게 되었다. 매일같이 시끌벅적하던 방 안엔 기녀들과 악공들조차 보이지 않았다. 그저 무겁게 깔린 침묵 속에서 귀족들은 살길을 찾기 위해 골몰했다.

그들의 우려대로 이대로 황제에게 무슨 일이 있거나, 황후마저 잘못되어 버린다면…….

어린 태자를 대신해 흑운왕이 섭정할 테였다. 다른 것은 몰라도 그 꼴만은 못 봤다. 흑운왕은 무뚝뚝하고 말이 없는 자이나, 귀족들과 매번 실랑이를 벌일 정도로 사사건건 그들의 일에 시비를 걸었다.

바른말로 하자면, 그들의 되먹지 못한 짓을 막은 것뿐이었다. 아마 자신들의 예상대로 흘러간다면…… 귀족들의 자리는 더 좁아질 것이다. 그들에게 그늘이 되어 주던 허가마저 사라졌다. 그런 상황에 눈이 돌지 않고서야 배기겠는가. 더는 이대로 몸을 납작 엎드리고 있을 수는 없었다. 이대로 있다간 일어서기도 전에 목이 달아날 게 분명했다.

똑똑.

숨이 턱, 막힐 정도로 무겁게 깔린 침묵을 깨듯 누군가 문을 두드렸다.

"들어와."

조용히 안으로 들어선 건 두툼한 배를 자랑하는 홍두였다.

"아이고, 귀한 분들께서 어찌 천한 저를 부르셨습니까."

납죽 엎드린 홍두에게 일제히 고개를 돌린 귀족들이 서로 은밀히 시선을 나누었다. 홍두는 이를 드러내며 실실 웃었다.

"자, 그럼 무엇을 원하시는지 들어볼까요?"

* * *

달빛과 등불에 의지한 채 왕여는 거침없이 붓을 놀렸다. 그의 거침없는 손길에 따라 거친 듯 단단한 나뭇가지가 그려졌다. 툭, 끊겼다가 다시 잇고. 또 툭, 붓끝에 힘을 주어 눌렀다.

붓끝에서 먹물이 튀어 주위를 어지럽혔으나, 그것마저 한 폭의 그림처럼 느껴졌다. 한순간의 심호흡과 함께 순식간에 매화나무 한그루를 완성한 왕여는 길게 참고 있던 숨을 내뱉으며 허리를 세웠다.

제가 그린 그림엔 눈길조차 두지 않고 고개를 든 왕여는 문 앞에 드리워진 그림자를 응시했다. 주름진 그의 얼굴 위에 아슬아슬하게 흔들리던 촛불이 일렁였다.

"들어오시게."

시선 끝을 다시 내린 왕여가 그제야 그림을 바라보았다. 드르륵, 둔탁한 소리를 내며 들어선 검은 복색의 사내는 소리 없이 다가와 왕여의 앞에 무릎을 꿇었다.

"그래, 무엇을 보았더냐."

"……조만간 움직일 것 같습니다."

순간 왕여의 미간 끝이 거칠게 구겨졌다. 정성 들여 그린 매화나무가 일그러질 정도로 종이를 우그러트리던 왕여가 망설임 없이 찢어 버렸다.

찌이이익!

정적을 가르고 종이 찢기는 소리가 크게 울렸다. 조각조각 바닥에 흩어질 정도로 갈기갈기 찢어 버린 왕여가 자리에서 일어났다. 뒷짐을 진 채 책상을 벗어난 왕여가 창가로 가 섰다.

수하는 고개를 숙인 채 움직임을 보이지 않았다. 구름에 가려진 달빛을 냉랭하게 응시하던 왕여가 쯧, 혀를 찼다.

"이쪽이나 저쪽이나 턱없이 모자란 놈들 천지이니!"

노기가 서린 그의 목소리가 활짝 열린 창가를 타고 올랐다가 사라졌다. 왕여는 누구를 향한 것인지 모를 분노를 터뜨리며 깊은 상념에 잠겼다.

"쯧쯧. 참으로 부끄러울 노릇이 아닌가."

* * *

그날 진심 어린 이야기를 나눈 끝에 황후는 가현에게 태자가 준비되는 대로 보여 주겠다고 말했다. 대모로서 처음 만나는 자리일 테니 곱게 하고 오라는 농담까지 했었다.

운과 자신이 정식으로 태자의 후견인이 된 지 며칠이 지난 어느 날 가현과 운은 태자를 만날 수 있었다. 황제는 황후의 곁에 앉아 곤히 잠든 태자를 보며 실실 웃느라 정신없었다. 벌써부터 태자를 끼고도는 황제를 바라보며 웃던 황후가 고개를 들어 가현을 바라보았다.

"나는 그대가 기꺼이 내 제안을 받아 주어 기쁘오."

그러나 어쩐지 가현의 표정이 이상했다. 어딘가 넋을 놓은 사람처럼 황후의 품에 안겨 있는 태자를 멍하니 바라보았다.

"……소저?"

태자를 바라보던 황제도, 가현의 곁에 서 있던 운도 동시에 가현을 돌아보았다. 그들의 시선이 느껴지지 않을 정도로 가현은 아이에게 사로잡혀 있었다.

"가현 소저."

그때까지 멍하니 아이를 바라보던 가현은 다시금 부르는 황후의 목소리에 퍼뜩 고개를 들었다.

"……부르셨습니까."

실없다는 듯 가현을 보며 웃던 황후가 장난스럽게 물었다.

"태자가 그리 예쁘오?"

황후의 물음에 가현이 옅게 웃으며 말했다.

"예, 참 어여쁘십니다."

운은 고개를 살며시 내리는 가현의 옆모습을 조심스럽게 살폈다. 그런 운의 눈빛이 가현을 향한 걱정으로 미세하게 일렁였다. 황후는 소리 내어 웃다가 제 품에 안긴 태자를 잠시 내려다보았다.

"한번 안아 보겠소?"

"……예?"

황후의 말에 가현은 멈칫했다. 가현이 망설이자 대뜸 황후가 곁에 서 있던 궁녀를 불렀다. 그러곤 아이를 궁녀에게 건네주었다. 태자를 조심스럽게 받아 든 궁녀가 가현의 앞에 섰다.

내내 망설이던 가현은 순간 코끝을 스치는 아기 냄새에 손끝이 저리는 걸 느꼈다. 떨리는 손을 들어 올린 가현은 궁녀가 건네주는 태자를 조심스럽게 품에 안았다.

깊은 잠에 빠져 있으면서도 이따금 조막만 한 손과 발을 꼼지락 거리는 태자는…… 눈물이 날 만큼 어여뻤다. 아이를 품에 안은 가현을 운은 말없이 바라보았다. 황후는 태자를 품에 안은 가현의 아름다운 모습을 흐뭇하게 보았다.

"어서 흑운왕과 혼인해 어여쁜 아이 낳고 잘 살아야 하지 않겠소."

"저는……."

멍하니 아이를 내려다보던 가현이 고개를 들었다. 성급한 황후의 말에 황제가 작게 그녀를 불렀다.

"황후."

"태자를 곁에 두고 있는 두 사람의 모습이 참 보기 좋아 저도 모르게 말을 꺼낸 듯합니다. 미안합니다."

황후가 미안한 얼굴로 가현과 운을 바라보았다. 가현이 얼른 고개를 숙였다.

"그 무슨 당치 않은 말씀이십니까."

괘념치 말라고 황후에게 말을 전한 가현이 궁녀를 불러 아이를 건네주었다.

아이를 좀 더 안고 있고 싶은 마음 한쪽엔 아이를 가까이하기 두려운 마음도 있었다. 태자가 황후의 품에 돌아간 뒤에도 손끝에 남아 있는 아이의 감촉은 여전히 사라지지 않았고, 그것은 가현을 괴롭혔다. 여전히 상처가 아물지 않은 가현의 창백한 안색에 황후가 안타까운 한숨을 흘렸다.

어찌 모를까…….

저 또한 겪었는걸.

무례하게도 어느 날 밤엔 황제의 머리까지 죄다 뜯어놓으며 원망을 쏟지 않았던가. 아이를 잃은 슬픔은 평생을 가도 사라지지 않을 것이다. 그런데도 가현에게 성급하게 이야기를 꺼낸 것은 말했듯 보기 좋아 그런 것도 있었지만…….

실은, 태자를 낳고 난 뒤에야 찾아온 안정을 그녀 또한 느꼈으면 싶어서였다. 그런데 어쩐지 너무 성급한 것 같았다. 가현의 안색이 지나치게 좋지 않았다.

"아무리 생각해 보아도 내가 너무 성급하게 말을 꺼낸 것 같소."

"아닙니다. 그것이 아니오라……."

황후의 말에 가현이 고개를 저었다. 황후의 말에 그동안 제가 왜 혼인 이야기만 하면 회피하려고 했는지 깨달았기 때문이었다.

'석녀…….'

그래, 난 운에게 어떤 것도 줄 수 없는 몸이 되어 버렸다. 그 사실이 가슴에 남아 비겁하게 도망친 것이다. 괜찮아졌다고는 하지만, 여전히 저는 약을 먹고 있었고 이따금 속이 뒤틀려 식은땀을 흘리기도 했다. 멀쩡한 몸이 아니었다. 그냥 억지로 이어붙인 깨진 도자기 같았다. 손으로 툭, 건드리면 순식간에 무너져 내릴 것 같은…….

가현은 물기 어린 눈으로 다시 황후의 품에 안긴 아기를 바라보았다.

'나는…… 안 돼. 할 수 없어, 난.'

순간 아이가 조막만 한 입술을 벌리며 하품했다. 서글픈 눈으로 아이를 바라보는 가현은 금방이라도 사라질 것처럼 아슬아슬해 보였다. 그렇게 스스로의 생각에 사로잡혀 있는데, 불쑥 운의 손이 가현의 손끝을 건드렸다.

흠칫 놀란 가현이 고개를 들었다. 운은 가현을 보지 않은 채 황후와 황제를 향해 고개를 숙였다.

"……태자 전하께서도 쉬셔야 할 듯하니 저희는 이만 물러가겠습니다."

손가락 사이로 그의 서늘한 손가락이 파고들어 힘 있게 붙잡았다. 멍하니 그를 바라보던 가현도 뒤늦게 따라 황후와 황제에게 고개를 숙였다.

황제와 황후는 차마 그들을 붙잡지 못했다. 대신 두 사람의 상처를 괜히 건드린 게 아닌가 싶어 염려했다.

"그래, 얼른 물러가 보아라."

황제와 황후의 배웅을 뒤로하고 궁을 빠져나온 가현은 걱정스럽게 저를 보는 운에게 억지로 입꼬리를 올렸다.

"괜찮아."

운은 믿지 않는지, 시선을 떼지 않고 가현을 꿰뚫듯 바라보았다. 그의 시선이 견디기가 어려웠다. 이러다간 속에 있던 걸 전부 그에게 쏟아 낼 것 같았다.

그의 시선을 피해 버린 가현이 붙잡혀 있던 손을 빼냈다. 갑자기 손을 빼 버리는 가현의 행동에 운이 멈칫했다. 가현은 모른 척 먼저 계단을 내려섰다.

"그냥 어여뻐서. 태자 전하께서 황후마마와 황제 폐하의 얼굴을 반반씩 닮았더구나."

어쩐지 차가운 손끝을 그러쥐며 운이 가현의 뒤를 따라 계단을 내려섰다.

"앞으로가 기대가 될 정도로 어여쁘신 거 있지."

마차에 올라서도 가현은 집에 도착할 때까지 입을 다문 채 생각에 잠겼다. 하지만 머릿속은 끊임없이 엉망으로 뒤엉켰다. 속이 뒤틀릴 정도로.

* * *

어느덧 마차는 길목을 지나 저택 앞에 도착했다.

온몸이 물에 젖은 솜처럼 무거웠다. 몸이 무거우니 머리도 지끈거려왔다. 이대로 침실로 들어서자마자 눕고 싶었다. 지친 얼굴로 마차에서 내리던 가현이 먼저 안으로 들어서려는데, 운이 그녀의 팔목을 붙들었다. 운의 힘에 가현이 멈춰 섰다.

하아······.

길게 한숨을 내쉰 가현이 돌아서 그를 바라보았다.

"아가씨."

불쑥 짜증이 치솟았는지, 가현의 목소리가 억눌려 있었다.

"난 괜찮아."

"아가씨, 정녕······."

탁!

"글쎄, 괜찮다니······!"

저도 모르게 운을 거칠게 뿌리치던 가현은 순간 저의 행동에 놀라 눈을 크게 떴다.

"아."

가현의 눈빛이 제가 한 행동에 대한 당혹감과 그에 대한 미안함으로 뒤섞여 거칠게 흔들렸다.

"미안. 이건……. 이건 그냥 내가 피곤해서. 그래, 피곤해서 그런 거야. 그러니까……. 나 먼저 들어갈게."

운이 잡기도 전에 도망치듯 멀어진 가현은 침실로 들어가 문까지 걸어 잠갔다. 문에 기대고 서 있던 가현은 힘없이 스르르 주저앉았다.

어쩌자고 화를 냈던가.

왜 이렇게 자꾸만 못난 모습만 보이는 것일까…….

가현이 그렇게 스스로 자책하고 있는 사이에 문 앞에 선 운이 나지막하게 그녀를 불렀다. 그의 부름에 문에 진 그림자가 움찔했다.

"아가씨."

운은 손을 올려 희미하게 보이는 가현의 그림자에 손을 댔다. 시리다. 손끝이 얼 정도로 시렸다. 그래도 운은 손을 떼지 않았다.

"괜찮다고 안 해도 됩니다."

운이 가현을 그리듯 손끝을 움직이며 말했다.

"마음껏 화내셔도 됩니다."

운의 나지막한 목소리를 말없이 듣던 가현이 천천히 자리에서 일어났다. 그러곤 문을 열었다. 그 앞에 서 있는 운을 물끄러미 올려다보던 가현이 느리게 입을 뗐다.

"실은 말이다, 운아."

"……."

"나 안 괜찮은 거 같다."

괜찮다. 난 괜찮을 거야. 그렇게 호준에게 호언장담했건만. 실은 여전히 괜찮지 않았다. 린린과 시답지 않은 이야기를 주고받으며 웃다가도 불쑥 화가 치밀곤 했다. 가끔은 속이 뒤틀렸다.

"괜찮아지려고 노력했는데. 그래서 괜찮은 줄 알았어."

운의 어깨에 가만히 머리를 기댄 가현은 꽃나무 아래 잔잔한 연못을 멍하니 내려다보았다. 그들이 나란히 걸터앉아 있는 정자 위엔 구름에 가려진 둥근 달이 두 사람을 밝혔다.

"나는 아직도 여기가 턱 막혀서. 그래서 괜찮아질 수가 없어. 나는 너무 많이 망가졌어. 그런 내가 너와 있는 게 정말 맞을까 끝도 없이 고민해."

"……."

"네 곁에 있겠다고 말했지만…… 실은 나 자신이 없어."

가현의 말은 두서가 없었다.

"이기적이지만 말이다, 운아. 그런데도 나는 네가 다른 이와 혼인을 하는 것이 싫어. 그때 염치가 없어 아닌 척했지만, 허여소 그 여자와 혼인을 한다 했을 때 내가 얼마나 아팠는지 아니?"

무슨 말을 하는 것인지 모른 채 가현은 끝도 없이 정리되지 않은 말을 꺼냈다. 운은 묵묵히 가현의 말을 들었다.

"진짜 네가 너무 미웠어."

"……그랬습니까."

"그럼, 당연하지."

이따금 어깨에 내려앉은 가현의 머리가 희미하게 떨릴 때면, 운은 말없이 가현의 어깨를 감싸 안았다. 시린 달빛이 선명해질 때까지 잠시 멈췄던 가현이 다시 말했다.

"나 아이를 못 갖는다지."

운이 가현의 어깨를 쥐고 있던 손에 저도 모르게 힘을 가했다.

"태의께 들어 너도 알고 있었겠지만."

"……."

"해서 더더욱 혼인할 수 없다. 뭐, 네가 나에게 직접적으로 혼인하자고 말한 것은 아니라 이런 말을 하는 게 우습……."

"아가씨 저는 말입니다."

멈칫한 가현이 천천히 고개를 들어 흔들리는 눈으로 운을 바라보았다.

"아가씨의 지아비로 평생을 살아가고 싶었습니다."

온전히 가현을 담은 운의 눈동자가 시린 달빛에 빛났다.

"나이가 들어 주름이 자글자글해지고, 흰머리가 희끗희끗해진 아가씨를 등에 업고 좋아하시는 꽃구경도 해 주고 그렇게 말입니다."

나 또한…… 꾸었던 꿈이었다.

알에서 막 깨어난 새끼처럼 첫눈에 담은 운을 졸졸 쫓았고, 평생 그가 전부였으며 언젠가는 꼭 운과 혼인하여 평생을 오순도순 살고 싶었다. 나이가 들어도, 이렇게 웃으며 조곤조곤 이야기 나누고 손잡고 꽃 나들이도 가고 싶었다.

저와 같은 꿈을 꾸고 있었다고 말하는 운을 멍하니 바라보던 가현의 눈가에 기어코 눈물이 어렸다.

"참, 멋대가리 없는 꿈이다."

괜스레 시큰거리는 코끝을 누른 가현이 투덜거렸다. 그런 그녀의 목소리에조차 물기가 섞였다.

"네 수하들이 들으면 기절할 정도로 보잘것없는 꿈이야."

"남들 눈에 보잘것없든 뭔 상관입니까."

운은 그런 가현을 보며 웃었다.

"제겐 평생 원하던 꿈인 것을요."

시린 달빛 아래 은은하게 빛나는 그의 얼굴에 순간 참고 있던 눈물이 왈칵 쏟아져 나올 뻔했다.

"그래도 제게 언제나 최우선은 아가씨입니다. 아가씨께서 원하지 않으신다면 전 그 무엇도 하지 않을 겁니다."

꾹 깨문 가현의 입술 끝이 파르르 떨렸다. 조금만 힘을 빼면 참고 있던 것이 터져 나올 것 같았다. 운의 진심 어린 말은 가현의 벌어진 상처를 조금씩 아물게 했다. 숨통을 막고 있던 돌덩이 하나도 사라진 것 같았다.

* * *

'저게 부러워?'

어느 날이었을까.

운을 억지로 데리고 나와 장 구경을 하는데, 운이 어딘가를 부럽다는 듯 바라보았다. 네다섯 명의 아이들과 함께 장 구경을 나온 중년 여인이었다.

억지로 운을 끌고 밖으로 나온 어린 가현은 어딘가를 뚫어져라 보는 운을 따라가다가 눈을 동그랗게 떴다.

'예, 부럽습니다.'

제 말을 무시하지 않고 처음으로 답해 준 운에게 신이 난 가현은 연신 좋알거리며 물었다.

'무엇이 부러운데?'

'가족이 많지 않습니까.'

'가족이 많은 게 좋아?'

'예, 전 가족을 많이 만들고 싶습니다. 어머니 말고는 언제나 혼자였거든요. 이왕이면 저들처럼 많았으면 좋겠습니다. 해서 일찍 가정도 꾸릴 참입니다.'

귀를 쫑긋 세우고 듣던 가현이 당차게 말했다.

'이따금 오시는 스님 한 분이 내게 말하셨다! 내 복 중 하나가 아이를 많이 낳는 것이라고 하더구나! 그러니 딱 맞지 않느냐?'

순간 운의 미간이 찌푸려졌다.

'뭐가 맞는다는 겁니까?'

'네가 금방 이야기하지 않았니. 가족 많이 갖고 싶다고. 게다가 일찍 가정을 꾸릴 거라며.'

'그런데요.'

'그러니 나와 딱 맞지. 나도 오늘부터 꿈이 가족을 많이 갖고, 일찍 가정을 꾸리는 것이다! 어찌 천생연분이 아닐 수가 있겠니? 흠흠, 확신한다만, 분명 신께서 너와 나를 맺어 주려 같은 하늘 아래

태어나게 한 것이야.'

가현의 엉뚱한 발언에 운의 미간이 단번에 일그러졌다. 마치 못 들을 걸 들었다는 얼굴이었다.

'실없는 소리 그만하고 장 구경 다 하셨으면 얼른 들어가요.'

매정하게 가현을 외면한 운은 먼저 걸어가 버렸다.

'아야, 아야. 다리가 삐끗한 모양이다, 운아!'

아야!

아야!

가현이 부러 크게 소리쳤다. 그대로 가 버릴 것 같던 운은 온갖 짜증을 내면서도 가현에게 돌아왔다. 가현은 그런 운을 보며 실실 웃었다.

꿈에서 깨어난 가현은 눈물을 쓱 닦았다.

"다섯이라니."

이상하게 웃음이 새어 나왔다. 다섯이나 낳고 싶다고 했으면서 괜찮긴 뭐가 괜찮아. 괜스레 저 옆에서 자는 운을 장난스럽게 노려 보다가 씁쓸하게 웃었다.

"아무래도 네 말이 맞나 보다. 그 스님은 분명 사기꾼인 게야."

그러지 않고서야……

아이를 많이 낳을 거라니. 지금 다시 만나면 혼쭐을 내 줄 것이 었다. 피식, 웃던 가현은 한 짐 내려놓은 듯 한결 누그러진 얼굴로 운을 내려다보다가 갑자기 그를 흔들었다.

"운아, 일어나 봐."

"음……."

가현이 편히 잠드는 걸 지켜보다가 거의 한 시간도 채 못 잔 운은 억지로 눈을 떴다. 억지로 눈을 뜨던 운은 흐릿한 시야 사이로 보이는 가현의 얼굴에 눈을 크게 떴다.

"……아가씨?"

이내 반듯하던 그의 미간에 미세하게 주름이 새겨졌다.

"나 그거 줘. 반지."

갑자기 생뚱맞은 소리를 하는 가현을 멍하니 바라보던 운이 지끈거리는 머리를 붙잡고 몸을 일으켰다. 스르륵, 그의 몸에서 이불이 흘러내렸다.

"지금 갑자기 무슨 소……."

"네가 가지고 간 내 반지. 그거 갖다 달라고."

"……지금 말씀이십니까?"

"응, 지금."

아침 해도 떠오르지 않은 시각에 갑자기 반지라니…….

혼란스럽게 가현을 바라보던 운은 눈도 제대로 떠지지 않은 상태로 침상에서 빠져나왔다. 가현은 운이 두고 간 이불로 몸을 꼭 싸매며 방을 나가는 운을 지켜보았다.

얼마 안 가 운이 반지가 든 주머니 하나를 들고 들어왔다. 운은 여전히 가현의 생각을 이해하지 못했다. 그러면서도 가현이 시키는 대로 장에서 꺼내 온 반지를 가현에게 내밀었다. 그러나 가현은 받지 않았다. 운은 문득 생각했다. 아직도 마음의 응어리가 덜 풀린 것일까, 하고.

어쩌면 그래서 가현이 제게 엉뚱하게 화풀이하는 것일까. 말도 안 되는 생각을 할 정도로 가현의 심부름은 참 이상했다.

그때, 가현이 불쑥 손을 내밀었다. 이젠 또 무엇을 하려고 하는 건지, 도저히 이해가 가질 않아 좀 당혹스럽게 보는데 가현이 내민 손을 휘휘 위아래로 흔들었다.

"끼워 줘야지."

"……예?"

운의 눈꺼풀이 느리게 닫혔다가 올라갔다.

"반지를…… 끼워 달라는 말씀이십니까?"

"그럼 내가 왜 반지를 가져오라고 했겠어?"

가현의 불퉁한 눈을 말없이 바라보던 운은 우선 순순히 그녀의 말에 따랐다. 주머니 안에서 반지를 꺼내 든 운은 가현이 내민 손에 반지를 끼워 주었다.

"우리 그거 할까."

마른 듯 기다란 손가락에 반지가 끼워질 무렵, 가현이 또다시 불쑥 말을 꺼냈다.

"혼인."

가현의 손에 닿아 있던 운의 손이 멈칫했다.

"나랑 혼인하자, 운아."

철없는 소녀처럼 가현이 혼인하자고 말했다. 굳은 채 서 있던 운의 시선이 느리게 가현에게로 향했다.

"지금 뭐라…… 하셨습니까."

양팔을 뻗어 운을 바짝 끌어안은 가현이 귓가에 속삭였다.

"혼인하자고."

운의 귓가에 닿은 가현의 입매가 길게 늘여졌다. 가현의 가녀린 몸에 의지한 채 허공을 바라보던 그의 눈가가 서서히 젖어 들었다. 그는 무언가를 참듯 눈을 내리 감았다가 천천히 떴다. 그런 그의 입가에 희미한 미소가 번졌다.

"예, 아가씨."

* * *

'너는 평생 가도 질리지 않을 것 같다.'

피떡이 된 사내를 향해 열은 다시 채찍을 내리쳤다. 열은 미친 듯이 웃어 재끼며 사내의 등에 채찍질했다.

"형님, 일어나시오! 형님!"

심장이 달아오를 정도로 재미나게 놀던 그를 홍두의 목소리가 깨웠다. 짜증스레 눈을 뜬 열은 어기적어기적 자리에서 일어났다.

"오랜만에 재미난 꿈을 꾸었는데. 깨우면 어찌해!"

살벌하게 홍두를 노려보며 자리에 앉았다. 그러곤 다 식어 빠진 고기 한 점을 입에 집어넣고 우물거렸다.

"내 형님을 위해 제, 제대로 된 일 하나 물어 왔지 않겠소, 하하!"

홍두는 아양을 떨며 열의 심기를 가라앉히기 위해 노력했다. 눈썹 한쪽을 치켜올린 열은 어디 들어나 보자 싶어 비스듬히 고개를 들었다.

"뭔데."

홍두는 대답하지 않고 수하들을 시켜 무언가를 들이라고 명했다. 잠시 후에 남노비들이 커다란 상자 두 개를 들고 들어와 그들의 앞에 내려놓고 방을 나갔다. 홍두는 은밀히 이야기를 꺼냈다.

"귀족 나리들께서 의뢰 하나를 하셨는데, 이번 일만 잘 끝나면 지금의 스무 배는 더 쳐 주겠다지 뭡니까."

"흠……. 듣기만 해도 위험한 냄새가 나는데."

홍두가 슬쩍 가져온 나무상자 두 개를 열의 앞에 내밀었다. 열은 대놓고 탐욕스럽게 상자를 바라보았다. 열의 눈치를 살피며 상자 뚜껑을 연 홍두가 배를 내밀며 웃어 보였다. 홍두가 자신만만하게 배를 내밀 정도로 상자 안에 금화가 가득했다. 예상 보다 넘쳤다.

필시 목숨을 걸 만큼 위험한 일이리라. 하나, 열은 본능을 따라 사는 사내였다. 탐욕스럽게 번쩍이는 금화를 내려다보던 열이 홍두에게 물었다.

"고귀하신 귀족 나리들이 원하는 게 뭐라고?"

금화를 본 뒤에야 일할 마음이 든 열의 물음에 홍두가 잠시 뜸을 들였다.

처음 들었을 땐, 순간 제가 잘못 들었나 싶었다. 여러 암살의뢰를 받았지만…… 이렇게 위험한 일은 처음이었다. 그래서 망설였으나, 허여소의 일로 손해를 본 홍두는 귀족들이 내미는 금화에 금세 넘어갔다.

흑운왕이 얼마나 위험한 사람인지는 잘 알았지만, 허여소의 일로 인해 손해가 생각보다 막심했다. 그 손해를 막고도 남을 정도로 귀족들이 내준 금화는 상당했다.

어차피 제가 직접 나설 일도 아니고, 열이 대신 손에 피를 묻혀 줄 거 아닌가. 혹, 일이 잘못된다 싶으면 금화만 몰래 챙겨 달아나면 되는 일이었다. 저는 슬쩍 발을 빼고 있으면 된다. 게다가…….얼마 전부터 흑운왕에게 관심을 보이는 열이 이런 일에 흥미를 보일 건 당연한 일이 아닌가.

주위를 은밀히 살피던 홍두가 열의 앞으로 기어와 귓속말로 전했다.

"놀라지 마시오, 형님."

"아, 거참. 뜸 들이지 말고 말해."

"그것이……. 흑운왕입니다."

"……뭐?"

성가신 듯 인상을 찡그리고 있던 열의 눈이 휘둥그레졌다. 곧 그의 입에서 육성으로 웃음이 터져 나왔다.

아하하하하!

갑자기 미친 듯이 웃어 재끼는 열의 행동에 홍두가 어리둥절한 표정을 지었다.

"어찌 그리 웃습니까?"

"어쩐지 구린내가 나더라니."

이상하게도 열의 귀에 흑운왕에 대한 이야기가 잘 들렸다. 안 그래도 궁금했는데……. 키득거리던 열은 선뜻 하겠다고 답했다.

"대신 값을 더 올려 받아야겠다."

"아, 아니 그게 무슨……!"

"그 나리들 대신 네가 내 목숨값 쳐 줄 테냐?"

빌어먹을 놈의 새끼!

아주 죄 다 벗겨 먹어라, 벗겨 먹어! 허여소의 일 빼고는 전부 완벽하게 일 처리를 해 왔던 열은 생각보다 가져가는 돈이 많았다. 속으로 이를 갈며 온갖 욕설을 내뱉던 홍두는 금세 아부하는 얼굴로 돌아왔다.

"알았소! 알았어! 내 반드시 더 올려 받겠소! 그도 안 되면, 내 주머니를 탈탈 털어서라도 줄 테니 걱정 마쇼."

홍두의 말에 만족스럽게 웃던 열은 술상에 놓인 술병을 들어 벌컥 들이켰다.

흑운왕이라······.

* * *

"호, 혼인······!"

린린은 거의 얼빠진 얼굴로 서 있다가 털썩, 주저앉았다. 혼인식 준비를 부탁한다는 운의 말에 가현을 찾아온 소소는 무뚝뚝한 표정을 유지하면서도 내심 기뻐했다.

"아주 현명한 생각이십니다. 그래도 좀 늦은 감이 없지 않습니다만 혼인을 하시기로 하셨으니, 밖에서 떠도는 이상한 말들은 사라지겠지요."

소소의 말대로 혼인도 안 한 여자가 흑운왕의 곁에 붙어 있다는 이유만으로 헐뜯는 사람들이 몇 있었다. 모른 척했지만, 그런 이유로 사실 걱정스럽게 두 사람을 지켜보고 있었는데······.

그사이에 주인도 가현도 조금씩 앞으로 나아가고 있었던 것이다. 그동안 탈도 많았고, 다치는 일도 많았으니 이제부터 두 사람 앞길은 꽃길뿐일 테지. 소소는 그렇게 확신하며 혼인식에 필요할 것들을 정리했다.

"저는 그럼 혼인식 준비를 서둘러야겠습니다."

특유의 무심한 표정으로 고개를 숙인 소소가 방을 나가 버렸다. 그때까지도 주저앉아 입만 벌리고 있던 린린의 얼굴이 순식간에 환해졌다.

"축하해!"

벌떡 일어난 린린이 가현을 와락 끌어안았다. 저보다 덩치가 있는 린린의 무게에 휘청거리던 가현은 작게 웃으며 그녀의 등을 토닥여 주었다.

"고마워, 린린."

뒤늦게 소식을 들은 노비들은 하나같이 놀라 하다가도 린린처럼 진심으로 축하했다. 그동안 운과 가현의 사이를 지켜본 노비들은 가현을 배척하는 것보다 속으로 응원하는 마음이 컸던 것이다.

시기하는 여노비들도 그동안의 일을 사과하며 충심을 다해 부인을 보필하겠다고 말했다. 린린은 그 옆에서 제가 부인이라도 된 듯 그들에게 어깃장을 놓았다.

그 말 그대로 따르지 않으면 큰 벌을 내리겠다는 얼토당토않은 말까지 하면서. 여노비들은 어쩐지 실세가 된 린린을 질투 섞인 눈으로 보았다.

가현과 혼인을 하게 되었다는 이야기를 훈련소에서 들은 진명은 크게 놀라다가 뒤늦게 진심으로 축하했다. 다른 병사들도 모두 운의 혼인을 축하해 줬다.

* * *

　갑자기 황제가 마시고 있던 차를 품, 하고 내뱉었다.
"그것이 참이냐!"
"예, 조금 전 흑운왕 전하 댁에서 전해 온 말입니다."

20장

　틀림없는 사실이라며 거듭 말하는 환관의 말에도 믿어지지 않는 얼굴을 하던 황제가 뒤늦게 소리 내어 웃었다.

　"그렇게 속을 썩이더니. 결국 이리될 줄 알았어."

　말은 못 했지만, 그동안 성심껏 가현을 치료해 왔던 태의는 곁에서 가만히 듣다가 조용히 미소 지었다.

　"참으로 잘 되었습니다. 참으로 잘 되었어요."

　황후도 진심으로 기뻐했다. 황제는 벌써부터 신이나 허여소와의 혼인식에선 하지 않았던 선물을 하겠다며 머리를 굴렸다.

　"운이 놈이 혼인을 한다는데 형제로서 어찌 가만히 있을까. 땅을 주는 것도 참 좋겠어. 아니면 집 한 채를 더 내릴까."

　"그리 좋으십니까."

　황후의 말에 운덕이 희미하게 미소 지었다. 문득 운을 처음 만났던 때가 떠올랐다. 아무것도 모르는 제 가슴마저 쓰라릴 정도로 황폐하던 운의 눈빛에 이제야 살아났다. 운덕은 더는 운의 그런 눈빛을 보고 싶지 않았다.

"어찌 좋지 않겠소."

갑자기 무언가를 생각하며 아파하는 운덕의 얼굴에 원영 황후가 걱정스러운 눈길로 바라보았다. 그녀의 시선에 고개를 든 운덕이 황후의 손을 조심스럽게 그러쥐었다.

"모자라 보여도 나는 운이 웃고 다녔으면 하오."

운덕의 장난스러운 목소리에 담긴 진심에 황후가 옅게 웃었다.

"저도 기대가 됩니다."

* * *

소소가 갑자기 혼인날 전까지 각방을 써야 한다면서 운을 가현의 침실로 오지 못하게 막았다. 지금껏 함께한 밤이 얼마나 많은데, 갑자기 막아서다니. 운이 비키라고 명을 내려도 소소는 들은 척도 하지 않았다.

"아니, 어차피 알 만한 사람들은 다 아는……!"

배를 붙잡고 한참을 낄낄거리던 린린은 귓불이 살짝 달아오른 가현의 얼굴에 멈칫하다가. 다시 미친 듯이 웃어 재꼈다.

"그만 웃어, 린린."

반듯하게 펼쳐놓은 이불이 죄다 헝클어질 정도로 낄낄거리며 뒹구는 린린을 얄밉게 흘기던 가현도 결국 웃고 말았다. 조금 전, 운의 얼굴이 떠올랐기 때문이었다. 그는 소소의 말에 몹시 불쾌해하면서도 어쩐지 힘없이 가현에게 잘 주무시라, 말하곤 돌아섰다.

그를 떠올리며 작게 웃음을 터뜨린 가현은 어색하게 제 머리를 빗질했다. 그동안 운이 빗질해 주어 그것에 습관이 든 탓인지, 스스로 하는 게 영 어색했다.

실컷 웃고 침상 위에서 내려온 린린이 가현에게 다가와 빗을 빼앗아 들었다. 그러곤 가현을 앞으로 보게 했다. 몸을 돌리고 앉은 가현의 뒤에서 머리카락을 들어 올린 린린이 새삼 감탄했다.

"히야, 주인님께서 어찌나 정성 들였는지 비단이 따로 없다니깐."

손길만 스쳐도 스르르 떨어져 내리는 머리카락은 정말 비단결처럼 고왔다.

"시간이 많이 흘렀지 않니."

가현은 어쩐지 수줍어 괜히 시간 타령했다.

"아무리 오래되었다고 한들, 머릿결 원래대로 되돌려 놓는 게 쉬운 줄 알아?"

가현은 아무 말 못 하고 비싯 웃었다.

"허이고. 그렇게 좋아?"

린린은 꼴 보기 싫어하면서도 가현을 따라 키득거렸다.

"쳇, 나도 얼른 시집가야지."

"좋은 사람 있으면 꼭 말해 줘."

가현의 말에 린린이 투덜거렸다.

"좋은 사람은 무슨. 그런 사람 있었으면 진즉 갔지."

그렇게 말하면서도 린린은 사실 시집가는 거에 대해 회의적이었다. 어쩌면 부양해야 할 가족이 있기 때문인지도. 걸이는 아직 어린아이였고, 성장하기까지 오랜 시간이 남았다.

"그냥 나는 걸이 놈이나 끼고 살란다."

꼬부랑 할머니가 되어도 우리 걸이 놈이 나중에 먹여 살리겠지. 그렇게 이야기하며 린린이 침상을 정리했다. 침상 정리를 끝낸 뒤, 린린은 가현이 자리에 눕는 것까지 지켜보고 방을 나갔다.

홀로 남은 가현은 침상 곁에 놓인 촛불을 후, 불어 껐다. 그러곤 바스락거리는 이불 속으로 들어가 베개에 머리를 뉘었다.

어쩐지 허전했다. 억지로 눈을 감다가 뜬 가현은 괜스레 운이 잠들곤 하던 옆자리를 바라보았다. 창가 너머를 타고 들어온 달빛이 빈자리 위에 드리워졌다. 가만히 바라보던 가현은 옆으로 틀다가. 또 반대로 틀다가. 오랫동안 몸을 뒤척이며 잠을 자려 노력했다.

가현만 허전한 것은 아니었다. 어느 순간부터 가현의 침실에서 함께 자는 날이 많아졌던 운은 어쩐지 낯선 제 침실에서 쉽사리 잠에 들지 못했다. 결국 읽다 만 서책 하나를 들고 와 침상 옆 탁자에서 일렁이고 있는 촛불 하나에 의지한 채 침상에 기대 앉아 책장을 넘겼다.

수백 년 전부터 이어져 내려오는 대호국만의 무술과, 검을 다루는 법이 상세하게 적혀 있는 무술 서적이었다. 대호국 고유의 전통 무술 동작이 군데군데 그림으로 그려져 있었고, 그 아래에 작은 글씨가 빼곡하게 적혀 있었다.

서책은 얼마나 많이 보았는지, 닳고 닳아 끝이 구부러지고 해져 있었다. 처음 정식으로 무술을 배우게 될 무렵, 당시 황자였던 운덕이 운에게 건네준 서책이었다.

운은 낮에 하는 훈련 외에도 매일 밤 운덕이 준 이 서책으로 끊임없이 무술을 익혔다. 그래서 사실 눈감고 보아도 어느 장에 어떤 무술 동작이 적혀 있는지 알 정도로, 몸에 모두 익힌 상태였다. 그런데도 운은 잊을 만하면 이 서책을 읽었다.

하지만 오늘은 어쩐지 눈에 들어오지 않았다. 결국 서책을 덮은 운은 탁자에 내려놓고 고개를 숙여 촛불을 후, 불어 껐다. 입바람에 의해 꺼진 촛불은 어느새 연기가 되어 스멀스멀 올라왔다.

그리고 침상에 누우려는데, 갑자기 창문이 바람에 기묘하게 흔들렸다. 알 수 없는 위화감에 시선을 돌려 창문을 바라보던 운이 천천히 침상 위에서 내려왔다. 시린 바닥을 맨발로 딛고 선 운이 느린 걸음으로 창문 앞에 다가섰다. 그러곤 손을 뻗어 창문을 열었다.

주위는 고요했고, 이따금 저택 너머 보이는 산 너머에서 기괴한 바람 소리가 들렸다.

온통 새까만 밤하늘은 간신히 달빛에 의지한 채 먼지 같은 눈이 조금씩 내렸다. 바람과 함께 이끌려 창문 너머로 들어온 작은 눈송이 하나가 그의 어깨에 내려앉을 때까지 서 있던 운이 고개를 옆으로 돌리려는 때였다.

휙!

소리 없이 날아온 화살 하나가 그의 귀를 스쳐 방 안 침상 기둥에 그대로 내리꽂혔다.

가라앉은 눈으로 손을 들어 따끔한 귀를 꾹 누르자, 피가 새어 나왔다. 운은 미동 하나 없이 서 있다가 그대로 돌아서 화살이 꽂힌 곳으로 다가섰다. 화살엔 쪽지 하나가 달려 있었다. 싸늘하게 가라앉은 눈으로 그것을 응시하던 운이 손을 뻗어 단숨에 화살을 뺐다. 손쉽게 그의 손에 들어온 화살에서 쪽지를 빼낸 운이 펼쳤다.

[興盡悲來(흥진비래)　如履薄氷(여리박빙)]

'즐거운 일이 지나가면 슬픈 일이 올 것이니, 얇은 얼음 위를 걷는 것과 같다……'

미간을 좁힌 채 쪽지를 내려다보던 운이 고개를 들며 창밖너머를 바라보았다. 그러나 어떠한 인기척도 느껴지지 않았다. 그저 스산한 바람만이 그의 기다란 머리카락을 흔들고 지나갈 뿐이었다.

* * *

"도대체 누가 이런 쪽지를 보낸 것일까요?"

진명은 운이 건넨 쪽지를 다시 살폈다. 도대체 이게 무슨 말인가.

"즐거운 일. 즐거운 일이라……."

하늘 높이 들어 살펴보던 진명의 눈이 금세 커졌다. 퍼뜩 고개를 튼 진명이 운을 돌아보았다. 운은 언제부터 보고 있었는지, 무겁게 가라앉은 눈으로 진명을 바라보고 있었다.

"제가 짐작한 것이 맞습니까?"

"나 또한 그렇게 생각하고 있다."

하지만 그 역시 짐작뿐이었다.

혼인식이 아닌 다른 날일 수도 있었고. 조심하라는 충고가 아니라

혼선을 주기 위한 그들의 계책일 수도 있었다.

"허, 허면 당장 날짜를 옮겨야 하지 않겠습니까!"

진명 역시 같은 생각이었다. 이것이 오히려 적의 계책이면?

우리들에게 혼란을 준 것이면 어찌할까. 뒤늦게 든 생각에 진명은 골이 다 아파졌다. 이 쪽지를 보낸 이는 누구인지, 무슨 일이 벌어질지 짐작도 되질 않은 상태였다.

"어쨌든 혼인식 날을 미루고, 우선 누가 이런 걸 보냈는지 알아봐야······."

"아니, 되었다. 혼인식은 그대로 진행해."

"예? 그게 무슨 말씀이십니까?"

운의 말에 기겁한 진명의 목소리가 커졌다.

"만약 이 쪽지가 사실이라면 날짜를 더더욱 옮겨서는 아니 된다. 섣불리 움직였다가 그들의 머리카락 하나 잡지 못할 거야."

"하지만 이 쪽지가 우리의 시야를 흔들리기 위한 술수라면."

"······확실한 것은 아니나, 그것은 아닌 듯하다."

"예? 그게 무슨······."

운은 무슨 생각을 하는 건지 알 수 없는 눈으로 쪽지를 바라보았다.

* * *

혼인식이 시작되었다. 가현은 소소가 손수 만든 혼례복을 차려입고 소소와 린린의 부축을 받아 나왔다. 그러곤 혼인식이 시작되는 길로 들어섰다.

구름다리가 보이는 곳에서 혼인식이 치러졌는데, 그 너머 정자엔 원영 황후와 황제 운덕이 몇 귀족들과 앉아 가현을 바라보았다. 그 곁에 앉은 악공들은 손에 든 악기를 연주했고, 가현의 양쪽엔 노비들과 구경 온 사람들로 빼곡하게 찼다.

가현처럼 혼례복을 차려입은 운은 제게로 걸어오는 가현을 한순간도 놓치지 않고 바라보았다. 가현도 린린과 소소의 부축을 받으면서도 운에게서 눈을 떼지 않았다.

운아······.

철없던 어린 시절 운을 눈에 담았고, 당연하게 그와 혼인하리라 생각했다. 그가 죽었다는 사실에 삶의 미련 따위 없이 그저 죽기 위해 살던 어느 날, 꿈처럼 운을 만났으나······. 이미 모든 것이 달라져 버려 감히 그 꿈을 꿀 수 없다고 여겼다. 하나, 가현은 이제 그에게로 걸어간다.

한 걸음. 또 한 걸음······.

마침내 그의 앞에 마주하고 선 가현은 운과 시선을 마주하며 웃었다. 운도 따라 웃었다.

성가시고 귀찮기만 하던 어린 가현의 모습이, 저를 보며 연모한다 소리치던 가현의 사랑스러운 모습이, 처음을 나누었던 그때가······.

여전히 생각만 하면 가슴이 미어지던 이별의 순간이 한차례 스쳐 지나갔다. 가현과 다시 재회한 이후에, 바보처럼 그녀를 잃을 뻔한 것도 떠올랐다. 찰나의 순간에 그 오랜 세월을 떠올리며 운은 문득 이 순간이 오기까지 오랜 시간이 걸렸다는 생각이 들었다.

그리고 마침내 그 순간을 이겨 낸 그녀의 앞에 섰다.

앞으로 남은 평생 운은 가현의 곁에서 지아비로 살다가, 그녀가 눈을 감은 다음 날 자신이 눈을 감길 바랐다. 마치 가현도 같은 꿈을 꾸었다는 듯, 가현의 입매가 느슨하게 늘어졌다.

'연모해, 운아.'

'연모합니다, 아가씨.'

그런 그들 위로 꽃잎과 뒤섞인 눈송이가 흩뿌려졌다.

운이 왕으로 봉해졌으나, 본래 황실의 핏줄이 아니었기 때문에 그의 아내는 '부인' 혹은 '마님'이라는 칭호로 불렸지만. 황제 운덕은 혼인 선물로 가현에게 '흑왕비'라는 칭호를 내렸다. 그것은 원영 황후의 제안이었다. 이로써 가현은 정식으로 흑왕비로 불리게 되었다.

* * *

혼인식이 끝이 난 밤, 흑운왕의 저택은 시끌벅적하던 낮과 달리 고요했다.

탁!

누군가 그 고요함을 뚫고 지붕 위로 날아들었다. 얼굴의 반을 복면으로 가린 여러 명의 사내 가운데 차마 눈에 길게 그어진 흉터까지 가리지 못한 열이 눈을 번쩍이며 아래를 내려다보았다. 노비들은커녕 쥐새끼 한 마리 보이지 않았다.

혼인식으로 날을 정한 것은 단순했다. 병사들은 물론 노비들까지 술독에 빠질 때가 혼인식이나 다른 큰 행사 아니던가. 게다가

의뢰를 받은 날 후에 막 혼인식이 치러진다는 소식이 들리니, 열은 얼씨구나 그날을 길일로 정했다.

혼인식날 죽는 것만큼 개죽음이 없으나, 열에겐 상관없는 일이었다. 열이 신호탄을 쏘듯 한 손을 들어 까딱였다. 몸을 낮추고 있던 사내들이 순식간에 날아올라 흑운왕과 그의 아내가 잠자리에 들었을 건물 지붕 위로 옮겨갔다. 그러나 열은 움직이지 않았다. 미세하게 느껴지는 기시감 때문이었다.

'아무리 혼인식 이후의 잔치를 번잡스럽게 하지 않는다지만……. 이렇게나 조용했던가?'

보통 대호국에선 짧게는 사흘, 길게는 열흘까지 밤새 잔치를 벌이는 게 전통적인 혼인식이었다. 그런데 이상하게도 개미 하나 보이지 않으니…….

묘한 기시감에 잠시 멈칫하던 열은 결국 몇을 밖에 세워 두곤 나머지 둘과 함께 신방으로 들어섰다. 신방으로 꾸며진 안은 촛불까지 모두 꺼져 어두컴컴했고, 앞이 보이지 않을 정도였다. 간신히 시야를 확보한 열은 붉은 휘장 너머 보이는 사람의 그림자를 가만히 보다가 눈을 번뜩였다.

열이 멈춘 걸 알지 못한 채 검을 든 사내 둘이 휘장을 반으로 갈랐다. 그때였다. 휘장이 반으로 갈라진 순간, 그 틈으로 튀어나온 검이 그대로 사내 하나의 목을 꿰뚫었다.

"컥!"

울컥! 꿰뚫린 목덜미에서 피가 뿜어져 나왔다.

'어느 개자식이……!'

다른 건 몰라도 의뢰인에 대한 것이나, 일에 대한 건 철저하게 보안을 지키는 홍두였다. 그 때문에 오랫동안 더러운 일을 하면서도 덜미가 잡히지 않았던 것이었다. 그런데 자신들이 올 것을 알고 있다니……!

열의 얼굴이 험악하게 일그러졌다. 순식간에 침상 위에서 내려온 검은 그림자가 나머지 하나의 숨통을 끊어 놓았다. 찰나의 순간에 두 명이 모두 죽은 채 널브러졌다. 빛 하나 들어오지 않는 방 안에서 홀로 남게 된 열은 쯧, 혀를 찼다.

두려움은 보이지 않았다. 들키든 아니든 죽이면 되는 게 아닌가. 열은 스스로의 재능을 굉장히 높이 사는 사람이었다. 열은 확신했다. 제가 흑운왕의 숨통을 끊어 놓을 것이라고.

'흑운왕…….'

어째 일이 재미있게 되었다고 생각하며 손대신 갈고리가 달린 팔을 들어 혀끝으로 쓱, 쓸었다. 그러면서 제게로 걸어오는 흑운왕을 재미난 놀이 보듯 바라보다가 순식간에 달려들었다.

끼긱-!

번쩍 들어 올린 열의 갈고리가 운의 머리 위로 날아들었다. 무심한 듯 새까만 눈과 함께 검으로 갈고리를 막아 내었다. 검과 부딪친 갈고리에서 소름 끼치는 소리가 귓가를 울렸다.

지랄 맞게도 예뻐해 주던 개한테 손을 잃었던 열은 그 순간은 화가 났지만 결국 새로 탄생한 손은 그의 무기가 되어 주었다. 이 손으로 죽이지 못할 놈은 없었다. 열은 자신 있었다. 갑자기 창가를 타고 흘러들어온 달빛이 어둠에 가려져 있던 흑운왕의 얼굴 위에 드리워지기 전엔 말이다.

'……너!'

달빛에 드러난 흑운왕의 얼굴에 열의 눈이 쏟아질 듯 커졌다.

수개월 전 허여소의 일을 끝내고 선착장을 빠져나올 적에 흑운왕의 옆모습을 스치듯 보며 열은 어쩐지 낯이 익다는 생각을 했었는데…….

우습게도 언제나 그의 짐승 같은 감은 맞아떨어졌다. 시린 달빛 아래 드러난 흑운왕의 얼굴을 뚫어질 듯 바라보던 열의 얼굴이 순간 광기 어린 웃음으로 일그러졌다.

'네 놈이 흑운왕이었더냐!'

금방이라도 죽일 듯 살기를 뿜어내던 복면의 사내가 갑자기 멈추자, 운의 건조한 눈동자에 미세하게 의문이 스쳤다.

마치 못 볼 걸 본 사람처럼 쏟아질 듯 커진 눈으로 운을 바라보는 복면의 사내가 이상했다. 하나, 이상한들 그것이 뭐가 중요한가.

놈을 잡아 이런 일을 꾸민 자들까지 잡는 게 중요했다. 순간적인 힘으로 갈고리를 튕겨 낸 운이 놈의 다리를 베려 하는데, 갑자기 놈이 바닥을 치고 올라 뒤로 물러섰다.

'……뭐지?'

마치 훈련되지 않은 짐승처럼 막무가내로 달려들던 그가 갑자기 물러서다니.

"이렇게 죽이기엔 아깝지, 안 그래?"

잠시 주춤한 사이에 음산하기 짝이 없는 목소리가 날아왔다. 기분이 가라앉을 정도로 기괴하고 거칠거칠한 목소리였다.

마치 쇠를 긁는 듯한······.

분명 어디선가 들었던 목소리였다. 운이 그를 확인하기 위해 다가서려는 데, 놈이 순식간에 사라졌다.

"또 보자고. 키킥!"

갑작스러운 말만 남기고.

"전하!"

미간을 좁힌 채 활짝 열린 문 너머를 응시하는데, 밖에서 대기하고 있던 병사들이 들이닥쳤다.

"괜찮으십니까!"

문 너머를 바라보고 있던 운이 문득 쳐다보자, 병사 하나가 앞으로 나와 보고를 올렸다.

"체포는 했으나, 갑자기 모두 죽었습니다. 아무래도 혀 밑에 독약을 숨기고 있었던 것 같습니다."

"······진명은."

"지금 흑왕비 마마 처소에 가 있습니다."

"그곳으로 가겠다. 나머진 도망친 놈을 쫓아라. 일부는 주검을 가져가 샅샅이 훑어야 한다. 작은 것 하나도 놓치지 않고 전부 살펴야 한다, 알아들었느냐."

운의 말에 뒤늦게 뒤에 널브러진 주검을 발견한 병사들은 주춤하다가 황급히 고개를 숙였다.

"예, 전하!"

운은 방을 나가 안채로 들어섰다. 이중 삼중으로 운의 정예군이 모두 건물 하나를 에워싸고 있었다. 지붕 위를 지키고 서 있던 수십 명의 궁수들은 운의 등장에 무릎을 꿇었다.

양쪽으로 몸을 비켜선 병사들을 지나친 운이 안으로 들어갔다. 문 앞에서 벌벌 떨고 있던 여 노비들은 운의 등장에 긴장을 풀고 반색했다. 얼른 자리를 비켜서는 노비들을 지나 안으로 들어서자, 진명과 병사들이 그를 기다리고 있었다.

그 너머에 그를 기다리는 가현이 보였다. 운이 들어서는 걸 본 가현은 소소와 린린을 뒤로하고 달리듯 다가와 그를 와락 끌어안았다.

혼인식이 끝이 나자마자 운에게 이상한 이야기를 들었다. 자신이 올 때까지 안채 건물에 들어가 있으라는 말이었다. 신방으로 들어갈 줄 알았던 가현은 그의 말에 당혹스러워하면서도 순순히 따랐다.

안채 건물 안 가장 깊숙한 방에 들어선 뒤 날이 저물자마자 갑자기 진명이 병사들을 이끌고 방을 쳐들어와 에워쌌다. 그때부터 가현은 일이 이상하게 돌아간다는 걸 깨달았다. 운이 어디 있냐는 가현의 물음에 진명은 '오실 겁니다.', 한마디만 했다.

무슨 일이 벌어지는지 보고를 듣지 못했지만, 눈치껏 짐작한 소소는 혼란스러워하는 노비들을 다독이며 가현의 주위를 꽁꽁 에워쌌다. 그리고 기다렸다.

진명의 말대로 운은 왔고, 그의 옷에 묻은 피는 모종의 난투극이 벌어졌음을 알려 주었다.

"괜찮아?"

가현은 그의 얼굴에 묻은 피를 맨손으로 닦았다. 무슨 일이 있었던 것인지 그런 것은 안중에도 없다는 듯 운의 안위부터 물었다. 그러면서 혹여나 이 피가 그의 것은 아닌지 걱정했다. 운 또한 마찬가지였다. 가현의 얼굴이며 몸을 살피며 운이 물었다.

"괜찮습니까, 아가씨?"

가현은 그런 운을 다시금 끌어안았다.

"괜찮아, 난."

그리고 말했다. 괜찮다고. 가현의 가느다란 허리를 바짝 끌어안은 운은 그제야 길게 숨을 내뱉었다.

* * *

평소와 다르게 그들은 유곽에 모이지 않고, 어느 저택에 모여 있었다. 무언가를 기다리는지, 술 한 모금 제대로 입에 담지 못한 채 양쪽으로 길게 앉아 있었다. 가장 상석에 앉은 귀족은 뚫어져라 앞에 보이는 문 쪽을 보고 있었다.

그때 누군가의 그림자가 문 앞에 길게 드리워졌다. 잠시 후 문이 열리고, 그가 들어섰다.

"실패했습니다."

무릎을 굽히자마자 수하가 아뢰었다.

그의 말은 귀족들의 얼굴을 순식간에 험악하게 일그러트리기에 충분했다.

홍두는 귀족들 사이에서 유명할 정도로 일 처리가 확실한 놈이었다. 그래서 위험한 줄 알았으나 맡긴 거였다. 날짜까지 완벽했다. 가장 방심할 수 있는 틈을 찾아냈고, 죽이기만 하면 되는 거였다.

그런데, 마치 흑운왕이 일을 알고 있었다는 듯, 그의 정예군이 몸을 숨기고 기다리고 있었다고 했다.

도대체 어디에서 새어 나간 것인가……!

수하의 말에 가장 상석에 앉아 있던 그가 날 선 눈으로 주위를 잠시 돌아보았다.

'설마, 이곳에 쥐새끼가 있진 않을 테지…….'

이게 만약 걸리면 여기 있는 사람들은 모두 죽는데 어느 누가 미쳤다고 입을 떠벌렸겠는가.

"어찌…… 할까요."

하나, 그것은 나중 문제였다.

"쥐새끼 하나 새어 나오지 못하도록 숨통을 끊어 놓아야 한다."

일이 잘못되는 것을 우려해 미리 다른 인원을 유곽 근처에 배치해 두었다. 수하는 속히 자리를 빠져나갔고, 귀족들은 분노를 터뜨리며 일을 망친 놈을 찾기 시작했다.

* * *

"꺅!"

와장창!

검은 복면의 사내들이 갑자기 아닌 밤중에 쳐들어와 유곽 안에 있는 모든 사람을 죽이기 시작했다. 개중엔 유곽에서 일하는 사람들이 대다수였지만, 하급 귀족들도 여럿 있었다. 신기하게도 오늘만큼은 고위 귀족들은 보이지 않았다.

유곽을 지키는 사병들은 속수무책으로 당했다. 이 상황에도 재산을 한 짐 챙겨 들고 바닥을 기어 몰래 뒷구멍으로 빠져나가려던 홍두는 그만 덜미가 붙잡혀 질질 끌려갔다.

"사. 살려 주시오! 살려 주시오!"

도대체 이게 무슨 일인가 싶던 홍두는 순간 일이 잘못되었다는 걸 깨닫곤 사색이 되었다. 열은 시간이 지나도 오지 않았고, 제가 몰래 붙여 둔 수하 놈도 오지 않았다.

아무리 그래도 제가 그동안 그들에게 쥐여 준 돈이 얼마인데, 이렇게 막무가내로 쳐들어와 죽이려고 하다니! 분명 일이 잘못된 탓에 귀족들이 제 입을 틀어막고자 자객들을 보낸 게 분명했다.

홍두는 피가 뚝뚝 떨어지는 검을 들고 다가서는 사내를 보며 무릎까지 꿇었다.

"사, 살려만 주시면 전 재산 다 내놓겠소! 참……, 컥!"

그러나 아랑곳하지 않고 사내가 검을 들어 홍두를 베었다. 순식간에 대자로 엎어진 홍두는 살기 위해 발악했다. 그때, 검이 홍두의 등을 그대로 찌르고 들어왔다.

울컥, 터지는 피와 함께 흐릿한 시야 너머로 열이 보였다. 열은 홍두를 보고도 그대로 돌아서 아수라장 속을 손쉽게 빠져나갔다.

'형님……!'

바르작거리며 손을 앞으로 뻗던 홍두는 또다시 꿰뚫고 들어오는 검날에 즉사했다.

몰래 도망쳐 나온 열은 잠시 홍두를 떠올렸으나, 그는 동정 하나 보이지 않았다. 어차피 인생사가 다 그런 것이 아닌가. 유곽이 보이지 않을 정도로 먼 곳까지 도망친 열은 숨을 만한 폐가 안으로 들어가 털썩 앉았다.

"크, 크크큭!"

생각에 잠겨 있던 열이 갑자기 웃음을 터뜨린 건 그때였다. 열은 미친 듯이 웃으며 갈고리가 낀 손을 들어 올렸다. 부서진 틈새 사이로 흘러들어온 달빛에 갈고리 끝이 번쩍였다.

"그래, 쉽게 죽일 수는 없지!"

열은 알 수 없는 말을 하며 미친 듯이 웃어 재꼈다.

"키킥! 홍두야, 미안하게 되었다! 네 녀석 복수는 꼭 같이 해 주마!"

* * *

황좌에 앉아 숨 막히는 정적 속에서 저 너머 어딘가를 바라보고 있는데, 환관 하나가 종종걸음으로 들어와 그의 앞에 무릎 꿇었다. 황제 운덕의 시선이 환관에게로 향했다. 황제의 시선이 머리 위로 떨어지자, 환관이 머리를 조아리며 보고했다.

"무사하다 하옵니다."

"당연한 것을."

그렇게 말하면서도 조금 걱정하고 있던 운덕은 씩 웃다가 끌끌 혀를 찼다.

"하여간. 그놈 인생도 참 고달프다. 어쩌자고 축복받아야 할 날까지 피를 묻힌단 말인가."

어지간히도 꼬인 운의 인생에 대해 투덜거리던 황제가 갑자기 미간을 좁혔다.

"그 쪽지를 보낸 놈이 더 궁금하구나."

자신들의 짐작대로 그들은 혼인식에 쳐들어왔다. 혹시나 다른 짐작처럼 혼선을 주기 위한 그들의 계책이 아닌가 싶어 그 또한 미리 대비해 놓은 상태였다. 그런데……. 그 쪽지는 정녕 운에게 충고를 보낸 것이다. 조심하라고. 도대체 누구일까…….

생각하면 할수록 호기심이 짙어졌다.

"그 또한 찾아내면 될 테니."

운덕은 홀로 중얼거리며 어느새 날이 밝는 것을 지켜보았다.

"간밤에 유곽에서 큰불이나, 사람들 모두 대피하는 소동이 있었다 하옵니다."

황제가 미간을 찌푸렸다. 황제의 부름에 궁에 들은 운은 시선을 내려 치안대장을 바라보았다. 치안대장은 유곽 거리와 민촌이 함께 있는 지역을 담당하고 있는 관리로, 간밤에 일어난 소동에 밤을 꼬박 새웠는지 얼굴이 말이 아니었다.

"갑자기 불이라니!"

간밤이라면 운의 저택에 자객들이 들이닥쳤던 때와 엇비슷했다.

"해서 인명피해는 얼마나 되는가!"

황제의 물음에 치안대장이 황급히 머리를 조아렸다.

"유곽에 있던 사람들은 모두 죽었고, 그 옆에 이어진 유곽 거리는 약간의 훼손 외에 인명피해는 없었사옵니다. 또한 민촌에까지 불이 번지지 않아 그곳 사람들은 무사하옵니다. 불은 몇 시각 전에 잡혀 다행히 더 큰 피해는 없을 듯합니다."

유곽에 있던 사람들이 모두 죽었다니…….

어째 이런 일이 생겼단 말인가. 황제 운덕은 속히 치안대장에게 일러 불이 붙은 경위를 조사하라고 일렀으며, 또한 피해를 본 이들의 수를 헤아려 보고를 올리도록 하라 명했다. 황제의 명령에 치안대장이 자리에서 멀어졌다.

"도대체가 무슨 악운이 들었기에 간밤에 안 좋은 일들만 일어난 것인지."

마음에 들지 않는다는 듯 중얼거리던 운덕은 다시 운과 하던 이야기를 마저 했다.

"해서 다른 피해는 없는 것이고? 네 부인이 많이 놀랐겠구나. 혼인식날 그런 일이 벌어져 신방도 제대로 차리지 못했다지?"

혼인식날까지 이런 사달이 벌어지다니. 어찌 보면 두 사람의 인생도 딱하다 싶었다. 운덕은 실실 웃다가 금세 날 선 눈으로 물었다.

"너는 누구로 짐작하느냐."

"제게 불만이 있는 자들이겠지요."

"그래. 나도 그렇게 생각한다. 내가 널 너무 어여삐 여기니 투기를 한 것이겠지."

운덕의 눈빛이 차갑게 얼어붙었다.

"하나, 이건 그냥 넘길 수 있는 일이 아니다."

운덕은 반드시 배후를 잡아야 한다고 말했다. 그런 사이에 유곽에서 벌어진 갑작스러운 화재가 단순히 사고가 아닐지도 모른다는 말들이 나오기 시작했다.

그러나 치안대장이 올린 보고에 따르면 부엌에서 번진 불 때문에 화재가 일어났다고 했으며, 불이 일어난 시기는 모두가 술독에 빠져 있어도 남는 시각이라 미처 도망치지 못해 모두 죽었다고 했다.

사건이 그렇게 마무리될 무렵이었다. 묻어 주기 전에 형식적으로라도 시신 검안을 해야 하는데, 치안대장이 몰래 시신을 은닉하려 했다는 정황이 드러났다.

단순하게 사고로 생각했던 황제 운덕은 운에게 은밀히 일러 유곽을 다시 조사하라고 명했다.

* * *

"허여소의 의뢰를 받아 부인을 납치하려 했던 자들이 운영하는 유곽이었습니다."

진명의 말에 운이 그가 건넨 보고서를 상세히 훑었다. 진명이 직접 지원 병력을 동원해 화재 경위와 시신 검안까지 모두 마친 결과였다.

치안대장이 말한 것과 전부 달랐다. 화재는 부엌에서 번진 불 때문이 아니라, 누군가 쏘아 올린 불화살에 의해 난 것이다. 그 또한 치안대장이 몰래 처리했지만, 진명에게 걸렸다.

"시신의 목과 심장 부근 등에 여러 차례 검에 베인 흔적이 있었으며, 연기로 일어난 질식이 일어나기 전에 모두 죽었습니다."

"치안대장이 무언가를 알 것도 같구나."

보고서를 내려놓은 운이 궁 안에 마련되어 있는 자신의 집무실을 빠져나갔다. 체포된 치안대장은 옥에 갇혀 있었는데, 현재까지 입을 열지 않고 있었다.

운이 옥으로 향하자, 그 앞을 지키고 서 있던 문지기 둘이 경례했다. 짧게 고개를 까딱이며 옆으로 비켜선 문지기를 지난 운이 안으로 들어섰다. 진명은 그 뒤를 조용히 따랐다.

벽에 달린 등불에 의지한 채 어두컴컴하고 좁은 복도를 따라가자, 독방 하나가 나왔다.

그 앞에 서 있던 병사 둘이 운에게 거수경례하며 문을 열어 주었다, 삐걱거리는 소리와 함께 문이 열렸다.

안으로 들어서자, 이미 모진 고초를 겪은 건지 치안대장의 얼굴이 말이 아니었다. 한쪽 눈은 찢긴 건지 뜨기조차 힘들었고 손톱 몇 개는 빠져 피딱지가 그 자리를 대신하고 있었다. 오전에 받은 고문 때문에 잠시 정신을 잃은 것인지, 운이 들어서도 치안대장은 고개를 들지 못했다.

운이 진명에게 눈짓을 주었다. 운의 명령에 앞서 나온 진명이 치안대장의 앞으로 다가가 그의 뒷머리를 거칠게 잡아당겼다.

"크윽……!"

갑작스러운 통증에 정신을 차린 치안대장이 억지로 눈을 떴다. 그러나 뿌연 시야가 거둬지기까지 한참의 시간이 걸렸다.

"너는 알고 있겠지."

앞이 보이지 않을 정도로 흐릿하던 시야가 잡히는 그때, 묵직한 듯 싸늘한 어투가 귓가를 울렸다. 이윽고 보이지 않던 흑운왕의 얼굴이 보였다.

"저, 저는……!"

그의 얼굴이 눈앞에 보이자, 치안대장의 눈에 두려움이 가득 찼다. 그런데도 그는 아무것도 모른다는 듯 고개를 저었다.

"무, 무엇을 말하는 것인지 모르겠으나…… 전 아무것도 모릅니다. 그저 황제 폐하의 명대로 따랐을 뿐이라고요!"

"폐하께서 네게 시신 검안도 없이 가져다 버리라 했는가."

"그, 그것은……!"

"화재가 일어난 연유 또한 부엌에서 난 불이라 했지. 하나, 다시 조사해 보니 그것이 아니더구나."

"저, 전 모릅니다! 제가 조사한 바로는 분명 그렇게 나왔……, 큽!"

끝까지 거부하던 치안대장이 갑자기 이상했다. 눈을 확 까뒤집고 온몸을 뒤틀었다. 당황한 진명이 그를 흔들었다. 그때였다. 갑자기 그의 입에서 흰 거품과 함께 피가 울컥 터져 나왔다.

순식간에 벌어진 일에 당황하는 사이, 그대로 즉사한 치안대장이 푹, 고개를 숙였다. 진명이 거칠게 일렁이는 눈으로 치안대장에게서 눈을 떼고 운을 돌아보았다.

"전하……!"

운은 냉혹하게 가라앉은 눈으로 싸늘한 시체가 된 치안대장을 내려다보다가 돌아섰다.

"진명, 너는 남아 이곳을 정리하고 와라."

"……예, 전하."

진명은 운을 배웅하기 위해 같이 밖을 나섰다. 운의 뒤에서 걸으며 눈치를 살피던 진명이 조심스럽게 그에게 말을 전했다.

"집에 잠시라도 다녀오시는 건 어떻겠습니까? 부인께서 기다리시지 않습니까."

진명의 말에 운이 잠시 멈추었다. 진명의 말대로 가현을 못 본 지 벌써 여러 날이었다.

"잠시 다녀올 테니, 혹시 무슨 일이 생기거든……."

"그건 걱정하지 말고 다녀오십시오."

진명이 운을 등 떠밀 듯 얼른 보냈다. 운은 진명에게 고마움의 표시로 고개를 살짝 끄덕이곤 멀어졌다. 뻐근해진 어깨에 하늘 높이 팔을 쭉 편 진명이 다시 옥 안으로 들어갔다.

* * *

혼인식만 겨우 치렀어도, 가현은 이제 명실공히 흑운왕 저택의 정실부인이자 흑왕비로서 주로 부인들이 쓰는 침실에서 기거하게 되었다.

혼인식날 밤에 벌어진 갑작스러운 일로 운은 눈코 뜰 새 없이 바빴고, 집에 들어오지 못한 지 벌써 열흘이었다. 가현은 매일 밤 창가 곁에 놓은 의자에 앉아 운을 기다렸다. 그러면서 요즘 들어 소일거리로 소소에게 배운 자수를 두었다.

어릴 적엔 어머니께서 혼이 나도 자수 같은 건 하기 싫었는데, 지금 와서 자수를 두고 있는 자신이 새삼 우스웠다.

자수를 둘 수밖에 없는 지금의 생활이 좀 무료하기는 했다. 노비 생활을 하며 하루도 쉴 틈 없이 일했던 습관이 남아 있는 탓도 있었다. 한편으론 오래전, 차디찬 냉궁 안에서 아무것도 하지 못했던 날이 떠올라 뭐라도 해야 할 것 같았다. 작은 뭔가라도 해야 살아 있는 것 같았다.

그 곁에서 화롯불에 앉아 꾸벅꾸벅 졸던 린린은 어슴푸레한 하늘이 어두워질 무렵 퍼뜩 정신을 차렸다. 그러곤 죽 기지개를 켜며 자리에서 일어섰다.

"하암, 저녁은 어찌할까?"

벌써 저녁 시간이 다 되었나 싶어 고개를 드는데, 기다렸다는 듯 소소가 문을 두드렸다. 일전에 가현에게 반말한다는 이유로 크게 혼이 났던 린린은 화들짝 놀라며 반사적으로 제 입을 틀어막았다. 그러곤 문을 열고 들어서는 소소를 힐끔거렸다.

안으로 들어서며 린린을 한차례 살피듯 바라보던 소소가 가현에게 다가와 공손히 머리를 조아렸다.

"마마, 저녁상은 어찌할까요."

소소의 말에 가현은 잠시 고민했다. 사실 오늘 낮에 걸이와 린린과 함께 주워 먹은 떡이 잘못된 것인지. 속이 좀 더부룩했다.

"저녁은 되었……."

"또 저녁을 건너뛰시는 겁니까."

그냥 저녁은 건너뛰려고 하는데, 열흘 동안 궁에서 지내고 있던 운이 침실 안으로 들어섰다. 놀란 가현의 시선이 문 쪽으로 향했다. 주인의 등장에 옆으로 비켜선 소소와 린린이 허리를 숙였다.

"오셨습니까, 전하."

"나도 아직 저녁을 하지 못했으니, 함께 들겠다."

운의 말에 힐끔 가현을 살핀 소소가 고개를 조아리며 답했다.

"그럼 상은 이쪽으로 내오겠습니다."

그렇게 답한 소소가 린린을 끌고 방을 나가 버렸다.

"일은 어찌하고 벌써 온 거야?"

가현은 당황하면서도 반가운 기색이 역력한 얼굴로 그에게 다가 섰다. 다가서자마자 가현의 손을 잡아당긴 운이 조심스럽게 끌어안 았다. 그러곤 작게 인사를 건넸다.

"다녀왔습니다, 아가씨."

깜짝 놀라던 가현의 입가에 곧 희미한 미소가 번졌다.

"수고했어."

* * *

"더 드시지 않고요."

가현이 몇 숟가락 뜨지 못하고 내려놓자, 그것이 못마땅했던 운 이 잔소리했다. 운은 다른 때엔 무뚝뚝하다가도 가현이 밥을 제대 로 먹지 않는다거나, 기침이라도 할 땐 잔소리를 그렇게 했다. 이 럴 때면 순순히 그의 말대로 해 줘야 했다. 안 그러면 잔소리가 더 길어졌기 때문이었다.

억지로 젓가락을 든 가현은 어떻게 해서든 먹으려고 노력했다. 하지만 먹으면 먹을수록 속이 이상했다. 결국 몇 번 먹지 못한 채 또 젓가락을 내려놓았다. 그러자 운이 미간을 좁혔다.

"어디 아프신 겁니까."

"낮에 떡을 많이 먹었어. 그래서 배가 불러 그런가 봐."

"군것질은 하루에……."

"한 번. 딱 한 번만 해. 낮에 잠깐 먹는걸. 내가 매번 군것질하는 것도 아니고."

가현이 괜히 투덜거리며 그를 흘겼다.

"그리고 내가 애도 아니고 어련히 알아서 할까."

"……식사를 잘 못 하시니 그렇지 않습니까."

"오늘만 그런 거……."

"참입니까."

그의 새까만 눈동자가 가현의 말을 가려내기라도 할 듯 빤히 쳐다보았다. 순간 멈칫한 가현이 슬쩍 시선을 돌리며 애꿎은 수저만 달그락거렸다.

"아니, 뭐. 요즘 그냥 입맛이 없어서……. 근데 운이 너는 일도 많다면서."

변명하던 가현이 갑자기 미간을 찡그리며 고개를 들었다.

"내가 밥을 먹는지 아닌지 어찌 알아."

"……."

운의 표정 변화는 크지 않아서 자세히 보지 않으면 거의 무표정에 가까웠지만. 평생을 운만 졸졸 따랐던 가현의 눈엔 다 보였다. 찔끔 움직이는 그의 눈동자에 가현의 미간에 더 깊은 주름이 새겨졌다.

"소소 님이구나."

전처럼 사사로운 것까지 보고를 받는 것은 아니겠지만, 그녀의 상태에 대해 보고를 받는 건 어쩌면 크게 다쳤던 일이 여전히 운의 마음에 깊숙이 박혀 있기 때문일지도 모르겠다.

속에 깊숙이 박힌 그것을 빼내기까지 어쩌면 더 많은 시간이 걸릴지 모르겠지만, 그래도 가현은 자신도 또 그도 이렇게 살다 보면 언젠가는 편해지겠지, 하고 생각했다. 가현은 뜨겁게 달아오른 눈가를 외면하며 부러 장난스럽게 말했다.

"걱정하지 마. 나는 아주 잘 지내고 있는걸. 소소 님도 린린도 날 공주 모시듯 한단 말이지."

"그랬습니까."

운도 가현의 눈가가 달아오른 것을 모른 척하며 대신 맞장구쳤다.

* * *

"……잠은 자는 거지?"

고집을 부리면서까지 운의 배웅을 하러 나온 가현이 물었다. 한 걸음 앞서 걷던 운이 멈춰서 가현을 돌아보았다. 운은 저보다 계단 위에 서 있는 가현을 올려다보았다.

가현은 이 늦은 밤에도 궁으로 돌아가야 하는 운이 걱정스럽기만 했다. 아니, 실은 혼인식날 밤에 벌어진 일이 아직 해결되지 않았고, 혹여나 위험이 또다시 그에게 닥칠까 두려웠다.

"걱정하지 마십시오."

그런 그녀의 불안감을 알기라도 하듯 운이 말했다. 괜찮다고. 가현은 그의 말에 애써 걱정을 내려놓았다. 운의 손을 가만히 그러쥐며 시간을 보내던 운은 어느새 가야 할 시간에 망설이다가 돌아섰다.

"얼른 들어가세요."

그러나 몇 발자국 가지 못하고 멈춰 섰다. 가현이 여태 들어가지 않고 절 보고 있었기 때문이었다. 가현은 꿈쩍도 안 하면서 대답만 잘했다.

"알았다."

"들어가시라니까요."

"알았다니까. 얼른 가. 늦겠다."

"……예."

가현의 고집에 못 당하겠다는 듯, 피식 웃던 운이 돌아섰다. 늦은 저녁부터 오기 시작한 눈발이 그의 기다란 머리카락 위에 나부꼈다.

새까만 밤하늘 아래 달빛에만 의지한 채 걸어가는 운을 물끄러미 바라보던 가현은 그가 완전히 보이지 않을 때까지 제자리에 우두커니 서 있었다. 가현의 어깨와 정수리 위에 눈이 좀 쌓일 무렵, 들어가려는데 낯선 시선이 어딘가에서 느껴졌다.

저도 모르게 멈칫한 가현이 이상한 느낌이 드는 쪽을 돌아보았다. 운이 멀어졌던 반대편 거리에 좁은 골목길 하나가 나왔는데, 그곳에 묘하게 시선이 갔다. 어쩐지 섬뜩한 느낌에 절로 어깨가 떨렸다. 보이는 것이 없는데도 무언가 있는 듯한 이상한 느낌에 저도 모르게 걸어가려는데, 불쑥 들어온 손 하나가 가현의 어깨를 붙들었다.

흠칫 놀란 가현이 그대로 멈췄다.

"왜 그렇게 놀라?"

작은 장난을 치려고 했던 린린은 예상보다 더 놀란 가현에게 당황해 얼른 손을 뗐다. 가현의 안색이 파리했다. 굳어 있던 가현은 한참 만에 안도의 한숨을 길게 내쉬며 린린을 가볍게 노려보았다.

"놀랐잖니."

"그러게 왜 그러고 서 있었어?"

"……그냥 좀 누가 보는 것 같아서."

"누가?"

슬쩍 고개를 앞으로 뺀 린린이 조금 전 가현이 보고 있던 곳을 바라보았다. 눈발만 굵어질 뿐 보이는 건 없었다.

"아무것도 없는데? 얼른 들어가자. 소소 님이 너 데려오라신다."

가현의 어깨를 붙든 린린이 대문 안으로 들어섰다. 린린의 손에 이끌려 안으로 들어가면서도 가현은 어쩐지 이상한 느낌에 이따금 뒤를 돌아보았다.

끼이익, 탁!

가현과 린린이 들어가자마자 대문이 굳게 닫혔다. 휘이이잉, 부는 바람을 따라 나부끼던 눈발이 잠시 가라앉을 무렵 누군가 골목에서 나왔다. 삿갓을 깊숙이 눌러쓴 사내는 알 수 없는 시선으로 흑운왕의 저택을 바라보다가 조용히 사라졌다.

＊　＊　＊

며칠 전에 벌어진 암살, 그로부터 몇 시각 뒤에 일어난 화재사건. 그리고 그 유곽은 뒷구멍으로 귀족들의 의뢰를 받아 온갖 더러운 일을 해 온 홍두 그자의 소유였으며, 치안대장이 특히나 가장 먼저 은닉하려고 했던 홍두의 시신 역시 등과 여러 군데에 검으로 벤 흔적이 가득했다.

그동안의 거래가 담긴 장부들은 모두 유곽과 함께 불태워졌을 테고, 증거는 사라졌다. 아니, 하나가 남았다.

운에게 쪽지를 보낸 자.

그러나 그자 역시 오리무중이었다. 심증은 있으나 물증이 없으니 섣불리 움직일 수 없었다. 운의 수사가 진척이 없자, 잔뜩 긴장하고 있던 귀족들은 한시름 내려놓았다.

"증거는 모두 불타 없어졌는데, 결코 어느 것도 손에 넣을 수 없겠지요."

그들은 또다시 술판을 벌이며 며칠 새에 꽁꽁 싸매고 있던 마음을 털어놓았다. 그들은 악공들과 유곽 기녀들까지 불러들였다. 불에 타 없어진 홍두의 유곽 바로 근처에 지어진 유곽은 피해가 거의 없어 정상 영업했고, 홍두의 유곽을 찾던 단골손님들은 모두 이쪽으로 옮겼다.

"그래도 하급 관리까지 죽지 않았습니까. 아마 일이 빨리 마무리되지는 않을 것입니다."

"아무렴요. 그래야지요."

"그런데 말입니다……."

술을 나눠 마시며 대화를 이어가는 그때, 맨 앞에 앉아 있던 귀족이 대뜸 끼어들었다.

"누가 발설을 한 것일까요."

신이나 웃고 떠들던 귀족들의 얼굴이 하나같이 굳었다. 그래, 그것이 남아 있었지. 혹여라도 저들 사이에 배신자가 나온 것이라면…….

귀족들은 제 옆에 앉은 이와 술을 나누면서도 긴장을 풀지 않았다. 그러곤 속으로 누가 배신을 한 것인지 가늠했다.

* * *

"누가 들었다고 했느냐."

"재상께서 폐하께 독대를 청했습니다."

"독대라……."

그 능구렁이 같은 양반이 나와 시답지 않은 농을 나누자고 독대를 청한 것은 아닐 테고. 별로 보기는 싫지만, 독대를 청한 이유는 궁금했기에 황제는 고민을 거두고 그를 안으로 들였다. 여러 개의 문을 통과해 안으로 들어선 왕여는 공손히 머리를 조아리며 황제에 대한 예를 갖추었다.

"전부 내보내시지요."

그러나 공손히 머리를 조아리는 것과 다르게 대뜸 하는 말이 몹시 건방졌다.

"이곳에 누가 있소? 나밖에 없는 것을."

눈썹을 꿈틀거리며 왕여를 내려다보던 황제가 그의 말을 단호하게 거절했다. 고개를 든 왕여가 주름진 눈으로 다시 말했다.

"폐하께서 독대를 원치 않으신가 봅니다."

내보내지 않는 이상 제가 들고 온 것을 내보이지 않겠다는 그의 협박과도 같은 말에 황제 운덕의 눈빛이 매섭게 변했다.

"분명 말했소. 나밖에 없다고. 혹 친위대를 말하는 것이오?"

"……."

"친위대는 곧 나이니, 그들까지 내보낼 수는 없지 않겠소. 그런데도 원한다면 나는 그대의 독대를 받아들이지 않을 것이오."

"그러십니까. 폐하께서 궁금해하시는 그자에 대한 이야기를 듣고 왔는데도 말입니까."

공중에서 왕여와 황제의 눈빛이 부딪쳤다.

뭐라…….

궁금해하는 그자라니.

설마……!

황제는 날 선 눈으로 왕여와 대치했다. 그가 가져온 것이 정녕 자신이 원하는 것인지 가늠하듯 황제는 왕여의 눈을 뚫어져라 보았다. 왕여는 황제의 눈을 피하지 않고 정면으로 받아 냈다.

숨 막히는 두 사람의 시선이 오갈 무렵, 황제가 친위대에게 명했다. 황제의 명에 주춤거리던 친위대는 결국 문밖으로 모두 나갔다. 왕여의 뜻대로 이 안엔 이제 황제와 그밖에 없었다.

"내가 원하는 것이 아니면 그대는 황제에 대한 무례함으로 벌을 내릴 것이오."

"당연히 그러셔야지요."

왕여가 능구렁이같이 웃었다. 못마땅하게 왕여를 바라보던 황제가 그만 뜸 들이고 본론으로 들어가라 말했다.

"저입니다."

그때 왕여가 뜬금없이 말했다. 저라니. 그게 도통 무슨 말인가. 황제의 미간이 팍, 구겨졌다.

"지금 내게 앞뒤 다 자른 말로 수수께끼라도 내려는⋯⋯!"

"흑운왕에게 쪽지를 보낸 자."

순간 황제의 눈이 커졌다.

"그것이 바로 접니다, 폐하."

왕여는 그런 황제를 보며 의미 모를 미소를 지었다.

* * *

탁.

탁.

탁.

황제가 말없이 팔걸이를 검지로 두드리길 반복했다. 왕여는 느긋하게 신선놀음하는 노인처럼 기다렸다.

"뭔 짓을 꾸미는 것이오."

한참 만에 말을 꺼낸 황제는 불신이 깊은 눈으로 왕여를 노려보았다.

"아니, 그대도 한통속일지 모르겠군. 흑운왕을 암살하려 한 날을 정확히 꿰뚫어 알렸으니 말이오. 아!"

황제가 이죽거리며 물었다.

"아니면, 오랫동안 산에 틀어박혀 있었더니 신기라도 든 것이오?"

"그래 보이십니까."

왕여가 인자한 노인처럼 허허 웃으며 황제의 심기를 더 건드렸다. 황제 운덕의 눈빛이 더 매섭게 일그러졌다.

"나는 지금 그대가 내뱉은 말로도 흑운왕을 암살한 죄를 물을 수 있소, 재상."

"압니다."

"한데. 나에게 와 사실대로 고한 연유가 무엇이오."

"거래하기 위함입니다."

"뭐라! 거래라!"

운덕이 아하하, 웃음을 터뜨렸다. 그의 웃음소리가 여러 개의 문을 뚫고 나가자 그 앞을 지키고 서 있던 수십 명의 환관과 궁녀들 그리고 친위대마저 움찔했다. 눈가에 눈물이 맺힐 정도로 웃어 대던 황제의 얼굴이 단번에 차갑게 굳었다.

"허가의 일로 이미 수많은 목숨을 잃은 이때 궁이 더 비워진다면 나랏일은 언제 할 것이고. 인재는 또 어찌 찾는답니까."

"뒤에서 암살의뢰나 하는 것들이 인재라면, 내 손으로 모조리 죽이겠소."

"죽인다고 한들 달라집니까? 그들은 그저 제 밥그릇 빼앗길까 두려워한 것뿐입니다. 다 죽이려 하시지는 마시옵고 직접적으로 이 일에 가담한 자 몇만 벌하시지요. 그리하면 나머진 저절로 폐하의 밑으로 들어갈 것입니다."

"……."

"허튼수작 같은 거 부리지 못할 정도로 목줄을 움켜쥐고 계시면 그것이 더 득이지요."

왕여는 진심 어린 충언을 했다. 황제는 말없이 왕여를 노려보았다.

"내가 응하지 않겠다면."

"거래에 응하지 않으신다면 폐하께서는 증거도, 그들의 목줄도 움켜쥘 수 없을 것입니다. 여기서 더 몰아붙였다간 겁먹은 그들이 어찌 나올지는 보지 않고도 알지 않습니까, 폐하."

"……."

"무엇보다 나라를 우선으로 두십시오. 그러면 답이 나오지 않겠습니까."

"……하나만 묻지. 이곳에 와 단 한 번도 앞으로 나선 적이 없는 그대가 흑운왕에게 쪽지까지 보내고 이렇게 내게 거래까지 청한 연유가 무엇이오."

왕여가 운을 못마땅하게 생각한다는 걸 황제는 알고 있었다. 귀족들이 어떤 말로 운에 대한 이간질을 그에게 했는지 잘 알았다. 황제를 등에 업고 황좌까지 탐하려 한다는 말을 전했겠지.

그런데 그는 오히려 귀족들의 편에 서지 않고 흑운왕에게 그들이 하려는 일까지 알리고자 했다. 나라의 안정을 위함이라고 했지만, 원래의 왕여였다면 흑운왕이 죽는 걸 모른 척했을 테였다.

벌은 흑운왕이 죽은 뒤에 주어도 늦지 않으니까. 아니면 철저하게 그들의 편에서 증거를 숨겨 주든가.

　황제의 물음에 왕여가 껄껄 웃음을 터뜨렸다.

　"곁에서 지켜보니 제 주제가 무엇인지, 제가 어디에 있어야 하는지 잘 알고 있더군요. 충실한 개를 곁에 두었습니다."

　왕여는 그렇게 웃으며 그럼 거래에 응하신 걸로 알고 돌아가겠다고 말했다. 황제는 돌아서는 왕여를 끝까지 못마땅하게 바라보았다.

* * *

　궁을 나서던 왕여는 때마침 저 앞에서 걸어오는 흑운왕과 마주했다. 걸음을 멈춰선 흑운왕이 왕여에게 다가와 고개를 숙였다.

　"폐하께 들르는 길입니까."

　고개를 까딱인 왕여가 먼저 입을 뗐다. 숙이고 있던 고개를 든 운은 짧게 네, 하고 답했다. 그러면서 왕여를 살피듯 응시했다.

　"폐하께 들렀다 오시는 길인가 봅니다."

　"그렇습니다. 바쁜 것 같으니 난 이만 물러가겠습니다."

　뒷짐을 진 왕여가 껄껄 웃으며 운의 곁을 스쳐 지나가려 할 때였다.

　"……감사했습니다."

　갑작스러운 운의 감사 인사에 왕여가 멈춰 섰다.

　"……뭐라 했습니까."

　"오래전 폐하께서 제게 책 한 권을 선물해 주신 적이 있습니다. 제대로 된 무술조차 배우지 못할 때였지요."

　왕여는 입을 꾹 다문 채 갑작스러운 이야기를 꺼내는 운을 말없이 바라보았다.

"닳고 닳을 정도로 보아 필체가 눈에 익더이다."

황태자 시절 운덕이 내준 무술 서책은 바로 왕여가 쓴 것이었다. 무술을 수련하는 이들에겐 그는 꽤 알려진 인물이었다. 하나, 필명을 본래 이름으로 사용하지 않아 그것이 왕여라는 것을 모르는 이가 많을 뿐이었다.

운이 그를 알게 된 것은 아주 오래전이었는데, 그가 매일같이 그 서책을 끼고 살면서, 이 서책을 작성한 인물에 대해 호기심을 보일 때였다. 황태자 운덕은 실제로 보면 성질 더러운 노인네이니 만나지 않는 게 좋을 거라고 이야기하면서도 그가 누구인지 알려 주었다.

"저는 무슨 말을 하는 건지 모르겠군요."

"그러십니까."

다 알고 있으면서도 왕여가 능청스럽게 모른 척하자, 운은 더는 언급하지 않았다. 그저 다시 한번 고개를 숙일 뿐. 운은 그렇게 왕여에게 또 한 번 감사 인사를 전하곤 멀어졌다. 왕여는 말없이 돌아서 걸어가는 운을 지켜보다가 껄껄 웃으며 뒷짐을 지고 걸어갔다.

* * *

운덕은 왕여가 후에 보낸 장부에 적힌 귀족 중 직접적으로 일을 벌인 자들을 추려 참수에 명했다. 그리고 나머진 장부를 들고 협박해 그들의 목에 줄을 맸다.

갑자기 튀어나온 장부에 순식간에 당한 귀족들은 벌벌 떨며 황제의 협박에 납작 엎드렸다. 그리고 그들은 평생 충성을 맹세했다. 그래도 죄는 죄였으니, 그들이 가진 재산의 반을 몰수해 국고를 채웠고 변방으로 몇 년간 쫓아냈다.

운은 황제 왕여의 결정에 그저 순순히 따랐다. 전부 참수를 명하지 않는 것에 불만이 있냐고 묻는 운덕의 말에 운은 폐하의 뜻대로 하라는 말만 전했다.

모든 일이 마무리되고 난 뒤에야 운과 가현의 신방이 다시 차려졌다. 소소와 린린의 도움으로 목욕을 끝마친 가현은 향유를 온몸에 바르고, 자리옷을 입었다.

살갗이 비칠 정도로 아슬아슬한 자리옷을 차려입은 가현이 먼저 신방에 들었다. 신방으로 꾸며진 방 안은 온통 붉은 빛이었다. 붉은색 휘장으로 겹겹이 싸인 침상으로 다가가 그 끄트머리에 앉은 가현은 운이 올 때까지 기다렸다.

그의 걸음 소리가 조금씩 들려오자, 잠잠하던 심장이 빠르게 뛰었다.

쿵쿵.

운의 걸음을 따라 뛰는 심장처럼 가현의 눈빛이 촛불에 일렁였다. 그때 드르륵, 문이 열렸다.

문을 열고 들어서던 운은 휘장 너머 보이는 아슬아슬한 그림자에 잠시 멈칫하다가 문을 닫았다. 그러곤 느린 걸음으로 가현에게 다가왔다. 그가 가까이 다가올수록 심장이 터질 듯이 뛰어 댔다. 간격이 점점 좁혀질 즘, 참고 있던 숨결이 작게 벌어진 입술 사이로 흘러나왔다.

스르륵, 그의 손이 붉은 휘장을 거둬 냈다. 그 사이로 드러난 운을 따라 가현이 떨리는 시선을 들어 올렸다.

어느새 코앞까지 당도한 운은 찬찬히 가현을 바라보다가 손을 뻗었다. 그러곤 손끝으로 가현의 얼굴을 그러쥐었다. 그의 손길에 심장이 팔딱 뛰었다. 숨은 점점 가빠졌다. 가현은 이따금 참지 못하고 짧게 숨을 내뱉으며 코앞까지 온 운과 눈을 맞추었다.

솜털이 간질거릴 정도로 부드럽게 가현의 볼을 쓸어내리던 그의 손이 어느새 턱 끝에 닿았다. 천천히 그의 손에 의해 고개가 올라가고, 허리를 숙인 운이 입술을 내려 가현에게 입을 맞추었다.

느린 그의 행동에 심장이 더 뛰었다. 그와 함께한 밤이 여러 날임에도, 머릿속이 새하얘질 정도로 부끄럽기만 했다. 지그시 눈을 내리감은 채 가현의 입술을 음미하듯 가볍게 입을 맞춘 운이 시선을 들어 올렸다. 동공의 미세한 떨림마저 세세하게 보일 정도로 가까이 다가와 있는 그의 눈이 서서히 열기로 물들었다.

자연스럽게 침상에 눕게 된 가현은 그 위에 올라타는 운을 보며 가쁘게 숨을 내뱉었다.

하아…….

그의 결 좋은 머리카락이 스르르 타고 내려와 가현의 얼굴을 간지럽혔다. 언제나 그와의 밤은 떨렸고, 심장이 미친 듯이 두근거렸지만. 정식으로 지아비와 아내로서 맺는 관계는 그들의 처음처럼 부끄러웠고 수줍었다.

운아…….

가현이 떨리는 목소리로 운을 불렀다. 그녀의 목소리를 음미하듯 눈을 내리감았다 뜬 운이 가현의 이마에 입술을 갖다 대며 속삭이듯 말했다.

"가현……."

그는 처음으로 그녀의 이름을 입에 담았다. 그의 나지막한 목소리에 섞여 나온 제 이름에 가현의 눈동자에 파문이 일었다.

"연모합니다."

뒤이어 들려오는 그의 고백에 이내 가현의 눈가에 눈물이 어렸다.

"나도……."

양팔을 뻗어 그를 끌어안은 가현이 눈물 어린 목소리로 말했다.

"연모해, 운아."

운이 천천히 입술을 내려 가현의 입 안으로 파고들었다. 서로의 숨결에 점점 몸이 달아올랐다. 이따금 숨이 가빠올 때면 운은 가현을, 가현은 운을 바라보았다. 그러면서 손을 뻗어 서로의 머리카락을 쓸어 넘겨 주었다.

작은 손짓, 숨결 하나 어디에도 애정이 묻어나지 않는 것은 없었다. 그것이 가슴 시릴 정도로 애틋해 가현이 가끔 눈물을 흘렸다. 그럴 때면 운은 가현의 눈망울과 코끝에 자잘하게 입을 맞추었다.

이 밤이 마지막이라는 듯 두 사람은 온전히 서로에게 집중했다. 점점 더 뜨거워지는 열기에 운이 여린 가현의 몸을 세게 끌어안았다. 그녀의 여린 다리가 그의 허리를 감싸 안았다. 운은 좀 더 자신을 안에 밀어 넣으며 부드러운 듯 거칠게 움직였다.

하아, 하아…….

서로를 바라보는 두 사람의 눈가에 언뜻 물기가 비쳤다.

끼익, 끼익.

두 사람의 움직임을 따라 침대가 덜컹거렸다.

운이 잠시 움직임을 멈추며 그녀를 안아 올렸다. 그 사이에도 결합된 두 사람의 몸은 풀리지 않았다. 운의 손길에 이끌려 그의 허벅지 위에 자리하게 된 가현은 땀으로 젖은 그의 이마를 부드럽게 쓸어내렸다.

저보다 반쯤 위에 올라가 있는 그녀를 보며 운이 작게 아가씨, 하고 불렀다. 가현은 떨리는 눈으로 그를 내려다보다가 그의 입술에 작게 입을 맞추며 답했다.

"응, 운아."

가느다란 가현의 허리를 붙든 운이 아래에서 위로 쳐올렸다. 가장 깊숙한 곳까지 치고 들어오는 그의 물건에 가현이 헉, 신음을 토해 냈다. 그의 움직임을 따라 그녀의 몸이 흔들렸다. 떨리는 손으로 그의 목을 바짝 끌어안은 가현이 연신 그를 불렀다.

"아아, 운아……!"

울긋불긋한 꽃잎으로 수놓아진 그녀의 가슴이 뭉개지듯 그의 가슴팍에 닿았다. 가현은 운의 머리를 그러쥐며 열띤 신음을 토해 내었다. 운은 제 위에서 흔들리는 가현의 등을 쓸어내리다가 이따금 그녀의 턱 밑에 입을 맞췄다.

하아, 하아!

아아아!

땀과 열기로 젖은 두 사람의 몸을 따라 침대가 출렁거렸다. 그를 따라 흔들리는 휘장에 두 사람의 그림자가 비쳤다.

운은 낮게 신음을 토해 내며 점점 더 빠르게 그녀를 잠식해 나갔다.

누구라고 할 것 없이 서로에게 매달린 채 두 사람은 새벽이 지날 때까지 끝도 없이 서로를 탐했다.

* * *

운은 제 옷매무새를 다듬어 주는 가현을 한 치도 놓지 않고 바라보았다.

"그러다 뚫어지겠다."

그의 시선에 괜히 부끄러워진 가현이 툴툴거렸다.

"어찌 그리 보는 것이야?"

"새삼 느껴져서요."

"응?"

고개를 든 가현이 운을 의아하게 보았다.

"무엇이?"

"이리 제 옷매무새를 다듬어 주시니, 아가씨가 진짜 제 부인이 된 것 같습니다."

매번 반만 묶던 머리는 곱게 틀어 올려 있었고, 연분홍빛 비단옷을 곱게 차려입은 가현은 운의 말에 비싯 웃었다.

"어릴 적에 말이다. 매일 아침 어머니께서 아버지의 옷매무새를 다듬어 주셨어. 어린 내가 보았을 땐 다듬어 주지 않아도 깨끗해서 문득 의아했지. 그래서 물어보았더니 어머니께서 그러셨다."

오늘 하루도 무사 기원을 하는 것도 있었지만, 이렇게 다듬어 주며 기도를 하는 것이라고. 그리고 오늘 하루도 있을 고된 일들을 미리 조금이나마 덜어 내는 것이라고. 어머니의 말에 가현은 언젠가 저도 혼인을 하면 지아비가 일을 나가기 전에 똑같이 옷매무새를 다듬어 주겠다고 생각했었다.

"나 또한 어머니처럼 굴어 보니, 새삼 네가 내 남편이 되었다는 게 자각이 되는구나."

마치 꿈 같아서……. 그래서 여전히 이 현실이 불안했다. 어쩌면 너무 행복해서일지도 모르겠지만. 가현이 다시금 웃으며 손을 올려 그의 옷깃을 반듯하게 해 주었다.

"오늘 하루도 다치지 말고, 쓸데없는 말은 흘려듣고."

오래전 옥씨 부인처럼 가현도 똑같이 했다.

"못해도 한 번은 내 생각도 해 주고."

끝에 가선 장난스러운 가현의 목소리에 운이 피식, 웃음을 흘렸다.

"한 번은 물론이고, 틈틈이 나지 않겠습니까, 부인."

어쩐지 '부인'이라는 그의 호칭이 여전히 수줍은 가현은 운이 부인, 하고 부를 때마다 얼굴을 붉혔다.

"아, 아무튼! 얼른 가. 늦겠다."

새색시처럼 볼에 꽃물이 번졌다. 발가락이 오그라들 정도로 뛰는 가슴을 모른 체하며 가현이 운의 등을 밀었다. 운이 작게 웃음을 터뜨리며 그런 가현을 조심스럽게 끌어안았다.

"오늘 하루도 잘 노셔야 합니다. 잘 드시고, 낮잠도 청하시고. 오래 방 안에 계시기 적적하면 산책도 하세요."

귓가에 나지막하게 울리는 그의 목소리에 가현이 수줍게 고개를 끄덕였다.

"응, 알았다."

"그럼 잘 다녀오겠습니다."

떨어지기 싫은 것인지. 내내 망설이던 운은 진명의 부름에 그제
야 떨어지지 않는 발길을 돌렸다.

"운아!"

그러다가 갑자기 가현이 그를 붙들었다.

"무슨 할 말이 있으십니까."

"……아니, 그냥."

혀끝에 맴도는 말을 결국 꺼내지 못한 가현이 손을 들어 흔들
었다.

"잘 다녀오라고."

싱거운 대답에 웃던 운이 방을 나가 버렸다. 홀로 남겨진 가현은
무언가 고심하는 것이 있는지 복잡한 얼굴을 보였다.

* * *

"세상에, 이게 다 웬 거래?"

아침나절이 좀 지났을까. 갑자기 장정 수십 명이 수레를 끌고 나
타나 문을 두드렸다. 갑작스러운 사람들의 등장에 놀란 소소는 뒤
늦게 호준이 보냈다는 말에 얼른 그들을 안으로 들였다.

그들은 분주히 수레를 꽉 채운 짐들을 모두 마당에 쌓아 두곤 빠
르게 사라졌다. 순식간에 그 주위를 에워싼 노비들은 호기심 가득

한 눈으로 살펴보았다. 그러나 무엇이 들어있는지는 풀어 봐야 알 것 같았다. 린린도 아닌 척, 하면서 궁금증을 참지 못하고 가현을 불렀다.

"가혀…… 아니, 마마! 마마, 좀 나와 봐요!"

린린의 부름에 침실 밖으로 나선 가현은 마당에 한가득 쌓여 있는 상자들을 보곤 미간을 찡그렸다.

"이게 다 뭡니까?"

"상단주께서 보내신 혼인 선물이라고 했습니다."

그나마 평온한 소소가 가현의 귀에 귀띔해 주었다. 그녀의 말에 당황한 가현을 뒤로한 소소가 노비들을 시켜 짐을 모두 열어 보라고 했다. 기다렸다는 듯 그 앞으로 다가선 노비들이 조심스러운 손길로 모든 짐을 열었다.

값비싼 옷감이 가득 든 상자, 진주, 청옥과 이름 모를 귀금속 등이 한가득한 상자, 저 먼 대륙에서 건너온 듯 보이는 독특한 생김새의 화병이 노비들의 손에 펼쳐질 때마다 주위에서 연신 감탄사가 터져 나왔다. 가현은 호준이 저지른 엄청난 짓에 헛웃음을 켰다.

언제나 무모한 녀석이었지만, 도대체 이게 다 뭐란 말인가……!

"그리고……."

당장 돌려보내라고 말을 꺼내려는데, 소소가 조용히 서신을 건넸다. 그러면서 하는 말이,

"상자를 열어 보자마자 서신을 보라고 전해 달라고 했답니다."

"……뭐?"

하필, 상자를 열어 보자마자 서신을 읽으라니. 도통 그의 뜻이

이해 가질 않아 미간을 좁히던 가현이 얼른 소소에게서 서신을 받아 들어 펼쳤다.

[돌려보내지 마. 네가 돌려보내면 다 바다로 직행할 테니.

세상에 하나뿐인 소중한 친우에게 이 정도 선물은 당연한 것이니, 돌려보내지 말라고 하는 소리다.

그도 싫으면 앞으로 종종 대호국에 들를 때 날 먹이고 재워 줄 값이라고 생각해. 뭐, 그놈은 못마땅하겠지만 알 게 뭐야?

가현아, 나는 네가 그놈에게로 흐르는 마음을 접는 게 맞는다고 생각했다. 오랜 이별 끝에 다시 너와 재회했을 때에도 운이 그놈에게서 떨어뜨려 놓아야 한다고 생각했어. 그게 널 위한 길이라고 생각했으니까. 여전히 난 그렇게 생각해. 지금 당장 네가 나에게 신호를 보내면 이 먼바다를 건너가 가현이 네 손을 잡고 어디론가 떠날 것이다. 그러니 가현아, 부디 잘 살아야 한다.

너도 그렇겠지만 내 가족들은 모두 세상을 떠나 버렸으니까, 해서 너는 내게 남은 유일한 가족이자 친우야.

최가 호준.]

가현은 그만 참지 못하고 눈물을 흘렸다. 소소는 눈치껏 노비들을 조용히 물리고 그녀 역시 자리에서 멀어졌다. 가현은 끝까지 절 웃고 울리는 호준을 떠올렸다. 나 역시 그러했다. 이 세상 유일하게 남은 가족이자, 친우였다.

"하여간, 영악한 놈."

이렇게 된 이상 선물을 돌려보낼 수도 없지 않은가. 가현은 눈가가 시뻘겋게 달아오를 때까지 울다가 좀 진정된 얼굴로 소소를 불렀다. 소소는 가현의 부탁에 상자들을 모두 안으로 들였다.

* * *

언제부턴가 달거리가 없었다. 가현은 제가 잘못 센 건가 싶어 손으로 세어 보았으나. 해야 할 날이 지났다.

'날이 들쑥날쑥해질 수도 있으니, 잘 챙겨 드셔야 합니다.'

잠시 의아해하던 가현은 태의의 말을 떠올리곤 금세 얼굴을 누그러뜨렸다. 하긴, 그런 일을 겪었는데 몸이 성할 수가 있을까…….

"부인, 진명입니다."

생각을 털어 내고 자리에서 일어나려는데, 갑작스럽게 진명이 찾아왔다. 운과 함께 있을 적에 종종 만나 몇 마디 주고받는 게 고작인 사이에, 진명이 찾아오는 일은 거의 드물었다. 게다가 지금 시간이라면 한창 바쁠 때인데…….

살짝 놀란 가현이 얼른 진명을 안으로 들였다.

"전하께서 전해 달라는 것이 있어 들었습니다."

"……그 사람이요?"

진명은 특유의 무뚝뚝한 얼굴로 다가와 손에 든 종이봉투 하나를 가현에게 건넸다. 그러곤 설명도 없이 그만 가 보겠다며 방을 나가 버렸다. 당혹스럽게 멀어지는 진명을 바라보던 가현이 뒤늦게 종이 봉투 안을 들여다보았다.

"세상에……."

알록달록 고운 빛깔의 과일이 꽂힌 꼬치였다. 꿀을 발라 윤기가 흐르는 꼬치를 건네주러 여기까지 오다니.

요 며칠 통 먹지 못한 일로 마음 쓰고 있었던가. 오늘은 평소보다 바쁘다고 했으면서 언제 이런 걸 다 샀단 말인가.

하여튼…….

운의 마음이 느껴지자 괜스레 코끝이 찡했다.

"손에 든 건 뭐야?"

간식을 들고 들어서던 린린은 우두커니 서서 봉투를 빤히 보고 있는 가현을 이상하게 보았다. 그러곤 고개를 내밀곤 봉투 안을 살펴보았다.

"웬 과일 꼬치야?"

가현은 말없이 웃으며 하나를 얼른 집었다. 어쩐지 입에 침이 고였다. 딱히 먹고 싶다는 생각은 없었는데, 막상 보니 얼른 먹고 싶었다.

아침도 못 먹고, 갖다 준 것도 다 먹지 못하던 가현 때문에 춘국의 음식이라도 서툴게 만들어 간식으로 가지고 오던 린린은 꼬치는 잘 먹는 가현을 놀라운 표정으로 바라보았다.

"그렇게 맛있어?"

입가에 뭐가 묻는지도 인지하지 못할 정도로 맛있게 먹는 가현이 신기했다.

"응, 맛있……."

린린의 시선에 웃으며 입 안에 가득 찬 과일을 우물우물 씹던 가현이 우뚝 멈췄다.

설마…….

설마 하는 표정으로 제 배를 내려다보던 가현의 눈이 빠르게 흔들렸다. 갑자기 먹다 말고 배를 보는 가현이 영 이상했는지 린린이 미간을 찡그렸다.

"또 왜 그래. 잘 먹다 말고."

"……."

"뭐, 상했어?"

"아니, 아무것도."

순간의 생각에 말도 안 된다는 듯 웃으면서도 가현은 차마 그 생각을 떨쳐 내지 못했다.

* * *

"영의가 그렇게 좋아?"

"응! 무지 예뻐!"

걸이는 요즘 들어 틈만 나면 영의에게 놀러 갔다. 그러다 보니 그나마 시간이 남아도는 낮에 걸이를 데리러 가는 게 린린의 일이 되었다.

"나중에 걔한테 장가들 거야."

"얼씨구. 벌써 네 미래 신붓감으로 정해 놓은 거야?"

오는 길에 린린이 사 준 과자를 한 움큼 입에 집어넣고 씹던 걸이 씩 웃었다. 어쩐지 조그마한 영의 계집에게 소중한 동생 걸이를 빼앗긴 것 같은 마음에 심술이 난 린린은 냅다 걸의 정수리를 탈탈 털었다.

"악! 누이!"

악, 소리 지른 걸이 린린이 쫓아올세라 뛰기 시작했다.

"너는 내 손바닥이거든."

어디 한번 실컷 도망가 보라는 듯 코웃음 친 린린이 걸이를 쫓아 뛰어갔다. 엎치락뒤치락 뛰며 집으로 돌아가는데, 갑자기 걸이 우뚝 멈췄다.

"뭐야, 왜 갑자기 멈춰?"

"누이."

"응?"

"저쪽에."

"저쪽?"

걸이 갑자기 어딘가를 빤히 보더니 검지로 가리켰다.

"누가 우릴 봐."

"뭐?"

뜬금없는 말에 인상을 구긴 린린은 걸이 가리킨 곳으로 시선을 움직였다. 지나다니는 사람들 외에 이상한 사람은 없었다. 골목길로 들어서는 곳에도 아무것도 보이지 않았다.

"보긴 누가 본다고 그래."

"아닌데. 진짠데."

걸이 고개를 갸우뚱하며 다시금 저쪽으로 보려고 하자, 린린이 와락 어깨를 끌어안았다.

"잡았다!"

순식간에 린린의 허리춤에 끼게 된 걸이 악, 소리 지르며 벗어나려고 버둥거렸다.

"으악!"

린린은 아랑곳하지 않고 깔깔깔 웃으며 대문 안으로 들어섰다. 문턱을 넘어서기 전, 뒤에서 느껴지는 갑작스러운 시선에 멈칫한 린린은 걸이 놈이 가리켰던 곳을 다시 돌아보았다. 사람들이 다 지나가고 난 자리에 텅 빈 골목은 개미 하나 보이지 않았다.

'뭐지. 귀신인가……?'

다른 건 몰라도 귀신은 무서워하는 린린은 어깨를 부르르 떨며 얼른 들어가 문까지 걸어 잠갔다.

* * *

이 낯설지 않은 느낌은 어쩌면, 이라는 가능성을 계속 가현에게 심어 주었다. 하나, 입 밖으로 꺼내기 두려웠다. 제가 망상이라도 한 것이 아닐까 두려웠기 때문이었다. 그런데도 가현은 확인해 보고 싶었다.

제가 하는 짐작이 맞는지.

"린린, 잠깐 나갔다 오자."

걸이 놈 데리러 갔다 돌아온 지 몇 시각도 지나지 않았는데.

갑자기 또 나가자니?

갑작스럽게 나갔다 오자는 가현의 말에 우물거리던 만두를 모두 삼켜 꿀꺽한 린린은 눈만 삐끔거리다가 뒤늦게 나갈 준비를 했다.

소소에겐 시장을 간다고 일러두었다. 좀처럼 밖에 잘 나가지 않는 가현이 갑자기 시장을 간다고 하니 소소가 의아해했다. 린린도 어쩐 영 이상하게 구는 가현을 이상하게 보면서도 뒤를 졸졸 따랐다.

"의원?"

대문을 벗어난 후에야 가현이 대뜸 말을 꺼냈다. 의원이라는 소리에 린린이 반사적으로 소리치려고 하자, 가현이 손을 뻗어 린린의 입을 틀어막았다.

"쉿, 조용히 다녀와야 해."

은밀한 가현의 목소리에 린린이 억지로 입을 막고 있던 손을 밀치며 미간을 구겼다.

"어디 아파? 그런 거야? 그런 거라면 태의께⋯⋯!"

"아픈 거 아니야. 그냥 뭐 좀 확인할 것이 있어서."

린린은 게슴츠레 뜬 눈으로 가현의 얼굴을 샅샅이 훑다가 좀 누그러뜨렸다. 그나마 거짓말은 하는 것 같지는 않았다.

"뭔 확인을 하려고?"

도대체 뭘 확인하고 싶어서 이렇게 몰래 의원을 찾는 것인지.

궁금해 죽을 것 같았지만, 입을 꾹 다문 가현은 말할 기세가 전혀 없어 보였다.

어차피 같이 가는 거 조금 뒤에 알게 될 게 뻔하니 린린은 더는 궁금해하지 않고 가현과 함께 마차에 올랐다.

가현의 청에 따라 한적한 동네 의원이 있는 곳으로 안내한 린린은 좁은 골목길을 들어가지 못하는 마차 때문에 시장 한가운데에서 내렸다. 린린의 도움을 받아 뒤따라 내린 가현은 마부에게 잠시 기다리라고 말을 전했다.

가현은 린린과 함께 좁디좁은 골목길 안으로 들어섰다. 길게 이어진 골목길은 양쪽으로 약재들이 줄줄이 늘어져 있는 약방이 줄을 이었다.

중간중간 입구 쪽에 앉아 있는 약방 주인은 심드렁하게 날아다니는 벌레를 부채로 탁, 치다가 가현과 린린을 발견하곤 힐끔거렸다. 그 이후로도 약방은 계속 나왔다. 아마도 약방 거리 같았다.

"꽤 유능한 의원인데. 수도로 온 지 얼마 되지 않아 사람들은 잘 모르는데. 나는 걸이 놈 간식 사다 나르다가 그 집 아주머니한테 들어 알게 되었고."

의원에 대해 짤막하게 설명한 린린은 먼저 앞서 걸어갔다. 얼마 안 가 좁은 골목길 끝에 붉은 칠을 한 대문 하나가 나왔다.

지붕 위로 삐죽 튀어나온 나뭇가지엔 이름 모를 열매가 매달려 있었는데, 이따금 부는 바람에 아슬아슬하게 흔들리다가 툭, 바닥으로 굴러떨어졌다. 제법 운치가 있어 보이는 풍경을 가만히 눈에 담던 가현은 린린의 손짓에 움직였다. 앞에 다다른 린린은 주먹으로 대문을 쾅쾅 두드리며 계시오, 하고 소리쳤다.

"기다리시오!"

여러 번 외치자, 하품을 쩍 하며 늙은 남노비 하나가 소리치며 문을 열어 주었다.

"무슨…… 일로 찾아왔소?"

남노비는 힐끔대며 린린과 가현의 복색을 훑었다. 그러다가 가현의 복색이 여느 귀족댁 부인의 복색처럼 보이자 의심스러운 눈을 거두었다.

"일단 안으로 드시지요."

옆으로 비켜선 남노비가 가현과 린린을 안으로 들였다.

"실례하겠습니다."

남노비에게 인사를 건네며 문턱을 넘어 발을 들이는 가현의 얼굴에 묘한 긴장감이 흘렀다.

안으로 들어서자 벽이며, 지붕 아래며 약재가 줄줄이 달린 것이 보였다. 약 냄새를 별로 좋아하지 않는 가현은 저도 모르게 코끝을 찡그렸다.

그러다가 문득 노인이 생각났다. 얼떨결에 인연이 닿았고, 제게 처음으로 아이를 가졌다고 알려 주었던 분…….

뒤늦게 운에게 물어보니, 그분의 시신은 가족들을 찾아 그들이 원하는 곳에 묻어 주었다고 했다. 익숙한 듯 낯선 분위기에 그 노인이 떠오르자, 이상하게도 가슴이 먹먹해졌다.

끼이익.

깊은 상념에 잠긴 채 우두커니 서 있는데, 중문이 열리더니 안에서 사람이 나왔다.

"무슨 일로 왔소?"

퍼뜩 정신을 차린 가현은 공손히 인사를 건네며 답했다.

"진맥 좀 할까 해서요."

주위를 두리번거리던 린린은 진맥을 하고 싶다는 가현의 말에 눈을 치떴다. 확인할 것이 있다면서. 진맥한다니?

가현은 린린의 부담스러운 시선을 모른 체하며 의원을 보았다. 가현을 위아래로 훑던 의원이 퉁명스럽게 고개를 까딱였다.

"잠시 안에서 기다리시오."

가현과 린린은 의원이 안내한 방 안으로 들어가 의자에 앉았다.

"아픈 거 아니라며."

어쩐지 불퉁해 보이는 의원과 고요한 주위 분위기에 화는 차마 내지 못했지만. 그래도 입은 달려 있으니 린린이 가현의 팔뚝을 붙들며 성난 얼굴로 물었다. 화를 참는 것인지 목소리가 억눌려 있었다.

"그런데 왜 진맥해?"

"……걱정하지 마. 네가 걱정할 일은 없다."

린린을 잘 토닥여 주는데, 때마침 의원이 안으로 들어섰다. 의원의 등장에 린린이 마지못해 떨어져 앉았다. 뭔지 모를 통과 함께 들어온 의원은 가현의 앞에 앉았다. 잠시 가현을 살피던 의원이 진맥하기 시작했다.

* * *

"지, 진짜……!"

가현이 무엇 때문에 진맥을 하려고 한 것인지는 모르겠으나, 혹시나 어디가 아픈 게 아닌가 싶었다. 그녀의 몸 상태에 작은 변화라도 생기면 불안해하는 주인님의 마음을 염려해 주인님 몰래 은밀히 구석진 의원에게까지 찾아온 게 아닌가 했다.

사실 요 며칠 가현은 몇 개월 전처럼 잘 먹지 못했고, 린린 또한 걱정하고 있던 부분이었다.

그런데…….

"참입니까? 예?"

의원의 입에서 믿어지지 않는 말이 나왔다. 가현이 회임을 했다는 말이었다.

말은 못 했지만 가현이 평생 아이를 못 가질지도 모른다는 말은 여전히 노비들 사이에서 쉬쉬하며 나오는 이야기였고, 불같이 화를 내곤 했지만 린린 역시 그렇게 생각했다.

여전히 사산아가 나오던 것과 다 죽어 가던 가현의 처참한 모습이 여전히 뇌리에 선명히 박혀 있기 때문인지도 모른다. 그래서 소소도 린린도 될 수 있으면 아이에 대한 이야기를 꺼내지 않았다. 원영 황후도 이따금 가현을 부르곤 했지만, 될 수 있으면 태자를 보여 주진 않았다.

"가현아!"

린린이 참지 못하고 눈물을 쏟아 내며 가현을 불렀다. 그때까지 멍하니 앉아 있던 가현이 떨리는 눈으로 제 배를 내려다보았다.

지금의 행복도 꿈만 같이 불안한데…….

그것이 너무 기쁘면서도 두려웠다.

모든 게 꿈일까 봐.

갑자기 순식간에 사라져 버릴까 봐 두려웠다.

가현은 제 안에 들어온 행복이 도망치기라도 할 듯 배를 꼭 움켜쥐었다.

가현의 눈에서 눈물이 투둑, 떨어져 내렸다.

21장

린린은 가현을 와락 끌어안으며 의원에게 거듭 감사하다고 인사
전했다.

"맥이 다른 사람보다 약하니 안정을 취해야 하오."

의원은 끝까지 퉁명스럽게 말했다. 그가 퉁명스럽든 무뚝뚝하든
보이지 않는 린린은 그저 실실 웃다가 눈물을 쏟다가 반복했다.

"세상에! 그럼 그렇지! 내가 이럴 줄 알았어, 알았다고!"

* * *

"말만 해! 뭐가 먹고 싶어? 응? 내가 다 사 줄게!"

뭐가 그렇게 좋은지 마치 제 일처럼 방방 뛰며 린린이 앞서거니
뒤서거니 걸었다. 그녀를 따라 걸으며 가현이 곱게 웃었다.

"그리 좋으니?"

"그럼 좋고말고! 너한테 말은 안 했지만 얼마나 속앓이했는데."

다 알고 있었다. 어찌 모르겠는가. 소소도 린린도 제 앞에서 혹여나 말실수할까 봐 조심하는 게 눈에 보일 정도였다.

"고마워, 린린."

그것이 너무 고마워 이따금 가슴이 먹먹해졌다. 대호국에 와 소중한 인연들을 많이 만났지만, 그중 가장 큰 사람 중 하나는 린린이었다. 진심 어린 가현의 말에 린린은 손으로 코를 쓱, 닦으며 머쓱하게 웃었다.

"새삼스럽게 고맙긴! 네가 내게 해 준 거에 비하면 아무것도 한게 없는걸."

가현과 눈도 마주치지 못하고 쑥스러워하던 린린은 저 멀리 보이는 마차를 발견하곤 가현의 어깨를 살짝 밀었다.

"잠시만 먼저 타고 있어."

얼떨결에 앞으로 밀려가던 가현이 의아한 얼굴로 고개를 돌렸다.

"어디 가게?"

"걸이 그 녀석이 당과 사 오라고 노래를 불러 댔잖아."

투덜거리면서도 걸이에 대한 애정이 묻어났다. 그 집에 사는 동안 먹고 싶은 것, 입고 싶은 것 하나 못 하고 살았던 동생의 일이 여전히 린린에겐 상처인지 린린은 매달 받는 봉급 일부를 걸이에게 썼다. 더는 작은아버지 댁에 돈을 보낼 필요가 없어 가능한 일이기도 했다.

"얼른 갔다 올게!"

린린은 얼른 먼저 가 있으라고 손을 휘휘 젓곤 어디론가 달려갔다. 사람들 사이로 사라지는 린린을 바라보던 가현이 한참 만에 돌아서 마차로 걸어갔다. 연신 하품을 쩍 하고 있던 마부는 가현의 등장에 화들짝 놀랐다.

"오셨습니까."

"린린이 올 때까지 기다리겠습니다."

"아, 예 알겠습니다."

마부의 도움으로 마차에 올라탄 가현은 손에 들린 망토를 옆에 내려놓으며 린린이 올 때까지 기다렸다. 그렇게 얼마간의 시간이 흘렀을까.

덜컹!

린린이 오지도 않았는데, 갑자기 마차가 움직였다. 놀란 가현이 마차 천장을 두드렸지만, 마차의 움직임은 더 빨라졌다.

* * *

"이것도 더 넣어가."

"아이고, 뭘 이런 걸 다 줘요!"

거의 단골이 되다시피 한 상점 아주머니는 걸이 놈 좋아하는 걸로 더 챙겨 넣어 주었다. 안 받는 척하면서 전부 다 받은 린린이 헤헤, 웃었다. 그러곤 날름 당과 하나를 입에 물었다.

달콤한 과자를 입에 문 린린은 습관처럼 눈을 돌려 마차가 세워진 곳으로 고개를 돌리다가 눈을 크게 떴다.

"어?"

타지도 않았는데, 마차가 그냥 가는 게 아닌가.

"어어!"

당황한 린린이 얼른 주머니에서 돈을 꺼내 아주머니에게 주고 종이봉투를 받아 들었다.

"아직 안 탔어요! 기다려!"

사람들의 어깨와 부딪치든 말든 날쌔게 뛰어가는 린린의 노력에도 마차는 저 멀리 멀어졌다.

"꺅!"

"이보시오! 정신 차리시오!"

얼른 마차를 뒤쫓아가려고 하던 린린이 우뚝 멈췄다. 지척에서 사람들이 누군가를 둥글게 에워싼 채, 수군거리고 있었는데 그 틈으로 낯익은 얼굴이 보였다.

말도…… 안 돼.

"아, 아저……씨?"

분명 마차가 가 버리지 않나. 그런데 어째서 아저씨가 여기 있단 말인가? 그럼 가현은……? 그때, 쓰러져 있던 아저씨가 울컥, 피를 토했다.

"에구머니나!"

그 곁에 있다가 봉변당한 아주머니 몇이 화들짝 놀라며 뒤로 몸을 뺐다. 그들을 밀치고 안으로 들어선 린린은 피를 토한 채 쓰러져 있는 그를 내려다보다가 눈을 크게 떴다.

"아저씨!"

놀란 린린이 손에 들린 종이봉투도 집어 던지고 마부에게 달려가 주저앉았다. 마부의 주위를 에워싸고 있던 사람들은 갑자기 튀어나온 린린을 보며 수군거리다가 옆으로 비켜섰다. 그사이에도 허리춤에 칼을 맞은 마부는 거의 숨이 끊어지기 직전이었다.

"아저씨, 왜 이래요! 무슨 일이에요! 마차는……."

퍼뜩 고개를 든 린린이 빠르게 흔들리는 눈으로 이미 마차가 사라지고 없는 거리를 바라보는데,

"마, 마마……."

간신히 정신을 차린 마부가 피투성이가 된 손으로 린린의 치맛자락을 덥석 붙들었다. 치맛자락을 붙든 그의 손이 덜덜 떨렸다. 린린은 치마에 피가 묻는 것은 상관치 않고 마부의 말에 귀를 기울였다. 그런데 목소리가 너무 힘이 없고 작아서 무슨 말을 하는 건지 잘 들리지 않았다.

"마마가……."

어떻게 해서든 말을 전하려던 마부의 손이 툭, 바닥으로 떨어져 내렸다. 심장이 미친 듯이 뛰기 시작했다. 비릿한 피 냄새가 짙어질수록 더 뛰어댔다.

"아저씨! 정신 차려요! 마마 어디 있어요, 예?"

덜덜 떨리는 손으로 마부를 미친 듯이 흔들며 소리치던 린린은 뒤늦게 그의 가슴께에 꽂힌 작은 쪽지 하나를 발견했다. 황급히 낚아채 들어 올린 린린이 쪽지를 펼쳐 들었다.

하!

가, 가현……!

창백하게 질린 얼굴로 쪽지를 내려다보던 린린이 옆에 서 수군거리는 사람 아무나 붙잡고 소리쳤다.

"금방 올 터이니, 아저씨 좀 의원 댁에 데려다주세요! 아셨지요!"

광기가 보일 정도로 힘껏 붙들며 소리쳐 묻는 린린의 말에 아주머니 한 분이 얼떨결에 고개를 끄덕였다. 린린은 그제야 마부를 뒤로하고 어디론가 미친 듯이 내달리기 시작했다. 신 한쪽이 가다가 벗겨져 나뒹굴어도 멈추지 않고 미친 듯이 달렸다.

'가현아……!'

* * *

다른 건 통 못 먹지만 과일이나 제가 진명을 시켜 사다 주었던 꼬치는 잘 먹었다는 걸 기억한 운은 집으로 향하는 길을 틀어 시장에 들렀다.

진명은 그 곁에서 운이 꼬치를 주문하는 것을 지켜보았다. 그러다가 좀 지루한 듯 주위를 살피려 고개를 돌리는데, 낯익은 사람 하나가 이쪽을 향해 뛰어오고 있었다. 순간 진명의 미간이 좁혀졌다.

"……린린?"

진명의 입에서 나온 이름에 운의 시선도 그쪽으로 향했다. 가현의 곁에 붙어 있어야 할 린린이 왜 이곳에 있단 말인가. 반듯하던 운의 미간이 좁혀졌다.

수많은 인파 사이를 지나쳐 성난 황소처럼 뛰어오고 있는 린린은 어째 이상해 보였다. 신은 어디로 간 것인지, 보이지 않았고.

게다가…… 가까이서 보니 거뭇거뭇한 무언가가 치마와 가슴께에 묻어 있었다. 무엇에 놀란 것인지 얼굴은 잔뜩 땀투성이였다.

아무래도 잡아서 물어야 할 것 같은 생각에 빠르게 린린에게 뛰어간 진명이 그녀를 붙들었다.

"린린, 무슨 일 있어?"

"비키지……!"

미친 듯이 내달리고 있는데 누군가 앞을 막아서 반사적으로 밀치려던 린린은 뒤늦게 진명을 알아보곤 우뚝 멈췄다.

"이게 다 뭐야?"

거뭇거뭇한 것이 어째 피 같았다.

"뭐야, 무슨 일이야."

멍하니 진명을 올려다보던 린린이 갑자기 덥석 그의 옷깃을 붙들었다.

"진명 나리!"

"어, 어 무슨 일인데."

갑자기 성난 얼굴로 저를 붙든 린린에게 당황한 진명이 저도 모르게 주춤하며 뒤로 물러서는 사이 린린이 악을 지르듯 소리쳤다.

"큰일 났어요! 지금 당장 가야 해요!"

"……뭐?"

린린의 외침에 진명은 물론 운도 일제히 그녀에게로 시선을 향했다.

* * *

일평생 가현은 꽤 운이 좋은 사람이라고 생각했다. 언제나 제 말을 들어주던 아버지, 이따금 엄하게 구시지만 그래도 절 누구보다 사랑해 주는 어머니.

그리고 운······.

갖고 싶을 정도로 반짝반짝 빛나던 운을 만난 것을 가현은 행운이라고 생각했다. 그러나 그 행운은 그날로 끝이었을까. 아니면 제 욕심이 지나쳐 모든 걸 망쳐 버린 것일까.

그저 평범하게 다른 이들처럼 혼인했더라면, 운의 몸에는 그런 커다란 흉터도 없었을 것이고. 그렇게 망가지지도 않았을 테지.

세상 빛, 바람 한 번 맛 보지 못한 그 아이도 그렇게 가 버리진 않았겠지.

그래도 제게 살아남으라고, 어떻게 해서든 살아남으라고. 하늘이 그렇게 말하는 듯했다. 가현에겐 그것이 형별처럼 느껴졌다.

운을 놓으려고 했으나, 놓지 못했고. 떠나려 했으나, 떠나지 못했다. 이번 한 번만 용기를 내어 운의 곁에 남았다.

그렇게 곁에 있으면서도 이따금 알 수 없는 괴로움이, 불안감이 찾아와 제 마음을 좀먹었다. 그럴 때면 불쑥 튀어나온 검은 덩이가 운에게 상처를 내었다.

그래도 끝끝내 그의 아내가 되었다. 너무 행복했으나, 한편으론 그 행복이 모래처럼 바람에 쓸려 사라져 버릴까 봐 두려웠다.

그런데 아이라니.

아이가 내게 찾아왔다니······.

믿어지지 않았다. 너무 벅차 숨이 쉬어지지 않았다.

그 뒤엔 안도의 눈물이 쏟아졌다. 이상하게도 다시 찾아와 준 아이가 말하는 것 같았다. 이제 괜찮다고. 더는 불안해하지 말라고.

그런데 모든 것이 착각인 것일까. 어째서 이런 일이 또 생겼단 말인가. 무엇을 그렇게 잘못해서 내게 이런 끔찍한 형벌을 계속해서 주는 것인가. 하늘이 원망스러울 정도였다.

하나, 가현은 이번만큼은 절대 누구에게도 제 품 안에 온 것을 내어놓지 않을 것이다. 하늘에서 내린 형벌이든 아니든 가현은 결코 더는 누구도 다치게 하지 않을 것이다. 제가 죽는 한이 있더라도, 이 아이는 지킬 것이다. 가현은 그렇게 다짐하며 눈앞에 사내를 노려보았다.

분명 그자였다.

허여소와 함께 날 납치하려던 놈……!

처음엔 누구인지 확신하지 못했으나, 분명 그놈이었다. 사람을 죽이는 일이든 그보다 더한 일이든 돈만 주면 다 하는 놈이었다. 이번엔 또 누구의 돈을 받고 이런 일을 하는 것일까. 가현은 수많은 생각을 하면서 그를 향해 물었다.

"지금 이게 무슨 짓이오!"

"무슨 짓이긴. 용건이 있으니 데려온 거 아니겠소?"

열이 낄낄 웃었다. 한쪽 눈에 기다란 흉터가 그가 웃을 때마다 꿈틀거렸다. 누런 이를 혀끝으로 핥으며 노골적으로 가현의 얼굴을 쳐다보았다.

"호, 눈빛 참 매섭네."

참, 저 닮은 여자와 잘도 결혼했다 싶었다.

"얌전히 계시면 머리카락 하나 건드리지 않을 테니 그렇게 힘 빼고 있지 말라고. 그쪽 남편만 오면 풀어줄 테니."

가현의 눈이 거칠게 흔들렸다.

그게 무슨…….

날 납치해 온 이유가 운을 데려오기 위함이었단 말인가……!

"나는 이래 봬도 여인에겐 제법 친절하다고."

낄낄낄!

잇새로 소름 끼치는 쇳소리와 함께 웃음소리가 터져 나왔다. 열은 그렇게 말하곤 다시 창고를 나가 버렸다.

온몸이 꽁꽁 묶인 채 허름한 창고에 갇히게 된 가현은 제 안위는 걱정되지 않는지 조금 전 열의 말을 되새겼다.

도대체 무슨 억하심정이 있어서 저를 납치해 오면서까지 운을 만나려 하는 것인가. 그 연유가 무엇이든 운이 위험한 건 확실했다. 소름 끼치는 그자의 눈빛은 분명 누구 하나 죽일 기세였다. 가현이 거칠게 흔들리는 눈으로 부서진 틈 사이로 어느새 어두워진 하늘을 바라보았다.

* * *

운은 차갑게 얼어붙은 눈으로 린린이 건넨 쪽지를 바라보았다. 믿어지지 않는 얼굴로 서 있던 진명이 이를 악문 채 울음을 참고 있는 린린의 어깨를 거세게 틀어쥐었다.

"해서!"

린린의 양어깨를 거칠게 흔드는 진명의 얼굴이 충격으로 일그러졌다.

"마마께서 정녕 납치당했다는 말을 하는 것이냐!"

"아, 그렇다니까!"

진명의 손힘에 이리저리 흔들리던 린린이 참지 못하고 두려움을 토해 내듯 소리쳤다. 그녀의 어깨를 흔들던 진명의 손에서 힘이 풀렸다.

"그런 말도 안 되는……!"

도대체 누가 그런 짓을 저질렀단 말인가. 설마……. 황제의 앞에서 납작 엎드렸던 귀족들이 뒷구멍으로 무슨 짓을 꾸민 것일까? 하지만 그들의 목줄은 황제의 손아귀에 단단히 묶여 있었다. 가진 것이 많은 자니, 섣불리 이런 짓을 벌이지는 않을 것이다. 그렇다면 누가……?

진명이 급히 운을 돌아보았다. 운은 쪽지에 적힌 말에 시선을 떼지 않았다. 쪽지 안에 적혀있는 주소와 그리고…….

[너도 알다시피 나는 성정이 다급하고, 변덕스러워서 네 어여쁜 마누라를 그냥 죽일 수도 있어. 그래도 너는 내가 가장 아꼈던 개 아니더냐, 운아.]

개…….

그를 그렇게 직접적으로 개라고 지칭하는 자는 단 한 사람밖에 떠오르지 않았다.

열.

폭포수같이 비가 쏟아지던 날 밤 마주쳤던 그 남자에게서 익숙한 목소리가 들린 것은 착각이 아니었나……. 황제는 결코 섬에서 탈출하지 못할 것이라고 했다. 하나, 열이라면. 그 자라면 가능할 수도 있는 일이었다. 그것을 간과하고 있었다. 그는 일반적인 상식으로 생각할 수 없는 자였다.

어찌 되었든 가현을 납치한 이유가 저라는 건 확실했다. 그것이 운을 미치게 했다. 또 저 때문에 가현이 다칠지도 모른다는 생각에 쪽지를 쥐고 있던 손이 파르르 떨릴 때였다.

"지금 이럴 때가 아닙니다! 얼른 찾아야 해요!"

린린이 다급하게 소리쳤다.

"의원 나리가 마마 몸 약하다고. 좀만 무리해도 아이가 잘못될 수 있다고 했단……!"

"아이라니."

뒤이어 들려오는 말에 고개를 든 운이 린린을 바라보았다. 섬뜩할 정도로 고요한 운의 시선에 주춤하던 린린이 마른침을 뒤로 넘기며 설명했다.

"오늘 나온 이유가 그거여요. 마마께서 진맥을 해 보고 싶다고. 그런데 그만 그런 일이……. 내가 쓸데없이 걸이 그놈 간식만 산다고 하지 않았으면."

설명하던 린린은 어느새 스스로에 대한 자책감에 빠져 두서없이 중얼거렸다. 고요하게 가라앉아 있던 운의 새까만 눈동자가 거칠게 흔들리기 시작했다. 순식간에 몰아치는 풍랑에 뒤집어질 것처럼 그렇게 일렁였다.

처음 듣는 이야기에 진명의 눈이 쏟아질 듯 커졌다.

"아이? 마마께서 아이를 가졌단 말이야?"

당황한 진명이 린린의 어깨를 힘주어 붙들며 소리치듯 묻자, 린린이 고개를 끄덕였다. 진명의 안색이 순식간에 파리해졌다. 몸도 약하신 분이 아이까지 가졌다. 분명 좋아해야 할 일이지만, 몇 개월 전에도 불미스러운 일로 아이를 잃어버리지 않았나.

만약 여기서 또다시 잘못된다면, 가현도 그리고 주인님도 더는 살지 못할 것이다. 진명의 생각대로, 아니 운은 벌써부터 흔들리고 있었다.

가현이⋯⋯ 아이를 가졌단 말인가.

그것을 깨닫는 순간, 머릿속으로 오래전 일이 스쳐 지나갔다. 피투성이가 된 가현과 핏덩이로 쏟아져 나오던 아이까지⋯⋯.

순간의 격통에 숨이 막혔다. 또다시 그런 일이 벌어질지도 모른다는 두려움이 운의 온몸을 잠식해 들어갔다. 저 밑바닥에서부터 치솟는 두려움은 운이 감당하기에 너무 컸다. 이대로 그 두려움에 삼켜져 어디론가 빨려들어 갈 것 같았다.

만약 또다시 그런 일이 생긴다면⋯⋯.

그런 생각만 해도 숨이 쉬어지지 않았다.

신이 내게 벌을 주는 것 같았다. 그녀를 욕심을 내어서, 가져서는 안 되는 그 사람을 욕심내어서 이렇게 형벌을 내리는 것이다. 그때 그냥 보내 주었어야 했을까. 그냥 아가씨를 보내주었다면, 이런 일은 없었을 텐데.

창백하게 질린 얼굴로 운이 거칠게 숨을 내뱉자, 진명이 그를 향해 소리쳤다.

"지금 정신 놓을 때가 아닙니다, 전하!"

진명의 외침에 어둠 속으로 잠식해 들어가던 운이 깨어나듯 고개를 들었다.

그래…….

이렇게 놓으면 안 된다.

가현……. 그 사람을 살려야 한다.

다시는 그 사람을 다치지 않게 하겠다고 다짐했다. 운은 설사 제가 다치는 한이 있더라도, 가현만은 결코 다치지 않게 하겠다고 생각했다. 그리고 그 아이도…….

가현을 또다시 위험에 빠지게 했다는 자책과 스스로에 대한 원망은 그때 해도 늦지 않았다. 손에 쥔 쪽지를 꼭 쥔 운이 말을 묶어둔 곳으로 갔다. 그러곤 빠르게 말 위에 올라탔다.

"곧 따라가겠습니다!"

진명의 말에도 답하지 않고 운은 쪽지에 적힌 장소로 달렸다. 진명은 린린에게 집으로 돌아 가 있으라는 말만 전하고, 흑운왕의 정예군이 훈련하고 있는 훈련소로 달려갔다.

* * *

날이 어둑해지자 마치 소풍을 나온 사람처럼 가현을 질질 끌고 나온 열은 타오르는 모닥불 앞에 앉혔다. 억지로 끌려와 바위에 걸터앉게 된 가현은 도대체 이 자가 무엇을 하려고 하는지 가늠하듯 살피며 경계를 늦추지 않았다.

"자, 드시오. 내가 이래뵈도 고기 하나는 잘 굽거든."

열은 친절하게도 구워 놓은 토끼 고기가 꽂힌 꼬챙이 하나를 들어 가현의 입에 가져다 댔다. 가현은 입을 꾹 다문 채 열을 노려만 보았다.

"무슨 속셈이오."

"거참 서운하네. 그쪽 먹이려고 토끼 잡느라 얼마나 고되었던 줄 아시오?"

열은 정말 서운하다는 듯 투덜거리며 가현의 입가에 꼬챙이를 흔들었다. 그런데도 가현은 입을 열지 않았다. 열이 혀를 끌끌 찼다.

"쯧, 그냥 먹지. 인생사 그냥 잘 먹고 잘 자는 것인데."

열은 별다른 강압적인 행동 없이 꼬챙이를 도로 쑥 제 앞으로 가져갔다. 그러곤 우적우적 씹어 먹었다.

탁, 타닥!

그 사이로 이따금 모닥불이 타올라 소리를 내었다. 붉게 타오르는 모닥불이 열의 얼굴에 드리워져 일렁였다. 그 때문인지 한쪽 눈에 길게 난 흉터가 더 적나라하게 드러났다. 저도 모르게 흉터를 바라보고 있자, 힐끔 고개를 든 열이 가현을 보다가 씩 웃었다.

"궁금하오?"

그의 물음에 가현이 흠칫 당황하며 시선 끝을 내렸다. 그러자 열이 낄낄낄 웃으며 손으로 눈가 흉터를 만지작거렸다. 울퉁불퉁한 피부를 더듬거리며 쓸어내리던 열이 마치 옛이야기를 꺼내는 할아버지처럼 이야기했다.

"내가 예뻐하던 개를 가져간 놈이 내 눈을 검으로 베었지. 사실 아픈 것은 모르겠고, 짜증이 확 솟구쳤소. 지금도 생각하면 자다가 벌떡 일어난다니깐. 그 개자식 목을 비틀어 버리고 싶어서."

모닥불에 비치는 그의 새까만 눈동자에 일순간 살기가 스쳤다. 순간의 살기는 사라지고 말간 눈을 한 열은 갑자기 가현의 얼굴을 뚫어져라 쳐다보았다. 그의 시선에서 벗어나기 위해 애썼으나 그는 가현에게서 눈을 떼지 않고 중얼거리기까지 했다.

"아무리 봐도 그 녀석과 참 닮았어. 아, 내가 말을 안 했던가?"

"……."

"그 녀석은 내가 가장 아끼는 개였거든."

씩 웃는 열의 눈동자에 피비린내가 스치는 듯했다.

"내가 얼마나 예뻐해 줬는데. 날 물었지 뭐요. 이거 보이시오?"

오래전 옛 추억을 꺼내는 사람처럼 회상에 잠겨 주절거리던 열이 불쑥 갈고리가 끼인 팔뚝을 들어 올렸다. 그가 불쑥불쑥 가까이 올 때마다 가현은 주춤거리며 뒤로 물러섰다.

"그놈이 물어 이리되었지."

사실 진짜로 문 건 아니었지만, 그놈 하나 때문에 이 꼴이 된 건 맞지 않은가.

열은 킥킥거리며 웃었다. 그러면서 모닥불에 번쩍이는 갈고리를 좌우로 움직이며 빤히 보다가 다시금 고개를 들어 가현과 눈을 마주쳤다.

"나는 정말 관대한 사람이요. 한데, 관대해질 수 없는 것이 있어."

"……."

"개새끼 주제에 주인을 문 버르장머리 없는 놈. 그런 놈들이 있으면 짜증을 주체를 못 하거든."

섬뜩할 정도로 그의 말과 눈빛에 광기가 스며들었다. 가현은 절로 움츠러드는 신경 줄을 꽉 붙든 채 열에게서 시선을 피하지 않았다.

"주인을 문 놈을 어떻게 해야 할까. 당신이라면 어찌하겠소?"

"……."

"난 말이오. 다시는 개기지 못하게 밟아 줄 것이오."

불쑥 앞으로 나온 열이 가현의 코앞에서 미친 듯이 웃어 댔다.

아하하하!

괴기스러울 정도로 소름 끼치는 그의 웃음소리에 심장이 빠르게 뛰었다.

"마침 저기 오는군!"

치맛자락이 찢길 정도로 꼭 붙든 채 열과 마주하고 있던 가현의 시선이 빠르게 흔들렸다. 그가 말한 '개'가 운이었던 것이다.

설마…….

운의 몸에 가득하던 흉터가 저 사내 때문인 것일까. 아무것도 묻지 않아도 가현은 그 흉터가 어느 손에서 나온 것인지 알 것 같았다. 가현이 벌겋게 달아오른 눈으로 열을 죽일 듯이 노려보았다. 열은 가현의 시선이 그저 재미있다는 듯 키킥, 웃다가, 슬그머니 자리에서 일어서 아무렇게나 바지를 툭툭 털었다.

"어이!"

그러곤 한 걸음 앞으로 나가 마치 친우를 향해 인사를 건네는 것처럼 손까지 흔들며 그를 반겼다.

"잘 찾아왔네!"

말에서 내린 운은 놈이 누군지 안중에 없다는 듯 가현부터 살폈다. 몸에 감긴 줄 외에 다친 곳은 없어 보였다.

'아가씨, 괜찮으십니까.'

그런데도 운은 눈으로 물었다. 그를 말 없이 바라보던 가현은 여태껏 참고 있던 물기를 누르며 천천히 고개를 끄덕였다. 가현의 끄덕임에 운은 그제야 조금 이성을 되찾았다. 가현의 안위를 확인한 뒤에야 열에게 시선을 옮긴 운의 표정은 한층 싸늘하게 굳었다.

역시 제 짐작이 맞았다. 열은 수도에 있었던 것이다. 운은 좀 더 일찍 알아채지 못한 자신을 책망하며 허리춤에 찬 검 손잡이를 그러쥐었다. 어느새 몇 발자국 앞까지 다가온 열은 운을 향해 투덜거렸다.

"쯧, 나는 널 일찍이 알아보았는데."

그러곤 갈고리가 끼인 손을 들어 보였다.

'저건……!'

딱딱하게 굳은 얼굴로 운의 눈빛이 속절없이 흔들렸다. 저 갈고리는 분명…… 그날 밤 암살 시도가 일어났을 때 마주했던 게 분명했다.

"……네놈이었더냐."

운의 살기 어린 목소리에 열은 그저 키득거렸다.

"내가 분명 다시 보자고 했잖아."

가까이 다가온 열의 눈동자가 알 수 없는 광기로 번들거렸다.

"왜, 죽은 줄 알았나?"

"……."

"그런데 어쩌지? 이렇게 만나서?"

한 걸음, 한 걸음.

어느새 코앞까지 다가온 열이 이를 드러내며 운을 향해 이죽 거렸다.

"아주 뒈져 버리길 바랐지? 응?"

그러면서 갈고리를 들어 올린 열이 운을 찌를 것처럼 눈앞에서 위협적으로 흔들었다. 그러더니 목젖이 보일 정도로 입을 크게 벌리고 미친 듯이 웃어 재꼈다.

"으하! 크크크큭! 아하하!"

배까지 부여잡고 미친 듯이 웃어 대던 열이 웃음기가 조금 가신 얼굴로 다시 고개를 들었다.

"아, 재밌어. 이게 사람 사는 거지."

얼굴에 가득하던 웃음기는 순식간에 사라졌고, 오직 광기만 남은 열의 눈이 운을 향했다.

"그렇게 쉽게 죽으면 안 되지. 내가 네놈 찾아오려고 얼마나 개지랄을 떨었는데."

코앞에서 열의 눈동자가 번들거렸다. 운은 그런 열의 눈빛에도 두려움 하나 없이 그저 건조하고 메마르게 그를 마주했다.

그래, 네 놈은 결코 쉽게 죽을 놈이 아니지.

* * *

몇 년 전.

툭.

"다시 주워 와."

커다란 바위 위에 걸터앉은 열의 눈은 상처 하나 없이 깨끗했다. 그러나 저질스러운 장난과 광기 어린 눈빛은 지금이나 그때나 똑같았다. 열의 명령에 허름한 복색의 사내가 개처럼 기어가 흙이 묻은 주먹밥을 입에 물었다.

"옳지, 잘한다!"

아무것도 없이 그저 광활한 대지와 광산밖에 없는 이곳은 대호국에서 가장 끝에 있는 노역장이었다. 이곳을 들어오는 사람은 있어도, 나가는 사람은 없었다. 나갈 때가 되면 대부분이 죽거나 반병신이 되었기 때문이었다.

유일하게 단 한 사람.

사람을 잔혹하게 살해한 죄로 노예가 되어 노역장으로 끌려온 열은 비상한 머리로 관리자를 홀려 단번에 노예의 생활에서 벗어날 수 있었다.

그렇다고 노예가 아닌 것은 아니었지만, 관리자의 비호 아래에서 마치 왕처럼 굴었다. 그래도 일은 해야 했기에, 노예들이 도망치진 않는지 관리하는 일을 맡았다.

사실 말로만 일이었지, 열이 하는 일이라곤 노비들 가지고 노는 것과 자는 것뿐이었다. 지루하기 짝이 없는 이곳에서 열이 즐기는 놀이 중 하나는 눈에 들어온 놈 몇을 개로 만들어 노는 것이었다.

열의 눈 밖에 나면 어떤 지옥이 펼쳐지는지 이미 눈으로 보았던 그들은 순순히 개처럼 굴며 바닥에 떨어진 밥을 주워 먹으라면 먹었고, 발을 핥으라면 핥았다. 그래야 다치지 않았다.

"왈왈!"

주먹밥을 입에 물고 온 남자는 열의 앞에 앉아 왈왈 짖었다. 그것까지가 열이 시킨 것이었다. 열은 낄낄낄 웃으며 남자의 떡 진 머리를 아무렇지 않게 쓰다듬었다.

"잘했어! 잘했으니까 상을 줘야지!"

진짜 상을 줄 것처럼 굴던 열은 흙과 돌로 엉망이 된 주먹밥을 그의 앞에 툭, 던져 주었다. 남자는 열의 눈치만 살폈다. 이걸 다 먹었다간 이가 다 나갈 게 분명했다.

"왜, 먹기 싫어?"

번들거리는 그의 새까만 눈이 아래로 향했다.

"아, 아닙니다!"

흠칫 놀란 남자가 납작 엎드려 게걸스럽게 전부 먹어 치웠다. 순식간에 웃는 얼굴로 돌아온 열이 으하하, 웃었다.

"그래, 그렇지!"

* * *

그 놀이는 금방 싫증 났다.

재미없게 순순히 따르기만 하니 영 재미를 잃은 탓이었다. 매번 아부하던 홍두도 가 버리고 없었다.

열은 지루해 죽는 얼굴로 턱에 걸터앉아 관리자들의 채찍질에 분주히 움직이는 노예들을 바라보았다.

"나리! 나리!"

열의 신분은 분명 천민이었지만, 이곳에서 노예들은 열을 나리라고 불렀다. 노역장의 관리자들은 열을 그렇게 불러도 그저 킬킬웃으며 맞장구쳐 주었다.

심드렁하게 풀피리를 입에 물고 있던 열이 눈썹 한쪽을 치뜨며저를 향해 달려오는 놈을 돌아보았다.

"저기 보십시오!"

홍두가 떠난 뒤, 열의 곁에 붙어 이인자 노릇을 하는 놈이었다. 헐레벌떡 뛰어온 그는 숨차 죽는 얼굴을 하면서 노역장 입구를 검지로 가리켰다.

사람 셋의 키는 더 넘어 보이는 담과 똑같은 높이로 만들어진 통나무 문이 활짝 열려 있었다. 그 사이로 밧줄에 줄줄이 묶인 노예들이 일렬로 들어서고 있었다. 이따금 돌부리에 걸리거나 힘이 풀려 주저앉으면 관리자가 서슴없이 채찍질했다.

"그래서 뭐. 노예들 들어오는 게 뭐, 자식아!"

별것도 아닌 것 갖다가 사람을 부른 놈의 머리를 퍽, 때린 열이 눈을 떴다. 열의 성난 손짓에 정수리를 얻어맞은 놈은 울상이 되었다.

"아니, 그게 춘국에서도 왔다기에……."

"춘국에서나 해상국에서나. 별 쓸데없는 일로 부르지 마."

턱에서 내려온 열은 뒷짐 지며 어슬렁어슬렁 제 방으로 걸어가 버렸다.

* * *

그러던 어느 날 밤이었다.

"으아아악!"

갑자기 아닌 밤중에 소란이 일었다. 노예들이 잠을 자는 숙소였다. 숙소라고 치기엔 허름했지만, 어쨌든 숙소는 숙소였다. 갑작스러운 소리에 억지로 눈을 뜬 열은 짜증스레 몸을 일으키며 소리가 나는 쪽을 바라보았다.

"어느 미친것들이 밤에 소란이야!"

관리자들에게 귀염을 받긴 하지만, 노예들에게 무슨 일이 생기면 혼이 나는 건 열이었다. 결국 짜증을 내며 이불을 걷어찬 열이 방을 박차고 나왔다. 열의 독방 옆에 자리한 숙소로 들어서자 묘한 비릿함이 그의 코끝을 스쳤다.

'피⋯⋯?'

단번에 냄새를 맡은 열의 눈빛이 일순간 번뜩였다. 예삿일이 아닌 듯싶었다. 앞쪽을 에워싼 채 수군거리던 노예들은 열이 나타나자 화들짝 놀라며 옆으로 비켜섰다.

"지금 큰일 났습니다!"

열의 이인자 노릇을 하는 노예가 다가와 열에게 설명부터 했다.

"며칠 전에 새로 들어온 노예 하나가 남의 귀를 물어뜯었지 뭡니까. 그것이 진짜⋯⋯ 뜯겨나갔어요."

으윽.

생각만 해도 구역질이 나는 이야기를 무심히 들은 열은 노예들을 거칠게 밀쳐 내며 앞으로 다가갔다. 그 뒤를 졸졸 따라온 그가 열에게 귓속말을 전했다.

"저놈입니다. 눈빛도 예사롭지 않지 뭡니까? 눈치 없이 저런 놈을 왜 건드려서는."

바닥에 널브러져 귀 한쪽을 감싼 노예가 피를 철철 흘리며 죽어 가는데도, 열의 관심은 그 앞에 서 있는 놈에게로 향했다.

곁에서 속삭이는 놈의 말대로 눈빛이 예사롭지 않았다. 덥수룩한 머리카락 사이로 보이는 눈빛은 건조한 사막의 모래바람처럼 메말라 있었고, 끝도 없는 절망 끝에 서 있는 사람 같았다.

지루했던 삶 속에 어쩐지 재미있는 놀잇거리가 될 것이라는 걸 열은 확신했다. 마치 길들이지 않은 짐승을 길들이려는 사람처럼 노골적으로 훑던 열이 씩, 웃었다.

* * *

열은 다음날부터 운을 시도 때도 없이 괴롭혔다. 운이 그의 놀잇감이 되고 난 후부터 다른 노예들은 열의 시선에서 벗어날 수 있었다. 그들은 혹여나 운과 가까이하다가 같이 당할까 두려워 누구도 운의 곁에 다가가는 사람이 없었다. 운은 철저하게 고립된 채 열의 손에서 놀아났다.

우습게도 열이 제 등에 채찍질하든, 불로 지지든, 아니면 발목을 뭉개든, 무슨 짓을 해도 운은 반응을 보이지 않았다. 마치 겉껍데기만 사람 거죽으로 두른 인형처럼.

열이 무슨 말을 해도 들리지 않는 사람처럼 허공만 응시했다. 그럴수록 열의 심장은 더 끓어올랐다.

"울어 봐! 울어 보라니까? 더 예뻐해 줄까? 응?"

열은 그럴수록 더 운을 괴롭혔다. 어느 날은 피투성이가 될 때까지 맞았다. 관리자들은 보다 못해 열에게 죽이지는 말라고 말했다.

그럴 때면 열은 실실 웃으며 죽이긴 왜 죽이냐고 되물었다. 이놈 때문에 요즘 살맛 나는데, 결코 그럴 일 없으니 안심하라고 도리어 그렇게 말하기까지 했다. 관리자들은 소름 끼치는 열의 말에 인상을 쓰며 더는 관심을 두지 않았다.

그러던 어느 날부턴가 열의 특급 대우로 독방에서 지내게 된 운에게 낯선 사내 한 명이 달라붙어 있었다. 관리자들에게 무슨 뇌물을 주었는지, 노예도 아니고 그렇다고 관리자로 온 것도 아닌 사내는 아무렇지 않게 노역장에서 생활했다.

관리자가 존대하는 걸로 보아 아마 귀족인 듯했고, 그 때문에 열은 쉽게 운에게 접근하지 못했다. 그래도 그가 누구인가. 거의 10년 넘게 이곳에서 살고 있었다. 열은 어떻게 해서든 사내를 떼어 내고 운을 몰래몰래 만났다.

그러나 운을 데려오기도 전에 그 사내에게 걸려 버렸다. 그 사내는 운덕이었다.

"뭐야, 이 미친 새끼가!"

운덕은 제 앞에 억지로 무릎 꿇려진 열을 차갑게 얼어붙은 눈으로 내려다보았다.

"너 죽고 싶어! 내가 누구인 줄……!"

"그러는 너는 내가 누구인 줄 아는 것이냐."

검 끝으로 열의 턱 끝을 들친 운덕이 비틀린 미소를 흘리며 말했다.

"네 놈이라고 하더구나. 이따금 사라지던 운의 몸에 상처가 하나씩 나는 이유가."

"그래서, 그게 네 놈과 무슨 상관인데!"

열은 아랑곳하지 않고 뻔뻔하게 말했다. 운덕의 눈에 일순간 경멸이 스쳤다.

"상관 있지. 그 녀석은 이제 나와 형제지간이 되었으니까."

"뭐……, 악!"

턱 끝에 닿아 있던 검이 그대로 열의 한쪽 눈을 그어 버렸다.

"이건 시작이다. 너는 이 길로 죽을 때까지 그 섬에서 나오지 못할 것이야."

"아악! 이 개자식!"

운덕의 말에 열이 미친 황소처럼 달려들려고 했다. 하지만 발도 떼기 전에 운덕의 호위무사에게 다시 붙들렸다. 열을 거칠게 깔아 뭉갠 호위무사에게 운덕이 명령을 내렸다. 그들은 운덕의 명대로 즉시 열을 섬에 팔아 버렸다.

섬에서의 생활은 열이 도저히 견디지 못하는 환경이었다. 보이는 것이라곤 바다와 나무뿐이라 그대로 확 죽고싶었다.

지루한 것보다 죽는 것이 낫다고 생각하는 열은 섬에 들어간 지 얼마 되지 않아 자해를 시작했다. 팔 한쪽이 뭉개져도 멈추지 않자

팔과 다리를 사슬로 감아 골방에 가둬 두었다. 골방에 틀어박혀 아무것도 하지 못하게 되자 사람이 미칠 수도 있다는 것을 열은 그때 깨달았다.

모든 게 그놈 때문이었다.

날 이곳으로 보낸 건 분명 운이 그놈이었다!

그놈을 이곳에 똑같이 처박아 두던가, 아니면 죽이든가. 둘 중하나는 해야 이 분노가 사라질 것 같았다. 개중 하나를 하기 전엔 죽지 못했다.

열은 그때부터 순순히 따르는 척했다. 그리고 제게 밥을 내주는이의 경계심을 풀었다. 경계심이 풀린 이를 안으로 들여 손에 차고있던 사슬로 그의 목을 죄었다. 연신 컥컥, 거리다가 푹, 고개가 꺾였다. 열은 묵직하게 내려앉은 채 숨이 끊어진 그의 허리춤에 걸린열쇠로 팔과 발목을 억죄고 있던 사슬을 풀었다. 그러곤 몰래 섬을나와 바다에 뛰어들었다.

차라리 죽는 게 낫다는 심정으로 헤엄쳤다. 신이 절 버리지는 않을 모양인지, 때마침 그의 앞에 큰 배 한 척이 지나갔다. 만약 그배가 지나가지 않았다면 저는 죽었을 것이다.

* * *

"나는 그곳에 틀어박혀 매일 밤 네놈을 어찌 죽여야 할지 생각하고 또 생각했다. 그런데 그냥 죽이기엔 별로잖아?"

열이 입매가 비뚜름해졌다.

"네 놈은 그런 걸로 무서워할 놈이 아니니까. 한데 말이야!"

갑자기 열이 확, 돌아섰다. 운이 그를 붙들기도 전에 순식간에 가현에게로 간 열이 가현의 뒷머리를 힘껏 잡아당겼다.

'가현……!'

순간 운의 얼굴이 험악하게 일그러졌다. 손에 쥔 검이 떨릴 정도로 운의 손아귀에 힘이 가해졌다.

"아……!"

순간의 통증에 가현이 신음을 흘렸다. 손이 뒤로 묶여 있어 몸을 제대로 가누지 못하는 가현은 열의 손아귀에 비틀거리며 강제로 몸을 일으켰다. 분노로 붉은 핏줄이 솟은 운의 눈이 열을 죽일 듯이 응시했다. 열은 운의 표정 변화를 재미있다는 듯 바라보며 입을 크게 벌리고 웃었다.

"그래! 내 예상대로 네 놈이 반응하잖아?"

아하하! 미친 듯이 웃던 열이 가현의 뒷머리를 틀어쥔 채로 갈고리가 끼인 손을 들었다. 그러곤 가현의 눈 한쪽을 찌를 듯 갈고리 끝을 갖다 댔다. 목울대가 크게 움직일 정도로 마른침을 뒤로 넘긴 가현의 목이 뻣뻣하게 경직되었다.

"네 놈 앞에서 이 여잘 찢어 죽인다면!"

찰나의 순간에 갈고리가 눈을 파고들 것 같았다.

"그러면 너는 어찌할까? 크크큭! 듣지 않아도 알겠어!"

주절주절 떠들어 대던 열이 갈고리를 더 바짝 대려는 그때였다. 휙! 날아든 단검이 그대로 열의 어깨에 박혔다.

"큭!"

운이 날린 단검에 가현에게서 떨어진 열이 주춤거리며 어깨를 틀어쥐었다. 열은 이를 악물며 운을 노려보았다. 그러면서 어깨에 박힌 단검을 빼냈다.

"이런 잔재주도 생겼나 보……, 큭!"

울컥, 터져 나온 피와 함께 빼낸 단검을 거칠게 내던진 열이 운을 향해 비웃는 그때였다. 순간의 시간을 놓치지 않고 운이 날아와 열을 향해 검을 날렸다.

"어찌하긴. 그 이전에 네놈이 내 손에 죽을 것인데."

바람을 가르고 들어오는 검에 열이 주춤 뒤로 물러섰다.

"너는 내 손에 죽을 것이다, 열."

열의 코앞까지 온 운이 살기가 담긴 검을 있는 힘껏 휘둘렀다. 운은 열이 주춤하는 기세를 놓치지 않고 다시 검을 날렸다.

끼긱!

간신히 갈고리로 검을 막은 열이 뒤로 주춤거리며 물러섰다. 열과 대치하며 운이 사납게 일렁이는 시선으로 가현에게 눈짓했다.

피해요!

정확히 그의 속말을 알아들은 가현이 뒤돌아서 뛰어가려고 했다.

"윽!"

갑자기 뒤에서 운의 신음이 들려왔다. 반사적으로 멈춘 가현이 급히 뒤를 돌아보았다. 운이 주춤주춤 뒤로 물러서며 눈을 손으로 짚고 있었다. 열이 모래를 던진 탓이었다.

"그럼 나도 잔재주 하나 부려야지 않겠어? 그래야 딱 맞지. 키킥!"

비열하게 운의 눈에 모래를 뿌린 열이 날아들어 운의 머리를 발로 내리쳤다. 퍽, 묵직한 소리와 함께 쓰러진 운의 모습에 놀란 가현의 입에서 신음이 터져 나왔다.

"운아!"

퉤!

침을 한 번 뱉은 열이 운을 뒤로하고 성큼성큼 가현에게로 걸어왔다. 뒤늦게 열이 다가오는 걸 깨달은 가현이 있는 힘껏 도망쳤다. 그러나 가현이 도망치기엔 열이 더 빨랐다.

"어딜 가, 가긴!"

"아흑!"

우악스러운 손아귀로 가현의 머리채를 낚아챈 열이 그녀를 질질 끌고 어디론가 향했다. 열은 피가 줄줄 흐르는데도 가현만은 놓치지 않겠다는 듯, 맹렬한 기세로 쫓아가 가현을 틀어쥐었다.

"이거 놔!"

가현은 어떻게 해서든 벗어나기 위해 제 목을 틀어쥔 열의 팔뚝을 있는 힘껏 깨물었다. 그런데도 열은 아픈 시늉은커녕 반응조차 없이 가현을 더 세게 틀어쥐었다.

'아가씨……!'

비틀거리며 휘청거리며 일어선 운이 붉게 달아오른 눈을 애써 부릅뜬 채 열이 오르고 있는 길을 보았다. 절벽으로 향하는 두 사람의 모습에 운의 눈에 초조함이 서렸다.

모래가 아직 남아 있는 것인지 시야가 흐릿했으나, 운은 망설이지 않고 두 사람의 뒤를 쫓았다.

열은 그런 운을 비웃으며 가현을 질질 끌고 가파른 길을 오르기 시작했다. 뒤늦게 도착한 진명은 숨어서 지켜보다가 다급히 손을 내리며 함께 온 정예군에게 명령을 내렸다. 그의 지시에 날아오른 그들이 순식간에 나무 사이를 건너 열과 가현을 쫓았다.

* * *

열의 움직임은 절벽 끝에서 멈췄다. 거센 바람이 세 사람의 옷자락을 펄럭였다. 그 바람엔 차가운 눈이 섞여 있었다. 이대로 바람에 휩쓸렸다간 저 낭떠러지 아래로 떨어질지 모른다. 열과 몇 걸음 떨어진 채 멈춰 선 운이 말했다.

"네 놈 원대로 해 줄 터이니, 당장 놔."

운의 말에 열이 대놓고 비웃었다.

"내가 그랬잖아. 난 변덕이 심하다고. 게다가 네놈이 고통스러워할 방법이 네 마누라 죽는 거면. 내가 뭣 하러 놓아주겠어?"

낄낄 웃던 열이 팔딱팔딱 뛰는 가현의 목에 갈고리 끝을 갖다 댔다. 그 상태로 뒷걸음질하기 시작했다. 열은 어디 한번 쫓아 와 보라는 듯, 운을 향해 이죽거렸다.

금방이라도 낭떠러지 밑으로 떨어질 것 같아 운은 한 걸음도 가지 못했다. 혹시나 움직였다간 가현이 떨어질까 봐 두려웠다.

턱 끝에 힘을 준 채 열을 차게 응시하던 운이 가현에게 잠시 시선을 돌렸다. 운은 열에게 보인 것과 다르게 다정한 시선으로 가현을 보았다.

'아가씨, 저를 믿으십니까.'

시린 눈발 사이로 보이는 그의 눈동자가 밤하늘처럼 짙게 반짝였다. 올곧은 그의 새까만 눈동자를 마주하자 가현의 입술 끝이 떨렸다. 거센 바람과 열의 우악스러운 손아귀에 이리저리 흔들리면서도 가현은 단단한 눈으로 운에게 답했다.

'나는 단 한 번도 널 믿지 않은 적이 없다, 운아.'

그러는 사이에 진명은 수풀 뒤에 숨어 사태를 지켜보았다. 그러면서 운이 파고들 틈을 벌리기 위해 열을 주시했다. 진명의 신호를 기다리듯 지척에 숨어 있는 병사들이 일제히 화살을 팽팽하게 당긴 채 대기하고 있었다.

그때였다. 열과 가현의 사이가 한 뼘 정도 벌어졌다. 그러나 그 틈은 바람이 거세질 때만 벌어졌다.

진명은 마른침을 삼키며 등에 메고 있던 화살통에서 화살 하나를 꺼내 들었다. 화살을 시위에 물린 진명이 팽팽하게 당긴 채 바람의 세기를 가늠했다. 잠잠해졌던 바람이 다시 거세지는 순간, 눈을 번쩍 떴다.

'지금이다!'

팽팽하게 당기고 있던 시위를 놓자 화살이 순식간에 날아가 가현과 열의 사이를 벌렸다. 갑자기 날아온 화살에 열이 당황하며 단단히 붙들고 있던 가현을 저도 모르게 놓고 옆으로 피했다.

그 순간을 놓치지 않고, 운이 순식간에 날아가 열의 앞섶을 낚아챘다. 동시에 나머지 빈손으로 가현을 잡아 안쪽으로 밀쳤다.

"가요!"

그의 외침과 함께 얼떨결에 앞으로 밀려나게 된 가현이 휘청거리는 몸을 가다듬으며 급히 뒤를 돌아보았다.

컥!

그때, 절벽 끝에서 운의 검이 열의 가슴을 꿰뚫었다. 울컥, 피를 토한 열은 미친 듯이 쏟아지는 붉은 피를 아랑곳하지 않고 으하하, 소리 내어 웃었다.

"내가…… 혼자는 안…… 가지."

어눌한 목소리로 중얼거리던 열이 순식간에 가슴께에서 무언가를 꺼내 들었다. 그러곤 가까이 마주하고 있는 운의 심장에 똑같이 찔러 넣었다. 운은 미간이 살짝 찡그려진 것 빼곤 신음하나 흘리지 않았다. 그저 열을 고요한 눈으로 바라보았다.

같이 가든 상관은 없다.

하나…… 네 놈의 숨통은 끊어 놓아야겠지.

운은 잡고 있던 검 손잡이를 더 힘껏 눌렀다.

울컥!

"헉!"

안쪽으로 더 깊숙이 들어간 검날이 열의 등을 뚫고 밖으로 튀어나왔다. 순간 열의 입에서 핏덩이가 쏟아져 나왔다. 피가 새어 나와 기괴할 정도로 붉어진 눈을 부릅뜬 채 운을 노려보던 열은 끝까지 실실 웃다가 고개를 푹, 숙였다.

잠시나마 잔잔해졌던 바람이 다시 거세지고, 몸을 축 늘어트리고 있는 열의 무게가 더해져 운의 몸이 크게 휘청거렸다. 숨조차 제대로 쉬지 못한 채 입을 틀어막고 서 있던 가현의 눈이 쏟아질 듯 커졌다. 이대로 있다간 열은 물론이고 운도 벼랑으로 떨어질 것 같았다.

"운아!"

여전히 몸은 밧줄로 칭칭 감겨 있었고, 제대로 서 있기 조차 힘든 터라 그를 향해 달려갈 수도 없었다. 그 사실이 너무 끔찍하여 가현이 악을 지르듯 소리치는 그때, 누군가 그녀의 옆을 빠르게 스쳐 지나갔다.

진명이었다.

열과 함께 떨어지기 직전에 운을 낚아챈 진명은 먼저 떨어진 열이 미약하게 남아 있는 숨을 붙들 듯 악착같이 운의 옷자락을 붙들고 있는 걸 보곤 그대로 그 옷자락을 잘라 버렸다. 그 순간 찢긴 옷자락과 함께 열이 거센 파도 속으로 떨어져 내렸다.

"괜찮으십니까!"

"……괜찮다."

진명의 도움으로 절벽 끝에서 벗어난 운은 그의 어깨를 가볍게 툭, 치며 지나쳤다. 뒤엉켜 있던 모든 끈이 끊어진 것처럼 평온한 눈으로 가현을 바라보던 운이 그녀를 향해 몸을 움직였다. 운의 걸음이 천천히 가현에게로 향했다.

이렇게나 가까이 있는데, 운은 이상하게도 어떤 예감이 들었다. 그녀에게 닿는 길이 어쩌면 조금 느려질지도 모르겠다고…….

그래도…… 너무 아파하시면 안 될 텐데.

너무 울지 않았으면 좋겠는데…….

그의 걸음이 점점 느려졌다. 이윽고 운의 걸음이 멈추었다.

아가씨…….

조금씩 정신이 흐릿해졌다. 급소는 빗나가 다행이라고 여겼는데, 이상하게 계속 잠이 오는 듯 몸이 무거웠다. 진명과 함께 온 이들의 도움으로 밧줄에서 벗어난 가현은 갑자기 걸음을 멈춘 운을 보곤 멈칫했다. 멍하니 가현을 바라보던 운의 몸이 느리게 기울어진 건 그때였다.

"전하!"

뒤따르던 진명이 놀라 뛰듯 다가와 운의 곁에 주저앉았다. 그러곤 단검이 박힌 주위를 살피기 위해 옷을 찌이익, 찢었다. 병사들이 초조한 눈으로 진명과 운을 지켜보았다.

헉!

순간 진명의 잇새로 신음이 터져 나왔다. 검은 무사히 급소를 벗어났으나, 주위가 검게 변했다.

독이 분명했다……!

그걸 깨달은 진명의 눈이 초조함으로 일그러졌다. 간신히 눈을 뜬 운이 진명을 향해 아무 말도 하지 말라는 듯 느릿하게 고개를 저었다.

전하…….

부릅뜬 눈으로 운과 시선을 마주하던 진명은 그가 염려하는 것이 무엇인지 깨달았다. 가현, 그분께서 알길 원치 않으시는 것이다.

파르르 떨리는 입술 끝 문 진명이 운의 명에 따라 옷자락을 다시 덮었다. 그러곤 천천히 몸을 일으켰다.

하나, 바보같이 그렇게 가린다고 제가 모를까……. 일그러진 눈으로 운을 바라보고만 있던 가현이 천천히 그의 앞으로 걸어가 주저앉았다. 그러곤 그의 머리를 끌어안았다. 짧게 숨만 내뱉던 운이 느릿하게 시선을 들었다. 가현이 시야 속에 가득 차자, 운의 입매가 느슨해졌다.

"아가씨……."

가현은 더는 참지 못하고 하염없이 눈물을 쏟으며, 떨리는 손으로 그의 볼을 감쌌다.

"저 어디 안 갑니다. 그리 울지 마십시오."

제 몸 걱정할 때에 미련하게도 운은 손을 뻗어 가현의 눈물을 닦아 주었다.

"아가씨가 살라고 하시면…… 삽니다."

그가 말을 하면 할수록 목소리에서 힘이 빠지는 것을 그도 가현도 알면서,

"아시지요……?"

운은 아무렇지 않게 말했고. 가현 역시 더는 울지 않기 위해 입술을 지그시 물었다. 손을 뻗은 가현이 운의 얼굴을 그러쥐었다.

"그래, 너는 내가 살라는 말에 이렇게 살아남았지."

가현은 운을 살리기 위해 후궁이 되기로 결심했던 그때처럼 반복했다.

"하니, 살아. 그때도 말했듯 반드시 살아야 한다."

"예……."

"네가 죽으면 나도 죽는다."

"……예, 아가씨."

잠이 오는지 운의 눈이 느리게 감겼다 떠졌다. 바짝 끌어안고 있는 그의 몸에서도 서서히 힘이 빠졌다.

"조금만…… 기다리세요. 조금만 기다리시면……, 그리하면……."

간신히 붙들고 있던 이성의 끈을 모두 내려놓은 운이 깊은 잠에 빠졌다.

그래, 운아.

반드시 길 잃어버리지 말고 내게로 걸어와야 한다.

네가 너무 고되어 중간에 쉬어도 나는 네 곁에 있을 것이야…….

운의 머리를 품에 그러쥔 가현이 눈을 지그시 내리감고 그의 입술에 입을 맞췄다. 그 사이로 비집고 나온 눈물 한줄기가 운의 창백한 볼 위에 떨어져 내렸다.

* * *

몇 개월 후.

시린 겨울이 지나고 봄이 올 무렵 어느 날이었다.

"죽었대?"

"죽긴! 그거 다 헛소문이래!"

그로부터 많은 시간이 흘렀다. 그날 이후 흑운왕의 저택은 마치 시간을 멈추려는 듯 모든 문을 걸어 잠갔다. 한 달, 또 한 달이 흘러도 흑운왕과 흑왕비의 모습을 보지 못하자 사람들은 두 사람이 모두 불운의 사고를 겪은 게 아니냐며 떠들었다.

그러나 누구도 확실하게 이야기하지는 못했다. 흑운왕의 밑에 있는 병사들은 여전히 그의 정예군으로서 훈련하고 있었고, 문을 걸어 잠갔다 뿐이지 이따금 흑운왕의 저택에서 일하는 이들이 나다니고 있었다.

황궁에서도 어떠한 반응도 보이지 않았다. 귀족들은 내심 기대하며 흑운왕의 안위에 대해 물었다. 그러면서 조심스럽게 흑운왕이 맡은 직위를 다른 이에게 넘겨야 한다고 말했다.

그럴 때면 황제는 격노하며 호통까지 쳤다. 주위의 이상한 소문에 휩싸이는 것이 시정잡배들과 다를 게 무어냐고, 오히려 그대들의 직위를 내려놓는 게 좋겠다고 말이다.

황제의 호통에 귀족들은 납작 엎드리며 다시는 흑운왕에 대해 떠들지 않았다. 그래도 멈추지 않고 귀족들은 몰래 수군거렸지만, 백성들은 모두 흑운왕의 죽음이 사실이라는 말에 귀를 기울였다. 심지어는……

"아이고! 아이고!"

"어찌 그리 일찍 가셨을꼬!"

유난스러울 정도로 흑운왕을 칭송하던 이들이 이따금 굳게 걸어 잠근 대문 앞에 납작 엎드려 곡을 했다. 어떤 이들은 꽃을 두는 이들도 있었다. 오늘도 나이 든 노인 두어 사람이 찾아와 곡을 했고, 그 근처를 지나던 사람들도 동화되어 훌쩍이는 이들도 있었다.

"쯧쯧, 안 됐어."

앞을 지나던 사람들은 쯧쯧 혀를 차며 그 길을 지나려는데, 열다섯 살 남짓한 여자애 하나가 불쑥 앞을 막아섰다. 흠칫 놀란 사람들이 멈칫했다.

"뭐니?"

"저, 여기가 흑운왕 전하의 저택인가요?"

"그런데?"

시골에서 올라온 게 확연히 보일 정도로 까무잡잡한 얼굴과 수도 사람들과 약간 다른 복색을 입고 있는 여자애를 위아래로 훑었다.

"그건 왜 묻니?"

"오늘부터 이 저택에서 일하게 되었거든요. 알려 주셔서 감사합니다!"

공손히 허리까지 숙인 여자애는 제가 한 말이 사실인지 당당하게 돌아서 대문 쪽으로 걸어갔다. 여자애의 말에 놀란 사람들의 눈이 휘둥그레 떠졌다.

정말 저길 들어가려고……?

모두가 한마음이 되어 대문 앞을 바라보았다. 아직도 대문 앞에서 곡을 하는 사람 몇을 가볍게 뛰어넘은 여자애가 총총 계단 위로 올라가 대문 앞에 멈춰 섰다.

"계십니까!"

그러곤 대문에 달린 둥그런 고리 하나를 잡아 쿵쿵, 두드렸다. 사람들은 정말 저 문이 열릴지 반신반의하며 지켜보았다. 그때였다. 끼이익, 문이 열렸다.

귀신을 본 것도 아닌데 놀란 사람들이 뒤로 물러섰다. 연신 곡소리를 내던 사람들도 열린 문에 고개를 들었다.

문을 열고 나온 사람은 남노비였다. 여자애는 놀라는 것 하나 없이 공손히 인사를 건넸다.

"오늘부터 새로 일하게 되었는데요. 여기 이걸 보여 주면 된다고 했습니다."

그녀가 내민 패 하나를 무뚝뚝한 얼굴로 살핀 남노비가 문을 활짝 열어 주었다. 여자애는 또다시 꾸벅, 고개를 숙이곤 총총걸음으로 안으로 들어가 버렸다.

안으로 들어가는 것까지 확인한 남노비는 홱 고개를 돌려서 계단 밑에 엎드려 있는 사람들을 향해 소리쳤다.

"아, 거참 시끄럽게 문 앞에서 이상한 곡소리 그만 내라니까!"

이런 일이 한두 번이 아니었는지, 아주 징글징글해 보였다.

"다음번에 또 여기서 곡소리를 내었다간, 강제로 내쫓을 겁니다!"

그의 경고 섞인 외침에 화들짝 자리를 털고 일어난 사람들은 처음부터 아무 일도 없었던 것처럼 괜히 헛기침하며 뒷짐까지 지고 사라졌다. 혀를 끌끌 차며 그들을 노려보던 남노비가 다시 문을 걸어 잠갔다. 소리하나 내지 못하고 지켜보고 있던 다른 사람들은 그저 혼란스러워하며 눈만 끔뻑였다.

* * *

오자마자 숙소를 배정받고 여노비들과 같은 분홍색 옷으로 갈아입은 여자애는 연신 눈을 동그랗게 뜬 채 입까지 헤 벌리고 주위 풍경을 눈에 담았다.

여러 채의 2, 3층 높이의 건물 지붕 위로 만개한 꽃나무가 흐드러지게 피어 있었는데, 바람에 흩날려 떨어지는 꽃잎이 마치 눈처럼 예뻤다. 곳곳에 잘 정돈된 마당과 정원, 연못 위에 구름다리, 그너머에 있는 정자까지……. 태어나 한 번도 본 적이 없는 것들이라 더 눈이 갔다.

"이곳은 흑운왕 내외가 기거하시는 안채이니, 필시 조심히 해야 할 것이다."

그러다가 앞에 먼저 가고 있는 린린의 설명에 퍼뜩 정신을 차렸다.

"예."

목소리가 살짝 경직되어 있었다. 이번에 새로 들인 아이는 어쩐지 긴장이 잔뜩 들어간 듯했다. 린린이 픽, 웃었다.

"그렇다고 긴장할 것은 없고. 그러니까 너는…… 아 참. 이름도 안 물어봤네. 너 이름이 뭐야?"

"초영이라고 부르시면 돼요."

"그래, 초영. 나는 린린이라고 해. 편하게 린린이라고 불러. 아무튼 너는 앞으로 날 도와 일을 하면 돼. 중한 일은 내가 거의 다 할 테지만."

"예."

"그리고, 하나 더."

린린은 조금 전과 다르게 진중한 눈으로 초영을 내려다보았다.

"여기서 보는 모든 일은 결코 입 밖으로 꺼내서는 안 된다."

"물론이죠! 저는 입이 무거운걸요."

"너처럼 그렇게 말하면서 바깥으로 쓸데없는 소문을 퍼트린 애들이 대부분이었어."

노비들이 더 자주 바뀌는 이유 중 8할이 그 때문이었다. 흑운왕과 흑왕비에 대한 이상한 소문을 자꾸 바깥에 퍼트렸고, 그 때문에 쫓겨난 이들이 넘쳐났다. 쫓겨난 이들을 떠올리자 린린의 눈초리가 날카로워졌다.

어쩐지 냉랭한 린린의 표정에 위축이 된 초영이 어깨를 움츠렸다.

"그러니 행동으로 보여 줘."

"······예, 린린 님."

눈치를 살살 살피는 초영을 무시하며 앞으로 고개를 돌린 린린이 다시 앞으로 걸으며 각각의 방과 이것저것 알려 주었다.

거의 한 시각 여를 돌며 이어진 설명이 끝나갈 때쯤, 안쪽에 건물 하나가 더 보였다. 초영은 린린의 뒤에서 힐끔거리며 안쪽을 바라보았다.

흐드러지게 핀 꽃나무와 그 아래 작은 연못 등 정성 들여 가꾼 정원 너머로 1층 높이의 건물 하나가 있었다. 둥근 창문과 문은 모두 휘장으로 가려져 보이지 않았다. 저도 모르게 고개를 빼꼼 내미는데, 린린이 초영의 시선을 막았다.

"어허."

힉! 놀란 초영이 얼른 빼고 있던 고개를 원래 자리로 돌려놓았다. 그러곤 린린의 눈치를 살살 살피며 어색하게 웃었다.

"이곳은 절대 들어가지 마. 알아들었지?"

"귀중한 분이 사용하시는 분이신가 봐요."

"쓸데없는 질문도 하지 마."

린린의 호통에 초영이 입술을 비죽였다. 맑은 눈빛과 제법 똘똘해 보이는 게 마음에 들었는데, 호기심이 많아 보이는 것이 좀 걸렸다. 린린이 고심하듯 보자, 재빠르게 눈치챈 초영이 고개를 내저었다.

"시키는 것만 할 것입니다."

"……두고 보면 알겠지."

흘기듯 돌아서던 린린은 조금 전 초영이 보고 있던 건물로 시선을 두다가, 다시 고개를 돌리곤 멀어졌다. 얼른 뒤따른 초영은 불쑥 튀어나오려는 호기심을 꽉 눌렀다.

* * *

"진명 나리."

초영에게 모든 설명을 다 해 주고 안채 건물을 나서던 때였다. 진명이 걸어 들어오고 있었다. 멈춰 선 린린이 공손히 인사를 건넸다.

"린린."

그날 이후로 소소도, 린린도……. 그리고 진명도 성격이 많이 달라졌다. 사실, 성격이 달라졌다기보다 웃음이 사라졌다. 대화를 나누는 것도 거의 없어졌다.

그저 이렇게,

"그럼 이만 물러가 보겠습니다."

"……그래."

시선 하나 마주하지 않고 두 사람은 서로를 스쳐 제 갈 길 걸어갔다. 건조한 얼굴로 린린을 뒤로한 채 안채 복도를 지난 진명이 가장 깊숙한 곳까지 걸어갔다. 그러자 조금 전 초영이 호기심을 보였던 건물이 드러났다.

정원으로 들어선 진명은 건물 뒤편으로 걸어갔다. 그러자 가현과 소소가 손에 흙을 묻히며 정원을 손질하는 장면을 보게 되었다.

이 건물의 정원은 대부분 가현이 직접 손을 보았다. 아직 다 완성된 것은 아니나, 가현에게 정원을 완성하는 건 그렇게 중요한 것이 아니었다. 그저 아무 생각 없이 하루하루 시간을 흘려보내는 것이 더 중요했다.

"오셨습니까."

말없이 가현을 바라보고 있던 진명을 소소가 먼저 알아챘다. 손에 묻은 흙을 털며 소소가 진명에게 고개를 숙였다. 진명도 따라 인사를 건네었다.

"왔어요, 진명."

허리를 짚고 몸을 일으켜 세우는 가현의 행동이 좀 무거워 보였다. 진명이 빤히 보자, 가현이 작게 웃으며 다가왔다.

"이제 제법 배가 불룩하지요?"

비단 치마에 가려져 보이지 않던 배는 눈에 띄게 볼록 솟아 있었다. 말없이 가현의 배를 바라보던 진명이 한참 만에 고개를 끄덕였다.

"운을 보러 온 듯한데, 오랜만에 온 것이니 많이 반가워할 겁니다. 어서 들어가 보세요."

"……그럼 들어가 보겠습니다."

천천히 고개를 숙인 진명이 가현과 소소를 뒤로하고 건물로 들어섰다. 가현은 그런 진명을 말없이 보다가 다시 정원 손질을 시작했다. 이따금 식은땀이 송골송골 맺히면 곁에서 소소가 마른 천으로 닦아 주었다.

* * *

"……폐하께선 잘 지내고 계십니다. 태자 전하께서도 쑥쑥 잘 자라고 있지요."

고요한 방 안은 오로지 진명의 목소리만 울려 퍼졌다.

"한번 오신다고는 했는데, 요즘 들어 재상과 열띤 토론을 벌이시느라 시간이 나질 않으신가 봅니다."

그렇게 말하긴 했으나, 사실 황제는 운을 보는 것을 힘들어했다. 진명조차 그랬다. 이대로…… 영원히 잠들까 봐. 그것이 두려워 진명조차 핑계를 대며 자주 오지 못했다.

운은 그런 그들의 마음은 모르는지, 평온한 얼굴로 깊은 잠에 빠져 있었다. 매일 아침저녁으로 발끝부터 머리까지 손수 닦아 주는 가현의 손길 덕분에 운은 아픈 사람 같지 않고, 그냥 잠을 자는 것 같았다.

그날 제 짐작대로 운은 독에 당한 거였다. 순식간에 운의 몸을 파고든 독은 그를 오랫동안 잠들게 했다.

태의는 처음 보는 낯선 독에 무척 당혹스러워했고, 무엇인지 모르니 해독제를 만들 수 없었다. 황제는 그런 태의를 닦달하며 매일 밤낮으로 소리쳐 댔다. 어떤 날에는 광기로 일렁이는 눈을 하고 태의의 처소에 들이닥쳐 검까지 들이댔다고 했다.

간신히 독이 무엇인지 알아냈고, 해독제를 찾았으나 이미 시간이 너무 늦어 버렸다. 태의는 그래도 운을 살리는 것에 노력을 멈추지 않았다.

매일이 지옥 같은 나날이었다. 하루가 흐를수록 반드시 일어나리라 생각했던 마음이 흔들렸다. 진명은 고통스럽게 일그러진 눈으로 미동 하나 없이 침상 위에 누워 있는 운을 내려다보았다.

"언제까지…… 이리 누워계실 겁니까?"

* * *

며칠이 지난 어느 날 초영은 그 건물 주인이 누구인지 알게 되었다.

"전하와 마마를 위해 새로 지은 건물이야. 거긴 소소 님하고 린린밖에 들어가지 못해. 아, 진명 나리까지."

"진명 나리요?"

"응, 진명 나리. 원래는 전하의 부관이신데, 현재 흑운왕 전하를 대신해서 흑운왕 정예군을 맡고 있어. 그런데 말이야."

분주히 오가며 부엌일을 하던 여노비가 갑자기 우뚝 멈췄다. 덩달아 멈춘 초영이 눈을 껌뻑였다. 여노비는 게슴츠레 뜬 눈으로 초영을 보다가 경고했다.

"너 질문이 좀 많네?"

"네? 저, 전 그저……."

초영이 어색하게 웃음을 흘렸다.

사실 아닌 말로 호기심이 물씬 들 정도로 조용한 저택이 아닌가.

게다가 제가 일하는 곳은 무수한 소문을 이끌고 다니는 곳이었다. 특히나 초영은 아직 흑운왕과 흑왕비의 얼굴 하나 보지 못했다. 초영이 눈만 데굴데굴 굴리자, 여노비가 쭛, 혀를 찼다.

"너도 곧 쫓겨나겠네."

그러곤 홀로 중얼거리며 부엌으로 들어가 버렸다. 홀로 남은 초영은 괜스레 입술을 비죽이다가 맡은 일을 하러 안채 건물로 들어섰다. 안채 건물은 린린의 담당으로 그 밑에 소속되어있는 여노비들은 한정적이었다. 그래서 꽤 잡일이 많았다. 청소도 다른 건물보다 시간이 더 오래 걸렸다.

온몸이 땀으로 젖을 때까지 복도를 쓸고 닦던 초영은 한계를 느끼자 하던 일을 멈추고 슬쩍 주위를 돌아보았다. 깐깐하고 무서운 린린이 보이지 않았다.

"아주 조금만 쉬면 괜찮지, 뭐."

실실 웃으며 걸레를 털고 자리에서 일어난 초영이 바람을 쐬기 위해 바깥으로 나섰다.

며칠 전보다 따뜻해진 봄바람에 흥얼거리고 있는데, 어디선가 말소리가 들렸다. 차분하고 맑은 목소리는 사람을 홀릴 정도로 어여뻤다. 저도 모르게 초영이 말소리를 따라 움직였다.

따라가다 보니 린린이 절대 들어가지 말라고 했던 건물 정원 안까지 들어오게 되었다. 그때와 다르게 창가의 휘장은 모두 젖혀 있어 안이 훤히 들여다보였다.

"소소 님은 내가 한숨 하나 내쉴 때마다 어찌나 호들갑스럽게 구시는지. 괜찮다, 괜찮다, 그렇게 말하는 데도 듣질 않지 뭐니."

정원 한가운데 우뚝 솟은 나무 뒤에 숨은 초영이 입을 헤 벌리고 창가 안으로 보이는 여인을 눈에 담았다.

곱게 틀어 올린 검은 머리카락 위엔 매화꽃에 나비가 내려앉은 것을 연상시키듯 매화꽃 장신구와 나비 장신구가 꽂혀 있었다. 꽃 자수가 새겨진 새하얀 비단옷을 입은 여인은 마치 선녀가 하강한 것처럼 아름다웠다.

무슨 할 말이 그리 많은지, 그녀는 쉴 새 없이 누군가에게 떠들 었다. 그런데 좀처럼 다른 목소리는 들려오지 않았다.

"조금만 움직여도 아이가 탈이 나는 줄 알아서 내가 좀 답답하지 뭐야? 게다가 린린도 어찌나 엄히 구는지. 몇 개월 사이에 참 많이 달라졌어."

불쑥 솟은 호기심에 초영이 가까이 다가갔다. 살금살금 깨금발 로 걸어 창가 앞에 도착한 초영은 허리를 바짝 숙이곤 슬쩍 고개를 올렸다. 그러곤 안을 엿보았다. 순간 초영의 눈이 휘둥그레 뜨였다.

'세상에……!'

여인 가까이에 한 남자가 누워 있었는데, 그 또한 감탄사가 나올 정도로 매우 아름다운 사내였다. 기다란 머리카락을 늘어트린 채, 여인과 마찬가지로 백색의 비단옷을 입고 있는 그는 하늘에서 내려 온 것 같은 이질감이 느껴졌다. 마치 꿈속에 들어와 있는 착각을 불러일으킬 정도로 현실감이 느껴지지 않았다.

조금만 더…….

좀 더 가까이 보고 싶은 욕심에 창틀을 양손으로 붙든 초영이 발 끝을 올리다가 그만 누군가 창가 밑에 놓아둔 것 같은 화병 하나를 건드렸다.

쨍그랑!

이크! 멍청하게 또 사고를 치고 말았다. 순식간에 몽롱하던 정신에서 깨어난 초영의 안색이 파리해졌다. 갑자기 들려오는 소리에 여인이 초영을 돌아본 건 그때였다.

"쉿."

눈만 깜빡이던 초영이 그만 저도 모르게 소리를 지르려고 하자, 그녀가 검지를 입술이 갖다 대며 막았다. 두 손으로 입을 막은 초영이 고개를 끄덕거렸다. 천천히 자리에서 일어난 여인이 창가로 다가왔다. 그녀가 다가올 때마다 알 수 없는 꽃향기가 짙어졌다.

"너는 새로운 아이구나?"

창가 앞까지 온 그녀가 곱게 웃으며 초영을 바라보았다. 초영은 여인의 얼굴을 멍하니 바라보며 끄덕였다.

"……예."

어쩐지 여우에 홀린 사람처럼 초영의 눈빛이 멍했다.

* * *

호로록.

미지근하게 식은 차를 호로록, 마시며 초영이 연신 맞은편에 앉아 있는 가현을 힐끔거렸다. 일찍이 린린으로부터 오직 흑운왕과 흑왕비만 쓰는 건물이라고 들었기에 어느 정도 그녀가 누구일지는 예상하고 있었다. 예상대로 그녀는 흑왕비였다.

사실 흑왕비에 대해 알고 있는 건 많지 않았다. 춘국인이라는 것과 황제에게 정식으로 왕비라는 칭호를 하사받았다는 것. 용모에 대해서는 어떤 이들은 선녀보다 아름답다고 하였으며, 또 어떤 이들은 참으로 못난 얼굴이라고 하였다. 그런데 전자가 맞았다.

 초영은 연신 가현을 힐끔거리며 역시, 제 상상대로 흑왕비마마는 참 아름답다고 생각했다. 그러다가 그만 가현과 눈이 마주쳤다. 가현의 눈꼬리가 반달로 휘었다.

 "내가 그렇게 신기하니? 바깥에서 나에 대해 떠드는 이야기를 들었나 보구나."

 "아, 아니 그것이 아니라!"

 가현의 말에 초영이 고개를 저었다.

 "너, 너무 고우셔서…… 그만."

 초영의 말이 기어들어 갔다. 어쩐지 쑥스러워하며 고개를 수그리는 초영이 귀여웠는지, 가현이 작게 웃음을 터뜨렸다.

 "그리 좋게 봐 주니 고맙구나."

 가현의 웃음소리에 머쓱하게 웃으며 뒷머리를 긁적이던 초영은 뒤늦게 가현의 불룩 솟은 배를 발견했다. 만삭은 아니나 솟아오른 게 분명한 배에 초영이 호기심을 내비쳤다. 어쩐지 누군가를 떠올리는 듯도 했다. 불룩 솟은 배를 빤히 보는 초영을 말없이 살피던 가현이 대뜸 물었다.

 "한 번 만져 보련?"

 "아, 아니요!"

 가현의 말에 화들짝 놀란 초영이 손을 내저었다.

"그게 아니라……, 저희 어머니도 제가 떠나기 전에 배가 엄청 불렀거든요. 아마 지금쯤 막둥이가 태어났을 거여요."

"저런. 보지도 못했겠구나."

가현의 위로에 초영이 헤헤, 웃음을 흘리며 답했다.

"뭐, 줄줄이 딸린 동생들이 하도 많아서 저라도 일을 해야 하지 않겠어요? 제가 우리 집 첫째 거든요."

똘똘한 초영을 보고 있자니 어쩐지 린린을 떠올리게 했다. 한편으로는 영의도 떠올리게 했다. 그러고 보니……. 그날 이후 영의도 장씨 아주머니도 보지 못했다. 걸이 종종 영의에게 놀러 갔다가 소식을 전해 주긴 했지만.

그래도 언젠가는 봐야 할 텐데…….

가현은 어쩐지 운의 곁에서 떨어지는 것이 두려워 바깥을 안 나간 지도 오래되었다. 멍하니 상념에 잠길 즘, 누군가 저 멀리서 버럭 소리를 질렀다. 상념에서 깨어난 가현이 시선을 돌렸다.

"너, 기어코 여길 들어왔어!"

덩달아 당황한 초영이 얼른 뒤를 돌아보았다. 성난 걸음을 하고 들어서는 린린이 보이자, 초영의 눈이 휘둥그레 뜨였다. 그제야 린린이 이곳에 들어오지 말라고 경고한 걸 기억해 낸 초영이 얼른 자리에서 일어났다.

"리, 린린 님."

정자 앞까지 성큼성큼 걸어온 린린이 살벌하게 눈을 뜨고 초영을 노려보았다.

"너, 당장 짐 싸."

짐을 싸라니……?

멍하니 린린을 바라보던 초영의 눈에 금세 눈물이 차올랐다.

돈도 벌기 전에 쫓겨나다니!

그건 정말 안 되었다. 초영이 싹싹 빌 기세로 납작 엎드리려는데, 가현이 끼어들었다.

"린린. 이 아이는 내가 불렀어."

"……뭐? 네, 아니, 마마께서 이 아이를 어찌 알고 불렀단 말입니까?"

린린은 의심이 한가득인 얼굴로 가현을 보며 되물었다. 가현은 능청스럽게 답했다.

"잠시 나왔다가 보았다."

린린이 무엇을 걱정하는지 잘 알았다. 지금 바깥을 떠도는 소문들 대부분이 이 집에서 일하던 노비들 몇이 입방정을 떨어서였다.

그땐 린린과 소소보다 가현이 더 크게 화를 내었다. 매번 다정하게만 굴던 가현의 처음 보는 냉랭한 얼굴에 노비들은 기가 질렸었다. 어찌 되었든 모두 솎아 내어 다 내쫓았고, 초영은 그 때문에 새로 뽑은 아이 중 하나였다.

"적적해서 이 아이와 함께 차를 나눠 마신 거야. 너무 탓하지 말렴."

린린은 못마땅한 얼굴을 하면서도 가현의 말에 더는 반박하지 못했다. 그저 초영만 노려보다가 말했다.

"얼른 가서 마저 일해! 한 번만 더 나한테 말도 없이 자리 비우면 진짜 혼날 줄 알아!"

"예, 예! 다시는 안 그럴 겁니다! 진짜여요!"

자신을 믿어 달라는 듯 눈에 힘을 준 초영이 린린과 가현을 향해 한 번씩 꾸벅 인사하곤 다람쥐처럼 날쌔게 뛰어가 버렸다.

린린은 여전히 풀지 않는 눈초리로 멀리 뛰어가는 초영의 뒷모습을 노려보았다. 그 곁에서 가현이 작게 웃음을 터뜨렸다.

* * *

며칠 후, 호준이 찾아왔다.

그는 아무 말도 하지 못하고 가현을 바라만 보았다. 대호국의 소식을 들은 건 바다 한가운데였고, 장씨의 서신이 아니었다면 몰랐을 거였다. 가현이 걱정되어 당장 대호국으로 달려가고 싶었으나 그러지 못하였고, 최대한 빨리 온 것이 지금이었다.

차마 아무 말도 못 하고 저를 보며 입술만 달싹이는 호준이 마냥 우스웠는지 가현이 희미하게 웃었다.

"너 같은 이들이 여럿이었다."

"······뭐?"

"그런 눈을 하고 볼 것 없다는 말이야."

가현은 그저 평온한 얼굴로 린린이 직접 내주고 간 찻잔을 들어 올렸다. 이따금 불어온 바람에 그녀의 소맷자락이 펄럭였다.

"그는 너무 고된 인생을 살았지 않니."

가현은 붉은 빛깔의 찻물을 가만히 내려다보며 덤덤히 말을 이었다.

"오래 잠드는 게 당연한 게지."

"……가현아."

"운이 내게 말했다, 호준아."

고개를 든 가현이 호준과 눈을 마주쳤다.

"기다려 달라고 그리 말했어."

언뜻 그녀의 눈가가 붉게 달아오르는 듯했으나, 가현은 눈물을 보이지 않았다. 그냥 일상적인 이야기를 꺼내는 사람처럼 굴었다.

"운은 뱉은 말은 지키는 사람이 아니니. 게다가……."

"……."

"살아 달라던 내 말도 지켜 주었던 이다. 살아 달라는 내 말에 버젓이 살아남아 대호국에서 영웅이라 불리며 살고 있었어. 그리고 다시 만났지."

"……."

"이번에도 살 것이다. 내가 살라 했으니, 살 것이야."

흔들리는 눈으로 저를 보고만 있는 호준을 마주하며 가현이 웃었다. 시간이 걸려도 운은 반드시 내 곁으로 돌아올 것이다.

이 아이를 위해서라도…….

찻잔을 내린 가현의 손에 제 배로 향했다. 호준의 시선이 저절로 불룩 솟은 배로 향했다.

"네 말이 맞다. 운이 그놈이 얼마나 지독한 놈인데. 제 새끼 두고 갈 놈이냐. 게다가 아닌 척하면서 내가 네 곁에 붙어 있으면 도끼눈을 하고 노려볼 정도로 너에 대한 집착도 상당하던 놈이었다."

호준은 부러 장난스럽게 운의 흉까지 보았다. 호준의 말에 가현은 이따금 웃었다. 호준은 그런 가현에게 어릴 적 이야기까지 꺼냈다.

호준은 저녁까지 건하게 먹고 난 뒤에야 자리를 떴다. 떠나기 전 호준은 운이 깨어나면 오겠다고 말 한 마디 툭, 던졌다. 그러니 지금은 보지 않겠다고.

그렇게 호준이 다시 떠났다.

* * *

한 계절이 또 흘러 어느덧 초여름이 되었다.

운과 가현이 머무는 건물 정원은 가현의 손길에 더 눈부시게 피어났다. 그러나 가현의 마음은 시린 겨울보다 차가웠다. 그사이에 찾아온 태의가 전한 말 때문이었다.

태의는 더는 가망이 없다는 말로 가현을 분노하게 했다. 가현은 처음으로 태의에게 화를 내며 다시는 오지 말라고 소리쳤다.

린린은 그런 가현을 끌어안으며 눈물을 삼켰다. 소소는 가현 대신 태의를 대문 앞까지 모셨다. 태의는 그저 마마를 잘 돌봐 주라는 말과 함께 조용히 떠났다.

린린과 소소도 조금씩 마음을 내려놓았으나, 가현은 운에게 온갖 정성을 들였다. 매일같이 운을 돌보며 가현은 그 속에서 벗어나지 못했다. 운이 깨어나기 전까지 보러오지 않겠다고 소리쳤던 황제가 찾아온 건 그로부터 며칠이 지난 어느 날이었다.

그는 말없이 한참을 운을 바라보다가 더는 미련 없이 돌아섰다.

그러곤 가현에게 이제 그만 내려놓으라는 말을 하고 떠났다.

내려놓으라니.

무엇을 내려놓으란 말인가……?

그는 기다리라고 말했다. 운은 그냥 너무 고달프게 살아와서……. 너무 지쳐서. 그래서 오래 잠을 자는 것뿐인데, 왜 다들 하나같이 제게 운을 놓으라고 말하는 것일까. 듣기 싫었다. 더는 듣기 싫었다.

가현은 침실 문을 모두 걸어 잠그고 린린과 소소도 들이지 않았다. 밖에서 아무리 문을 부술 듯 두드려도 가현은 들리지 않는 사람처럼 운의 곁에 앉아 그만 바라보았다.

"운아……."

모든 문을 걸어 잠근 채 가현은 운의 곁에 앉아 그의 머리를 조심스럽게 쓸었다.

"운아……."

그러면서 가현은 끊임없이 그를 깨우듯 불렀다.

'운아' 하고…….

그렇게 여러 날이 또 흘렀을까…….

계절이 바뀌어 어느덧 초겨울이 되었다. 계절이 바뀌어도 가현은 운의 곁에 머물렀다.

"문득, 꽃물을 들였던 그때가 생각나 해 보았지 뭐니."

운이 질색하였던 그때를 잠시 떠올리던 가현이 작게 웃음을 터뜨리며 제 손톱을 가만히 들어 올렸다. 며칠 전에 꽃물을 들인 것 같은데, 시간이 너무나도 빨리 흘러 어느새 끝에만 살짝 물들어 있었다. 손톱을 가만히 바라보던 가현이 운을 돌아보았다.

"너에게 보여 주고 싶어 꽃물을 들여 본 것인데, 이제 얼마 남지 않았다, 운아."

손을 뻗은 가현이 조심스럽게 운의 얼굴을 쓸어내리며 말을 이었다.

"아이가 자라나는 것도 함께 보아야지."

운은 대답이 없었다. 가현은 그런데도 쉼 없이 이야기했다. 개중 아이에 대한 이야기가 상당했는데, 한창 이야기하던 가현이 갑자기 작게 웃음을 터뜨렸다.

"그렇게 씩씩하게 자라나는 걸 보면, 어릴 적에 중이 내게 했던 말이 거짓은 아닌 거 같아. 내게 아이에 대한 복이 많다고 하지 않았더냐."

우스갯소리 하며 웃던 가현의 눈가가 미세하게 붉어졌다.

"그러니 너와 난 분명 천생연분인 게야. 인연이 아니라면 네가 어찌 살아 돌아왔겠느냐. 살라는 내 말에 너는 죽지 않고 살아 돌아와 주지 않았느냐."

"……."

"그러니까 이번에도 올 것이지? 이리 얌전히 기다리고 있으면…… 올 거지?"

애써 웃으며 가현은 끊임없이 운에게 속삭였다.

"그러니 나는 널 기다릴 것이다."

평생이 흘러도 나는 널…….

가현이 고개를 숙이며 그의 가슴팍에 이마를 기대었다. 그러곤 눈에 힘을 주며 울지 않으려고 애썼다. 그렇게 가만히 숨을 고르며 그의 온기를 느끼려고 애쓰는데, 정수리에 무언가가 닿았다. 퍼뜩 눈을 뜬 가현이 느리게 고개를 들어 올렸다.

운이…… 가현을 보며 웃고 있었다.

깊은 잠에 빠져 있다가 드디어 제게로 돌아온 운을 멍하니 바라보던 가현의 눈에 처음으로 눈물이 고였다.

"제가…… 너무 늦은 겁니까?"

천천히 고개를 튼 운이 가현을 보며 입매를 길게 늘였다. 눈물로 젖은 눈을 하고 운을 바라보던 가현이 희미하게 웃었다.

"망할 놈……. 어서 오너라, 운아."

〈마침〉

후일담

1장. 돌아온 운

싸한 바람이 코끝으로 밀려들어 왔다.

창밖 너머의 세상은 온통 하얗기만 했다. 코끝이 얼 정도로 시린
바람이 불었다.

운은 고요하게 뜬 눈으로 창가에 기대서서 낯선 듯 익숙한 세상
을 눈에 담았다. 그의 기다란 머리카락이 이따금 날아든 눈송이와
함께 바람에 흩날렸다.

얼마나 오랜 시간 잠들었는지, 현실 감각이 없었다. 창밖 너머로
보이는 새하얀 눈송이와, 눈으로 뒤덮인 지붕, 옷을 벗은 듯 이파
리 하나 없는 앙상한 나뭇가지. 지붕 너머로 보이는 희끗한 산등성
이까지.

무엇하나 달라진 것이 없는데, 많은 시간이 흘렀다고 이야기했다.

그가 깨어났다는 소식에 부리나케 달려온 소소는 처음으로 눈물
을 쏟았다. 소소가 그렇게 우는 것은 처음 보았다. 어린 시절부터

혹독한 궁궐에서 훈련을 받아 소리 내어 웃는 것은 물론 우는 것조차 경계했다. 곱던 눈가에 주름이 생기고, 탐스럽던 머리카락 사이에 희끗희끗한 흰머리가 보일 정도로 오랜 세월 그녀는 그렇게 살아왔다.

그래서 우는 방법도 웃는 방법도 모르는 사람처럼 어떠한 일이 있어도 감정을 드러내는 법이 없었다. 황궁에서 황후는 물론 귀빈들까지 소소에게 함부로 할 수 없을 정도로 그녀는 완벽히 법도대로 사는 사람이었다.

언제나 깐깐하고 냉랭하게 눈을 뜨곤 고집스럽게 입술 끝을 사려 물며 틈 하나 보이지 않고 허리를 꼿꼿이 세우는 그녀였다. 그런 그녀가 울었다.

'저는 기필코 전하께서 깨어나실 거라 생각했습니다.'

그녀는 웃는 건지 우는 건지 모를 만큼 이상하게 일그러진 얼굴로 입술을 꾹 문 채 하염없이 고개를 숙였다.

'아무렴요. 아무래도 태의님께서 노쇠하여 이제 그만 자리에서 내려와야 할 것 같습니다. 어찌 길가의 의원보다 못한지.'

그러면서도 영영 그가 깨어나지 못할지도 모른다는 망발을 한 태의를 향해 온갖 욕지거리를 했다.

그 곁에 선 린린은 내내 훌쩍이며 가현이 얼마나 마음고생을 하였는지 구구절절 이야기를 꺼냈다.

머리카락 하나 다치지 않게 매일 빗겨 주었고, 욕창에 걸리지 않게 몸을 이리저리 틀어 주었으며, 온몸이 말라붙을 때면 온갖 약재를 달인 물에 적신 천으로 머리부터 발끝까지 닦아 주었다고. 매일 아침 일어나 말을 걸었고, 책을 읽어 주며 셀 수 없이 많은 말들을 쏟아 냈다고 말했다. 이러다가 목이 죄 상해 버리진 않을까 걱정이 들 정도로 아주 많이.

보다 못한 가현이 말리지 않았다면 린린은 밤이 새도록 멈추지 않고 가현이 얼마나 지극정성으로 그를 간호했는지 떠들었을 거였다.

"……정녕 주군이십니까?"

잠시 자리를 비운 가현을 기다리며 창가에 서서 상념에 빠져 있는데, 저 앞에 진명이 서 있었다. 고요한 물길에 작은 돌멩이 하나가 날아든 것처럼 운의 새까만 눈이 일렁였다. 곧 그의 입매가 느슨하게 늘어졌다.

"진명."

부드러운 듯 나지막한 그의 목소리가 바람을 타고 날아들었다. 허상을 본 사람처럼 멍하니 서 있던 진명의 어깨가 가늘게 떨리더니 이윽고 손에 들려 있던 검자루가 툭, 눈밭으로 떨어졌다.

벌겋게 달아오른 눈을 하고 창가에 서 있는 운을 바라보던 진명의 무릎이 그만 복받치는 감정을 참지 못하고 꺾였다. 눈밭에 주저앉듯 무릎을 꿇은 진명의 고개가 꺾였다. 눈송이가 내려앉을 무렵 그의 어깨가 들썩이기 시작했다. 어찌나 흐느끼는지, 높이 올려 묶은 머리카락까지 흔들렸다.

툭, 투둑.

티끌 하나 없는 새하얀 눈 위로 뜨거운 눈물이 떨어져 내렸다. 그의 어깨와 정수리 위에 눈송이가 조금씩 쌓였다. 벌겋게 얼어붙은 손으로 눈 바닥을 짚은 채 진명은 눈물을 쏟아 냈다.

'주군께서 깨어나셨다고, 헉헉! 방금 댁에서 노비가 찾아왔는데, 진짜 주군께서 깨어나셨다지 뭡니까!'

거의 훈련소에 틀어박혀 운을 대신해 병사들을 훈련시키고 있을 때였다. 저 멀리 부리나케 뛰어온 병사가 소리쳤다. 그의 외침에 여기저기에서 툭, 툭. 목검이 떨어지는 소리가 들렸다. 이윽고 와아 아아아! 병사들의 눈물 섞인 환호성이 귓가를 크게 울렸다.

삐이, 귀에 이명이 들렸다가 선명해졌다. 진명은 믿을 수 없는 소식을 들고 온 병사를 멍하니 쳐다보았다. 병사들은 서로 얼싸안으며 흑운왕 만세! 흑운왕 만세! 하고 떠들었다.

귀에 이명이 들리는 것인가.

내내 꾸었던 꿈을 이젠 낮에도 꾸는 것인가. 그렇게 생각이 들 정도로 진명은 여전히 믿을 수 없었다. 아니, 이것 또한 꿈이라는 게 드러난다면 자신은 미친 게 분명했으니까. 일전에도 한 번 이런 적이 있었다. 운이 일어났다는 소식을 들고 온 린린의 꿈이었다. 벌떡 일어난 진명은 쏟아지는 비를 뚫고 훈련소 숙소를 맨발로 뛰쳐나갔다. 그리고 언덕을 내려서기도 전에 멈춰 섰다.

아, 꿈이었구나……

그때의 상실감을 또 한 번 겪게 된다면, 미치광이가 될 것만 같았다. 그런데, 병사들의 환호성과 울음소리가 여전히 선명하게 귓가를 때렸다.

굳은 채 서 있던 진명이 한걸음, 또 한걸음 걷기 시작했다. 그는 주변에 몰려 있는 병사들을 지나 훈련소 입구로 걸어갔다. 눈으로 미끄러운 언덕을 내려가고, 두툼한 옷을 차려입은 사람들이 지나는 거리를 지나, 마차를 지나 점점 더 빠르게 달리기 시작했다. 숨이 차올라 심장이 뻐근해지고 다리가 후들거려도 멈추지 않고 달렸다.

그렇게 미친 듯이 달려 저택으로 들어선 진명은 매번 오기 힘겨웠던 가장 깊숙한 건물 쪽으로 향했다.

마침내 문턱을 넘어선 진명은 창가에 서 있는 주군을 보게 되었다.

허상인가.

반신반의하며 그를 불렀다. 그의 부름에 주군은 사라지지 않았다. 대신 웃어 주었다. 그제야 참고 있던 눈물이 봇물 터지듯 쏟아졌다.

빌어먹을 노인네!

'올해가 고비입니다. 올해까지 깨어나지 못하신다면……'

태의는 말도 안 되는 소리를 늘어놓아 진명을 분노하게 했다. 그가 저보다 한참이나 윗사람이라는 건 보이지 않는 건지, 진명은 냅다 태의의 앞섶을 쥐고 흔들었다.

'무슨 말도 안 되는 소립니까! 주군께선 그렇게 허무하게 가 버리실 분이 아니십니다!'

역시 자신의 말이 맞지 않는가.

온갖 욕지거리와 함께 심장이 벌렁거렸다. 그때 그의 뿌연 시야 앞으로 발끝이 보였다.

"오랜만이구나, 진명."

천천히 고개를 들어 올린 진명의 볼 위로 눈물이 떨어져 내렸다. 눈물로 사방이 가로막혀 운의 얼굴이 뭉개져 보이자, 진명이 얼어

붉은 손으로 벅벅 눈을 닦았다. 그러자 보이지 않던 그의 얼굴이 보였다.

"주군······."

진명의 입술 끝이 파르르 떨렸다. 이윽고 그의 얼굴이 일그러지고 다시금 흐느끼기 시작했다. 운은 말없이 진명의 어깨를 감싸며 다독여 주었다. 손과 발이 모두 얼어붙어 감각을 잃을 때까지 진명은 한참을 운의 앞에 무릎을 굽힌 채로 오열했다.

그 앞을 우직하게 지켜 주던 운의 시선이 문 쪽에 닿았다. 고운 분홍색 비단옷 위에 털조끼를 껴입은 가현이 모락모락 피어오르는 약그릇 하나를 든 채 서 있었다. 가현은 작은 입술을 달싹이며 무어라 운에게 말을 전하곤 작게 웃었다. 아마도 진명을 좀 더 달래주라는 말 같았다. 운의 기다란 눈매 끝에 옅은 미소가 담겼다.

* * *

낮보다 더 심해진 바람에 굳게 걸어 잠근 창문이 덜컹거렸다. 장작을 가지고 들어온 노비들이 화로에 불을 붙이곤 침실 온기를 올렸다.

탁, 타닥.

붉은 불씨가 타오르다가 허공에서 사라졌다. 그 위로 보이는 휘장 안에, 두 사람은 나란히 침상 위에 앉아 도란도란 이야기꽃을 피웠다.

손가락 사이로 여린 손가락이 얽혀들었다. 가현의 손이었다.

"아마도 무서웠겠지. 운이 네가 이대로 가 버릴까 무서웠던 게야."

가현의 조곤조곤한 목소리가 귓가를 기분 좋게 간질였다. 운은 손가락으로 가현의 말랑말랑한 손을 만지작거리다가 이따금 고개를 옆으로 틀어 그녀의 미간에 입술을 가져갔다.

"진명은 아마 그래서 더 찾아오지 못했을 것이다."

분명 진명의 이야기를 하는 것인데 어쩐지 가현 자신의 이야기를 하고 있는 것 같았다.

"무서우셨습니까."

들썩거리던 가현의 입술이 멈칫했다.

무서웠던가.

나는…….

가끔 새벽녘에 잠에서 깨어나 그의 가슴에 귀를 대곤 가만히 숨소리를 들었다. 혹시나 제가 잠든 사이에 그의 숨이 멎을까 봐. 매일 쉴 새 없이 그의 옆에 앉아 시답지 않은 이야기를 하고 책을 소리 내어 읽으며 되지도 않은 악기 연주에, 노래까지 했다.

가끔은 덜컥 숨을 쉬기가 힘들었던 것도 같다.

"무섭긴. 너는 당연히 깨어날 것인데, 내가 왜 무서워하겠어?"

운은 말없이 가현을 내려다보다가 손을 뻗어 그녀의 어깨를 감싸 안았다. 그의 부드러운 손길에 가현의 뒷머리가 운의 가슴팍에 내려앉았다.

"……예, 조금 늦었을 뿐 당연히 깨어났을 겁니다."

어깨 하나를 다 덮는 그의 커다란 손이 그녀의 팔을 쓸어내렸다.

"제가 아가씨 두고 어딜 갑니까."

"그래, 너는 날 두고 갈 이가 아니다."

절대로.

"예, 아마 지금이 아니었더라도 깨어났을 것입니다. 아가씨께서 어지간히 소란스러웠어야지요."

그의 말에 가현이 불쑥 고개를 들었다.

"뭐?"

"꿈속에서 말입니다."

가현을 달래듯 그녀의 머리를 토닥여 다시 가슴에 기대게 한 운이 피식, 웃었다. 그의 웃음소리가 기분 좋게 정수리 위로 내려앉자 가현의 속눈썹이 팔랑였다.

"지금보다 한참 작은 아가씨가 어찌나 절 못살게 굴던지. 아주 그냥 소란스러워 살 수가 없었습니다. 할 일은 태산인데, 꽃놀이를 하자. 소꿉놀이를 하자. 장 구경을 나가자. 종알종알 번잡스럽게 굴어 귀를 틀어막았지요."

"그래서 지금 꿈속의 내가 성가셨단 말이냐?"

가현이 장난스럽게 그를 흘겼다. 운의 목울대가 크게 움직이며 웃음이 터져 나왔다.

"예, 아주 성가셨습니다."

짓궂은 어조로 이야기하던 운이 가현의 얼굴을 감쌌다. 부드러운 손길에 가현의 얼굴이 그에게로 향했다. 휘장 너머 타오르는 불에 그의 옆얼굴이 은은하게 일렁였다. 음영이 져 한층 더 깊어진 그의 시선은 자연스럽게 가현의 얼굴을 달아오르게 했다.

어쩐지 쑥스러워 눈을 내리깔고 싶기도 했지만, 가현은 그러지 않았다. 오랜 세월 눈을 감은 채 누워 있던 운을 볼 때 언제나 생각했기 때문이었다. 그가 깨어나면 한시도 눈을 떼지 않고 그의 새까만 눈동자를 바라봐야지, 하고. 가현은 떨리는 눈동자로 가만히 그와 시선을 맞추었다.

"그래서 너무 보고 싶었나 봅니다. 이렇게 만지고도 싶었지요."

그가 조심히 가현의 얼굴을 쓰다듬었다. 아슬아슬하게, 닿을 듯 말 듯. 그의 손끝이 이마를 지나 곱게 휘어진 눈썹뼈, 그 아래 눈꺼풀, 낮은 듯 조막만 한 콧등과 입술까지 미끄러지듯 내려올 때마다 가현이 눈을 깜빡였다.

"잡으려 하면 사라져 버렸거든요."

서늘한 듯 고요한 눈동자에 애틋함이 스며들었다. 그의 기다란 손가락 끝이 어느새 턱 밑을 지나 팔딱이는 목덜미로 내려앉았다. 간질거리는 듯 화끈거리는 느낌에 가현의 기다란 속눈썹이 파르르 흔들렸다.

"잡고 싶은데 잡을 수 없으니 얼마나 애가 달았겠습니까."

주위를 빙빙 맴돌던 작은 가현을 끌어안고 싶어도, 끌어안을 수 없었다. 만지려고 치면 사라져 버렸으니까.

그래도 참 행복한 꿈이었다. 기억이 온전히 돌아왔어도, 어린 시절의 기억은 희미했는데 이렇게라도 볼 수 있어 기뻤다. 꿈속에서 보았던 가현 중 가장 기억에 남는 건 그에게 화를 내며 나무 인형을 집어 던질 때였다.

'참으로 못난 놈이구나! 넌 내 노비가 아니냐! 내 것인데 어찌 네 멋대로 군단 말이냐!'

그땐 참 성가시게 군다 싶었는데. 다시 보니, 가현의 눈가에 서러움이 덕지덕지 묻어 있었다.

'*꽃분이에게는 웃어 주면서!*'

저를 좋아하는 마음에 그런 것인데, 그땐 그저 성가셔 억지로 좋아한다고 말했었다. 그러면서 짜증스러운 계집이라고 생각했던 것 같다.

그래서 운은 꿈속에서 서럽게 눈물을 뚝뚝 흘리며 소리치는 가현에게 말했었다.

'*좋아합니다, 아니, 연모합니다. 아가씨.*'

안타깝게도 그의 목소리는 닿지 않았고, 그녀는 사라졌다.

"그리고 이렇게 말하고 싶었습니다."

그의 입술이 가까이 다가와 가현의 입술에 닿을 듯 말 듯 했다.

"연모합니다."

그의 나지막한 속삭임이 숨결과 함께 입 안으로 밀려들어 왔다. 그의 다정한 속삭임에 가현의 속눈썹이 젖어 들어 갔다.

나도.

연모한다, 운아.

한숨을 들이쉬듯 그의 숨을 삼키며 입을 벌린 가현이 눈을 내리깔며 입 안으로 파고드는 그를 받아들였다.

후일담

2장. 아이를 처음 만난 순간

"운아……?"

손끝에 닿는 느낌이 소름 끼치게 차가웠다.

분명 어제까지만 해도, 몇 시간 전까지만 해도 따뜻하던 그였는데. 어찌하여 이리도 차갑단 말인가. 손을 뻗어 자신의 허벅지 위에 머리를 누인 채 눈을 감고 있는 운의 얼굴을 더듬거렸다. 역시 차갑다. 손끝이 닿을 때면 스르르 떠지던 그의 눈도 움직이지 않는다. 숨소리조차 없다.

싸늘하게 식어 버린 그의 온기에 심장이 쿵쿵쿵 빠르게 뛰기 시작했다. 벌벌 떨리는 손으로 운의 얼굴을 끌어안은 가현의 얼굴이 고통으로 일그러졌다.

"어서 일어나라! 이렇게 가면 안 된다!"

가현의 외침에도 운은 눈을 뜨지 않았다. 몸만 남겨 둔 채 영혼은 이미 훨훨 바람에 실려 날아간 것 같았다. 맑은 그녀의 눈에 눈물이 가득 차올랐다. 숨조차 제대로 쉬어지지 않는다.

"운아……!"

모든 것이 꿈이었나.

분명 저를 보며 깨어나 웃었고, 함께 이야기도 나누었으며. 서로의 숨결과 온기도 나누었다. 내일은 잠깐 바깥에 나가기로 했다. 그가 잠든 동안 제가 무엇을 했는지 보여 주고 싶었기 때문이었다.

그 모든 것들이 허상이었나.

그가 떠나기 직전 내게 달콤한 꿈을 내어 준 것일까. 작별 인사를 하기 위해 허상을 보여 준 것일까.

가현의 눈을 타고 눈물이 쏟아져 내렸다. 말간 볼을 타고 흘러내린 굵은 눈물방울이 가현의 외침과 함께 운의 속눈썹 위로 톡, 떨어졌다. 팔랑, 흔들리는 속눈썹을 타고 내려가는 눈물이 꼭 그의 눈물 같았다.

아니다.

이렇게 그가 가 버릴 리 없다. 운의 머리를 꽉 끌어안은 가현이 미친 듯이 고개를 내저었다. 숨이 점점 쉬어지지 않는다. 심장이 고통스럽게 일그러지기 시작했다.

헉, 헉.

"헉!"

번쩍 눈을 뜬 가현이 벌떡 몸을 일으키다가 손끝에 닿는 온기에 멈칫했다. 가현의 시선이 저절로 아래로 향했다. 새하얗고 기다란 손가락이었다. 어슴푸레한 새벽빛이 내려앉은 손가락을 눈물로 얼룩진 눈으로 멍하니 내려다보는 가현의 얼굴이 온통 식은땀으로 젖어 있었다.

느리게 눈을 한 번 깜빡이자, 속눈썹 끝에 매달려 있던 눈물방울이 툭, 이불 위로 떨어져 내렸다. 초조한 시선이 마른 듯 기다란 손가락을 타고 오르자, 매화꽃이 수놓아진 새하얀 비단 소매가 눈에 들어왔다. 소매를 지나고, 팔을 지나 어깨에 닿던 그녀의 시선이 좀 더 위로 올라갔다. 반듯하게 다림질한 옷깃 사이로 보이는 목덜미가 일정하게 움직였다.

"으음."

그때였다. 뒤척이던 운의 손이 습관처럼 이불 위를 더듬거리다가 가현의 새끼손가락을 잡았다.

"하."

따뜻한 온기였다. 숨 한번 내뱉지 못하고 있던 가현의 잇새로 짧고 거친 숨이 터져 나왔다.

제가 방금 말도 안 되는 괴상한 꿈을 꾼 듯했다.

운이 죽다니.

역시 헛꿈이었다.

그렇게 생각하면서도 가현은 운을 금방이라도 사라질 허상처럼 불안하게 내려다보았다. 새벽빛 사이로 아침 햇살이 비칠 때까지 어정쩡하게 앉아 운을 내려다보던 가현이 머뭇거리던 손을 뻗어 그의 볼 위로 가져갔다.

움찔.

손끝에 닿는 미지근한 온기에 놀라며 손을 떼려는데, 불쑥 다가온 커다란 손이 그녀의 손을 그러쥐었다. 단단하고 기다란 손가락이 얽히고 들어왔다.

"일찍 일어나신 겁니까."

잠기운이 가득한 그의 나른한 목소리가 불안으로 점철되어 흔들리던 가현의 심장 소리를 가라앉혔다.

"그냥."

느리게 뜬 눈꺼풀 아래 드러난 새까만 눈동자에 비로소 완벽하게 사그라드는 불안감이었다. 가현은 곱게 웃으며 아침 인사를 대신했다. 그녀를 따라 그의 입매가 희미하게 늘어졌다.

* * *

아이를 처음 만난 순간은 여전히 선명했다.

말랑말랑한 손가락이 그의 손끝에 살짝 닿을 때, 맑고 새까만 두 눈이 그를 보며 반달로 휘어질 때, 찹쌀떡처럼 말랑말랑한 볼을 씰룩이며 무언가 말을 하고 싶은지.

오동통한 입술로 쉴 새 없이 낑낑대는 아이를 마주한 순간, 운은 또 다른 사랑에 빠졌다.

운은 그렇게 깨어난 뒤, 많은 시간을 침대에 누워 잠으로 보냈다. 하루에 많게는 반나절 이상을 잠으로 보냈다. 간간이 눈을 뜨면 가현이 보였다. 가현은 그 곁에 앉아 책을 읽기도 하였고, 수를 놓기도 했으며 소소와 함께 무언가를 고심하며 이야기를 나누기도 했다. 조곤조곤 차분한 그녀의 어조가 기분 좋은 자장가처럼 그의 귓가를 울릴 때면, 운은 다시 눈을 내리감았다.

그렇게 잠을 자다 보니, 아이를 직접적으로 마주하게 된 건 깨어나고 나서 한참이 지났을 때였다.

그래서 아이를 직접적으로 마주한 건 며칠 되지 않았다.

처음 아이를 마주했을 때, 운은 차마 아무 말 못 하고 가현과 그녀의 품에 안긴 아이를 바라만 보았었다.

기쁨과 함께 씁쓸한 감정이 물밀듯이 밀려들어 왔다.

건강하게 태어난 아이와 가현에 대한 기쁨. 반대로 아이가 태어난 순간을 함께하지 못했다는 씁쓸함. 이중적인 마음에 운은 웃지도 울지도 못하는 묘한 시선으로 아이를 바라보았다. 그런 그의 마음을 알아채기라도 한 듯, 가현이 말했다.

'우리 아이 곁엔 너와 내가 언제나 함께했어. 태어나기 전부터 태어난 그 순간까지.'

그녀는 그렇게 말하면서 그의 손을 그녀의 가슴 위에 올려 주었다. 장난스러운 가현의 눈빛에 운은 그만 웃고 말았다.

아이를 만난 다음 날, 가현은 운에게 아이의 이름을 지어 달라고 청했다. 운은 당황하면서도 가슴이 뛰는 걸 느꼈다. 참 이상한 감정이었다.

그는 살면서 이름이 크게 중요하지 않다고 생각했다. 그저 마땅하게 부를 것이 없어 지은 게 이름이랄까. 그냥 그 정도로 생각했던 것 같다.

이름에 따라 사람의 인생이 바뀐다는 말도 감흥 없었다.

태어날 때부터 천출이었고, '운'이라는 이름도 어머니가 대충 지어 준 것에 불과했다. 별 감흥 없는 제 이름은 가현이 운아, 하고 불러 줄 때야 비로소 생명이 느껴지는 것 같았다. 그래도 여전히 이름의 의미나 하다못해 좋은 이름에 대한 것도 별로 생각이 없었는데.

어쩐지 가현의 청이 무겁게 다가왔다. 그리고 이상하게 설레었다.

마치 명예로운 일을 하나 짊어지게 된 것 같았다. 아이 이름을 하나 짓는데 이렇게나 생각이 많다니.

어쩌면 사사로운 생각이 들 정도로 아이는 특별한 존재이기 때문이 아닐까…….

그날부터 운은 며칠 동안 좋은 이름이란 이름은 다 생각해 보았다. 제가 아는 글자를 전부 다 써 보면서.

거의 밤을 새우면서 이름을 짓는 운에게 당황한 가현이 말려 봤지만 운은 처음으로 가현의 말을 거절하며 몰두했다.

그렇게 지은 이름이 '가은'이었다.

* * *

"음."

깨어난 지 몇 달이나 지났음에도, 운은 틈만 나면 몰려오는 잠에 침대에 눕는 일이 많았다. 그 외에는 오랫동안 움직이지 못한 다리를 움직여 바깥을 거닐었고, 가현과 함께 그녀가 만든 정원을 산책했으며, 가끔은 아무것도 하지 않은 채 서로의 얼굴을 바라보느라 침실 밖을 나오지 않았다.

그가 깨어났다는 소식에 부리나케 달려왔던 황제 운덕은 처음으로 눈물을 보였다. 황제의 눈물에 주위에 있던 모든 이들이 납작 엎드렸다. 부디 용루를 거두어 달라는 그들의 외침에 운덕은 불같이 화를 내며 울긴 누가 우냐고 소리쳤다.

바보 같고 머저리 같은 놈이 깨어나 구경하러 온 것뿐이라고. 그렇게 말하면서도 운덕은 내내 운의 곁에서 떨어지지 않았다.

이후에 운덕은 틈만 나면 운을 찾아왔고, 운은 그와 함께 자주 차를 마셔 줘야 했다. 여기서 자주 마셔 줘야 한다는 말은 말 그대로 억지로 운덕과 어울려 주어야 했다는 말이었다.

그 외에도, 진명이 자주 찾아와 그동안 제가 없는 사이에 일어난 일에 대해 보고를 했다. 별로 하는 게 없어 보였지만, 생각보다 많은 일을 하면서 지내고 있는 운은 잠깐 동안 홀로 침대에 누워 잠을 청하고 있는 중이었다.

그런데 갑자기 묵직하고 축축한 무언가가 배 위에서 꿈틀거리는 게 아닌가.

반듯하기만 하던 그의 미간이 꿈틀거렸다. 무언가 묵직한 것이 들썩거리더니, 배를 눌렀다가. 다시금 축축한 무언가가 배 주변을 간질였다. 축축하고 말랑한 무언가가.

결국 억지로 눈을 뜨던 운은 그만 멈칫했다.

"아부!"

오동통한 볼을 여린 꽃잎처럼 물든 아이가 방싯 웃으며 그의 배 위에서 들썩이고 있었다.

"꺄!"

가현을 닮은 옅은 속눈썹 아래 드러난 머루알 같은 눈동자가 운을 보며 반짝거렸다. 수많은 빛이 아이의 눈동자에 가득했다. 별빛도, 달빛도, 햇살도 아이의 눈빛에 비할 바가 아니었다.

까만 눈을 반짝이며 아이가 부부, 오동통한 입술을 들썩였다. 그런 아이의 입가와 턱 주변, 곱게 차려입은 노란색 비단옷 앞섶까지 침으로 젖어 있었다.

운은 잠시 멍하니 가은을 바라보았다.

가현은 아직 제대로 일어나지 못하고 침대에 누워 생활하는 운을 위해 틈만 나면 아이를 맡겼다. 집안일에 정원 일까지 할 일이 너무 많다는 게 그 이유였다.

분명 제가 자는 사이에 또 슬그머니 가은을 두고 간 듯했다. 그래도 이렇게 배 위에 덥석 올라와 엉덩이를 들썩인 적은 없어서 당황했던 거였다.

"마마께서 아가씨를 부탁한다고 하셨습니다."

가은의 유모가 함께 든 상황이었는지, 곁에서 인기척이 났다. 구석진 곳 의자에 앉아 있는 유모의 말에 운의 미간이 살짝 좁혀졌다.

"가은아."

한참 만에 정신을 차린 그가 나지막한 목소리로 가은아, 하고 불렀다. 나지막한 그의 목소리가 귓가를 감싸자, 기분이 좋았는지 아이가 와락 엎어지며 고개를 파묻었다. 그러곤 하늘 높이 엉덩이를 치켜세우며 씰룩거렸다. 아이의 움직임을 따라 곱슬기가 있는 머리카락이 민들레 홀씨처럼 날아오를 듯 나풀거렸다.

아이의 장난에 운이 피식, 웃자 슬쩍 고개를 옆으로 돌린 가은이 방싯 웃었다. 그의 납작한 배에 뭉개진 한쪽 볼이 꼭 찌그러진 찹쌀떡 같았다.

아이는 운과 놀이를 하려고 하는지, 운을 슬쩍 보다가 다시 고개를 푹, 파묻었다. 아이의 엉덩이는 쉴 새 없이 들썩였다.

아무래도 제가 깨어나기 전부터 저 놀이를 하고 있었던 것 같았다. 아이가 얼굴을 묻은 자리에 축축한 걸 보니 말이다. 운은 서툴지만 열심히 아이의 장단에 맞춰 숨기 놀이를 했다.

그때였다.

한참을 그렇게 놀던 아이가 엉금엉금 가슴께 위로 기어와 그의 볼을 덥석 잡았다. 말랑말랑하고 축축한 손가락에 운이 움찔했다. 잡았다고도 못 할 정도로 힘이 없는 손짓이었으나, 운의 심장을 덜컥하게 만들기에 충분했다.

침이 묻은 손으로 운의 얼굴을 내내 만지작거리던 아이가 꺄아! 알 수 없는 소리를 내며 웃었다. 코앞에서 보이는 새까만 눈동자가 창가로 스며들어온 햇살에 비쳐 영롱한 흑요석처럼 빛났다.

때 하나 묻지 않은 아이의 맑은 눈과 마주할 때면 여전히 심장이 저려 왔다. 이렇게 그는 또 한 번 사랑에 빠졌다.

아이는 입을 오물거리며 축축하게 젖은 손으로 한참을 그의 턱 근처를 만지작거리다가 조막만 한 입을 벌리며 하품을 하더니. 곧 꾸벅꾸벅 졸기 시작했다.

휘청거리기까지 하는 아이가 행여나 넘어질까 염려되었던 운이 아이의 허리를 붙들었다. 그러자 아이가 자연스럽게 그의 가슴팍에 얼굴을 묻은 채 엎드렸다.

보슬보슬한 머리카락이 턱 끝을 간질였다.

도롱도롱.

코 고는 숨소리는 심장까지 파고들어 간질였다. 운은 아이가 깰까 두려워 차마 일어서지 못하고 그대로 누운 채로 아이를 지탱했다. 아이는 이따금 붉고 작은 입술을 오물오물거렸다. 그 사이로 침이 비죽 튀어나와 이젠 그의 앞섶까지 적셨지만, 그것마저 사랑스러워 웃음이 나왔다.

그와 아이 위로 오후 햇살이 내려앉았다. 따끈따끈하고 말랑한 아이의 몸과, 이따금 들려오는 곤한 숨소리. 팔랑이며 제 턱을 간질이는 솜털 같은 머리카락. 운은 다시금 몰려오는 잠에 눈을 내리감으면서도 아이의 등을 단단히 붙들었다.

* * *

"세상에."

허리가 아파 오니, 잠시 잊고 있었던 가은과 운이 떠올랐다. 그래도 유모를 함께 두고 와 별 탈은 없겠지만……. 아무래도 걱정되어 서둘러 고개를 드니, 아까 전까지만 해도 새파랗게 물들어 있던 하늘이 붉게 타오르고 있었다. 걱정스럽게 하늘을 바라보던 가현이 서둘러 흙 묻은 손을 털어 냈다.

후일담
3장. 그리고 그 후

"어서 들어가 봐야겠어요."

"아마 잘 놀고 있을 겁니다."

가현을 보필하며 함께 화단에 꽃씨를 심던 소소가 무심히 툭, 한 마디 던졌다. 먼저 곁에 둔 물그릇에 손을 닦은 소소가 가현에게 물을 적신 천을 건넸다. 별일 없을 거라는 소소의 말에도 가현의 얼굴에 서린 걱정은 사라지지 않았다. 소소가 건넨 천으로 손을 닦은 가현이 서둘러 안으로 들어갔다.

흑운왕의 저택 중 가장 깊숙한 곳에 위치한 단층짜리 건물은 여전히 두 사람만의 안락한 공간이었다. 아마도 운이 제대로 거동을 하게 되고, 훗날 일을 시작하게 되어도 두 사람은 이곳을 침실로 사용할 것 같았다.

삐걱거리는 나무 바닥을 지나는 가현의 걸음이 초조해 보였다. 그녀의 걸음을 따라 옅은 꽃잎이 수놓아진 하늘색 치맛자락이 나풀거렸다. 나풀거리며 들쳐질 때마다 새하얀 버선이 드러났다가 사라졌다가 반복했다.

좁고 기다란 복도를 빠르게 걸어 옆으로 몸을 틀자, 맨 끝에 문 하나가 나왔다.

깨어난 지 얼마 지나지 않아 처음으로 아이를 마주하게 했을 때 그는 어떠한 반응도 보이지 않았다. 어쩐지 아이를 낯설어하는 것 같았다. 서운하지는 않았지만, 염려는 되었다. 하긴, 눈을 떴는데 버젓이 아이가 있다면 어느 누구라도 놀라지 않았겠는가.

그에게 아이와 가까워질 시간을 주어야겠다는 생각에 종종 아이를 그의 곁에 놔두었다. 그는 아이를 두고 가 버리는 가현을 당혹스럽게 바라보다가, 경직된 얼굴로 멀찍이 떨어져 앉아 방 안 곳곳을 기어 다니는 아이를 바라보았고. 조금씩 아이와의 거리가 가까워졌다.

그래도 아직은 아이를 만지려 하지도, 안은 적도 없었다. 유모가 함께 있긴 하지만, 해가 저물 때까지 그에게 맡겨 둔 것은 처음이었다.

그 때문에 가현의 걸음에 초조함이 서린 거였다.

가현은 운과 가은에 대한 걱정에 서둘러 문을 벌컥 열어 재꼈다. 그러나 들어서기도 전에 가현은 그만 멈추고 말았다. 서둘러 자리에서 일어난 유모가 가현에게 조용히 허리를 숙였다. 그러나 가현의 시선은 침실 안쪽에 고정되었다.

"아."

의미 모를 작은 탄성이 그녀의 붉은 입술 사이로 터져 나왔다.

창가를 타고 넘어온 노을이 휘장을 올려 둔 침상 위로 내려앉았다. 그 한가운데 검푸른 머리카락을 늘어트린 채 등받이에 머리를 기대고 비스듬히 잠든 운이 보였다. 고른 숨을 내뱉으며 잠든 운의 가슴 위엔 엎어진 채 엄지를 입에 물며 오물거리다가, 이따금 볼을 씰룩이며 곤한 잠든 가은이 있었다. 멍하니 두 사람을 번갈아 바라보던 가현은 그만 웃고 말았다.

역시 괜한 걱정이었나.

운은 가현의 인기척에도 깨지 않을 정도로 깊은 잠에 빠졌음에도 투박하고 커다란 손으로 아이의 등을 단단히 받치고 있었다. 행여나 아이가 떨어질까 꿈에서도 염려하고 있는 듯했다. 안도와 애정이 뒤섞인 눈으로 두 사람을 바라보던 가현은 두 사람을 깨우려하는 유모에게 고개를 저어 보이곤 조심스럽게 돌아서 문을 닫고 나갔다.

둔탁한 문소리 뒤로 운은 저녁이 훌쩍 넘을 때까지 아이와 깊은 잠에 빠져 있었다.

* * *

몇 년 후.

"흠."

온통 흙과 먼지, 땀으로 얼룩덜룩한 얼굴을 한 소녀 주위로 아이들이 둥글게 몰려 있었다. 거적때기를 걸친 것처럼 여기저기 찢긴

옷과, 오랜 시간 감지 않아 떡이 진 머리를 한 아이도 있었고. 계집아이가 입고 있는 비단옷만큼은 아니었지만, 그래도 꽤 좋은 옷을 입은 여자아이들도 있었다.

머리를 하나로 모은 아이들이 저보다 작은 계집아이를 긴장 어린 눈으로 바라보았다. 무언가를 골몰하듯 미간을 잔뜩 좁힌 채 생각에 잠겨 있던 아이가 슬쩍 고개를 들어 골목 너머를 바라보았다. 머루알같이 까만 눈에 골목 너머로 분주히 지나는 사람들이 보였다.

"안 되겠다."

무언가 심각한 일이 있는 것인지, 빤히 골목 쪽을 살피던 소녀가 은밀히 이야기했다.

"여기다 함정을 파자."

소녀의 말에 마른침을 꼴깍 넘기는 소리가 여기저기에서 들려왔다.

"지금?"

긴장 어린 기색이 역력한 얼굴을 한 아이가 눈에 힘을 주며 물었다. 몇 달간 씻지 못해 새까매진 아이의 물음에 소녀가 단호하게 고개를 끄덕였다.

"그래, 지금."

자, 시작하자!

소녀가 손에 든 검을 하늘 높이 쳐들었다. 여린 아이의 손에 어울리지 않을 법한 제법 묵직한 검이었다. 검 끝에 매달린 붉은 술과 함께 '黑(흑)' 자가 새겨진 황금색 패가 찰랑거렸다. 지붕 너머로 쏟아지듯 들어오는 햇살에 붉은 술과 황금패가 번쩍이자, 아이들이 분주히 소녀의 명에 따라 움직이기 시작했다.

그들은 마치 용맹한 전사들처럼 재빠르게 움직였다. 구석에 버려진 지푸라기를 한 웅큼 집어오는 아이도 있었고, 땅을 파는 아이들도 있었다. 소녀는 한가운데에 늠름하게 서서 아이들을 향해 삿대질하며 명령을 쏟아 냈다.

소녀와 아이들의 합동작전으로 순식간에 길 한가운데 함정이 생겼다. 땅을 파고, 그 위에 나뭇가지를 얼기설기 엮어 층을 만들었다. 그리고 그 위에 짚 더미와 흙까지 모두 덮은 아이들은 반대편에 서 있는 소녀의 뒤로 쪼르르 달려가 섰다.

휘익!

동시에 지붕 위에서 슬쩍 머리를 들이민 까까머리 소년이 휘파람을 불며 소녀에게 신호를 주었다.

"전투태세로 돌입!"

소녀의 낮은 외침에 아이들이 손에 들린 나뭇가지와 목검 등을 바짝 틀어쥐며 마른침을 꿀꺽 뒤로 넘겼다.

식은땀이 주르륵, 흘러 턱 밑까지 흘러내릴 무렵이었다. 저 멀리 와아아아! 아이들의 우렁찬 외침이 들리더니 땅이 울리기 시작했다. 햇빛을 등지고 달려온 소년들은 소녀보다 머리 하나는 더 커 보였다.

"저기다!"

소녀를 발견한 덩치 큰 소년이 눈을 부라리며 손에 쥐고 있던 목검을 허공에서 흔들었다.

위압적인 그의 행동에도 소녀는 오히려 콧방귀를 뀌었다.

"너무 늦었잖아. 그래서 내 자리에 설 수 있겠어?"

소녀의 조롱 섞인 말에 안 그래도 붉게 달아올라 있던 소년의 얼굴이 이젠 검게 변했다. 붉으락푸르락해진 얼굴로 소녀를 노려보던 소년이 이를 악물었다.

원래 대장의 자리는 자신의 것이었다. 그런데 몇 달 전, 우연히 마주친 저 계집이 순식간에 저를 넘어트리고 대장 노릇을 하기 시작했다. 오늘은 무슨 일이 있어도 결판을 내야 했다. 뭐, 매일같이 전쟁을 벌여도 당하는 건 그였지만. 소년은 어제와 같이 똑같은 말로 소리쳤다.

"계집 주제에 대장이 가당키나 해! 너는 오늘로 끝이라고!"

"오, 그래? 그럼 한번 와 봐!"

소년을 도발하듯 소녀가 오만하게 턱을 세웠다. 순간 소년의 눈에 불이 일었다.

"가자!"

와아아아!

소녀의 도발에 보기 좋게 넘어간 애들이 성난 황소처럼 우르르 달려오기 시작했다. 소녀는 속으로 수를 세었다.

하나, 둘, 셋.

셋을 셈과 동시에 그들이 함정 한가운데로 들어섰다. 어쩐지 불길한 기운에 멈칫한 소년들이 움찔하며 밑을 내려다보았다. 소녀의 입꼬리가 슬쩍 올라간 건 그때였다.

우지끈!

"으아악!"

소년들은 그대로 무너진 함정으로 빨려 들어가듯 엎어졌다. 고작 엉덩방아 찧을 정도밖에 함정을 파지 못했기에 시간이 없었다. 소녀가 뒤에선 무리에 신호를 보냈다. 소녀의 신호에 아이들이 도망치기 시작했다.

"흥, 바보같이. 밑은 잘 보고 다녀야지. 밑은 물론 앞도 잘 보고 옆도 잘 봐야 안 당한다고. 우리 아버지께서 말씀하셨지."

소녀는 마치 현자처럼 팔짱을 딱 끼고서 구덩이 안에서 신음을 흘리는 애들을 비웃곤 쏜살같이 뛰어가 버렸다.

"너, 잡히면 죽어!"

뛰어가는 소녀의 뒤로 소년의 악쓰는 소리가 들렸다.

"다시 한번 애들 괴롭히면 이번엔 구덩이가 아니라, 우물이 될 줄 알아!"

소녀는 깔깔 웃으며 아이들과 함께 골목 여기저기를 피해 시장 한복판으로 들어섰다. 요란스러운 아이들의 등장에 지나가던 행인과 상인들의 시선이 모아졌다. 아이들은 그 틈을 파고들며 뛰어다녔다.

"역시 대장!"

"대장 만세!"

땀으로 흠뻑 젖을 때까지 뛴 아이들은 어느 정도 거리에서 도망을 멈추곤 소녀 주위를 빙빙 돌며 소리쳤다. 갑작스럽게 나타난 아이들을 힐끔거리던 사람들은 다시 제 갈 길 갔다.

"뭘 이런 걸 가지고."

소녀는 어깨를 으쓱이며 뒤로 걸었다. 그 앞을 아이들이 따르며 연신 종알거렸다.

"철이 놈 때문에 우리가 얼마나 고생을 했는데. 대장은 우리들의 영웅이라니깐!"

"맞아! 대장 아니었으면, 철이 놈한테 계속 괴롭힘을 당했을 거야!"

아이들의 말이 이어질수록 소녀의 어깨가 하늘 높이 올라갔다. 사실, 아이들을 괴롭히는 덩치 큰 소년이 꼴사나워 나선 것도 있었지만, 집에 틀어박혀 공부만 해야 하는 신세가 답답했던지라 아이들과 전쟁놀이를 하는 게 더 즐거워 그런 것도 있었다.

오늘도 마찬가지였다. 지금 시간이면 글공부를 해야 할 시간이었지만, 몰래 빠져나온 거였다. 아마 어머니께서 아시게 되면······.

내내 자신만만해하던 소녀의 얼굴이 금세 걱정으로 물들었다.

'아마도 회초리를 맞겠지?'

실컷 다 놀았기 때문인지, 갑자기 떠오른 걱정에 멍하니 생각에 잠겨 습관적으로 뒤로 걸음 할 때였다.

퍽!

"윽!"

순간 뒤를 지나던 누군가와 부딪쳤다. 흠칫 놀란 소녀가 걸음을 멈추곤 뒤를 돌아보았다. 금사가 수놓아진 청록색 비단옷을 곱게 차려입은 소년 하나가 흙바닥에 널브러져 있었다.

넘어지면서 곁에 있던 가판대에 부딪친 건지, 소쿠리 두어 개와 그 안에 있었을 법한 채소들도 함께 널려 있었다. 당황한 소녀가 얼른 다가가 소년에게 손을 뻗었다.

"괜찮아? 미안해. 못 보고 그만······!"

탁!

소녀의 손을 거칠게 내친 소년이 고개를 들었다. 새하얗고 유한 인상의 외모와 다르게 눈빛이 사나운 호랑이 같았다.

"감히 누구 몸에 손을 대려는 것인가!"

순간적으로 내쳐진 소녀의 손등이 붉게 달아올랐다. 좀 얼빠진 얼굴로 이상한 말투를 쓰는 소년을 내려다보던 소녀의 미간이 못마 땅하게 찌푸려졌다.

"그럼 계속 땅바닥에 널브러져 있던가."

"뭐라!"

버럭 소리를 내지르던 소년은 소녀의 뒤에서 키득거리는 아이들 과 주위에 서서 힐끔거리는 사람들을 뒤늦게 발견하곤 확, 얼굴이 달아올랐다.

"당장 날 일으켜 세우지 못해!"

소년이 소리쳤다. 언제는 손을 쳐 내며 어디다 손을 대는 것이냐 소리치더니. 이제는 일으켜 세우라고? 뭐 이런 이상한 녀석이 다 있는가. 어처구니없다는 듯 소년을 노려보던 소녀는 잠시 인내했 다. 어찌 되었든 녀석이 넘어진 건 제 탓이 크니, 우선 일으켜 세워 주자 싶었다.

"자, 일어서."

소녀가 불퉁한 얼굴로 소년에게 손을 뻗었다. 흙먼지가 묻은 더 러운 손을 죽어도 잡고 싶지는 않았지만, 사람들의 시선보다는 나 았다. 머뭇거리며 소녀의 손을 잡은 소년이 엉거주춤 자리에서 일 어나며 확, 손을 빼 버렸다.

소녀의 얼굴은 어쩐지 수치심으로 붉게 달아올랐다. 소년의 오만한 행동에 제가 마치 더러운 오물처럼 느껴졌다.

"꼴에 깔끔한 척은 다 한다니깐."

새초롬한 소녀의 말에 소년의 눈에 불이 일었다.

"너 지금 내게 한 말이냐."

"그럼 너한테 한 말이지. 나한테 한 말이겠어?"

소년의 새까만 눈동자가 소녀를 빤히 응시했다. 비아냥거리던 소녀는 그의 강렬한 눈동자가 움찔했다.

"아, 아무튼 미안하게 됐어."

슬쩍 시선을 피한 소녀는 망가진 가판대 앞으로 다가갔다. 그러고는 허리춤에 차고 있던 주머니 안에서 금화를 꺼내 변상해 주었다. 값비싼 옷을 입은 두 아이들의 범상치 않은 분위기에 차마 화도 못 내고 씩씩거리기만 하던 주인은 얼씨구나 싶어 얼른 금화를 받아들었다.

금화를 건넨 소녀가 제 갈 길 가려는데, 먼저 몸을 움직인 소년이 그대로 소녀의 어깨를 밀쳐 버렸다.

"나도 미안하구나. 눈이 잘 안 보여서."

"어어!"

순간적으로 당한 일에 미처 방어를 못 한 소녀의 몸이 기우뚱 휘청거렸다. 그사이에 저 멀리 수레 마차 하나가 달려오고 있었다.

"피해!"

휘청거리며 그 가운데에 넘어진 소녀가 멍하니 소리가 나는 곳을 향해 고개를 돌렸다. 이대로 있다간 마차에 깔릴 것 같다는 두려움에 몸이 얼어붙었는지, 당장 소녀를 구해야 한다는 것을 알면서도 소년은 움직이지 못했다. 대신 무언가를 찾듯 급히 주위를 둘러보았다.

"비켜! 비키라고!"

휘히힝!

말고삐를 바짝 당겼지만, 말은 멈추지 않고 마차만 더 심하게 덜컹거렸다. 앞에 주저앉은 소녀를 보고 놀란 말은 흥분한 채로 미친 듯이 달려왔다. 금방이라도 말의 앞발에 차일 것 같았다.

세상에!

주위에 몰려 있던 사람들과 아이들이 사색이 되었다. 함지박만하게 벌어진 눈으로 코앞까지 다가온 말발굽을 바라본 소녀가 급히 팔로 머리를 가릴 때였다.

순식간에 지붕에서 날아든 누군가가 소녀를 가볍게 안아 들고 옆으로 비켰다. 그 찰나의 순간에 덜커덩거리며 마차가 빠르게 지났다.

쿵쿵쿵.

말의 앞발에 차여 온몸의 뼈가 부러지는 고통은 없었다. 단단하고 따뜻한 온기뿐이었다. 게다가 이 익숙한 풀 향기는 소녀가 좋아하는 것이었다.

"아버지!"

번쩍 고개를 든 소녀의 얼굴이 화사하게 피었다.

"가은이, 너!"

딱딱하게 굳은 운의 눈빛이 여전히 초조함으로 일렁였다. 가은은 실실 웃으며 그의 목덜미를 덥석 안았다.

"아버지 언제 왔어요? 히히!"

아버지?

검푸른 머리카락을 길게 늘어트려 금장구로 하나로 올려 묶고, 금사가 수놓아진 검은 비단옷을 입은 사내는 분명 대호국의 영웅 흑운왕이었다. 등장만으로 좌중을 압도하는 그의 분위기에 사람들이 일제히 얼어붙었다.

흙이 묻어 꼬질꼬질해 보이는 계집아이는 당연하다는 듯 그의 목을 끌어안고 있었다.

흑운왕의 하나뿐인 외동딸은 한 살이 되자마자, 황제 운덕으로부터 공주로 봉해진 명실상부 대호국의 공주였다.

하지만 아무리 봐도 장난꾸러기 같은 얼굴은 한 나라의 공주라고 보기에는 어려웠다. 사람들은 얼빠진 얼굴로 눈만 깜빡였다. 아이들은 대장의 정체가 흑운왕의 외동딸이라는 사실을 뒤늦게 알아채곤 꼴까닥 뒤로 넘어갔다.

"어디 다친 곳은 없는 것이냐?"

운의 세상에 보물이 두 개가 있었는데, 바로 가현과 가은이었다. 가현과 가은은 그의 소중한 보물이었다. 그런 아이가 다칠 뻔했다.

제가 만약 평소보다 일찍 훈련소를 빠져나오지 않았다면. 통 입맛이 없는 가현이 걱정되어 즐겨 먹는 과일 꼬치를 사기 위해 시장으로 들어서지 않았다면. 가은의 여린 몸은 말발굽에 짓눌려 산산조각이 났을 것이었다. 가은을 살피는 운의 손끝이 파르르 떨렸다. 여전히 심장은 격렬하게 뛰었다.

"아버지 송구해요."

가은은 그제야 파리한 그의 얼굴을 보곤 시무룩해져 고개를 숙였다. 그런 아이를 바짝 품에 안은 운은 생채기 하나도 나지 않은 가은의 몸을 보고 안도의 한숨을 내뱉었다.

"다치지 않았으면 되었다."

사람들의 시선 따위 아랑곳하지 않고 애틋한 부녀의 모습을 보이던 그때였다.

"대부."

곁에서 들리는 인기척에 운의 고개가 옆으로 돌아갔다. 순간 운의 미간에 미세한 주름이 잡혔다.

시장 한복판에 있어서는 안 되는 분이 서 있었기 때문이었다.

"태자 전하께서 어찌……."

빼꼼 고개를 돌리던 가은이 눈을 한 번 깜빡였다.

태…… 뭐?

제가 잘못 들은 건가 싶어 눈만 깜빡이는데, 순식간에 나타난 무사들이 일제히 소년의 앞에 무릎을 굽혔다.

"전하, 이리 몰래 나오시면 안 된다 하지 않았습니까!"

오만한 표정으로 그들을 반기는 소년을 얼빠진 얼굴로 쳐다보던 가은의 얼굴이 백지장이 되었다. 태자라니. 시장 한복판에 태자라니! 그럼 지금 제가 태자의 몸을 다치게 했다는 건가.

사색이 된 가은이 슬쩍 눈을 돌려 운의 가슴에 얼굴을 묻어 버렸다. 마치 아비만이 저를 살려 줄 거라고 굳게 믿는 듯. 갑작스럽게 제 품을 파고드는 가은을 의아하게 보며 좀 더 바짝 끌어안은 운이 미간을 굳히곤 태자에게 다가갔다.

"혹, 몰래 나오셨습니까?"

"……세상 구경을 한 것뿐입니다."

능청스럽게 운의 말에 답한 태자가 슬쩍 운의 가슴에 고개를 파묻고 있는 가은을 살폈다.

저 맹랑한 계집애가 대부의 여식이었다니.

'가은이 고 녀석이 제 어미의 미색을 꼭 빼닮았어. 훗날 대호국의 사내들이 가은의 앞에 줄을 서게 될 거다.'

미색?

흥, 아버지께서 눈이 침침하신가. 태의에게 일러 눈을 맑게 하는 약을 올리라 해야겠군.

그렇게 비웃다가도 가은과 눈이 마주치자 순간 움찔했다. 어쩐지 죄책감이 올라왔기 때문이었다. 어디까지나 서로 주고받은 것이었지만 그래도 자칫 큰일이 날 뻔하지 않았던가. 그렇지만 미안하다는 말은 끝내 나오지 않았다. 높은 위치에서 태어나고 자란 태자는 미안하다는 말을 단 한 번도 한 적이 없었다. 태자가 슬쩍 고개를 돌렸다.

"호위도 버려두고 말이십니까."

태자의 정수리 위로 운의 낮은 목소리가 날아들었다. 흠칫 놀란 태자가 그의 눈치를 살폈다. 능글맞은 운덕보다 운을 더 무서워하면서도 존경하는 태자였다. 가끔 보이는 거만한 태도를 두고 혼을 내는 어머니 원영 황후와 아버지 황제 운덕의 말은 귓등으로도 듣지 않았지만. 이상하게 운의 말은 꼼짝하지 못했다.

"그, 그게……."

태자가 흘끔거리며 운의 눈치를 살살 살피다가 푹, 고개를 숙였다.

"다시는 그러지 않을 것입니다."

그를 엄하게 바라보던 운의 시선이 이번엔 뒤에 무릎을 굽히고 있는 호위에게로 떨어졌다. 살벌한 그의 시선에 주위에 몰려 있던 사람들이 연신 힐끔거렸다. 그렇다고 어떤 소리를 내지는 않았다. 마른침 한 번 꼴깍였다간 날카로운 흑운왕의 시선이 자신들에게 내리꽂힐 것 같았기 때문이었다.

호위들은 일제히 안색을 굳히며 고개를 숙였다.

이는 분명 엄벌에 처할 수도 있는 일이었다. 태자가 아무리 몰래 빠져나갔든, 그건 핑계에 불과했다. 태자가 하늘로 날아올라도, 개구멍으로 몰래 달아나도. 호위들은 한시도 놓치지 않고 일정 거리 이상 멀어지면 안 되었다. 자칫 태자가 다친다면 이는 목이 떨어져도 이상하지 않을 일이었다.

"만약 태자 전하께서 티끌만큼이라도 다치셨다면, 그대들의 목은 내가 베었을 것이다."

운의 묵직한 목소리가 호위들의 정수리 위로 떨어졌다. 흠칫 놀란 건 그의 품 안에 얼굴을 묻고 있는 가은이었다. 조금 전 태자는 가판대와 함께 무너져 내려 바닥에 널브러졌었다. 가은 때문에 벌어진 일이었다. 저 곱고 값비싼 비단옷 안에 숨겨진 피부에 푸르스름한 멍이 들었을지도 모른다.

그 생각에 가은의 안색이 파리하게 질렸다. 어쩐지 목덜미가 따끔거리는 느낌이었다. 가은의 손이 벌벌 떨리는 게 느껴지자 운이 가볍게 토닥여 주었다. 안심하라는 듯.

운은 아무것도 모르는 것이다. 가은이 마차에 치이기 직전 무슨 일이 벌어졌는지. 아마 저 호위들도 모를 테지. 가은은 울지도 웃지도 못하는 어정쩡한 얼굴로 빼꼼 고개를 들었다. 순간 저를 빤히 보고 있던 태자와 시선이 허공에서 부딪혔다.

어쩐지 괜히 찔려 눈가가 파르르 떨렸다. 태자가 피식, 아무도 모르게 웃었다. 그의 웃음에 가은이 움찔했다. 그는 조용히 검지를 들어 입술에 가져갔다. 태자가 무엇을 말하고자 하는 건지 몰라 눈을 끔뻑이며 바라보았다. 그러자 태자가 슬쩍 턱 끝으로 운과 호위를 가리키고는 다시 검지를 입술에 대었다. 그제야 알아들은 가은은 괜히 찔리는 마음을 누르며 고개를 끄덕였다.

"죽을죄를 지었습니다."

호위들이 일제히 납작 엎드려 큰 소리로 죄를 청했다. 우렁찬 그들의 외침이 주위에 울려 퍼졌다. 덩달아 놀란 가은이 저도 모르게 다시 아비의 가슴에 얼굴을 파묻었다. 그런 가은을 꼭 끌어안은 운이 그들을 싸늘하게 응시하며 말했다.

"다시 한번 내 귀에 태자 전하께서 홀로 계신다는 이야기가 들어오면, 그땐 반드시 너희들에게 죄를 물을 것이다."

"명심하겠습니다!"

"전하."

굳은 얼굴로 고개를 숙이는 이들을 무섭게 응시하는데, 곁에서 지켜보고 있던 진명이 다가와 그에게 무어라 속삭였다. 잠자코 듣던 운이 시선을 돌려 태자에게 인사를 건넸다.

"먼저 들어가시지요. 시간이 많이 늦었습니다."

"예, 대부."

머뭇거리던 태자가 호위들에게 둘러싸여 멀어졌다. 몇 걸음 가다가 멈춰 선 태자는 여전히 운의 품에 얼굴을 묻은 채 고개를 들지 않는 가은의 뒤통수를 슬쩍 보곤, 다시 고개를 돌려 멀어졌다. 태자가 사라질 때까지 서 있던 운은 그제야 걸음을 옮겨 집으로 향했다.

"나날이 사고가 느십니다, 아가씨."

시끌벅적한 거리를 지나 웅장한 가옥들이 늘어선 한적한 길목으로 들어선 진명이 가은에게 타박을 놓았다. 운의 어깨에 턱을 기댄 채 안겨 있는 가은이 불퉁하게 입술을 비죽였다.

"오늘은 정말 일이 있었다고."

만약 애들이 달려와 알리지 않았다면, 어머니와의 약속대로 얌전히 글공부를 했을 것이다. 그런데 애들의 말이 꽤 심각했다. 그 덩치만 큰 바보 같은 놈이 제가 없는 사이에 또다시 애들을 괴롭힌다고 하질 않는가. 그래서 급하게 초영에게 제 옷을 입히곤 담을 넘었다. 그리고 놈과 전쟁을 시작했다. 그것이 어째 놀이처럼 되어 버렸지만, 어쨌든 전쟁을 벌였고 자신은 승리했다.

"그 녀석이 애들을 괴롭힌다길래……."

"그래도 잘못은 잘못입니다. 오늘 일어난 일을 마마께서 아시면 큰일 날 겁니다."

진명의 말에 가은과 운의 안색이 동시에 파리해졌다.

나는 새도 떨어트리고, 전장에서 피를 뿌리면서도 표정 하나

바뀌지 않는 운이 가장 무서워하는 사람은 가현이었다.

강단 있고, 온갖 말썽을 피우는 가은 또한 다정한 아비보다 가현을 무서워했다.

진명이 쯧, 혀를 차며 두 사람과 함께 대문 안으로 들어섰다.

"아무래도 이 일은 마마께 비밀에 부치는 게 낫겠지요?"

"가은이가 왜 전하의 품에 있는 겁니까?"

은밀히 운에게 말을 건네던 진명이 멈칫했다. 덩달아 멈춘 운이 당혹스러운 얼굴로 앞을 바라보았다. 대문 바로 앞에 펼쳐진 계단 위에 가현이 서 있었다. 가현의 뒤엔 소소와 린린, 그리고 가은의 시중노비가 된 초영이 서서 안절부절못한 얼굴로 눈치만 살피고 있었다.

초영의 얼굴을 보니 오늘도 최소 회초리를 맞을 게 뻔했다. 가은이 울먹이며 운을 애절하게 바라보았다. 아이의 시선에 운이 조심스럽게 가현을 살피며 계단을 올랐다.

"부인, 날이 찬데 어찌 이리 나와 계십니까."

"말썽쟁이 하나가 또 글 선생을 피해 달아났지 뭡니까."

가현의 목소리가 냉랭했다. 그녀의 목소리에 아이의 몸이 움찔거렸다. 운은 마른침을 삼키며 조심스럽게 가은을 내려놓았다.

"어, 어머니."

운의 곁에 바짝 붙어선 가은이 몸을 비비 꼬며 눈치를 살폈다.

"저, 그것이……."

"내 분명 뭐라 했느냐. 놀고 싶으면 할 일은 마치라 하였다. 또한, 나갈 일이 있거든 초영이를 대동하고 나가라 했건만, 지금 어미와의 약속을 어긴 것이냐."

가현의 엄한 목소리에 가은은 이러지도 저러지도 못하고 눈만 끔뻑였다. 초영이를 데리고 가면 글 선생을 붙잡아 둘 수가 없지 않은가. 게다가 말했듯 자신은 결코 어머니와의 약속을 어길 생각이 없었다. 그 덩치 산만 한 놈이 애들을 괴롭히지 않았다면 말이다.

가은이 입술을 비죽이며 아무 말 못 했다. 슬쩍 앞으로 나선 운이 가현을 부드럽게 타일렀다.

"부인, 가은이는 내가 잘 타이를 테니……."

"전하께선 물러서시지요."

그를 차갑게 내친 가현이 뒤에선 린린에게 명령을 내렸다.

"당장 가 물동이 하나를 가져오너라."

"예, 마마."

"어머니!"

절박한 가은의 외침에도 가현은 들은 척도 안 했다. 잠시 후 린린의 손에 꽤 무거운 물동이가 하나 들려 왔다. 린린은 당연하다는 듯 가은에게 물동이를 건넸다. 물이 넘칠 듯 출렁이는 물동이가 눈앞에 일렁였으나 가은은 고집스럽게 손을 뒤로 물렸다.

"어허, 당장 받지 못하겠느냐."

가현의 불호령에 가은이 울먹이며 물동이를 받아들었다.

"단 한 방울이라도 흘렸다간, 처음부터 다시 들어야 할 것이다. 초영이 너는 가은의 곁에 서서 시간을 재라."

"예, 마마."

초영이 훌쩍이며 가은의 곁에 섰다. 가은은 입술을 쭉 내민 채 익숙하게 무릎을 꿇었다. 그러곤 물동이를 양손에 들고 번쩍 들어 올렸다. 폼이 제법 정갈했다. 벌써 여러 번 행했던 일이라 몸이 익숙해진 것도 있었다. 가현은 붉은 비단 치맛자락을 펄럭이며 돌아섰다.

"어서 들어가시지요. 피곤하시겠습니다."

가은을 걱정스럽게 바라보는 운의 시선을 막아 버린 가현이 그를 잡아끌었다. 운은 마지못해 가현에게 끌려갔다.

* * *

반으로 곱게 틀어 올린 검푸른 머리카락에 나비 장신구가 팔랑거렸다. 침실로 들어서는 가현의 뒤를 따라 들어간 운이 가현의 눈치를 살폈다.

"가은이는 한창때입니다."

언젠가 소소로부터 따끔하게 호칭 정리를 요구당한 두 사람은 남들 앞에선 철저하게 서로를 부인, 전하라는 호칭으로 불렀다. 둘이 있을 땐 당연하다는 듯 운과 가현으로 돌아왔다.

"제가 따끔하게 혼낼 테니 그만 노여움을 푸시는 게 어떻겠습니까, 아가씨."

운은 습관처럼 아가씨라 부르며 그녀를 뒤에서 끌어안았다. 그가 이렇게 품에 안을 때면 돌아서 시선을 마주했는데, 단단히 화가 났는지 가현은 그를 돌아보지 않았다. 오히려 매정하게 내치며 멀어졌다.

"저번에도 따끔하게 혼내신다고 하셔 놓고, 또 도망을 친 게 아닙니까."

이만하면 운이 네 말대로 하겠다, 할 텐데.

가현은 화가 난 얼굴로 팔짱을 꼈다.

"원래 다 그렇게 크는 게 아닙니까."

조심스럽게 다가간 운이 손을 뻗어 가현의 손을 잡았다. 힐끔 시선을 돌리니 운이 그녀를 바라보며 웃고 있었다. 머리가 지끈거릴 정도로 바짝 솟았던 화가 사그라들 만큼 다정한 미소였다.

그를 가볍게 흘긴 가현이 못 이기는 척 그의 손에 이끌려 침대로 다가갔다.

"그래도 일전에 크게 다칠 뻔하지 않았습니까. 그땐 저보다 전하께서 더 놀라신 것 기억 안 나십니까?"

가현은 그게 걱정이 되는 것이었다. 큰일을 겪으며 무사히 태어난 아이였다. 그만큼 소중했고, 애틋했다. 그런 아이가 날마다 바깥을 나가 이따금 생채기가 난 얼굴로 들어올 때면 심장이 덜컥거렸다. 그래서 불안한 마음에 더 엄히 다루는 것이었다.

가현의 마음을 알고 있다는 듯 운이 감싸 안아 주었다. 그러면서 운은 조금 전, 가은이 마차에 치일 뻔한 일을 떠올리며 더 단단히 입조심을 해야겠다고 생각했다. 아이는 다치지 않은 채로 제 품에 온전히 떨어졌으니. 가현이 뒤로 넘어갈까 두려웠기 때문이었다.

침대 끄트머리에 먼저 앉은 운이 가현의 허리를 잡아 들곤 제 허벅지 위에 앉혔다. 이내 가현을 바짝 끌어당겨 안고는 옷깃 위로 드러난 그녀의 가녀린 목덜미에 입술을 묻었다.

따뜻한 그의 숨결이 목 뒤 부근에 닿자, 가현의 어깨가 가늘게 떨렸다. 여린 듯 말랑한 목덜미를 한참 지분거리던 그의 손이 허리를 타고 올라왔다.

"그래도 다치지 않았잖습니까. 게다가 저는 오히려 좋습니다."

운의 나른하게 웃음기 섞인 목소리가 귓가를 간질였다. 그의 단단한 이가 가현의 말랑한 볼을 가볍게 깨물다가 혀끝으로 쓸었다. 다정하면서 진득한 그의 애무에 가현의 기다란 속눈썹이 나비처럼 팔랑거렸다.

"가은이를 보면 어릴 적 생각이 나지 뭡니까."

온몸이 녹아내리고, 눈이 감길 것만 같았다. 그의 감미로운 목소리가 하나의 음악처럼 그녀의 몸과 마음에 감겨들었다. 가현이 저도 모르게 음, 하고 옅은 소리를 내며 눈을 지그시 내리감았다. 부드럽게 풀린 그녀의 몸이 온전히 그의 가슴에 기댔다. 운의 입매가 길게 늘어졌다.

"아가씨도 마님께 많이 혼나시지 않았습니까."

그는 익숙하게 가현의 앞섶을 헤치고 그 안으로 파고들었다. 굳은살이 박인 그의 기다란 손가락에 여린 피부가 닿자, 아랫배가 뭉근해졌다.

하아.

가현의 숨이 가빠졌다.

"아가씨와 참 많이 닮았습니다."

점점 더 짙어지는 애무에 온몸이 달아오른 채 고개를 뒤로 젖히고 할딱이던 가현이 멈칫했다. 부드럽게 녹아 있던 몸도 서서히 딱딱하게 굳었다. 갑작스러운 변화를 알아채지 못한 채 운이 고개를 숙여 그녀의 목을 지분거렸다.

"해서, 지금 가은이 날 닮아 철이 없다는 말이니?"

날카로운 목소리가 울렸다. 열띤 분위기로 이어 가던 주위가 순식간에 찬물을 뒤집어쓴 듯 식어 버렸다. 멈칫한 운이 고개를 들었다. 그사이에 쌩하니 운의 품에서 빠져나온 가현이 흐트러진 옷매무새를 다듬었다. 허무하게 빠져나가 버린 가현의 여린 몸에 운의 손이 허공에 버려진 것처럼 멈추었다.

"아가씨."

운이 서둘러 가현의 허리로 손을 가져갔다.

"그럼 더 단단히 혼내야겠군요."

날렵한 물고기처럼 몸을 비틀며 한걸음 물러선 가현이 흐트러진 옆머리까지 정리한 다음에야 그를 돌아보았다. 운을 바라보는 가현의 눈매가 한없이 올라가 있었다.

"절 닮아 큰 사고를 칠까 두려우니 말입니다."

"그게 그런 말이 아니……."

"이번엔 모른 척하세요."

운은 차마 아무 말도 못 한 채 입만 뻐끔거렸다.

"이번 참에 단단히 혼을 내야 하니."

"하지만……!"

"시장하시겠습니다. 잠시 쉬고 계시지요."

홱, 돌아선 가현이 침실을 나가 버렸다. 황망한 얼굴로 침실 문을 닫고 나가 버린 가현의 뒤꽁무니를 바라보던 운이 마른침을 삼켰다.

가은이 사고 치는 건 매번 있는 일이었다. 그럴 때면 운은 가현을 살살 달래 침대로 끌어들였다. 그럴 때면 가현은 못 이기는 척 그의 품에서 곱게 물들어 열띤 숨을 내뱉었다. 그리고 다음 날이 되면 가현의 화는 완벽하게 사라졌는데…….

여전히 그녀의 온기가 남은 손을 조심스럽게 그러쥔 운은 어쩔 수 없다는 듯 자리에서 일어섰다. 아무래도 오늘 화는 풀어주기 어려울 것 같았다.

* * *

"아버지!"

어슴푸레해진 하늘 아래, 마당 한가운데 쪼그려 앉아 팔을 번쩍 들고 몸만 한 물동이를 힘겹게 들어 올리고 있던 가은이 반색하며 그를 불렀다. 곁에 서서 하품을 쩍 하던 초영이 얼른 몸가짐을 바로 하며 운에게 허리를 숙였다.

"네 어미의 화가 단단해 아비도 어쩌질 못하겠구나."

코앞까지 다가온 운이 걱정스러운 얼굴로 아이를 살피다가 조심스럽게 말했다. 잔뜩 기대하던 가은의 표정은 금세 시들어 버린 꽃처럼 팍 죽어 버렸다. 가은이 사고를 칠 때마다 가현을 달래 주는 사람은 운이었다.

그런데 그조차 어쩌질 못하겠다니.

"아버지밖에 없습니다."

머루알같이 새까만 아이의 눈에 눈물이 그렁그렁 맺혔다.

"이러다간 제 팔이 남아나질 않을 것이어요, 흑! 이것 보세요. 덜 덜 떨리는 것이 꼭 금방이라도 꺾일 것 같지 않습니까?"

가은이 훌쩍이며 부러 팔을 더 흔들어 보았다. 가은의 행동에 잠잠하던 물이 다시 출렁거려 주위로 후드득 떨어졌다. 초영은 가은의 엉덩이에 여우 꼬리가 달린 것 같다는 생각이 들었다.

나는 새도 떨어트리고, 병사들과 가솔들에게 냉혹한 모습만 보이는 흑운왕의 눈엔 살랑거리는 여우 꼬리가 보이지 않는 것일까. 그만해도 좋다는 가현의 말이 떨어지지 않았는데, 심각하게 굳은 얼굴로 아이를 살피던 운이 성큼 다가와 가은이 들고 있는 물동이를 집어 들었다. 초영이 놀라 눈을 휘둥그레 떴다.

분명 두 시각은 꼼짝 말고 들고 있게 지키고 서 있으라고 신신당부했는데. 그건 초영뿐만이 아니라 운 또한 들은 이야기였다. 그런데 그는 아무렇지 않게 물동이를 바닥에 내려놓았다. 당황한 초영이 요동치는 눈으로 물동이와 운을 번갈아 보았다.

"초영이 넌 가은을 데리고 들어가렴."

운은 무언가 생각이 있는지 초영에게 명했다.

"차, 참말이십니까?"

초영이 더듬더듬 물었다. 대호국은 물론 주변국의 장수들조차 흑운왕의 앞에만 서면 오줌을 지린다고는 하지만. 그건 바깥일이었다. 흑운왕은 자신이 아내 앞에 서면 다른 사람이 되었다. 그러니까 이 집의 진짜 실세는 흑왕비라는 소리였다.

"하, 하지만 마마께서 분명……!"

"어서."

딸꾹.

단호함이 서린 그의 어조에 초영이 저도 모르게 딸꾹질을 했다.

벌떡 일어난 가은이 헤실거리며 초영의 팔뚝을 덥석 붙든 건 그때였다.

"그럼 전 아버지만 믿을 겁니다!"

눈치껏 빠지라는 듯 초영에게 눈 한쪽을 깜빡인 가은이 성큼 뛰어나가 운의 허리를 와락 끌어안았다. 어디서 묻혀 온 건지 흙먼지와 땀으로 범벅이 된 얼굴을 옷에 문대는데, 운은 그저 아이가 사랑스럽다는 듯 머리를 쓰다듬어 주었다.

하기는.

어릴 적부터 가은을 애지중지한 건 흑운왕이 아니었던가. 그래서 가현이 아무리 엄히 가은을 훈육하려고 해도 운이 막으셨다. 초영은 어쩐지 가은이 저렇게 천둥벌거숭이처럼 골목대장 놀이를 하는 게 주인 때문이라는 생각이 들었다.

초영은 끝까지 염려를 놓지 못한 채 가은의 손에 질질 끌려 안채로 들어갔다. 홀로 남은 운은 어쩐지 복잡한 눈을 하고 덩그러니 놓인 물동이를 내려다보았다.

아이의 팔이 꺾일까 염려가 되어 앞의 일은 생각지 못하고 일을 벌인 거였다.

가은을 우선 안으로 들여보낸 뒤, 가현을 다시 살살 달래 보면 좋지 않을까 하는 생각이 들었다. 하지만 가현은 운의 청에 어떠한 반응도 보이지 않았고, 바쁘다는 핑계로 여기저기 달아나 버렸다.

* * *

가현의 걸음이 안으로 들어갈수록 빨라졌다.

기다란 복도 맨 끝에 있는 문을 벌컥 열어 재끼자 뜨거운 김이 순식간에 얼굴 위를 덮었다.

"다쳤다니! 어딜 다치……!"

뿌연 김을 헤치고 안으로 들어선 가현을 향해 불쑥 손 하나가 내밀어졌다. 알아채기도 전에 붙들린 가현이 그대로 내다 꽂히듯 욕탕 안으로 빨려 들어갔다.

풍덩!

순간적인 무게에 물이 넘쳐 바닥으로 촤악! 떨어졌다.

"헉!"

이리저리 휘청거리던 가현이 운의 품에 넘어질 듯 주저앉았다. 정수리부터 발끝까지 순식간에 젖어 든 가현이 눈을 동그랗게 뜨고 깜빡거렸다.

"이, 이게 무슨……!"

"이제야 얼굴을 보여 주시는 겁니까."

운이 낮게 웃으며 그녀의 젖은 볼에 짧게 입맞춤했다. 그때까지 무슨 영문인지 몰라 눈만 깜빡이던 가현이 홱 고개를 돌리고 그를 노려보았다.

"설마."

"예, 그 설마가 맞습니다."

어쩜 이리도 해가 지날수록 능글맞게 변하는 것인지.

아니면 원래 이러는 것인지. 운이 능청스럽게 웃음을 흘리며 가현의 입술에 쪽, 입을 맞췄다. 가현은 어처구니없다는 듯 그를 노려보았다.

'전하께서 어깨를 크게 다치신 모양입니다.'

매번 가은의 편을 들며 엄히 훈육하지 못하는 운에게까지 심통이 난 상태인지라, 몇 번이나 저를 부르는 청에도 들은 척 안 했다. 운이 개인 집무실로 이용하는 방에 들어앉아 성난 얼굴로 린린과 함께 담소를 나누다가 시간이 다 되어 가은에게 가려 할 때였다.

갑자기 불쑥 들어온 소소가 특유의 무뚝뚝한 말투로 말을 건넸다.

'오늘 대련을 했다더니, 그때 다치신 게 아닙니까. 마마께서 가서 좀 봐주시지요. 보시다시피 제가 지금 손이 부족해서 말입니다.'

작은 생채기 하나 나는 것도 심장이 덜컥거리는데. 어깨를 다쳤다니. 그 말에 놀라 어떤 생각도 하지 못하고 부리나케 그에게 달려온 참이었다. 그런데 그의 얼굴과 멀쩡한 어깨를 보니 농을 친 거였다.

걱정으로 쿵쾅거리던 심장에 분노가 차올랐다.

"멀쩡한 듯하니 이만 가 봐야겠습니다."

가현이 냉랭하게 굳은 얼굴로 벌떡 일어서려는데, 운이 재빠르게 그녀의 허리를 붙잡고 다시 앉혔다.

"가긴 어딜 가십니까."

그가 어림없다는 듯 가현의 허리를 꽉 붙들며 끌어당겼다. 거친 듯 다정하게 밀려들어 오는 그의 숨결에 바르작거리던 가현의 입이 저절로 벌어졌다.

"가은이는 제가 단단히 혼낼 테니 이제 그만 화 푸시지요."

혼은커녕 가은에게 타박하나 놓은 적이 없는 운인데, 혼은 무슨 혼을 낸다고!

하고, 얼른 그를 밀어 내야 하는데…….

가현은 그만 웃고 말았다. 자식을 위하는 아비의 마음이 얼마나 지극하면, 되지도 않은 거짓말로 저를 꼬여 내기까지 했을까. 평소와 다른 운의 능청스러운 거짓말에 분노보다는 그저 웃음이 새어 나왔다. 그런데도 어쩐지 그가 얄미워 웃음이 터질 듯한 입을 꾹 다물고, 살짝 흘겼다.

"날이 갈수록 능글맞아진다."

"그렇습니까."

운은 더 좋다는 듯 아무렇지 않게 답했다.

하아.

그의 입술이 목덜미로 내려앉았다. 움찔한 가현이 고개를 뒤로 젖히며 옅은 숨을 내뱉었다.

젖은 옷을 끌어 내리며 어깨와 그 아래로 타고 내려가는 그의 입술에 가현의 기다란 속눈썹이 파르르 떨렸다. 뿌옇게 서린 김 너머 어느새 한 오라기 걸치지 않은 맨몸으로 서로를 끌어안은 두 사람의 모습이 흐릿하게 보였다.

가은을 위해 가현을 붙잡으려던 마음은 어느새 욕망으로 뒤바뀌었다. 욕망을 토해 내듯 뜨거운 한숨을 내뱉으며 운이 그녀의 쇄골을 깨물었다.

뜨거운 김이 옷에 서서히 스며들자, 가현의 몸 선과 피부가 그대로 드러났다. 살갗에 닿는 젖은 천과, 그 위를 타고 흐르는 그의 손길에 아래가 뭉근하게 젖어 들었다.

그의 어깨를 꽉 붙든 가현이 입술을 깨물며 어여쁘게 떨었다. 사랑스러운 그녀의 떨림에 심장이 뻐근해졌다.

능숙하게 옷을 젖히며 어깨 아래로 끌어내리자, 물기로 젖은 탐스러운 가슴이 드러났다. 추위 때문인지, 조금씩 몰려오는 흥분 때문인지 젖꼭지가 딱딱하게 솟았다. 굳은살이 박인 그의 손가락이 그 위를 지그시 누르며 가슴을 감싸 쥐었다.

"하……."

손안에서 느껴지는 감촉은 아찔할 정도로 부드러웠다. 운의 부드러운 손길에 가현이 가냘픈 신음을 흘리며 그의 목덜미에 얼굴을 묻었다.

"으음……."

가은을 낳은 뒤, 가현의 몸이 달라졌다. 가슴의 크기도 더 커졌고, 허벅지에도 살이 붙었다. 엉덩이 또한 커져서 그런지 허리는 더 잘록해졌다. 미세하나 전체적으로 달라진 그녀의 몸은 풀꽃처럼 가녀리던 처녀 때와 다르게 농밀했다.

그의 손가락이 음률을 타며 젖꼭지 주위를 맴돌았다. 가현이 가쁘게 숨을 들이마실 때마다 도드라지는 갈비뼈를 쓰다듬고, 납작한 배를 더듬으며 점점 밑으로 내려갔다. 아직 다 벗지 못한 옷이 물 안에서 넘실거리고 있었다.

그 사이를 파헤치며 깊숙이 숨어 있는 은밀한 곳을 향해 손을 가져갔다. 가현이 바르작거리며 신음을 흘렸다.

"아!"

운은 안쪽 더 깊은 곳으로 손가락을 밀어 넣으며 물기로 젖어 평소보다 부풀어 오른 가슴을 깨물었다. 이빨로 잘근잘근 씹었다 빨아 당길 때마다 가현이 바르작거렸다. 운은 입술을 움직여 쇄골과 그 주위 가슴께에 붉은 꽃을 수놓았다. 오늘따라 온몸을 집요하게 애무하며, 물고 빠는 행위가 길게 이어지자 가현이 더는 참지 못하고 소리치듯 그를 불렀다.

"운아……!"

"기분 좋지 않습니까?"

어떻게든 해 달라는 듯한 그녀의 애원에 운은 나른한 미소를 흘리며 속삭였다. 그의 뜨거운 숨결이 가슴께에 닿자, 가현의 속눈썹이 파르르 떨렸다. 어쩐지 해가 지날수록 능글맞아지는 게 맞는 듯했다. 가현이 붉게 달아오른 눈을 하고 운을 괜스레 노려보자, 운이 자잘하게 웃음을 터뜨리며 그녀의 입술을 살짝 물었다. 그러면서 동시에 가슴을 움켜쥐었다.

"놀리는 것이 아닙니다."

"읏……! 그만……!"

"손끝에 닿는 몸이 사랑스러워 아이처럼 곳곳을 빨고 싶은 것을요."

그러니 이것은 전부 아가씨 탓입니다, 운이 그리 말하는 것 같았다. 운은 낮은 어조로 귓가에 속삭이며 조금 더 집요하게 가현의 몸을 애무했다.

점점 더 집요해지는 그의 행위에 낯선 감각이 꽃피웠다. 그와 수도 없이 많은 날을 몸을 섞으며 지냈지만, 이런 느낌은 처음이었다. 발가락이 비비 꼬이고, 무언가를 좀 더 해 줬으면 좋겠다는 간절한 마음에 심장이 저릿해졌다. 그런데 아무리 재촉해도 그는 들은 척도 안 하니 눈물이 비죽 새어 나올 지경이었다.

귓가를 울리는 그의 나른한 숨소리와, 이따금 튀어 오르는 물방울 소리, 온몸을 물고 빨아 대는 소리, 내벽 안까지 파고들어 온 그의 손가락이 움직일 때마다 나는 찔꺽거리는 소리까지. 야릇하고 음란한 소리가 욕탕 안에서 더 크게 울렸다. 그의 손길과 농밀한 소리에 온몸이 녹아내리는 것 같았다. 숨이 점점 가빠 왔다. 이대로 정신을 잃을 것만 같았다.

"아, 하······!"

정말 혼절해 버릴 것 같아 무서웠던 가현이 그의 어깨를 바짝 끌어안으며 엉덩이를 들썩였다.

"운아······!"

가현의 외침과 함께 단단하고 뜨거운 남성이 안으로 밀고 들어왔다. 아찔하게 솟는 감각에 가현이 온몸을 떨며 엉덩이를 들어 올렸다. 가현의 엉덩이를 움켜잡아 내린 운은 낮게 신음을 토해 내며 미간을 좁혔다.

"하."

엉덩이를 움켜쥐고 있던 손을 올려 가현의 잘록한 허리를 양손으로 쥔 운이 좀 더 깊이 파고들었다. 안으로 들어갈수록 내벽이 쫀득하게 그의 물건에 달라붙었다. 머릿속이 하얗게 변해 버릴 정도로 아찔한 느낌에 운의 미간의 주름이 더 깊어졌다.

운은 낮게 숨을 토해 내며 허리 짓을 시작했다. 그의 짙은 눈썹 위에 아슬아슬하게 매달려 있던 물방울이 흘러내려 속눈썹에 매달렸다가 떨어졌다.

끊임없이 안을 파고들며 그녀를 탐한 시간은 무수히 많았다. 그러나 이상하게도 그녀를 탐할수록 갈증은 점점 심해졌다. 조금 더, 좀 더 그녀를 집어삼키고 싶다는 광기 어린 탐욕에 온몸이 저릿할 정도였다. 그녀의 안에 저를 밀어 넣은 채로 이대로 평생 한 몸이 되어도 좋을 것 같았다.

운의 움직임이 격해졌다. 잔잔하게 출렁이던 욕탕 안의 물이 파도를 일으키듯 흔들거리더니 기어코 바깥으로 쏟아졌다. 단단한 운의 허벅지 위에 앉아 엉덩이를 들썩이던 가현이 그의 목덜미를 바짝 끌어안았다. 그의 격한 움직임에 가현의 가녀린 몸이 이리저리 흔들렸다.

"아, 아!"

안쪽 깊숙한 곳까지 찌르고 들어오는 그의 물건에 가현이 자지러지며 제 물건을 바짝 조여 왔다. 발끝에서부터 척추를 타고 흐르는 저릿함에 신음하며 운이 그녀의 입술을 찾아 물었다. 서로의 타액과 혀가 뒤엉키며 두 사람은 끊임없이 신음을 토해 냈다. 이따금 애정을 표하기도 했다. 이렇게 몸을 섞을 때면 세상에 둘만 남은 것처럼 느껴져 울컥, 눈물이 치밀어오를 때가 있었다.

가현은 결국 미칠 듯이 끓어오르는 쾌락과, 아찔한 감각 사이로 터져 나온 눈물을 참지 못했다. 뿌옇게 변한 시야 너머로 그가 가현을 바라본다. 열기로 붉어진 그의 새까만 눈에 가현이 들어차 있었다.

아가씨…….

운이 가현을 다정하게 부르며 허리를 쳐올려 그녀의 깊숙한 곳을 찔렀다. 눈물과 뒤섞인 신음을 토해 내며 가현이 그의 목을 꽉 끌어안았다. 다시 시작되는 격한 움직임에 가현은 그의 목에 절박하게 매달린 채 미친 듯이 흔들렸다. 눈앞이 어지러울 정도로 그에게 매달려 정신없이 교성을 내지르던 그때, 눈앞이 캄캄해졌다.

순간 등줄기를 타고 흐르는 감각과 맞물려 온몸이 뻣뻣해지더니 이윽고 가현이 축 늘어졌다.

"하, 하…….

가현은 그의 품에 늘어져 연신 헐떡였다. 운은 부드럽게 온몸을 늘어뜨리는 가현을 끌어안고 등줄기를 훑어 내리며 끊임없이 귓불과 미간, 얼굴에 입맞춤을 했다.

* * *

'매번 그리 좋으시오?'

언젠가 원영 황후가 가현에게 물은 적이 있었다. 시간이 그렇게 흘러도 첫정을 느꼈던 그때처럼 운에게 가슴이 뛰냐고.

가현은 그저 웃었다. 지금도 서툰 첫정을 느꼈던 그때처럼 심장이 뛰는가 하면, 그건 아니었다. 그렇다고 심장이 뛰지 않는 건 아니었다. 여전히 그의 손길이 닿을 때면 볼이 붉게 달아올랐고, 가끔은 숨이 가빠왔다.

저를 이렇게 만든 건 그가 유일했다.

오래전 그때처럼 불쑥 화가 올랐다가. 서운했다가. 밤새 눈물로 지새우지는 않았지만 여전히 그를 연모했다. 금방이라도 깨질 듯 서툴기만 하던 연모와는 달랐다. 그래서 가현은 지금의 연모가 더 좋았다. 불안함도, 두려움도 없는 그런 단단한 마음이 그녀를 평온하게 해 주었다.

너무 많은 비바람이 몰아치지 않았는가.

태풍이 휘몰아치고 나서 조금 잠잠해지려 하면, 다시 몰려오고 또다시 몰려오고.

'천한 노비를 마음에 품는 것만으로 너는 하늘 또한 용서할 수 없는 가장 참혹한 죄를 저지른 것이다.'

'사람이란 무릇 제 그릇에 맞는 짝을 맺어야 하느니. 그놈은 널 담을 그릇이 아니었다.'

후궁으로 가기 직전이었을까.

어머니가 돌아서는 가현에게 말했었다. 신분의 차이가 얼마나 큰 것인지. 서로 다른 자리에 서 있는 이들이 마음을 나눈다는 것조차 얼마나 큰 죄인지.

가현은 어머니를 물끄러미 돌아보다가 물었다.

'제 그릇은 늙은 왕의 후궁입니까.'

어머니는 그 물음엔 답하지 않았다. 그저 고개를 비스듬히 돌리고 피할 뿐이었다.

그럼 지금 겪는 이 고통이 감히 참혹한 죄를 저질러 겪는 것입니까, 물으려다가 길을 나섰었다.

다시 운과 재회한 뒤에도 고통은 여전히 그녀의 뒤를 징글징글하게 따라붙었다. 모든 것은 전부 얽혀 있었다. 아니, 고통의 시작은 운을 욕심내었을 때부터였다.

고집스럽게 어머니의 말을 외면하고, 신분 따위 그저 가진 자들이 더 가지기 위해 만든 계급일 뿐이라고 그렇게 일관했던 가현은 아이를 잃었을 때 문득 생각했다.

어쩌면 어머니의 말이 맞을지도 모르겠다고.

서로 각자 맞는 그릇이 따로 있는 것을, 제가 그 순리를 어겨 하늘이 벌을 주고 있는 거라는 생각이 들었다.

그 이후에도 고통은 지겹게 찾아왔다.

하지만 운을 놓을 수 없었다. 놓는 게 무엇이었던가. 미련퉁이 같은 생각을 할 정도로 가현은 운을 놓을 방법을 알지 못했다. 그에게서 멀리 떠나려 해도, 떠나지질 않았고. 고작 떨어진 게 몇 걸음이 다였다.

어머니의 말처럼 자신은 미련하기 짝이 없는 계집이었다.

바보같이 다른 샛길로 갈 생각도, 그렇다고 타협을 할 생각도 하지 않고 운만 보았고, 그만 따랐다. 그 고집에 학을 뗀 것일까.

운이 깨어난 이후로 수없이 많은 겨울이 지났지만 더는 고통이 찾아오지 않는다. 처음엔 그것이 영 불안했다. 이렇게 행복하다가 불쑥 거머리 같은 일이 달라붙을 것만 같았다.

그 불안감은 해가 지날수록 옅어졌다. 그리고 이제 가현은 불안해하지 않았다. 매일 아침 눈을 떠 저녁에 눈을 감기 전까지 일어나는 행복을 마음껏 만끽했다.

매번 좋냐고 그렇게 물으신다면.

그래, 좋았다.

입에 행복하다는 말을 달고 살 정도로.

아무 일도 없이 흐르는 이 평온한 시간이 행복했다.

아침에 일찍 일어나 일을 나가는 그의 옷을 챙겨 주고, 아침 인사를 한다. 해 질 무렵 들어오는 그를 마중 나가 인사를 건넨다. 오늘 하루 무엇을 하였는지 서로 담소를 나누며 저녁을 마친다. 뜨끈한 물로 가득 찬 욕탕에 함께 들어가 담소를 이어나가다가, 뜨겁게 달아오른 열기에 취하기도 하고. 가끔은 밤새 침대맡에 누워 서로의 눈을 바라보며 시간 가는 줄 모르고 이야기꽃을 피우는 그 시간이 가현에겐 소중했다.

가끔 아이 때문에 속이 상하기도 했지만, 아이 때문에 웃는 일이 더 많았다.

반듯하던 이마에 주름이 생기고, 눈가에도 자글자글한 주름이 생길 때쯤 되어도. 새까만 머리가 희끗희끗 해지고, 반듯하던 허리가 곱아 들 때쯤 되어도, 연모의 감정은 사라지지 않을 것이다. 오히려 더 단단해지지 않을까.

어쩐지 가현은 먼 미래가 눈앞에 그려졌다. 그리고 그 먼 미래를 가현은 이따금 꿈으로 꾸었다.

"으음."

새벽까지 그에게 시달려 온몸에 붉은 열꽃을 피우고, 거의 아침 해가 떠오를 즘 잠에 들었던 가현은 기분 좋은 꿈을 꾸다가 억지로 눈을 떴다. 이마를 간질이는 손 때문이었다.

"지금 시각이……."

"더 주무셔도 됩니다, 아가씨."

"음……."

눈조차 제대로 뜨지 못하고 미간을 찡그렸다. 운은 작게 웃으며 그녀의 미간에 입술을 내렸다. 부드럽고 서늘한 그의 입술이 닿자 내내 찡그리고 있던 미간이 자연스럽게 펴졌다. 가현은 다시금 새 근새근 숨소리를 내며 그의 단단한 가슴에 머리를 기댔다.

뜨끈뜨끈하고 말랑한 그녀의 몸이 부드러운 천처럼 감겨들었다. 곤한 숨을 내뱉으며 다시 잠에 빠지는 가현의 미간을 내내 쓸어내 리던 운의 나른한 시선 끝에 붉은 점이 보였다. 밤새 제가 새겨 둔 것이었다. 여린 목덜미를 타고 쇄골, 가슴과 그 아래, 그리고 은밀 한 곳까지 새겨져 있을 붉은 꽃잎을 하나씩 그려 보던 운의 새까만 눈동자에 옅은 정염이 스쳤다.

마른 듯 긴 손가락으로 잘록한 그녀의 등허리를 쓸어내리는 행 동에도 미세한 열기가 느껴졌다.

가은이 태어나고 시간이 흐르면서, 가현의 몸이 조금씩 변화했다. 좀 더 성숙해졌달까. 미세한 변화였으나, 운에겐 크게 느껴졌다.

온전한 아침이 오기까지 아직 시간이 있지 않은가. 그녀의 안으 로 파고 들어가 묵직하게 달아오르는 열기를 식힐 그 시간 정도는 말이다.

하지만……. 파리한 그녀의 안색이 마음에 걸렸다. 가현을 잡아 먹기라도 할 것처럼 들끓는 마음을 가라앉히듯 눈을 내리감았다 뜬 운이 고개를 숙였다. 그의 입술 끝이 뜨끈한 목덜미에 닿았다.

고개를 숙인 운이 가현의 목덜미를 가볍게 깨물다가 혀끝으로 핥았다. 대신 이걸로 만족하겠다는 듯.

* * *

"음."

거의 대낮이 되어 눈을 뜬 가현의 흐린 시야 앞에 노란 무언가가 보였다. 눈을 한번 감았다 뜨자 시야가 선명해졌다. 그 안으로 샛노란 꽃이 들어왔다.

"세상에."

가현의 잇새로 짧은 감탄사가 흘러나왔다. 서툴지만 야무진 솜씨로 만든 꽃다발이었다. 엉성하게 만들어진 꽃다발을 보고 있자니 누가 가져다 놓은 건지 알 것 같았다.

"녀석."

느릿하게 몸을 일으켜 앉은 가현이 옆에 놓인 꽃다발을 들어 올렸다. 반쯤 열린 창문을 타고 들어온 바람에 여린 꽃잎이 살랑거렸다.

어제 일에 대한 사과의 의미로 가져온 것이겠지. 하여간 아이에게 아무리 화가 나도 그 화는 하루가 가질 않았다.

나른하게 기지개를 켠 가현은 벌써 가고 없는 운의 자리를 손으로 잠시 더듬다가 침상에서 내려와 서둘러 옷을 입었다. 그러곤 침실 밖을 벗어나려는데.

"세상에!"

건물과 얼마 떨어지지 않은 우거진 나무 위로 살짝 드러난 정자가 소란스러웠다. 그간 소란을 피우는 사람은 대부분 린린이었다. 가현이 가장 아끼는 정자이긴 했지만, 다른 가솔들도 사용할 수 있어 소란스러운 일이 종종 있기에 별달리 놀랍지는 않았다. 그저 무슨 일이길래 저렇게 소란스러운가 싶어 부엌으로 가려던 발걸음을 틀어 정자 쪽으로 다가갔다.

"마차에 치일 뻔하다뇨!"

정자로 다가갈수록 가현의 걸음이 느려졌다.

"어디 다치신 데는 없고요?"

"그럼 물론이지. 아버지가 나타나서 날 구해 주셨는걸."

가현이 듣고 있다는 사실을 전혀 알지 못한 채 가은이 해맑게 웃었다. 가은은 어제 낮에 벌어진 일을 마치 영웅담처럼 떠들었다.

"하여튼. 그 태……! 아니, 그 사람이랑 부딪치지 않았다면 마차 앞에 넘어질 일도 없었을 거라고. 아버지가 안 나타났으면 난 그 험한 말발굽에 다리나 팔 하나쯤은 부러졌을……."

정자 끄트머리에 걸터앉아 두 다리를 달랑거리던 가은이 우뚝 멈췄다. 순간 사색이 된 가은이 입을 떡 벌리며 앞을 바라보았다. 심드렁한 얼굴로 조청을 바른 과자를 우적우적 씹던 린린이 뒤늦게 가은의 요상한 얼굴색을 발견하곤 미간을 찡그렸다.

"무슨 귀신이라도 본 얼굴을……."

툭.

가은이 뚫어져라 보고 있는 곳을 향해 고개를 돌리던 린린의 손에서 먹다 만 과자가 떨어져 내렸다. 벌떡 일어난 린린이 서둘러 정자 아래로 내려왔다.

"마마!"

린린의 말에 가현은 평소처럼 인사를 건네지 않았다. 온아한 미소도 없었다. 린린 뒤에 벌벌 떨며 서 있는 가은을 바라보는 가현의 표정이 예사롭지 않았다.

"마차에 치일 뻔한 것이 가은이 너의 이야기인 것이냐."

가은이 말썽을 피울 때마다 엄하게 굴긴 했으나, 가현은 그다지 화가 많은 사람이 아니었다. 화를 내어도 금방 풀렸다. 그 화는 걱정에서 비롯된 것이었고, 애정이었으며 자식을 사랑하는 어미의 마음이었다.

하지만 이번 화는 폭풍이 몰아치기 직전의 고요함 같았다. 높낮이가 없는 평온한 어조에 서린 살벌함에 가은과 린린이 바짝 얼어붙었다.

"말해 보렴."

우거진 나무를 지나 걸어온 가현이 두 사람 앞에 서며 희미하게 입꼬리를 올렸다.

"지금 내가 들은 이야기가 무엇인지 궁금하구나."

가현의 기에 눌려 결국 실토한 가은에게 외출금지령이 떨어졌다. 가은뿐만이 아니었다. 아이에게 무슨 일이 있었음에도 입을 꾹 다물고 있던 운 또한 벌을 받았다. 거의 일주일 넘게 각방을 쓰게 된 거였다. 하루가 지날수록 운의 안색이 까칠해졌고, 그는 결국 가현에게 선언하듯 말했다.

어떠한 것도 속이지 않겠다고.

절박함이 뒤섞인 그의 진심 어린 눈빛을 가만히 보던 가현은 일주일 만에 화를 풀고 다시 두 사람만의 안락한 침실로 들어갔다.

* * *

외출금지령이 떨어진 이후 가은은 다른 소저들처럼 얌전하게 집 안에서 시간을 보냈다. 어머니의 심기를 거스르지 않기 위해 공부도 열심히 했다. 그렇게 한 달여간 가은은 바깥을 나가지 않았다. 그리고 그 한 달이 가은에겐 한계치였다. 제 버릇 개 못 준다고 엉덩이를 들썩거리더니. 기어코 합리화까지 하며 벌떡 자리에서 일어났다.

"공부도 다 마쳤으니, 괜찮을 거야."

"그래도 마마께서 아직은 바깥에 나가지 말라 하시지 않으셨습니까."

초영이 종종거리며 가은의 주위를 빙빙 돌았다. 가은은 들은 척도 안 하고 장 안 깊숙한 곳에 숨겨 둔 보자기 하나를 꺼내 들었다.

바깥에 나갈 때마다 입는 옷이었다. 워낙 험하게 놀기에 옷 중 가장 편한 것을 하나 정해 나갈 때마다 입었다. 기본적으로 값비싼 원단이었으나 많이 상해 있었다. 그래서 마음껏 놀기에 더 편한 것도 있었고.

고운 비단옷을 모두 제치고 거칠거칠한 옷으로 갈아입은 가은이 침실을 벗어났다. 초영이 안절부절못한 얼굴로 가은을 따랐다.

"오늘 손님도 오신대요!"

"내 손님이야? 어머니 손님이지."

가은이 심드렁하게 중얼거리며 담벼락으로 다가갔다. 언제는 공부를 다 마쳤으니 당당하다고 할 때는 언제고. 그래도 가현이 두렵긴 한 건지. 문으로 당당하게 못 나가고 또 담을 넘어 갈 기세였다.

"그래도 안 돼요!"

초영이 날쌘 다람쥐처럼 쏜살같이 날아올라 담벼락에 올라탄 가은의 다리를 덥석 잡아챘다. 그날 얼마나 혼이 났던가.

흑운왕의 저택에 처음 온 뒤 지금까지 초영은 단 한 번도 가현의 말을 어긴 적이 없었다. 어길 생각도 없었다. 고운 품성과 온아한 미소. 아름다운 흑왕비를 존경, 아니 그 이상으로 생각하는 초영은 가현에게 진심으로 충성했다.

가은의 시중 노비가 된 것도 가현의 부탁이 있어서였기도 하고, 금지옥엽 외동딸을 보필하는 것에 자부심이 있었다. 자신에 대한 가현의 신뢰가 남다른 게 분명했다. 초영은 그렇게 철석같이 믿고 있었다.

막상 가은을 보필하게 되면서, 초영은 날이 갈수록 가현에게 혼이 나는 일이 잦아졌다. 이건 전부 가은 때문이었다. 오늘마저 가은을 놓친다면, 얼마 남지 않은 신뢰가 바닥나는 건 물론이고, 쫓겨날 수도 있었다. 결코 그렇게 될 수는 없었다. 저는 벽에 똥칠할 때까지 이곳에 남아 흑왕비마마를 보필하며 살 것이다.

"이거 안 놔!"

버둥거리는 가은의 다리를 와락 끌어안은 초영이 눈을 부릅뜨며 소리쳤다.

"절 넘어뜨리기 전엔 결코 안 됩니다! 이번엔 어림도 없어요!"

설마 넘어뜨리기야 하겠어? 그런 마음으로 가은의 다리를 꼭 끌어안고 있는데, 가은이 초영의 얼굴을 향해 발을 날렸다.

"꺅!"

놀란 초영이 눈을 감았다. 어찌나 놀랐는지, 넘어지기 전까진 무조건 붙들고 있겠다는 마음과 다르게 가은을 쥐고 있던 손에 힘이 풀렸다.

가은의 발이 닿지도 않았는데, 초영은 제풀에 놀라 엉덩방아를 찧었다.

"어이쿠, 넘어졌네."

가은이 씩 웃으며 폴짝 담 위로 뛰어올랐다.

"금방 다녀올게!"

"아가씨!"

휘휘 손까지 흔든 가은이 그대로 날아올랐다. 그 뒤로 초영의 외침이 메아리처럼 울렸다.

"으!"

초영의 외침을 흥겨운 음악처럼 여기며 담벼락에서 가볍게 뛰어내리려는데, 단단한 땅이 아니라 물컹한 무언가가 발에 닿았다. 당황한 가은의 눈이 뻐끔거렸다.

"어라라."

"으윽⋯⋯."

남의 집 담벼락 아래엔 왜 서 있던 건지.

가은에게 깔려 대자로 엎어진 소년이 으으윽, 신음을 흘렸다.

화들짝 놀란 가은이 일어서려다가 그만 그의 팔을 밟아 버렸다.

"악!"

다시 곡소리가 울려 퍼졌다.

부러 그런 것은 아니지만. 어쩐지 두 번이나 그에게 고통을 심어 주어 미안했던 가은이 얼른 옆으로 몸을 비켰다.

"미, 미안합니다."

가은은 어쩔 줄 모르는 얼굴로 엎어져 있는 소년의 주위를 기웃거렸다.

아니 그러게 남의 담벼락엔 왜 기웃거려 가지고 괜한 사단을 만드는 것인지.

속마음으로만 생각하던 것을 저도 모르게 입 밖으로 작게 중얼거린 가은이 그의 머리맡에서 손을 흔들어 보였다.

"어, 어서 제 손을 잡아요."

미안하면 미안한 거지.

뒤에 따라붙는 말이 엎어진 소년의 심기를 매우 거슬리게 했다. 미간이 얼얼할 정도로 몰려오는 노기는 통증을 밀어 내기에 충분했다. 벌떡 자리에서 일어난 소년이 험악하게 일그러진 얼굴로 고개를 들었다. 그에게 손을 내밀고 있던 가은의 입이 순간 떡 벌어졌다.

생채기가 나 있는 붉은 이마 때문이 아니었다. 허여멀건 피부에 기다란 눈매가 인상적인 소년의 얼굴이 누구인지 단번에 알아챘기 때문이었다.

"태, 태자 전하……?"

어느 놈인지, 당장에라도 옥에 가둔 다음 감히 자신의 귀한 옥체에 고통을 심어 준 이의 얼굴을 확인하려던 태자도 가은을 알아챘다.

당혹스러운 기색이 역력한 얼굴로 가은을 바라보던 태자가 미간을 찌푸렸다.

하긴, 이 집이 누구의 집인가.

흑운왕의 집이 아닌가.

아무리 그래도 공주가 담벼락을 넘다니.

첫 만남 때부터 그랬지만 만날 때마다 황당무계한 모습만 보여 주는 것 같았다.

"지체 높은 가문의 여식이 도둑놈처럼 담벼락을 넘다니."

태자의 가느다란 눈매 끝에 질책이 서렸다. 비실비실한 얼굴과 다르게 눈빛은 제법 사나워 가은이 저도 모르게 움찔하다가 뒤늦게 도둑이라는 말에 발끈했다.

"도둑이라뇨!"

"말을 이해 못 할 정도로 무지한 것인가. 언제 도둑이라 하였지? 담벼락을 넘나드는 게 지체 높은 가문의 여식이 할 행동이 아니라 꾸짖는 것이었네."

"그거든 이거든! 똥이든 돌멩이든!"

"허, 참. 아무래도 대부께서 자식 교육을 잘못 시켰군. 고귀한 신분을 가진 입에서 상스러운 말이 나오다니."

쯧쯧.

태자가 노골적으로 가은을 위아래로 훑으며 혀를 찼다. 가은의 얼굴이 활활 타올랐다.

"어디서 주워 온 것은 아닐 테지만. 아무리 보아도 대모와 닮은 구석이 없군."

태자가 말하는 대모는 가현이었다. 가현은 그의 모친 원영 황후 가 아끼는 이로, 온아한 미소와 지혜로운 모습으로 부인들의 존경 을 한 몸에 받는 이였다.

대호국을 넘어 주변국에까지 이름을 알린 영웅 흑운왕과 인품과 외모 모두 갖춘 흑왕비의 하나뿐인 여식이 저런 천둥벌거숭이라니.

아무리 보아도 못 믿을 것 같았다.

태자의 날 선 어조와 한심하다는 듯 쳐다보는 눈빛에 가은의 콧 구멍이 씰룩거렸다. 펄펄 끓는 가마솥 위로 솟아오르는 김처럼 가 은의 콧구멍에도 김이 팍팍 새어 나왔다.

"지금 말 다 했어요?"

"아니, 아직 멀었다. 하지만 내가 아무리 조언을 해 주어도, 모자 란 그대는 깨닫지 못하겠지."

태자는 이 나라 대호국의 다음 황제가 될 아주 고귀한 사람이었 다. 하지만 지금 가은은 그런 것 따위 잊어버리고 당장에라도 저 요망한 주둥이를 확 깨물어 버릴까 고민했다. 아마 실행에 옮기면 옥에 갇히거나, 큰 벌을 받겠지만.

그 정도로 화가 나 태자의 주둥이를 노려보는데, 뒤에서 인기척 이 났다.

"태자 안 들어오고 뭣 하는 것이냐."

금사로 화려하게 수놓아진 옥빛 비단옷을 입은 황제 운덕과 그 옆에 선 운이었다. 당황한 가은이 이러지도 저러지도 못한 얼굴로 황급히 고개를 숙였다. 뒤늦게 두 사람을 발견한 태자가 표정을 갈무리하고 고개를 숙이며 말했다.

"갑자기 날아든 조막만 한 새 한 마리에게 그만 봉변을 당했지 뭡니까."

조막만 한 새 한 마리?

눈을 치켜뜬 가은이 콧방귀를 뀌었다.

키 차이도 별로 안 나면서!

내가 어딜 봐서 조막만 하다는 거야!

어깨를 들썩이는데, 곁에서 아버지 운의 시선이 느껴졌다. 흠칫 놀란 가은이 슬쩍 고개를 틀려고 노력했지만. 아비의 시선에 달아날 수는 없었다.

운과 시선이 부딪친 가은이 하하하, 어색한 웃음을 흘렸다. 운이 매서운 눈으로 가은을 위아래로 살피다가 미간을 좁혔다.

딱 봐도 도망칠 복색이 아닌가. 도대체가 가현의 화가 풀린 지 얼마나 되었다고, 또 밖을 나가려 하다니. 머리가 다 아파 왔다. 미간 사이에 잡혀 있던 주름이 더 깊어졌다.

"새 한 마리라니. 아니, 태자!"

생뚱맞은 태자의 말에 어리둥절해하며 다가서던 운덕이 갑자기 소리치며 검지를 치켜들었다. 그의 외침에 깜짝 놀란 가은의 시선이 저절로 운덕이 가리킨 곳으로 향했다.

주르륵, 태자의 하얀 미간 사이로 붉은 줄기가 흘러내렸다. 멍하니 눈을 깜빡이던 가은의 안색이 파리해졌다.

"조막만 한 새 한 마리가 아니라, 집채만 한 짐승에게 얻어맞기라도 한 것이냐!"

성난 걸음으로 다가선 운덕이 태자의 턱을 쥐곤 이마를 살폈다. 가은은 모른 척 외면하듯 고개를 돌려 버렸다. 어쩐지 그 조막만 한 새고, 집채만 한 짐승이고. 모두 가은을 가리키는 것 같았다. 운은 슬그머니 자리를 피하려는 가은의 뒷덜미를 잡았다.

"아, 아버지 그것이……."

가은이 찔끔 고개를 돌리며 어색한 웃음을 흘렸다. 어림없다는 듯 목 뒤를 쥔 손에 힘을 준 운이 엄한 얼굴로 가은을 내려다보았다.

"얌전히 따르거라."

* * *

"이마는 약간 찢어졌고, 팔도…… 아주 살짝 골절이 되었습니다."

소소는 어떻게 해서든 가은의 죄를 감하기 위해 노력했다. 말을 할 때마다 약간, 아주 살짝 등을 덧붙이며. 태자의 상처가 그렇게 크지 않다고 열심히 설명했지만.

"어허, 손 바짝 올리지 못하겠느냐!"

소소의 노력에도 가은은 죄를 벗어날 길이 없었다. 단단히 화가 난 가현에게 붙들려 있었기 때문이었다. 가은은 울먹이며 팔을 더 바짝 들어 올렸다. 가현은 정말이지 이젠 화도 나지 않는다는 듯 기가 막힌 얼굴로 가은을 바라보았다.

어쩜 저렇게 말썽을 피울까. 한 달 전에 그렇게 크게 혼이 났으면 이제 그만 철이 들 법도 한데.

방심한 틈을 타 담벼락을 넘었다. 그리고 태자의 팔을 부러뜨릴 뻔했다. 기함할 정도로 충격적인 가은의 사고에 머리가 다 지끈거렸다. 가현이 미간을 짚자, 옆에 서 있던 운이 그녀의 어깨를 감싸 안았다. 가현은 어쩔 줄 모르겠다는 듯 황후와 황제, 그리고 태자에게까지 거듭 허리를 숙였다.

운은 어쩐지 웃음이 나왔다. 보면 볼수록 가현을 쏙 빼닮지 않았나. 오래전 가현도 이렇게나 철이 없었다. 길가의 아이들처럼 바깥을 나돌아 다니길 좋아했고, 틈만 나면 도망쳤다.

가현은 가은이 누굴 닮았는지 모르겠다고 말했지만, 운이 보기엔 영락없는 가현의 어릴 적 모습이었다.

그래도 태자의 팔은 부러트리지 않았는데.

이는 분명 중죄가 아닌가. 태자의 옷을 갈아입히다가 작은 생채기 하나만 나도 목이 베이는 이들이 태반이었다. 그런데 이건 생채기가 아니질 않은가.

"괜찮소, 하하!"

가현과 운이 가은을 어찌할지 고민하고 있는데, 황제 운덕이 와하하 소리 내어 웃었다.

운덕은 가현에게 그만 가은의 팔을 내리라고 말하며, 하하하 웃음을 터뜨렸다.

"다치면서 크는 것이 아니겠소. 내 일전에도 태자의 팔과 다리에 멍이 시퍼렇게 든 것을 보고 어찌나 놀랐는지."

황제 운덕의 성품에 감동한 가은이 안심하며 슬그머니 팔을 내리려 하다가 멈칫했다.

"아니 세상에 궁 밖을 나갔다가 웬 여자애와 부딪쳐 넘어졌다고 하질 않겠소?"

가은은 다시 슬그머니 팔을 들어 올렸다. 가은을 처음부터 지켜보았던 태자가 픽, 웃었다. 그의 웃음을 유일하게 알아듣은 가은이 입술을 비죽였다. 그러나 차마 어른들이 있는 앞에서 태자를 노려볼 수는 없었다.

"제가 얼마나 기겁을 했겠습니까."

곁에 앉아 태자의 얼굴을 살피던 원영 황후가 불쑥 끼어들었다.

"재미없게 궁 안에 틀어박혀 서책만 주야장천 보던 태자가 몰래 궁 밖을 나가 유람을 즐긴 것이니. 그건 칭찬해야 마땅한 일이 아니겠소. 말했듯 사내라면 여기저기 깨지면서 크는 거 아니오."

평민 아이들과 이 나라 대호국의 축복인 태자가 같지는 않지 않습니까! 하고, 소리치려던 원영 황후는 불쌍한 얼굴로 구석에 쪼그려 앉아 있는 가은을 뒤늦게 떠올리곤 참았다.

"폐하의 말씀이 맞습니다. 그래도 이건…….

황후가 못마땅한 얼굴로 허연 천을 둘둘 말고 있는 태자의 팔을 보며 말했다.

"오른팔이 골절되었으니 당분간 글공부는 못 하겠군요."

"주, 죽을죄를 지었습니다. 황후마마."

황후의 말에 가은이 울상으로 죄를 청했다.

"감히 고귀한 옥체에 상흔을 입히고 말았습니다."

평소에 가은을 꽤나 예뻐하는 데다가, 태자가 다친 일이 우연이라는 걸 잘 아는 원영 황후는 그만 표정을 누그러뜨렸다.

"부러 그런 것도 아니질 않으냐. 이리 가까이 와 앉으렴."

가은이 슬금슬금 눈알을 굴리며 어머니의 눈치를 살폈다. 가현은 가은을 잠시 흘기다가 고갯짓했다. 가현의 고갯짓에 가은이 히죽 웃으며 얼른 팔을 내렸다.

"널 만나러 이 몸이 직접 찾아왔는데 얼굴을 보여 주지 않을 참이냐."

뒤이어 들려오는 황제의 말에 가은이 얼른 자리에서 일어나 탁상으로 다가가 섰다.

"자, 보자꾸나."

황제 운덕이 제 앞으로 온 가은의 앙상한 어깨를 부드럽게 쥐었다.

"우리 가은이. 날이 갈수록 어여뻐지는구나."

어여뻐지기는.

아까부터 아무 말 하지 않고 입을 꽉 다물고 앉아 있던 태자는 황제의 앞에서 요망한 얼굴로 실실 웃고 있는 가은을 못마땅하게 바라보았다. 그러다가 좀 움찔거렸다.

뭐, 그래도.

나쁘지는 않네.

맑은 은초롱 꽃처럼 활짝 피듯 웃는 가은의 말간 얼굴이 제법 귀엽긴 했다. 저도 모르게 가은을 보며 멍하니 서 있던 태자의 이마가 왈칵 구겨졌다.

귀엽긴 무슨!

아무래도 넘어졌을 때 머리를 다친 게 분명했다. 그렇게 생각하고 돌아서려 했으나. 시선이 저절로 가은에게 갔다. 태자는 힐끔거리다가 짜증을 내고. 또 힐끔거리다가 성질을 냈다. 이상한 태자의 표정을 뒤늦게 알아챈 원영 황후가 왜 그러느냐, 하고 묻지 않았다면. 태자는 아마 벌떡 일어나 소리쳤을 것이다.

체면도 저버린 채.

저 벌거숭이 같은 계집이 귀엽긴 무슨!

하고, 말이다.

* * *

"아하하!"

해가 질 무렵, 찾아든 호준이 목청을 드러내며 미친 듯이 웃어 재꼈다. 그의 웃음소리에 주위를 지나던 노비들이 힐끔거렸다.

찌르르 울리는 벌레 소리. 이따금 산등성이 너머 메아리처럼 울리는 이름 모를 짐승의 울음소리.

밤기운이 짙게 내려앉은 정자 한가운데 모여 앉은 세 남자. 운과 황제 운덕, 호준은 오늘 낮에 일어난 일을 이야기하고 있었다.

"하여간 가은이 녀석은 날이 갈수록 제 어미를 쏙 빼닮는 것 같습니다!"

호준이 배를 부여잡고 웃어 재꼈다.

"안 그래도 내 일전에 그대의 말에 헛소리라고 타박 놓은 걸 사과 할까 싶네."

황제 운덕이 술을 한잔 마시며 능청스럽게 말했다.

헛소리라고 타박을 놓은 이야기는 아주 오래전, 도령이 가현에게 팔뚝이 물렸던 이야기였다.

"가은이 고 녀석을 보니 호준 자네의 이야기가 사실이라는 걸 깨달을 수 있었거든."

가은이 태어나고 매번 온갖 진귀한 물건을 실어다 나르며, 운의 집을 제집 드나들 듯 다니던 호준은 우연히 황제 운덕과 연을 트게 되었다.

호탕한 성격의 호준을 단번에 마음에 들어 한 운덕은 이따금 그와 함께 술잔을 나누었다. 그 사이엔 당연하게도 운이 끼어 있었다. 어쩌다 보니 세 남자의 놀이방이 되어 버린 흑운왕의 저택 깊숙한 곳의 정자는 한 달에 두어 번 술판이 벌어졌다.

운은 탐탁지 않았으나, 감히 황제에게 더는 오지 말라 말할 수는 없었기에 잠자코 술을 기울였다.

만난 지 몇 번 되지 않아 절친한 사이가 된 운덕과 호준은 많은 이야기를 나누었다. 호준은 주로 가현과 운의 어릴 적 이야기를 들려주었다.

운덕이 그 이야기에 흥미를 보였기 때문이었다.

개중 운덕이 가장 놀라워한 이야기가 있었는데, 바로 지금의 모습과는 전혀 다른 가현의 이야기였다.

틈만 나면 몰래 바깥을 빠져나가는 건 예사였고, 온갖 철없는 행동으로 노비들을 기함하게 했으며, 어릴 적부터 운에게 달라붙어 어찌나 떼를 쓰던지. 운을 좋아하는 마음이 지극해, 제집에 쳐들어와 팔뚝까지 물었다며, 호준은 이제 거의 보이지 않는 희미한 자국을 운덕의 눈앞에 들이댔다. 그래도 운덕은 믿지 않았다.

운덕이 아는 가현은 천생 여인이었기 때문이었다. 그런 그녀가 사고뭉치라니. 그 말을 누가 믿을 수 있겠는가.

그런데 가현과 쏙 빼닮은 가은의 행동을 보고 있자니, 호준의 말이 사실처럼 느껴졌다.

"제가 누누이 이야기하지 않았습니까!"

이제야 믿느냐며 호준이 소리를 높였다. 마치 벽 하나를 사이에 둔 것처럼, 운은 시끌벅적한 두 사람 사이에 앉아 있으면서도 다른 생각에 빠져 있었다.

새하얀 버선을 보이며, 분홍색 치맛자락을 팔랑대면서 이리저리 쏘다니던 가현의 모습이. 곱게 땋아 내린 머리를 휘휘 젓고 저를 쫓던 모습이.

호준의 이야기를 들을 때마다 눈앞에서 아른거렸다.

입술 끝이 희미하게 늘어졌다.

"아무튼 간 난 그래서 더더욱 가은 공주가 마음에 들어. 태자의 짝으로 딱이 아닌가."

희미하게 늘어지던 입꼬리가 순식간에 굳어졌다.

너무 깊은 상념에 빠져 있어 잘못 들은 건가.

운이 황제에게로 시선을 돌렸다. 황제는 저를 빤히 보는 운을 힐끔 보곤 아랑곳하지 않고 말했다.

"가은 공주가 태어날 때부터 태자의 짝으로 점찍어 두었으니, 운이 자네는 그리 알고 있게."

태자의 짝으로 점찍어 두었다니.

그 무슨 황당한 말인가. 운의 미간에 희미하게 주름이 지어졌다.

"저는 들은 기억이 없습니다."

"지금 들었지 않은가."

"……아직 어린아이입니다."

"볼 때마다 쑥쑥 자라는데 금방 어엿한 숙녀가 될 게 아닌가. 왜, 싫은가?"

"……."

답하지는 않았으나. 운은 몹시 언짢아 보였다. 하긴 감히 어찌 황제에게 싫다 말할 수 있겠는가. 그는 충성스러운 신하였고, 목숨을 다 바쳐 황제를 지켜야 하는 자리에 있었다.

하지만…….

단단하고 새까만 그의 눈동자에 작은 경계를 일찍이 알아챈 호준이 곁에서 킬킬 웃었다.

"목에 칼을 들이미셔도 가은은 내주지 않을 것 같습니다."

"흐음."

황제가 잠시 턱을 쓸었다. 황제는 어쩐지 운을 고까워하지 않고 재미있다는 듯 바라보고 있었다. 겉껍데기만 남은 것처럼 죽어 있던 새까만 눈은 기억에도 나지 않을 정도로 희미했다.

'다 좋지만…… 그중에서 하나를 선택하자면 햇빛 냄새가 나는 눈입니다. 그것이 너무 어여뻐 어린 마음에 그 눈이 갖고 싶었지 뭡니까.'

언젠가 황제는 가현에게 물은 적이 있었다. 운의 어디가 그렇게 좋은 것이냐고. 장난스럽게 물었음에도, 가현은 잠시 생각하듯 신중하게 고민했다.

오랜 고민 끝에 가현은 그의 새까만 눈에 햇빛 냄새가 난다고 말했다. 태양처럼 반짝거렸다고.

운덕은 가현의 말을 이해하지 못했다. 그가 아는 운의 눈은 다 죽어 가는 짐승의 눈이었고, 언제든 사람의 목을 물어뜯을 광기에 찬 눈에 지나지 않았다. 그런데, 요즘 들어 가현의 말을 알 수 있을 것 같았다.

해가 지날수록 운의 눈에 감정이 생겨났다. 언제나 아무것도 보이지 않던 그의 새까만 눈이 살아나기 시작했다.

무슨 말에도 반응을 보이지 않던 그의 눈이 이젠 시도 때도 없이 감정을 드러낸다. 운덕은 그것이 재미있어 그를 종종 건드렸다. 그에게서 반응을 끌어낼 수 있는 건 가현과 가은뿐이었고, 운덕은 부러 더 많이 두 사람을 입에 담으며 운을 놀렸다.

하지만 지금 하는 이야기는 어느 정도 진심이 담겨 있었다.

황제가 생긋 웃었다.

"뭐, 다른 이도 아닌 자네에게 내가 어찌 칼을 들이밀며 협박할 수 있겠는가."

황제는 예상과 다르게 한걸음 물러섰다. 좀처럼 보기 힘든 운과 운덕의 다툼을 흥미롭게 지켜볼 줄 알았던 호준은 텄다는 듯 쯧, 혀를 찼다.

"인연이 닿으면 닿는 것이고, 아니면 아닌 것이고."

그런데 어째 물러서는 건 아닌 듯싶었다.

"아이들의 인연이 어찌 흐를지 지켜보기만 해도 나는 충분하다네."

운은 배배 꼬인 황제의 말끝에 서린 고집을 알아채곤 표정을 굳혔다. 뒤늦게 알아챈 호준이 다시 킬킬킬 웃었다.

* * *

황제 운덕의 바람대로 흐르는 것일까.

툭탁거리는 앙숙 같은 관계가 되었지만, 매사에 무관심한 태자의 관심을 끌어내기에 가은은 굉장히 매력적인 아이였다. 태자는 그 매력에 홀린 것인지, 틈만 나면 제집 드나들 듯 흑운왕의 저택을 찾았다.

"또 대모께 혼이 났다지? 혼이 나면서도 그렇게 바깥을 나돌아다니니, 그것이 바로 무지에서 비롯된 것이 아니겠느냐."

태자는 올 때마다 가은을 찾았고, 그의 부름에 가은이 오면 또 타박을 놓으며 가끔은 키득거렸다.

"예, 제가 아주 무지하여 감히 귀하신 옥체에 또 상흔을 입힐까 두려우니 이제 그만 오시지요!"

울긋불긋해진 얼굴로 콧김만 세게 내뱉던 가은이 소리 나게 주전자를 내려놓았다.

그 뒤로 펼쳐진 연못 한가운데 유유히 헤엄치던 잉어가 찰나의 순간에 날아올랐다가 다시 물속으로 빨려들어 갔다.

태자는 대호국에서 가장 유명한 산의 절경이 검은 먹으로 펼쳐진 부채를 팔랑였다. 그러면서 앵 돌아진 얼굴로 고개를 돌려 버리는 가은의 동그란 뒤통수를 보다가 픽, 웃었다.

정자 아래 태자의 호위들과 나란히 서서 힐끔거리던 초영은 어쩐지 태자의 눈에 서린 즐거움이 단순한 놀림만은 아니라 생각했다.

"그리 성질이 사나워서야 시집은 잘 가겠느냐?"

"그건 태자 전하께서 신경 쓰실 일이 아닙니다."

가은이 툭 불거진 입술을 비죽거렸다. 그러곤 어머니 가현이 직접 태자를 위해 내와 준 과자를 한 웅큼 집어 우적우적 먹었다. 태자는 가은의 경망스러운 행동에 끌끌 혀를 찼다.

혀를 차든 말든!

가은은 태자 보란 듯이 이젠 접시째 들고 한주먹 집어 입에 털어 넣었다. 그러곤 그를 노려보며 일부러 더 크게 우적우적거렸다.

"윽."

태자는 가은을 빤히 보다가 그때 다친 팔을 잡고 신음을 흘렸다. 깜짝 놀란 가은이 멈칫했다.

"괘, 괜찮으십니까?"

"괜찮지가 않구나."

"어, 그럼 제가 가서 얼른 소소를 부르겠습니다!"

소소는 거의 의원이나 다름없을 정도라, 흑운왕의 저택에서 누군가 다칠 때마다 여기저기 불려 다녔다. 태자는 되었다는 듯 소매를 펄럭이며 손을 저었다.

"이미 태의에게 보이고 온 것이다. 대신 부채 좀 펄럭여 보아라."

태자가 대뜸 쥐고 있던 부채를 가은에게 내밀었다. 일부러는 아니었지만, 그래도 그를 다치게 했다는 사실에 괜히 마음 한구석이 불편했던 가은이 얼른 부채를 잡아 들곤 그의 옆에 바짝 붙어 앉았다.

태자는 정자 기둥에 등을 기대곤 눈을 감았다.

"바람 세기는 이 정도면 됩니까?"

가은이 열심히 부채질하며 그의 팔을 힐끔거렸다.

"좀 더 세게."

"이 정도요?"

"그건 너무 세지 않으냐."

"어, 그럼 이 정도?"

가은이 슬쩍 세기를 줄이며 그를 살폈다. 찰나의 순간에 태자의 입꼬리가 늘어졌다가 원래 자리로 되돌아왔다.

아프긴커녕. 다 나은 지 오래인걸. 가은을 놀리고자 거짓말을 한 것인데, 순진하게도 잘 속아 넘어간 가은이 열심히 부채질하는 꼴을 보니 웃음이 터져 나올 것 같았다.

가은은 태자의 마음은 알지 못한 채 팔이 빠져라 부채를 팔랑였다.

그러다가 구름다리 너머 들어서고 있는 진명과 걸이 눈에 들어왔다. 순간 가은의 안색이 환해졌다.

"걸이 오라버니!"

부채를 던지듯 내려놓고 벌떡 일어난 가은의 노란 치맛자락이 들썩거렸다. 반가운 기색이 역력한 얼굴로 종종대던 가은이 쏜살같이 뛰어나가려다가 멈칫했다.

"전 먼저 물러나 보겠습니다, 태자 전하."

건성으로 태자에게 꾸벅 인사를 건넨 가은이 빠르게 돌계단을 내려갔다.

번쩍 눈을 뜬 태자가 길쭉한 눈매를 올리며 어처구니없다는 듯 정자 밑으로 내려가는 가은을 내려다보았다. 반으로 곱게 틀어 올린 머리 위에 꽂은 나비 장신구가 얄궂게 팔랑거렸다.

밑에서 눈치만 살피던 초영은 노기가 서린 태자의 얼굴에 눈동자를 이리저리 굴리다가 가은의 뒤를 얼른 따랐다.

태자의 시선은 초영 너머 어느새 구름다리 위로 달려가는 가은을 좇았다. 나비처럼 치마를 너풀거리며 두 사내에게 날아든 가은이 맑은 웃음을 터뜨렸다. 천천히 자리에서 일어선 태자는 차례대로 가은과 진명 그리고 걸이라 불리는 청년을 바라보았다. 태자는 안중에도 없는 가은은 오랜만에 집에 찾아든 걸의 손을 꼭 잡고 방방 뛰었다.

* * *

"걸이 오라버니가 혼인을 한 대요."

가은이 불쑥 말을 건넸다.

린린의 하나뿐인 가족인 걸은 어느새 어엿한 청년으로 자라 진명과 운의 가르침을 받고 있었다. 그런 그가 오랜만에 찾아와 충격적인 소식을 전했다.

영의와 혼인을 한다는 것이었다.

여전히 호준의 저택에서 살고 있는 영의와 언제 그렇고 그런 사이가 된 것인지. 린린은 돌처럼 굳은 채로 눈만 뻐끔거렸다. 가현이 나서지 않았다면 린린은 그대로 주저앉았을 것이다. 그도 그런 게 린린에게 걸은 여전히 어린아이였고. 혼인을 시켜야 한다는 건 알지만 이렇게 빨리 혼인을 하게 될 줄은 몰랐기 때문이었다.

하지만 걸의 나이는 혼인을 해도 이상하지 않을 나이였다. 다소 이르긴 했지만.

걸의 진심 어린 말에 린린은 한참을 붕어처럼 입만 뻐끔거리다가 힘없이 고개를 끄덕였다. 아무렇지 않은 척하며 영의면 좋은 아내지. 아무렴. 잘 생각했다. 일찍 장가들어 나쁠 것도 없지. 그렇게 주절주절 이야기 꺼내다가 그만 참지 못하고 눈물을 쏟아 냈다. 당황한 걸이 "누이!" 하고 소리치며 린린을 끌어안았다. 걸의 가슴이 옴팡 젖을 정도로 눈물을 쏟아 냈다.

가현은 그때 일을 떠올리며 작게 웃었다.

"그래, 안다."

탁탁탁.

가현의 재빠른 손놀림에 절구통 안에서 꽃잎들이 야무지게 찧어졌다.

"걸이가 어릴 적부터 영의를 그렇게 따랐거든. 그래도 린린 속이 많이 상할 거야. 걸이는 린린의 자식이나 마찬가지니까."

정자 끄트머리에 앉은 채로 가은이 다리를 달랑 흔들었다.

"걸이 오라버니 나가 산다지요?"

"그래서 더 속이 상하는 게지."

"흠."

뜬금없는 가은의 소리에 가현이 고개를 들었다. 가은은 무언가 골똘히 생각에 잠긴 채 검지로 턱을 긁적였다.

"걸이 혼인하는 게 가은이 너도 서운한 것이니?"

가현이 작게 웃으며 묻자, 가은이 도리도리 고개를 저었다.

"그것이 아니라. 혼인이 무엇인지 새삼 궁금하여서요."

가은의 엉뚱한 소리에 가현이 웃고 말았다. 가은은 정말 궁금증이 잔뜩 묻은 눈으로 가현에게 물었다. 아이의 동그란 눈망울이 반짝였다.

"어머니는 아버지와 어찌 혼인하시게 된 겁니까?"

"글쎄다."

가은의 눈을 보고 있자면 꼭 저 어릴 적 같다던 운의 말이 새삼 떠올랐다. 아이의 눈가를 가만가만 쓸어 주며 가현이 조곤조곤한 어조로 말했다.

"어쩌다 보니 네 아버지를 마음에 담았고, 인연 따라 흘러가다 보니 이렇게 부부의 연을 맺었구나."

"인연 따라요?"

"그래, 인연 따라."

붉은 물이 새어 나올 때까지 곱게 빻은 꽃잎 덩이를 콩만 하게 쥐어 돌돌 만 가현이 대뜸 가은에게 손을 뻗었다. 가은이 익숙하게 손을 내밀었다.

"하지만 말이다."

작고 여린 가은의 손톱 위에 곱게 빻은 꽃잎을 올려 주었다. 그러곤 명주 천으로 돌돌 만 뒤, 실로 꽁꽁 싸매 주었다.

"이 어미는 처음부터 알았단다."

가현의 입가에 희미한 미소가 번졌다.

"그 사람이 내 운명이라는 것을."

제 어미가 무슨 말을 하는 것인지 도통 모르겠지만 이상하게 가슴이 콩닥콩닥 뛰었다. 살랑거리는 바람을 따라 탐스러운 가현의 머리카락이 흩날렸다. 그 사이로 정자 주위에 우거진 꽃나무에서 떨어진 꽃잎이 휘날렸다. 언제나 아름다운 어머니였으나, 아버지를 떠올리는 어머니의 모습은 눈이 부셨다. 가은은 입을 헤 벌리고 가현을 바라보았다.

"손톱에 물든 이 꽃물이 다 닳아 사라지기 전에 가은이 너도 운명을 만날지 어찌 아니."

가현이 나머지 손가락도 모두 똑같이 싸매 주었다.

"그러니 이번엔 간지럽다고 긁지 말고 곱게 싸매고 자야 한다, 알았지?"

매년 이맘때면 가현은 가은의 손톱에 꽃물을 들여 주었다. 하지만 도통 제대로 든 적이 없었다. 잠버릇이 사나운 가은이 온 데를 긁어 대며 전부 벗어 재꼈기 때문이었다. 다음 날 아침이 되면 이불이고, 속곳이고 죄다 꽃물이 엉망으로 들었고. 린린은 이제 그만 꽃물 좀 그만 들이라고 가현에게 성화했다. 그런데도 가현은 꽃물 들이기를 멈추지 않았다.

"예, 어머니. 저도 운명을 꼭 만날 거여요. 그러니 오늘은 얌전히 자야겠습니다."

가은이 낭랑한 목소리로 다짐했다.

"그래, 어디 다음 날 아침 보자꾸나."

아이의 동그란 머리를 쓰다듬어 주며 가현이 장난스럽게 말했다.

아직 어린 나이에 벌써부터 혼인을 하고 싶은 모양인지. 아니면 가현이 말한 자신의 운명을 만나고 싶은 마음이 생긴 것인지.

자기 직전 가은은 린린에게 제 손을 모두 꽁꽁 묶어 달라 청했다. 손까지 꽁꽁 묶을 정도로 굳센 다짐을 보이던 가은의 손톱은 처음으로 곱게 물들었다.

눈이 아플 정도로 제 손톱만 바라보던 가은이 신이 난 얼굴로 중문을 뛰어넘었다.

가현이 정성 들여 가꾼 꽃들이 사방에 지천으로 널린 마당으로 들어선 가은이 발을 동동 굴렀다. 어서 빨리 어머니에게 곱게 물든 손톱을 자랑하고 싶었다.

건물 안으로 뛰어 들어간 가은이 기다란 복도를 달렸다. 그 너머 맨 끝에 자리한 침실 문을 벌컥 열어 재꼈다.

"어머니, 어머니!"

"쉿."

안으로 들어서기도 전에 침대 안쪽에서 들려오는 소리에 멈칫했다. 평소보다 가라앉은 분위기에 가은이 입을 틀어막았다.

눈만 동그랗게 뜬 가은이 침대 옆에 앉아 깊게 잠든 가현의 이마를 쓸어 주고 있던 운을 바라보았다. 가은을 향해 운이 천천히 손을 들어 흔들었다. 이쪽으로 오라는 아비의 손짓에 가은이 살짝 뒷발을 올리곤 조심조심 다가갔다.

"어머니 어디 아파요?"

침대 옆에 선 가은이 걱정이 한가득한 얼굴로 가현을 살폈다. 평소보다 창백한 안색인 가현의 고운 얼굴이 눈에 들어왔다.

그러고 보니 이맘때였다.

비 냄새가 스멀스멀 올라오는 이맘때면 가현은 며칠 미미한 열병을 앓았다. 그럴 때면 운은 모든 일을 제쳐 두고 가현의 곁을 지켰다.

한껏 고와진 손톱에 신이 나 매년 치르는 어머니의 열병을 잊고 있던 가은이 시무룩한 얼굴로 서 있자, 운이 가은의 정수리를 가만히 쓸었다.

"잠시 잠든 것뿐이니 그리 걱정 말렴."

늦은 저녁 갑작스럽게 다리의 고통을 호소했다. 뛰지만 않으면 무리 없이 걸을 정도로 완벽하게 나았지만, 이상하게 이맘때면 통증을 느꼈다. 운은 그 통증이 어디에서부터 흘러들어 온 것인지 잘 알았다. 운의 입가에 씁쓸함이 번졌다가 사라졌다.

"어제 통 잠을 자지 못했거든. 그래, 어미를 보러 온 것이냐."

"그게……."

어쩐지 손톱을 보여 주는 게 영 그랬다. 가은이 슬쩍 뒷짐을 쥐며 손톱을 가렸다.

"아무것도 아니에요. 그냥 어머니 보러 온 거예요."

가은은 봤으니 되었다며, 돌아서 나갔다. 돌아서기 직전 가은이 살짝 뒤를 돌아보았다. 반쯤 열린 문틈 사이로 가현의 손을 들어 그 위에 입맞춤을 하는 운의 옆모습이 보였다.

'이 어미는 처음부터 알았단다. 그 사람이 내 운명이라는 것을.'

혼인이 무엇인지조차 잘 모르는데.

운명이라고 알 리가 있겠는가.

하지만……

이상하게도 가은은 어머니와 아버지의 모습에서 운명이 무엇인지 조금은 알 것 같았다. 애틋하고, 저릿하며 몽글몽글한 무언가가 가슴에서 피어났다.

사람들이 이야기하는 냉혹한 아비의 모습을 가은은 모른다. 가은이 아는 그의 모습은 언제나 다정했고, 어머니에겐 나약한 사람이었으니까.

가은은 조심스럽게 문을 닫았다.

* * *

그렇게 아프고 나면 가현과 운은 새벽에 어딘가로 떠났다가, 밤중에 돌아왔다. 가은은 두 사람이 도대체 어딜 가는 것인지 궁금했다. 린린과 소소에게 물어봐도 모른다 했다.

결국 가은은 몰래 따라가기로 결심했다.

푸르스름한 새벽빛을 등진 어머니와 아버지는 나란히 손을 잡고 걸어갔다. 아무도 없는 한적한 골목을 지나 시장 거리로 들어섰다. 해가 뜨지 않은 시각, 매번 시끌시끌하던 시장 거리는 고요했다.

가은은 살금살금 두 사람을 따랐다.

널따란 시장 거리를 지나 성벽을 통과했다. 그 너머를 지나 구불

구불한 길로 들어섰다. 점점 해가 떠오르고 있었다.

숨이 차 가끔 풀썩 주저앉다가도, 가현과 운을 놓칠까 두려워 서둘러 쫓길 몇 번. 길고 긴 길을 끝없이 올라 숨이 차기 직전에, 두 사람의 걸음은 멈추었다.

'와아!'

땀이 송골송골 맺힌 가은의 콧잔등이 찡긋거렸다.

마치 태어나 처음 보는 세상을 맞닥뜨린 기분이었다. 눈부시게 쏟아지는 아침 햇살 아래 족히 수백 년은 넘어 보이는 나무 한 그루. 나무의 결이 그대로 보일 정도로 거대한 나무 기둥 위로 이리저리 뻗은 줄기에 달린 초록빛 이파리.

그 너머 펼쳐진 대호국의 정경을 가은이 입을 벌리고 바라보았다. 손바닥만 하게 보이는 건물 너머 웅장한 위용을 자랑하는 황궁도 보였다. 가은은 다시 고개를 돌렸다. 나무 아래 쪼그려 앉은 가현이 무언가를 쓰다듬고 있었다. 그 곁을 운이 우직한 나무처럼 지키고 섰다.

가현이 쓰다듬고 있는 것은 이름 모를 돌무덤이었다. 그 위에 신기하게도 노란 꽃이 몇 송이 피어 있었다.

가현은 무어라 말을 걸기도 했다. 멀리 떨어져 있어 무슨 말인지 통 들리지 않았다. 아침 해가 완전히 솟아오를 때까지 가현은 그 자리에 꼼짝 않고 앉아 있었다. 운도 마찬가지였다.

다리가 저릿하고 온몸이 비비 꼬일 정도의 시간이었다.

결국 참지 못한 가은이 풀썩 주저앉았다.

'재미난 나들이라도 하는 건 줄 알았는데.'

사실 가은은 운과 가현이 저 몰래 좋은 곳에 가는 줄 알았다. 처음 보았을 때 입이 떡 벌어질 정도로 아름다운 곳이긴 했으나, 그게 다였다. 재미난 것은 하나도 없었다.

심심함이 잔뜩 묻은 얼굴로 하품을 하는데 그 앞에 작은 꽃송이 하나가 바람에 팔랑였다.

하나.

둘.

셋.

영 심심해 꽃잎을 세어 보았다. 그 앞에 그림자가 드리워졌다.

"녀석, 언젠가 소개시켜 주려 했더니. 이리 일찍 소개시켜 주게 될 줄은 몰랐구나."

움찔 놀란 가은이 슬그머니 고개를 들어 올렸다. 햇빛을 등지고 선 커다란 아비의 몸이 눈앞에 가득 들어찼다.

"아, 아버지."

가은이 어색하게 웃음을 흘렸다. 운은 피식, 웃으며 가은에게 손을 내밀었다.

"자, 일어나렴. 소개시켜 줄 사람이 있다."

"소개시켜 줄 사람이요?"

그 사람이 어디 있을까?

아무리 찾아봐도 아버지와 어머니 그리고 저뿐인데?

가은이 눈을 끔뻑였다. 불쑥 내밀어 가은의 손을 잡고 일으켜 세운 운이 아이를 어디론가 데려갔다.

가현이 내내 앉아 있던 돌무덤 앞이었다.

처음부터 가은을 알아챈 듯 가현도 별로 놀란 기색 없이 웃고 있었다.

"자, 인사하렴."

운에게서 건네받은 가은의 손을 이끈 가현이 돌무덤을 가리켰다. 가은은 요상한 얼굴로 눈만 깜빡이다가,

"네 오라비일지, 아니면 네 언니일지는 모르겠으나. 아마 살아 있었다면 제법 좋은 친구가 되어 주었을 것이다."

가현의 말에 눈을 휘둥그레 떴다. 처음 듣는 이야기였다. 그럼, 이 돌무덤이…….

가은은 놀란 눈으로 가현과 운을 번갈아 보다가 다시 돌무덤으로 고개를 내렸다. 가은에게 인사를 건네듯 돌무덤 위에 생뚱맞게 핀 노란 꽃이 팔랑거렸다.

바람 한 자락 불지 않음에도.

오라비일지도, 언니일지도 모를…….

나의 자매일지도, 남매일지도 모를 이에게.

가은은 어색하게 인사를 건넸다.

안녕, 하고.

가은의 인사에 노란 꽃이 다시 팔랑였다.

* * *

세 사람은 흐드러지게 핀 이름 모를 하얀 들꽃 사이를 걸었다. 청량하게 맑은 하늘 아래, 빽빽이 핀 꽃들 한가운데, 나란히 선

세 사람의 모습이 한 폭의 그림처럼 아름다웠다.

가현과 운은 가은을 사이에 두고 나란히 걸었다.

"어머니 다음엔 제가 좋아하는 과자를 가지고 올까요?"

가은은 어쩐지 신이 난 얼굴이었다. 아이는 다음부턴 꼭 같이 오자면서 벌써부터 선물을 생각했다.

"좋아하겠구나."

"꽃도 들고 와야겠습니다. 어머니가 정성 들여 피운 꽃이요."

"그러자꾸나."

가은과 가현의 목소리가 기분 좋게 울려 퍼졌다. 가은은 신이나 연신 떠들다가 갑자기 눈앞에 날아든 나비를 쫓아 뛰어갔다. 곱게 묶은 아이의 머리카락과 노란 치맛자락이 살랑살랑 흔들렸다.

운은 가만히 가현의 여린 손을 잡았다. 맞물려 파고들어 오는 그의 손이 마치 제 것처럼 느껴졌다. 두 사람은 눈 앞에 펼쳐진 꽃밭과 가은을 눈에 담으며 나란히 걸었다. 그러다가도 서로에게 눈을 돌렸다.

가현이 저를 보며 웃는다.

어린 날 그때처럼.

운은 어쩐지 눈물이 날 것 같았다.

숨 막히게 아름다운 가현의 얼굴을 가만히 그러쥐었다. 그 손바닥에 온전히 기대며 가현이 느리게 눈을 감았다 떴다.

"운아."

가현이 운을 부르자,

"예, 아가씨."

운이 답한다.

가현이 작게 웃음을 터뜨렸다. 가현의 볼을 쥐고 있는 손에 자잘한 진동이 느껴졌다. 손을 타고 이어진 웃음이 운의 입술에도 피어났다.

그들 사이로 바람에 휩쓸린 꽃잎이 비가 되어 흩날렸다.